王觉仁

著

大汉天机

❸

九 嶷 谜 城

浙江文艺出版社
Zhejiang Literature & Art Publishing House

图书在版编目（CIP）数据

大汉天机 3：九嶷谜城 / 王觉仁著. — 杭州：浙江
文艺出版社, 2021.5
ISBN 978-7-5339-6349-1

Ⅰ. ①大… Ⅱ. ①王… Ⅲ. ①长篇小说—中国—当代
Ⅳ. ①I247.5

中国版本图书馆CIP数据核字(2020)第255313号

责任编辑　金荣良　於国娟
特约编辑　林欢欢
营销编辑　赵颖萱
封面设计　韩庆熙

大汉天机 3：九嶷谜城
王觉仁 著

出版发行　浙江文艺出版社
地　　址　杭州市体育场路347号
邮　　编　310006
电　　话　0571-85176953（总编办）
　　　　　0571-85152727（市场部）
印　　刷　北京市松源印刷有限公司
开　　本　889毫米×1194毫米　1/16
印　　张　25.25
字　　数　449千字
版　　次　2021年5月第1版
印　　次　2021年5月第1次印刷
书　　号　ISBN 978-7-5339-6349-1
定　　价　49.00元

目 录

目 录

第
一
章

梦魇

凡君之所以安者，何也？以其行理也。

——《墨子·所染》

无边黑暗笼罩着未央宫。

青芒静静伫立在温室殿前空旷的广场上，静得像一尊石雕。

他久久凝望着眼前这座巍峨肃穆的天子寝殿，脸色冷峻如铁，眸光森寒似冰。

他一袭黑衣，手上提着一把弩——墨弩。

青芒不记得自己怎么到了这里，也不记得为何会带上墨弩，更不知道自己深夜到此究竟想做什么。他低下头，看了看手上这把通体乌黑的杀人利器，然后便不由自主地抬起脚来，一步迈上了殿前的石阶——就像有一股无形的力量在推动着他。

台阶很长，长得似乎一眼望不到头。

青芒眯了眯眼。

印象中，温室殿并没有这么长的台阶……

不过刚这么一想，他便已鬼使神差地站在了殿门前。他甚至来不及诧异，两扇沉重的大门便在他面前缓慢而无声地打开了。

殿内漆黑无光，深不可测，仿佛一座杀机暗藏的千年古墓。

青芒一步跨了进去。

他为自己的毫不犹豫而感到讶然。

蓦地，大殿深处亮起了一盏微光。一个熟悉的身影就在那团微光中闭目端坐，好像在等待着他的到来。

那是天子刘彻。

青芒迎着天子一步一步走了过去，步伐缓慢而坚定。在距天子一丈开外站定的时候，他右手的食指已经扣上了墨弩的悬刀。

这个动作是如此自然而不假思索，以致青芒相信——自己夜闯天子寝殿的行动一定是蓄谋已久，绝非临时起意。

"秦穆，你终于还是来了。"

刘彻的声音蓦然响起，在阒寂空旷的大殿中一点儿一点儿地荡漾开去。

"陛下知道我要来？"

青芒注意到自己使用了"我"这个自称，而不是"臣"。

"天下还有朕不知道的事吗？"刘彻睁开眼睛，无声一笑，"朕不仅知道你要来，还知道……你是来杀朕的。"

"那陛下想必也知道，我要杀你的原因喽？"青芒语带讥诮，扣着悬刀的食指微微一动。

"当然。你千里迢迢从匈奴回到长安，还处心积虑潜伏到朕的身边，不就是想报杀父之仇吗？"

"陛下果然洞察一切。"

"洞察一切倒也不尽然。"刘彻又是一笑，"比如有件事，朕就不大明白。"

"何事？"

"既然你一心要杀朕，那么在汲黯的生辰宴上，你为何还要冒死替朕挡那一箭？"

青芒一怔。

是啊，我为什么要挡那一箭？我怎么就没想过这事呢？

"怎么，"刘彻依旧面含笑意，"你都已经提着墨弩来到朕的面前了，难道还没想清楚这事？"

青芒不自觉地低下头去，看着紧握在手中的这把乌黑发亮的弩机，心头蓦然浮起一阵困惑：我到底是什么时候下决心要杀皇帝的？为什么我完全想不起来了？

"看来你果然还是没想清楚。"刘彻一脸揶揄，"要不要朕替你回答这个问题？"

青芒怔然无语。

"说到底，一个人的面具戴久了，难免会忘记本来面目。更何况，你的真面目还不止一个。"刘彻敛去笑容，目光灼灼地盯着他，"据朕所知，在你这张卫尉丞秦穆的面具之下，其实藏着一个叫青芒的刺客；在刺客的身份后面，又藏着一个叫阿檀那的匈奴左都尉；而在左都尉的身份之后，还藏着一个汉匈混血的私生子蒙奕！朕说得没错吧？你这一具皮囊，居然分裂出了四种截然不同的身份，你说，你还能分得清自己是谁吗？"

"我是谁并不重要。"许久，青芒终于抬起头来，迎着皇帝的目光，一字一顿道，"只要我没忘记杀父之仇，就够了。"

"这么说，你今天非杀朕不可喽？"

"是。"

"就算杀了朕，可你出得了这未央宫吗？"

"杀身成仁，虽死无憾！"

"杀身成仁？"刘彻突然爆出一阵大笑，"有道是'国不可一日无君'。朕一旦宾天，匈奴势必大举入寇，四方诸侯亦必群起逐鹿，各地豪强也会趁火打劫。届时天下大乱，山河破碎，遭殃的只能是大汉的黎民百姓。若果如此，你便是这一切的罪魁祸首，那你还敢说，你这么做是'仁'吗？"

青芒再度语塞。

"青芒，别听他的！"

黑暗中突然传出一声厉叱。青芒不由得一震，循声望去，却见一个十四五岁的白衣少年从暗处快步走出，径直来到他面前，与他四目相对。

让青芒感到惊骇和困惑的是：这少年虽然比自己小了十来岁，有些稚气未脱，但他的长相分明跟自己一模一样！

"你是何人？！"青芒大为惊诧。

少年冷哼一声，脸上露出与年龄极不相称的孤傲和峻厉之色："你真可悲，居然把自己的过去全忘了！"

自己的过去？

青芒在惊疑中猛然醒悟："你……你是蒙奕？"

"少废话，快杀了他！"少年蒙奕用手一指刘彻，厉声道，"此暴君不除，爹在九泉之下永不能瞑目！"

这怎么可能？年少的自己怎么可能活脱脱站在自己面前？世上怎会有如此荒谬绝伦、匪夷所思之事？！

青芒难以置信地看着蒙奕，整个人愣在当场。

蒙奕见状，恨恨地瞪着他："你不敢动手吗？那就让我来！"说着便冲上来抢夺他手上的墨弩。

青芒回过神来，连忙闪身避开。就在这时，黑暗中又传来一个沉毅的声音："蒙奕，住手！"

二人同时一怔，却见一身甲胄、铠甲锃亮的秦穆从另一边的暗处走出，一只手按在腰间的刀柄上，脸上充满了警惕和防范之色——当然，这个秦穆也长着一张和他们二人一模一样的脸。

又来了一个！

青芒不由得苦笑，蓦然发觉眼前的一切是如此荒诞不经，简直像是在做梦！

做梦……难道我真的是在做梦？

正迷惑间，便见蒙奕一脸愤然地对秦穆道："秦穆，你还真把自个儿当朝廷鹰犬了？披着这身狗皮，你难道一点儿都不觉得羞耻吗？"

"食君之禄，忠君之事。此乃人臣本分，何耻之有？"秦穆冷冷反问。

"你这是为虎作伥，认贼作父！"蒙奕气得脸色涨红，"你非但置爹的血海深仇于不顾，反而还替这个狗皇帝挡箭，你还算是人吗？！"

还没等秦穆答言，刘彻忽然起身，拊掌大笑："妙极，妙极，这是朕有生以来见过的最玄妙也最有趣的事！同一具皮囊下的三个不同身份，竟然同时跳出来打架了，哈哈！若朕所料不错，那个匈奴左都尉阿檀那想必也快登场了吧？"

话音刚落，青芒立刻听见身后传来一阵沉重的脚步声。

脚步声由远及近。很快，一身胡裘、须髯如戟的阿檀那便带着满脸的风霜出现在了众人面前。

青芒、蒙奕、秦穆都吃惊地看着他，旋即面面相觑。

"阿檀那，你也是来杀朕的吗？"刘彻背起双手，冷冷问道。

"你杀了我父亲，灭其满门，又抓捕我的未婚妻，致其蹈火而亡。如此斑斑血债，你说我该不该杀你？"阿檀那盯着刘彻，目光像一把刀。

青芒闻言，不由得心中一痛，眼前瞬间浮现出荼蘼那具焦黑变形的尸体。

"好样的，阿檀那，还是你有种！"蒙奕喜出望外，不禁大声赞道。

刘彻冷笑不语，把目光转向了秦穆。

秦穆会意，"唰"的一声拔刀出鞘："有我在，谁也别想动陛下一根毫毛！"

"那我就先把你杀了！"蒙奕怒不可遏。

"就凭你？"秦穆不屑地扫了他一眼，把脸转向青芒和阿檀那："二位是想一起上，还是一个一个来？"

青芒苦笑。

他不是不想报杀父之仇，问题是方才刘彻的那番话就像一瓢冷水把他的仇恨之火浇灭了大半——正如刘彻所言，一旦把他杀了，天下无主，各方势力必定趁势而起、火中取栗，到时候天下岂有宁日？

为了一己私仇，亲手毁灭这个河清海晏的太平之世，把万千百姓推入战乱的深渊，于良心何安，于天理何容？！

阿檀那见青芒一脸纠结之色，不无鄙夷地冷哼一声，对秦穆道："杀你何须帮手？我阿檀那一人足矣！"话音未落刀已出鞘，一道寒光直逼秦穆。

秦穆挥刀迎战，二人立刻杀成一团。

"青芒，你还愣着干什么？快动手啊！"蒙奕焦急大喊。

青芒眉头紧锁，额角的青筋一跳一跳，搭在悬刀上的食指动了动，却马上又松开了。

"你个孬种！"

蒙奕大骂，猛地冲过来，趁其不备一把夺下他手上的弩机。还没等青芒反应过来，他便转身对着刘彻扣动了悬刀。

"嗖"的一声，一支弩箭冲着刘彻的面门呼啸而去。

青芒大惊失色。

刘彻也被这突如其来的变故惊呆了，一时竟愣在原地。

千钧一发之际，一把环首刀突然凌空而至，"铿"的一声将那支弩箭击落在地。青芒不由得松了口气，紧接着便见一个英武矫健的身影挺身挡在了刘彻面前。

霍去病！

蒙奕一击不中，大为恼怒，遂不顾一切地冲了上去。

"蒙奕，回来！"青芒大喊，追出几步，一把抓住了这小子的后脖领子。

不料这小子却十分机灵，脖子一缩、肩膀一扭便挣脱了，同时弩机一扬、悬刀扣下，又一支弩箭迎面射向了霍去病。

此时两人距离甚近，霍去病已来不及挥刀格挡，只好下意识地抬起左臂，硬生生地用自己的手臂"接"住了这一箭。

锋利的箭镞没入皮肉，发出"噗"的一声钝响。

与此同时，霍去病的刀也顺势划出一道弧光，无声无息地抹过了蒙奕的脖子。

一串血点喷溅而起。

蒙奕直挺挺地向后栽倒。

"不——"青芒目眦欲裂，嘶吼着冲上去抱住了蒙奕。

鲜血从蒙奕裂开的喉咙喷涌而出。他躺在青芒怀中，张了张嘴，却发不出任何声音。然而，青芒还是从他的嘴形看出了两个字：报仇。

滚烫的泪水从青芒眼中夺眶而出。

他抬起头来，死死地盯着霍去病："他还是个孩子……"

"这里没有孩子，只有企图弑君的暴徒。"霍去病面无表情道，"他死有余辜。"

青芒惨然一笑，抽出佩刀扑了过去。

长刀当空劈落，霍去病挥刀一挡。双刃相击，火星四溅。

"今夜，不是你死便是我亡！"青芒的眼里喷射着仇恨的火焰。

"没错，这一天终于还是来了。"霍去病迎着他的目光，冷然一笑，笑容里带着他一贯的自信和倨傲。"不过今夜死的，只会是你，你信吗？"

"那你得问我的刀答不答应！"

青芒一声暴喝，旋即发起猛攻，招式异常凌厉。霍去病却不慌不忙，从容格挡。此时，秦穆与阿檀那仍旧还在缠斗。四人捉对厮杀，你来我往，一时竟都难分胜负。

刘彻一直背着双手，饶有兴味地观赏着这场精彩纷呈的厮杀，却全然没有意识到，在他身后十步开外的地方，一个黑影正在无声地逼近。

黑影手上提着一把刀。

十步，九步，八步……很快，黑影来到了刘彻的身后，二人相距不过两步。

刘彻依旧浑然未觉。

黑影屏住呼吸，缓缓举起了手中的刀。

长刀似乎微微犹豫了一下，然后便对着刘彻的后心刺了过去。

就在这一瞬间，一把匕首从袖中滑落到了刘彻的手里。他紧紧握住，突然转身，然后在完美避开对方长刀的同时，右手的匕首也准确无误地刺入了对方的心脏。

匕首插得很深——刀身完全没入，只剩下刀柄露在外面。

对方发出一声闷哼。

听声音，此人竟然是个年轻女子。

刘彻凝视着女子的眼睛，旋即爆出一串无比得意的狂笑："你以为，朕今夜是在这儿等刺客青芒的吗？你错了，朕等的其实是你——墨家巨子郦宽之女郦诺，你才是最大的刺客！"

在刘彻的狂笑声中，正杀得难解难分的四人不约而同停了下来。

蓦然听见"郦诺"这两个字，青芒顿时如遭电击。

他艰难地转过身来，然后便看见郦诺苍白的脸庞在闪闪烁烁的微光下一明一灭，紧接着就看见深深插在她心口的那把匕首，以及顺着她的身体汩汩流下的殷红的鲜血。

郦诺……

青芒想喊，可不知为何却发不出声音。

他想冲过去，可两条腿却像被什么东西死死按住了，丝毫不能动弹。

不知过了多久，也许只是短短的一瞬，郦诺便软软地倒了下去。

黑暗瞬间吞没了她，就像秋天吞噬了一枚落叶，就像大地吞噬了一粒尘埃。而青芒只能无可奈何地看着这一幕在眼前发生，却什么都做不了。

郦诺——

青芒拼尽全力，终于发出了一声撕心裂肺的吼叫……"郦诺——"

青芒嘶吼着从床榻上猛然坐起。

冬日阳光透过窗棂暖暖地照在他脸上，也照亮了他额头和鼻尖上那些细密而晶莹的汗珠。

青芒大口大口地喘着粗气，像是一个行将溺毙的人好不容易跃出了水面。

"梦见什么了，号成这样？"

一个声音蓦然响起，把青芒吓了一跳。他回头一看，霍去病正抱着双臂，斜倚着门框，似笑非笑地看着他，脸上的表情就像在看一个怪物。

青芒下意识地环视周遭，似乎还没从这场可怕的梦境中完全走出来。不过，明媚的阳光和周围熟悉的景物还是让他迅速恢复了清醒。

这是在卫尉寺后院，自己的寝室中。

还好，发生在温室殿的一切，只是一场可怕的梦魇，其实什么都没有发生。

"喂，问你话呢！"霍去病又道。

"没什么，一个梦而已。"青芒懒洋洋地回了一句，扭头望向窗外。远处的屋顶和树梢上仍有不少积雪，却已在日渐温暖的阳光下一点点融化开来。

自从生辰宴上替天子挡了那一箭，这十来天，青芒一直在卧床养伤。虽然伤口基本已经愈合，但刚才从梦中惊醒的动作太过剧烈，撕扯了一下，以致伤口又隐隐作痛了起来。

霍去病走过来，用目光探询着他："你好像……在叫什么人的名字？"

青芒淡淡地瞥了他一眼："我叫谁，跟你有关系吗？"

在梦里，霍去病无情地杀死了"蒙奕"。尽管青芒也知道这只是一场荒唐的梦，可终归有些"余怒未消"，所以口气也不太友好。

"我听见了一个'诺'字。"霍去病锲而不舍道，"你叫得那么惨，可见此人一定与你关系匪浅，而且在梦里遭遇了什么可怕的事。对吧？"

"连一个梦都要打听，你是不是闲得慌？"

"直觉告诉我，你在梦里喊的那个人很可能是仇芷若。"

青芒心里咯噔了一下，冷冷道："你到底想说什么？"

"我没听清你喊的是'李诺'还是'刘诺'，但不管是什么，我觉得，它很可能是仇芷若的真名。"

青芒微微一惊，没料到他竟如此敏锐。

"你知不知道，你自作聪明的样子，很可笑？"青芒冷然一笑。

"我是不是自作聪明，有的是时间验证。更何况，现在仇芷若就在咱们身边，想验证绝非难事。"

"你说什么？"青芒眉头一蹙，"她不是离开长安了吗？"

"谁告诉你，她离开长安了？"

"她亲口对我说的。"

"那看来她改主意了。"霍去病呵呵一笑，"还好她没走，否则我想验证都没机会了。"

青芒满腹狐疑："你刚才说她'就在咱们身边'是什么意思？"

"你想知道，就自个儿去打听，我没义务告诉你。"霍去病似笑非笑，一副故意吊他胃口的表情，"现在赶紧起来，跟我走。"

"去哪儿？"

"你先起来再说。"

"你先把话说清楚。"

"跟我抬杠是吧？"霍去病斜眼看他。

"我还没睡够，想补个回笼觉。"青芒打了个长长的哈欠，索性又躺了回去，还把眼睛闭上了。

"行，那你补你的觉。"霍去病点点头，转身就走，"我这就去回禀陛下，说秦尉丞这会儿想睡觉,不便奉诏觐见。"

陛下?!

青芒吃了一惊,当即从床上一跃而起。

青芒走进温室殿的时候,看见天子刘彻正与一位官员谈笑风生。

此人四十来岁,面貌清癯儒雅,一副满腹诗书又胸有城府的模样。青芒此前从未见过此人,但见皇帝跟他说话的样子,应该是一个颇得宠信的内朝官。青芒知道,内朝官虽不是朝廷正员,且无具体职掌,却能讲议朝政,奉诏治事,其中得天子赏识者,往往比外朝官员更能影响朝政。

青芒上前见礼后,刘彻便指着那人道:"这位是中大夫严助,你们之前素未谋面吧?"

"是,臣今日是第一次见严大夫。"青芒说着,对严助躬身一揖。

严助还礼,淡淡笑道:"早就听闻秦尉丞大名,今日一见,果然是气宇轩昂、仪表堂堂,怪不得朝野上下对你是交口称颂啊!"

"严大夫谬赞了,下官愧不敢当。"青芒客气道。

"你的伤如何了?"刘彻问。

"谢陛下垂询,臣已无恙。"

"好,既已痊愈,朕今日便有一份差事给你。"刘彻说着,从身旁拿起一样东西,"啪"的一声放在了面前的御案上。

这是一把乌黑发亮的墨弩!

青芒一看,方才梦中那些可怕的情景瞬间浮现眼前,心绪顿时翻腾了起来。

"敢问陛下,召臣前来有何差遣?"青芒实在猜不透皇帝的用意。

刘彻不语,而是抓起弩机,忽然瞄准了他,还把手指扣在了悬刀上。一旁的严助见状,若有所思地瞟了青芒一眼。

青芒心中一凛,脸色却丝毫未变。

梦中,那个一心为父报仇的倔强少年蒙奕,正是用一把相同的弩机,对着这个至高无上的皇帝射出了凌厉的一箭……

"那日在生辰宴上,刺客屠三刀正是拿着这把弩来射杀朕的。"刘彻眯着一只眼,另一只眼的目光透过望山直直射在青芒脸上,"你认识屠三刀吗,秦穆?"

"回陛下,臣从未见过那名刺客,更谈不上认识。"青芒从容道。

"那天内史府的安防，主要是由你负责的。"刘彻睁开眼睛，手指却仍旧放在悬刀上，一下一下地扣动着，"可屠三刀等一干凶徒，还是匪夷所思地突破了层层防线，径直杀到了朕的眼皮底下。你自己说，你这个卫尉丞该当何罪？"

青芒闻言，慌忙跪地："臣疏于防范，置陛下于险境，几至酿成大祸，罪该万死！"

"若只是疏于防范，那倒也罢了，顶多就是玩忽职守嘛，算不上什么大罪。"刘彻收回弩机，拿在手上翻来覆去地把玩着，"问题是，有人提醒朕，说屠三刀等人那么轻易就杀进内史府，会不会是负责防卫的人，故意给他们开了口子呢？"

此言无异于是在对他发出指控了。

青芒不用想都知道，这种杀人诛心的诬罔之词定然出自公孙弘和张汤之口。

"回陛下，臣近日虽卧床养伤，但也一直在关注本案案情。据臣所知，御史府业已查清，屠三刀等一干凶犯是与内史府的卢掾史和姚门吏内外勾结，才得以从后门潜入的。而臣当日派驻后门的属下，皆为尽忠职守之士。正因其奉臣之命，力阻屠三刀等人进入内史府，才会惨遭杀害，悉数殉职。故臣以为……"

"你想说什么？"刘彻冷冷打断他，"你是不是想告诉朕，你已经恪尽职守了，出现此等差池纯属意外，与你无干？"

"陛下明鉴，臣不敢推卸责任，只是在陈述实情。"

"启禀陛下，"一直沉默的严助忽然开口，"臣有一言，不知当不当讲。"

"讲。"

"谢陛下。臣以为，出了这么大的纰漏，秦尉丞作为安防之人，固然难辞其咎，当负一定之责，但最后一刻也是其奋勇救驾，才得以除危解厄、化险为夷。此可谓亡羊补牢，犹未为晚，亦可见其拳拳护主之心。设若他真是刺客之内应，又何必冒死救驾，为陛下挡那一箭呢？可见此论悖理逆情，不足采信。"

刘彻冷哼一声："朕当然知道此论不足采信，否则秦穆现在还能跪在这儿吗？"

严助笑了笑："是，陛下圣明，臣多嘴了。"

刘彻又注视了青芒一会儿，才道："秦穆，你玩忽职守，乃是一过；及时救驾，可记一功。朕姑且算你功过相抵，也不降罪于你了，平身吧。"

"谢陛下恕罪，臣感激涕零！"青芒暗暗松了口气，站起身来。

刘彻收回目光，继续把玩手上的弩机，把箭匣来回装卸了好几下，动作甚是娴熟，就像是个精于此道的老手。

看来这些日子皇帝一定都把这"宝贝"带在身边，且随时习练。青芒这么想着，一个念头忽然闪过脑海。

他已经约略猜出天子今日为何召见自己了。

"秦穆，你以前见过这墨弩吗？"刘彻头也不抬，忽然问道。

墨弩？！

青芒暗暗一惊：皇帝凭什么认定这就是墨家的器物？

虽然青芒也知道此物非同凡响，绝非一般铁匠所能打造，但天子如此确凿地直称其为"墨弩"，还是让他有些意外。

"敢问陛下，此弩……真是墨家之物吗？"青芒忍不住问。

"现在是朕在问你。"刘彻冷冷道。

"是。回陛下，臣在汲内史的生辰宴之前，从未见过此物。"

"是吗？"刘彻把刚刚卸下的箭匣"咔嚓"一声又装了上去，"那你觉得，要仿造此物，难还是不难？"

果然不出所料！

青芒在心中苦笑：天子今日召见，显然是想把破解并仿造这"墨弩"的任务交给他，一旦成功，必定会将此杀人利器批量打造，然后装备军队。

此事若成，大汉军队在抗击匈奴的战场上便可所向披靡了。这对大汉固然是件幸事，却会对匈奴构成毁灭性的打击。换言之，墨弩一旦投入战场，必将有无数的匈奴人遭受屠戮！而对于汉匈混血的青芒而言，无论是匈奴人屠杀汉人，还是汉人屠杀匈奴人，都是他不愿看到的……

"请陛下恕罪，臣对机巧之道与工匠之术皆一无所知，故回答不了陛下之问。"青芒不紧不慢道。

刘彻冷然一笑，把弩机扔回案上，盯着他道："朕都还没给你下旨呢，你就已经猜出朕的心思，然后迫不及待要推辞了？"

严助闻言，在一旁暗笑。

青芒神色一凛，忙道："陛下明鉴，臣决不敢揣测上意，更不敢违抗圣旨，臣只是自知无能，据实禀告而已。"

"别担心，你无能，朕就找一些有能耐的人来协助你。"刘彻指了指严助，"严大夫的亲族中多有能工巧匠，他本人对工巧之道也有些造诣。朕已下旨，从其族人中遴选十名工匠启程赴京，不日即可抵达。届时，便由你和严助牵头，率领这批工匠全力仿造墨弩。此事只许成功，不许失败！"

青芒心中暗暗叫苦，只好硬着头皮道："敢问陛下，既然严大夫和工匠们足以胜任此事，又何须……何须臣来滥竽充数呢？"

"你是滥竽吗？"刘彻笑了笑，又拿起案上的弩机摩挲着，"那天，你用这把墨弩射杀屠三刀的时候，如身使臂，如臂使指，让朕的印象十分深刻。朕觉得，这把弩在你手中，仿佛拥有了生命。换言之，严助他们充其量只能打造出墨弩的躯壳，而只有你，才能赋予它灵魂。你明白朕的意思吗？"

"恕臣愚钝，还是不解陛下深意。"

"秦尉丞，"严助忽然接过话茬，"你刚才问此弩是不是墨家之物，我现在便可以肯定地告诉你：正是！想必你也知道，墨子的工巧之术登峰造极，所以这把连弩的设计和制造工艺必定也是精密绝伦。我和工匠们固然可以把它拆了，将内部所有构件拿来一一仿造，但作为墨家器物，其部件的规格尺寸必然要精密到以毫厘计，设若甲部件增了一丝，乙部件减了一毫，那么当所有部件组合起来之后，其结果便是差之毫厘，谬以千里。是故，我需要一个观察力异常敏锐且了解这把弩机的人，来帮我进行一系列的测试和校准……"

"严大夫，"青芒不得不打断他，"你不会认为这个人便是下官吧？"

严助一笑："这个人正是你，而且只能是你。"

"严大夫何出此言？"

"方才陛下不是说了吗？只有你可以赋予它灵魂。"

"可下官既不具备你所说的观察力，也丝毫不了解此物，对工巧之术更是一窍不通，如何帮得上你？"

严助笑而不答，把目光转向皇帝。

"秦穆，你不必妄自菲薄，朕相信你。"刘彻道。

青芒苦笑："可是陛下……"

"怎么，"刘彻脸色一沉，"难道你想说，朕对你的判断是错的？"

"臣不敢，但是……"

"没什么'但是'，朕意已决。"刘彻沉声道，"除非，你想抗旨！"

话说到这份儿上，青芒是无论如何也推托不掉了，只好双拳一抱："臣……遵旨。"

"你好像不太情愿？"

"臣不敢。"

"那好！"刘彻把墨弩"啪"的一声扔到他面前的地板上，"督造墨弩之责便交予二位爱卿了。唯愿二位勉力携手，精诚与共，早日克竟全功，不负朕之所望。"

青芒刚一走上外面的长廊，便见一个小黄门正在不远的拐角处跟霍去病咬耳朵。

见青芒走近，小黄门连忙匆匆离开。

"秦穆，你可真是不知好歹。"霍去病没头没脑地扔过来一句。

"怎么张嘴就骂人？"青芒走到他面前站定，"我又哪儿惹着你了？"

"你是惹我了。"

"什么意思？"

"你知道，这督造墨弩的活儿有多少人抢着干吗？"霍去病斜睨着他，"偏偏陛下谁都瞧不上，愣是把活儿交给了你，可你居然推三阻四、一肚子不情愿，这不是不知好歹是什么？"

青芒眉毛一挑："陛下瞧不上你，你得去找陛下，冲我发什么火？"

"我有说是我想干这活儿吗？"霍去病眼睛一瞪，"我说的是军中的弟兄们。"

"既然不是你，你就更没有理由在这儿跟我吹胡子瞪眼了。劳驾让让。"青芒拨开他，大步朝前走去。

霍去病追上来，伸手拦住他的去路："听着，既然陛下把活儿给了你，你就得给我好好干！开春之前，你必须把东西给我弄出来……"

青芒呵呵一笑打断了他："霍骠姚，我接的是陛下的旨，又不是你的，凭什么要给你好好干？"

"少跟我装蒜！陛下让你打造墨弩，目的便是装备我麾下的弟兄，这事你心里清楚。"霍去病又把眼睛瞪圆了，"你只有两个月时间，到时候至少要给我三千张弩，若是拿不出来，耽误我北征，陛下定不会饶你！"

果不其然。天子这么急着让自己打造墨弩，就是要装备霍去病的部队，以便他开春之后北征匈奴。青芒心中沉沉一叹，冷笑道："说得倒轻巧！这墨弩仿不仿得成还未可知呢，你一张嘴就要三千张，你当我是神仙啊，吹口气就给你变出来？"

"变不变得出来那是你的事，谁让你那么招陛下喜欢？"霍去病酸溜溜道，"谁让你一拿上那东西便'如身使臂，如臂使指'呢？谁让满朝文武只有你一人可以'赋予它灵魂'呢？你既然这么神，区区三千张弩对你又有何难？"

青芒闻言，不禁又好气又好笑，看来那小黄门把偷听到的话全跟他说了。

"瞧你这话酸的，我满嘴牙都快被你酸掉了。"青芒不无讥嘲地摸了摸脸颊，

"要不这样，咱现在就回去见陛下，把这督造墨弩的活儿让给你算了，省得你满腹酸水直冒泡，活像个怨妇。"

"你小子别得了便宜卖乖。"霍去病忽然凑近他，压低嗓门儿道，"我知道你在想什么——你不就是怕汉军装备了墨弩，会把你那些匈奴族人杀得片甲不留吗？阿檀那！"

青芒神色一凛："霍去病，你不必总拿这个要挟我，我既然已经身在汉廷，便一定会效忠大汉。"

"是吗？"霍去病盯着他的眼睛，冷然一笑，"那你就老老实实把三千张墨弩给我造出来，这样我才信得过你……不，应该说，这样陛下才信得过你。"

青芒苦笑。

他当然知道，天子把这件事交给他，绝不仅仅是看上了他的才干，还有一层更深的用意，就是想再度考验他——尽管天子并不知道他是匈奴左都尉阿檀那，但毕竟已经知道他是汉匈混血，倘若最后他没能成功仿造墨弩，那不管是不是存在客观原因，天子都完全有理由怀疑他对大汉不忠并因此杀了他。

"你要是信不过我，那你现在就去禀报陛下，说我就是匈奴左都尉阿檀那。"青芒迎着他的目光，从容一笑，"我情愿一死，可就怕你不敢。"

霍去病冷哼一声："死的又不是我，我为什么不敢？"

"因为你包庇我这么久，便是欺君。纵然陛下不会杀你，可还会不会像眼下这么器重你，还会不会让你领兵出征，恐怕就不好说了。"

"这你就多虑了。陛下是雄才大略之主，只要我有本事打败匈奴，他照旧会器重我。"

"陛下是雄主不假，可他也是雄猜之主。我相信，这世上没人能猜透他的心思。"青芒又是一笑，"当然，如果你愿意赌一把，那你不妨试试。"

霍去病仍旧盯着青芒，眼中却闪过了一丝犹疑，片刻后，才笑笑道："你听着，我不必现在就举报你，只要你把该干的活儿干好，咱俩就还可以做朋友。"

"做朋友就得互利互惠。"青芒也笑了笑，"你想从我这儿得到墨弩，总得拿点儿什么来换吧？"

"你想干吗？敲我竹杠？"霍去病又板起了脸。

"别紧张，我就问你一句话而已。"

"什么话？"

青芒看着他，一字一顿道："告诉我，仇芷若在哪儿？"

第二章
重逢

非无安居也，我无安心也；非无足财也，我无足心也。

——《墨子·亲士》

郦诺自从进了未央宫，就感觉失去了自由。

问题倒不是夷安公主待她不好，而恰恰相反 —— 公主太喜欢她了！

公主不但成天缠着她练武学艺，恨不得把她的本事全学到手，而且白天折腾不够，晚上还要拉着她秉烛夜谈，对她身上的一切充满了好奇，总是乐此不疲地问东问西、刨根究底。有天夜里，公主聊得兴起，索性不让她走了，强行拉她上床一块儿睡觉，还咯咯笑着说让她"侍寝"。郦诺啼笑皆非，只好硬着头皮躺下，随后一边假寐一边发出如雷的"鼾声"。公主忍了半宿，最后实在受不了，才悻悻然把她打发了。

郦诺就这样每天强打精神，疲于应对，渐渐觉得自己成了被软禁在漪兰殿的"囚徒"，虽然养尊处优，却丝毫不得自由。

而最让郦诺感到度日如年的，其实还不是失去自由，而是与自己心中记挂的那个人明明近在咫尺，却又远隔天涯。

倘若自己已经按原计划离开长安，那索性也就断了念想，偏偏命运又阴差阳错地把她留了下来，还放在了离青芒更近的地方，却又不给他们见面的机会，这无异于是在捉弄和折磨她。

数日前，郦诺实在忍不住，便旁敲侧击地向夷安公主打听青芒。公主说他在生辰宴上救驾受伤了。郦诺心中大惊，赶紧追问伤情。公主说好像伤得不太重，郦诺才暗暗松了口气。公主察觉她面色有异，便问她和秦穆是什么关系。郦诺不想多说，随口说是见过几面的朋友，旋即把话题岔开了。

这几日，她无时无刻不在担心青芒的伤情，遂越发焦灼不安……

此刻，漪兰殿前的"练武场"上，郦诺正在教夷安公主练习刀法。

郦诺一身女官装束，英姿飒爽。她背着双手，貌似专注地看着夷安公主的一招一式，实则心不在焉。

青芒就在这时候跟着霍去病从远处大步走了过来。

不过从他们的视角看，郦诺的身影恰好被一棵树挡住了，青芒只能看见夷安公主一个人在练武场上比画着。

"喂，你带我来漪兰殿做什么？"

青芒终于不耐烦地停下脚步，没好气道。一路上，他问了霍去病好几遍要带他上哪儿，霍去病始终一言不发，只顾埋头往前走。现在，这家伙居然把他带到了夷安公主的寝殿，青芒几乎可以确定他是在耍自己了。

"你不是要找仇芷若吗？"霍去病回头看他，一脸戏谑的表情。

"可这儿是漪兰殿！"青芒十分恼火。

"对，她就在这儿，你不信？"

"我没空陪你玩！"青芒狠狠地瞪了霍去病一眼，转身就走。

"喂，我可没骗你，你真这么走了？"霍去病笑嘻嘻道。

青芒头也不回，大步离去。

"你小子太多疑了。"霍去病冲着他的背影喊，"这对你可没什么好处。"

青芒置若罔闻，越走越远。

这时，郦诺听见声音，从树后走了出来，然后远处那个熟悉的背影便一下映入了她的眼帘。

郦诺顿时呆住了。

连日来的思念之情瞬间如潮水般涌上心头。

"还愣着干什么？"霍去病走上前来，淡淡道，"如果我是你，就不会这么傻站着。"

郦诺回过神来，不无感激地看了他一眼，几乎没有犹豫便抬腿追了上去。

"芷若，你去哪儿？"夷安公主大为诧异，赶紧提刀跟了过来。霍去病伸手一拦，堆起笑容："殿下这是在练刀吗？要不要为师提点你几下？"

"去去去，你已经不是我师傅了，我现在的师傅是仇芷若。"夷安公主想绕开他，却一直被他左挡右挡过不去。

"我说殿下，你这就不对了，有道是一日为师，终身为……"霍去病说到这儿便卡壳了——公主之父便是皇帝，这个"父"字他岂敢出口？

"'终身为'什么？"夷安公主抓住话柄，斜睨着他，"有胆子你就说呀。"

"没胆没胆。"霍去病只好赔笑道，"我的意思是，咱俩毕竟师徒一场，你不能这么绝情，说不认就不认我了呀。"

夷安公主听他说得可怜，这才得意一笑，用刀背敲了敲他的肩膀："这么说，你今天是求我跟你学刀法喽？"

霍去病眉头一皱："你说反了吧？天底下哪有师傅求徒弟学武的？"

"没诚意就算了。"夷安公主哼了一声，作势又要去追郦诺。

"好好好，算我求你。"霍去病赶紧一把抓住她的手臂，又堆起笑脸，"你这么聪明的徒儿，举世无双，天下难觅，为师怎么能不珍惜你呢？"

虽然明知道他这话纯属谄媚，并非出自真心，可夷安公主听着，心里还是颇为受用，便顺手挽起他的胳膊："那咱们可说好了，你今天得教我一套完完整整的刀法，不许偷工减料，否则本公主决不放过你……"

霍去病一边被夷安公主拉着走，一边下意识地回头望了一眼。

远处早已没有了郦诺和青芒的身影。

他的眼中掠过一丝莫名的失落和怅惘。

"君子成人之美。你既然愿意成全他们，又有什么好失落的？"霍去病在心里苦笑着对自己说。

青芒大步走在一条碎石甬道上，道路两旁的一株株梅花树开得正艳。

身后传来了一阵追赶的脚步声。

"别跟着我，没空陪你玩！"青芒脚步不停，余怒未消道。

他认定背后的人是霍去病。

郦诺没有说话，依旧快步紧跟。

青芒又往前走了一段，终于无奈地停下脚步，仰面朝天叹了口气。

郦诺也站住了。

一阵风吹过，甬道两旁那些或红或白的梅花悄然离开枝头，在两个默默伫立的身影之间纷纷扬扬地飞舞着。

"霍去病，念在咱们朋友一场，我不想跟你翻脸。"青芒面朝天空，头也不回道，"但你不该拿仇芷若的事开玩笑。"

郦诺静静听着，蓦然心头一热。

青芒的声音很冷，可在她听来却是那么温暖。

这话不是对她说的，却又比任何直接面对她的倾诉更为有力。

"仇芷若对你，真有那么重要吗？"

郦诺开口了。

青芒浑身一震，完全不敢相信自己的耳朵。

他猛然转身，眼前的一幕顿时令他目瞪口呆——

郦诺就站在离自己一丈开外的地方，站在冬日散淡柔和的阳光下，身上穿着一袭华美而威严的少使制服。空中的那些花瓣宛若蝴蝶一样在她周遭盘旋飞舞，把这一幕装点得就像一场绮丽而虚幻的梦境。

时间仿佛在这一刻凝固。

青芒在万般惊愕中久久回不过神来……

长安城北，夕阴街小客栈。

刘陵和张次公在房间中隔案对坐。

"这些天为什么都不肯出来见我？"张次公不满道，"我都快把庄记杂货铺的门槛踩烂了。"

庄记杂货铺位于东市，是刘陵在长安的秘密联络点之一，也是张次公跟她暗中联络的唯一渠道。自从刺杀行动失败后，张次公就天天往杂货铺跑，想跟刘陵见上一面，结果刘陵根本不理他，直到昨天张次公忍无可忍，叫杂货铺掌柜给刘陵传话，说她要是再不露面他就要去自首了，刘陵才答应他今天见面。

"你还有脸问？"刘陵冷哼一声，"我给了你天下最厉害的武器，还给了你一批最勇猛的死士，可你回报我的是什么？除了一败涂地、全军覆没之外，你给了我什么？！"

"败是败了，可也不算全军覆没吧？"张次公自知理亏，只好勉强赔笑道，"我不是还好端端地活着吗？"

"你干脆死了算了！"刘陵咬牙切齿道，"我要是你，早就自我了断了，哪还有脸出来见人？"

"死还不容易？你以为我真的怕死吗？"张次公终于忍不住了，恼羞成怒道，"我还不是想留着这条命，帮你和淮南王打天下？"

"就凭你？"刘陵一脸鄙夷，"我看还是算了吧，成事不足败事有余！"

张次公闻言，自尊心大为受伤，遂霍然起身："你既然这么瞧不起我，那我也没必要在这讨人嫌了，告辞！"说完便气冲冲地朝门口走去。

"出了这个门，你我从此便是路人了。"刘陵无声冷笑，"你最好想清楚，别后悔。"

张次公在门后顿住，原本伸手想去拉门闩，手却僵在了半空。过了半晌，才慢慢放了下来。

"想走就走吧，我刘陵只跟有血性的男人合作。"刘陵又冷冷道，"若是那种输不起的窝囊废，趁早滚蛋！"

"我怎么没血性了？又哪里输不起了？"张次公又折回来，满面涨红道，"我张次公若是那种贪生怕死之辈，早就逃得远远的了，何必还来见你，又何苦受你这般奚落？"

"你以为血性就是逞匹夫之勇吗？"刘陵直直盯着他，目光像一把尖刀，"我说的血性，是屡仆屡起，是屡败屡战，是韩信胯下受辱而不坠青云之志，是勾践卧薪尝胆而常怀复国之心，岂是你这种受几句奚落便暴跳如雷、吃一场败仗便惶惶不可终日的草包和懦夫！"

张次公被她说得哑口无言，片刻后才回过味来——原来刘陵不是真心想奚落他，而是在用激将之法敲打他。

"对不起，陵儿，我……我是有些沉不住气，可我这不是替咱们的大业着急吗？"张次公赶紧坐了回去，"若不是一颗忠心向着你和王爷，我岂会如此焦灼？"

"焦灼有用吗？"刘陵白了他一眼，缓了缓口气，"最近御史府缇骑四出，满城都是查案的密探，风声这么紧，你还天天吵着要跟我见面，这是不是愚蠢？我今天来见你，身上担着多大的风险你不知道吗？"

"风声是紧了点儿，这我当然知道。"张次公挠了挠头，"可你不是把锅甩给墨家了吗？朝廷未必能查到咱们头上。"

"让墨家背锅只是缓兵之计，以李蔡的手段，查到咱们是迟早的事。"刘陵神情凝重。

"那就让他去查吧，反正一时半会儿还动不了咱们。我现在担心的是另一件事，所以才急着见你。"

"什么事？"

"墨弩落到了朝廷手上，我担心……刘彻会派人仿造。"

刘陵冷然一笑："还真让你说对了。"

张次公一惊："你听到风声了？"

"不是风声，是确凿无疑的情报。刘彻今早在温室殿亲自下的旨。"

张次公思忖了一下："看来，那个'渔夫'能耐不小啊，不但能打探到如此机密的情报，还能这么及时给送出来。"

刘陵凌厉地扫了他一眼，不接茬。

张次公讨了个没趣，撇了撇嘴："那，刘彻把这活儿交给谁了？"

"两个人，一个是中大夫严助，还有一个……是你的老朋友。"

"老朋友？"张次公蹙眉想了想，旋即反应过来，脱口而出道："难道是秦穆？"

刘陵不语。

"他娘的，怎么哪儿哪儿都有这小子！"张次公往地上狠狠啐了口唾沫。

"这说明人家有本事，所以刘彻才瞧得上眼啊。"刘陵一笑，"你在这儿捶胸顿足又有何用？"

张次公重重冷哼一声："他现在蹦得越欢，恐怕会死得越快！"

刘陵目光一凛："什么意思？"

"你以为刘彻看上他，单纯是因为他有才干吗？"

"那还能因为什么？"

"你难道没听说，秦穆不是纯种汉人，而是汉匈混血的杂种？"

"汉匈混血？！"刘陵有些惊愕。她只听青芒说过十五岁之后去了匈奴，却万万没料到他竟然是汉匈混血。

见刘陵神色有异，张次公忽然想到什么，缓缓道："陵儿，你好像……对秦穆这个人特别感兴趣？"

"别打岔。"刘陵迅速恢复了冷漠的表情，"秦穆是纯汉人也好，是汉匈混血也罢，跟刘彻的任命又有何关系？"

"怎么没关系？刘彻此人向来疑心甚重，他对一个汉匈混血的杂种怎么可能真正信任？依我看，刘彻让秦穆仿造墨弩，其实就是在考验他，看他是不是真的忠于朝廷。换句话说，倘若秦穆顾念他的匈奴族人，怕汉军以此利器杀光匈奴人，因而在仿造墨弩的过程中动什么手脚，刘彻必然察觉，到时候秦穆不是必死无疑了吗？"

刘陵闻言，不禁倒吸了一口冷气。

张次公把她的表情尽收眼底，忽然道："陵儿，有件事，我想问问你，希望你跟我说实话。"

"不必问了。"刘陵看穿了他的心思，"我跟秦穆没有丝毫关系。"

"是吗？"张次公盯着她，冷然一笑，"那半个月前的那天晚上，他为何会鬼鬼祟祟地跑到这儿来见你？"

张次公那天在客栈后院撞见一个黑影，当时便觉得背影很熟悉，看上去很像秦穆，此刻又观察刘陵的反应，便足以认定那个黑影正是秦穆无疑！

只是让张次公满腹狐疑的是：秦穆和刘陵到底是什么关系？为何刘陵要对此讳莫如深？

"我是不是该称呼你仇少使？"

青芒走到郦诺面前站定，上下打量着她，眼中的惊愕之色仍未褪去。

"在这里，你当然要这么称呼。"郦诺淡淡一笑，"就像我应该称呼你秦尉丞一样。"

"能不能告诉我，你为何也跟我一样，不幸沦落为'朝廷鹰犬'了？"青芒也笑了起来，语带揶揄。

"我是被逼的，纯属无奈，不像你当得那么起劲。"郦诺反唇相讥，"听说你在生辰宴上舍身救主，还受了伤，皇帝有没有重重赏你？"

青芒苦笑了一下："咱俩虽未久别，却也算是重逢，这缘分如此难得，就不要互相挖苦了吧？"

"不是你先挖苦我的吗？"

"好好，怪我失言，给你赔罪。"青芒煞有介事地作了一揖，"主要是在这儿遇上你，太让我震惊了，跟做梦一样。我很好奇，到底发生了什么，才会让你摇身一变就成了未央宫漪兰殿的少使？"

郦诺不无自嘲地一笑："我也觉得像是在做梦。"说着，转身朝道旁那片栽满梅花树的园囿走了过去。

青芒紧随其后。

郦诺一边走一边慢慢讲述了起来。当听到夷安公主强行认她做师傅时，青芒不由得哑然失笑，心想自己还真得感谢这位刁蛮公主，否则郦诺现在已然远走天涯了，又怎么可能在未央宫中与自己重逢？

紧接着，青芒听郦诺讲到屠三刀的尸体上居然文着"墨者永生"的四个红字，顿时恍然大悟——怪不得天子会那么确定那把连弩是墨家之物！

"如此看来，这伙儿刺客分明是蓄意栽赃给墨家。"青芒道。

"没错，只是我想不明白，什么人会这么干。"

青芒蹙眉思忖，心中慢慢浮现出了一个答案，可眼下还不便把这个猜测告诉郦诺。

"有个事我想问你，你们墨家是不是有一种非常厉害的连弩，可以连续击发十支弩箭，还可以快速更换箭匣？"青芒问。

"我从没听说过。"郦诺一脸茫然，"你为何这么问？"

"因为那伙儿刺客当晚所持的武器便是此物，所以才会对禁军造成那么大的杀伤力。而现在朝廷认定，此物应是墨子所造，他们称之为——墨弩。"

"墨弩？"郦诺大为诧异，"不可能，若是我们墨家的东西，我岂会不知道？"

"我倒觉得没什么不可能。天机图的事，你之前不也一无所知吗？"

郦诺一怔，想了想道："若果真如你所说，那我们墨家的东西又怎会落入那伙儿刺客之手？"

"这正是咱们要弄清楚的事。"青芒若有所思，"若能破解这个谜团，进而便能查清这帮人的身份，以及他们背后的主使之人了。"

"你有线索吗？"

青芒微一迟疑，赶紧摇头："目前还没有。"

郦诺看着他："那你怎么查？"

"据我所知，御史府正在追查此案，应该会有线索，我想办法打探一下。"青芒撒了个谎。他要追查的线索当然是在刘陵那儿。

郦诺想着什么，忽然道："你觉得，当务之急是查这个所谓的墨弩吗？"

青芒心里咯噔了一下。

他知道郦诺想说天机图的事，只好随口敷衍道："你不这么认为？"

"别装了，你知道我想说什么。"郦诺的口气冷了下来，"你答应我的事，什么时候能办到？"

"石渠阁防卫森严，要进去殊为不易，况且目前也还不知天机图具体藏在何处。"青芒叹了口气，"所以，至少得先弄清它藏在什么地方，才有把握行动。"

郦诺观察着他的表情，冷哼一声："你是在敷衍我吧？"

"哪能呢？"青芒笑了笑，"你放心，再给我一点儿时间，我一定会信守承诺，完璧归赵。"

郦诺不答话，只是直直地盯着他，半晌才道："我看出来了，你根本没有真心想过帮我取回天机图。对吧，秦尉丞？"

她在最后三个字上加了重音。

青芒暗暗叫苦，却仍面带笑容道："这就是你多心了，我怎么会这么想呢？天机图是你们墨家的，我迟早要把它……"

"别自欺欺人了，我知道你是怎么想的。"郦诺冷冷打断他，"你担心天机图一旦回到我手中，其中的秘密再被我掌握的话，我们墨家便会以此对付朝廷和皇帝。而这正是你这位忠于朝廷、一心护主的卫尉丞不愿看到的，对吧？"

既然已被看穿，也就没有必要再遮遮掩掩了。青芒苦笑了一下，道："说实话，在我看来，就算你们破解了天机图的密码，掌握了什么杀人利器，恐怕还是斗不过朝廷，最后只能赔上更多人的性命。在这点上，我的看法和盘古一样。所以，我不愿看到你们墨家和朝廷再斗下去，更不想看到你出什么事……"

青芒说着，脑中蓦然浮现出梦中的那个场景——郦诺被皇帝刺中心脏，躺倒在血泊中，而自己只能眼睁睁地看着，丝毫无能为力。

虽然只是一个梦，但青芒所感受到的悲怆和痛苦却是那么真切和鲜明！所以，无论做什么，也无论付出什么代价，他都不能让这个梦境成真。

"既如此，那你我便是道不同不相为谋了。"郦诺的语气冷若冰霜，"剩下的事，我自己做，只希望你别挡道。"

"你想干什么？"青芒眉头一蹙，"你上回不是跟我说过，你决定接受盘古的建议，打算放弃了吗？"

"此一时，彼一时也。"郦诺冷笑，"之前是因为朝廷一直怀疑我，我处境危险，留在长安也做不了什么，只能离开。可现在不同了，上天既然给了我这个机会，让我鬼使神差地成了公主的师傅、漪兰殿少使，还光明正大地住进了未央宫，我凭什么不好好利用？我觉得这就是天意，是我爹和郭旗主的在天之灵在庇佑我，让我替他们报仇！"

青芒摇头苦笑："你爹在世的时候便不赞成与朝廷开战，所以才费尽心机让樊左使带着天机图隐匿起来……"

话一出口，他才意识到自己说漏嘴了——郦诺根本不知道这事。

"你说什么？！"

郦诺一脸惊诧地看着他。

"张次公，我警告你，好奇心太强，对你没好处！"

客栈房间中，刘陵目光凛冽地盯着张次公。

这么说几乎就等于默认了，张次公越发困惑于他们二人的关系，同时也越发嫉恨青芒，便讪讪一笑，道："听你这话的意思，那天来的人果然是他了？看来，这小子跟翁主的关系非同一般啊！"

刘陵看着他，沉默了片刻，突然抓起案上的一只铜酒壶扔了过去。张次公一声痛叫，用手捂住额角，鲜血从他的指缝冒了出来。

"痛吗？"刘陵嫣然一笑，从袖中掏出一方丝巾扔在了案上。

看着眼前这副既妩媚又恶毒的笑容，张次公在心里拼命咒骂，抢过丝巾捂在伤口上，嘴里恨恨道："不痛的那是死人！"

"痛就对了，痛才能长记性。"刘陵冷笑着站起身来。

张次公一怔，忙道："你干吗？这就要走了？"

"不然呢？"刘陵眉毛一挑，"本翁主还要留在这儿过夜不成？"

"那咱们下一步怎么办？"

"没有下一步。"

"你说什么？"张次公以为自己没听清。

"我说，没有下一步。"刘陵面无表情地重复了一遍。

张次公猛地跳了起来，也顾不上痛了，瞪大眼睛道："你什么意思？难道你不想杀刘彻了？咱们的大业就这么半途而废了？"

刘陵冷哼一声："我刘陵是那种半途而废的人吗？"

"那你到底什么意思？"

"我的意思很简单——既然你没本事杀刘彻，那我就找一个有本事的人来干。至于你嘛……"刘陵笑靥嫣然，伸手拍了拍他的胸脯，"回家好好将养，没事别到处乱窜，需要你的时候，我自会找你。"

"你是不是想把我甩了？"张次公怒了，扔掉丝巾一把抓住她的手腕。

刘陵盯着他的眼睛："张次公，我劝你冷静一点儿，别把本翁主对你的耐心消耗殆尽。"

张次公一向凶悍，从来没怕过什么人，可偏偏在刘陵面前总是狠不起来。所以此刻，尽管刘陵语气平缓，但在张次公听来，却分明比声嘶力竭的咆哮更有震慑力。

僵持片刻后，张次公终于无奈地松开了手。

几道带血的指痕印在了刘陵白皙的手腕上。

"陵儿，我对你和王爷一向忠心耿耿，这回更是把脑袋绑在了裤腰带上。虽说功败垂成，但我已经尽力了，没有功劳也有苦劳吧？你……你岂能丝毫不念旧情，说甩就把我甩了呢？"

"我若是不念旧，你还能站在这儿跟我说话吗？"刘陵看着自己手腕上的血痕，"你知道的东西那么多，让你消失岂不是更省事？"

张次公苦笑了一下："这么说，我还得谢你不杀之恩喽？"

"谢就不必了，你只要安分一点儿，别给我惹麻烦就行。"

"怎样才叫安分？"

"我刚才已经说了。"

"照你这意思，我后半生就该老老实实当一介庶民，什么都别想了是吗？"

"那倒也不至于。"刘陵又是一笑，用衣袖轻轻擦去手腕上的血痕，"让你回家将养是为你好，让你养精蓄锐。你毕竟是北军将军，关键时刻，总会有你的用武之地的。到时候，你若能将功补过，我自然不会亏待你。"

"那你之前答应的还算数吗？"

"当然，只要你别再让我失望。该给你的荣华富贵，一样都不会少。"

"我要的，不只是荣华富贵。"张次公忽然目光灼灼地看着她。

"那你还想要什么？"刘陵装糊涂。

"我要什么，你很清楚。"

"张次公，做人可不能太贪心。"刘陵的目光又冷了下来，"什么该要，什么不该要，得有点儿自知之明。"

"我算是听明白了。"张次公悻悻道，"你不就是觉得，那个姓秦的比我更有本事吗？想必那天夜里，他摸进这个房间，也让你见识了他作为男人的本事了吧？"

话音刚落，"啪"的一声，一记清脆的耳光便落在了他的脸上。

左脸颊火辣辣地疼。张次公恼羞成怒，下意识地把手按在了腰间的刀柄上。

然而这个动作完全是多余的，因为他根本不敢把刀抽出来。

刘陵死死地瞪着他，同时朝他逼了过来。张次公只能尴尬后退，然后一步步被她逼到了墙边。

紧接着，一口唾沫啐到了他的脸上。

"张次公，你真让我恶心！"

扔下这句话，刘陵便头也不回地走了出去，旋即"砰"的一声重重带上了房门。

张次公抹了把脸上的唾沫和鲜血，愣怔了半晌，突然发出一声吼，抽出长刀狠狠劈在身旁的一张木俎上。

木俎的一角被齐齐砍断，翻着跟斗飞向了半空……

"你说什么？樊左使带着天机图离开是我爹的安排？"

宫中园囿，郦诺难以置信地看着青芒。

事已至此，青芒也无法再隐瞒了，便把当日在终南山上从北冥那儿听到的事和盘托出。

郦诺恍然。

想到父亲，她的眼眶不禁一红。

"你爹之所以让樊左使带着天机图秘密转移，就是怕你们这些血气方刚的少壮派铤而走险，令墨家遭受更大的打击。"青芒轻声道，"这是他老人家的一片苦心，你别怪他。更何况，以暴制暴只能催生更多的杀戮和仇恨，你们墨家的宗旨不就是'兼爱''非攻'吗？"

"别跟我扯什么'兼爱''非攻'的大道理！"郦诺抹了抹眼睛，恨恨道，"我爹一辈子信奉墨子之道，一而再、再而三地隐忍退让，可结果呢？还不是遭了朝廷的毒手？这难道还不足以证明，只有奋起反抗、以暴制暴才不会任人宰割吗？！"

青芒语塞。

他蓦然想起了昨夜梦中的少年蒙奕——他的倔强、血性和仇恨之心，与此刻的郦诺简直如出一辙。

可蒙奕不就是另一个自己吗？

就此而言，青芒刚才的说辞与其说是在说服郦诺，不如说是在说服自己。然而可笑的是，他既说服不了郦诺，也说服不了自己。

"你若要跟我讲大道理，那也无妨。《礼记·曲礼》中有句话，'兄弟之仇不反兵，交游之仇不同国'，前面还有一句，不知你还记不记得？"郦诺一脸讥嘲地看着他。

青芒苦笑，一声长叹道："父之仇，弗与共戴天。"

"亏你还没忘。"郦诺冷笑，"那请你告诉我，倘若我听从你的劝告，置父亲的血海深仇于不顾，那我岂不是成了违背礼制的不孝之子？"

青芒回答不出来。

这句诘问对他自己同样适用，也正是他此刻心中最大的煎熬。

见他黯然不语，郦诺也觉得没必要再说什么了，遂决然转身，缓缓离开。

自从入宫后，她每天都在盼着跟青芒见面，没想到现在真的见面了，两人的立场却完全是针尖对麦芒。

其实郦诺也是想跟他好好说话的，奈何青芒暧昧不明的立场令她失望至极，加上他冒死营救皇帝的行为，更令她无法接受。所以，结果就只能这样了。

郦诺步履沉重地渐渐走远，她的身影在周遭巨大宫殿的映衬下显得渺小而孤单。

青芒目送她远去，怔怔地站了好一会儿，才满心无奈地转身离开。

二人身后，那些原本在风中恣意飞舞的花瓣已然零落一地。

在距离这片园囿约莫十丈开外的地方，有两三间低矮的杂物房。

此刻，一双眸子正在其中一间杂物房的窗户后面冷冷地窥伺着。从这里望出去，恰好可以看见青芒和郦诺方才所站之处。没有人知道，这双森寒的眸子已经在这里窥伺了多久……

御史府书房，李蔡端坐案前，正凝神阅读一册竹简。

"惟贤，案子查得如何了？可有进展？"

汲黯风风火火地闯了进来，人未至声先到。

"这就是个死案。"李蔡头也不抬，淡淡道，"我自忖无能，正寻思着把案子移交给廷尉寺呢。"

"你就这么想害我？"汲黯笑了笑，一屁股在书案边坐下，"那你索性把我绑了交给张汤得了，岂不是更省心？"

"别以为我不想。"李蔡白了他一眼，"案子发生在你内史府，门吏姚政、掾史卢协可都是你府上的人，还有那些个所谓的屠户，不也是给你们内史府送货的？要我说，真把你拿下也没什么不对。"

"听你这口气，还是查出点儿东西了嘛。"汲黯仍旧笑道，"屠三刀那伙儿人究竟什么来头？"

"一个月前才潜入京师的。"李蔡把案上的那册竹简往汲黯面前一推，"花费重金盘下了尚冠前街最大的一家肉铺，伪装成屠户，通过姚政、卢协二人一直在给你们内史府送肉，其实等的就是你的生辰宴。"

汲黯拿起竹简看着，眉头一蹙："全部查无此人？"

李蔡叹了口气："屠三刀和那帮手下，其名籍、符传等，凡是能证明身份的东西全部是伪造的，更别提什么家世背景了。我的人最近四处奔波，转了一大圈回来，结果都是这四个字——查无此人。"

"这帮家伙皆为死士，查不出真实身份也在意料之中。"汲黯道，"可姚、卢二人可是我那儿在册的属吏，从他们身上肯定能查到线索吧？"

"你以为我没查吗？"李蔡没好气道，"这姓姚的就是个绝户！父母早亡，妻子几年前病故，他也没续弦，膝下无儿无女，连朋友都没几个，天生就是块儿作奸犯科的料，出了事谁都不连累。"

汲黯苦笑："那卢协呢？总不能也是绝户吧？"

"我说你这官是怎么当的？你自己的属下什么情况你都不清楚吗？"

"内史府大大小小几百号官吏，要真把他们祖宗十八代全弄清楚，那我就啥正事也别干了。"汲黯不服道，"再说了，查人祖宗、挖人老底不是你们御史府干的事吗？这事我可不拿手。"

"听你这意思，你汲内史就是干正事的，我李蔡干的就是见不得人的事是吗？"

汲黯撇撇嘴："我可没这么说。"

"可我听你那话，怎么像是在骂人呢？"

"行了行了，有牢骚跟陛下发去，你跟我倒苦水也没用。"汲黯嘿嘿一笑，"快说说，卢协是个啥情况？"

李蔡又白了他一眼，才慢条斯理道："卢协上有老母，下有妻儿，一家七口都在老家河东，不过三年前就举家搬迁了，没人知道这一家老小究竟去了哪儿。"

"那就查他的行踪，看卢协经常出入什么地方，跟何人来往。"

"我已经让杜周去查了。根据初步掌握的情况，这家伙深居简出，来往的人也不多，日子过得寡淡如水，跟姚政如出一辙，目前也没查到任何有用的线索。"

汲黯沉声一叹："如此看来，这帮墨者还真是处心积虑、蓄谋已久啊！就跟前几回一样，把屁股擦得一干二净，什么线索都不给你留下。"

"你真的相信，这回也是墨者干的？"李蔡斜睨着他。

"屠三刀都把墨家的口号文到身上去了，还能有假？"

"文几个字又有何难？"李蔡冷哼一声，"天底下还有比这更容易的栽赃手段吗？"

汲黯蹙眉："不是墨家，难道是匈奴不成？"

"你觉得像吗？"李蔡不答反问。

汲黯略微思忖，蓦然一惊："你的意思是……诸侯？！"

李蔡冷笑不答，忽然换了个话题："对了，有件事我一直想问你，你那天毫无来由地，突然就把仇芷若认作义女，到底是什么心思？"

汲黯一怔，旋即笑道："我能有什么心思？不就是公主喜欢仇姑娘，我便顺水推舟、成人之美而已吗？"

"你以为你这么一推，仇芷若就可以洗刷墨者嫌疑，而你便可一劳永逸，从此再也不怕公孙弘、张汤抓你小辫子了，是吗？"

"知我者，惟贤也。"汲黯得意一笑。

"长孺兄啊长孺兄！"李蔡摇头叹气，"我真不知道该夸你聪明呢，还是该骂你自作聪明。"

"什么意思？"汲黯不解。

李蔡直视着他："如果仇芷若真是清白的，那倒也罢了。可万一她真有什么秘密身份，且包藏祸心、图谋不轨，那你把她送进未央宫，岂不是引狼入室，把陛下置于万般危险之地？"

"这就是你多虑了，仇芷若岂能有什么秘密身份？这不就是公孙弘和张汤想搞我才找的借口吗？"

李蔡冷哼一声："好，即使如你所言，可你想过没有，虽说仇芷若眼下成了公主的师傅、漪兰殿少使，可终究是不谙宫廷规矩的一介民女，身上的江湖习性一时半会儿怕也改不了，万一哪天行差踏错，得罪了公主，或者不讨公主喜欢了，那么公孙弘、张汤会不会趁机借题发挥，把事闹大？到时候，非但仇芷若罪责难逃，恐怕连你这个'义父'也别想置身事外。换言之，你把她送进宫里，其结果很可能是害了她，更是害了你自己！"

汲黯闻言，心中有些惊疑，却仍强作镇定道："你这未免太危言耸听了吧？一个小女子，能犯什么大错？"

李蔡摇头苦笑："也罢，既然你如此自信，那就算我杞人忧天、庸人自扰吧！"

汲黯刚想再说什么，一名书吏匆匆来到门口，躬身道："启禀大夫，陈御史求见，说有要事禀报。"

"让他进来。"李蔡坐直了身子，收起案上的竹简。

"哪个陈御史？"汲黯忙问，"是不是与刺杀案有关？"

"是别的案子。"

汲黯闻言，知道自己不便再待下去了，只好起身告辞。刚要朝门口走去，李蔡忽然叫住他，朝另一边的侧门努努嘴，示意他走那儿。

"不必如此谨小慎微吧？"汲黯不以为然，"你跟我交往还要避人耳目？"

李蔡淡淡一笑："谨言慎行，终归不是坏事。"

汲黯从鼻孔里重重地哼了一声。

从侧门出来后，汲黯拐了个弯，穿过一条回廊，本来径直往前走便可出御史府，可他蓦然动了个念头，心下生出好奇，便原路退了回来，然后趁着四下无人，躲到了离书房正门不太远的一座假山后。

过了片刻，一个穿着便服、宽肩厚背的魁梧身影便从御史府后门方向快步走了过来。

汲黯探出头去，定睛一看，顿时有些惊诧——

此人哪是什么"陈御史"，分明是李蔡的堂兄、郎中令李广！

汲黯不禁满腹狐疑：自家堂兄弟日常往来，居然要假冒身份，还要走府院后门，甚至还怕自己撞见，这也太反常了吧？李蔡究竟在搞什么幺蛾子？

第
三
章

共工

士虽有学，而行为本焉。

——《墨子·修身》

为了全力打造墨弩，刘彻下旨，把西市规模最大的一座官营铁器工场专门拨给了严助和青芒，所需人手和各式器具一应俱全，但给出的期限只有短短一个月。

青芒因此被调出了未央宫，进驻工场。按照皇帝旨意，一个月后，他和严助要么拿着成功仿造的连弩去面圣，要么就自个儿提着脑袋去。

头三天，青芒、严助和一帮工匠们几乎不眠不休地连轴转，才将一把墨弩完整地拆卸下来，还原成了一个个零件。

第三天傍晚，当他们睁着布满血丝的双眼看着铺满一整个案头的零件，刚刚泛起的兴奋之情瞬间便被沉甸甸的压力所取代。

因为他们数了数，一把墨弩拆下来的零件居然有上百个！

而且上百个零件里面，至少五成以上是比指甲盖儿还小的构件，甚至有将近一成的小部件仅有黄豆大小，其精密程度可想而知。要想毫厘不差地复制这些零件，并将它们完美地装配成一件杀人利器，谈何容易！

工匠们面面相觑，然后便都不约而同地望向严助和青芒。

青芒环视众人，忽然露齿一笑："诸位此次进京之前，可否给家人留了遗书？若忘记留的，现在写还来得及。"

众人闻言，越发懊丧。

"秦尉丞,切莫说这种丧气话。"严助咳了咳,勉强笑道,"咱们这么多人,集思广益,群策群力,又岂会被此区区小事难倒?"

"区区小事?"青芒眉毛一挑,"严大夫过谦了吧?若只是区区小事,陛下又怎会派您这位股肱之臣专任此责?"

"秦尉丞此言折煞严某了。"严助捋了捋下颏短须,矜持一笑,"严某乃内朝之臣,既非外朝正官,又无勋位爵衔,只是替陛下拾遗补阙罢了,实在当不得'股肱'二字。倒是你秦尉丞,年轻有为,圣眷正隆,这回若再圆满完成此任,便是大功一件,来日定可平步青云,前程不可限量啊!"

青芒挠了挠头:"说实话,三天前一接到圣旨,我便已做好准备了。"

"哦?秦尉丞是准备一试身手、大展宏图了吗?"

"错。我是准备好,期限一到,便提着脑袋入宫面圣去!"

严助和工匠们都是一愣。

青芒哈哈大笑,然后打了个长长的哈欠,冲众人摇摇手:"抱歉诸位,在下困得不行了,眼皮子直打架,得好好补一觉去,拜托诸位明早别叫我,让我睡个自然醒,天塌下来也别叫我!"一边说一边径直走了出去,话刚说完人已从门口消失了。

众工匠都傻傻地望着门口,一个个脸上流露出羡慕嫉妒的表情。

"看什么看?都给我抡起袖子干活!"

严助满脸不悦,沉声喝道。

暮色渐深,寒风刺骨,工场里却到处炉火通红、热气氤氲。

工场后院有一幢二层楼房是众人寝室。此刻,青芒正在自己房间中和衣而卧。房中已熄了灯,漆黑无光,可青芒却双目炯炯,睡意全无。

其实他刚才并没有说谎,这三天两夜的确把他折腾得精疲力竭,照理说一挨枕头便会睡死过去,可青芒却愣是睡不着。

不,准确地说,他是不敢睡。

因为,他心里始终牵挂着郦诺。

以郦诺那执着坚毅的性情,加上无比强烈的复仇之心,青芒相信,她迟早会铤而走险,冒死潜入石渠阁盗取天机图。

而在防卫异常森严的未央宫中,这样的行动无疑是极端危险的,不啻飞蛾扑火。所以这几日,青芒的心一直悬着,随时都在担心郦诺会出事。

若想保护她，不让她去冒险，唯一的办法，只能是青芒自己抢先出手，把天机图盗出来，从而彻底打消她的念想。至于之后到底要不要把天机图交给她，那就是另一码事了。

可现在的问题是——自己能成功吗？

入阁盗图对郦诺是一种巨大的冒险，对自己又何尝不是呢？

尽管自己的轻功和身手比她强得多，也比宫中任何一个禁军守卫强得多，可这仍然是一场凶险无比的行动，稍有不慎便有可能自投罗网，被石渠阁的禁军守卫们"瓮中捉鳖"……

正这么想着，楼下庭院忽然传来一阵激烈的争吵声，听上去吵得还挺凶。

青芒不由得苦笑。

这几日，工匠们夜以继日地埋头干活，一个个缺眠少觉、肝火虚旺，难怪一言不合便会掐起来。

本来青芒并不想搭理，不料下面的人吵着吵着居然动了家伙，一阵乒乒乓乓的打斗声立刻灌入了他的耳膜。

青芒叹了口气，起身走到窗前，把窗户推开一条缝，看见院中一高一矮两个工匠正手持长刀打得不可开交。其他工匠都远远站着，有的规劝有的吆喝，就是没人上前拉架。

青芒摇头苦笑，正欲开口呵斥，突然，那个高个子像是踩到了什么东西，脚下一滑，猛地往前一扑，胸膛竟直直撞向矮个子的刀尖。

矮个子猝然一惊，慌忙缩手，却已经来不及了——长刀"噗"的一声刺穿了高个子的前胸后背。

周围看热闹的工匠们顿时发出一片惊呼。矮个子吓坏了，撒开手连连后退，然后一屁股跌坐在了地上。

青芒也被这突如其来的一幕惊呆了。

而就在这一瞬间，他的脑中猛然闪过一幅与眼前景象极其相似的画面——一个身材壮实、脸膛黑红的工匠模样的汉子，被一把长刀贯穿了胸膛！

他是谁？

为什么我脑中会有这样的画面？！

这时，严助带着一队军士怒不可遏地冲进了庭院。青芒回过神来，赶紧在严助的目光瞟上来之前把窗户掩上了。

他闭上眼睛，眉头紧锁，用力回忆着刚才那个乍现即逝的画面。

很快，画面便以定格的方式重新浮现了出来。

青芒终于清晰地看见：

这是一个月光明亮的晴朗的夜晚；那个工匠穿着一身臃肿破旧的匈奴袍服，衣服脏得已经看不出颜色；他站在一片茂密的树林中，地上铺着一层薄薄的落叶；刺中他的那把刀，握在一名匈奴百夫长的手里；而在这个百夫长和工匠周围，至少还站着十几名全副武装的匈奴士兵。

共工？！

不知道为什么，此刻青芒十分确凿地相信，画面中这个被匈奴人围困的工匠，一定就是携带着天机图流落匈奴的墨者共工！

紧接着，记忆中的画面出现了令他意想不到的转折——共工在被刺中的刹那，发出一声野兽般的怒吼，同时右手一挥，刀光闪过，那个百夫长的头颅竟飞了出去，一道血柱从断颈处喷射而出。

周遭的十几个匈奴士兵呆了一瞬，旋即挥刀扑了上来。

就在这时，一道黑色的身影从旁边的树上飞掠而下，然后便是一阵令人眼花缭乱的厮杀……不，准确地讲，是黑衣人对这些匈奴士兵展开了一场毫不留情的屠杀。

因为这些貌似凶悍的士兵，在黑衣人面前，既无招架之功更无还手之力。

短短片刻工夫，所有匈奴士兵便都无声无息地倒在了地上。

月光下，黑衣人撕下面罩，阿檀那的脸露了出来。

共工扭头看着他，惨然一笑，接着便瘫软了下去。阿檀那一个箭步冲上来，抱住了他……

接下来，画面一转，阿檀那背着共工在树林中健步如飞地奔跑着，身后不远处紧跟着一串串星星点点的火光，显然是追兵。

共工的后背斜挎着一只黑色帙袋，袋子里装着一个圆筒状的东西。

然后，画面变成一处昏暗逼仄的山洞，一堆小小的篝火在毕毕剥剥地燃烧着。共工奄奄一息地躺在篝火旁，阿檀那正手忙脚乱地想给他止血，无奈鲜血还是从伤口处汩汩而出。

"别忙活了……"共工气若游丝，指着一旁的帙袋，"带上它，去长安，找铁……铁锤李。"然后，又让青芒从他身上撕下一块布条，用手指蘸了血，在上面颤颤巍巍地写下"维天有汉，鉴亦有光"八个字。

"若是找不到铁锤李呢？"

听完共工断断续续地交代了一些相关的事后，青芒问。

共工微微一怔，旋即苦笑了下："若是找不到他，樊左使也……没来找你，那就说明，墨家……差不多也完了。到那时，你便可……替墨家，完成……最后一件事了。"

"最后一件事？"阿檀那蹙眉，颇为不解。

共工虚弱地垂了一下眼皮，算是回答。

"什么事？"

"打……打开天机图，然后，毁……毁掉一切。"

"既然要毁掉一切，又何必打开？"阿檀那瞥了地上那只黑色帙袋一眼，"我直接把它毁了不就完了？"

"不！"共工露出焦急之色，"必须打……打开它，才能毁掉它……背后的东西。"

"可它背后到底是什么东西？照你之前所说，不就是几件杀人利器吗？"

"你到时……打开它，自……自会知晓。"共工模棱两可道。

阿檀那无奈，只好问道："可你不是跟我说过，没有密码打不开天机图吗？那密码到底是什么？"

"我……告诉过你了。"

"你告诉过我？"阿檀那不由得睁大了眼睛，一脸懵懂，"你何时告诉过我？"

共工看着他，咧嘴想笑，不料竟喷出了一大口鲜血，把阿檀那的脸都喷花了。紧接着，共工就不行了，呼吸突然急促了起来，瞳孔也越来越浑浊，像是一条被抛到岸上的随时都会窒息的鱼。

阿檀那大惊，顾不上理会满脸的血，赶紧问："你到底告诉过我什么？"

"诗……"

"诗？什么诗？"阿檀那越发困惑，"你写过那么多乱七八糟、不知所云的歪诗，我怎么知道是哪一首？"

共工闻言，居然笑了，而且还笑出了声。

"都什么时候了，你还笑得出来？！"

阿檀那啼笑皆非。

"聂政刺……"

共工盯着他，用尽最后的力气吐出了这三个字，然后未及散去的笑意便彻底凝结在了他的脸上。

"先生……"

阿檀那哽咽着，泪水夺眶而出。

突然，一阵急促的拍门声把青芒从那个悲伤的夜晚一下拽回了现实。

青芒无奈地睁开眼睛。

该死！早不敲晚不敲，偏偏在老子要回忆天机图密码的节骨眼儿上敲老子的门！

青芒故意等了一会儿，才装出一副从睡梦中被吵醒的口吻，粗声粗气地喊道："我不是说过别叫我吗？！"

"秦尉丞，本官也不愿扰你清梦，只是下面出了大事，你我职责在身，恐怕还是要出面处理一下。"

门外，严助的声音不紧不慢道。

青芒不语，轻轻脱下外衣和鞋履，又弄乱了床榻上的被褥，然后取下头上的发簪，解开发髻，让一袭长发披散了下来。做完这一切，才懒懒道："出了何事？"

"出人命了。两名伙计私下斗殴，误杀了一个。"

"他们都是你的人，何须我来出面？"

"秦尉丞此言差矣！从陛下命我等督造墨弩的那一刻起，你我便是一条船上的人了，岂可强分彼此？"严助的语气显然有些不悦了。

青芒没再说什么，用火镰点着了床边的一盏灯，然后走过去打开房门，斜倚在门框上，抱起双臂，用一副睡眼惺忪的模样看着严助："我不是说过，天塌下来也别叫我吗？"

严助笑笑，目光有意无意地越过他的肩头，瞟了房中一眼："毕竟是出了人命，依照朝廷规矩，你我二人身为主官，皆须担负一定之责，岂可不闻不问，兀自大梦周公？"

青芒心里惦记着那个比什么都重要的密码，生怕耽搁太久便彻底想不起来了，遂不客气道："严大夫，我有一种预感，咱们这地方，接下来还会出人命。你信吗？"

严助一愣："何出此言？"

青芒冷然一笑："自三天前开工到现在，大伙儿每天的睡眠都不足两个时辰。人一缺觉就会上火，一上火就容易起争执，斗殴杀人之事也就在所难免了。所以我敢断定，你再不让大伙儿好好睡一觉的话，弟兄们憋了一肚子火无从发泄，就什么出格的事都干得出来。说难听点儿，再死几个人也不奇怪。"

严助呵呵一笑："没你说的这么严重吧？"

青芒不想再跟他纠缠了，便从怀中掏出一枚印章，往他怀里一塞："劳烦严大夫给行凶者录份口供，再把我的章盖上。如此，下官就算跟您一起担责了。现在，我要接着去梦我的周公，您慢走，不送。"

严助无奈，把印章揣进袖中，讪讪道："也罢，那秦尉丞好好歇息，我就不打搅了。"

"多谢。"青芒伸手去关房门，忽然又露齿一笑，"对了，劳烦严大夫跟弟兄们说一下，若是有人再来拍我门板，把我惹毛了，保不齐，我怒火攻心也会杀人。"说完，也不等严助反应，"砰"的一声关上了房门。

吹熄灯火，青芒又躺回床上，闭上眼睛，试图继续回忆。

糟糕的是，经严助这么一折腾，脑海中竟一片空白，什么都回忆不起来了。

聂政刺……

他唯一记得的只有这三个字。

这也是目前能想起来的、共工留给他的关于天机图密码的唯一线索。

青芒不禁在黑暗中发出苦笑。

就凭这三个字，如何破解那青铜圆筒上的十二位密码？

可眼下没别的办法，也只能从这三个字入手了。"聂政"是一位古人的名字，此人青芒倒是知晓。他是春秋战国时代名闻天下的四大侠客之一，韩国轵县人，以仗义任侠著称。巧合的是，墨家白旗旗主、数年前被刘彻诛杀的郭解也是轵县人，可见这是一个自古民风彪悍、历代侠士辈出的地方。

据战国的相关史料记载，聂政早年为民除害，杀了乡里一霸，遂携母、姐避祸齐地。韩国大夫严仲子久闻其侠义之名，便与聂政结为至交，并献巨金为其母贺寿。当然，严仲子这么做，也有其个人目的——他之前与韩国丞相侠累因廷争结仇，多次派人刺杀侠累，无奈侠累防备森严，始终未能得手，故而才找到聂政，希望他出手相助。

面对严仲子的请求，聂政并未答应，而是表示老母尚在，自己必须尽孝，不宜犯险。严仲子无奈，只好作罢。数年后，聂政之母去世。他为母亲守孝三年后，忆起严仲子的知遇之恩及所求之事，便独自一人仗剑赴韩都阳翟，将侠累刺杀于其府邸之中，并格杀侍卫数十人。因怕身份暴露、连累姐姐，聂政遂自行毁容挖眼、剖腹自杀，死状极其惨烈……

这便是历史上著名的"聂政刺侠累"的故事。

共工当时没有说完的那句话，应该就是"聂政刺侠累"。可问题是，这只是一首诗的起始一句,后面到底还有多少句?内容是什么?而且,就算把共工写的整首诗都回忆起来,它跟天机图密码又有什么关系?如何才能通过一首诗,破解青铜圆筒上的十二位密码?

此刻的青芒一片茫然,如堕五里雾中。

想了半天,仍旧没有半点儿头绪。

罢了,此事目前只能暂时搁置,当务之急,还是要赶紧入宫盗出天机图。

这么想着,青芒立刻翻身而起,绾好发髻,换上一套夜行衣,又戴上面罩,然后把佩刀系在背后,从窗口处敏捷地攀上屋檐,又翻上了屋顶。

让他有些意外的是,此时整座工场居然悄无声息。

看样子,显然是严助听从了他的劝告,让大伙儿全部停工睡觉了——包括严助自己,估计也都睡死了。

青芒无声一笑。

他双足运力,在屋脊上疾走如飞,然后纵身一跃,没入了漆黑的夜色中。

片刻后,黑暗中忽然又冒出一个诡异的身影,从不远处的屋顶蹑手蹑脚地朝工场的方向而来……

青芒一鼓作气从西市跑到了未央宫。

一路上,为了躲避巡夜的士卒,他时而飞檐走壁,时而伏低潜行,到达北阙的宫墙下时,宫中刚好敲响了二更梆子。

宫墙外有几株高大的槐树,早已掉光了树叶,只剩下一根根苍劲嶙峋的枝杈张牙舞爪地遥指夜空。

其中最高的那株,有一根手腕粗细的枝杈距离宫墙最近,目测约莫两丈来远。

这个距离对一般人自然形同天堑,可对青芒而言却是小菜一碟。

他先是蹿上树干,等候城墙上的一队巡逻禁军走过,然后飞快地跑上那根枝杈,在接近末端的地方用力一踩,借助树枝的弹性腾空而起,旋即像一只黑色的大鸟掠过半空,稳稳地落在了城墙上。

石渠阁位于未央宫西北部,与天禄阁东西相对。

秦末,汉高祖刘邦攻入秦都咸阳,麾下武将只顾争抢金帛财宝,唯有萧何全力保护秦宫所藏的各种典籍图册。之后营造未央宫,萧何特地修建了石渠、天禄两座殿阁，专门用以收藏历代文献等。

据青芒所知，天机图便秘藏于石渠阁中。

石渠阁台基高耸，气势恢宏，因当年修建时环绕殿阁开凿了一条石渠，引入宫外潏水，以便就近取水，防范火灾，故而得名。

此刻，石渠外围三步一岗、五步一哨，殿阁四周的回廊上则有一队队禁军来回巡逻。青芒躲在不远处仔细观察了一下，又环顾了周遭一眼，看见左前方有一小片灌木丛，离石渠只有三丈来远，心里立马有了主意。

他猫腰摸进了灌木丛中，然后捡了一颗石头，朝右手边远远地扔了出去。

对面石渠的几名哨兵闻声，立刻走过去察看。青芒确认正面再无岗哨后，迅速起身，利用夜色掩护飞快冲向石渠，然后借着前冲的惯性，一下跃过一丈多宽的沟渠，顺利来到了台基下。

然而，正当他跃上台基，准备翻越石栏时，却见一支巡逻队沿着回廊迎面走来，赶紧把头一缩，又跳回到了台基下。

好巧不巧，就在这个当口，身后竟同时走来了一队提灯持炬的禁军，为首一人正大声呵斥那几个离开岗位的哨兵。

青芒大吃一惊——听声音，此人居然是他的顶头上司——卫尉苏建！

眼看苏建等人越走越近，手上的灯笼火把转眼就会照亮他的藏身之处，青芒顿时叫苦不迭——这可真叫上天无路，入地无门，活生生要被抓一个现行啊！

几近绝望之际，他目光一垂，落在离自己不过三步开外的渠水上，眼中立刻发出绝处逢生的光芒。

这不就是一个绝佳的藏身之处吗？

时值寒冬，渠水表面结了一层薄冰，所幸近日天气渐渐转暖，部分冰面已经融化。青芒不敢再有丝毫耽搁，立刻顺着石渠的边缘轻轻滑进了渠水中。

渠水没顶的瞬间，苏建也刚好走到石渠边。

虽然青芒入水的动作十分轻缓，可还是免不了荡起几圈细微的涟漪。

幸运的是，苏建的目光并未落在渠水上。他训了方才那几个离岗的哨兵几句，又朝四周看了看，这才下意识地走到石渠边上，往下面探了一眼。

此刻，那些细微的涟漪刚刚平复。

眼见无甚异常，苏建便带队离开了。

平静的水面上，慢慢冒出了一串气泡。接着，青芒的脸露出了水面——这是一张被冻得痛苦不堪、彻底变形的脸。

若是苏建再多待一会儿，青芒相信自己一定会冻成一具冰尸。

他咬紧牙关，浑身哆嗦着爬出了石渠，然后回到台基下缓了好一会儿。直到身上残留的水流得差不多了，体温也稍稍恢复，他才翻过栏杆，跳进了回廊中。

循着大殿的墙根往前摸了一段路，青芒终于找到了适合他进出殿阁的"入口"——那是一排开在墙壁高处的横向的通风窗，离地至少一丈多高。

由于石渠阁是收藏典籍之所，无人居住，且为了保证安全，所以整座殿阁一扇普通窗户也没有，只开了这种用于通风采光的"高窗"。

当然，这个高度难不住青芒。他后退了两步，奋力一跃便攀了上去。

刚从横窗探进一个头，眼前的景象就把青芒震慑住了。

借着大殿四壁上那些长明灯的光亮，依稀可见整座殿阁宽敞宏阔，一排排高大齐整的铜柜陈列其间，犹如雄壮威武的军队方阵，又像是一座巨大而复杂的迷宫。放眼望去，光是铜柜的数量已不可胜计，足见柜中所藏的文献典籍更是汗牛充栋、浩如烟海！青芒就这么看了一眼，便觉一股恢宏肃穆的文翰之气扑面而来，不由得叹为观止。

慨叹之余，他不免大为犯愁——要想在这不计其数的书柜中寻找天机图，岂不是如同大海捞针？

青芒心中一叹，从高窗上跳下，然后悄悄摸向最近的一排铜柜。借助壁灯的微光，看见书柜最上首标有篆体的"六艺""礼乐""乙部"字样，表明这排书柜里藏的都是礼乐典籍，而且还只是该类别的一小部分。因为有"乙部"必有"甲部"，说不定还有"丁部""丙部"等。

这个类别跟自己毫无关系，青芒便不再理会，径直穿过数排铜柜，随即看见了另一个类别，上面标着"六艺""射御"等字样，可见都是些射术、骑术之类的书。

接着，青芒开始在迷宫般的一排铜柜间穿梭徜徉，陆续看见了"诸子""诗赋""数术""医家""农家""杂家"等各种类别。他猜想，天机图如果真的藏在某一排书柜中的话，它所属的类别一定是"方技"或"百工"……

就这么边走边看，青芒不觉来到了大殿中央。

此处光线昏暗。他只好睁大了眼睛寻找，看铜柜上是否有"方技"或"百工"字样。

他一直仰着头，又走过几排书柜，突然脚下被什么东西绊了一下，一个趔趄差点扑倒。青芒吓了一跳，同时听见了一声闷哼。

这分明是人的声音！

他赶紧低头一看，恰好与一个睡眼惺忪的小黄门四目相对。

小黄门箕坐在地，伸着两条腿，背靠着铜柜，方才显然是在打盹儿。

双方都愣了短短一瞬，然后万般惊愕的小黄门张嘴就要喊 —— 说时迟那时快，青芒闪电般一掌劈下，小黄门一声闷哼，白眼一翻晕了过去。

好险！

青芒的心不禁咚咚狂跳。

想必这家伙是在此殿值夜的，本来其职责应该是要四处巡弋、防火防盗才对，可他竟躲在这儿偷懒睡觉。

青芒解开这家伙的裤腰带，把他的手脚捆在了一起，又脱下他的袜子塞进他嘴里，然后拍拍他的脸颊："小兄弟，想睡就让你睡个够。"

这家伙身边搁着一盏熄灭的朱雀宫灯。青芒从怀中掏出火镰，轻轻一划，引燃火绒，把灯芯点着了，然后提着灯往铜柜的上方照去，看见上面标着"史家""东周""丁部"字样。

看来这里存放的便是春秋战国的部分史籍了。

青芒又顺手往下一照，看见左手边首列书柜的最上一格标着"国策"，以下数格依次标着"齐策""楚策""燕策""韩策""赵策""魏策""秦策"。

战国七雄！

毫无疑问，这一列书柜中所存的，便是战国时代七个主要诸侯国的相关史料，可天机图显然不可能藏在这里。青芒叹了口气，提着宫灯正要离开，突然间，脑海中毫无来由地响起了一个声音：聂政刺侠累，孝公始强秦。

青芒浑身一震，停住了脚步。

令他无比震惊的是，脑海中的这个声音分明是共工的！

准确地说，是他突然回忆起了共工写的那首诗 —— 那首藏有天机图密码的诗！

现在已经有两句了，那后面是什么？

青芒蓦然兴奋了起来，赶紧闭上眼睛，凝神细思。

很快，脑海中又蹦出了两句：主父沙丘死，李牧冠三军。

这可真是踏破铁鞋无觅处，得来全不费工夫！青芒激动得鸡皮疙瘩都快起来了，干脆盘腿往地上一坐，把宫灯搁在一旁，屏气凝神，弃绝万念，驱使自己一步一步走进了回忆之中……

一座热火朝天的铁器坊，十几个光膀子的大汉正埋头劳作，挥汗如雨。

坊中白雾弥漫，热气蒸腾。

六七个匈奴士兵懒洋洋地站在坊外，监督着工匠们干活。

阿檀那穿着左都尉的官服，步履沉稳地朝铁器坊走来，手里提着一只粗布包裹。士兵们一看，纷纷打起精神，忙不迭地躬身行礼。阿檀那鼻孔里哼了一声，算是回礼，然后走进坊中，径直来到正在抡锤打铁的共工面前，把包裹扔在了铁墩上。

"照着这东西，打十件，明天就要。"

阿檀那背起双手，一脸倨傲道。

共工赶紧放下铁锤，点头哈腰，满脸堆笑道："请左都尉放心，小的一定按时完成。"说着解开包裹一角，迅速瞟了一下，马上又系紧了，冲阿檀那眨了眨眼，低声道："今儿这个比上回瘦啊。"

其实，包裹里并非什么器物，而是半条烤熟的羊腿。

阿檀那警惕地看了看四周，见无人注意他们，才压低嗓门儿道："有的吃就便宜你了，还敢挑肥拣瘦！"

共工嘿嘿一笑："这次就不跟你计较了，下回记得挑只肥的。"

"没下回了，馋死你。"阿檀那冷冷道，"找我来什么事，赶紧说。"

"也没啥大事，就是昨天又写了一首新诗，想念给你听听。"

"你耍我是吧？"阿檀那板起了脸，"请本都尉来，就是听你念什么歪诗？"

"什么叫耍你？你这人就是不懂风雅。"共工嬉皮笑脸道，"我写的可都是思念家国之诗，叫你来听，是帮你解解乡愁，你别不识好人心哪！"

阿檀那哼了一声："就你那些七拼八凑、狗屁不通的诗，还自诩'风雅'？你让天下诗人情何以堪？"

"我管别人堪不堪，老子自己觉得爽就成。"共工嘿嘿笑着，"听好了，聂政刺侠累，孝公始强秦……"

"别！"阿檀那伸手止住他，"我还有正事要忙，你自己慢慢爽吧。"说完扭头就走。

"这诗的名字叫《问天机》，你真的不想听？"

阿檀那一震，顿住脚步，回头盯着他："你说什么？"

共工笑而不答，朝他勾了勾手指头。

阿檀那快步走回来，又环视了四周一眼，沉声道："少给我卖关子，快说！"

共工这才凑近他，慢慢把《问天机》的全诗念了出来：

> 聂政刺侠累，孝公始强秦；
>
> 主父沙丘死，李牧冠三军。
>
> 韩非西行日，王贲俘燕君；
>
> 高帝分封忙，六奇出陈平。
>
> 绛侯乞骸骨，宫车登霸陵；
>
> 戊戌日有食，藏府卌万金。

"你这乱七八糟的写的是什么？"阿檀那大为不解，"它跟天机图有何关系？"

共工矜持一笑："不必多问，你记住就行。说不定……有朝一日能派上用场。"

阿檀那蹙眉看着他，眼中满是困惑……

石渠阁中，青芒睁开了眼睛。

尽管把整首《问天机》都回忆起来了，可此刻的青芒反而愈加困惑。

由于谙熟历史，所以他知道，这十二句诗应该是化用了十二个历史典故，而且多以人物为主。其中，大部分一眼便可看出典故出处，但还是有几句完全不知所云。

现在的问题是：不管共工在这首诗里运用了什么典故，它们彼此之间似乎都毫无关联，更像是简单堆砌到一起的——那自己该如何从这样一首七拼八凑、莫名其妙的诗中找出天机图密码？

苦思了半晌，毫无头绪，青芒不禁有些沮丧。

心情一低落，连日的疲累便在这一刻汹涌袭来。青芒备感困倦，后背往铜柜上一靠，眼皮不觉便奪拉了下去……

恍惚中，一个身影从暗处慢慢浮现出来，然后像鬼魅一样飘到了他的面前。

"果真一筹莫展了吗？"一个阴阳怪气的声音幽幽道，"那个自诩聪明、从来不肯认输的青芒上哪儿去了？"

青芒抬起眼来，看见穿着左都尉官服的阿檀那正似笑非笑地看着他。

"如果你是来看笑话的，就趁早给我消失。"

青芒没好气道。

"你这么说就没道理了。"阿檀那淡淡一笑，"我若是来看你笑话的，那我潜伏在匈奴那么多年，后来又千辛万苦才找到共工，岂不全都没意义了？"

"那就别说风凉话，快告诉我《问天机》到底藏着什么秘密？"青芒冷冷道。

"你真是聪明一世，糊涂一时。我问你，这诗一共是不是十二句？"

"是又如何？"

"那天机图的密码不也是十二位吗？"

青芒闻言，眼睛一亮，立刻站起身来："你的意思是，一句诗就对应着一个密码？"

"这不是明摆着的事吗？"

"然后呢？"青芒一脸急切。

"什么然后？你以为我什么都知道吗？"阿檀那眉毛一挑，"若是我早就破解了这首诗，又何必在这儿跟你兜圈子？"

青芒不再理他，兀自蹙眉思索。突然，他像是想到了什么，回身盯着那个写有"韩策"字样的书柜，旋即从袖中掏出一根铁丝，抓起柜门上的铜锁，用铁丝在锁眼里鼓捣了一会儿，然后"啪嗒"一声，铜锁便应声而开了。

阿檀那一笑："看来，当初共工教咱学开锁，还是有用的。"

青芒没理他，轻轻拉开书柜，但见一卷卷泛黄的竹简整整齐齐地堆放在柜中。青芒拿起其中一卷，翻了翻，放了回去，又拿起一卷翻开，快速扫视着上面的文字。

"你找的是聂政刺侠累的记载吧？"阿檀那问，"这典故你不是很熟悉了吗，还看它干吗？"

"我想知道这事发生在哪一年。"青芒说着，目光聚焦到了书册的某个地方。

"周安王五年？"循着他的目光，阿檀那把书册上的文字念了出来。"为何要找年份？这能说明什么？"

青芒不答，而是紧接着打开最下面的"秦策"书柜，拿起书卷翻找了起来。

"孝公始强秦。"阿檀那见状，便解说起了诗句的含义，"秦孝公乃秦国一代雄主，自即位后，锐意变法，重用商鞅，求贤纳才，奖励耕战，使得国力大增，为嬴政日后统一六国打下了坚实基础。你是想找孝公哪一年即位的吗？"

"周显王七年。"青芒已经找到了。

"接下来，是不是该找赵主父死于哪一年了？"阿檀那笑了笑，继续解说道，"主父沙丘死。这个赵主父，就是历史上著名的推行'胡服骑射'的赵武灵王。其在位时，抗击匈奴，吞并中山，国势日隆，功业显赫，可惜老来因传位不慎引发宫变，被活活饿死于沙丘行宫，可悲可叹！"

"周赧王二十年。"青芒很快就在"赵策"书柜中找到了赵武灵王亡故的年份。

"喂，我说，你找这些年份到底有何意义？"阿檀那道，"天机图上的密码是天干地支的组合，可这些年份……"

话说到这儿，他忽然醒悟过来，眼中露出又惊又喜的光芒。

"现在明白了？"青芒得意一笑，"共工这首诗，十二句写了十二个历史典故，可彼此之间却毫无关联，更像是硬凑到一块儿的，那他为何要这么做呢？你刚才那个'十二句诗对应十二位密码'的说法提醒了我，让我想到，既然天机图上的密码是天干地支的组合，而历史上的纪年方式除了帝王纪年，便是天干地支，那么共工记载这十二个历史典故的目的，会不会是在暗示这些事件所发生的年份，即它们的干支纪年呢？"

"你的意思是，把十二个历史事件对应的十二个干支纪年找出来，便是天机图的十二位密码了？"

"还有别的可能吗？"青芒又是一笑，"周安王五年，岁在甲申；周显王七年，岁在己未；周赧王二十年，岁在丙寅。我相信，这便是十二位密码中的三位。接下来，只要把余下九个典故对应的干支纪年找出来，天机图密码定可破解！"

"可现在你连天机图都找不到，就算破解了密码又能怎样？"阿檀那面露揶揄。

"你要是只会说丧气话，就赶紧滚蛋，别在这碍事儿！"青芒不悦道。

阿檀那坏笑了一下："我住在你脑子里，你如何赶我走？除非，你去北邙山的悬崖上再跳一回。"

青芒苦笑。

他当然知道，眼前所谓的"阿檀那"只是自己内心投射出来的一个幻象罢了，又怎么赶得走呢？

青芒关上了"国策"一列的三个书柜，往铜柜的右边走去。

"怎么关上了？"阿檀那问，"后面三句'李牧冠三军''韩非西行日''王贲俘燕君'不都是战国典故吗？"

"虽是战国典故，但李牧、韩非、王贲所处的时代已属战国晚期，所以史料中的纪年便不再以'周王'打头，而是以'始皇'打头了。"青芒答道，"也就是说，《国策》中并未记载。"

阿檀那释然，旋即眉头一皱，又道："不对啊，这墨子是战国初年之人，若天机图密码是他设计的，那他怎么可能知道战国末年的史事？况且《问天机》后面还有好多句呢，很可能连汉朝的事都说到了，这该如何解释？"

"这问题我早想过了。"青芒道，"我估计，《问天机》这首诗很可能是墨家的最近一任巨子郦宽写的。也就是说，他用上一任巨子给他的密码打开了天机图，然后重新设置了新的密码。这样，就算有人拿到了天机图，且知道旧的密码，也还是打不开。郦巨子保护天机图的苦心，于此可见一斑。"

阿檀那恍然。

青芒说完，目光落在了铜柜右边的第二列书柜上，上面标着"秦记"二字。

他赶紧走过去打开书柜，开始在卷册中翻找。没费多少工夫，便找到了刚才那三句诗对应的历史事件和干支纪年：

李牧冠三军 —— 李牧是赵国大将，与白起、王翦、廉颇并称为"战国四大名将"，治军严整，用兵如神，曾大破匈奴，并曾重创秦军。秦国忌惮之，便施行离间计，迫使赵王冤杀了李牧，世人哀叹"李牧死，赵国亡"。

《秦记》中，关于李牧治军、用兵的事迹记载于秦王政三年，岁在丁巳。

韩非西行日 —— 韩非是韩国公子，荀子的学生，与秦国丞相李斯同门，精于刑名法术之学。秦王政十四年，受韩王派遣出使秦国，深受秦王嬴政赏识。李斯大为嫉恨，遂向秦王进谗言，韩非因此被捕下狱，旋即被毒杀。

《秦记》记载，韩非死于秦王政十四年，岁在戊辰。

王贲俘燕君 —— 王贲是秦国大将，名将王翦之子，乃秦灭六国的主要将领之一，于秦王政二十五年攻灭燕国，俘虏燕王。

《秦记》记载，王贲灭燕于秦王政二十五年，岁在己卯。

查完《秦记》，青芒又提着宫灯找到了存放本朝国史的那排铜柜，相应的书柜上标着"国事"二字。很快，《问天机》余下六句诗所对应的干支纪年和历史事件，也一一浮现在了青芒眼前：

高帝分封忙 —— 高祖六年，岁在庚子，汉高祖刘邦大封群臣和宗室。

六奇出陈平 —— 高祖七年，岁在辛丑，刘邦亲征匈奴，不料在白登被匈奴大军围困七日，所幸丞相陈平献计，才得以突出重围；因陈平追随高祖多年，先后出过六次奇谋，故称"六奇"。

绛侯乞骸骨 —— 文帝元年，岁在壬戌，绛侯周勃居右丞相职，因在廷对中被文帝问询，却"一问三不知"，深自汗颜，遂称病告老，辞去右丞相职。

宫车登霸陵 —— 文帝二年，岁在癸亥，文帝刘恒出宫，在霸陵策马奔驰，被大臣袁盎拉住缰绳，并以"千金之子，坐不垂堂"劝谏。

戊戌日有食 —— 景帝中三年，岁在甲午，九月戊戌日，发生日食。

藏府卌万金——景帝中六年，岁在丁酉，景帝同母弟、梁孝王刘武亡故，其府库中藏金四十余万。

宫中敲响三更梆子的时候，青芒终于查清了《问天机》中暗指的十二个干支纪年，分别是：甲申，己未，丙寅，丁巳，戊辰，己卯，庚子，辛丑，壬戌，癸亥，甲午，丁酉。

若按十二地支的顺序来排位，则为：庚子，辛丑，丙寅，己卯，戊辰，丁巳，甲午，己未，甲申，丁酉，壬戌，癸亥。

经过这样的转换，天机图上的十二位密码便被青芒彻底破解了。这组密码便是：

庚、辛、丙、己、戊、丁、甲、己、甲、丁、壬、癸

大功告成，青芒脸上不禁露出了欣慰的笑容。

"别高兴得太早。"阿檀那忽然又从暗处冒出来，阴阳怪气道，"密码是破解了，但若找不到天机图，你也只能是白忙一场。"

虽然明知这是自己脑中的声音，但青芒还是忍不住对并不存在的阿檀那说了一个字：

"滚！"

话音刚落，殿阁北边突然传来一阵隆隆的声响，那动静就跟石磨的转动差不多。

声音一起，阿檀那倏然消失。

青芒神色一凛，赶紧吹熄宫灯，双足运力，跃上一人多高的铜柜，接着又是一跃，攀上了大殿的横梁，旋即伏在梁上朝北边望去——

大殿北首有一面巨大的石墙，墙上刻着一面"孔子杏坛讲学"的浮雕。此刻，宽约一丈的整面浮雕墙居然以孔子像为轴心转动了起来，在露出约莫一尺多宽的缝隙后停下，接着便有两名官员一前一后从墙后走了出来。

前面一人是宦官，看上去应该是石渠阁的书监；后面那个身材魁梧、脸庞方正，竟是郎中令李广！二人身后，跟着几名提灯的侍卫和黄门。

青芒见状，不由得大为惊诧。

他万万没料到，石渠阁中竟然还有一处机关密室！

第
四
章

密室

为其所难者，必得其所欲焉；未闻为其所欲，而免其所恶者也。

——《墨子·亲士》

密室门前，李广对那名书监交代了句什么，书监毕恭毕敬，诺诺连声。随后，李广便带着几名侍卫离开了。

书监躬身送走李广后，立刻回身，把手按在孔子像的右手上，使劲一压，那只"手"居然"啪"的一声弹了出来，接着他抓住那"手"自左向右转了一周，然后又用力把它按了回去，墙面随即隆隆转动着复归原位。

没想到未央宫中竟有如此隐秘而精巧的机关。青芒看在眼里，虽觉诧异，但更多的却是惊喜——他相信，天机图很可能就藏在这密室之中！

"郎中令刚才的话，尔等听清了没？"书监官威十足地对两个手下道。

"干爹放心，小的都听清了。"左边的黄门点头哈腰道，"咱石渠阁本就是重地，如今密室中又藏着陛下珍爱的宝贝，更须万分警惕，切不可掉以轻心。"

书监哼了一声："明白就好。"

"干爹，要我说，小心谨慎固然没错。"右边那黄门道，"可郎中令三天两头就来交代一回，未免啰唆了些，好像对咱不太信任似的。"

"你懂个屁！"书监瞪了他一眼，"郎中令多来咱这儿走动走动，咱才有机会跟他套套近乎，别人想巴结还巴结不上呢！"

"是是，小的愚钝。"

"你们两个守在这儿，给我盯紧喽，本监去各处巡视一下。"书监从左边那黄门手上接过宫灯，不紧不慢地走了。

不料没走多远，一道黑影从他头上掠过，书监闷哼一声，栽倒在地。两个小黄门听见动静，赶紧要跑过去看个究竟，青芒突然从横梁上飞快掠下，从背后给了他们一人一掌。两人哼都没哼便瘫软了下去。

接着，青芒把昏死过去的书监和两个小黄门拖到一旁的暗处，然后照样用各自的裤腰带把他们的手脚绑了，又用袜子堵了他们的嘴，最后才从容不迫地走到那幅"孔子杏坛讲学"的浮雕前，用之前看到的手法开启了机关。

浮雕墙隆隆转开了一道缝隙。青芒正欲进入，却忽然止住了脚步。

他有一种感觉，一种异样的如芒在背的感觉，仿佛身后某个暗处有一双眼睛正死死地盯着他。

闯荡天下这么多年，青芒对于潜在的危险向来有着极度敏锐的直觉，就像后脑勺多长了一只眼睛一样。

他慢慢转过身来，仔细地环视周遭，并凝神细听周围的动静。

然而，视线所及并无任何异常，整座殿阁也是寂然无声，只有一排排巨大的铜柜默默地跟他对视着。

兴许是自己多疑了，这几日缺眠少觉的，难免会精神紧张、疑神疑鬼。青芒这么想着，遂不再犹疑，闪身进入了密室。

浮雕墙后面是一条向下的地道，两侧石壁点着若干盏长明灯。

地道不长，约莫有十多级青石台阶。青芒逐级而下，很快来到了一间长宽各二十来步、高约两丈的方形石室之中。

一进入石室，赫然映入眼帘的便是一尊六尺来高的黄帝铜像。黄帝轩辕氏威风凛凛地站在石室中央，四壁则靠墙立着一排排铜柜。

青芒登时有些傻眼 —— 又是这么多铜柜，天知道天机图到底藏在哪儿？难不成要把所有铜柜全部打开看一遍？

不管怎样，还是先弄清这些铜柜里头装着什么要紧。青芒想着，赶紧走向右手边的铜柜，目光一抬，看见第一组柜子的上首标着"禁中起居注·高祖"字样。

他当即恍然。

所谓《起居注》，便是皇帝的言行实录。该实录通常由皇帝身边的近臣记载，之后再由朝廷的专职史官进行编撰整理，修成正史，最后以"国事"为名，收藏在外面殿阁的铜柜之中。

青芒继续往前走，沿着四壁从右往左绕了一圈，依次看见一组组铜柜上分别标着"禁中起居注·惠帝""禁中起居注·高后""禁中起居注·文帝""禁中起居注·景帝"的字样，正是以历代皇帝或实际在位者（高后即高祖皇后吕雉）的谥号为序。最后一组铜柜的规模最大、数量最多，里面存放的当然便是今上刘彻的"起居注"了。其按刘彻即位以来的年号排列，柜子上首分别标有"建元""元光""元朔""元狩"字样。此外，还有若干未标字样的空白铜柜，显然是备着将来用的。

毫无疑问，这间石室中存放的都是本朝的第一手史料。由于未经裁剪删修，其中保存着最多的原始资料和机密档案，自然比外面的那些史料珍贵得多，所以才会秘藏在此。除非专职史官或皇帝特许，否则一般的文武大臣恐怕都难以一睹。

可现在的问题仍然是——天机图究竟藏在哪个铜柜中？既然这间密室收藏的全是史料，那是不是意味着自己之前的情报错了，天机图并不在这里？！

青芒的心顿时凉了半截。

不过好像也不对。他又转念一想：方才那个小黄门不是说这密室里"藏着陛下珍爱的宝贝"吗？这"宝贝"不是天机图还能是什么？

看来，目前最简单的办法只能是把那个书监弄醒，从他嘴里把答案撬出来了！

主意已定，青芒立马准备离开密室。可刚一抬腿，眼角的余光忽然落在黄帝像身上的某个地方，心里蓦然一动，不由得朝铜像走了过去。

这尊黄帝像是立像，其目视远方，左手微抬，像是在为天下万民指引方向，而右手则握着一把笔直竖立的宝剑。

吸引青芒目光的，便是这把剑。

由于密室四壁的高处都点着长明灯，在灯光的映照下，青芒分明看见，这把宝剑的剑柄似乎比铜像的其他部位都要亮一些，说明该部位经常被人抓握。

定睛细看之下，青芒眼中不禁泛出惊喜的光芒。

他嘴里道了声"得罪"，立刻纵身一跃，攀到铜像的右肩上，然后一把握住宝剑的剑柄，尝试着左右扭动了一下。

果然，剑柄是可以自左向右转动的！

青芒大喜，旋即把剑柄转动了一周，然后从铜像上跳了下来。紧接着，只听一阵机械转动声从铜像底部传出，整座铜像竟然向后移动了开去，地上渐渐露出一个两尺见方、一尺来深的浅坑，坑里赫然放着一只铜匣。

想必天机图便是在这铜匣里了！

青芒的心怦怦狂跳，一把抱起匣子，从袖中掏出铁丝，插进锁孔鼓捣了几下，很快打开了铜锁。他深吸一口气，下意识屏住呼吸，慢慢把匣盖掀了开来。

果不其然，那个令无数人垂涎觊觎、不惜代价拼命争抢的小小的青铜圆筒，那个与青芒的命运紧紧纠缠在一起却迄今未露真容的墨家圣物天机图，此刻正被好几层柔软的白绢包裹着，静静地躺在匣子中。

青芒微微颤抖着捧起圆筒，看着筒身上那些古朴繁复的纹饰和大篆体的"天机图"三个字，心中不由得感慨万千。

把圆筒转到另一面，那一排由天干地支组合而成的密码器便映入了眼帘。

假如未能破解密码，青芒只能将青铜圆筒整个盗走，现在既已知道密码，就可以打开它一探究竟，看看所谓的天机图到底是何物了。

青芒把方才破解的密码在心里又默念了一遍，然后刚要伸手去拨滚轮，后颈处突然感到一丝冰凉，且伴随着隐隐的刺痛感。

这是一把剑。

剑握在另一个黑衣人手里。

抵住青芒后颈的，正是无比锋利的闪着寒芒的剑尖。

青芒无声苦笑。

看来，自己方才在密室门口那种"如芒在背"的感觉是对的，果然有人在暗中窥伺着他！此人趁他不备跟进密室，其目的自然也是为了天机图。

青芒只恨自己还是太大意了，只顾专心寻找天机图，竟全然忽视了"螳螂捕蝉，黄雀在后"的危险。

"何方朋友，万事好商量，何必一上来就动刀呢？"青芒一动不动，淡淡道。

黑衣人默然不语。

青芒微微蹙眉，旋即一笑："看来阁下没打算杀人，那就让我站起来说话如何？"

此时青芒还蹲在坑边。

令他有些诧异的是，他连说了两句话，对方却仍旧缄默。

"阁下想必也是为我手中之物而来吧？"青芒又道，"那咱们也算是同路人了。此地不宜久留，咱们不如找个地方喝一杯，有事慢慢聊？"

对方又沉默了一会儿，终于冷冷道："我跟朝廷鹰犬，向来不是同路人。"

青芒一震，不由得哑然失笑。

郦诺！

他完全没料到她会在这个时刻出现在这个地方，但转念一想，其实也在情理之中。

"我费尽九牛二虎之力才帮你找到天机图，你非但不道声谢，还拿剑指着我，这也太不近情理了吧？"青芒笑着站起身来，转身看着眼前一袭黑衣、面罩黑布的郦诺。

郦诺收剑入鞘，然后扯下面罩，冷然一笑："你以为我进这石渠阁容易吗？你不过是抢先我一步而已，别太得意。"

"我不是得意，我是委屈。"青芒叹了口气，"我信守承诺，冒死进入石渠阁，一心想盗出东西还你，可现在这样子，倒像是我在跟你争抢似的。"

"说得好听。"郦诺冷冷道，"你不就是想先下手为强吗？"

"你这么说，太让我伤心了。"青芒一脸委屈道。

"要让我信你，那也不难。"郦诺把手一伸，"东西给我，就算你兑现承诺了，我给你道声谢也无妨。"

事已至此，青芒也没有理由再推托了。与其因为天机图的事跟郦诺闹僵，还不如就坡下驴，先把东西给她，日后再做打算。退一步讲，这天机图本来便是他们墨家之物，现在也不过是物归原主罢了。至于郦诺会拿它做什么，最后会导致什么结果，现在青芒也难以预料，只能是走一步看一步、尽人事听天命了。

思虑及此，青芒便爽快地把圆筒抛了过去。

"谢了！"郦诺笑着接住，匆匆看了一眼，往怀里一揣便要走。

"等等。"青芒喊住她，"你就这么把东西拿走了？"

"不然呢？"郦诺眉毛一挑，"我还要给刘彻打个收条不成？"

青芒苦笑："除非你连夜逃出未央宫、离开长安城，否则宫里一旦发现天机图失窃，头一个怀疑对象便是你。说不定天还没亮，你就被捕了。"

"为什么只怀疑我？"郦诺不服。

"因为你是未央宫唯一的不速之客，而且本来便有墨者嫌疑。除了那个夷安公主，你想想，这宫里头还有谁欢迎你？"

郦诺语塞，想了想道："那你说怎么办？"

"很简单，取出里面的东西，把圆筒留下。"青芒道，"给朝廷制造一个假象，让他们以为东西没丢，只是虚惊一场。"

郦诺闻言，这才掏出圆筒，翻来覆去地端详了好一会儿，然后摩挲着那一排滚轮，蹙眉道："看起来，这组密码不简单啊……"

"你说对了。"青芒一笑，"这个密码有一万垓种可能的组合。若不知密码，以'穷举法'破解，需耗时十九万零二百五十九年；即使运气好，拨到一半碰巧拨对了密码，也得将近十万年！"

郦诺忍不住咋舌，却又狐疑道："就算不知密码，也不必非得用这个笨办法吧？难道不可以用强力打开？"

"此物当是墨子亲手所造。你想，他老人家当初设计此物时，会没想到这一点吗？他一定在里头设置了精密的机关，若有人企图用强力打开，里面的东西定会自毁。"

郦诺释然，马上把圆筒扔了回来："那就别废话了，赶紧打开。"

青芒接住，淡淡道："你就不问问我，知不知道密码？"

郦诺眉头一皱："不知道密码你跟我扯这么半天？"

"不瞒你说，半个时辰前，我还真不知道。"青芒笑着冲她眨了眨眼，"不过就在刚才，我还是用自己的聪明才智生生把它破解了。"

"你不就想让我夸你吗？"郦诺一脸揶揄，"行了行了，赶紧打开，回头我再好好夸你，你想怎么夸都行。"

青芒呵呵一笑，遂不再多言，拿起圆筒，把"子"位上的滚轮拨到"庚"字，把"丑"位上的滚轮拨到"辛"字，接着依次把后面的十个滚轮拨到正确密码上——当最后一个"亥"位的滚轮停在"癸"字时，只听"啪嗒"一声，看似浑然一体的圆筒竟自动裂开一圈缝隙，可以看出筒身和筒盖稍稍分离了开来。

青芒随即握住筒盖，拿捏着力度拧了几下，便听得"咔咔"几声响过，也不知内部的机件到底如何运作，筒盖便顺利地脱离了筒身——圆筒终于打开！

青芒和郦诺不由得欣慰地对视了一眼。

"这是你们墨家的圣物，还是由你来取吧。"青芒把圆筒递了过去。

"算你懂规矩。"郦诺笑着接过。

圆筒的口径约莫有一寸半，郦诺往筒身里一看，眼中顿时露出讶异之色。

"怎么了？"青芒蹙眉。

郦诺不语，伸出拇指和食指，小心翼翼地从筒身中夹出了一根两指粗细、一尺来长的管状物，外面包裹着一卷褐黄色的羊皮，乍一看就像一根擀面杖。

"这什么东西？"郦诺把东西拿在手里左看右看，越发诧异。

青芒盯着陶管看了片刻，忽然目光一凛："若我所料不错，这便是天机图的自毁装置了。"

"自毁装置？"郦诺一怔，"如何自毁？"

青芒不答，把圆筒又接过来，慢慢解开羊皮卷，便见一根白陶烧制的管子露出来。他把羊皮卷随手掖进袖中，然后拿起陶管摇了摇，里面居然有液体晃动的声响。

"里面有水？"郦诺困惑道。

青芒淡淡一笑："不是水。"

"那是什么？"

青芒仍旧不答，而是拿着陶管的一端在地上轻轻一敲，敲出了一个缺口，然后扫视着面前的一大排书柜，见其中一个铜柜上标着"元朔"字样，心中蓦然一动，便走到书柜前，把管子倾斜，让缺口对准柜上的铜锁，将其中液体缓缓浇在了铜锁上。

郦诺凝神看着，初时不见有何异常，但少顷之后，便见铜锁滋滋地冒起一阵白烟，仿佛浇在它上面的是刚烧开的热水一般；与此同时，坚硬的铜锁竟然像一块被揉皱的面团一样塌软了下去，瞬间被腐蚀得面目全非，紧接着便"啪"的一声掉在了地上。

郦诺惊得睁大了眼睛："这是什么东西，竟如此厉害？！"

"绿矾油。"青芒道，"是术士在炼丹时发明的，由胆矾提炼而来，腐蚀性极强，无论金银铜铁，遇之即蚀；若浇于人身，更是蚀皮化骨。唯独有一物不怕它，便是这陶瓷器皿。"

"我懂了。"郦诺看着他手中的陶管，恍然道，"若有人想强行打开圆筒，必会破坏此陶管，而流出的绿矾油立刻便会腐蚀掉圆筒里的东西。"

"没错。"青芒从袖中掏出那张羊皮卷，扬了扬，"顷刻间便会将它化为轻烟。"

郦诺刚才的注意力一直在陶管上，以为羊皮卷不过是包裹陶管用的，现在才意识到真正的天机图其实正是这张羊皮卷，遂赶紧走上来，从青芒手里接过，仔细看了起来。

青芒也不急着凑过去看，而是把已经倒空的陶管装回圆筒，又严丝合缝地锁紧筒盖，然后拨乱了那些密码，把圆筒放回铜匣，接着又把铜匣放回坑里，最后才启动机关，让铜像复归原位。

此时，密室里的一切看上去跟青芒进来之前并无二致——当然，除了方才被绿矾油烧坏的那把铜锁。

做完这一切，青芒才走到郦诺面前，却不说话，只是静静等着。

从他的角度，只能看见羊皮卷的背面。虽然不知道此刻郦诺看到的是什么，但仅从这张羊皮卷的大小来判断，青芒便敏锐地发现——自己之前对天机图的猜测很可能错了。

他之前一直以为天机图肯定是兵器图之类的东西，但眼前这张羊皮卷不过一尺见方，不太可能放得下兵器的图解和说明文字。

倘若不是兵器图，那它又会是什么呢？

"你就这么站着，不过来看看吗？"郦诺的目光从羊皮卷上抬了起来。

"天机图既然是你们墨家的最高机密，我一个外人怎敢随便窥探？"青芒笑了笑，"除非你这位准巨子发话。"

"既然你这么讲规矩，那我就成全你的君子之风。"郦诺微笑着把天机图揣进怀里，"等什么时候我觉得有必要了，再拿出来给你看。"

"也行，由你做主。"青芒若无其事道，"不过我相信，这一天很快就会到来。"

"哦？你就这么自信？"郦诺眉毛一挑，"要是我永远都不觉得有必要呢？"

"不可能。"

"为什么？"

"因为……"青芒狡黠一笑，"从你刚才的表情推断，这天机图虽然摊开在你面前了，但上面记载的东西并非那么简单明了一览无余。换言之，你看到的东西很可能又是一个新的谜团。如果没有我的帮助，你想破解它，恐怕很难。"

郦诺心里不得不承认他所言非虚，嘴上却不肯承认："你想多了，这天机图根本没有你说的那么复杂。退一步说，就算我暂时没看懂，多琢磨几天，总能想明白，还真不一定要劳您秦尉丞大驾。"

"如此甚好。"青芒又是一笑，"我多一事不如少一事。"

见他始终端着架子，一副"你总有一天会来求我"的模样，郦诺不禁有些气恼，正想多回敬他几句，密室门口突然传来一阵隆隆声。两人对视了一瞬，同时变了脸色。

青芒率先反应过来，一个箭步朝通道口冲了上去。

郦诺把天机图往怀里一揣，紧随其后。

然而已经来不及了。当两人冲上十几级台阶，扑到浮雕墙的背面时，整面墙恰好隆隆关上——很显然，有人从外面启动了机关，把他们关在里头了。

此刻的密室，已然变成了一间地牢！

二人不由得面面相觑……

密室外，好不容易挣脱捆绑、一副狼狈相的书监正对站在一旁簌簌发抖的小黄门大吼："笨蛋，还愣着干吗？快去禀报郎中令，说贼人已经被咱们瓮中捉鳖了，让他赶紧过来抓人！"

小黄门慌忙撒腿朝殿阁大门跑去。

"里面的贼人听着，你已经插翅难飞了！"书监转过身来，气急败坏地隔墙喊道，"待会儿逮住你，老子定要将你扒皮挖心！"

"现在怎么办？"

密室内，郦诺一脸焦急地看着青芒。

"不慌。"青芒镇定自若，抬起目光在墙面上来回扫视，"这扇石门从里面也能打开，只要找着机关。"

郦诺闻言，稍觉心安，赶紧跟着寻找机关。可是，二人在石墙上摸索了好一会儿，几乎把整片墙面都摸遍了，却还是没有任何发现。

"看来机关不在这儿。"青芒眉头紧锁，感到事态有些严峻了。

"那还能在哪儿？"郦诺登时又惊又急。

青芒回身，看了看通道两侧的石壁和脚下的石阶，沉声道："一定在这个通道里，我找石阶，你找石壁。"说完，立刻俯下身去，盯着石阶仔细搜索了起来……

宫中甬道，李广带着大队禁军快步走来，神情凝重。

"通报苏卫尉了吗？"李广头也不回地问跟在身旁的副将。

"已经通报了。"副将答，"苏卫尉会带他的人从后门包抄。"

四周，呼喝传令之声此起彼伏，一队队禁军手执火把穿梭奔走。

石渠阁后门外有一座园圃。此刻，苏建正带队朝这个方向疾速前进，身后紧跟着朱能和侯金。

密室通道共有十三级台阶。青芒一级一级地仔细寻找，终于在第七级台阶上，发现其立面石板上的青苔明显比别处少；屈指叩击石板，响声也有些空洞。

"就是这了！"

青芒大喜，立刻从背上抽出剑来，把剑尖插入立面石板与上一级踏板的缝隙处，轻轻一扳，立面石板便倒了下来。

果然，机关就藏在此处——石板后面是一块看上去很牢固的铁板，铁板上安装着一个巴掌大的圆形转盘。

"找到了，咱们马上就能出去。"青芒欣喜地抬起头来，对台阶上的郦诺道。

此时郦诺正把耳朵贴在石门上，聆听着外面的动静，忽然神色一黯："来不及了。听这动静，殿外的卫兵恐怕都进来了。"

"那咱们就一块儿杀出去！"青芒起身，看着她从容一笑，"反正这也不是咱们头一回并肩作战了。"

郦诺闻言，眼前蓦然闪过二人之前一同面对危难、生死与共的一幕幕，瞬间便有一种温润的感觉在心中弥漫开来……

密室外，大批卫兵手持刀枪剑戟，呈半月形围住了浮雕墙。书监躲在禁军后面，不时扭头望向殿阁大门。

片刻后，李广魁梧的身影终于出现在视线中，身后跟着大队禁军。

书监忙不迭地迎了过去，哭丧着脸道："郎中令，您可来了，卑职差一点儿就见不着您了……"

"贼人有几个？"李广面无表情地打断他。

"好像……就一个吧。"

"好像？"

"不不，就一个。"

"你确定他被关在里头了？"

"呃……"书监又迟疑了一下，"应该在里头。"

"应该？"李广犀利地盯着他，"你小子有没有一句准话？"

"不，确定，确定，卑职敢拿脑袋担保，那恶贼就在里头！"

密室内，青芒和郦诺并肩面对着石墙。

外面，大队人马的脚步声正逐渐迫近。

两人不约而同地扭头看着对方，然后从容一笑，同时把手放在了腰间的刀柄上。

就在这一刻，身后的密室忽然传来一阵轴枢转动的奇怪声响，好像是铜柜的柜门被人打开了似的。

此时，密室中除了他们再无第三人，如此诡异的响动不禁令人毛骨悚然。

"什么声音？"

郦诺看着青芒，头皮不觉阵阵发麻。

青芒猛地抓起她的手，拉着她飞快冲下了台阶。下到密室，眼前的一幕顿时令他们目瞪口呆——只见密室西南角最底层的一个铜柜居然被打开了，在一长排整齐划一、柜门紧闭的铜柜中显得异常突兀。

青芒定睛一看，发现这个铜柜的上首并未标明年号，只是一个备用的空柜子，所以柜门没有落锁。

他顾不上细想，赶紧拉着郦诺跑到敞开的柜门前，探头一看，果见柜中空空如也。而最蹊跷的是——柜子的底板竟然被拉开了，露出一道三指来宽的黑森森的缝隙。

两人迅速对视了一眼。

"这底下莫非……是个地道？！"郦诺不由得睁大了眼睛，又惊又喜道。

"这就叫绝处逢生！"青芒一笑，将柜子底部那块儿厚厚的铜板用力掀了开来。

果不其然，柜底露出了一个两尺见方的洞口，下面黑黢黢的，分明便是地道！

青芒从地上捡起方才被绿矾油烧坏的那把铜锁，往洞口扔了下去，听见落地的响声很近，说明地道不深，便对郦诺道："你先下，务必小心！"

此时，密室上方的石门已被开启，隆隆声传了下来。

郦诺不敢耽搁，立刻钻进柜里，沿着一张木梯下了地道。青芒正欲跟着下去，忽然想起什么，便跑到方才那个标有"元朔"字样的被烧坏了锁的铜柜前，一把拉开柜门，迅速扫了一眼，然后抄起其中两卷帛书，揣入怀中，合上柜门，最后才一头钻进了地道。

几乎就在青芒从里面关上柜门和底板的同一瞬间，李广大步迈下了通道的最后一级台阶。

书监、副将及大队禁军紧随其后涌进了密室，一个个摩拳擦掌、如临大敌，却见偌大的密室里空空荡荡，连个鬼影都没有。

第五章

脱身

顺天意者，兼相爱，交相利，必得赏；反天意者，别相恶，交相贼，必得罚。

——《墨子·天志》

"你说的贼人在哪儿？！"

密室中，李广神色阴沉地盯着书监。

"可……可贼人明明进来了啊！"书监大为懊恼，"难道他会插翅飞走不成？！"

李广冷哼一声："你小子不会是监守自盗、贼喊捉贼吧？"

"冤枉啊郎中令！"书监吓得脸都青了，"扑通"一下跪倒在地，"卑职和几名属下都被那贼人打晕绑缚了，您瞧瞧，卑职这手上还有淤青呢！"说着赶紧捋起袖子，果然手腕上有几道很深的勒痕。

李广轻蔑地扫了一眼："贼人是何模样，看清了吗？"

"这……"书监拉长着一张苦瓜脸，"贼人是从背后把卑职打晕的……"

"废物！"李广又重重地哼了一声，不再理他，转脸对身旁副将道："贼人就算逃出石渠阁，也定然跑不出这未央宫！命弟兄们即刻展开搜索，纵然挖地三尺，也要把贼人给我逮住！"

副将立刻传令下去。

待大队军士离开，李广随即示意副将去启动黄帝铜像上的机关，然后看着跪在地上簌簌发抖的书监，沉声道："你最好祈求上天保佑，天机图别有什么闪失，否则的话，非但你小子要被夷灭三族，本官头上的冠冕，怕是也不保了。"

书监一听，顿时面无人色，瘫软在地。

石渠阁后门外的园圃中，有一间杂物房，钉耙、扫帚、畚箕等杂七杂八的东西堆满了房间。角落里，一口落满灰尘、黑漆剥落的大木箱忽然震动了一下。紧接着，箱盖被顶开了一条缝。黑暗中，一双眼睛从缝隙中往外窥探着。

片刻后，盖子慢慢被掀开，青芒从箱子里爬了出来，郦诺紧随其后。

"这又是哪儿？"郦诺一边拍打着满头满脸的灰尘，一边环顾左右。

青芒不语，迅速走到窗边，把窗户微微推开。远处灯笼火把的光亮立刻透了进来，伴随着一串串嘈杂的人声和脚步声。

"这儿应该是石渠阁后面的园圃。"青芒警惕地观察着外面的情况，嘴角泛起一丝苦笑，"这宫里的禁军怕是都出动了。"

"挖秘道的人也真是！"郦诺抱怨道，"既然要挖干吗不挖长一点儿？这才刚出了石渠阁，怎么不索性把秘道挖出未央宫呢？"

"你说得倒轻巧。"青芒一笑，"在宫中挖秘道，岂是那么简单的事，想挖多长挖多长？更何况，人家挖这秘道本来也不是逃命用的。"

"那它是干吗用的？"

"我能想到的用途只有一个——窥探朝廷机密。"青芒若有所思道，"要知道，那密室书柜里装的，可都是本朝历代皇帝的起居注，里面什么机密都有。"

"窥探朝廷机密？"郦诺蹙眉，"什么人会这么做？"

"那还用说？"青芒意味深长地瞥了她一眼，"当然是跟朝廷对抗的势力了，比如诸侯，或者是……你们墨家。"

"我们？"郦诺大为惊诧。

"在我看来，"青芒又补充道，"此人是你们墨家的可能性最大。"

"为何？"

"你不想想，咱们方才是怎么逃出来的？若非有人出手相救，那书柜的门岂能自动打开？"

郦诺眸光一闪："照你的意思，挖掘这条秘道并且救了咱们的这个人，极有可能是……盘古？！"

青芒淡淡一笑："除了他还能有谁？"

郦诺恍然，刚想再说什么，一直在观察窗外的青芒忽然神色一凛，示意她噤声，同时飞快关上了窗户。

杂物房外，朱能和侯金正带着一队军士朝这边大步走来。

"猴子，好几天没见老大了，我还怪想他的。"朱能道，"咱明天是不是一块儿到西市去看看他？"

侯金心不在焉地"嗯"了一声，目光犀利地扫视着四周。

"嗯什么嗯？"朱能不悦，"你听见我说啥了吗？"

侯金不答，目光蓦然落在了远处那间杂物房上，遂加快脚步走了过去。

"我跟你说话呢，死猴子！你到底在没在听？"朱能喘着粗气，骂骂咧咧地跟在后面跑……

李广把青铜圆筒拿在手中，翻来覆去地看了好一会儿，才长舒了一口气，对书监道："算你小子命大，这回脑袋可保了。"

书监闻言，这才露出一个比哭还难看的笑容，忙不迭地从地上爬起。

"不过，死罪可免，活罪难逃。"李广把青铜圆筒递给副将，示意他放回去，同时对书监道，"虽然天机图无恙，但堂堂未央宫禁地，竟被贼人闯入，你身为石渠阁书监，这玩忽职守的罪名，怕是无从推卸了。"

书监哭丧着脸，嘴里拼命求情，心里却破口大骂："好你个李广！贼人夜闯未央宫，最应该担责的不是你这个郎中令吗？凭什么让老子背黑锅？你他娘的不讲良心，活该一辈子封不了侯！"

李广见副将已将青铜圆筒安置妥当，黄帝铜像也已复归原位，便抬脚准备离开。就在这时，他眼角的余光忽然瞥见，西南角有一个铜柜竟然没有落锁！而且该书柜上首分明标着"元朔"字样，显然并非预留的空书柜。

李广脸色大变，赶紧走过去，拉开柜门一看——原本码放得整整齐齐的一排帛书中间，赫然出现了空缺，目测应该是少了两卷。

"田贵，你死定了。"李广头也不回道，声音冷得让人心颤。

书监田贵闻言，再度瘫软在地。

杂物房的门被一脚踹开，侯金领着几名手执火把的军士涌了进来。

朱能跟着走到门口，见里头杂物堆积、拥挤不堪，嫌恶地皱了皱眉，便退了出去，对身后其他军士道："都在外头待着，让猴子折腾去！这破房子就是个垃圾堆，老子连插脚的地方都没有。"

房中，几名军士持刀对着满屋子的杂物挑挑刺刺。侯金站在一旁，目光犀利地来回扫视。

突然，一名军士的刀像是刺到了什么东西，抽出来一看，刀尖上竟然沾着血。

"左……左都侯……"军士悚然一惊，下意识地呼叫侯金。

侯金"唰"的一声拔刀出鞘，一个箭步冲上来，推开军士，一脚踹开杂物堆，定睛一看，不由得大失所望，低声骂了句"狗日的"。

杂物堆里躺着只死猫，肚子刚刚被军士刺破了，皮毛上都是血污。

"他娘的，这猫也是邪性，被老子刺死了都不叫唤一声。"那名军士大为尴尬，只好用笑骂掩饰。

"滚一边去！"侯金从他手上抢过火把，把面前的死猫和杂物踢开，往角落走了过去。

角落里就是那口大木箱。此刻木箱顶上和四周横七竖八地堆着钉耙、锄头、镰刀等物。侯金深一脚浅一脚，低声咒骂着往里走，好不容易挨到木箱边上，将火把抵近一看，蓦然发现落满灰尘的箱盖上有几个手印，顿时神色大变。

就在这时，一把刀倏然从黑暗中伸出，抵住了他的腹部。

紧接着，青芒的脸从一只破箩筐后面露了出来，冲着他微笑。

侯金的脑袋"轰"的一声，登时浑身僵硬。

青芒示意他让那几名军士出去。侯金下意识吞了口唾沫，头也不回道："你们几个，给我出去，请右都侯进来。"

军士们都没看见青芒，也不知发生了什么，虽心中狐疑，却不敢多问，赶紧退了出去。少顷，朱能满脸不悦地走了进来："我说猴子，你还没折腾够啊？"

话音未落，整个人便僵住了。

"二位兄弟，别来无恙。"青芒从杂物堆里站起身来，从容收刀入鞘。

"老……老大？！"

朱能完全不敢相信自己的眼睛。

"我知道，你俩有一肚子问题想问我，可眼下不是时候，改天再跟你们解释。"青芒微然一笑，"现在，给我弄两套甲胄过来，剩下的事，你们就不必管了。"

"两套？"二人异口同声道。

"对，我还有个同伙。"青芒又是一笑，用手轻拍了两下旁边的箱盖。

盖子一掀，郦诺赫然从木箱里站了起来。

朱能很快便弄来了两套甲胄，让青芒和郦诺换上，然后趁着混乱，把他们护送到了漪兰殿附近，才匆匆离去。

"咱们什么时候……才能再见面？"

郦诺目光幽幽地看着青芒。

"不会太久的。"青芒柔声道，"等手头的差事办完，我便可回宫。到时候，咱们天天能见面。"

"可这儿终究是未央宫，绝非你我久留之地……"郦诺环顾四周，叹了口气。

"你若能放下仇恨，咱们未尝不可离开长安，远走高飞。"青芒恳切地看着她。

"放下仇恨……谈何容易？"郦诺苦笑，"我是墨家的准巨子，身上担着多少东西，岂是说放下便能放下的？退一步说，就算我自己想放，墨家的弟兄们又岂能答应？"

青芒闻言，只能在心里长叹一声。

他承认，郦诺说得没错，很多事情的确是身不由己的。不要说郦诺担着"准巨子"那么大的职责，即使是自己这么一个闲云野鹤，不也身陷各种错综复杂的冲突和争斗中不可自拔吗？别的暂且不提，单说父亲蒙安国冤死一事，自己内心的矛盾纠结就一点儿也不比郦诺少，又有什么资格劝郦诺"放下仇恨"呢？

正自沉吟，不远处似有一队禁军朝这儿快步而来，青芒一惊，忙道："你快回吧。"

郦诺不敢耽搁，只好后退了几步，却仍有些不舍道："那……那我走了，你自己保重。"

青芒点点头，给了她一个明亮而温暖的笑容。

郦诺又深长地看了他一眼，这才转过身去，迅速离开。

直到她的身影消失在黑暗中，青芒才返身朝北阙方向疾步而去。

郦诺紧走了百十来步，漪兰殿的宫墙渐渐出现在视线中。

此时，身后不远处的那队禁军竟然直直朝这边扑了过来。

郦诺一惊，丝毫不敢耽搁，立刻拔腿朝宫墙飞奔。

在禁军火把的光亮即将照过来的一刹那，郦诺纵身一跃，轻盈地掠过了两人来高的墙头。

很快，那队禁军来到了宫墙下，为首之人正是霍去病。

他眉头紧锁，用犀利的目光扫视了周围一圈。

周遭一片静阒，丝毫不见任何异常。

忽然，霍去病下意识地抬起头来，若有所思地盯着高高的墙头……

清晨的阳光洒遍未央宫。

温室殿中，刘彻神色阴沉地斜倚在御榻上，手里拿着青铜圆筒，翻来覆去地端详着；他的右首坐着公孙弘、张汤，左首坐着李蔡、汲黯，李广和苏建则束手站在下方。

"李广，你能确定，这东西没被动过吗？"刘彻目光一抬，沉声问道。

"回陛下，"李广躬身道，"臣进入密室之时，窃贼已然逃逸，且黄帝铜像仍在原位，未见异常，故臣认为，此物应该未被染指。"

"铜像在原位能说明什么？"刘彻冷哼一声，"难道不会是贼人得手之后，再让一切复归原位？"

李广忙道："不瞒陛下，臣起初也有此疑，不过转念一想，若贼人已然得手，大可携此物一逃了之，何必多此一举，又让一切复归原位？毕竟做贼之人难免心虚，多在密室耽搁一时，被抓的危险便增加一分，故依臣愚见，贼人似乎没有理由这么做。"

刘彻冷然一笑："你说的，那是一般的窃贼。可此贼呢？他闯的可是朕的未央宫，是宫禁重地石渠阁！没有过人的本事和胆量，岂敢偷到朕的头上？又岂能在重兵把守之下如入无人之境，窃禁中秘藏如同探囊取物，最后还能在你们数千禁军的搜捕之下全身而退、逃之夭夭？你说，这样的贼人哪儿心虚了？其所作所为又岂可用常情揣度？！"

说到后面，刘彻已然有些声色俱厉了。李广大为惶恐，慌忙跪地："陛下圣明！臣玩忽职守，罪无可恕，愿受责罚。"

一旁的苏建见状，也赶紧跪了下去："臣忝任卫尉，职掌宫禁安全，责无旁贷，愿与郎中令一同领罪。"

刘彻重重地哼了一声，把青铜圆筒扔在了御案上："你们二人之罪，当然要治！不过，也不急在这一时。朕给你们一个将功补过的机会，若能查清此案、拿获贼人，尔等便可从轻发落；否则，再重重治罪不迟。"

"谢陛下！"二人同声道。

这时，一直冷眼旁观的公孙弘忽然给了张汤一个眼色。张汤会意，便起身道："启禀陛下，以臣多年的办案经验来看，此案似乎并不复杂。臣认为，昨夜潜入石渠阁、盗取禁中秘藏之人，定是内贼，眼下便有一人嫌疑甚大。"

"何人？"刘彻目光一凛。

"卫尉丞，秦穆。"

此言一出，汲黯顿时变了脸色，苏建更是一脸惊骇，而李蔡和李广则几乎面无表情。

"陛下，臣有话说。"苏建忙不迭道。

刘彻瞥了他一眼，淡淡道："起来说吧。"

"谢陛下。"苏建赶紧起身，盯着张汤道："张廷尉，你凭什么怀疑秦穆？你别忘了，天机图便是他拼死从於单手中夺来献给朝廷的，他有何动机再盗取之？你怀疑谁我都没话说，唯独怀疑秦穆，实属大谬不然！"

张汤冷笑："苏卫尉如此激动，不就因为他是你的下属吗？我不过是就事论事，还望苏卫尉秉持公心，切莫徇私护短。天机图是秦穆献的，这我不否认，但你说他没有动机再盗取之，在下决不敢苟同。"

"理由呢？"

"理由很简单：当初他把天机图献给朝廷，或许只是因为他不知道密码，加之为了在朝廷立足，姑且行此权宜之计；如今他很可能是得到了密码，且自以为在朝廷立住了脚跟，于是便夜闯石渠阁，盗取天机图。在我看来，眼下这个青铜圆筒，说不定只是一个空壳，而真正的天机图，或许早已落入秦穆之手了。"

"说得头头是道，可惜都是无凭无据的揣测之词。"苏建冷然一笑，"我唯一同意的，便是你方才的判断：昨夜闯入石渠阁之人，定是内贼！但此人绝不可能是秦穆。因为他这些时日并不在宫中，而是奉旨在西市监造墨弩。此事张廷尉不会不知吧？"

张汤呵呵两声："腿长在他身上，他难道不会半夜偷偷溜回来？凭他的身手，翻一道北阙的宫墙又有何难？"

"又是无端揣测！真不知张廷尉平日是如何办案的，莫非全靠捕风捉影信口开河？"苏建大为不屑，"要证明秦穆昨夜有否在西市，也很简单，召严大夫入宫，一问便知。"

"这也不见得。严大夫又没跟秦穆睡一个屋，如何证明他昨夜没有离开？"

"照你这么说，睡一个屋也不保险哪。"苏建一脸讥嘲，"除非严大夫跟秦穆睡一张床，最好再把他搂着、一夜不合眼地盯着他，否则就什么都证明不了喽？"

闻听此言，李广忍不住哧哧窃笑，汲黯则夸张地哈哈大笑。

张汤大窘，恼怒道："苏建，你……你这是歪曲我的意思，纯属胡搅蛮缠！"

"真是可笑。"苏建毫不示弱，"明明是你张汤强词夺理，还来怪苏某胡搅蛮缠？"

"够了！"刘彻严厉地打断他们，"请二位自重，别失了朝廷体统！"

张汤和苏建赶紧俯首。

刘彻冷冷地扫了他们一眼，对身后的吕安道："传严助，即刻入宫。"

长安西北角的蒿街上，人流如织。

刘陵头戴帷帽、面遮轻纱走出了淮南邸，身后跟着侍女汐芸、侍卫窦胜等人。

一驾皂缯华盖的安车早已候在府邸门口。

刘陵步下台阶，慢慢朝马车走去。她的目光透过薄纱往街对面一扫，嘴角当即掠过一丝冷笑。

右手边斜对过，有几名脚夫正坐在墙根下，一边晒太阳，一边扯闲篇。

刘陵不动声色，由汐芸搀扶着上了马车，窦胜等人骑马随行，一行人朝蒿街的东边驰去。几名脚夫马上起身，驾着一辆驴车紧随其后。

驴车一动，街边便又有一人一骑跟了上去。骑者是名男子，戴着斗笠，笠檐压得很低，看不清面目。

"御史府的人还真是殷勤，甭管翁主上哪儿他们都要随行护送。"马车中，汐芸笑着对刘陵道。

"今儿护送咱们的，可不光是御史府的人。"刘陵淡淡道。

"啊？"汐芸惊讶，"不就那几名脚夫吗？还有谁？"

"一个戴斗笠的，单人独骑。"

"翁主真是明察秋毫，奴婢怎么就没发觉呢？"汐芸咋舌道，"也不知这家伙又是什么来头。"

"八成是廷尉寺的。"刘陵冷哼一声，"张汤此人最是贪功，自然不愿被李蔡抢了风头。"

东市的一家酒肆外，刘陵的安车静静地停在门口。

那辆驴车守在不远处，几个脚夫佯装聊天，目光却一直盯着酒肆。

酒肆的生意甚是兴隆，客人进进出出。

忽然，头戴帷帽、面遮轻纱的"刘陵"出现了门口。她带着数名随从裹挟在人流中，快步走出酒肆，然后迅速乘上车马，朝街道的另一头疾驰而去。

几名脚夫立刻驾车紧跟。

少顷，那个戴斗笠的男子也从酒肆门口策马而过。

酒肆内，身着侍卫衣服的刘陵躲在门边，看着驴车和骑者先后远去，冷然一笑。之前离开的那个用帷帽面纱遮脸的人，其实是汐芸假扮的。

"走。"刘陵对身后的窦胜道。两人旋即从后门离开了酒肆，匆匆走进了一条小巷。

小巷七拐八弯，行人稀少。

刘陵和窦胜一路疾行。

约莫走了一炷香工夫，刚拐过一个墙角，刘陵便突然刹住脚步，脸上露出难以置信的神色。

那个戴斗笠的男子竟然站在一丈开外的地方，背靠着墙，双手抱胸，一副悠然之态，仿佛已在此等候多时。

窦胜一看，顿时又惊又怒，抽刀便要冲上去。

"站住。"刘陵拦住他，"你先下去。"

"翁主……"窦胜大为不解，"此人分明来者不善……"

"下去！"刘陵冷冷道，目光直视着斗笠男子，"没我的命令，不许过来。"

窦胜无奈，狠狠地瞪了那个男子一眼，返身退回到了刚才的拐角处。

刘陵迎着男子走了过去，唇角慢慢露出一丝笑意："你挺能耐啊，居然没被我甩掉。"

斗笠男子把笠檐一抬，青芒的脸露了出来。

"翁主的癖好真是奇特。"青芒打量着他，揶揄一笑，"我好像每回见你，你都是不同的装扮。"

"如此才有新鲜感嘛。"刘陵笑得十分妩媚，"若总是一成不变，那人生该多么无趣！你不觉得，每次见我都有一种惊喜吗？"

"很遗憾，我非但不觉惊喜，反倒有一种不安。"

"哦？为什么？"

"你自以为聪明，可别人并不比你笨。所以，我替你担心，怕你会玩火自焚。"

刘陵咯咯笑了起来："你这话虽然不中听，可听你说担心我，我还是挺欣慰的，说明你不是忘恩负义之人。"

青芒苦笑："我若是那种人，你和淮南王以及你们这一支宗族的老老少少，恐怕早就都人头落地了。"

"是吗？"刘陵冷笑，"凭什么？就凭你手中那份大臣名单？"

"光凭那份名单，当然不至于。我之所指，你心里清楚。"

"不，我不清楚，就想听你告诉我。"

"若要人不知，除非己莫为。在汲黯的生辰宴上，指使张次公、屠三刀等人行刺天子的，难道不是你吗？"

刘陵心头一震，脸上却不动声色："好大的罪名，你可真是把我吓坏了！就是不知道秦尉丞出于何种居心，跟我开这么大的玩笑？"

"我今天来，是想劝你收手的。"青芒直视着她的眼睛，"回淮南去吧，告诉王爷，跟朝廷对抗绝没有好下场，'吴楚七国之乱'便是血淋淋的前车之鉴！从今往后，敛藏锋芒，改弦更张，接受朝廷的削藩之策，或许还能做个偏安一隅的逍遥王爷；倘若执迷不悟，一意孤行，最终只能是以卵击石，自取灭亡！"

刘陵沉默半晌，冷冷一笑："青芒，你真让我失望！假如你父亲的在天之灵听见你这番话，恐怕会更加失望！你明明知道刘彻是你的杀父仇人，手上沾满了你父亲阖家老少数十口人的鲜血，可你非但不想报仇，还豁出性命去救他，现在又在我面前充当他的说客。青芒，你对得起你父亲吗？你不觉得自己很懦弱、很无耻吗？！"

青芒痛苦地闭上眼睛，额角青筋暴起，胸膛剧烈起伏。

好一会儿，呼吸才慢慢平复下去。他睁开眼睛，缓缓道："我不是不想报仇，只是我不能因为一己私仇，令社稷分崩、天下离乱，令千千万万的黎民百姓坠入血火之中！"

"你错了！只有天下易主，才能拯救大汉的黎民百姓。"刘陵恨恨道，"刘彻就是个好大喜功、不恤民力的皇帝。自他即位以来，连年征战，穷兵黩武，赋税徭役日渐繁重，老百姓早就苦不堪言了。正所谓'君之视臣如土芥，则臣视君如寇仇'，像刘彻这样的皇帝，难道不该被推翻吗？"

"听你这口气，刘彻简直就是夏桀商纣了。"青芒淡淡苦笑，"但事实果真有你说的那么不堪吗？在我看来，刘彻自登基后，励精图治，选贤任能，内修法度，外攘匈奴，博开艺能之路，悉延百端之学，终以儒术治天下，其文治武功足可比肩任何一位前代圣王。当然，我不否认，今日朝廷还有许多不尽人意之处，但若因此便将刘彻的功绩一笔抹杀，我认为并不公平。"

刘陵大声冷笑："照你这么说，我父王及四方诸侯就该坐以待毙、任其宰割，这样才算公平喽？"

"若非各方诸侯骄横不法、觊觎皇权，朝廷又岂会动手削藩？"青芒冷哼一声，"若我所料不错，如今淮南王恐怕早已把天子玺绶、衮袍冕旒，以及三公九卿、文武百官的印信都准备好了吧？就等你一朝发动，弑杀君上，王爷便可入主长安，篡位登基了。对不对？"

"蒙奕，你就是个忘恩负义的白眼儿狼！"刘陵终于恼羞成怒，"枉费我父王辛辛苦苦养育了你十五年！"

听到"蒙奕"二字，青芒不由得黯然："若非顾念王爷的养育之恩，我今天又何必来劝你收手？"

"我凭什么要收手？"刘陵一脸激愤，"我父王乃高祖之孙，论辈分是刘彻的叔伯，比他更有资格入继大统；何况我父王博学多识，流誉天下，且心系苍生，体恤百姓，由他来当这个大汉天子，才是民心所向，天命所归！"

"想当皇帝的人，哪一个不是拿百姓来当幌子？哪一个不自认为天命所归？"青芒苦笑，"即使如你所言，王爷确实是有德之人，可那又怎样？莫非每一个有德之人，都有理由揭竿而起，争夺天子之位？这难道不正是社稷动荡、天下大乱的根源？此外，当年的吴王刘濞、楚王刘戊、赵王刘遂等人，哪一个不是自认为有资格入继大统？可结果又如何？还不是一个个身死国灭，为天下笑？"

"那是他们无能，少拿这帮庸碌之辈跟我父王相提并论！"

青芒喟然长叹："这么说，你真打算一条道走到黑了？"

"开弓没有回头箭！"刘陵一脸果决，"青芒，我警告你，别坏我的事，否则我先把你杀了。"

"要杀我，可没那么容易。"青芒淡淡一笑，"不过你可以放心，我不会去告发你，这也算是我对王爷养育之恩的报答吧。但是，丑话还是得说在前头，倘若你执迷不悟，非要谋害天子，那我出于职责，定然不会袖手旁观。"

"好啊，那我今天也把话给你放这儿，我与刘彻不共戴天，不是他死，就是我亡！"刘陵一脸倨傲，"你若执意做他的鹰犬，那就等着替他收尸吧。不过，有一点你也大可放心，等到大功告成的那天，说不定我会念及旧情，赏你个一官半职。"

青芒冷然一笑："谢了，我向来不稀罕官职爵位这些东西。若真有那么一天，我情愿归隐江湖，终老林泉。"

严助突然接到天子传召，大为惊诧，赶紧骑上快马，疾驰入宫。一进温室殿，便见一帮重臣都在，个个神色阴郁，殿上的气氛也颇有几分肃杀，心中越发狐疑忐忑。

见过礼后，便听天子沉声问道："严助，昨夜秦穆有没有离开过西市的工场？"

严助一怔，忙道："回陛下，昨夜吃过晚饭后，秦尉丞说他甚是疲乏，早早便睡下了，并未离开。"

闻听此言，已然入座的苏建顿时松了口气，遂得意地瞟了张汤一眼。张汤眉头一皱，赶紧问道："严大夫，你能保证秦穆一整夜都未曾离开吗？"

"保证？"严助顿时一头雾水，且对张汤说话的口气有些不满，"张廷尉此言何意？秦尉丞又不是囚犯，我也不是牢头，他昨夜是否离开为何要我来保证？"

张汤哼了一声，随即把昨夜宫中失窃一事和方才的争论焦点简要说了一下。严助这才恍然大悟，没料到昨夜竟然出了这么大的事。

公孙弘看了看他，微笑道："严大夫，眼下你也明白了，此事干系重大。所以，秦穆昨夜到底有没有离开过西市，你可得想好了再说。"

"严大夫，"张汤又道，"其实我能理解你的难处，对于秦穆昨夜的动向，不管是谁都很难做出保证。没关系，你只要实话实说，接下来的事，朝廷自有公断，与你并无干系。"

公孙弘和张汤一唱一和，分明是在暗示严助多一事不如少一事，没必要替秦穆作保。

一旁的汲黯见状，终于忍不住道："张廷尉，你的话是不是太多了？严大夫要如何做证，他自有主张，你没必要如此循循善诱、耳提面命吧？"

"什么叫'耳提面命'？我不过是让他放下顾虑、道出实情而已。"张汤颇为不悦，"再说了，本廷尉怎么说话，何时轮到你汲内史来管了？"

汲黯呵呵一笑："本内史才懒得管你，没那闲工夫。我只是想提醒你，别把你们廷尉寺那套诱导证人、歪曲真相的把戏搬到陛下面前来。"

"汲黯，你不要血口喷人！"张汤怒不可遏，"我什么时候诱导证人、歪曲真相了？你把话说清楚！"

"二位能不能消停片刻？"刘彻冷冷地发话了，"朕现在想听的是严助的证词，不是二位毫无意义的争吵。"

张汤无奈，只好悻悻闭嘴。

一直没机会开口的严助微微一笑，看了看张汤，又看了看汲黯，才从容禀道："启禀陛下，臣以为，张廷尉方才言之有理，关于秦尉丞昨夜的动向，无论何人，的确都很难做出保证……"

此言一出，汲黯和苏建同时色变，不由得面面相觑。

张汤心中大喜，下意识地看向公孙弘。公孙弘却面无表情，只垂了垂眼皮，与对面的李蔡一样，都是一副超然物外的样子。

"不过……"严助忽然话锋一转，"巧得很，臣从昨夜到今天早晨，一共到秦尉丞的房间去了五趟，所以恰好可以做证。"为了强调，他还特意张开一只手掌，比了个"五"的数字。

后面这句转折，大出众人意料。

刘彻不自觉地身体前倾，目光炯炯地盯着严助；连公孙弘和李蔡也都不约而同地把视线转到了严助身上。

第六章 博弈

诌谀在侧，善议障塞，则国危矣。

——《墨子·亲士》

"我还有一事想问你。"

东市小巷中，青芒对刘陵道。

"何事？"

"那天的刺杀行动，张次公他们手上的连弩，分明是墨家的器物。我就想知道，那东西你是从哪儿弄到的？"

刘陵不答，而是定定地看着他，旋即冷然一笑。

"你笑什么？"

"相信我，这个问题的答案，你并不想知道。"

青芒眉头一蹙："什么意思？"

"我劝你还是别问了，这是为你好。"刘陵笑意盈盈，眼中竟有几分莫名其妙的自得之色。

青芒越发狐疑："你这么说，我还真非问不可了。"

"你确定？"

"我确定。"

"既然是墨家的器物，那我当然是从墨者那儿弄到的。不，这话不对，其实是一位墨者主动赠予的，不能说是我弄来的。"刘陵依旧面含笑意，饶有兴味地卖着关子。

"这么说，你不但跟墨家的人有交往，而且交情还挺深喽？"

"那当然。"刘陵得意扬扬道，"墨弩的厉害你也见识过了。那么厉害的兵器，若非交情甚深、意气相投之人，怎会出手相赠呢？"

"可以告诉我，这个墨者是谁吗？"

"告诉你倒是无妨，就怕你……接受不了。"刘陵眉毛一扬，"因为，此人跟你的关系非同一般。"

青芒的眉头蹙得更深了，不知道她葫芦里究竟卖的什么药。

"你能把话一口气说完吗？"青芒已经被她的故弄玄虚搞得不耐烦了。

刘陵呵呵一笑："你这么聪明的人，到现在还猜不出来我说的人是谁吗？"

青芒死死地盯着她的眼睛。突然，他悟到了什么，脸上露出万般惊诧、难以置信的神色："不，不可能……"

"我就说嘛，这答案对你来讲就是晴天霹雳，可你还非问不可，这就怪不得我了。"刘陵咯咯笑着，似乎很享受这种把青芒牵着走的感觉，"其实没什么不可能的。你自己想想，你父亲跟我父王那可是几十年的交情，否则他也不会把刚出生没多久的你托付给我父王，而且一托付就是十五年，对吧？既然他们交情如此深厚，那他把墨弩献给我父王，助我父王早日成就大业，不是顺理成章的事吗，又有什么不可能呢？"

青芒已经呆住了。

他万万没料到，自己的父亲蒙安国居然是墨者，而且还把墨弩献给了处心积虑要起兵造反、夺取皇位的淮南王刘安！

不，父亲这么做一定不是自愿的。他肯定是受到了什么逼迫，不得已才会把墨弩交出去……

"我知道你在想什么，不过很遗憾，你想错了。"刘陵几乎把他看穿了，"你父亲是主动把墨弩献给我父王的，绝非被迫。"

青芒木立半晌，才冷笑一声："家父早已身故，如今什么话不都是你一个人说的吗？"

"你可以不信我，但事实就是如此。其实我上回跟你说过了，你父亲早就有意跟我父王联手，共谋大业，只可惜壮志未酬，便被刘彻所害。就此而言，我和我父王一心要杀掉刘彻，也不光是为了我们自己，更是想替你父亲报仇雪恨……"

"别说了！"青芒一声低吼，布满血丝的眼睛里闪烁着怒火，"我不会信你这番鬼话的。"

"我理解你现在的心情。"刘陵叹了口气，"没关系，你可以回去慢慢消化，好好想想，我有耐心等你。我相信，总有一天你会想通，咱们还是有机会联手的……"

话音未落，青芒已决然转身，步履沉重地朝巷子的另一头走去。

看着他的背影，刘陵仿佛又看见了多年前那个孤冷、落寞、桀骜不驯的白衣少年，心中顿时有些不忍，但这种不忍刚一露头便又被她压了下去。

"青芒……"刘陵向前追了几步，"你要记住，你姓蒙，你的父亲是蒙安国，他是被刘彻害死的，这些事实永远都改变不了！"

青芒置若罔闻，很快就拐过一个墙角，消失了。

刘陵看着空空荡荡的巷子，竟有些怅然若失。

温室殿中，严助把昨夜西市工场那起偶然的斗殴杀人事件向刘彻做了禀报，进而解释了第一趟去秦穆房间的原因。

"那是什么时辰？"刘彻问。

"应该是……初更时分。"

"那之后几趟呢？你又是在何时、出于何种原因去了秦穆房间？"

"回陛下，臣昨夜睡前多喝了点儿水，所以频频起夜。中间那三趟，大致是二更至四更时分。臣上完茅房，便顺道拐到秦尉丞房间门口听了听，每次都听见里面鼾声如雷，说明他一整夜都睡得很死，绝对没有离开过房间。最后一趟，则是今早辰时二刻左右，臣亲自去叫的秦尉丞，拍了半天门才把他叫醒。"

汲黯和苏建听完，都长长地松了口气，其他人则表情各异。

刘彻想了想，问李广道："昨夜案发是在何时？"

"回陛下，臣得到消息时，约莫是三更一刻。"

两边的证词一对照，结论很明显：案发时，秦穆根本不在现场。

"严大夫，"张汤对这样的结果显然很不满意，"你方才说是上完茅房之后'顺道'去了秦穆房间，我想问，他的房间在茅房附近吗？"

"呃……这倒不是。"

"那何谈顺道？"

严助迟疑了一下，略显尴尬地笑了笑："这么说吧，我对秦尉丞这个人……不是很放心，所以不自觉地，便多留了个心眼儿。"

"不放心？你不放心他什么？"

"呃，这个嘛……"严助支吾着，下意识把目光瞟向了皇帝。

刘彻咳了咳，面色微愠道："张汤，跟本案无关的事，不必多问。"

"陛下明鉴。"张汤却锲而不舍道，"臣这么问，是为了核查严大夫的证词是否真实，如果他说不清为何三番五次去秦穆房间，那臣就有理由认为他的证词不可信。"

"行了行了。"刘彻不耐烦道，"不放心秦穆的是朕，就是朕让严助盯着他的。至于朕不放心什么，就没必要向你坦白了吧？"

张汤大为尴尬："臣不敢，臣不敢。"

如此说来，严助说他昨晚因多喝水而"频频起夜"显然是假话，但他从二更到四更之间连续去了三趟秦穆房间却无疑是真话——因为他是"奉旨"去"查房"的，岂能有假？

张汤有些无奈，撇了撇嘴。

刘彻白了他一眼，刚想说什么，不料张汤仍未死心，又抢着道："启禀陛下，臣还有个问题想问严大夫。"

刘彻顿时皱起眉头，忍了一忍，才没好气道："问吧。"

"谢陛下。"张汤把脸转向严助："严大夫，你方才说，你那几趟都只是在秦穆房间门口听了听，根本没进去，那你如何确认房中那个鼾声如雷之人定是秦尉丞？"

严助不由得苦笑："张廷尉，恕我直言，你这问题未免太过吹毛求疵了吧？难不成我每次都要把门叫开，才能确定里面的人是秦尉丞？"

"这是当然。如果没有亲眼看到秦穆本人，就说明你的证词是有瑕疵的。本廷尉办案多年，对于有瑕疵的证词，向来不会采信。"

严助闻言，颇有些不悦："张廷尉，你知不知道我们为了研究墨弩，这几天总共才睡了几个时辰？昨夜大伙儿确实都累得撑不住了，所以秦尉丞就放话说，谁敢去拍他的门，他就跟谁急。倘若如你所言，我真的在三更半夜把门给拍开，你信不信他会杀了我？"

"他杀不杀你与我无关。我只关心，你的证词可不可靠。"

"张廷尉，"一旁的汲黯听得忍无可忍，遂霍然起身，"严大夫说你吹毛求疵，我觉得一点儿都没冤枉你。他的证词已经说得很明白了，昨夜秦穆一直都在房中睡觉，根本不在案发现场，可你却愣是鸡蛋里挑骨头，百般纠缠，穷追猛打！我不禁想问，你是不是跟秦穆有什么私人恩怨，所以想公报私仇，借机置他于死地啊？"

"岂有此理！"张汤也愤而起身，"汲黯，你今日三番五次针对本官，我看分明是你在公报私仇！"

"啪"的一声，刘彻狠狠拍了一下御案，目光如电射向二人。

二人一震，这才把头低了下去。

刘彻又扫了众人一眼，然后闭上眼睛，揉了揉太阳穴，好一会儿才道："朕累了，都下去吧。"

众人连忙离席，躬身行礼。

"公孙和李蔡留下。"刘彻又补充了一句。

东市一条小巷的巷口，刘陵和窦胜匆匆走出，警惕地看了看四周，然后微微低头，快步汇入了街上摩肩接踵的人流。

街道斜对过有一棵槐树，青芒压低笠檐站在树后，旁边站着他的徒弟孙泉。

不远处，几个破衣烂衫的小乞丐正在缠着路人行乞，领头一人分明是六喜。

青芒静静地看着刘陵远去的背影，给了六喜一个眼色。

六喜会意，立刻领着乞丐们紧紧跟上了刘陵。

青芒转过脸，对孙泉道："跟着六喜，保护好他。"

"放心吧，师父。"孙泉当即快步跟了上去。

昨夜，当青芒悄悄离开西市的工场时，那个紧接着潜入工场的诡异身影，正是孙泉。他奉命进入青芒房间，任务便是装睡，以便应付很可能会来"查房"的严助。

青芒之所以能够未雨绸缪，提前做这个安排，是因为他早就料到——皇帝会让严助时刻盯着自己。

墨弩对朝廷意义重大，而青芒对朝廷是否真正忠心则是刘彻最在乎的事。就凭这两点，刘彻便有足够的理由盯死青芒；而青芒也恰恰是看穿了这两点，才会对皇帝的心思洞若观火。

这就像是在下一盘赌命的棋，每一步都是生死博弈。

而此君臣二人，无疑都是个中高手。

"对于今日廷议，二位有何结论？"

温室殿中，刘彻闭着眼睛，慵懒地斜靠在御榻上，淡淡道。

公孙弘瞟了面无表情的李蔡一眼，抢先答言："回陛下，臣以为严助的证词还是可信的，秦穆昨夜很可能不在案发现场。所以，他的嫌疑大致可以排除。"

"若不是秦穆，那这个窃贼会是何人？"

"臣认为，墨者的可能性最大。"

"朕也是这么想的。"刘彻睁开眼睛，若有所思道，"只不过，令朕颇感困惑的是，宫中防卫如此森严，事发后数千禁军又竭力搜索，为何此贼竟然能够来去无踪？墨者再怎么厉害，也不可能有上天遁地之术吧？"

"陛下此虑甚是，所以适才张汤判断为内贼，还是有道理的。"

"可你不刚说是墨者吗？"

公孙弘无声一笑："臣的意思是，此人既是内贼，又是墨者。"

刘彻目光一凛："你是指墨家安插在宫中的暗桩？"

公孙弘点点头："此贼之所以能够神不知鬼不觉地潜入石渠阁，之后又在数千禁军的围捕下从容脱逃，唯一合理的解释，便是其早已潜伏在宫中。换言之，此贼所居之处或许离石渠阁并不太远，故而并不需要上天遁地之术，便可做到来去无踪。"

"有理。"刘彻深以为然，"听你这口气，似乎已有怀疑对象了？"

"陛下圣明。"公孙弘矜持一笑，"臣的确有所怀疑，只是不知当不当讲。"

"有何不当讲？"刘彻眉头一皱，"纵然是公卿列侯、内朝近臣，只要有一丝疑点，朕便决不放过！讲！"

"是。臣所怀疑者，既非公卿列侯，亦非内朝近臣，而是……不久前刚刚入住宫中之人。"

刘彻略为思忖，旋即眸光一闪："你是说，仇芷若？！"

"正是。"

"为何怀疑她？"

"回陛下。臣有三个理由：其一，仇芷若本来便有墨者嫌疑，具备作案动机；其二，她住在漪兰殿，离石渠阁并不算远，且身怀武功，完全有能力避开守卫耳目，悄然进出石渠阁，具备作案条件；其三，天机图秘藏宫中已有些时日，可早不出事晚不出事，偏偏她一来便发生窃案，如此巧合，不免令人心生疑窦。"

刘彻听完，不由得自嘲一笑："若果如此，朕岂不是引狼入室了？"

"陛下，臣也只是推测而已，真相究竟如何，尚待调查。"

"你的推测，朕完全同意。"刘彻说着，转头盯住沉默了半天的李蔡："咱们的御史大夫今儿是怎么了，自始至终不发一言？"

李蔡闻言，像是从梦中醒来一般，抬起目光，微然一笑……

东市的槐树下，六喜气喘吁吁地跑了过来，一脸喜色。

"瞧你乐成这样，定是有好消息了？"青芒爱怜地摸了摸他满是汗珠的额头。

"我六喜出马，岂有落空之理？"六喜得意地用大拇指抹了抹鼻子，"那两个家伙贼得很，在好几条街上绕来绕去，自以为聪明，没承想还是被我六喜跟到他姥姥家了。"

"别嘚瑟了，快跟我说他们'姥姥家'在何处？"

"东市西北隅，横六街倒数第九间，庄记杂货铺。"

青芒若有所思，旋即从怀中掏出一包铜钱，扔了过去："跟弟兄们分了。"

六喜一把接住，掂了掂，嘿嘿一笑。

李蔡朝刘彻和公孙弘拱了拱手，道："臣一心聆听陛下及丞相之高见，反复思量，不禁有些入神，让陛下见笑了。"

"那你思量得如何？"刘彻眉毛一挑，"现在该轮到朕和丞相听听你的高见了吧？"

"回陛下，臣之所思，卑之无甚高论，还望陛下和丞相指正。"李蔡客气了一下，"首先，臣同意丞相与张廷尉的判断，昨夜作案之人定是内贼无疑。不过，臣却以为，此人并非墨者。"

刘彻和公孙弘都有些意外，不由得对视了一眼。

"说说你的理由。"刘彻道。

"是。众所周知，墨者皆为民间游侠、江湖草莽，向来横行不法，秉性凶残，加之对朝廷怀恨已久，其犯案手段一贯狠辣无情。此前数起大案，皆令朝廷官兵死伤甚众，朝野对此有目共睹，亦可谓记忆犹新。然而昨夜，石渠阁里里外外之守卫、宦官等，竟无一人死伤，仅有书监田贵等数人被打晕绑缚而已，若说这是墨者所为，岂非咄咄怪事？墨者此前杀人无数，为何昨夜却一反常态，手下留情呢？昨夜正是田贵挣脱了捆绑，众人才知案发，倘若窃贼事先将他和几个小黄门全杀掉，不是更安全吗？为何要留此后患呢？"

李蔡此问一出，刘彻和公孙弘登时怔住，同时陷入了思索。

"此其一。其二，倘若昨夜犯案之人是墨者，那他潜入石渠阁的目的显然是盗取天机图。那么可以设想，假如他开启了铜像机关，拿到了天机图，定会立刻携圆筒一逃了之，又何必把空壳圆筒留下，再让一切复归原位？制造这种假象有何意义？这不是多此一举，徒然拖延时间，给自己增加危险吗？"

刘彻和公孙弘面面相觑，完全无法解释这些疑点。

"那你的结论呢？"刘彻问。

"回陛下，综上所述，臣的结论有三：一，此窃贼绝非墨者；二，此贼的作案目标很可能不是天机图，而是那两卷元朔年间的起居注；三，目前这个青铜圆筒应该是完好的，天机图仍在其中，并未失窃。"

刘彻一听，赶紧拿起书案上的圆筒，翻来覆去看了片刻，才半信半疑道："贼人夜闯石渠阁，仅仅是冲着那两卷帛书去的？什么人会这么干？目的何在？"

"陛下，起居注乃朝廷机密，对此心存觊觎者大有人在。以臣的推断，此案的幕后主使，很可能是诸侯。陛下试想，近年来，臣安插在各诸侯国的眼线陆续传回了不少情报，其中一部分也记载在了起居注中。诸侯若拿到这些机密，稍加分析，不就可以推断出泄密之人，从而除掉臣安插的眼线了吗？"

"言之有理，诸侯确有盗窃起居注的动机。"刘彻蹙眉思忖着，"失窃的那两卷帛书是何年份？"

"元朔三年和四年。"

刘彻一听，顿时露出一丝苦笑："果不其然，那两年，正是燕王、齐王、赵王闹得最凶的时候……还有，淮南王和衡山王也不遑多让。"

青芒快步走进工场大门，看见严助正站在庭院中央斜睨着他，脸色阴沉。

"秦尉丞，你这一大早是去哪儿了？"

"严大夫站在这儿，莫非是专门在等我？"

"你说呢？"

"那在下真是受宠若惊了。"青芒呵呵一笑，从怀中掏出一册竹简扔了过去，"接着。"

严助连忙接住，一脸懵懂："这是何物？"

"《天工要术》，你没听过吗？"青芒煞有介事道，"这可是先秦工巧之术的一大奇书啊！你知道我为了找这书费了多大劲吗？还好总算让我淘回来了。有此书在，咱仿造墨弩的时间至少缩短一半！"

严助赶紧翻开竹简，半信半疑道："有这么神？"

"那是当然！对了，这书花了我整整三个月的俸禄，咱说好了啊，这钱可不能让我自个儿掏腰包，得从咱们工场的账上支。"

"仨月俸禄？"严助不禁瞪眼，"就这一卷书要这么多钱？"

"不是一卷，是两卷。"青芒笑着，从怀中又掏出一卷，"你那是上卷，我这是下卷。"

"能不能从账上支，眼下可不好说。"严助端起了架子，"得研究研究，看这书有没有真正的用处。"

"成，那你抓紧研究。"青芒说着，大步朝里走去。

"你干吗去？"

"回房去研究啊！"青芒晃了晃手上的书，"你研究上卷，我研究下卷，这样才能节省时间嘛。你别忘了，严大夫，咱们的时间只有一个月，我可不想到时候提头去见陛下。"说完也不等严助答话，大步流星地走了。

严助无奈，只能朝天翻了一个白眼。

"李大夫方才的分析甚是精彩，令人称叹。"公孙弘被李蔡抢了风头，心中不免嫉妒，可脸上却笑容依旧，"不过，本相有一事不明，还望李大夫解惑。"

"丞相请讲。"

"若说这个窃贼是诸侯安插在宫中的细作，那此人想必也不是什么谦谦君子，又何故不杀田贵等人，而仅仅是把他们打晕绑缚呢？方才你用这个疑点推翻了本相的判断，可它不照样可以推翻你自己的判断吗？"

"丞相所虑甚是，只不过下官想强调一点。"李蔡淡淡一笑，"方才，丞相和张廷尉判断此人是内贼，下官也深表赞同，但是丞相所指的'内'，与下官所指的'内'，却可能不尽相同。"

"此言何意？"公孙弘一头雾水。

"丞相所指的'内'，是指未央宫内；而下官所指的'内'，却是指石渠阁内。"

公孙弘略为思忖，蓦然一惊："难道你是怀疑，书监田贵监守自盗，贼喊捉贼？"

刘彻也有些惊讶，赶紧看向李蔡。

"不是怀疑，而是基本上可以确定。"李蔡正色道，"只有这个答案，才能让一切看似不合理的问题迎刃而解——正因为是田贵监守自盗，他才不可能杀了自己，只能谎称被打晕绑缚；正因为他贼喊捉贼，郎中令赶到密室时，才会发现里面空无一人；也正因为他一手制造了这个案子，所以无论宫中防备如何森严，也无论有多少禁军全力搜捕，那个所谓的窃贼都可以从容来去，不留下任何蛛丝马迹。说白了，除了田贵自己和那几个听命于他的小黄门，那个所谓的窃贼根本就不存在！综上所述，昨夜发生的一切，都只是田贵给咱们所有人摆下的一个迷魂阵而已。"

刘彻听完，不由得哑然失笑。

原来李蔡今日一直沉默不语，是因为反复思量之后早就看穿了一切，并且得出了这个非常有说服力的结论，却又不想与张汤或他人争执，故而把话憋到了现在。

公孙弘闻言，也是一脸恍然大悟之状，可一想又觉得哪里不对，忙道："可是，田贵既然是石渠阁书监，为何不偷偷进入密室，把他想要的机密摘抄出去，何苦要如此笨拙地盗走帛书，还大张旗鼓地制造这么一个案子？"

"丞相难道忘了？宫中早有规定，书监根本无权单独进入密室，要么是有郎中令在场，要么就是有陛下旨意，若田贵铤而走险擅自进入，十有八九会被发现，那便是杀头之罪。而像现在这样贼喊捉贼，凭空制造出一个失窃案，只要计谋得逞，不被识破，他便只是失职而已，顶多充军流放。两害相权，他自然会选择后者。此乃其一。"

"还有其二？"公孙弘基本上已经被说服了，不料李蔡竟然还没说完。

"有。方才只是从田贵的角度而言，我们还可以从幕后主使的角度来看。假如我是这个主谋，那么我便会考虑：若指使田贵进入密室抄书，一旦暴露，朝廷很容易就会怀疑到我，也就是诸侯头上；可要是制造一个贼人闯入的假象，便可以把水搅浑，误导朝廷，将朝廷的调查引入歧途。事实上，这不正是今日发生之事吗？我等先是怀疑秦穆，继而怀疑墨者，偏偏就是漏掉了诸侯。"

公孙弘一听，虽然心里不是滋味，却彻底无语了。

"精彩，十分精彩！"刘彻拊掌而笑，"李卿的推论果然缜密，令人心悦诚服、茅塞顿开啊！"

"陛下谬赞了，臣愧不敢当。"李蔡忙道。

"不过，朕还有最后一个问题。"

"陛下请讲。"

"田贵担任石渠阁书监也好几年了，为何不尽早下手，非得等到现在？"

"陛下此问，恰好可以间接说明，某位诸侯已经蠢蠢欲动，准备鱼死网破了。

但在发动之前，他势必要先设法除掉朝廷安插在其身边的眼线，才好放开手脚，大干一场。于是，田贵便在此刻接到了诸侯的密令。若臣所料不错，这位诸侯一定派遣了最可靠之人来到长安，亲自给田贵下达了指令。"

刘彻恍然，无声一笑："你说的，不就是淮南王父女吗？"

"陛下圣明。"李蔡也笑了笑，"把田贵事件和刘陵的动向结合起来看，臣以为，一切便昭然若揭了。"

青芒走进房间，关上房门，站立了片刻，确认外面的走廊上没有脚步声之后，才把手中的竹简随手扔在一旁，然后走到床榻边，伸手在榻下掏了几下，摸出了两卷帛书。

翻开其中一卷帛书，卷首上分明写着"禁中起居注·元朔四年"的字样。

青芒看着看着，眼前不由得浮现出昨夜在秘道中与郦诺贴身而立的情景……

"喂，你身上什么东西，硌得慌……"

郦诺道。

"是两卷书，方才顺手从书柜里掏的。"

"你拿书做什么？"

"看着玩呗。"

"少跟我贫，你是想转移朝廷的视线，让他们别怀疑到你我头上吧？"

青芒一笑："没错，不过这只是用意之一。"

"还有别的用意？"

"给你个提示吧，我拿的这两卷书，其中一卷是元朔四年的。"

"这有什么特别？"

"元朔四年发生过什么，难道你真的忘了？"

郦诺看着他，神色渐渐凝重起来，一字一顿道："你说的是我爹的事？"

青芒点头。

"你是想从里面查出，当时皇帝派去抓捕我爹的那个特使？"

青芒无声一笑。

……

此刻，青芒摊开帛书，目光从一列列文字上飞快扫过。

突然，他的视线停在了某个地方，眸光瞬间亮了起来——他看到了一个熟悉的名字。

青芒万万没想到，当初刘彻秘密派往东郡濮阳抓捕郦宽的人，竟然是他！

深夜，万籁俱寂，蒿街上的一家酒肆仍旧灯火通明。

二楼的一个雅间内，两只酒杯碰到了一起。

"兄弟，自从跟随翁主来了京师，特别想家吧？"张次公醉眼惺忪地看着食案对面的窦胜。

"可不是吗，特别想老娘，还有……我老婆孩子。"窦胜已经喝得半醉，说到伤感处，声音不禁哽咽，"家里上有老下有小，全靠我老婆一人撑持，唉……"

"三代同堂，弟妹贤惠，老弟有福气啊！"张次公说着，给他的空杯又斟满了酒。

"我不能再喝了。"窦胜赶紧推辞，一边说一边摇摇晃晃地站起身来，"我得赶紧回去，今儿可是瞒着翁主偷偷溜出来的。"

"啥叫偷偷溜出来啊？"张次公眼睛一瞪，硬把他拽回坐席，"翁主自己不睡觉吗？就算她自己不睡总得让别人缓口气吧？难道还得一天十二个时辰守着她不成？今儿老哥陪你一醉方休，有什么事老哥替你担着！"

窦胜嘿嘿一笑："不瞒老哥，天天跟着翁主东跑西颠，晚上睡觉还得睁着一只眼，兄弟还真有点儿遭不住了。"说着将杯中酒一饮而尽，咂吧了一下嘴唇："去他娘的，老子今天豁出去了，就喝他个痛快，醉死拉倒！"

"这就对了嘛！"张次公又给他斟满，然后举杯，"啥也不说了，话在酒中，干！"

两人就这样你一杯我一杯地又喝了半个多时辰。张次公装出一副醉态，斜睨着窦胜道："对了兄弟，翁主最近有跟那个秦穆碰面吗？"

"秦穆？哪个秦穆？"窦胜不知是喝糊涂了还是真不知道，一脸懵懂地看着他。

"就是那个卫尉丞，长得高高壮壮的，天天一副目中无人的样子。"

"我没印象。"窦胜把头摇得像个拨浪鼓，"没见过这号的。"

张次公不甘心，正寻思着换个问法，窦胜忽然道："对了，那个什么秦穆我不知道，可我和翁主两天前，还真碰到过一个家伙，就像你说的，长得高大英俊，甚是威风……"

张次公眸光一闪："你们是在哪儿碰上的？"

窦胜回忆了一下，随即原原本本讲了那天的经过。

"不过，翁主后来跟他说了啥，我可没敢偷听。"窦胜道，"你说这家伙是卫尉丞？"

张次公眼珠子转了转，忽然一声长叹，猛地捶了一下食案。

窦胜一惊："大哥怎么啦？"

"老哥我没用啊，被那个姓秦的横刀夺爱，却只能徒唤奈何。"张次公说着，一口喝干了杯中酒，一脸悲愤难平之色。

"咋回事？那小子抢大哥的女人了？"窦胜坐直了身子，神情关切。

张次公苦笑了一下："不瞒你说，其实我跟翁主，早已两情相悦，甚至……早就有过琴瑟之好了，虽无夫妻之名，却有夫妻之实啊。"

窦胜吃了一惊。

"实话说，翁主早就答应过我，若将来淮南王坐了天下，她便是公主，我便是帝婿，还要拜我为大将军。"

窦胜登时睁圆了眼睛，忙抱拳道："窦胜不才，日后愿追随大将军，以效犬马之劳。"

张次公再度苦笑，摆了摆手："我都说了，被那姓秦的小子横插一杠子，我还做什么大将军呀？"

"既如此，兄弟我愿替大哥出这口恶气！"窦胜说着，做个了杀人的手势。

"老弟如此仗义，愚兄先谢过了。"张次公拱拱手，"不过，杀人倒是没必要。再说了，那小子武功甚高，十个八个人都未必近得了身，更别说杀他了。"

"那大哥有何良策？"

"我想先摸清他的底细，而后再做打算。"张次公意味深长地看着他，"这就需老弟助我一臂之力了。"

"大哥想让我做什么？"

"那天在东市的巷子里，你真的……没听见他们说了什么？哪怕是只言片语？"

"这个……"窦胜支吾了起来。

"怎么，"张次公斜眼看着他，"老弟信不过我？"

"没有没有，我绝无此意。"

"那有什么不好开口的？"

窦胜挠了挠头，仍旧犹豫不决。

"也罢，既然老弟如此为难，那我也不强求了，咱们改日再聊。"张次公脸色一冷，作势便要起身。

"大哥且慢。"窦胜赶紧拦住他，又迟疑了片刻，才道："不瞒大哥，那天……

我还真的听到了几句。"

张次公心中一阵狂喜："你听见什么了？"

"那天，翁主和那家伙说着说着，不知为何就吵了起来，具体吵什么我也听不太清。然后，翁主骂他是白眼儿狼，好像还提到了养育之恩什么的。"

"养育之恩？"张次公眉头一拧，"莫非那小子……过去被淮南王收养过？"

"好像是这么个意思。"

张次公恍然，得意一笑："除此之外，你还听见什么没有？比如说，这小子到底是什么来路，为何会被王爷收养？"

"这我就不知道了。不过，翁主那天好像叫了他一个什么名字，反正不是秦穆，可到底叫什么来着……"窦胜抓耳挠腮，"这一时半会儿还真想不起来了。"

"别急，慢慢想。"张次公强抑着内心的兴奋，下意识屏住了呼吸。

窦胜闭着眼睛，拼命回忆，半晌后猛然睁眼，喊了声："有了！"

"快说！"张次公往前一靠，半个身子压在了食案上，感觉一颗心都快蹦出嗓子眼儿了。

"青芒！翁主叫他'青芒'，没错，就是这俩字！"窦胜喜不自胜。

他娘的！

张次公大失所望，在心里咒骂了一声。

第
七
章

面具

天子为善，天能赏之；天子为暴，天能罚之。

——《墨子·天志》

漪兰殿前，练武场。

夷安公主骑在一匹健硕的汗血宝马上，手持弓箭，正绕着场子中央的一个靶子转圈，在练习骑射。

郦诺站在场子边上的一棵树下，大声提点道："骑射通常有三种方法：分鬃、对镫、抹秋。分鬃射法是在冲锋之时，攻击正前方敌人用的，身体要靠近马鬃右侧，可你现在绕着靶子转圈，相当于包围了敌人，就得采用裹阵环绕时所用的对镫射法了。"

"怎么个对镫法？"夷安公主有些手忙脚乱。

"你得侧面射箭，所以要把身体向坐骑左侧倾斜，弓身垂下，对着左边的马镫……"

夷安公主赶紧照着她的话做，却掌握不好平衡，身体左摇右晃。

郦诺轻声一叹，喊道："小心，别急于求成，慢慢来，先把重心稳住。"

夷安公主有些懊恼，只好小心翼翼地不断调整姿势。

郦诺身后，一个身影悄然走了过来，静静站在了树后。

"对了，先把身子平衡好。"见夷安公主慢慢找到感觉了，郦诺又道，"然后重复我刚才教你的动作，对了，很好！"

"接下来，搭箭，拉弦……对了。"

"把弓抬起，深吸一口气，稳住，开始瞄准……"

正讲得专心致志，身后忽然响起几下轻轻的掌声。

郦诺蓦然回首，看见霍去病一边拍掌一边走了过来。

"没想到仇少使对骑射也如此精通，要不改天请你到军营来，教教我的弟兄们？"霍去病面带笑容，口气却分明是在揶揄。

郦诺淡淡一笑："霍骠姚见笑了，我只是略懂皮毛而已，岂敢在勇冠三军的霍骠姚面前班门弄斧？"

"仇少使谦虚了，听你方才说得有板有眼，分明是经过专门训练的。"霍去病斜睨着她，"在下不禁好奇：一个木匠人家出身的女子，为何能够身怀武功，还能精于骑射呢？"

"霍骠姚这话问得奇怪。"郦诺忍不住反唇相讥，"大汉律法有规定，木匠人家出身的，就不能学武了吗？"

"这倒没有。"霍去病呵呵一笑，"其实我也就随口问问，没别的意思，想不到仇少使的反应还挺激烈。"

"有吗？"郦诺嫣然一笑，"我如此和颜悦色地跟你说话，哪里激烈了？"

"仇少使最近在宫中，住得可还习惯？"霍去病碰了个软钉子，只好换了话题。

"锦衣玉食，养尊处优，每天过着神仙般的日子，怎么会不习惯？我太习惯了，恨不得一辈子陪着公主。"郦诺笑盈盈道。

"是吗？那想必仇少使夜里也都睡得很安稳喽？"

"当然。你听说有当神仙的还闹失眠的吗？"

"这宫里失眠的人可不少。比如前天夜里，恐怕半个未央宫的人都失眠了。"

"哦？还有这种事？"

"那天有人把未央宫闹得鸡飞狗跳的，仇少使难道全无耳闻？"

"除了这漪兰殿，本少使对外面的事一无所知，也不感兴趣。"

"仇少使没说实话吧？"霍去病忽然冷冷地盯着她，像是要把她看穿。

"霍骠姚此言何意？"郦诺迎着他的目光，毫不示弱。

"别装了，仇芷若，那天晚上我看见你了。"霍去病冷不防道。

郦诺心中一惊，脸上却平静如水："我一直以为霍骠姚是个正人君子，没想到还有这种穿堂窥牖、令人不齿的恶习。"

霍去病一怔："什么穿堂窥牖？"

"我在公主的漪兰殿里好端端地睡着觉，你却说你看见我了，那不是穿堂窥牖是什么？除非你在做梦。"

霍去病哭笑不得，只好叹了口气："行了，仇芷若，别跟我玩捉迷藏了，我虽然不知你入宫意欲何为，但我知道你一定大有来头。这几天我一直在后悔，当初为何要三番两次把你从张次公手里救出来。"

这话尽管不好听，可终究不再是冷嘲热讽的口气，起码是"诚实"的。郦诺听完，淡淡一笑："何必后悔？如果你觉得我有问题，现在把我抓起来也不晚啊。"

"不急，迟早会有这么一天的。"霍去病说着，眼中竟然浮出了一丝伤感。

郦诺注意到了他的神色，心情顿时也五味杂陈。

"对了，顺便说一下，我已经知道，'仇芷若'这个名字是假的。你的真名，应该是一个'诺'字，我猜是诺言之诺。至于你的姓，我现在还不能确定，但我迟早也会查出来。"

霍去病说完，转身便走，然后头也不回地扔过来一句："好好享受你的神仙日子吧，这样的日子恐怕不多了。"

郦诺苦笑。

她不知道霍去病是怎么怀疑到自己头上的，但他的敏锐却着实让人心惊。

"霍去病，你站住！"夷安公主突然一声大叫，策马疾驰而来。

霍去病无奈，只好停住脚步。

夷安公主驰过来，围着他绕圈："霍去病，你跑到本公主的地盘来，连声问安都没有就想走，你懂不懂规矩？"

霍去病苦笑，拱了拱手，敷衍道："公主殿下可还安好？"

"瞧你一副心不甘情不愿的样子，问还不如不问呢！"夷安公主瞪着眼道，"老实说，你偷偷摸摸跑到我的漪兰殿来，跟本公主的少使嘀咕了半天，到底在说什么？"

"什么叫偷偷摸摸？"霍去病不悦道，"本侯是光明正大地奉旨查案，找仇少使是例行问话。"

"查什么案？问什么话？"

"嘿！我说，你们漪兰殿的人个个都是不食人间烟火的神仙吗？石渠阁失窃那么大的事你会不知道？"

"这本公主当然知道，我是问你凭什么查到仇少使头上？"

"凭什么不能查到她头上？"霍去病也急了，"就凭她是外来之人，而且本来便有墨者嫌疑。"

"能不能换句新鲜的？本公主的耳朵都快起茧子了。"夷安公主一脸不屑，接着忽然想到什么，眼睛一斜："我说，你不会是看上了本公主的少使，才找这么多借口来纠缠她吧？"

郦诺在旁边一听，心里不由得咯噔了一下。

霍去病被戳中了最深的心事，顿时又气又急，脱口道："一边去，没工夫听你胡扯！"说着抬脚便要走。

夷安公主闻言大怒："好你个霍去病，吃了熊心豹子胆了是吧？敢对本公主不敬？！"旋即拉过马头又拦住了他："给我跪下，磕三个响头，否则本公主绝饶不了你。"

霍去病愤然抬头，一字一顿道："你听好了，我霍去病的头只给陛下一个人磕！别的人，想都别想！"

夷安公主被他狠厉的目光吓了一跳，却又不肯示弱，只好学他的样子怒目圆睁。

两人就这样互相瞪着，场面一下便僵住了。

"公主殿下，霍骠姚也是一时情急，口不择言，您大人大量，就不要跟他计较了。"郦诺赶紧过来打圆场。

"哼，本公主才懒得跟他一般见识。"夷安公主趁势就坡下驴，"霍去病，看在仇少使的面子上，且念在你对父皇忠心耿耿的分儿上，本公主可以放你一马，不过你得道歉。"

霍去病仍然绷着脸，不回话。

"霍骠姚，尊卑有别，你冲撞了殿下，道个歉也不为过吧？"郦诺忙道。

霍去病又沉默了半晌，才瓮声瓮气道："对不住了。"说着拔腿便走。

"等等。"夷安公主又大声喊道。

霍去病低低咒骂了一声，生生顿住脚步。

"给本公主拿两套小号的甲胄过来，今天这事就算过去了。"

"你要甲胄干吗？"霍去病转过身来，一脸不解。

"少废话，让你拿你就去拿。"

繁华喧闹的杜门大道，人流车马熙熙攘攘。

青芒和朱能、侯金坐在临街一家酒肆的雅间中。

青芒一口气说了将近一个时辰，把自己的所有秘密一五一十、原原本本地和盘托出，直把二人听得目瞪口呆，半天回不过神来。

"……这就是我的全部秘密，现在都毫无保留地亮给你们了。"

青芒说完，缓了一口气，淡淡一笑，总结道："正如你们现在已经知道的，我是蒙恬的后人，从小被淮南王收养，家父是被朝廷冤杀的大臣蒙安国；我姓蒙名奕，小名青芒，后来成了匈奴左都尉阿檀那，再后来是一名失忆的刺客，现在则是朝廷卫尉丞秦穆。换言之，我有四重身份，但我……却不知道自己是谁。"

朱能和侯金面面相觑，感觉做梦都想不到世上竟有如此匪夷所思之事。

"当然，知道了这些秘密，对你们可能也是一种负担。"青芒又道，"不过我想，你们一定宁可承受这种负担，也不愿意我永远对你们隐瞒一切吧？"

"大哥，你如此掏心掏肺，信任我们哥儿俩，我们还有啥说的？"侯金终于反应过来，一脸诚恳道，"你放心，我侯金一定把今天听到的所有东西全烂在肚子里。"

"猴子说得对！"朱能连忙拍了拍胸脯，"我老朱也绝对守口如瓶，就算有人把刀架我脖子上，我也决不会吐半个字。"

青芒一笑："这辈子有你们这样的兄弟，我青芒知足了！"说着端起酒杯，"来，为了兄弟同心，干！"

"干！"三只酒杯碰到了一起。

朱能一口喝干，抹了抹嘴："老大，那你接下来有何打算？"

青芒苦笑了一下："作为蒙奕，我理应为父报仇，杀了公孙弘，或许还得找陛下算账；作为淮南王的养子青芒，我得报答他的养育之恩，或许还得帮着他和刘陵一起对付朝廷；可作为卫尉丞秦穆，我却必须竭尽全力保护陛下的安全，维护朝廷的利益，决不能让诸侯、墨家或匈奴任何一方危害陛下；然后，作为汉匈混血的阿檀那，我既不愿帮着匈奴人犯我大汉，也不希望大汉攻打匈奴。你们说，我，一个同时拥有四重身份的人，该怎么做？"

朱能和侯金再度面面相觑，脸上的表情都是既困惑又茫然。

半晌，朱能才挠了挠头，道："若换成是我，我或许会抛开一切，索性躲进深山老林里算了，这也太他娘的难受了，简直不让人活啊！"

"你说得倒轻巧。"侯金不以为然，"躲进深山老林这些事就不存在啦？除非你别活了，找根绳子上吊去，那就真的啥事都没了。"

"呸呸呸！说什么晦气话？"朱能眼睛一瞪，"你咒大哥呢？"

"你放屁，我说的是你。"

"行了行了。"青芒苦笑着摆摆手,"我跟你们说这些,可不是为了给你们添堵的。我一个人糟心就够了,你俩跟着凑什么热闹?"

"可是老大,你糟心,我们也难过啊!"朱能哭丧着脸道。

"说不糟心是假的,可我青芒自认也是一条铁骨铮铮的汉子,岂能让这些破事压垮?"青芒爽朗一笑,"大丈夫立身处世,行所当行,止所当止,也就够了,没什么坎儿是迈不过去的!"

"大哥真英雄,这话说得豪气!"朱能竖起大拇指,然后把三只空杯一一斟满,端起酒杯,"来,大哥,为了你这番话,小弟我敬你一杯!"

"我也敬大哥一杯!"侯金也赶紧举杯。

青芒端起酒杯,动容道:"二位兄弟那天冒死相救,我也敬你们一杯,敬二位的义气和肝胆!"

三人碰杯,同时一饮而尽。

"对了,石渠阁的事,朝廷查得如何,你俩有否耳闻?"青芒这几天都在西市的工场里忙活,无从得知宫里的消息。

"我跟苏卫尉打听过了。"朱能道,"一开始张汤一口咬定你的嫌疑最大,苏卫尉便替你力争,后来陛下就宣严助入宫做证,他说你那天一直在自己房里睡觉,然后汲内史也帮着你说话,张汤就吃瘪了。"

"对了大哥,"侯金接茬道,"我跟朱能都纳闷呢,严助是不是你的人啊,干吗要帮你做伪证呢?"

"他没做伪证。"青芒一笑,"是我事先安排孙泉进我房间装睡的。严助不敢拍门,只在门外听见鼾声,自然以为是我。"

朱能和侯金恍然大悟。

"大哥高明啊,一早就埋下这步棋了!"朱能大为感叹。

"莫非大哥早就看出严助那家伙不地道?"侯金问。

"陛下对我从未真正信任过,定然会让严助盯着我,我岂能不防?"青芒淡淡道。

"大哥果然料事如神!"侯金一脸敬佩。

"其实也不是我有多神。"青芒自嘲一笑,"只是天天在深渊上走索,一不留神就会粉身碎骨,自然得处处小心,丝毫大意不得。"

"说到这个,大哥,我还有一事不明,就是不知当不当问。"朱能道。

"我都跟你俩掏心掏肺了,还有啥不当问?"

朱能嘿嘿一笑，道："我是纳闷，那天你潜入石渠阁后，干吗不顺手把田贵那几个阉宦收拾了？这样不就没后来的事了吗？"

青芒闻言，淡淡苦笑："田贵他们何辜，要被我收拾掉？如果我可以在不杀人的情况下把事办了，又何必滥杀无辜？不瞒你们说，当时我是有把握拿到天机图之后全身而退的，只是出了点儿意外，便耽搁了……"

"是何意外？"

青芒又是一笑，但笑容却不再苦涩，而是蓦然明亮了起来："我没想到，天机图刚一到手，郦姑娘便拿刀从背后抵住了我……"

关于郦诺的真实身份，青芒也都跟他们交底了。一来是他的遭遇早就跟郦诺纠缠交融在了一起，不道清她的事，他也说不清自己的事；二来是朱能和侯金冒着生命危险救了他们二人，他若是再有所隐瞒，那就太不仗义了。

见青芒一提起郦诺便目光温润、笑容明亮，朱能和侯金不用想也知道是咋回事，便窃笑着对视了一眼，没好意思再追问下去。

杜门大道上，夷安公主和郦诺身披甲胄，一人骑着一匹高头大马，英姿飒爽、信马由缰地迎面走来，引得路人纷纷注目。

郦诺有些不自在，低声道："殿下，你让霍骠姚弄这两套甲胄，就是为了出宫逛街的吗？"

夷安公主嘻嘻一笑："你不觉得咱俩很威风吗？瞧瞧有多少人在看咱们，本公主就喜欢这种感觉。"

"乔装打扮随意出宫，殿下就不怕陛下怪罪？"

"我才不怕父皇，他年轻的时候比我还野呢！我这是继承了他的秉性，他哪有什么话好说？"

"殿下这么说陛下，不太好吧？"

"没事，你是我师傅，又不是外人。"夷安公主学着男人的样子，大大咧咧往她臂上捶了一拳，"我父皇年轻时干过好多好玩的事呢，你想不想听听？"

"陛下的事，属下一介微臣岂敢随便打听？"郦诺心里颇有些好奇，却仍故作矜持。

"哎呀，没那么多破规矩，本公主最讨厌这些长幼尊卑的条条框框了。我跟你说啊，我父皇刚即位那会儿，时常在夜里换上平民的衣服，带着一帮侍从翻墙出宫，跑到终南山去狩猎。有时候为了追逐猎物，把老百姓的农田都踩烂了。"夷安公主眉飞色舞道。

郦诺闻言，脸上笑了笑，心里却冷哼一声：原来你的任性刁蛮果真是其来有自的！如此恣意妄为的皇帝，不知稼穑艰辛，无视民间疾苦，只图自己纵情享乐，有什么资格当大汉天子？刘彻啊刘彻，我若杀你，不只是为父报仇，更是在替天行道！

"最好玩的是有一回，父皇又微服到鄠县去打猎，结果又闯到了农田里，你猜怎么着？"夷安公主咯咯笑道，"当地的农夫纷纷拿着锄头镰刀，把父皇给围起来了，还派人去禀报当地官府，准备把我父皇抓起来关进大牢。"

"那后来呢？"郦诺强忍着心中的鄙夷，装作饶有兴趣道。

"父皇赶紧命侍从亮出宫中信物，可那些农夫看不懂啊，叫嚣着就要动手。眼看一场恶斗已在所难免，所幸当地县令及时赶到，才算把父皇救下了。"

郦诺心里颇有些遗憾，嘴上却道："真是万幸！说到底，陛下乃真龙天子，自有神明庇佑的。"

"还有比这更惊险的事呢，你绝对做梦都想不到！"夷安公主得意地卖着关子。

"殿下快讲，别吊属下胃口嘛。"

"那一次，父皇带着侍从们一路向东追逐猎物，竟然不知不觉跑到了柏谷。当时天已经黑了，四周荒无人烟，他们走了好久，总算找到了一家小客栈。父皇又累又饿，吃过东西后倒头便睡，侍卫们也都个个睡死了。可谁承想就在这时，客栈老板竟然纠集了一伙人，在后院磨起了刀……"

尽管心存不屑，可郦诺还是不自觉地紧张了起来："莫非这是家黑店？"

"那倒不是。"夷安公主笑道，"是店老板见父皇他们挎刀带箭，随从又个个五大三粗，而且三更半夜骑马乱窜，断定他们非奸即盗，便想先下手为强，把他们绑了送官。危急时刻，还是那客栈老板娘有眼力，觉得我父皇气质尊贵，绝非打家劫舍之徒，便劝她丈夫罢手。可那家伙愣是不信，还是要动手。老板娘急中生智，便温了一大壶酒，说要让他们以酒壮胆，其实在酒里下了蒙汗药。结果第二天一早，父皇醒了，那老板一伙人还昏迷着呢。老板娘盛情款待了父皇，并道明原委，连连赔罪。父皇听了之后，不免啼笑皆非……"

"真没想到还有这种事，那陛下后来有没有惩治那个店老板？"

"恰好相反，父皇重重赏赐了他们夫妻俩。"

"哦？"郦诺有些意外。

"父皇不但赏了他们千金，还把那个不长眼的店老板召进宫里当了羽林郎呢！"

"既然那人如此不长眼，陛下何故还要赐官？"

"这你就不懂了吧？父皇说呀，此人警惕性甚高，正好可以担负宿卫宫禁之责。"

"陛下真是宽宏大量，知人善任。"郦诺说着，忽然发现心里对刘彻竟然有一丝佩服。

"这两回啊，还都算是有惊无险。"夷安公主接着道，"还有一次最惊险的，父皇跟一头熊肉搏，弄得遍体鳞伤，差一点儿就丢掉性命了。"

"跟熊肉搏？"郦诺顿觉匪夷所思。

"可不是吗？那次他跟侍从们走散了，带的箭也射光了，单人独骑在山林里转悠，结果就遇见熊了。"

"可陛下不会逃吗？马跑起来总比熊快吧？"

"父皇想逃当然逃得掉，他是主动冲上去跟熊肉搏的。"

郦诺一听，心中又是一声冷笑：都说天子是万金之躯，可这个刘彻一任性起来，居然连自己的命都不要了！如此冲动鲁莽、崇尚暴力的皇帝，怎么可能真正让天下太平？连自己的命都不爱惜的人，又怎么可能爱惜百姓的命？

"你都不问问，我父皇为何要跟熊肉搏吗？"夷安公主神秘兮兮道。

郦诺在心里翻了个白眼，嘴上却道："那还用问？当然是陛下天纵神武、勇猛过人喽，区区一头熊又算得了什么？"

"你这纯属谄媚之辞，父皇最不爱听这种话。实话跟你说吧，父皇是为了救人。"

"救人？！"郦诺大出意料。

夷安公主点点头："他是为了救一个在山里放羊的娃娃，当时那头熊已经把娃娃扑倒在地了，父皇连想都没想便拔出腰间短剑冲了上去……"

郦诺不由得睁大了眼睛："可……可陛下是万金之躯，岂能为了救一个……一个无足轻重的牧童便亲身涉险？"

"我也这么问过父皇。可他说，牧童是一条命，他也是一条命，说到底，没有谁比谁的命更值钱。还有，父皇说了，一个人当皇帝，就是为了守护天下百姓，如果眼睁睁看着那个牧童被熊吃掉，他不仅没资格做皇帝，甚至都没资格做一个人；进而言之，若连近在咫尺的一个小小牧童都不能保护，何谈守护大汉天下的亿万臣民？"

郦诺一听，不禁愣在当场。

她不敢相信刘彻会为了救一个孩子不惜生命，更不敢相信他会说出这番令人动容的话。

这还是自己印象中那个不顾百姓死活的皇帝吗？

那个恣意妄为破坏农田的刘彻，和这个义无反顾救护牧童的刘彻，到底是不是同一个人？

就在方才，自己还心心念念要杀了他，可现在的郦诺不禁怀疑：难道自己一直以来都误解了刘彻？难道真实的刘彻根本不是自己认为和想象的那样？

"喂，发什么愣啊？赶紧走呀！"夷安公主兀自前行了十来步，扭头一看才发现她没跟上来。

郦诺回过神，赶紧拍马跟上。

此时，在二人身后不远处，有两名骑者正隐藏在人流中一路尾随。

两名骑者都身着臃肿的胡服，面目被头巾包裹得严严实实。其中一人，头巾下似乎还戴着一副黄金面具。

一双阴冷的眸光从面具后透射出来，穿过拥挤的人群，像一支利箭死死钉在了郦诺的背上。

酒肆的雅间中，青芒一看朱能和侯金都在掩嘴窃笑，方觉有些失态，赶紧收回思绪，咳了咳："别扯远了，接着说吧，朝廷打消对我的怀疑之后呢？有没有得出什么结论？"

"这我就不知道了。"朱能摇摇头，"听苏卫尉说，张汤吃瘪后，恼羞成怒，跟汲内史吵了起来，陛下一怒之下便把他们都轰走了，只留下公孙弘和李蔡。至于后来又说了什么，连苏卫尉都不得而知，更别说我了。"

青芒闻言，有些失望。

"我倒是略有所知。"侯金接言道，"我一个同乡小哥是吕安的手下，那天恰好在御前侍奉。我昨天跟他在一块儿喝酒，顺便套了些话。据他说，起初，公孙弘怀疑是墨家所为，并把矛头指向了仇少使，哦不，是郦姑娘……"

青芒一惊："那陛下什么态度？"

"大哥别急，听我说。"侯金笑了笑，"陛下颇为赞同，不过李蔡却表示反对。他认为此案的幕后主使是诸侯，然后分析了一大堆，反正是有理有据，最后把公孙弘说得哑口无言，连陛下都表示心悦诚服。"

听见郦诺没事，青芒松了口气，然后若有所思道："李蔡此举，有点儿耐人寻味啊。"

"大哥何意？"侯金问。

青芒心里想的那件事，此刻不便提及，便叹了口气，道："没什么，我只是觉得，如此一来，田贵和那几个小黄门，恐怕要当我的替罪羊，甚至是替死鬼了。"

"可李蔡不是把罪名推给诸侯了吗？"朱能道，"田贵他们充其量就是玩忽职守而已，罪不至死吧？"

青芒苦涩一笑："若我所料不错，李蔡一定会告诉陛下，田贵等人便是诸侯安插在宫中的细作，那晚的失窃案纯属田贵监守自盗、贼喊捉贼。"

"没错没错，李蔡当时就是这么讲的。"侯金忙道。

"若果如此，那田贵等人……还真是必死无疑了。"朱能撇了撇嘴。

"事情皆因我而起，本以为不必死人，没想到结果会是这样……"青芒神色黯然，沉声一叹，"猴子，回头去我那儿拿些钱，想办法交给田贵和那几个小黄门的家人。不过，要做得隐秘些，别让任何人知道是咱们给的钱，包括他们的家人。"

"大哥放心，这事包在我身上。"

"公主，这杜门大道都快走到头儿了，咱们是不是该回宫了？"郦诺问。

"回什么回？"夷安公主嘻嘻一笑，"你以为我今天出来就是为了逛街的吗？"

"那公主想做什么？"

夷安公主笑而不语，拍了拍身上的长弓。

郦诺一惊："公主是想……出城打猎？"

"这有什么好大惊小怪的？不打猎我学骑射干吗？在宫里射来射去都是那个草靶子，我早烦透了，要射就射活物，那才好玩。"

"可是，公主千金之躯，万一有点儿闪失，属下该如何交代？"

夷安公主哈哈大笑："我父皇万金之躯都可以跟熊肉搏了，本公主千金之躯又算得了什么？"

"话是这么说，可但凡有一丝意外，属下都担待不起啊！"郦诺急道。

"少啰唆，本公主主意已定，你别扫了我的兴。"夷安公主脸色一沉，拿出了主子的派头，"走快点儿，趁我还在兴头上。"说完一夹马腹，坐骑便撒开四蹄跑了起来。

郦诺无奈，只好拍马紧跟。

二人刚驰出没多远，青芒等人恰好从酒肆的大门出来，双方打了个照面。青芒和郦诺四目相对，顿时都愣住了。

夷安公主一看便明白了怎么回事，促狭一笑，对青芒道："秦尉丞，这么巧？"

青芒等人连忙上前见礼："卑职见过公主殿下。"

夷安公主"嗯"了一声，然后用胳膊肘碰了碰郦诺，低声道："喂，本公主可以给你们一点儿时间，不过别太久啊。"说完又意味深长地瞟了青芒一眼，便打马离开了。

朱能和侯金见状，交换了一下眼色，也很知趣地悄悄溜了。

青芒走到郦诺的坐骑前，粲然一笑："仇少使身披禁军甲胄，越发显得英姿飒爽，害得本官适才心旌摇荡，在公主和下属面前都失态了。"

"是吗？"郦诺眉毛一扬，眼波流转，"若果如秦尉丞所言，你该怪自己修为不足、定力堪忧才对，怎么反倒怪起本少使来了？"

"本官原本修为尚可，自忖定力也不太差，只是到了仇少使面前，不知为何，瞬间定力全失。也许，这就是人们常说的英雄难过美人关吧？"

青芒说着，微微躬身，十分殷勤地伸出了一只手。

郦诺搭着他的手，仪态优雅地跨下了马背。

此刻，街道对面，那两个胡人正站在一棵树后，冷冷地窥伺着这一幕。

那个面具人的眼中，似乎有一股仇恨的火焰在熊熊燃烧。

青芒紧紧牵着郦诺的手，走进了酒肆旁边的一条小巷中。

"我就说咱们很快会见面的，没说错吧？"青芒笑道。

"我只能待一会儿，公主还等着我呢。"郦诺面露无奈。

"你们穿成这样是要去哪儿？"青芒忍不住又打量了她一下。

郦诺苦笑："我们的大公主非要去打猎，怎么劝都不听。"

青芒也不由得叹了口气："这位刁蛮公主，连陛下都拿她没办法，更别说你了。对了，这些日子在宫里，她待你如何？"

"她待我倒是没得说，天天好吃好喝供着，上上下下都对我毕恭毕敬。那些宫女私底下都说，夷安是大公主，我是二公主。"

"这我就放心了。"青芒呵呵一笑，"陛下他……也没找你麻烦吧？"

"他能找我什么麻烦？"郦诺脱口道，说完才猛然想起自己的身份是少使，虽然可以说是女官，但也可以算是皇帝的妃嫔，脸颊顿时微微一热，瞪了青芒一眼，

"你问这话什么意思？"

"哦，没什么，我就是随口一问。"其实青芒担心的恰恰是她"妃嫔"的身份，见郦诺识破，赶紧换了个话题，"本来我这两天也想去找你，有件事想跟你说。"

"什么事？"

"当初抓捕你爹的那个朝廷特使，我查到了。"

郦诺一震，目光瞬间变得凛冽："谁？"

"在我告诉你之前，你得先答应我一件事。"

郦诺蹙紧了眉头："为什么还要讲条件？"

青芒苦笑了一下："不是跟你讲条件，是因为此人目前还有些用处，我怕你一怒之下把他给杀了……"

"如果你的理由足够充分，我可以不杀他。"郦诺冷冷道，"快告诉我，他是谁？"

"朝廷中大夫，严助。"青芒缓缓道，"就是奉旨跟我一块儿督造墨弩的人。"

"严——助。"郦诺咬着牙根重复了这两个字，仿佛要把它们咬碎，"为什么不让我杀他？"

"我刚才说了，他还有用。"

"什么用？"

"皇帝给我和严助下了死令，一个月内必须把墨弩仿造出来，否则的话，我和严助就要提头去见他。你想想，这个任务可能完成吗？退一步说，就算能完成，我也不会让这种杀人利器贻害人间。所以，最终必须有人提头去见皇帝……"青芒看着她，微然一笑，"你总不会希望，这个人是我吧？"

"可这事若完不成，你们俩不都得杀头吗？你怎么可能只让严助一人顶罪？"

"这你就不用管了，我自有办法。"青芒又是一笑，"只要你把人给我留着就成。"

郦诺盯着他看了一会儿，才道："好吧，我答应你。不过，你也得答应我一个条件。"

青芒一怔，旋即笑道："你还真是精明，这就要讨回去啦？"

"你得答应我，决不在墨弩这件事上铤而走险。"郦诺神情凝重，丝毫不理会他的玩笑。"刘彻是什么人你不知道吗？他派你督造墨弩，就是想看你会不会耍花招，但凡你有一丝可疑，他便绝不会放过你。总而言之一句话，你……必须给我好好活着！"

说完，郦诺的眼眶竟微微泛红，赶紧背过身去。

青芒这才知道她是在担心自己，心头顿时一热，情不自禁地上前一步，从背后轻轻抱住了她，低下头，在她耳旁柔声道："好，我答应你，一定好好活着。没有你的允许，我必不敢死。"

"你别有口无心，说到就得做到。"

"谁说我无心？要不我把心掏出来给你看？"

郦诺转过身来，嗔笑地白了他一眼，刚想说什么，巷子口忽然传来一阵低低的窃笑声，两人一惊，赶紧分开。

夷安公主策马立在巷口，捂着嘴笑了笑，才道："二位别误会啊，本公主可不是故意要棒打鸳鸯的，实在是等得不耐烦了，这才过来催催。"

"我先走了。"郦诺赶紧辞别青芒，匆匆跨上坐骑。

夷安公主又意犹未尽地瞟了青芒一眼。

青芒尴尬，只好拱了拱手。

夷安公主和郦诺策马出了巷子，沿着大街飞驰而去。

青芒走回酒肆大门边，牵上自己的坐骑，刚要跨上去，眼角的余光忽然瞥见，大街对面好像有什么人在盯着自己。

他立刻把目光扫了过去。

恰在此时，一支满载货物的车马队正好走过，完全遮挡了他的视线。青芒赶紧跃上马背，朝街道中间驰去，准备看个清楚，不料就这么一眨眼的工夫，那个躲在暗处窥伺的人便消失无踪了。

看着街上各色人等熙熙攘攘地穿梭来去，青芒眉头深锁，一脸狐疑。

不过，就是刚才那毫不经意的刹那一瞥，青芒已然看见，那个窥伺他的人与此刻街上的所有人都不一样——

那人戴着一张黄金面具！

第八章 跟踪

爱人不外己，己在所爱之中。

——《墨子·大取》

正当青芒在车马川流的街道中间愣怔之际，孙泉从长街另一头策马而来，喊了几声"师父"，才让他回过神来。

"师父，刚刚接到六喜的消息，说张次公一个时辰前进了东市的庄记杂货铺，到现在都没出来。"孙泉勒住马，喘着粗气道。

青芒冷哼一声："这个张次公，倒是一点儿都没闲着。"

"看样子，肯定又在谋划什么。"

"现在六喜还在那儿盯着？"

"对，刘忠也在。"

"你回去告诉他们，等张次公出来，一定要把他给我盯死喽，我要知道他接下来的一举一动。"青芒道，"你和刘忠要保护好六喜，还有他手下那些娃儿，别让他们有什么闪失。"

"师父尽可放心。"

"你去吧，我得赶紧回西市。"青芒缰绳一提就要走。

"等等师父，六喜还说了件十分蹊跷的事，他让我一定要告诉你。"

"何事？"

"他说昨日在尚冠后街、靠近宣平门那边，见到了一个人，感觉就跟白日见鬼一般，把他吓坏了。"

听他说得既诡异又含混不清，青芒大为不解："何人？"

孙泉下意识地看了看左右，策马近前，附在青芒耳旁说了句什么。青芒一听，顿时脸色大变，脱口道："不可能！他是不是认错人了？"

"我也跟他说不可能，可六喜这小子信誓旦旦，说他阅人无数，看人绝不走眼，况且此人还跟他打过好几回交道，绝对不会认错。"

青芒不禁倒吸了一口冷气。

孙泉说的这个人已经死了，怎么可能尚在人世，而且大白天出现在六喜眼前？！

"师父，要不……你先去忙，我按六喜说的地儿去会会那家伙。"

"六喜知道他住的地方？"

"对，昨天六喜跟踪他了。那地儿我知道，就在宣平门附近，离这儿不远。六喜还说他一路都做了记号，不难找。"

青芒沉吟了一下，立刻掉转马头："走！"

此人太重要了，倘若真的还活着，就必须尽快找到他，绝不能让他落入别人手中。

杜门大道最北端便是洛城门。

出了城门，行人车马渐稀，景色豁然开朗。

夷安公主和郦诺策马奔驰在黄土道上。放眼望去，远处的山岭依旧披挂着一抹残雪，而道路两旁的桃树和柳树则已纷纷吐出嫩绿的新芽。

夷安公主就像刚刚飞出囚笼的鸟儿，兴奋得啊啊大叫。连生性沉稳的郦诺也被她的情绪感染了，跟着放肆地喊叫了几声。

"听本公主的没错吧？"夷安公主得意道，"成天待在宫里，简直活活把人闷死！"

"公主殿下是天潢贵胄、金枝玉叶，一出生就过着钟鸣鼎食、肥马轻裘的日子，怎么听上去倒像是满腹苦水似的？"郦诺道。

"我才不稀罕什么金枝玉叶！"夷安公主哼了一声，"我宁可当一个黎民黔首，也不愿生在帝王之家，一点儿都不自由！"

"那是因为公主享福享惯了，才会这么说。"郦诺淡淡一笑，"若真的去当黎民黔首，天天吃糠咽菜、辛苦劳作，您恐怕一天也过不下去。"

"说的倒也是。"夷安公主撇了撇嘴，"不瞒你说，父皇就经常说我不懂民间疾苦，不知稼穑艰辛。"

郦诺在心里冷笑了一下，道："殿下，适才听你说了那么多陛下年轻时的趣事，属下斗胆说句不敬的话，他当初不也和你一样吗？"

"对啊，所以父皇后来时常自责呀，我就听他说过好多回了。"

"是吗？陛下也会自责？"郦诺貌似好奇，实则不无揶揄。

"我父皇也是大活人好吧？"夷安公主"扑哧"一笑，并未察觉到她的揶揄，"你以为真龙天子就不是凡人了吗？父皇常说，只要是人都会犯错，就算皇帝也在所难免，所以犯错不可怕，可怕的是犯了错却不自知、不自省。"

郦诺听着，嘴上没说什么，心里却道：这话固然在理，可你父皇一边反省旧错，一边又犯着新错，这样的"自知自省"又有什么意义？

这么一想，郦诺便觉得刘彻只是嘴上说得好听，其实从行动上看仍然不是一个好皇帝。不过刚一得出这个结论，她马上又觉得事实好像也不尽然，比如刘彻奋不顾身救护牧童的事，不就是实打实的行动吗？怎么可以说他光动嘴皮子呢？

想来想去，只能说刘彻这个人太复杂了，他身上有很多彼此矛盾的东西，很难用"好皇帝"或"坏皇帝"来概而言之。

再往深了一想，这世上每个人不都是矛盾复杂的吗？尤其是身居高位之人，每天都要面对各种纷繁复杂亟待解决的问题，又怎么可能简单得了呢？

忽然，郦诺想起了父亲。当初，面对朝廷的打压，以自己为首的墨家少壮派，想法都很简单，就是以牙还牙，以血还血，不管付出多大代价都在所不惜。而父亲却一再反对这种做法。这何尝不是因为他身为墨家巨子，需要顾及和考虑的东西比自己多得多吗？

再说自己，以前全凭一腔血气之勇，一心只想着快意恩仇，可自从成为墨家准巨子后，思虑不也慢慢变得复杂起来了？即使不说凡事顾全大局，但至少也懂得三思后行了，这又何尝不是因为自己所处的位子变高、身上的职责变重了呢？

进而言之，身为一个小小墨家的掌舵者，自己便时常觉得百般艰难了，那么身为皇帝的刘彻，要统治的是整个大汉天下，是这个广土众民、内忧外患的帝国，其艰难程度又岂是自己所能想象的？

可是，想到这儿，郦诺便又忍不住质问自己：难道我以前的想法和做法都错了吗？难道就因为对刘彻有了不同以往的认识和理解，我就要原谅他，从此放弃复仇吗？倘若我这么做，就算父亲的在天之灵会同意，可含恨九泉的郭旗主、倪右使、田旗主，以及那么多被朝廷冤杀的墨家弟兄，他们能答应吗？

郦诺就这么翻来覆去地想着，不知不觉已随着夷安公主驰入了一片树林中。

"哎，发什么呆呢？叫你几遍都不应。"夷安公主早已持弓在手，眼睛滴溜溜地四处搜寻着猎物。

"殿下，咱们转一转就回宫吧，冬天还没过去呢，您上哪儿找猎物去？"

"本公主好不容易出来一趟，岂能空手而回？"夷安公主大为不悦。

"那您说怎么办？"郦诺苦笑，"走兽们都在窝里睡觉呢，难不成要一个窝一个窝找过去，然后跟它们说：喂喂，大伙儿都醒醒，公主殿下驾到，赶紧起来挨她一箭吧？"

夷安公主闻言，虽然心里不爽，但还是忍不住哈哈大笑，直笑得前仰后合。

就这么一阵大笑，蓦然惊动了栖息在周围大树上的各种鸟儿。眼看数十上百只鹞子、青鹰、山雀冲天而起，乌压压地四散飞奔，夷安公主大喜过望，高声叫道："走兽没醒，飞禽倒是醒了，快追！"说着拍马便追了过去。郦诺摇头笑笑，紧随其后。

此刻，在她们身后不远处，那两个胡人像鬼魅一样在树丛中一闪而逝……

宣平门位于长安的东北角，附近多为普通民宅，大户人家甚少。

青芒和孙泉按照六喜所说的地址来到了一条陌巷。

一进巷口，孙泉便在右边墙根的一块砖头上，找到了六喜刻下的一个箭头记号。接着，每隔一丈左右便有一个小箭头。两人在幽深曲折的巷子里约莫走了一盏茶工夫，一路循着记号，终于来到了一座破旧低矮的宅院前。

院门边大约一尺来高的一块墙砖上，刻了一个三角形。

青芒和孙泉无声地对视了一眼。

就是这了！

突然，院子里传出一阵凶狠的狗叫声，还有铁链被来回扯动的叮当乱响声。孙泉恼怒，拔刀出鞘，抬脚就要去踹院门。青芒忽然止住了他，淡淡道："别踹了，人不在里面。"

孙泉一愣："师父都没进去，怎么知道里头有没有人？"

"不必进去。"青芒眯起眼睛，迅速环顾四周，"这破宅院只是个障眼法。他肯定躲在附近，绝对不是这儿。"

孙泉大惑不解，茫然四顾："那……那他能躲在哪儿？"

"躲在一个听得见狗吠，还看得见咱们，但离这儿又足够远的地方。"青芒一边说，犀利的目光一边四处扫视着。

忽然，他的视线落在了某个地方。

那是十几丈外的一幢三层小楼，鹤立鸡群地兀立在这片平民区中。

青芒的唇角泛起一丝冷笑。

夷安公主一路追着那些鸟儿，把箭囊里的数十支箭都射光了，好不容易才射下一只鹬子。没想到，鹬子掉下来的时候却卡在了一根树枝的末梢上。树枝离地约有四丈来高，夷安公主只能站在树底下干瞪眼。

"咋办呢芷若？这可是本公主今天唯一的战利品。"夷安公主发愁道。

"还能咋办？"一旁的郦诺叹了口气，"自然是属下替您办喽。"

"哈哈！"夷安公主大喜，"我就知道你有办法，快点儿快点儿！"

郦诺苦笑了一下，从马上立起，足尖在马鞍上用力一点，人便蹿上了一根一丈多高的树枝，然后小心翼翼地往上攀爬。

此刻，不远处的一棵大树后，一支利箭已经搭上弓弦，悄悄瞄准了郦诺。

持弓者，正是那个一路跟踪她们的面具人。

与此同时，面具人的同伴也已张弓搭箭，瞄准了夷安公主的后背。

夷安公主和郦诺一心只顾着挂在树上的那个"战利品"，压根儿没意识到来自身后的巨大危险。

面具人的眸光中迸射出仇恨的火焰，郦诺的身影就倒映在这可怕的火焰之中，仿佛在被烈焰焚烧。

但不知为何，面具人持弓的手却在微微颤抖。

这样的颤抖既像是激烈的情绪所致，又像是隐隐有一丝犹疑。

郦诺终于攀到了那根挂着鹬子的树枝下方，正尽力踮起脚尖、伸长手臂去抓鹬子。

此时，面具人持弓的手已经慢慢停止了颤抖，利箭的箭镞非常稳定地指向郦诺，而扣着弓弦的扳指也准备松开了。

就在这千钧一发的瞬间，一个并不陌生的身影突然出现在了面具人的视线中。

霍去病！

他策马来到夷安公主身边，看了公主一眼，然后抬头看着郦诺，唇角浮起一抹揶揄的浅笑。他身后不远处，跟着十几名全副武装的禁军骑兵。

面具人眼中的火焰迅速熄灭，手中的弓箭也随之垂落下来。一旁的同伴见状，也无奈地放下了弓箭。

"你笑什么？有什么好笑的？"夷安公主被霍去病无声的讥笑惹恼了。

"殿下出宫不是来打猎的吗？"霍去病仍旧面含揶揄，"怎么变成上树掏鸟窝了？"

"你哪只眼睛看见我们掏鸟窝了？那上面明明是被我射下来的鸟儿好不好？"

"是吗？"霍去病故意睁大眼睛，"对哦，是只鹞子。可这畜生也太不识趣了，明明被公主殿下射了个对穿，还赖在树上不肯下来。别人不知道，还以为殿下射艺不精，把箭全射光了，结果一只猎物都没射中呢。"

"你少在这儿阴阳怪气。"夷安公主越发羞恼，"本公主打多少猎物关你什么事？你偷偷摸摸跟到这儿来干吗？我看不识趣的不是树上那只鹞子，而是你霍去病吧？"

"殿下若不找我借甲胄，或许我就不管这闲事了。"霍去病淡淡道，"可现在借殿下甲胄的人是我，万一殿下有什么闪失，陛下怪罪于我，让我如何交代？"

"这你就多虑了。"夷安公主不耐烦道，"光天化日之下，京畿首善之区，本公主能有什么闪失？"

"这可不好说。"霍去病环视周遭一眼，煞有介事道，"此处林木茂密，人烟稀少，最适合干暗杀绑架的勾当了。依我看，这边上指不定就躲着一两个杀手呢。"

"杀手？！"夷安公主一惊，下意识地环顾四周。

不远处的面具人赶紧把身子一缩，躲回了树干后，然后跟同伴对视了一眼。两人眼中都充满了失望与懊恼之色。

面具人沉吟了一下，给了同伴一个眼色。

两人立刻伏低身子，迅速蹿进了一旁的灌木丛中，旋即消失不见。

这时，郦诺费尽九牛二虎之力，终于抓到了那只挂在树上的鹞子。夷安公主大喜，不禁连连鼓掌。郦诺朝她笑了笑，把鹞子扔了下来。

夷安公主赶紧伸手去接。

郦诺踩在三丈多高的一根树枝上，正准备转身往回走，不料却一脚踩空，顿时失去平衡，身子一歪，整个人从树上直直坠下。

夷安公主刚接住鹞子，见状慌忙撒手，同时发出一声尖叫，拉起缰绳急急避开……

巷道中，一个头戴帷帽、面遮轻纱的女子慌慌张张地走了过来。

她手捂心口，脚步踉跄，看上去似乎身上有伤。

她的身后就是那幢精致的三层小楼，前面不远则是巷子口，与一条摊贩云集的小街相通。街上人来人往，颇为拥挤。

眼看巷口马上就到了，女子不由得加快了脚步。

一旦出了巷子，汇入前面的人流，她就会像一滴水融入江河，瞬间难觅踪影。

可是，就在她即将走出巷口的一刹那，一个男子突然闪出，挡住了她的去路。

"往哪儿跑？"孙泉一脸冷笑，"你那雕虫小技的障眼法，骗骗黄口小儿还行，岂能骗过我师父？"

女子浑身一震，赶紧往回跑。可还没跑出几步，她下意识一抬头，身子便顿住了。

青芒正背着双手站在不远处那幢小楼的走廊上，似乎在悠然自得地远眺风景，少顷才转过头来，露齿一笑："你找的这地方还真不错！闹中取静，视野开阔，没多远便是宣平门，要开溜也容易。只是，房租一定不便宜吧？"

女子颓丧地垂下了头。

有风吹来，撩起了她的一角面纱。

这个"女子"的下巴上居然有一圈青黑之色，显然是没剃干净的胡须！

眼看郦诺失足坠下，霍去病脸色大变，立刻纵身跃起，一个兔起鹘落就到了树下，旋即张开双臂准备接住她。

不料，郦诺并不像树下的二人这么惊慌。她在下落过程中接连抓了几下树枝，极大地减缓了下坠之势，然后双手又紧紧抓住了离地不过一丈来高的一根树枝，最后荡了一荡才稳稳落地，有惊无险地站在了霍去病面前。

二人四目相对。郦诺连忙礼貌一笑："多谢霍骠姚出手相助。"

霍去病扑了个空，大为尴尬，只好干咳两声，做了几下伸展动作。

然而，霍去病在情急之下对郦诺流露出的这份紧张和关切，却已被夷安公主尽收眼底，也让她蓦然觉得有些异乎寻常。

夷安公主跳下马来，对郦诺道："你没事吧？"

郦诺拍打着沾在头上身上的树叶，摇头笑笑："没事。"

夷安公主转过头来，斜睨着霍去病："喂，本公主的少使掉下来，你好像比本公主还紧张啊！"

"任何一个人掉下来，我都会紧张。"霍去病又咳了一声，"这是人的自然反应，请殿下不要多想。"

"是我多想吗？"夷安公主用探究的目光在二人之间瞟来瞟去，"瞧你刚才那奋不顾身的架势，就算树底下是刀山火海你也会冲过来吧？"

"殿下说对了。"霍去病恢复了平静的表情，"只要有人在我面前发生危险，我都会义无反顾，不管这个人是谁。"

"那如果这个人是我呢？"

霍去病一怔，忙道："任何人我都会救，更何况公主？"

"你迟疑了。"夷安公主盯着他的眼睛，冷然一笑，"方才若是本公主从树上掉下来，你这么一迟疑，我肯定就没命了，不是吗？"

"殿下做这样的假设毫无意义。"霍去病迎着她的目光，"我方才迟疑是因为我没想到殿下会这么问，非为其他。"

眼看他们又要掐起来了，郦诺连忙往二人中间一站，笑着对夷安公主道："殿下，您如果还没尽兴，咱们就到山那边再转转，反正现在有霍骠姚保护，也不怕……"

"本公主没兴致了。"夷安公主冷冷打断她，"要转你们去转，反正他更在乎的人是你！"说完扭头就走，气冲冲地跳上马背，马鞭狠狠一抽，坐骑立刻像离弦之箭飞驰而去。

那些禁军骑兵赶紧策马跟上。

郦诺和霍去病对视了一眼，目光随即各自弹开。

然后，两人沉默着各自转身，背对背走向各自的坐骑。一抹相同的苦笑，不约而同地掠过他们的嘴角。

一驾马车停在巷口。

那个男扮女装的男子被捆绑着扔在车厢里，嘴里塞着布，呜呜连声。青芒和孙泉站在车旁。

"师父，我很好奇，您是怎么知道这家伙使了障眼法的？"孙泉问。

青芒淡淡一笑："这家伙身上带着伤，行动不便，你看出来了吧？"

"这我知道啊。"

"那假如你是他，独自一人躲在那破屋里养伤，唯一的护卫便是那条大黄狗，你会给狗拴上链子吗？"

"我不会。"孙泉大摇其头，"养狗就是要看家护院的，干吗拴着它？万一有人来抓我，那狗还能扑上去挡一挡，拴着不就等于没用了吗？"

"所以，他居然把狗拴了起来，这就说明他没打算让狗看家护院，而只是作为警报之用。对吧？"

"对。"

"可那破宅院那么小，一旦有人来抓，就算狗及时发出警报，他一个身上带伤、行动不便的人怎么逃？不必多人围捕，只需一两个像你这种身手的人，就足以把他手到擒来，那他养那条狗还有什么意义？这明显不合常理。由此我便怀疑，这家伙很可能没住在那破宅院里，而是躲在一个既听得见狗吠、看得见咱们，离那儿又足够远的地方——就是那座三层小楼。这样一来，只要有可疑之人靠近宅院，那狗便会发出警报，然后这家伙就在小楼上从容观察，根据情势决定要不要逃。如此才能进退自如，这才是他把狗拴起来的用意所在。"

孙泉恍然大悟："那就是说，这家伙每次出门回来，都是故意先进那破宅院，让人以为他住在那儿，其实他随后便从后门偷偷溜出来，躲到那三层小楼去了？"

"没错，这是防止被人跟踪、掩盖行藏的最好办法。"

青芒匆匆回到西市工场，刚一进门，便有人通知他立刻去严助值房。青芒心中冷笑。他知道，自己一大早便溜了出去，严助肯定又要找他麻烦。

一进值房，青芒有些意外，因为霍去病也坐在里面。瞧他和严助的脸色，好像是专门等着要一块儿收拾他的。

"霍骠姚？"青芒满面笑容，"您怎么来了？真是稀客啊！"

霍去病阴着脸，不回话。

"秦尉丞，"严助冷冷地接过话茬，"霍骠姚是代表北军，也是代表陛下来的，想知道咱们仿造墨弩的进度。可惜，咱们至今成功仿造的部件还不足三成。依这进度，恐怕三个月都未必完成，更别说一个月了。所以，霍骠姚很替你我担心哪！"

"霍骠姚不必担心。"青芒呵呵一笑，"是福不是祸，是祸躲不过，若实在完不成，到时候我提头去见陛下便是。"

严助脸色一沉："秦尉丞，这可不是儿戏！你我掉脑袋事小，耽误朝廷的北征事大！瞧你成天漫不经心的样子，还三天两头往外跑，是不是把陛下的嘱托都抛诸脑后了？"

"严大夫，你这怎么说话呢？"青芒也变了脸色，"工程进度缓慢，咱们大伙儿都有责任，而且最主要的责任人是你！你凭什么把屎盆子往我一个人头上扣？我是经常出门没错，可我哪一趟出门不是去办公事？你说话得凭良心啊！"

严助语塞，想了想，秦穆的确每次出门都有理由，尽管理由五花八门，可你还真不能说哪一次与公事无关。怔了半晌,才道:"之前的,咱们就不提了,我就问你,你今日出去了大半天,又是干什么去了?"

青芒不答反问:"咱们这几日是不是卡在钩心的那个小机键上了?每回进行受力测试,机键的那个尖角都会崩断或开裂?"

严助一怔:"那又如何?"

"如何?"青芒冷哼一声,"敢问严大夫,你这几日跟工匠们天天闷在这里,找到应对之法了吗?"

严助答不上来,只好道:"你到底想说什么?莫非你解决了?"

青芒笑而不答,从袖中掏出一只小瓶子,朝严助和霍去病晃了晃,"啪"的一声放在严助面前的书案上。

"这是何物?"严助不解。

"这里面装着龙之血、凤之髓,还有麒麟膏脂。"青芒笑嘻嘻道。

严助和霍去病同时愣住了,面面相觑。

"秦穆,你还有没有正经的?"严助勃然作色,"你要是这么喜欢玩,敢不敢现在就跟我入宫,到陛下面前也玩一把?"

"严大夫少安毋躁。"青芒却心平气和,笑意依然,"我方才那么说,只是想让文辞更雅驯一些,别无他意。实话说吧,这瓶子里装的是马尿、鸡血和牛油。马尿和鸡血好弄,就是这牛骨头熬油比较麻烦,费了些工夫。"

霍去病闻言,不由得嫌恶地皱了皱眉。

"你弄这些乱七八糟的东西做什么?"严助十分纳闷。

"这你就不懂了吧?"青芒笑着冲他眨眨眼,"这三样东西混合起来,是一种非常厉害的淬火剂。以此淬炼铁件,可收外硬内韧之效,使其不易断裂,不信你马上叫人拿去试试。"

看着他一副自信满满的样子,严助顿时半信半疑:"你如何得知,这些东西可以做淬火剂?"

"严大夫忘了?前几日我不是刚买回两卷《天工要术》吗?那书里头写的呀,这可是绝世秘方啊!"

严助恍然,赶紧对霍去病说了句什么,然后拿起案上的瓶子,也不再跟青芒多说半句,迫不及待地走了出去。

"对了严大夫,"青芒冲着他的背影高声道,"这法子若是好使,那两卷书的钱你可得还我，不能让我又出钱又出力啊。"

"你玩够了没有？阿檀那！"一直沉默的霍去病终于开口道。

青芒收起脸上的笑意，回头看着他："霍去病，你老提这茬就没意思了，咱俩真的就不能好好做朋友吗？"

"想跟我做朋友，你就别玩花样。"

"我玩什么花样了？"

"你自己心里清楚。"

"我不清楚。"

霍去病冷笑："一个月的期限很快就到了，该怎么做，你自个儿去掂量，我也不跟你多费口舌。"说着站起身来，走到他面前："我今天来，是有件事想问你。"

"什么事？"

霍去病盯着他的眼睛，一字一顿道："石渠阁失窃案，是不是你干的？"

青芒心中一震，脸上却淡淡一笑："霍去病，这种玩笑可不能随便开。"

"你觉得我的样子，像是在开玩笑吗？"

"看来霍骠姚最近的消息不太灵通啊，此案朝廷早就有了结论，是田贵监守自盗，幕后主使是诸侯，你凭什么赖我头上？"

"那是李蔡说的，你以为我会信？"

"你信不信是你的事，与我何干？"

"阿檀那，我有一种直觉，天机图一定不在石渠阁了，它现在要么在你手上，要么……就在仇芷若手上。我猜得对吧？"

青芒心中又是一震，表面却仍不动声色："霍去病，你要是有证据，随时可以去向陛下告发；要是没有，就请免开尊口。"

霍去病又盯着他看了片刻，忽然一笑，拍了拍他的肩膀："不急，来日方长。我相信，你和仇芷若的狐狸尾巴，迟早会露出来，我有的是耐心。"

说完，霍去病便头也不回地走了出去。

青芒无声苦笑，若有所思地站了一会儿，刚想离开，严助忽然带着一名上了年纪的工匠兴冲冲地跑了进来。

"秦尉丞，这回你可立功了。"严助大喜道，"那淬火剂一加进去，情况果然改观，铁件的韧性立马增强了，但是还不够，估计是配比有问题。你现在赶紧翻翻书，把那三样东西的准确配比告诉老陈，让他去大量配制。"

"配比？什么配比？"青芒装傻道，"我就是把那些东西一股脑儿全掺在一块儿了，没按什么配比来啊。"

严助一愣："那《天工要术》怎么说？难不成那里头也没讲配比？"

青芒哭丧着脸："严大夫有所不知，我那个下卷，是个断简，只写到这三样东西，至于配比什么的，兴许是脱落了，压根儿没瞧见呀！"

严助如遭当头一棒，顿时和工匠老陈面面相觑。

夜幕降临，华灯初上。

章台街上红袖招摇，脂粉飘香。

一驾马车从北边缓缓驶来，后面跟着几名骑马的随从。很快，车马停在了琼琚阁的门口，从马车上下来两名男子，为首之人是张次公，后面是个商贾装扮的中年人。

见来了客人，一大群浓妆艳抹的莺莺燕燕立刻围了上去。几名随从赶紧上前，不客气地赶开了她们，然后拥着张次公和那个商人快步走进了琼琚阁。

大街斜对面，六喜气喘吁吁地跑过来，一闪身躲进了暗处，一双眼睛炯炯有神地盯着琼琚阁的大门……

琼琚阁二楼最大的一个雅间中，张次公和那个商人分案而坐，案上摆满了美酒佳肴，下面有四名体态婀娜的舞姬正翩翩起舞，旁边坐着一群卖力伴奏的乐师。

张次公笑容满面，频频举杯向商人敬酒，显得十分殷勤。可那商人却颇为矜持，只是不咸不淡地敷衍着，酒没怎么喝，连菜都没动几筷子。张次公看在眼里，淡淡一笑，趁着一曲终了，便将那些舞姬乐师都打发了。

房间顿时沉寂了下来。

"庄兄，方才那几个，可是眼下琼琚阁最当红的舞姬，不过好像还是入不了兄台的法眼啊。"张次公笑道，"要不……咱换个地儿？"

"张将军，恕我直言，你今日在我铺子里待了半天，现在又把我拉到这来，想必一定是有事要谈。咱们就别拐弯抹角了，有什么话，直说吧。"

此人正是东市庄记杂货铺的掌柜庄文。

"哈哈，庄兄就是爽快！既如此，那我就恭敬不如从命了。我今天找你，是想跟你打听一个人。"

"什么人？"

"朝廷卫尉丞，秦穆。"

"我不认识这个人。"庄文不假思索道。

"庄兄不必急着回答。"张次公呵呵一笑，"我说秦穆你可能没印象，但我要说他的小名，你肯定就想起来了。"

"我连此人的大名都不认得，何况小名？"

"庄兄别忙着下结论，听一听也无妨嘛。此人小名青芒，青色之青，麦芒之芒。"张次公注视着庄文的表情，"庄兄是淮南王手底下的老人了，不会连王爷的养子都不认识吧？"

庄文脸色微微一变，却仍强自镇定道："什么养子？我不明白你在说什么。"

"据我所知，这个小名青芒的家伙自幼被王爷收养，跟咱们的翁主算得上是青梅竹马。而且我还知道，如今他们二人相认了，翁主私底下没少跟他见面。"张次公料定庄文知道一切，便不理会他的否认，自顾自道，"庄兄，不知你有没有意识到，翁主这么做，是把她自己置于险境，也是把淮南王和咱们所有人置于险境啊！"

庄文的眼皮跳了一跳，并不作声。

张次公暗自冷笑，接着道："我知道，你现在心里肯定在想，翁主精明强干，足智多谋，且城府甚深，做事一向稳当，绝不至于着了别人的道儿。可是庄兄，你得往深了想想，翁主再怎么厉害，毕竟是一介女流，难免有感情用事之时。如今她肩负淮南王的重托，身上担着匡扶天下的大业，也担着咱们所有人的身家性命，若一着不慎，那就是满盘皆输啊！更何况，咱们之前的行动刚刚失利，朝廷正在全力追查，这种时候更应慎之又慎，岂容咱们行差踏错？"

庄文眉头深锁，却依旧沉默。

张次公一声长叹："庄兄，你可知道，那天在内史府冒死替刘彻挡箭、令咱们的行动功亏一篑之人是谁？"

庄文蓦然抬起目光："莫非……就是你说的这个秦穆？"

张次公冷哼一声："除了他还能有谁！"

庄文一听，脸色越发难看。

"庄兄，现在你该明白，我为何急于要打听这个人了吧？"张次公察言观色，继续加码，"这小子对朝廷可是忠心耿耿，而且现在又是刘彻跟前的红人，你说，他跟翁主交往会安什么好心吗？万一翁主受了他的蛊惑，一不留神泄露了咱们的计划，后果岂堪设想？"

"张将军，你说的这些，固然不无道理。"庄文终于开口道，"但你凭什么认为，翁主接近这个秦穆，就一定是感情用事呢？难道翁主不可以是为了策反他，才故意跟他交往吗？"

"对，以翁主的心计，我也不敢说没有这个可能。但我担心的是道高一尺，魔高一丈！假如青芒这小子将计就计，假意接受翁主的策反，然后打入咱们内部，摸清咱们的全盘计划，最后再把咱们一锅端了呢？"

庄文一惊，脸颊不由得抽搐了一下。

"庄兄啊，淮南王之所以把你派到长安来辅弼翁主，不正是因为翁主还年轻，王爷终究放心不下吗？倘若你明明知道翁主处境危险，却又不闻不问，也不采取任何防患措施，那暂且不说出什么大事，即使只是出一点儿小小的纰漏，王爷怪罪下来，你担待得起吗？你可别忘了，你自己虽在长安，但你的一家老小可全在淮南哪！"

张次公的最后这句话，彻底击溃了庄文的最后一道心理防线。他抹了抹额角的冷汗，叹了口气："将军所虑甚是，我回头便劝劝翁主，休与那小子再有来往。"

"庄兄啊庄兄，你可真是聪明一世，糊涂一时！"张次公摇头苦笑，"你觉得翁主会听你的劝吗？就算翁主肯听，可要是青芒那小子包藏祸心，仍旧缠着翁主不放呢？"

"那……那就一不做二不休。"庄文咽了口唾沫，"我明天就派人把这小子宰了！"

"宰了？你以为这个青芒是那么好宰的吗？"张次公大声冷笑，"别人我不知道，这小子的身手我最清楚了。放眼整个长安，除了霍去病，绝对没有一个人是他的对手。就算你把手底下最精干的人全派出去，恐怕也奈何不了他。万一再被他抓住一两个活口，岂不是弄巧成拙，引火烧身？"

庄文哑然良久，半晌才道："那依你之见，该当如何？"

张次公矜持一笑："要弄死他，其实很简单，根本没必要脏了咱们自己的手。"

"你的意思是……借刀？"

张次公点点头。

"借谁的刀？"

张次公看着他，狞笑了一下，轻轻吐出了两个字："刘彻。"

庄文当即恍然："你是打算把他的身世抖搂给朝廷？"

绕了这么一大圈，费了这么多口舌，张次公终于诱使庄文道出了"身世"二字，心中不禁大喜，面上却不动声色道："这就要看庄兄愿不愿意如实相告了，如果你觉得不方便说，那我也没有办法。"

庄文苦笑了一下：“不是我不想说，而是一旦把青芒的身世抖搂出去，朝廷就有借口对付王爷了。”

“此话怎讲？”

“青芒的生父……不是一般人。”

不出所料，青芒身上果然藏着不可告人的秘密！张次公强抑着内心的狂喜，沉声问道：“那你说，他的生父是谁？”

庄文沉吟了一会儿，忽然笑了笑：“张将军，不是我有意要隐瞒，而是此事非同小可，你容我……再仔细斟酌斟酌。”

张次公一听，心中顿如猫抓一般奇痒难耐，恨不得马上撬开庄文的嘴。“庄兄，你无非是担心朝廷借此对付王爷，可你怎么就不想想，刘彻若真要对王爷动手，他会找不到借口吗？如今四方诸侯，尤其是淮南王跟朝廷的矛盾，早就是公开的秘密了，刘彻之所以到现在还按兵不动，是因为他没有借口吗？错！是因为他还没摸清朝中到底藏着多少诸侯的内线，所以才想放长线钓大鱼。这么简单的道理，你不明白？”

“这我当然知道，可是……”

“可是什么？”张次公冷冷打断他，“恕我直言，你现在最应该担心的，不是朝廷有没有借口对付王爷，而是你自己和一家老小的性命能不能保得住！眼下的事情明摆着，青芒这小子一日不除，翁主便一日有受他蛊惑的危险。你如此瞻前顾后优柔寡断，恐怕还没等到朝廷对王爷动手，王爷就先拿你开刀了。到时候，你庄氏满门恐将无遗类矣！”

庄文额头上冷汗涔涔，一脸焦灼惊惧之色，嘴唇嚅动了一下，却还是没有开口。

张次公又斜睨了他一眼，霍然起身，喟然长叹道：“也罢，既然你如此为难，那我就不勉强你了。我先走一步，你好自为之吧。”说完便大步朝门口走去。

就在张次公的手搭上门闩的一刹那，庄文终于低声说出了几个字。

“你说什么？”张次公没听清，赶紧转过身来。

“蒙安国……”庄文喃喃道，“青芒的生父，是原东郡太守……蒙安国。”

张次公浑身一震。

这个名字他太熟悉了，只是万万没料到青芒竟然是此人的儿子！

一阵兴奋的战栗从他的心头翻腾而起，瞬间传遍了全身。

青芒，你死定了！

第
九
章

奶娘

今王公大人欲王天下，正诸侯，夫无德义，将何以哉？

——《墨子·尚贤》

公孙弘被老家丞叫醒的时候，窗外刚好敲响了三更梆子。

三更半夜，睡梦正酣，却突然被吵醒，令公孙弘极为不快。他半闭着眼睛，迷迷糊糊从床上坐起，口齿不清道："是不是陛下召见？"

除了圣谕，这种时候还有什么事敢来惊扰他？公孙弘料定必是朝中出了什么紧急之事。

老家丞苦着脸，赶紧拿过一件衣服披在他身上，嗫嚅道："回主公，不是陛下召见，是……是张廷尉求见。"

"什么？"公孙弘眼睛一瞪，猛地把衣服抖落了，"你是新来的吗？三更半夜把本相从被窝里拽起来，就因为张汤那小子求见？"

"主公息怒，主公息怒。"老家丞一脸无奈，连忙把衣服又给他披上，"小的本来也想把他轰走，叫他明日再来，可张廷尉却死活不肯走，非要见您不可，说是有要事禀报，还说您待会儿听了，保准不会怪他。"

公孙弘蹙了蹙眉头，冷哼一声，没再说什么。

张汤在书房中来回踱步，听见后门处传来一声咳嗽，连忙堆起笑容迎了过去。

公孙弘从屏风后慢腾腾地转出来，在榻上坐下，瞟了他一眼，冷冷道："敢大半夜来惊扰本相的，这天底下除了陛下，怕是只有你张汤张廷尉了吧？"

"丞相恕罪。"张汤赶忙赔笑道，"若是寻常小事，卑职岂敢来扰您清梦？皆因此事太让卑职震惊，更令卑职兴奋异常，实在难以入眠，这才赶夜前来搅扰丞相。"

既震惊又兴奋？还兴奋到难以入眠？

此言成功地诱发了公孙弘的好奇心。他眯起眼盯着张汤："闲言少叙。快说，到底何事？"

"回丞相，您还记得两年前，被朝廷满门抄斩的前东郡太守蒙安国吗？"

公孙弘一怔，没料到他会突然提及此人，便哼了一声，道："此人出卖朝廷，勾结匈奴，罪大恶极，死有余辜，你提他做甚？"

"没错，这个蒙安国的确罪大恶极，否则陛下也不会将他满门抄斩。但丞相可知，当初朝廷此举，其实只是斩草，并未除根？"

"你到底想说什么？"公孙弘已经隐隐察觉，张汤接下来要说的事一定非同小可。

"丞相，卑职想说的是，蒙安国的余孽尚在人世，不但活得好好的，而且，就在咱们的眼皮底下，至今还活蹦乱跳呢！"

"不可能！"公孙弘不假思索道，"当初蒙安国一家老少数十口已经全部斩决，是本相亲自到场监刑的，一个都没漏网，怎么可能还有什么余孽？"

"丞相有所不知。"张汤一脸神秘道，"卑职说的这个余孽，是蒙安国的私生子，出生没多久便被他送到了淮南王刘安那儿，是刘安抚养长大的，所以朝廷才会对此一无所知。"

"有这种事？"公孙弘大为狐疑。

"千真万确。"

"那你说的这个余孽，到底是谁？"

张汤自鸣得意地一笑："说了您可能都不信，此人正是咱们的老相识，您之前的门尉、眼下的卫尉丞——秦穆。"

"什么？"公孙弘万般惊愕地盯着张汤，几乎不敢相信自己的耳朵。

"不瞒丞相，卑职方才听到这个消息的时候，也根本不敢相信，是故卑职才会兴奋得难以入眠，并且连夜赶来向您禀报。"

"废话少说！你是从哪儿得到的消息？"公孙弘迫不及待道。

张汤又是一笑，忽然面朝门口，轻轻拍了两下掌："进来吧。"

张次公低着头匆匆入内，跪地行礼："小民张次公拜见丞相。"

"是你？"公孙弘满腹狐疑地看着他，冷然一笑，"张次公，你不会是为了报复秦穆，才编出这番鬼话的吧？"

"丞相明鉴，小民的消息绝对可靠，若有半字虚言，任凭丞相处置。"

"那你说，你这消息是哪儿来的？"

"呃……丞相恕罪，告诉小民这个消息的人，事先便跟小民谈了条件，说……说不许透露消息来源。"

"张次公，你是不是疯了？"公孙弘勃然作色，"三更半夜来搅扰本相，说了这么一桩不着调的事，到头来却跟本相说你不能透露消息来源，那本相凭什么相信你？"

"丞相恕罪，虽然小民不敢说消息来自何处，但此事绝对是千真万确的！小民可以拿脑袋担保，秦穆……不，青芒那小子，的的确确是蒙安国的私生子。他的本名叫蒙奕，自幼被淮南王刘安收养，一直到十五岁那年才离开了淮南。"

蒙奕？

秦穆，青芒，蒙奕……

公孙弘默念着这几个名字，心中冷笑不已，同时也颇有些感慨。

一直以来，他都在怀疑秦穆的真实身份，并且千方百计想让这小子现出原形，却每次都被他用异常狡猾的手段逃脱了。公孙弘没料到，最后竟然是张次公揭破了这小子的假面，更没想到，原来这个"秦穆"竟然是自己过去的头号政敌蒙安国的私生子。

这可真叫一个冤家路窄啊！

尽管眼下还没有任何证据可以证明此事，但公孙弘相信，张次公所言，定然就是自己三番五次想要弄清却始终求而不得的真相！

思虑及此，公孙弘的脸色便缓了下来，道："起来说话吧。"

"谢丞相。"张次公起身，暗自一笑。

"你方才说，青芒十五岁之后便离开了淮南，那你知道他去了哪儿吗？"

"回丞相，此事十分隐秘，似乎无人知情，但小民猜测，这小子一定就是在那年去了匈奴，而他的生母也定然是匈奴人。青芒之前跟陛下说，其父是驻守五原郡的士兵，其母是匈奴什么呼衍儿部的牧羊女，现在看来，显然是欺君罔上的一派胡言！除了'汉匈混血'之事不假，其余都是弥天大谎！这小子的生父既然是蒙安国，那他的生母怎么可能是卑贱的牧羊女？依小民看，其母一定是匈奴贵族。换言之，青芒这一家子，都是我大汉朝不共戴天的敌人！朝廷当初以'勾结匈奴'的罪名诛杀了蒙安国，在小民看来，这罪名还是轻的，事实上蒙安国根本就是匈奴安插在我朝的头号间谍。如今此贼虽诛，但其孽子非但好端端地活着，甚至还混入朝廷，用瞒天过海的手段骗取了陛下宠信，这不是欺我大汉无人吗？丞相，此贼不除，朝廷危矣，陛下危矣，我大汉天下更是危在旦夕啊！"

张次公一脸赤诚焦急之状，越说越激动，到最后甚至声音哽咽，仿佛随时会掉下泪来。

"张次公，你这番话就有些危言耸听了。"公孙弘淡淡一笑，"事实都还没搞清楚，怎么就扯到天下安危上去了？再说了，秦穆跟你有那么多私人恩怨，你又不肯说这消息是哪儿来的，本相怎么知道你不是在陷害他？"

张次公苦笑："丞相，小民纯粹是出于公心，怕青芒这厮对您和朝廷不利，才来向您禀报此事，您若实在信不过小民，小民也无话可说。"说完，目光有意无意地瞥向张汤。

张汤会意，忙道："丞相，依卑职看来，当务之急并不是追查消息来源，而是要赶紧对青芒这小子采取措施。毕竟此事非同小可，咱们宁可信其有，不可信其无啊！"

"秦穆进入朝廷也不是一天两天了，本相也没见他干什么危害朝廷的事啊，相反，他不是还奋不顾身地替陛下挡了一箭吗？若果真如你们二人所说，他是什么奸臣余孽、匈奴间谍的话，那他当时大可袖手旁观，又何必舍身救驾呢？"

"丞相，这正是这小子的狡猾之处。依卑职所见，他分明是在演苦肉计，目的是进一步骗取陛下的信任，以便日后谋划更大的行动。正如他当初献上天机图一样，目的也是为了博取陛下青睐，从而打入朝廷。可当他站稳脚跟之后，结果怎么样呢？"张汤重重地哼了一声，"石渠阁不是出事了吗？卑职到现在依然认定，那天入阁行窃之人就是他，而真正的天机图也早就回到他手里了，现在藏在石渠阁里的那支圆筒，只不过是个空壳而已。"

公孙弘闻言，不由得蹙眉沉吟了起来。

"丞相，"张次公立刻接言道，"张廷尉所言，小民句句赞同。此外，小民还联想到了去年发生在北邙山的韦吉遇刺案。在小民看来，青芒费尽心机从匈奴潜回长安，其目的有二：一是刺杀当年告发蒙安国的朝中大臣，为其父报仇；二是奉伊稚斜之命潜入我朝，企图里应外合，亡我大汉。就此而言，当初行刺韦吉的凶手，正是青芒无疑！而他接下来的目标……"张次公故意顿了一顿，"丞相，青芒接下来的目标，小民不说，想必您也猜得出来。"

公孙弘心头一震，眯眼看着张次公："你是不是想说，他接下来的目标，正是本相？"

张次公俯首，却不答言。

"丞相，张次公这么说，卑职认为并不太准确。"张汤忽然道。

张次公大为诧异，不由得抬起目光，不解地看向张汤。

"哦？"公孙弘眉毛一挑，"怎么说？"

张汤冷然一笑："回丞相，在卑职看来，大行令韦吉肯定是青芒所杀，这一点毫无疑问。不过，说您是青芒'接下来的目标'，其实并不准确。事实上，卑职敢断定，早在青芒去年潜回长安之时，就已经把您和韦吉同时列为行动目标了。也就是说，当初刺杀韦吉得手之后，他紧接着就要对您动手了，若非丞相您吉人自有天相，他恐怕早已得逞。"

原来张汤想说的是这个。张次公这才释然，暗自一笑。

公孙弘又是一震，脱口道："照你的意思，去年墨家凶徒行刺本相那晚，青芒的本意也是要来刺杀本相的？"

"正是。只是阴差阳错，他的行动恰好跟墨家的行动撞在一起了。若卑职所料不错的话，对于一心想要报仇的青芒而言，没能亲手杀您，必会令他抱憾终身，所以他才临时改变了主意，假冒秦穆的身份把您救了下来。他这么做，一来是获取您的信任，以此作为他进入朝廷的跳板；二来是想日后亲自动手，以解他心头之恨。"

公孙弘不禁倒吸了一口冷气。

尽管二张所言都不过是推论和猜测，但公孙弘却不得不承认，他们说的很可能都是事实。

"若真如二位所言，那这个青芒自然不能再留，早杀早好。"公孙弘冷然道，"只是，无论二位再怎么言之凿凿，终究没有可靠的证据。张廷尉，你方才说，必须对青芒采取措施，那依你之见，该采取什么措施？"

"卑职愚见，丞相应该即刻入宫，向陛下禀报此事。"张汤不假思索道。

"呵呵，无凭无据，你让我向陛下禀报？"公孙弘揶揄一笑，"难不成你要让本相跟陛下说，此事千真万确，只是本相既不能透露消息来源，也没有任何证据可以证明？你觉得，陛下会怎么看本相？是认为我老糊涂了，还是认为我想构陷秦穆？"

张汤顿时语塞。

公孙弘摇头笑笑，叹了口气，把目光转向张次公，却不说话，只是定定地看着他。

"丞相，小民虽然不能透露消息来源，但还是有办法证明此事。"张次公从容道。

张汤一听，顿时有些意外。

"哦？你打算如何证明？"公孙弘目光一亮。

"回丞相，小民可以找一个证人来，届时随丞相一同入宫。"

"证人？"公孙弘立刻身子前倾，"什么证人？"

张次公微微狞笑，一字一顿道："青芒的奶娘。"

闻听此言，公孙弘登时睁大了眼睛："此人现在何处？"

张次公正欲回答，一旁的张汤忽然冷冷道："行啊张次公，你玩心眼儿都玩到本官头上来了，竟然把本官一直蒙在鼓里，这话憋到现在才说？好一个不见兔子不撒鹰啊！"

"廷尉恕罪，小民并非有意隐瞒……"张次公慌忙拱手。

"行了行了。"公孙弘打断他，对张汤道，"张廷尉，都这时候了，你就别计较这些了。还没见到本相之前，你就让人家把所有的底全兜给你，这也有点儿不近情理，是不是？张次公眼下无官无职，故而立功心切，这也是人之常情嘛，你身为堂堂九卿，难道连这点儿容人之量都没有吗？你放心，只要最后能把青芒这小子办了，本相一定给你们两位各记一功！"

张汤这才转怒为喜，俯首道："是是，丞相教训的是，卑职全听丞相的。"

公孙弘把脸转向张次公："说吧，青芒的奶娘现在何处？"

"回丞相，此人现居其老家汉中郡西城县，只要给小民几天时间，小民定将此人带到丞相面前。"张次公斩钉截铁道。

"好，你打算何时出发？"

"事不宜迟，小民即刻启程。"

"很好！"公孙弘露出一个赏识的笑容，"只要能把事情办下来，让青芒这个乱臣贼子伏诛，本相定会替你请功。到时候，陛下自会论功行赏，不出什么意外的话，你很快便会官复原职了。"

"多谢丞相！"张次公大喜过望。

"你去吧，本相等你的好消息。"公孙弘从榻上站起，打了个哈欠。

张汤本欲告辞，却见张次公杵着不动，便道："你还愣着干什么？没看见丞相累了吗？"

张次公面露难色："廷尉、丞相，小的现在只是一介草民，无官无职，没名没分，要去汉中办这件事，恐怕……恐怕有诸多不便。"

公孙弘会意，便笑了笑，道："你的顾虑也有道理，这样吧，先给你个北军校尉的头衔，你拿上本相的手令，直接去北军找你的老部下陈谅，让他帮你把手续办了，然后带上人，随你一块儿去汉中。"

"谢丞相！"张次公连忙跪地行礼，"卑职一定不辱使命，请丞相静候佳音。"

未央宫，漪兰殿。

夷安公主躺在内殿的床上，眼睛直愣愣地盯着头上的锦帐，睡意全无。

今日城外树林中，霍去病奋身扑救仇芷若的那一幕，一遍一遍地在她脑海中浮现着。无论睁眼闭眼，她都能清晰地看见，霍去病对仇芷若流露出的那份异乎寻常的关切之色。

不就是一个小小的骠姚校尉霍去病吗？他算什么东西？他关心仇芷若与你何干？你一个堂堂大汉公主，犯得着为此辗转反侧夜不能寐吗？

为了把霍去病从脑海中驱赶出去，夷安公主只能这么质问自己。

瞧你那点儿出息！天底下好男人那么多，你何必一棵树上吊死？满朝公卿子弟，有才有貌的比比皆是，但凡是你夷安公主看上的，谁敢对你说半个"不"字？你犯得着纡尊降贵跟仇芷若抢男人？！

然而，不管她怎么诘问自己、责骂自己、开导自己，结果都只是一场徒劳。

最后，夷安公主终于忍无可忍，一脚把身上的锦衾踢落在地，翻身坐起，对着殿门放声大喊："来人，把仇芷若给我叫过来！"

这一夜，同样无心睡眠的还有霍去病。

他站在北军军营的校场中央，仰头凝望着满天繁星，几乎把自己站成了一尊石雕。

从小到大，他几乎从不知失眠为何物，但最近这些日子，时辰一到倒头便睡对他已经变成了一种奢侈。

因为他有了心事。

心事源自两个人：一个是青芒，一个是仇芷若。

自从这两个人无意中闯入了他的生命，他便再也无法像从前那样没心没肺地过日子了。

跟青芒一起经历了那么多事，尽管彼此之间总是磕磕碰碰，一见面也从不好好说话，可他心里早就把这家伙当兄弟了。问题在于，这个兄弟是半个匈奴人，而且身上似乎还藏着许多别的秘密，跟他打交道越久，就好像越不了解他。这种感觉让霍去病很有些恼火。

身为朝廷的冠军侯、天子的爱将，霍去病总是会下意识地怀疑青芒，怕他会干出一些对朝廷不利的事——比如石渠阁失窃案，他就疑心是青芒干的。但是作为兄弟，他又发自内心地想要帮他，怕他行差踏错遭遇危险——比如仿造墨弩一事，他表面上总是站在朝廷的立场逼迫青芒，其实是想提醒他别搞小动作，免得惹来杀身之祸。

于是，霍去病就这样夹在对朝廷的忠诚与对兄弟的情义之间，矛盾纠结，焦虑难安。

同样，仇芷若的出现，也像一颗石子投进了平静的湖面，令霍去病的内心荡起了一圈圈从未有过的涟漪。

过去的霍去病活得非常简单，除了报效朝廷、上阵杀敌之外，世上几乎没有任何事情是他在乎和萦怀的。然而自从遇见了仇芷若，他便总是不由自主地留意着她的言行，关心着她的安危，并且莫名其妙地生出了一种时时刻刻想要在身边保护她的强烈冲动。

石渠阁出事那晚，他之所以会带队直奔漪兰殿，其实很大程度上就是源于这种连他自己都说不清道不明的冲动。

霍去病不知道这是不是人们常说的一见钟情，他只是异常分明地意识到，自己迄今为止十八年的人生已经因为仇芷若而分成了两截——一截是我行我素、没心没肺的懵懂少年，只活在自己的世界里；另一截是敏感细腻、用情至深，并懂得去关心和保护女人的男人。

尽管他和仇芷若之间什么都没发生，但这种微妙而重大的转变却是实实在在的。

然而，令他满怀伤感和万般无奈的是，生命中第一次让他怦然心动的这个女子，却似乎对他无感，而是钟情于另一个男人，并且这个男人还是自己心目中的兄弟！

他当然知道，青芒和仇芷若两情相悦，所以他愿意压抑自己，成全他们。虽然这么做很痛苦，但对他来讲并非无法到达。眼下真正令他困扰和焦灼的是——仇芷若的真实身份到底是什么？她来到未央宫的真正目的又是什么？

石渠阁出事那晚，他似乎隐隐看见一个身影从漪兰殿的宫墙上一掠而过。

他觉得那个身影很像仇芷若，可当时光线太暗，他又不免疑心是自己的错觉。

　　还有，青芒不久前在睡梦中呼喊的那个名字，明显也不是"仇芷若"。这足以说明她用的是化名。如果她真是一个出自木匠人家的普通女子，又何须化名？

　　所以，霍去病不得不对她产生了强烈的怀疑。

　　他甚至觉得，青芒和仇芷若有可能联手盗取了天机图，同时在谋划什么危害朝廷的事。换言之，他并不排除仇芷若是墨者的可能。

　　倘若事实如自己所料，那么等到真相揭开的那一天，他该拿青芒和仇芷若怎么办？在忠于朝廷和朋友义气之间，他又该如何取舍？

　　而上述所有这一切，他都不可对人言，也无法自我排解，故而才会寝食难安，备感困扰……

　　霍去病就这么茕然一人、怔怔出神地站在空旷的校场上，浑然不觉夜色已深。直到不远处传来四更梆子的响声，才把他的思绪拉回了现实。

　　他沉沉一叹，转身走向自己的值房。

　　无论如何，他还是要带着这些难以排遣的痛苦和烦恼躺到床上去，即使他知道等待自己的很可能又是一个不眠之夜。

　　就在这时，两名身着校尉甲胄的骑者从他身后飞驰而过，横穿校场，然后停在了校场边上的一座营房前。

　　霍去病下意识地回头瞥了一眼，不由得愣住了。

　　尽管距离较远，但借着营房门前灯笼的光亮，他还是一眼就认出来了，那两名校尉，一个是陈谅，另一个居然是张次公！

　　怎么回事？

　　这家伙为何会深更半夜突然出现在这里，还穿上了校尉的甲胄？

　　"弟兄们醒醒，有活儿干啦。"陈谅用力拍打着营房大门，"赶紧给我穿戴齐整了，把马牵上，校场集合。"

　　张次公仍骑在马上，左顾右盼，颇有些踌躇满志之态。

　　无意间，他的目光瞟了过来，刚好与霍去病四目相对。

　　张次公朝这边扬了扬下巴，与其说是打招呼，还不如说是挑衅。

　　霍去病面无表情，定定地与他对视了片刻，忽然转身离开，很快消失在了夜色中。

　　长安城万籁俱寂，唯独西市的铁器工场仍旧热火朝天。

　　从白天到现在，严助和老陈等几个工匠对淬火剂的配比进行了反复试验，结果打出来的铁件始终达不到理想效果，气得严助连声骂娘。

此刻，严助等人围在火炉旁折腾得满头大汗，而青芒却离他们远远的，独自坐在一个角落里闭目养神。严助扭头一看，顿时气不打一处来，拎着一把烧得通红的铁钳就冲了过来，怒不可遏道："我说秦尉丞，你还有没有良心？大伙儿都急得快上吊了，你可倒好，居然在这儿躲清闲！我请你过来是让你来出主意的，不是让你来睡觉的！"

"急有什么用？"青芒眼皮微抬，懒洋洋道，"你不让大伙儿睡觉，这么通宵达旦地拼命折腾，就能把问题解决吗？"

"那也比你在这儿偷懒睡觉强，至少大伙儿一直在想办法。"

"你怎么知道我没在想办法？"青芒伸了个懒腰，"有道是欲速则不达，心急吃不了热豆腐，这种时候需要的是冷静。我劝你还是让大伙儿去睡一觉吧，说不定一觉醒来，就找到办法了。"

"你说得倒轻巧！"严助仍旧怒气冲冲，不自觉地挥舞着手里的铁钳，"秦尉丞，我警告你，你要再这么袖手旁观，一点儿责任都不担，我就到陛下那儿告你去！"

"严大夫，我也警告你，把你手里的家伙放下。"青芒沉下脸来，眼中寒光一闪，"在我面前操家伙，可不是什么好玩的事。"

严助被他冷冽的目光震慑住了，虽不情愿，也只能乖乖把铁钳扔了。

"还有严大夫，你别忘了，上回你不让大伙儿睡觉，已经闹出人命了，如果你不希望咱们这儿再死人，我劝你最好是吸取教训。"青芒冷冷道，"现在，我要回房睡觉了，天大的事，也等明天再说。"

说完，青芒便头也不回地走了出去。

严助气得脸色铁青，却又无可奈何。

郦诺站在内殿门口，叫了几声"公主殿下"，里面却阒寂无声，一点儿反应都没有。

她轻轻拍了拍门，又等了片刻，还是无人应答。

郦诺皱了皱眉，只好一把推开虚掩的殿门，径直走了进去。

殿内烛火摇曳，光线昏暗，床榻上空无一人，一面锦衾掉在了床边的地上。

郦诺似乎明白了什么，苦笑了一下。

忽然，一把匕首抵住了她的后心。

"仇芷若，你知不知道都是因为你，本公主失眠了！"夷安公主握着匕首，冷冷道。

"殿下，你是想试试你师傅空手夺白刃的功夫吗？"郦诺镇定自若，微然一笑。

"你敢！"夷安公主手上又加了几分力道，"本公主的白刃，天下谁人敢夺？"

"除非你让陛下撤了我的少使之职，否则，我就还是殿下的师傅。所以，公主的白刃，天下无人敢夺，但为师可以！"话音未落，郦诺猛然转身，右手闪电般抓住夷安公主的手腕，轻轻一扭，匕首便落入了她的手中。

夷安公主吃痛，"哎哟"一声，气急败坏道："仇芷若，你好大的胆子！信不信我让父皇立刻杀了你？"

"我信。"郦诺摩挲着那把匕首，淡淡道，"可杀了我，殿下就不会失眠了吗？难道殿下以为，杀了我，霍骠姚就会对你俯首帖耳、百依百顺了吗？"

"你……你还敢耻笑本公主？"夷安公主被揭了疮疤，越发羞恼。

"不是耻笑，我说的是事实。"郦诺抬眼看着她，"殿下，恕我直言，以你对待霍骠姚的态度，就算你把全天下的女人都杀光，他也不会向你低头。"

"我……我态度怎么了？本公主生来就这样，轮不到你来指手画脚。"

"殿下，我虚长你几岁，且自幼闯荡江湖，天下之事比你见得多、识得广，你若是对霍骠姚无意，那倒也罢了，我无话可说；若是有意，为师倒真的可以帮你指点指点。"

"笑话！我对他能有什么意思？他霍去病算什么东西？我堂堂公主会瞧得上他？"夷安公主其实已经微微红了脸，却仍恨恨道，"全天下的男人哪一个不由本公主随便挑，我凭什么要看上他？"

郦诺轻轻一笑："我的殿下，若真如你所说，那你今夜又是因何失眠呢？"

"我……"夷安公主气红了脸，"我是讨厌你们两个在本公主面前卿卿我我。"

"既然殿下这么讨厌我，那就动手吧。"郦诺把匕首往前一递，"如果杀了我，殿下从此就能开开心心过日子，每天晚上都能睡好觉的话。"

"别以为我不敢！"夷安公主夺过匕首，一下指向她的眼睛，"你以为你这么说，本公主就会心软吗？"

"公主殿下自然不会心软。"郦诺淡淡一笑，"我仇芷若本来便是一介草民，命如蝼蚁，我相信即使我的血溅到殿下的脸上，殿下可能连眼睛都不会眨一下。"

夷安公主一听，眼前蓦然闪现出自己被喷了一脸血的情景，不由得嫌恶地蹙紧了眉头，情不自禁地瑟缩了一下。

"除了今天在林子里射下的那只鹞子，殿下恐怕从未亲手杀过活物吧？"郦诺满面笑容地盯着她的眼睛，"这样吧，为师临死前，再教你最后一个功夫：如何才能心不跳、手不抖、面对面杀掉一个人。"

听她这么一说，夷安公主立马心跳加速，手也抖了起来。

"头一回杀人，而且是面对面杀人，有个要诀殿下谨记，就是不能看对方的眼睛。"郦诺直视着她，往前逼近了一步。

夷安公主慌忙把目光挪开，后退了一步。

"临死之人的眼神，要么是乞求，要么是仇恨。若是前者，你会心软；若是后者，你会心慌。结果就是都下不了手，导致功亏一篑。"郦诺说着，又进了一步。

夷安公主又退了一步，握刀的手已经不自觉地垂了下来。

"就算你既不心软也不心慌，狠狠把刀刺入了对方的身体，但只要你是看着对方的眼睛，那死者被杀时那凄惨和恐怖的模样，便会深深印入你的脑子里，无论时隔多久，你都不会淡忘。这种感觉，就仿佛被你杀死的那个人的冤魂，会永远跟着你一样……"

"别说了！"夷安公主发出一声刺耳的尖叫，把匕首远远地扔了出去，同时双目紧闭，两手死死捂住了自己的耳朵。

郦诺静静地看着她，少顷才无声一笑："谢公主不杀之恩。"

铁器工场二楼的寝室中，青芒已经沉沉睡去，正发出均匀的鼾声。

忽然，窗外传来一阵夜鸟的鸣叫。

青芒蓦然睁开眼睛，仿佛他一直醒着一样。

那夜鸟的叫声时断时续，听上去既像猫头鹰，又像布谷鸟。青芒立刻翻身下床，走到窗边，凝神静听片刻，旋即打开了窗户……

北军营房后面的马厩，十几名军士正在手忙脚乱地整理装备，给坐骑套上马鞍、辔头，一派紧张忙碌之状。

一名身材矮壮、皮肤黝黑的军士正在角落里忙活，突然有一颗石子从暗处飞出来，打在了他的屁股上。军士"哎哟"一声，摸着屁股转过身来，却见四下里黑乎乎的，一个鬼影都没有，不由得大为纳闷，嘟囔了句"他娘的"。

话音未落，便听不远处的干草垛后面传出一个低沉的声音："墩子，过来。"

墩子一听，似乎马上认出了对方的声音，赶紧回头去看其他人，见大伙儿都在埋头忙碌，没人注意他，便悄悄溜到了干草垛后。

霍去病正双手抱胸，斜靠在草垛上。

"霍骠姚，您还没睡啊？"墩子一脸媚笑道。

"你们这大半夜的是在折腾什么？"

"那陈谅就他娘的是个疯子！"墩子嘟囔道，"说什么连夜要去汉中，弟兄们个个都在骂娘呢。"

"汉中？"霍去病大为疑惑，"去汉中做什么？"

"听说是去找一个什么人，具体找谁我就不知道了。陈谅一点儿口风都不露，张将军……哦不，张校尉也没说。"

听着"张校尉"三个字，霍去病不由得冷然一笑："这事也是奇了，张次公什么时候又杀回咱们北军来了，怎么事先半点儿风声都没有？"

"可不是吗，大伙儿也都纳闷呢。听说是拿着丞相的手令，刚刚才去记室参军那儿办了手续，这不立马又人五人六了吗？"

丞相手令？

霍去病眉头一皱。

看来，这回张次公突然复职校尉，又连夜要赶往汉中，背后的原因肯定不简单。

"墩子，你还想不想到我的帐下来？"霍去病忽然问。

"想啊，怎么不想？"墩子又惊又喜，"我做梦都在想啊！之前跟您提了那么多回，您愣是没答应，若真能到您帐下听命，那是我墩子家的祖坟冒青烟啦！"

"好，你替我办件事，事成之后，我马上把你调过来。"

"您说，我墩子赴汤蹈火在所不辞！"墩子赶紧挺起胸膛。

"这一路上多留个心眼儿，尽快弄清此行的目的。我要知道张次公去汉中找什么人，用意何在。最迟在你们回京之前，你必须找人把口信给我送到。能办到吗？"

"霍骠姚放心，包在我身上。"墩子用力地拍了下胸脯。

安门是长安的正南门，出了安门便是广袤的龙首原，再往南便是秦岭。经由横穿秦岭的子午道一路向南，便可直抵汉中郡。

约莫五更时分，张次公、陈谅、墩子一行十余骑，风驰电掣地出了安门，直趋秦岭而去。

尽管一夜未眠，可策马狂奔的张次公却精神抖擞，毫无倦意。

因为他坚信，等他回到长安的那一天，便是青芒的死期！

漪兰殿内殿，夷安公主双手抱膝坐在床上，面朝里侧，眼底似有泪光打转。

郦诺站在床边，轻轻一叹："殿下，既然你不杀我，那咱们不妨接着聊聊。殿下是不是认为，我跟霍骠姚之间有什么暧昧之事？"

"这还用问吗？"夷安公主抹了抹眼睛，恨恨道，"瞎子都看得出来，霍去病喜欢你，你别不承认！"

"殿下可以这么认为，但请容我说几句话。"郦诺表情沉静道，"首先，我比霍骠姚大好几岁，也不喜欢他，所以无论如何也不会跟他在一起；其次，就算殿下觉得他喜欢我，可殿下并不知道，或许连霍骠姚自己都不知道，其实他喜欢的并不是我这个人，而是和我在一起的那种感觉。"

"这不是一回事吗？"夷安公主转过头来，一脸不以为然，"他喜欢你当然就想跟你在一起了。"

"殿下误解我的意思了。"郦诺淡淡一笑，"这样吧，咱们换个问题，你觉得霍骠姚是一个什么样的人？"

夷安公主一怔："你想说什么？"

"请殿下先回答我的问题。"郦诺从容道。

夷安公主想了想，道："他……他是个英雄。"

"没错，那在殿下心目中，英雄是不是最喜欢做锄强扶弱、拯危济困的事？比如说，当有老弱妇孺遭遇危险时，英雄是不是总会挺身而出，不顾一切地保护他们？正如当初陛下看见牧童遇险，便奋不顾身地跟熊肉搏一样？"

"这是当然！在我看来，我父皇和霍去病都是英雄，世上最厉害的男人就属他们两个。"

"对，这就是我方才说那句话的意思。殿下觉得霍骠姚喜欢我，其实他只是喜欢保护弱者，尤其当他看见一个弱女子落入险境之时……"

"你是弱女子吗？"夷安公主冷笑着打断她，"依我看，你们俩要真打起来，你不见得会输给他吧？"

郦诺笑了笑："多谢殿下抬举。可说来惭愧，我这一身功夫，在头几回跟霍骠姚打交道时，还真的都没派上用场，所以在他看来，我的确就是一个需要被人保护的弱女子。”

“什么意思？”夷安公主不解。

“我跟他初次相识，是在车水马龙的华阳街上。当时我的脚崴伤了，刚走到街心时，一驾马车突然飞驰而来……”接着，郦诺便把那天被霍去病所救，其后又遭张次公纠缠，霍去病再度出手相救的经过说了一遍。当然，她对一些细节做了修饰，强调了当时的危急气氛。

“真有这种事？头一回认识，他便救了你两次？”夷安公主半信半疑道。

“可不是吗？”郦诺苦笑了一下，“所以，霍骠姚就一心认定我是一个弱女子了。”

“那……后来呢？”

“后来，没过多久，张次公又来找我麻烦，还把我抓进了大牢。霍骠姚得知后，就带着秦尉丞一块儿，第三次把我给救了下来。殿下你说，老天爷一门心思要把我安排成弱女子，而且每回都让霍骠姚来救，我能有什么办法？”郦诺一脸无奈道，“所以，即使过后他知道我身怀武功，可还是免不了想保护我，可能救我都救成习惯了吧。”

听她说得有趣，夷安公主忍不住笑了。

“包括今天在树林中，他那种反应，也不过是习惯而已。殿下你不知道之前那些事，自然就以为他是喜欢我了。”

夷安公主听到这儿，终于缓下脸色，想了想，道：“可他为什么就只想保护你，不想保护我呢？我不也是弱女子吗？”

郦诺闻言，不禁“扑哧”一笑。

“你笑什么？”夷安公主又瞪起了眼睛。

“殿下。”郦诺赶紧敛起笑容，“咱们平心而论，你觉得……你像弱女子吗？堂堂大汉公主，陛下的掌上明珠！你说一，别人不敢说二；你说东，别人不敢往西。这样的‘弱女子’，你说，天底下有哪个男人敢说他有资格保护你？”

夷安公主一怔，旋即嘟起嘴：“你大胆，敢挖苦我？”

话虽然说得凶，可口气已经软了许多，与其说是怪罪，不如说是撒娇。郦诺看在眼里，知道她已经听进去了，便趁热打铁道：“殿下，恕我直言，你若是真喜欢霍骠姚，就要放下公主的架子，不该总是对他颐指气使。”

夷安公主咬着嘴唇沉吟片刻，若有所悟道：“我平时是不是太霸道，对他太凶了？”

郦诺笑而不语。

夷安公主又嘟起了嘴："我也不知道为什么，心里越是在乎他，就越想对他凶。"

"这很正常。"郦诺笑，"男女之间交往，一开始都这样。只要你自己发觉了，那就不是问题了。"

"那你说，我该怎么做才对？"

"很简单，往后跟他在一起的时候，你就忘掉自己的身份，只是单纯地做一个女子，一个比男人弱的女子。这样，霍骠姚的英雄气概不就有用武之地了吗？到时候你就知道，他会不会处处关心你、保护你了。"

夷安公主闻言，顿时拊掌而笑："哎呀，你这办法好！这不就是老子说的'柔弱胜刚强'吗？"

"公主就是聪慧，一点就通。"

"师傅你真好！"夷安公主忽然扑过来，一把抱住了她。

"刚才不还想杀我来着吗？"郦诺笑，"这会儿又说我好了？"

"哎呀师傅，你就别取笑人家了，人家之前不是不懂这些男女之事吗？"夷安公主抱着她撒娇。

"好了好了，天都快亮了。"郦诺拍拍她的背，"殿下赶紧安寝吧，熬夜对身子可不好。"

"你陪我睡。"夷安公主紧紧拉着她的手，一脸娇态，"我还有好多话想跟你说呢。"

"还是明日再说吧，两人挤一块儿谁都睡不好。"郦诺笑了笑，"再说了，殿下若不急着杀我的话，咱们不是有的是时间吗？"

"你又挖苦人家。"夷安公主嘟起嘴，"是不是要记我一辈子仇啊？"

郦诺笑笑，又温言安抚了一会儿，好不容易才说服她躺了下来。

如果说霍去病骨子里还只是个大男孩儿的话，郦诺又好气又好笑地想，那么这个夷安公主根本就是个还没长大的丫头。

严助两眼通红、垂头丧气地从作坊里走了出来，正准备回房去眯一会儿，不料却在门口差点儿跟青芒撞了个满怀。

"你不是挺尸去了吗，又回来干吗？"严助斜睨着他，没好气道。

"我跟你说过了，我也在想办法，所以躺在床上也睡不着。"青芒冷冷道，"不过，方才那么一躺，倒是让我想到了一个办法。"

严助眼睛一亮："快说，什么办法？"

"现在想听我说了？"青芒冷哼一声。

严助无奈，只好堆起笑容："秦尉丞，方才是我太着急了，说话可能有点儿冲，你别往心里去啊。"

"你那叫有点儿冲吗？"青芒眉毛一挑，"你那是恨不得把我吃了吧？"

"是是是，都怪我，都怪我，我在这儿给你赔不是了。"严助赶紧作了个揖，连连赔笑，"咱都是为朝廷办事，还是要互相谅解、和衷共济嘛。"

"罢了，我也不是小肚鸡肠之人，就不跟你计较了。"青芒这才缓下脸色，拉长声调道，"据我所知，《天工要术》的作者孟通是河东人氏，那地方应该还有他的后人。所以我就在想，其后人手中会不会有这部书的全本呢？倘若咱们运气好，找到全本，并且里头还有淬火剂配比的话，问题不就迎刃而解了吗？"

"对啊，我怎么就没想到呢！"严助大喜过望，"我马上派人去河东。"

"不必了，还是我去吧。"

"你去？"严助有些意外，"秦尉丞真的愿意受累跑这一趟？"

"事关朝廷北征大计，还关乎咱们这么多人的脑袋，我受点儿累又算得了什么？"青芒煞有介事道，"不过咱丑话得说在前头，此去河东，能不能找到孟通的后人，其后人手中有没有《天工要术》的全本，书里头是否记载着淬火剂的配比，这些可全在未定之天。万一我无功而返，希望严大夫能够体谅，别再说什么袖手旁观、不负责任之类的话，更别动不动就要去陛下那儿告我的黑状。"

"不会不会，绝对不会，请秦尉丞放一百个心！"严助尴尬地笑了笑，"严某向你保证，从今往后，无论如何都不会再说这种浑话了。"

"那好，那就有劳严大夫向陛下请个旨，给我个朝廷特使的身份，我到了地方上也好办事。"

"没问题，天一亮我就入宫。"

青芒抬头看了看天色："看这样子，天也快亮了，要不咱一块儿入宫吧。你去等陛下，我去廷尉寺找几个弟兄做帮手，待会儿一拿到陛下手谕，我立刻启程，免得耽误工夫。"

"如此甚好！"严助喜笑颜开，"我相信，秦尉丞此行定能马到功成！"

"但愿如此吧。"青芒淡淡道。

第十章 术士

戒之慎之，必为天之所欲，而去天之所恶。

——《墨子·天志》

折腾了大半夜，郦诺困乏已极，匆匆回到位于偏殿的寝室中，连衣服也懒得脱了，一下把自己扔到床上，倒头便睡。

很快，她便迷迷糊糊做起了梦。

梦中，青芒不知何故被刘彻打入了死牢，披枷戴锁，面容憔悴。郦诺去探望他，发誓不惜一切代价也要把他救出来。青芒却很平静，微笑地告诉她这么做是徒劳的，因为这次刘彻已经决意置他于死地，谁也救不了，铤而走险的结果只能连累更多无辜的人。然后，青芒又劝她好好活下去，说只要你好好活着，我便没有死，因为我会住在你的心里……

旋即画面一转，青芒便被囚车押赴刑场了，而押送他的人竟然是该死的张次公！

郦诺一直在囚车后面追，却怎么也追不上。

通往刑场的路仿佛没有尽头。郦诺泪流满面，一次次扑倒在尘埃中，又一次次地爬起来，直至最后精疲力竭，再也没能重新站起，只能眼睁睁地看着青芒从她的视线中消失……

蓦然醒来时，泪水已经打湿了半边枕头。

郦诺满心哀伤，翻身坐起。

尽管万分庆幸这只是一场梦，可一忆起梦中那撕心裂肺、肝肠寸断的情景，她的泪水便又不可遏止地涌出了眼眶。

"怎么了？做噩梦了吗？"

一个声音忽然在她身后响起。

郦诺浑身一震。

不是因为这个声音的突然出现吓到了她，而是因为这分明是青芒的声音！

这怎么可能？！

郦诺猛然转身，然后便看见青芒正站在床边一脸关切地看着她。

莫非我还在梦里没醒？

她睁大了眼睛，一时竟说不出话来。

"别紧张。"青芒暖暖一笑，"我已经在窗外敲了半天了，可你睡得太沉，我只好……未经允许不请自入了，你别怪我无礼。"

话音未落，郦诺便一跃而起，不由分说地紧紧抱住了他，仿佛一松手他就会消失一样。

青芒一怔，笑道："喂，我又不会跑，抱这么紧干吗？"

"你言而无信，扔下我就跑了，我追不上，怎么追都追不上……"郦诺一开口便又哽咽了。

"这话从何说起？"青芒莫名其妙，旋即想到什么，不由得失笑道："你说的是梦里的事吧？梦你也当真？"

"你说刘彻这回决意要置你于死地，我无论如何也救不了你，叫我不要徒劳，还让我好好活着。"郦诺仰起脸来，满腔幽怨道，"你要是不在了，我一个人怎么可能好好活？我这样孤零零地活下去还有什么意义？"

青芒一听，不禁动容，便也抱紧了她，微微苦笑道："你放心，无论是谁想置我于死地，都没那么容易。至于陛下，你就更不必担心了。他若想杀我，早就动手了，之所以没动手，是因为他认为我对朝廷还有用……"

"那你就心甘情愿被他利用？"

"你怎么知道就是他在利用我，我就没在利用他？"青芒淡淡一笑，拉着她的手在床沿坐下。

"你利用他？"郦诺不解，"你利用他什么？"

青芒沉吟了一下，道："如你所知，我身上一半流着汉人的血，一半流着匈奴的血，我不想看到他们互相杀伐。所以，我为什么不能利用陛下给我的官职，尽我所能，让他们化干戈为玉帛呢？若能让这世上的仇恨和杀戮少一些，我就算被陛下利用，又有何妨？"

"化干戈为玉帛，谈何容易？"郦诺想着什么，冷然一笑，"你不也一直在劝我，让我们墨家跟朝廷握手言和吗？可事实上，你根本说服不了我。若连我一个人你都无法改变，又怎么可能让汉人和匈奴化干戈为玉帛？"

青芒闻言，不由得苦笑："没错，我可能到头来，什么都改变不了，但我至少可以勉力一试。倘若就此放弃，我可能这辈子都不会原谅自己。"

郦诺暗自一叹。

她知道，在骨子里，青芒和她是一样的人，明知不可为亦要为之，不为别的，只为了各自心中的信念。即使为了信念要付出生命的代价，他和她恐怕都在所不惜。

"对了，你为何这个时候入宫来找我？"郦诺这才想起来，青芒今晚来得很是突兀。

"我要出一趟远门，待会儿就走，所以来跟你说一声。"

"去哪儿？这么急？"

"河东，是铁器坊的差事。"

"你不是不想帮朝廷造墨弩吗？怎么又变这么积极了？"郦诺有些不解。

"毕竟职责在身，面儿上总得敷衍一下，否则也说不过去。"青芒淡淡道，目光却闪烁了一下。

郦诺敏锐地捕捉到了，便看着他道："你去河东……肯定还有别的目的吧？"

"哪有什么别的目的，你想多了。"青芒笑了笑，索性把目光挪开，"我今晚来，还有件事想跟你说。"

"什么事？"

"今天白天，在杜门大道上，我看到了一个人……"青芒蹙眉回忆着，"那个人很奇怪，穿着胡服，戴着一副黄金面具，但是一闪即逝，看不真切……我有点儿怀疑，他是在跟踪你。"

"跟踪我？"郦诺有些诧异，"不会吧？长安的胡人那么多，个个奇形怪状的，也没什么稀罕，你怎么就认定那人是在跟踪我？"

"我也说不上来，只是……一种直觉。总之，若没什么事，这段时间，你和公主尽量不要出宫。"

"这可由不得我。咱们那位大公主是什么脾气，你又不是不知道，她想做的事谁能阻拦？"

青芒想了想，无奈一笑："总之你还是要小心一些。"说着站起身来，"我该走了，你休息吧。"

"等等。"郦诺叫住他，"你要去河东什么地方？"

"安邑县。"

"等我一会儿。"郦诺说着，快步走到书案前，铺开一面素帛，提笔蘸墨，飞快地写了十几个字，然后走回来，把帛书递给了青芒。"河东安邑有我赤旗的一位兄弟，姓樊名开，是当地最大的丝绸商人。你到了那儿，若有任何需要，都可以找他，他认得我的笔迹，见字如见人。"

青芒有些意外，接过帛书，迟疑了一下，还是揣进怀里，笑了笑："如今的大汉天下，是不是走到哪儿都有你们墨家的兄弟？"

"差不多。"郦诺自矜一笑，扬了扬眉，"是不是很羡慕我们？要不，你干脆也加入我们墨家算了？"

"没必要。"青芒冷冷道。

郦诺一怔："怎么，你瞧不起我们？"

"那倒不是。"青芒悠悠道，"我的意思是，来日我若娶了你，全天下的墨家弟兄不都得听我号令？我还需要加入吗？"

郦诺脸颊一红，一拳打在了他的胸膛上。

公孙弘一觉睡到了日上三竿。吃过早饭，刚来到书房坐下，老家丞便拿着一卷尺牍匆匆进来，禀道："主公，二公子来信了。"

公孙弘置若罔闻，拿起案上的一册书翻看了起来，仿佛老家丞根本就不存在。

老家丞尴尬地咳了咳，凑近道："主公，二公子说您的寿辰快到了，便派人送了好几箱礼物过来，说提前给您贺寿。"

公孙弘从鼻孔里重重地哼了一声，却仍不说话。

老家丞等了片刻，只好又硬着头皮道："主公，二公子派来的人还等着回话呢，您看……"

"让他滚，把那些东西也拿走，叫他回去告诉那小子，就说我从没生过他这个孽障。"公孙弘眼也不抬地冷冷道。

"主公……"老家丞长叹一声，"二公子他知道错了，上回他不是当着您的面赌咒发誓，说从此要洗心革面了吗？他毕竟是您的亲骨肉，您就再给他一次改过自新的机会吧。"

"赌咒发誓？"公孙弘一声冷哼，把手上的竹简"啪"的一声扔在书案上，"他在我面前发过的誓还少吗？哪一回能做到？从他入仕的那天起，贪赃纳贿，欺男霸女，花天酒地，飞鹰走马，逛窑子，养娈童，还成天跟一帮江湖术士鬼混，简直把天底下的坏事全干遍了！陛下若不是看在我的面子上，早把他那个安邑县令给撸了。可这小子有半点儿自知之明吗？不但没有，他还眼巴巴地想当河东太守呢！我敢打赌，他这信里面一定又提这茬了吧？"

"呃，小的不知，您看看吧。"老家丞赶紧把尺牍递了过来。

"我不看！"公孙弘大袖一拂，满脸鄙夷之色。

老家丞无奈，只好把尺牍打开，快速地看了一遍。

"怎么样，"公孙弘冷笑道，"是不是被我言中了？"

"是，二公子是提了郡守之事……"

"我就说吧？哼！狗还能改得了吃屎？！"

"主公误会了，二公子信里面的意思是，这郡守一职，非德才兼备之人不可任之，断然不是他这种无德无才之人所敢觊觎的。他还说，从今往后，必安分守己、痛改前非，踏踏实实把这安邑县令干好，决不再辜负您和陛下对他的期望。"

公孙弘一听，颇有些意外："他真是这么说的？"

老家丞连忙把尺牍又递了过来。

公孙弘又摆了摆手，道："我上回叫他把那帮江湖术士悉数遣散，他做了吗？"

"有有有，这信里说了，全赶走了，一个不剩！"

"为首的那个……那个叫什么来着，就是一贯喜欢装神弄鬼、妖言惑众的那个，也赶跑了吗？"

"主公说的是刘福吧？"

"对，就是他。"

老家丞忽然凑近前来，压低嗓门儿道："二公子说，他几天前便已派人，暗中把这家伙做掉了。"

公孙弘眉头一紧，眼中却露出稍许欣慰之色："如此看来，这小子还算有点儿长进。"

"是啊主公，二公子还年轻，犯点儿错也是在所难免的，只要他知错能改，日后定能有所作为。"

公孙弘略为沉吟了一下，缓缓道："叫来人回去转告庆儿，就说礼物我收下了，只要他能真心改过，我可以既往不咎。还有，若他能在这安邑县令的职位上老老实实干几年，干出点儿政绩来，不丢我这张老脸，那河东太守一职，他还是有机会的。"

"主公英明！"老家丞大喜，"小的这就下去吩咐。"

张次公一行快马加鞭、昼夜兼程，仅用两天便赶到了汉中郡的西城县。

青芒的奶娘名叫许三娘，家在城南的一条小街上，白墙黑瓦，三进大院，几乎是整条街上最气派的宅子。张次公一行由当地县尉带路，不费吹灰之力便找到了这个地方。

众禁军一下马便踹开了院门，旋即长驱直入，将许三娘一家老少和下人仆佣二十几口人全押到前院跪着，唯独把许三娘一个留在了正堂上。

许三娘年近五旬，眉目清秀，体态丰腴。此刻，她虽然被这突如其来的一幕吓得不轻，脸色颇为苍白，但还是强自镇定，端坐榻上，分明也是见过世面之人。

张次公领着陈谅、墩子和几名禁军大摇大摆地走进正堂，径直来到了许三娘面前。

"你就是许三娘？"张次公盯着她看了一会儿，沉声道。

"正是民妇。不知诸位军爷无缘无故强闯民宅，意欲何为？"许三娘不卑不亢道。

张次公冷然一笑："本官从京城千里迢迢来到这儿，你觉得会没有缘故吗？"

"那就请军爷明言。"

"你先回答本官，二十多年前，你是不是在淮南王刘安的府上做过奶娘？"

许三娘微微一惊，迅速恢复平静，道："民妇年轻时是做过一阵子，不过都是在本地的大户人家，从未出过汉中郡，更未听说过什么淮南王。"

"本地的大户人家？"张次公呵呵一笑，环视着这间正堂，"我看你自己就是大户人家嘛。在这西城县，有这么大一座宅子的人家怕也不多吧？本官就纳了闷儿了，你家境如此殷实，又何必去给别人家做奶娘呢？"

"军爷有所不知，民妇自幼家贫，后来的夫家也不富裕，这宅子是后来建的，并非祖上所传。"

"哦，原来如此。"张次公做出恍然之状，"那你这宅子是何时所建？"

"大概……十七八年前吧。"

"这么说，你在做奶娘之前，顶多也不过是中人之家，然后做了几年奶娘，便盖起了这座宽敞气派的大宅，是吗？"

许三娘蓦然发现自己着了对方的道儿了，只好缄默不语。

"许三娘，你今天真是让本官大开了一回眼界。"张次公接着道，"如你自己所言，你只不过是在本地的大户人家做过几年奶娘，可结果却挣下了这么大一份家业，那这钱是怎么挣的？在你们这西城县，乃至这汉中郡，有什么样的大户人家，能够花这么大价钱请一个奶娘呢？除非你做的不只是奶娘，你还给别人做了小，或者是……你偷了别人家的男人？"

此言一出，一旁的陈谅等人不由得哧哧窃笑。

许三娘登时涨红了脸："这位军爷，民妇虽然身份卑微，但一辈子恪遵礼教，谨守妇道，请军爷莫信口开河，凭空污了民妇清白。"

"你怕被人污了清白，那就给本官说实话！"张次公一声大喝，"若不是到了富可敌国的淮南王刘安府上，你怎么可能奶一个孩子便赚下一座大宅？！"

许三娘吓得一哆嗦，只好低下头去。

"赶紧回话！"陈谅接过话茬，大声逼问，"你当年是不是去了淮南国？"

许三娘又沉默了一会儿，终于无奈地点点头。

张次公脸上浮起得意之色："很好！现在本官问你，当年你奶的那个孩子，小名是不是叫青芒？"

许三娘心头一震，摇了摇头："民妇从未听过这个名字。"

"嘿！你这老东西，我看你是不见棺材不掉泪啊！"陈谅冲过来就要动手，张次公把他拦住："干什么？咱们堂堂北军，岂能对一个妇人动手？这要是传出去，岂不是坏了咱们北军的名头？"

陈谅一怔："老大，这婆娘嘴上就没一句实话，不给她点儿颜色瞧瞧，她绝不会老实。"

"陈谅，这就是你不对了。咱们这回出来办差，奉的是丞相之命，代表的是朝廷，说话办事都要按规矩来，否则岂不是给朝廷抹黑？"张次公这话是对陈谅说的，可眼睛却始终看着许三娘，"人家许三娘一辈子清清白白，也不像是干坏事的人，你凭什么对人家动手？倒是外面她那三个儿子，是不是守法良民，有没有干过什么作奸犯科的事，恐怕就不好说了，得仔细问问才知道……"

陈谅会意，"嘿嘿"一笑，立刻转身跑了出去。

许三娘慌忙起身，想跟出去，却被张次公拦住了。片刻后，前院便传来叱骂声、拳打脚踢声和许三娘那三个儿子的惨叫声。

许三娘又急又怒："军爷，我们一家人都是安分守己的百姓，从没做过伤天害理的事，你凭什么打人？"

张次公冷哼一声："做没做过，你说了可不算。"说着便在一旁的客榻上坐了下来，找了一个舒服的姿势靠着，还晃起了二郎腿。

听着外面此起彼伏的声声惨叫，许三娘眼泪直流，犹豫了半晌，才黯然道："求军爷高抬贵手吧，民妇当年奶的那个娃儿，的确是叫青芒。"

"很好。"张次公呵呵一笑，"那你告诉我，这孩子的大名叫什么？他的父亲是谁？"

站在一旁的墩子微微蹙眉，目光紧盯着许三娘。

"回军爷，这事民妇便一无所知了。"许三娘忙道，"我只是一个奶娘，我唯一该做的事便是把怀里的娃儿喂饱养大，其他的事，都不是我该过问的，淮南王又怎么可能跟民妇说呢？"

张次公置若罔闻，一边低头研究自己的手指甲，一边头也不抬地对墩子道："去，跟陈谅说，外面那几个小子要是死不开口，就把他们扔到县大牢去，给我大刑伺候。"

"是。"墩子暗自一叹，转身朝外走，脚步却走得很慢。

许三娘"扑通"一下跪倒在地，泪如雨下："求军爷您行行好、开开恩哪，民妇确实什么都不知道啊……"

"许三娘，本官也不是不近情理之人。"张次公坐直了身子，凑近她道，"我告诉你，现在你面前有两条路：一，守口如瓶，然后眼睁睁看着你三个儿子死在大牢里，好端端的一个家就这么完了；二，把你知道的都说出来，然后本官立马走人，你们一家人继续过你们的太平日子。要走哪条路，随你挑，我不逼你。"

许三娘泪流不止，面露万般纠结之色。

张次公很有耐心地等着。

这时，墩子已经走出了正堂，正大声对陈谅传话。许三娘痛苦地望着门口，眼中掠过一丝绝望，终于开口道："好，我说，求军爷先把他们放了。"

"这就对了嘛。"张次公笑逐颜开，"早点说，你家三位公子又何必受这皮肉之苦？"说完便喊了墩子一声。

墩子赶紧跑回来。

"跟陈谅说，把那三位公子放了。"

墩子立刻转身，扯着嗓子把命令大声传了下去。

张次公紧紧盯着许三娘："说吧，青芒的大名叫什么？他的父亲是谁？"

许三娘面如死灰，黯然道："他叫蒙奕，其父是……是当年的东郡太守蒙安国。"

墩子闻言，心头猛然一震。

"好！"张次公大腿一拍，哈哈大笑，"许三娘，今天便随本官回京，然后你得当着陛下的面，把这句话再说一遍。"

许三娘大惊失色，蓦然睁大了眼睛："军爷，您方才不是答应过，只要民妇说实话，您便放过我们一家吗？"

"我又没说不放过。"张次公呵呵一笑，"只是让你去一趟京城而已。许三娘，这可是你八辈子修来的福分哪！你想想，天底下能有几人能亲睹天子龙颜？"

"民妇……民妇不敢领受这个福分。"

"不领也得领，没得商量。"张次公冷冷道，"行了，起来说话吧。"

许三娘黯然起身。

"对了，"张次公忽然想到什么，瞥了门外一眼，"你那三位公子，平日做何营生？"

许三娘不解："做……做点儿小本买卖。"

"想不想让他们做官？"

许三娘一愣，越发纳闷道："军爷此言何意？"

"我没跟你开玩笑。"张次公正色道，"你只需回答我，想还是不想。"

"犬子若能有机会入仕，自然是光宗耀祖、求之不得之事，普天之下，谁人不想呢？"

"好，那我告诉你，这个做官的机会现在就摆在你面前，只看你能不能抓住了。"

许三娘莫名其妙，一脸困惑地看着他。

"你听着，"张次公从榻上站起，走到她面前，"陛下一定不会轻信你说的话，他很可能会问你，有什么证据能证明你便是青芒的奶娘。毕竟陛下有理由怀疑，你是我随便找来诬陷青芒的，所以，你必须拿出过硬的证据，才能让陛下信服。只要做到这一点，你三个儿子的前程，便包在本官身上。"

"可……可民妇哪有什么证据呀？"许三娘大为茫然。

张次公略为沉吟了一下，道："你好好回忆一下，青芒身上有没有什么胎记、暗痣之类的东西？"

许三娘蹙眉，回想了片刻，忽然道："对了，我想起来了，他身上的确有一块黑色的胎记，足有铜钱大小。"

张次公大喜："在什么部位？"

"在……在他的左臀。"

张次公一听，心头顿时掠过一阵狂喜，忍不住放声大笑。

青芒这个胎记长在如此私密的部位，一般人绝对不可能知道，所以到时候，皇帝只要命人一查验，立刻便能证明许三娘的奶娘身份——除了奶娘，还有什么人能说出如此隐秘之事？

而只要皇帝确认了许三娘的身份，对她说的话自然就不会再怀疑了。

一想到几天后回到长安，便能让青芒死无葬身之地，张次公便兴奋得不能自已。因为搞死青芒，对他来讲足以称得上是一箭三雕的大好事：

首先，他跟青芒做了这么长时间的对手，几乎每一回合都输了，而且几乎都是在稳操胜券的情况下被青芒反败为胜的，这无疑让自视甚高的张次公充满了挫败感。倘若这一回能够一击得手，他便能一雪前耻，成为那个笑到最后的人。

其次，张次公在仕途上奋斗多年，并且在沙场上出生入死，好不容易才换来北军将军的职位，却因为输给青芒，一夜之间被打回原形，丧失了所有，此仇他岂能不报？而这一回，只要他揭破青芒的真实身份，便是为朝廷立了一功，不仅大仇得报，肯定还能官复原职。

最后，青芒除了是张次公的对手，更是他的情敌！张次公了解刘陵，他看得出来，在刘陵心目中，自己的地位和分量远不如这个"青梅竹马"的青芒。所以，只有除掉青芒，他才有机会赢得刘陵的心。也只有如此，当刘安、刘陵父女来日成功颠覆刘彻，他张次公才能顺理成章地成为新朝的帝婿，一举走上人生巅峰。

想到这里，张次公恨不得插上翅膀，立刻飞回长安……

差不多在张次公抵达汉中郡的同时，青芒也带着朱能和侯金赶到了河东郡。

河东郡的郡治位于安邑县。进了县城，青芒一行便马不停蹄地直奔县廷，以朝廷特使的身份拜会了安邑县令公孙庆。

公孙庆便是公孙弘次子，也是当地说一不二的土皇帝。

对于青芒的突然到来，公孙庆颇感意外，略为思忖了一下，便命县丞把人请去书房，然后故意不出现，足足拖延了半个时辰，才不紧不慢地踱了进来。

像这种不速之客，公孙庆打心眼儿里没好感，所以便晾他一晾，给他个下马威。但对方毕竟是拿着天子手谕的特使，终究不能怠慢，所以把他请到比正堂私密得多的书房，以示不把他当外人，也算给足了对方面子。

宾主见礼落座后，略加寒暄，青芒便道明了来意。公孙庆一听居然是这种小事，便满口答应，命县丞负责帮青芒找寻孟通后人。青芒笑着表示感谢，然后啜了几口茶，紧接着话锋一转，道："敢问明廷[1]，平日公务是不是极为繁忙？"

公孙庆眼睛一转，立刻听出了弦外之音，便呵呵一笑："身为一县父母官，事无巨细都得管，的确是忙了些，秦尉丞不会是怪在下方才来晚了吧？"

"秦某哪敢怪罪明廷。"青芒也淡淡一笑，"秦某只是有些好奇，都说丞相的二公子、公孙明廷是一位豪放旷达之人，平日处理政务总是举重若轻，所以总能空出很多时间颐养性情。不料今日一见，才知原来明廷这么忙，连接待朝廷特使都未能及时。可见，外面的传言都是不可靠的，正所谓耳听为虚，眼见为实啊。"

公孙庆闻言，顿时脸色一沉。

你小子到底是干吗来的？这番话分明是冷嘲热讽、句句带刺啊！

"秦尉丞骂人都不带脏字，真是令人佩服。不过本官想问问你，你这回来河东，到底是来找人的，还是奉旨来查本官的？"

公孙庆从未被人如此当面讥讽，这口恶气如何吞得下？

"明廷言重了。"青芒仍旧面含笑意，"秦某当然是来找人的。不过，既然来了，也不妨顺道了解一下贵地的政风民情，一旦回朝复命，陛下问起，我也好实话实说。"

"照你这意思，这趟回去，八成是要告本官的黑状喽？"

秦穆哈哈一笑："公孙明廷可曾干过什么坏事，才怕秦某告你黑状？若是没有，你大可问心无愧、泰然处之嘛！"

"秦穆！"公孙庆勃然作色，"你到底意欲何为，把话给我说清楚！少在这儿阴阳怪气、指桑骂槐的，本官不吃这一套！"

"既然如此，那秦某就打开天窗说亮话了。"青芒收起笑容，冷冷道，"实话告诉你，我这趟来河东，除了寻找孟通后人之外，还奉了陛下密旨，来找你问几句话。"

公孙庆一听，心里大为惊愕，一下吃不准青芒所言是真是假，只好半信半疑道："问什么话？"

"陛下让我问问你，"青芒锐利的目光直直盯在他脸上，"跟你过从甚密的那帮

1　汉代，一般尊称县令为"明廷"。

江湖术士，尤其是为首那个叫刘福的，现在何处？"

闻听此言，公孙庆不禁冒出一头冷汗。

这小子果然是来者不善！

"本官是养过一些门客，不过早已遣散，不知秦尉丞何出此问？"公孙庆强自镇定道，但口气已明显软了下来。

青芒知道自己击中他的软肋了，心中暗笑，面上却依旧冷冷道："公孙明廷，请你别搞错了，问你这话的不是我，是陛下。"

"那就请回禀陛下，我公孙庆早已将那帮门客驱逐殆尽，请陛下勿虑。"

"是吗？"青芒眉毛一挑，"那朝廷怎么有人在传，说其他术士都赶走了，但就是那个自称'紫阳真君'的刘福，好像还藏在你府上？"

"怎么可能！"公孙庆猛地拍案而起，一脸愤然，"刘福是我头一个赶走的，是哪个混蛋乱嚼舌根子？我愿意回朝跟他当面对质！"

"明廷不必如此激动。"青芒呵呵一笑，"都说谣言止于智者，陛下是何等英明之人，岂能轻易相信这些无凭无据的传言？假如陛下真的信了，还会派我来跟你说这些吗？"

公孙庆松了一口气，这才坐回榻上，悻悻道："既如此，那陛下究竟有何旨意？"

"陛下让我告诉你，身为朝廷命官，私下结交江湖术士，一来有悖于朝廷纲纪，二来极易招惹是非，尤其是明廷你，又是丞相家的公子，更是被无数双眼睛盯着，稍有不慎便会引发舆情、遭人攻讦。故此，你更需谨言慎行，如临如履。倘若执迷不悟，闹出什么祸端，那……不管是陛下还是丞相，恐怕都保不了你。"

青芒这番话说得语重心长，仿佛皇帝亲临一般。

朱能和侯金站在他身后，听他把根本没影的事扯得如此有模有样，不由得对视了一眼，心里不住窃笑。

公孙庆听得频频点头，一脸恳切道："劳烦秦尉丞回禀陛下，我公孙庆一定谨遵教诲，决不辜负陛下期望。"

"嗯。"青芒煞有介事地点点头，"陛下也说了，若你能从此改过迁善，过去的事他可以不再追究。只是，有一点，陛下最后还是特意叮嘱了一下……"

看他说得一脸神秘，公孙庆赶紧身子前倾，全神贯注道："陛下说什么了？"

青芒也探过身子，压低嗓门儿道："陛下说，猫儿偷腥，只要记得把爪子缩回来，便不碍事，怕就怕，嘴巴没擦干净。"

公孙庆又是一惊："这……陛下此言何意？"

"明廷是聪明人，陛下的意思，你还不明白吗？"

公孙庆当然明白，只是没料到皇帝会把话说到这份儿上，仿佛对他的一举一动都了如指掌似的，这不能不令他感到脊背发凉。

"请回禀陛下，臣……领旨。"公孙庆刻意在后面两字上加了重音。

"很好。"青芒粲然一笑，"明廷能领会陛下一片苦心，秦某也就不虚此行了。"

许三娘随张次公走出宅院的时候，几十个家人仆佣顿时一片哭天抢地，蜂拥着要上来抢人。军士们赶紧拔刀与他们对峙。

张次公不想节外生枝，便勒令军士们退下，然后尽力解释安抚。陈谅则在一旁敲边鼓，不时威胁恐吓。两人就这么一唱一和、软硬兼施，好半天才把这帮人的愤怒情绪给压了下去。

等他们把许三娘带上马车，列队准备离开之时，张次公忽然发现墩子不见了。

他大为狐疑，刚想问陈谅，便见墩子慌里慌张地从旁边的小巷里跑了出来，一边跑还一边拾掇着裤腰带。

"你小子上哪儿去了？"张次公沉声喝问。

"小的一时腹痛，便去……解了个手。"墩子满脸媚笑，点头哈腰，"让将军和弟兄们久等了，实在对不住！可人有三急，就算小的想忍……也忍不住啊。"

"你他娘的就是懒人屎尿多，赶紧上马！"陈谅吼了一句。

"是是是。"墩子又提了下裤腰带，忙不迭地翻身上马。

张次公又盯着他看了一会儿，没发现有何异常，这才下令队伍开拔。

此时的张次公当然不知道，就在刚才，墩子已经溜到隔壁街上的一间驴马店，花了一袋铜钱，把一只锦囊交给了一个专门替人跑腿送信的马夫，命他必须在一天半之内，把锦囊送到长安，亲手交到霍去病的手上。

公孙庆像送瘟神一样忙不迭地送走了青芒，然后匆匆来到县廷后院，独自进入了一间密室。

密室无窗，只在墙壁的高处凿了一个小小的通风孔。一束阳光恰好从孔洞斜射进来，照在了一张肤色蜡黄、颧骨高耸的脸上。

此人正是刘福。

刘福在榻上闭目打坐，听到公孙庆进来的脚步声，也不睁眼，仿佛早已入定。

"先生，"公孙庆快步走上前来，一脸忧急道，"情况不妙，这回……我恐怕真得把你送走了。"

刘福如如不动，恍若未闻，半晌才徐徐吐出一口气，微微抬起眼皮，道："怎么了？丞相不是如我所料，相信你的话了吗？"

"这回不是家父，是天子！"公孙庆长叹一声，然后便把青芒的来意和说的那些话转述了一遍。

刘福眉头一皱："怎么可能？咱们这回做得如此隐秘，外面的人都以为本君已然仙去，连丞相都信了，天子怎么会怀疑？"

"世上没有不透风的墙。"公孙庆一脸懊丧，"兴许是哪儿走漏风声了。"

刘福眼珠子转了转，忽然道："不会是姓秦的那小子在诈你吧？"

公孙庆苦笑："他拿的天子手谕可是货真价实的，此事岂能有诈？再说了，我跟他往日无冤近日无仇，他诈我干什么？这对他有何好处？"

"这小子来得蹊跷。依我看，一动不如一静，再等等看……"

"不能等了！"公孙庆急得跺脚，"天子都已经把话说到这份儿上了，说偷腥也得擦干净嘴巴，这不已经是最后通牒了吗？再等下去，你我都得玩完！"

刘福冷然一笑："明廷，你不会是真的想杀我灭口吧？"

"天地良心，我公孙庆若有此意，天打五雷轰！"公孙庆指天发誓，激动得脸都红了，"我只是让你暂时避避风头。毕竟这儿人多眼杂，离京城又近，实在是太危险了。你得去我老家菑川躲一阵子，那儿没人认识你，这也是为了先生你的安全着想啊！"

"明廷，做大事之人，任何时候都得沉得住气。你别忘了，本君算过你的命盘，你命宫主星乃紫微、天府，这可是真龙天子之相啊！只要你不自乱阵脚，照本君说的做，一年后，你必升河东太守；三年后，必可跻身九卿；五年后，丞相之位非你莫属。到时候，我再开坛作法，不出三五年，必令今上驾崩！一旦幼主即位，你便是当之无愧的顾命大臣，天下尽在你手！只需辅政三年，你便可废黜幼主，登基称帝！然而，要做到这一切，你一步也离不开本君的辅佐。"

"先生所言，我何尝不知？"公孙庆满面愁容，"可眼下风声太紧，咱们不可不防啊……"

"也罢，既然明廷主意已定，那我也不跟你争了。"刘福冷冷打断他，"你打算让我去葘川躲多久？"

"呃，短则一年半载，长则……三年五年吧，只要风声一过，我立马派人接你回来。"

"三年五年？"刘福冷哼一声，"明廷，虽说你命宫中有帝王之相，但若无本君为你开坛作法，帮你趋吉避凶、除灾解厄，你想一年当太守、三年任九卿，恐怕就没那么容易了。"

"晚几年就晚几年吧。"公孙庆无奈一笑，"留得青山在，不愁没柴烧。当务之急，咱们还是得先保证安全，否则就什么都谈不上了，先生说对不对？"

刘福摇了摇头，喟然长叹。

青芒从县丞那儿拿到了孟通后人的名籍，随即婉拒了县丞要陪同他前往的提议，迅速离开了县廷。

"老大，看你方才把那个公孙庆唬得一愣一愣的，我差点儿没忍住笑啊。"

三人策马走在街上，朱能笑嘻嘻道。

青芒淡淡一笑，没说什么。

"老大，我有些好奇，公孙庆干的那些狗屁倒灶的事，你咋知道得那么清楚？"

"你猜猜。"青芒笑而不答。

朱能挠了挠头，一脸困惑。

"你这个猪头就是不动脑子。"侯金在一旁道，"你也不想想，老大好歹也在丞相邸当了几个月的门尉，这些事他要是留个心眼儿，想知道又有何难？"

朱能恍然大悟，却白了侯金一眼："就你能耐，你不说老子也想得出来。"

侯金哼了一声，不再理他，对青芒道："老大，你说被你这么一逼，那什么狗屁紫阳真君肯定得露头吧？"

青芒冷然一笑："如果你是公孙庆，你还敢再留着他吗？"

"唉，我说，"朱能忽然道，"公孙庆不会狗急跳墙，把这家伙给灭口了吧？"

"依我看，这也不是没可能。"侯金接言道。

"我是跟老大说，你少插嘴。"

"我也没跟你说。"

两人互相瞪了一眼，然后都看向青芒。

青芒眉头微蹙，沉吟了片刻，缓缓道："这个刘福虽说是个神棍，但也不完全是骗子，多少还是有点儿法力的，否则公孙庆也不会把他奉为上宾，对他言听计从。据我所知，刘福修炼的法术中，有一招特别狠，叫'死亡诅咒'。按照他们自己的说法，修炼此道的术士若死于非命，那他丧命的那个地方便会遭到诅咒，轻则大旱三年，重则水火交侵。暂且不论此说真假，总之公孙庆是不敢不信的。所以，就算他要灭口，依我看，他也绝不敢在安邑县内动手。"

"老大，你懂的东西可真多。"朱能一脸佩服道，"连这些怪力乱神的玩意儿都能说得头头是道。"

青芒想着什么，淡淡一笑："这都是小时候在淮南国那儿听来的。淮南王豢养了不少江湖术士，什么样的神棍我没见过？"

"这么说，你小时候的记忆也都恢复了？"

青芒摇摇头："只恢复了少许。"

"既然如此，那公孙庆肯定会把刘福送走，然后在半道上动手。"朱能道，"要不，咱们今晚就在县廷后门守着吧？刘福一露头，咱们就把他逮了。"

"就你聪明。"侯金哼了一声，"你都能想到这么干，人家公孙庆会想不到？他肯定会想办法防着咱们。"

"那咱们就跟他们干，谁怕谁啊！"

"别忘了，这可是人家的地盘，'强龙不压地头蛇'没听说过吗？"

"老子就不信这个邪！"

两人就这样你一言我一语又吵了起来。

青芒却若有所思，缄默不语，半晌后，忽然道："你们先回驿馆吧，我去办点儿事。"说完一夹马腹，坐骑便蹿了出去。

"老大你去哪儿？我们跟你一块儿去吧？"朱能连忙喊道。

青芒却恍若未闻，头也不回地疾驰而去。

"今夜必须把刘福送走，这事你去办。"

县廷书房中，公孙庆对县丞道。

"是。"县丞答应着，想说什么，却欲言又止。

"有什么话就说。"公孙庆斜了他一眼，没好气道。

"是。卑职是想说，京城来的那个姓秦的家伙，貌似温良忠厚，实则深不可测哪……"

"废话！在朝廷里混的，哪个是善茬？你到底想说什么？"

"卑职的意思是，这姓秦的表面替天子传旨，看上去好像是为明廷好，可指不定憋着什么坏心眼儿呢。"

"有屁就放。"公孙庆不耐烦道，"少跟我兜圈子。"

"是。卑职担心……这家伙使的是敲山震虎之计。"

公孙庆一惊："你是说，姓秦的是算准了刘福还没走，所以就逼咱们把人转移，然后他再趁机把人劫走，回朝邀功？"

县丞点了点头。

公孙庆不由得倒吸了一口冷气，来回踱了几步，沉声道："这样，你命县尉多带一些人，今晚把驿馆给我守住，不许这个秦穆和他的人离开驿馆半步！就说是奉我的命令，专门保护特使安全，以防不测。"

"是。"

青芒站在车来人往的街道上，注视着对面一家门脸开阔、装饰奢华的店铺。

店铺的匾额上刻着"樊记绸缎庄"五个烫金大字。

青芒左右看了看，确认无人盯梢后，才缓步朝绸缎庄走了过去。

第十一章

父仇

世俗之君子，贫而谓之富则怒，无义而谓之有义则喜，岂不悖哉！

——《墨子·耕柱》

夜阑人静，安邑县廷的后门处一片漆黑。

约莫三更时分，一驾马车悄悄驶来，停在了门外。县丞从车上跳下来，警惕地看了看四周，然后快步走到门前，有节奏地拍了拍门。

很快，大门"吱呀"一声打开，十几名军士提着灯笼、牵着马鱼贯而出，最后走出来的是公孙庆和刘福。

"先生，你一路保重，恕我不能远送了。"公孙庆拱拱手，表情伤感。

刘福叹了口气："明廷，今日一别，不知何时才能相见。日后若是遇上什么难处，本君也帮不了你了。临别之际，我有一言相赠，还望明廷谨记。"

"先生请讲。"

"只有四个字：潜龙勿用。"

"先生的意思是，让我凡事谨小慎微，不可轻举妄动？"

刘福点点头："恕我直言，明廷这几年行事过于招摇，难免遭人嫉恨谗毁，所以只有这四个字，才是你的安身保命之符。"

"多谢先生。"公孙庆拱手一揖，眼眶竟微微有些湿润，"我记下了，请先生勿虑。"

刘福仰望夜空，怔然片刻，然后苦笑了一下，快步朝马车走去。

公孙庆转头对县丞道："这一路，你要好好保护真君，若有任何闪失，提头来见。"

"是。"

两人对视了一眼，县丞匆匆离开。

与此同时，在离县廷不远处的驿馆庭院内，朱能和侯金正与当地县尉和一队军士对峙。

"姓高的，你吃了熊心豹子胆了是吧？"朱能指着县尉的鼻子骂，"堂堂朝廷特使你也敢软禁，你肩膀上扛了几个脑袋？"

"右都侯误会了。"高县尉苦着脸道，"卑职是奉公孙明廷之命，专门来保护秦特使及诸位安全的。"

"你们安邑县的治安就那么差吗？"朱能眼睛一斜，"还得你专门来保护？"

"右都侯有所不知。卑职接到情报，近日有不少匈奴的探子在本地活动，另外还有一帮墨家凶徒，也没少在本县出没。万一他们探知特使下榻在此，欲图加害……"

"省省吧高县尉。"侯金冷笑着打断他，"假如这两帮人真的出现，就凭你们这帮酒囊饭袋，保护得了我们吗？恐怕我们得反过来保护你们吧？"

高县尉顿时语塞。

朱能哈哈大笑："就是，也不撒泡尿照照你们自个儿，信不信我老朱一个人就能把你们全干翻了？"

对面的军士们面面相觑，个个心中不忿，却也不敢轻举妄动。

高县尉也只能强忍怒气，勉强笑道："二位都侯所言极是，我等确实没什么能耐。不过，职责所在，即使今晚都死在这儿，我们也不敢离开半步。"

"呦呵，说了半天，你全当老子放屁是吧？"朱能大怒，"唰"的一声拔出佩刀。

对面军士们也纷纷拔刀，严阵以待。

"朱能，不要为难人家高县尉。"一个声音蓦然传出，然后便见青芒背着双手、气定神闲地从房间里踱了出来，缓缓走到双方中间。

高县尉连忙拱手见礼。

"这是怎么了？"青芒微笑着环视众人，"人家匈奴和墨者还没杀过来，咱们自家人就先动起刀子了？"说着冷冷地扫了朱能一眼。

朱能只好收刀入鞘。

高县尉见状，也连忙命手下们把刀都收起来。

"朱能、侯金，人家公孙明廷和高县尉也是一片好意，怕咱们有危险，这才不辞辛劳来保护咱们。你们可倒好，非但不领情，还想跟人家动手？这是不是太不近情理了？我平时是怎么教你们的？"

朱能和侯金赶紧俯首，诺诺连声。

青芒这才转脸看着高县尉，笑笑道："那今晚就辛苦诸位了。"

"不辛苦不辛苦，这是卑职分内之责。"高县尉暗暗松了口气。

"对了高县尉，既然本官和两个属下现在都出不了驿馆了，那有件小事，能否请你帮个忙？"

"秦尉丞尽管吩咐。"

"长夜漫漫，无以排遣，有劳高县尉去买些酒菜，送到我们房间里来。不知可否？"

高县尉本来还担心他是想提什么要求，没想到却是要喝酒，不禁如释重负，忙道："秦尉丞放心，卑职这就让人去办。"

"那就多谢了。"青芒满面笑容。

朱能和侯金不由得对视了一眼，都闹不明白他葫芦里卖的什么药。

县丞一行从东北门出了安邑县，一路朝东疾行。

约莫一个时辰后，车队便离开了安邑县境。四周山野寂寂，荒无人烟，偶有一两只夜鸟从头顶掠过，扔下一串凄厉的鸣叫。

县丞东张西望，似在寻觅什么。

忽然，车内传出了刘福的声音："停车。"

车子停了下来。

县丞忙掉转马头，走到车前："先生何事？"

刘福掀开车帘，跳下马车，捂着肚子道："腹中不适，我得去解个手。"

县丞一怔，连忙下马："这月黑风高的，可得小心，我陪先生去吧。"说着便招呼了两名军士，提着灯笼陪刘福往道旁走去。

道旁有一片树林。众人刚走进林中，刘福便忽然笑道："都说月黑风高夜，杀人放火天。今夜，似乎就是这种不祥之天啊！"

县丞一惊，连忙左看右看："先生，这荒郊野岭乌漆墨黑的，本来就瘆得慌，咱就别自己吓自己了，行吗？"

刘福"呵呵"一笑，没再说什么。

少顷，众人来到一棵粗大苍劲的栎树下，刘福道："就在这儿吧。"说着便绕到树后。县丞抬脚紧跟。刘福脸色一沉："你跟这么紧干吗？我又不会跑喽。"

"先生勿怪。"县丞忙赔笑道，"明廷吩咐过了，小的得寸步不离地跟着您，不能有任何闪失，否则小的可是要掉脑袋的。"

"那你也不能让本君当着你们的面脱裤子吧？"刘福不悦道。

"那不能，那不能。"县丞嘿嘿笑着，赶紧带着两名军士走开了几步。

少顷，树后便传来一阵窸窸窣窣的解裤子的声音。紧接着，便听刘福讥诮道："喂，我解的可是大手，你们若不介意，可以靠得再近一点儿。"

县丞等人尴尬地对视了一下，只好又站开了一些。

很快，刘福的哼哼声便传了过来，同时伴随着一阵不可描述的味道。县丞等人忙不迭地捂住口鼻，逃也似的跑到了三丈开外。

刘福的哼哼声响了好一阵子，才慢慢消停下去。

县丞等了片刻，探头喊道："先生，你好了吧？"

四下一片寂静，无人回应。

县丞一惊，慌忙带着两名军士跑了过去。到栎树后一看，刘福早已不见踪影。

"这狗日的！"县丞大怒，下意识地原地转了一圈，一不留神，"啪叽"一声，一脚踩在了刘福刚拉的那坨屎上。

旁边的一名军士见状，忍不住掩嘴窃笑。

县丞抬起那只沾满了大便的鞋，狠狠踹在了对方肚子上，咆哮道："把弟兄们都给老子叫过来，赶紧搜！抓住刘福那狗日的，给我就地格杀！"

公孙庆给他的命令，根本不是把刘福送到什么老家蔺川，而是离开安邑县境后，便伺机将刘福干掉。

可他万万没料到，刘福这老狐狸早就看穿了公孙庆的伎俩。

驿馆房间中，好酒好菜摆满了整个食案，青芒正埋着头大快朵颐。

朱能和侯金却满腹狐疑，手拿着筷子怔在那儿，呆呆地看着他又吃又喝。

"你们愣着干吗？人家公孙明廷请客，又不要你们自己花钱，替谁省呢？"青芒腮帮子鼓鼓的，口齿不清道。

"不是……我说老大，他们明摆着是把咱们困住，好让那个刘福跑路，咱们难道就这么干坐着，让他们得逞啊？"朱能一脸困惑道。

"那你说呢？和他们干仗？把事情闹大了，回朝如何解释？"青芒把嘴里的菜咽下，又美滋滋地喝了一口酒，"你别忘了，咱们这趟可是假传圣旨，打着天子的旗号来找公孙庆麻烦的，真要闹到陛下那儿去，你说我该如何收场？"

朱能语塞。

"老大，你下午说去办事，是不是……找帮手去了？"侯金终于猜到了青芒如此气定神闲的原因。

"喝酒喝酒，好久没喝得这么痛快了。"青芒一笑，端起酒杯，"来，难得一回清闲，咱们今天一醉方休。"

朱能恍然大悟，夹起一大口羊肉塞进嘴里，笑嘻嘻地端起酒杯……

县丞命所有手下散开搜索，自己也带着两名军士在林子里四处搜寻，可转悠了半天，愣是一个鬼影也没看见。

"真他娘的邪门儿了，这老家伙还能上天遁地不成？"县丞提着灯笼，深一脚浅一脚地走着，自言自语道。

身后的两名军士也都是一脸懊丧。

就在这时，两条黑影忽然从他们头顶的树梢上飞掠而下，紧接着便是两道刀光闪过，两名军士哼都没哼便栽倒在地。

县丞听见动静，慌忙转身。

第三条黑影无声地落在他的身后，一把长刀从他的喉咙上轻轻划过。

鲜血喷出，县丞软软倒地。

与此同时，在林子里搜索的其他军士，也都一一遭遇了相同的命运。

刘福一路向北狂奔，终于逃出了林子，不禁得意地笑了起来。

"想害……老子，你们……还嫩了点儿。"

刘福气喘吁吁，埋头疾走，不料竟一头撞在了一个人身上。他惊叫了一声，急退数步，定睛一看，眼前竟然是一个身形高大的黑衣人，如铁塔般静静站着，一动不动。

刘福吓得浑身一个激灵："你……你是何人？！"

黑衣人定定地看着他，半晌之后，才缓缓道："行不更名，坐不改姓，墨者樊开是也。"

"墨者？"刘福吞了口唾沫，"我跟你们墨家往日无冤，近日无仇，何故挡我去路？"

"别慌，我不杀你。"

"那你想干什么？"

"跟我走一趟。"

"去哪儿？"

"这你就不必问了。"

刘福又惊又疑，见对方虽然看上去高大彪悍，但毕竟只是一个人，便偷偷从袖中掏出一把匕首，强自镇定道："你不把话说清楚，老子凭什么跟你走？"

"就凭你现在在我手里，插翅难飞。"

刘福冷哼一声，握紧了匕首，一副准备拼命的架势。

忽然，他听见身后好像有什么动静，赶紧扭头，却见好几条黑影鬼魅般从树林中冒了出来，快步朝他逼近。

"把你手里的玩意儿扔了。"樊开淡淡道，"瞧你拿刀的样子，就像个娘儿们，我都替你害臊。"

刘福绝望了。手一松，匕首"啪"的一声掉在了地上。

青芒被一阵拍门声叫醒的时候，天已大亮，阳光透过窗户铺满了整个房间。

他翻身下床，感觉脑袋像灌了铅一样沉重。

昨晚还是有些放纵了。青芒想，虽然早有布局，一切尽在掌握，但凡事总有变数，像昨晚这样喝到酩酊大醉，万一出了什么差池，或许就误了大事了。

今后还是要引以为戒，就算胜券在握也不能麻痹大意。

打开门，朱能那张红扑扑的胖脸看上去比外面的阳光还要灿烂。

"老大，樊开送来口信，事成了！"朱能眉飞色舞。

青芒淡淡一笑，在心里长舒了一口气。

筹码有了，接下来，就是要拼回京的速度了。

这天早上，墩子雇用的那名马夫十万火急地赶到长安，把信送到了北军军营。然后，守门军士又立刻将信送到了霍去病手上。

霍去病正在校场上操练士兵，拆开锦囊，展开帛书一看，顿时脸色大变。

众士卒操练到一半，见他突然愣在那儿，没了口令，只好停了下来，一个个面面相觑。

"都皮痒了是吧？都给我动起来！"霍去病一声大吼，"重复刚才那些动作，自己喊口令，一个时辰后，自行解散！"

喊完，霍去病把锦囊往怀里一塞，一阵风似的朝马厩跑了过去。

不一会儿，他便策马冲出了军营，如同离弦之箭直奔未央宫。

漪兰殿前的练武场上，郦诺正在教夷安公主练习剑法。

霍去病突然风驰电掣地冲了过来，把两人和边上的宦官宫女都吓了一跳。

策马近前，霍去病未等坐骑止步便纵身跳下，一个箭步冲到郦诺和夷安公主面前，喘着粗气道："仇少使，借一步说话。"

郦诺顿时愣住了，未及反应过来，夷安公主便眼睛一瞪，抢着道："霍去病，你什么意思？跟疯了似的骑着马就冲过来，你把本公主的漪兰殿当你们北军军营啊？"

话一出口，她才蓦然惊觉自己下意识又对霍去病"凶"了。

霍去病也知自己行为不妥，歉然道："殿下，我真的有急事找仇少使，故而唐突，还望殿下原宥。"

"什么事急成这样？还不能当着我的面说？"夷安公主虽然还是不悦，但口气明显缓了下来。

"殿下，"郦诺赶紧接言，"要不你先把刚才那几个招式再练练，属下去去就来？"

夷安公主努力压抑着心头的怒气，频频告诉自己要温柔，要和声细语，不要任性，不要耍公主脾气……好一会儿，她才终于战胜了自己，遂勉强一笑，道："好吧，看这家伙急成这样，兴许真有什么十万火急的事，你们去吧，本公主自己练就行。"

见她忽然间性子大改，好似换了一个人，霍去病颇有几分诧异。

"走吧霍骠姚。"郦诺道。

霍去病回过神来，用陌生的目光看了夷安公主一眼，才跟郦诺一块儿走了开去。

这个眼神立刻被夷安公主捕捉到了。

看来，对男人果然要温柔，只有温柔才是俘获男人的最好办法。她心中大喜，不由得越发感激郦诺几天前的那番劝解和开导。

"霍骠姚有何急事找我？"

二人来到大殿后面一条僻静的长廊，郦诺问道。

霍去病把目光投向别处，沉沉一叹："出事了，秦穆他……大祸临头了。"

郦诺猝然一惊："大祸临头？怎么回事？你把话说清楚！"

"是张次公。这小子把秦……把青芒过去的身世全弄清了。"霍去病神色黯然，"他去汉中，找到了青芒小时候的奶娘，足以证明，青芒是淮南王刘安的养子……"

郦诺一听，不觉有些困惑："可这又怎样？淮南王虽然跟朝廷貌合神离，但毕竟没有公开反叛，就算青芒是他的养子，朝廷就能因此治青芒的罪吗？"

"当然不只如此。"霍去病苦笑了一下，"张次公还查出了青芒的生父。"

"生父？"郦诺愕然。

青芒是淮南王养子一事，其实她早就知道，但她并不知道青芒的生父是谁。据她所知，青芒自己似乎也不知道，否则怎么从不告诉她呢？

"那青芒的生父是谁？"郦诺赶紧问道。

"前东郡太守，蒙安国。你可能不知道，蒙安国此人是被朝廷满门抄斩的逆臣……"

"你说什么？！"郦诺浑身一震，瞬间像被雷电击中了一样。

蒙安国！

这三个字在她心中就是血海深仇的代名词，青芒的生父怎么可能是他？！

搞错了，肯定是霍去病搞错了！

郦诺听见自己在心里高声呼喊——这绝对不是事实，肯定是什么地方搞错了！

"我知道你肯定会很震惊，其实我方才得知的时候也不敢相信。"霍去病以为她是惊讶于"逆臣"二字，忙道，"不过，据我接到的情报，张次公在汉中调查的结果正是如此。青芒的父亲的确是蒙安国，他的本名叫蒙奕……"

"不可能，我不相信……"

郦诺拼命摇头，整张脸刹那间失去了血色，并且不自觉地后退了几步，仿佛在逃避什么可怕的东西。

霍去病不由得眉头一皱。

尽管郦诺的惊愕在他的意料之中，可惊愕到如此程度，还是过于反常了。

"你为什么不信？"霍去病用探询和狐疑的目光看着她，"你是不是知道蒙安国这个人？或者说，他跟你……有什么关系？"

郦诺闻言，方才意识到自己的失态。

她极力想要控制自己，找个合适的理由掩饰过去，无奈整个人早已方寸大乱，半晌都说不出一句话来。

霍去病观察着她的神色，脑子也急剧运转了起来。

他几乎可以断定，眼前这个化名"仇芷若"的女子，绝不只是因为得知青芒的生父是逆臣而替他担心。她如此反常的神态和举止足以表明：蒙安国这个人，与她肯定有着某种微妙而重大的联系，否则她绝不会表现得如此失态。

那么，她和蒙安国之间到底是什么关系呢？

尽管眼下不可能有答案，可出于直觉，霍去病相信，弄清了这个问题，很可能也就弄清了这个"仇芷若"的真实身份！

"霍骠姚，"郦诺终于定了定心神，道，"若我所料不错，此时此刻，张次公一定带着那个奶娘走在回京的路上，准备入朝指证青芒了吧？"

"对。"霍去病面色沉郁，"我估计，最早今晚，最迟明日，他们就到了。"

"那咱们怎么办？"郦诺焦急道。

"咱们？"霍去病不由得冷然一笑，"你别搞错了，我是我，你们是你们。"

"如果你真的这么想，那为何如此着急？"

"我……"霍去病一时语塞。

郦诺知道，霍去病只是嘴上不肯承认，其实心里时刻记挂着她和青芒的安危。不过眼下可不是去理会这个的时候，便道："好吧，那我就请霍骠姚帮忙出个主意，形势如此危急，青芒该如何应对？"

霍去病摇头苦笑："你别问我。不要说我没有对策，就算有，我也不可能背着朝廷去帮他。依我看，他是无论如何也逃不过这一劫了。除非……"

"除非什么？"

霍去病忽然不说话了。他眉头紧锁，似乎在内心纠结着什么，片刻后，才用一种故作平淡的口吻道："除非，有人即刻出发，去河东给他通风报信，让他……赶紧逃命。"

郦诺当即会意："多谢霍骠姚，我知道该怎么做了。"

"不必谢我。"霍去病又恢复了冷漠之色，"我什么都没说。"

郦诺点点头："好吧，那我先告辞了。"说完转身就走。

"等等。"

郦诺止步。

霍去病背起双手，把目光投向远处："我劝你，此次出宫，就别再回来了，有多远……走多远。"

郦诺闻言，心里顿时五味杂陈。

她知道，霍去病的意思是让她跟青芒一道远走高飞。倘若在今天之前，碰上这种突发情况，她可能真的会下决心放弃复仇，跟着青芒一起远走天涯，可现在……青芒却成了自己的杀父仇人之子，郦诺又怎么可能若无其事地跟他在一起？

不要说让他们从此在一起生活，郦诺现在都不知道该如何面对青芒了。

如果不是为了救他，她可能再也不想多看他一眼。

"他是他，我是我，凭什么他出了事我就不要回来？"郦诺脱口道。

霍去病一愣，大为诧异道："仇芷若，你什么意思？你难道还不明白，你眼下的处境跟青芒一样危险吗？如今朝野上下谁不知道你们过从甚密？他出了事，你能逃得了干系？更何况，你本来便身负墨者嫌疑，张次公一心要置你于死地，若是青芒一走了之，你却留了下来，你说他能放过你吗？"

郦诺的心全乱了，一时怔怔不语。

霍去病猛然大步走到她面前，冷冷地审视着她："另外，我不明白，你和青芒不是两情相悦吗？难道大难临头就要各自飞了？还有，我更不明白的是，你为何这么想留在未央宫？你别告诉我你喜欢这里的荣华富贵，喜欢和夷安公主在一起，这些都不是理由！回答我，你到底想干什么？"

郦诺苦笑了一下，抬头看着他："请问霍骠姚，你这是在审问我吗？"

"除非你能给我合理的解释，否则我还真想审审你。我想知道，你的真实身份，还有你进入未央宫的真正目的！"

"我不过是木匠人家出身的一介草民，值得霍骠姚花这么大心思研究吗？"

"别装了，我知道，这只是你的伪装身份。有时候我甚至怀疑，张次公对你的指控并没有错，你——很可能真的是墨者！"

郦诺冷然一笑，忽然把双手一伸："既如此，那就请霍骠姚把我铐起来，送廷尉寺吧。"

"我要是想抓你，你还能活到今天吗？"霍去病苦笑，把脸转了开去，"但你别忘了，我不抓你，不等于别人不想。该怎么做，你自己看着办。我言尽于此，你……好自为之。"

说完，霍去病便擦着她的肩膀，头也不回地朝长廊的一头走去。

郦诺定定地站了一会儿，才迈着沉重的步履朝另一头走去。

两人就这样背对背，各自走远……

郦诺策马从长安的东北门宣平门狂奔而出，把两侧路人吓得纷纷躲闪。

她知道，自己必须用最快的速度赶到河东，把消息告诉青芒，让他赶紧逃，逃得远远的。然而接下来，自己该何去何从，她却一片茫然。

她也不知道，自己该不该把事情摊开，告诉青芒，她和他，再也回不到过去了。

因为杀父之仇不共戴天！

他们之间，已然裂开了一道天堑——一道今生今世都无法跨越的天堑。

驰出城门后，行人渐稀，郦诺终于忍不住了，眼泪潸然而下。

此时的她，完全沉浸在自己的悲伤和痛苦中，丝毫没有察觉，从她驰出未央宫的那一刻起，便有两个身穿胡服的人策马跟上了她，并一路尾随。

为首那人，脸上戴着一副黄金面具。

青芒搞定了"筹码"后，立刻动身返回长安。

三人疾驰了一个昼夜，在黄河边上稍事休整了一下，吃了点儿东西，便渡过黄河，马不停蹄地继续赶路，终于在这天正午来到了一处名叫东仓的村镇。

此处距长安已不到百里，若不停歇，快马加鞭，日暮时分便可回到长安。然而，经过这一路疯狂奔驰，朱能明显已经吃不消了，在马上东倒西歪，好几次险些摔下马背。

青芒不忍，便在东仓的一家酒肆停下吃饭，让人和马都歇歇脚，补充体力。

饭菜刚端上案头，朱能便一头趴在案上狼吞虎咽了起来。青芒和侯金对视了一眼，摇头苦笑。

"慢点儿吃，小心噎着。"侯金忍不住道，"又没人跟你抢。"

朱能不语，只白了侯金一眼，便又埋头猛吃。

青芒拿起饭刚扒了两口，一个骑马的身影忽然从店门口疾驰而过。起初青芒并未在意，因为那纯粹只是一闪而逝的影子，且只是无意中被他眼角的余光扫了一下而已。他甚至连对方是男是女、是老是少都没看清。

但是，也许人真的是有说不清道不明的第六感。就在青芒把嘴里的饭咽下去的同时，郦诺的身影便忽然跃入了他的脑海。

是的，就在此刻，青芒竟毫无来由地想到了郦诺。然后他把碗一放，一个箭步就蹿到了店门口。

外面的黄土道是这座村镇东西向唯一的主干道，街道上车来人往，尘土飞扬。

方才那个一闪而逝的影子早已不知所踪。

青芒有些怅然。

然后他就在心里笑自己莫名其妙——郦诺人在未央宫，怎么可能平白无故跑到这儿来？你想什么呢？！

郦诺一口气赶到东仓的时候，腹中早已饥肠辘辘。

她原本想再忍一忍，等今夜赶到黄河岸边的时候再停下来吃饭休息，可饿得实在是头昏眼花，连身下的坐骑可能也累坏了，一直焦躁地喷着响鼻以示抗议。

无奈，郦诺只好随便找了路旁的一家饮食铺，把马拴在铺子旁，然后进店吃了一大碗热气腾腾的汤饼。吃完陡觉精神爽利了许多。

付完账，走出店铺，郦诺一下子愣住了——方才她亲手拴在木桩上的马，竟然不见了踪影！

郦诺慌忙跑回店里，拽住伙计追问。伙计冷冷甩开她的手，说他们只提供地方给客人拴马，却没有义务照看马匹，丢了不能赖他们。郦诺又气又急，知道跟他们理论无益，只好冲到大街上，万般焦急地左右张望。

她出宫时走得急，身上只带了数十枚铜钱，住店吃饭还够用，可根本不够她再买一匹马，甚至连雇都雇不起。

也就是说，如果找不回自己的马，她就只能去偷或者去抢别人的马了。

正焦灼之际，隔壁的一个老妇忽然走过来，说刚才看见一个胡人牵走了她的马，然后骑着就往斜对面的一条巷子里去了。

郦诺又惊又喜，赶紧谢过老妇，飞也似的冲进了对面的巷子。

巷子又直又长，一眼便可望见一个胡人正骑着她的马走在前面。兴许是马认生，不停地摇鬃撅腚，那个胡人驾驭不了，所以根本跑不快。

"站住！"郦诺拔刀出鞘，一声大吼，快步追了上去。

胡人一惊，连忙狠拍了几下马臀。可马仿佛认得郦诺的声音，非但不走，反而突然人立而起，发出一声长嘶。

胡人一不留神，从马上摔了下来，回头一看，郦诺已经追到近前，只好扔下马，一溜烟儿跑了。

既然坐骑已失而复得，郦诺便也不去追赶那贼了。她摸了摸马鬃，由衷地夸奖了它几句，正欲翻身上马，忽然听见附近传来了一阵奇怪的呻吟声。

郦诺大为好奇，牵着马循声往前走，拐过一个墙角，却见一个年轻女子躺在墙根处，弓着身子，像是发了急病似的不停呻吟。

女子穿着汉人衣裳，背对着她，身体不时抽搐，看样子应该病得不轻。

郦诺赶紧跑过去，在她身后蹲了下来，柔声道："姑娘，你怎么了？要不要扶你起来？"

女子停止了呻吟，猛地转过头来。

一副黄金面具蓦然映入了郦诺的眼帘。

黄金面具？！

郦诺脑中立刻回想起青芒临行那晚叮嘱过她的话。

可是，还没等她做出反应，面具人已闪电般出手，一把尖刀狠狠向她刺来。

郦诺毕竟武功过人，纵然事发仓促，还是敏捷地侧过身子，躲过了这一刀，同时飞快地伸出右手，一把扯下了对方的面具。

一张令人难以想象的无比怪异的脸庞就这样出现在了郦诺眼前。

这张脸的左半边是令人惊叹的绝美容颜，连郦诺都自叹弗如；右半边则是半张皮肉焦黑、虬结扭曲、令人恐惧又令人嫌恶的脸。

郦诺像被施了定身术一样，整个人彻底僵住了。

她完全无法相信自己的眼睛——既不敢相信绝世的美貌和极度的丑陋可以同时存在于一个人身上，更无法相信眼前之人便是所有人都认为早已被大火烧死的荼蘼居次！

"没想到，我还活着吧？"

荼蘼居次阴森森地笑了一下。

郦诺此刻终于回过神来，遽然起身，急退数步，同时抽出了腰间的佩刀。

然而，她一心只提防眼前的荼蘼居次，却没料到方才那个"盗马"的胡人——侍女朵颜已经悄无声息摸到了她的身后。

"呼"的一下，一根木棒狠狠砸在了郦诺的后脑勺上。

她倒了下去。

在丧失意识之前，郦诺看见荼蘼居次又笑了一下。

这张笑容是那样诡异，就像是一朵洁白娇艳的荼蘼花开在了烈焰熊熊的地狱中……

青芒和朱能、侯金重新上路的时候，有一驾马车刚好与他们擦肩而过。

马车中坐着荼蘼居次、朵颜和昏迷不醒的郦诺。

双方交错而过时，郦诺和青芒的最近距离不超过五尺。

然而这五尺，却形同天渊、不啻霄壤。

直到双方背对背走出很远，青芒才不由自主地勒住缰绳，渺渺回眸，望向长街的那一头。远处车马川流、人群熙攘，看上去就是一条繁忙普通的街道，并无任何值得注意的地方。

"老大，你看什么呢？"朱能问道。

青芒摇了摇头。

他不知道自己为何回头，也不知道自己在看什么。

他只是感觉，有一种难以名状的不安，就像一条冰冷的蛇一样，不知从何处爬了过来，正悄悄盘踞在他的心间……

第十二章

交易

贪于政者，不能分人以事；厚于货者，不能分人以禄。

——《墨子·尚贤》

这天日暮时分，张次公一行风尘仆仆地来到了长安南面的一座驿站。

此处距安门仅三十余里，张次公决定一鼓作气赶到长安，根本不打算停留。可让他没料到的是，车马队刚刚经过驿站，还没走出多远，便遭遇了一场突如其来的袭击。

有人埋伏在道路两旁的树林里，朝他们射出了数十支冷箭。

其中一支擦着张次公的鼻尖飞了过去，把他惊出了一身冷汗。他慌忙跳下马背，趴在了地上。与此同时，有几名军士惨叫着中箭落马。还没等张次公反应过来，最惊险的事情发生了——有十几支利箭呼啸着从各个方向射向了马车车厢。

张次公又惊又怒，吼叫着一跃而起，不顾一切地冲向了马车。

车夫已被射杀，车厢上扎着十来支乱箭。张次公跳上马车，掀开车帘一看，许三娘已然躺倒在车厢之中，旁边的板壁上扎着几支箭——显然是从车窗中射进来的。

张次公遽然色变，一把抱起许三娘，拼命叫喊摇晃。

许三娘脸色苍白，双目紧闭，仿佛已然死去，怎么摇都摇不醒。张次公慌忙伸手去探她的鼻息——还好，还有呼吸，人没死！

他赶紧扶起许三娘，左看右看，却见她浑身上下完好无损，愣是没发现哪儿受了伤。

张次公这才长长地松了一口气。

看来，许三娘只是受了惊吓，晕厥过去而已。

当张次公在长安南面遇袭之时，青芒等三人正在长安东北面的一条官道上策马狂奔。

此处距长安尚有五六十里之遥。

青芒目视前方，神情沉郁。

远方的地平线上，暮色迷离，残阳如血。

陈谅带人冲进树林，搜索了好一阵子，可偷袭者早已逃之夭夭，半个鬼影都没见着。

突如其来的这场袭击虽然有惊无险，只死了一个马夫、伤了几名军士，却拖慢了张次公回京的步伐。

由于担心许三娘有个三长两短，令自己的整个行动功亏一篑，张次公被迫命队伍返回南边的驿站，唤醒了许三娘，又请医师前来诊治，给她开了一副安神药，然后把药熬了强行让她喝了下去。

就这样折腾了半个多时辰，见许三娘已无大碍，张次公才赶紧命令队伍重新上路。

一定是有人走漏了消息。张次公咬牙切齿地想，倘若如此，那青芒会不会有所防备，或者畏罪潜逃了呢？

尽管怒火中烧，可张次公依然坚信，青芒这回无论如何也不可能再反败为胜了。只要走完眼前这最后的三十里路，把许三娘安全送到天子的金銮殿上，青芒便将永世不得翻身！

此时，在长安宣平门十里外的长亭处，青芒一行正与两名逆向而行的骑者迎面相遇。

青芒遥望了一眼，旋即放慢马速，然后勒住了缰绳。

朱能和侯金大为紧张，跟着驻马的同时，下意识地把手放在了腰间的刀柄上。

"别慌，自己人。"青芒淡淡道。

很快，两名骑者来到了三人跟前。

果不其然，来者正是孙泉和刘忠……

约莫亥时三刻左右，张次公的车马队终于进入安门，并直奔丞相府而去。

丞相府位于未央宫的东司马门边上，距离安门很近。只要张次公与公孙弘一会合，立刻便能叩开宫门，带着许三娘直趋天子所居的温室殿。

此时，公孙弘和张汤早已接到张次公派人用快马送来的消息，正带队等在丞相府门口。

公孙弘坐在一驾皂缯华盖的安车上，十分安详地闭目养神。

日前，他得知青芒去了河东，心中曾隐隐掠过一丝不安。因为逆子公孙庆在那儿干了太多乌七八糟的事，而青芒恰好在这个节骨眼儿上去了河东，会是别有用心吗？

尽管他也知道青芒去河东是为了寻找孟通的后人，可还是不免有些狐疑。这几日，公孙弘一直心中惴惴，总担心会出什么事。

直到此刻，他想着张次公马上就要把许三娘带到，而青芒还远在河东，这回任凭他有三头六臂也绝对没有机会再翻盘了，一颗悬了多日的心才慢慢放了下来。

公孙弘并不知道，正当他坐在安车上打如意算盘的时候，青芒一行五人已然策马穿过长安东北角的宣平门，正急速奔驰在尚冠后街上。

尚冠后街走到底，往左一拐便是章台街。

沿章台街由北往南走，最南端便是安门，次南端便是丞相府。

过了安门，又走了约莫半炷香工夫后，张次公的车马队便抵达了丞相府。

张次公立刻下马，就此行情况向公孙弘作了简要禀报。公孙弘瞟了一眼许三娘乘坐的那辆马车，露出欣慰的笑容，随即勖勉了张次公几句，便命两支队伍一起向东司马门进发。

此时，青芒已经奔驰在了章台街上，但距离未央宫还有一段路程。

他身后仍旧跟着朱能和侯金，而孙泉和刘忠已不知去向。

三人身下的坐骑经过这一路狂奔，明显都有些不堪负荷，速度渐渐慢了下来，不仅此起彼伏地喷着粗重的响鼻，而且嘴里都冒出了不同程度的白沫。

青芒感觉到了马的痛苦，便用手在马鬃上轻抚了几下。

"再坚持一会儿，马上就到了。"青芒柔声道，"你是好样的。"

随着话音，一颗豆大的汗珠从他的额头上滚落，滴在了马脖子上。

马似乎听懂了青芒的鼓励，昂首嘶鸣了一声，奋力把速度又提了起来。

公孙弘一行浩浩荡荡地经过东阙，很快就来到了东司马门外。

张汤命人叩开了宫门，对守门官表示有急事要觐见陛下。守门官一看他们阵仗这么大，连丞相都来了，不禁有些惊诧，忙道："请丞相和廷尉在此稍候片刻，待卑职去向郎中令禀报一声。"

"禀报？"张汤眉头一皱，"陛下早就授予了丞相紧急奏事之权，任何时候皆可入宫，什么时候变成要向你们郎中令禀报了？"

"张廷尉息怒。自从石渠阁失窃案之后，为了加强宫禁安全，郎中令给各道宫门都下了命令，凡是深夜入宫者，无论何人，也无论是何情由，都要事先通报……"

"大胆！"张汤沉声一喝，"照你的意思，连丞相入宫也得经过你们郎中令同意吗？"

守门官连忙俯首："卑职不敢。"

"那就少废话，给我打开宫门！若是耽误了丞相的大事，别说你一个小小的门尉，恐怕连你们郎中令也担待不起！"

守门官无奈，只好命手下军士打开宫门。

"是何人在此高声喧哗？"

忽然，一个浑厚沉稳的声音传出。紧接着，李广带着一队侍卫走了出来。

"郎中令，"张汤仍旧坐在马上，只象征性地拱了拱手，"听说你把陛下定的规矩给改了，连丞相入宫都要向你禀报，有这回事吗？"

李广走到一丈开外站定，面无表情道："张廷尉这话问得奇怪。本官身负宫禁安全重责，什么规矩该立，什么规矩该改，都在本官权限之内，你如此质问是何用意？莫非本郎中令要立什么规矩，还得事先征求你们廷尉寺的意见？"

"你少跟我打官腔。"张汤冷然一笑，"郎中令，你是九卿，我也是九卿，今日你若拦的是我，我倒也无话可说，可你连丞相都敢阻拦，是不是目无纲纪、以下犯上呢？你一口一个规矩，那你冒犯丞相又是哪门子规矩？"

"李某不敢冒犯丞相，但李某相信，丞相也一定不会为难卑职。"李广这话是对张汤说的，眼睛却望向那驾皂缯华盖的安车，故意提高声音道，"丞相深夜入宫，必有要事，卑职岂敢阻拦？但卑职连丞相的面都没见着，若只听凭你张廷尉几句话就把宫门打开，万一出了事，不知该由谁人担责？"

"李广，你把话给我说清楚！莫非你怀疑是本廷尉假传相令吗？"张汤变了脸色，"这眼看着就快三更了，月黑风高，更深露重，而丞相年事已高，畏风惧寒，你还非逼着他下车来见你是吗？你这个郎中令的胆子也未免太大了！"

话音刚落，还没等李广答言，安车上便传出一阵温和的笑声，然后便见公孙弘步下马车，朝二人走来。李广连忙上前，与张汤同时见礼。

"郎中令，"公孙弘笑容可掬道，"你恪尽职守，执法严明，值得嘉许啊！说实话，本相方才没有下车，就是想试你一试，看你能不能秉公执法。如今看来，你果然没让本相失望。现在，本相就站在你面前了，你总不会怀疑本相也是假冒的吧？"

"卑职不敢。"李广赶紧拱手，旋即向守门官示意，命他打开宫门。

就在这时，一匹快马突然从东阙方向飞驰而来，迅速向众人靠近。

众人都有些诧异，赶紧回头望去。

张次公离得最近。很快，来人的身影和脸庞便清晰地映入了他的眼帘。

青芒！

他为何会在此刻出现在这里？

难道他真的事先得到了消息，所以有备而来？若果如此，自己这回岂不是又要前功尽弃？！

张次公的双目因极度的惊愕瞬间睁大，五官也随之扭曲变形。

"把他给我拦下——"

一声撕心裂肺的吼叫，从他的腹腔中飞出，震得在场众人的耳朵嗡嗡作响，同时回荡在这片宫前广场的上空。

陈谅得令，连忙带人一拥而上，把青芒团团围住。

此时，公孙弘和张汤也认出了青芒，不由得同时一震，面面相觑。

整个广场就在这个瞬间忽然安静了下来，只有青芒的坐骑不停地喷着响鼻。

所有人的目光都齐刷刷地盯在了青芒身上，而青芒则平静地环视众人。

片刻之后，青芒粲然一笑，开口打破了这个怪异的宁静："诸位这是怎么了？看这架势，是要把我生吞活剥了吗？在下一心替朝廷办事，刚去河东出了趟公差回来，没想到诸位却是这么迎接我的。请问有哪位，愿意出面跟秦某解释一下，这到底是怎么回事？"

"你想要解释，没问题。"张次公终于稳住了心神，策马晃了过来，"不过，我倒是想请教秦尉丞，你去河东出差，想必是为了墨弩的事吧？那你回来后不去跟严大夫复命，跑这儿来干什么？"

青芒面带笑容，上下打量了一番张次公："真让人意外，阁下什么时候又荣升北军校尉了？秦某是不是该跟你道个喜？"

"道喜就免了，你先回答我的问题。"

青芒又看了众人一眼，笑了笑："我来这儿，兴许和诸位的目的是一样的——你们来做什么，我便是来做什么。"

公孙弘和张汤闻言，再度对视了一眼，神情越发困惑。

张次公一怔："你什么意思？"

"我的意思很简单，诸位深夜到此，若是为了入宫奏事，那我便顺道跟诸位一块儿进去，因为我也有事要面奏陛下。当然，如果诸位改主意了，那我们不妨私下聊聊，暂且都别急着入宫。不知诸位以为然否？"

青芒说这几句话的时候，故意提高了音量，以确保它们能清晰无误地送进公孙弘耳中。

公孙弘当然听清了，而且在听清的同时，心头猛然震颤了一下。

他蓦然惊觉，自己此前的担心很可能是对的——青芒此去河东，果然是别有居心！

看来，青芒很可能已经掌握了什么秘密，否则他不会如此自信从容，更不敢如此当众挑衅。现在的问题只是——公孙庆这个该死的逆子，到底有多少把柄落在了人家手上？在最坏的情况下，也就是事情万一被掀开，青芒手里掌握的东西会造成怎样的后果？

尽管心中惊疑不定，可公孙弘还是决定沉住气，暂不做出任何表态，且看青芒还会说些什么。眼下这个形势，让公孙弘完全始料未及，所以他只能以不变应万变。

主意已定，他便看都不看青芒一眼，径直走回到了安车上，"哗"的一下放下了车帘。

张汤见状，颇有些纳闷，连忙跟了过去，隔着车帘道："丞相，青芒这小子来得正好，您别听他胡说八道，卑职这就把他拿下，免得被他跑了。"

"等等，不急。"公孙弘淡淡地抛出一句，然后便沉默了。

张汤满腹狐疑，却也不敢再说什么。

此时，比起公孙弘和张汤，张次公内心的惊疑程度绝对有过之而无不及！

他不仅万万没料到青芒会在此刻出现在这里，更没料到他会说出刚才那番话。

看青芒的样子，显然是有备而来。这是不是意味着，这小子早已知悉了自己的整个行动，并且提前采取了对策？

刹那间，张次公此前一次次被青芒反败为胜的画面纷纷闪现在脑海中，而种种愤恨、屈辱、不甘也在此刻一齐涌上心头……

"青芒……"张次公强行压制着心中的怒火，决定试探一下青芒，"如果我没记错的话，这是你的小名，对吧？"

"没错。"青芒坦然自若。

"那你能不能当着我们所有人的面，告诉我，你的大名叫什么？"

"张校尉为何明知故问？"青芒一笑，"朝中谁人不知，在下姓秦名穆？"

"看来，你是不见棺材不掉泪啊！"张次公狞笑了一下，突然伸手指向许三娘乘坐的那辆马车，"你可知道，那里头坐着何人？"

青芒渺渺地瞥了一眼："何人？"

"一个知道你真实身份的人。我还不妨告诉你，她的名字叫：许——三——娘。"

"哦？听张校尉说得如此神秘，令我大感好奇啊！"青芒若无其事地呵呵一笑，"那何不请这位许三娘出来一见？"

"会的，会让你见的。不过，在见你之前，她得先去见陛下。"

"为何要去见陛下？"

"因为她要在陛下面前，揭露你的真实身份。"

"可陛下凭什么要信她的一面之词？陛下难道不会怀疑，你是随便找一个人来诬陷我的吗？"

"这你就不必操心了。"张次公得意一笑，"我敢把人带到陛下面前，自然有办法让陛下相信。"

青芒看着他，眼睛微微一眯。

张次公迅速捕捉到了这个细微的表情。他觉得，青芒害怕了。

此时，在距东司马门数里远的章台街上，有三骑正飞驰而来。

朱能和侯金一左一右，夹着中间一名中年男子。

街上漆黑无光，看不清此人面目。

"怎么，你害怕了？"

张次公盯着青芒，感觉方才险些坍塌的自信心正在迅速恢复。尽管他到现在还不知道青芒手中到底握有什么筹码，可仅凭青芒这个表情，他便相信其手上的筹码肯定不足以令其翻盘。

青芒静静地看了他片刻，忽然露齿一笑："你觉得，我该害怕吗？"

"你马上就要在陛下面前现出原形，然后脑袋落地了，难道不该害怕？"

"那就请张校尉告诉我，那位许三娘到底是什么人？她到底有什么证据，可以让我'现出原形'？"

张次公沉吟了一下，觉得事到如今，也没有必要再藏着掖着了。因为青芒现在一不可能逃，二也不可能毁灭他自己身上与生俱来的那个"证据"，所以就算把底牌亮给他又有何妨？

主意已定，他便策马凑到青芒跟前，狞笑道："听好了，许三娘便是你的奶娘。她，知道你的一切！"

"说下去。"青芒眉毛一挑。

"她不仅知道你是淮南王刘安的养子，还知道，你的亲生父亲，便是被朝廷满门抄斩的逆臣、前东郡太守蒙安国！而你的原名，就叫蒙奕！"

青芒眉头紧锁，脸颊的肌肉微微抽搐了一下："然后呢？陛下凭什么相信，这些不是诬罔之辞？又凭什么相信，这个所谓的许三娘真是我的奶娘？"

"就凭……"张次公故意停顿了一下，露出一个略显猥琐的笑容，"你屁股上那块铜钱大小的胎记！你觉得，在这世上，会有几个人知道，你的私处长了那么一个东西？待会儿，若陛下命人把你的裤子一扒，你说，陛下还会怀疑许三娘的身份，以及她说的话吗？"

青芒闻言，终于微微一震，眉头拧得更紧了。

张次公看在眼里，不禁肆无忌惮地笑了起来。

忽然，青芒也破颜一笑。继而笑声由小到大，由低到高，与张次公的笑声缠斗在了一起。然后，两个人的笑声便同时扶摇而上，回荡在广场上空。

安车上，公孙弘慢慢掀开车窗上的帘子，露出一张充满疑惑的脸。

张汤早已等得不耐烦了，看了公孙弘一眼，缰绳一提就要过去，公孙弘赶紧抬手止住他，然后摇了摇头。张汤无奈，只好留在原地。

另一旁，守门官弱弱地对李广道："郎中令，咱们……就这么陪他们等在这儿吗？"

李广瞟了瞟公孙弘和张汤，沉声道："回宫，关门。"旋即转身，大步走进了宫门。守门官和众侍卫赶紧跟上。

少顷，宫门便徐徐关闭了。

张汤脸色一变，忙道："丞相，这个李广也太……"

"不怪他。"公孙弘冷冷打断他，"若我所料不错，今晚这宫门……咱们也未必会进了。"

张汤大为不解："丞相此言何意？"

公孙弘若有所思，淡淡苦笑了一下："张廷尉，少安毋躁，静观其变吧。"

张汤越发纳闷，还想说什么，却见公孙弘又把帘子放了下来，只好硬生生把嘴边的话咽了回去，在心里骂了声娘。

"蒙奕，我真佩服你，都死到临头了，还能笑得这么开心！"张次公收住笑，盯着青芒道。

"那你想知道，我开心的原因吗？"青芒依旧面带笑容。

"洗耳恭听。"

青芒又笑了笑，忽然把头扭到章台街的方向。几乎同时，不远处传来了一阵急促的马蹄声。

"张次公，我开心的原因，你马上就会知道了。"

张次公也听见了马蹄声，不由得大为狐疑。

他当然知道青芒手里握着筹码，只是不知道究竟是什么样的筹码才让他如此自信。

少顷，随着马蹄声渐渐接近，有三骑从夜色里冒了出来。不过，在距众人约六丈开外的地方，他们便停了下来，不再靠近。

"张校尉，能否借一盏灯笼使使？"青芒道。

张次公想了想，示意手下把一盏灯笼递了上来。青芒接过，道："烦请张校尉移步，随我过去见一个人。"

张次公眉头一皱，有些迟疑。

"老大，别听他的。"一旁的陈谅忙凑过来，低声道，"这小子肯定没安好心，别着了他的道儿了。"

"怎么，"青芒策马走了几步，回头看着张次公，"张校尉连走两步的胆量都没有吗？"

张次公一怒，立刻提着缰绳跟了上来。

二人走到距那三骑三丈开外，青芒勒住了缰绳。紧接着，对面一骑迎了过来，正是朱能。他跟青芒交换了一下眼色，接过灯笼，回到刚才的地方，举起灯笼往中间那名骑者脸上照去——一张令张次公绝对意想不到的熟悉的脸庞从黑暗中浮现了出来。

张次公吓得浑身一个激灵，差点儿从马背上掉下去。

不可能！

这个人早就死了，怎么可能出现在这里？这不是大半夜见鬼了吗？！

正当张次公万般惊骇，还想定睛再看一眼时，朱能突然把灯笼往地上一扔，然后跟侯金一左一右夹着那个人，慢慢后退，转眼消失在了黑暗中。

"张校尉，放心，那不是鬼。"青芒欣赏着张次公脸上的表情，淡淡一笑，"内史府夜宴那晚，卢协虽然挨了你一箭，不过你那一箭准头不够，离心脏还差半寸，并未致命。所以，他带伤逃了。"

刚才那张在黑暗中一闪而逝的脸，正是内史府掾史卢协！

那晚，他中箭昏迷后，没过多久，便被燃烧的钟楼上飘下来的火星烫着了脸，一下子苏醒过来。然后他摘下腰牌，挂在了不远处一名书吏的尸体上，跟跟跄跄地逃离了内史府。后来钟楼坍塌，把下面的尸体烧得面目全非。朝廷的善后人员只能根据腰牌认人，故而判断卢协已死。

虽然侥幸捡回了一条命，但因伤势较重，他不敢贸然逃出长安，怕死在半路上，只好连夜溜回寓所，自己简单包扎了一下伤口。随后，他取出金银细软，躲进了宣平门附近陋巷的一座小院中——那是他暗中租赁、以备不时之需的地方，从不为外人所知，如今终于派上了用场。

后来，他化装成女子，终日深居简出。除了隔几天不得不出门抓一次药、买些食物和日常所需之外，基本足不出户。他打算等伤养得差不多了，再去淮南，设法把老婆孩子接出来，一家人从此隐姓埋名过安生日子。

可他万万没想到，居然会在街上被小乞丐六喜给认了出来，还被他偷偷跟踪到了藏匿的地方。

六喜之所以认识他，是因为他为人乐善好施，平日里时常买些食品衣物救助街上的乞丐，所以六喜对他印象很深。尽管这回他化了装，奈何还是逃不过六喜的火眼金睛。

此外，为了防患未然，卢协还在那座小院的不远处租下了一幢三层小楼，自以为如此一来便万无一失了，即使不小心暴露了行藏，也还有机会金蝉脱壳。可他更没想到，自己处心积虑设下的障眼法，还是让青芒给识破了……

此刻，张次公已然呆若木鸡。

卢协居然没死，而且还出现在了自己面前，这就意味着，自己刺杀天子的罪行随时会大白于天下。就算他现在坚持把许三娘送进宫中指控青芒，最好的结果，也只能是和青芒同归于尽。

怎么办？

自己肯定不能和青芒一块儿死，那到底该怎么办？

"秦尉丞……"半晌后，张次公才憋出一丝比哭还难看的笑容，"咱俩没必要搞得两败俱伤。而今之计，你我……只能做个交易了。"

"哦？如何交易，我愿闻其详。"青芒露出一个温和的笑容，仿佛是在跟一位好友聊天。

"你杀了卢协，然后，我让许三娘改口。"

"张次公，你这么精明，干吗不去做买卖呢？"青芒呵呵一笑，"你若是有诚意，那就该是你杀了许三娘，然后，我让卢协改口……或者，我让他永远消失，保证不再出现。"

张次公意识到自己忽悠不了青芒，同时也万般无奈地意识到——这回，自己再一次输给了他，并且又一次是在即将成功的节骨眼儿上！

假如此时公孙弘和张汤不在场，他倒是可以拿许三娘交换卢协，这样虽然前功尽弃，至少自己可以保住性命。可偏偏许三娘现在是在公孙弘和张汤手上，自己怎么可能杀了她或是把她交给青芒呢？这根本办不到！

此刻，张次公真有一种万念俱灰之感。

这一生，他还从来没有感到过如此的沮丧、茫然和无力。

然而眼下的形势，已经容不得他在这儿自怨自艾了。当务之急，还是逃命要紧！

这么想着，张次公便提着缰绳悄悄后退，准备趁所有人不备立刻逃离。

"这就要走了？"青芒笑吟吟地看着他，"不跟丞相和张廷尉他们告个别吗？"

"蒙奕，你他娘的不要欺人太甚！"张次公咬牙切齿地低声道，"我要是落入刘彻之手，刘陵她也逃不掉！你不是跟她青梅竹马吗？淮南王不是对你有养育之恩吗？你难道要恩将仇报，非把他们害死不可？"

"张次公，想让我放你一条生路，也不是不行。"青芒收起笑容，目光渐渐变得冷冽，"但是你要给我记着，这是最后一次！你若是死不悔改，定要千方百计跟我作对，那么我警告你，总有一天，你会死在我的手上！"

张次公铁青着脸，冷冷一笑："蒙奕，实话告诉你，只要我张次公还活在这世上一天，你就一天也不会好过。我会跟你斗到底的，至于最后谁死在谁手上，咱们走着瞧。"说完便一拍马臀，朝着安门方向飞驰而去。

后面的陈谅见状，顿时一脸懵懂，连忙唤了他几声。可张次公却置若罔闻，很快消失在了夜色之中。

远处的张汤见张次公突然离去，越发惊诧，顾不上向公孙弘请示，立刻带着众侍卫飞驰而来，一边命手下去追张次公，一边厉声质问青芒："怎么回事？你跟张次公说什么了？"

"张廷尉，"青芒微然一笑，"今晚的事，三言两语还真说不清，要不您跟丞相禀报一声，让卑职来跟他老人家解释？"

"笑话！"张汤重重地哼了一声，"丞相是你说见就见的吗？也不看看你自己什么身份！"

张次公虽然莫名其妙地跑了，但证人许三娘还在，所以张汤并不担心。在他看来，就算没有张次公，青芒今天也是必死无疑。

"张廷尉，卑职适才说的话您没听见吗？"青芒仍旧面带微笑，"卑职此来，本来是有重要的事情向陛下禀报，正巧丞相在这儿，卑职就想，不妨先跟丞相禀报一下。因为卑职要说的事，与丞相干系甚大。您若是拦着不让见，万一坏了丞相的大事，卑职怕您……担待不起啊。"

张汤呵呵一笑："你少跟本官耍花样。我也跟你说句实话，今晚，你就会成为阶下之囚！本官原本还担心你畏罪潜逃，现在可好，你主动送上门来了，也省得本官再派人去拿你。"说完，立刻对身后的侍卫大声下令："来人，把这家伙给我拿下！"

众侍卫得令，正要一拥而上，公孙弘的安车忽然辚辚而来。同时，车上飘出公孙弘的声音："张廷尉，你先退下，让本相和秦尉丞单独聊聊。"

张汤大为不忿，虽不敢出言顶撞，却待在原地不肯走。

很快，安车来到众人跟前。车帘慢慢掀开，公孙弘阴沉的目光直射张汤。

张汤一凛，只好带着众侍卫退到了数丈之外。

公孙弘也屏退了自己的侍卫和御者，周遭一下子清静了下来，只剩下他和青芒隔着安车的车门四面相对。

"青芒，"公孙弘缓缓开口，"在你所谓的'禀报'之前，本相有几句话问你。"

"丞相请讲。"

"去年秋，大行令韦吉在北邙山遇刺坠崖，是你干的吧？"

"是。"

"墨者悍然行刺本相那晚，你本来也是要来刺杀本相的，对吧？"

"对。"

"你的真实身份，是不是前东郡太守蒙安国的私生子、淮南王刘安的养子——蒙奕？"

青芒从容一笑："是。"

"既然你都承认了，那就说明，在你心目中，我、韦吉，甚至还有陛下，就都是你的杀父仇人了，对吧？"

"可以这么说。"

"如此看来，你潜入长安，目的就是为了找韦吉、本相和陛下报仇，可你刺杀了韦吉之后，在墨者行刺本相那晚，却救了本相，后来又在内史府舍命救了陛下，这不是违背了你的初衷吗？"

"是的。"青芒微微苦笑，"既然把话说到这儿了，我也不妨跟丞相开诚布公。我的初衷，的确是想报仇，但后来……我改主意了。"

"为何？"

"因为我若是杀了陛下和丞相，天下必然大乱，最后遭殃的还是老百姓，我于心不忍。"

公孙弘一脸狐疑："就这么简单？"

青芒淡淡一笑："就这么简单。"

"那你就情愿把不共戴天的杀父之仇抛诸脑后？"

"若家父在天有灵，我想，他也会赞同我的。"

"可就算本相相信你说的这些，你的身份还是改变不了。"公孙弘冷冷道，"换句话说，对朝廷而言，你仍然是逆臣之后。按照大汉律法，本相还是得把你抓了，交给陛下发落。"

青芒眉毛一挑："丞相既然想抓我，为何迟迟不动手，还单独跟我聊这么多？"

公孙弘语塞，顿了顿，道："因为本相念在你曾救驾有功，也曾救过本相，所以……给你一个坦白自首的机会，但愿陛下能对你从宽发落。"

"丞相没说实话吧？"青芒呵呵一笑，"您不就是担心，我此次河东之行，带回了什么对你不利的消息吗？"

公孙弘闻言，意识到没必要再绕弯子了，便脸色一沉，道："你方才口口声声说要找陛下和本相禀报，究竟是何事？"

"想必丞相也已经猜出来了，我去河东出公差，顺道去拜访了一下二公子。"

公孙弘心中暗骂——果然是这个不争气的孽障坏了大事！

"那又如何？"公孙弘的脸颊抽搐了一下，"你到底想说什么？"

"我想说什么，取决于丞相打算怎么对我。"

"什么意思？"

"丞相，事到如今，您就别再装糊涂了。我的意思很简单，无非是想跟您做个交易。"

"笑话！"公孙弘仍强自镇定，"老夫乃堂堂大汉丞相，一辈子尽忠社稷、奉公守法，岂能跟你一个逆臣之后做交易？"

"丞相，您这一辈子是不是尽忠社稷、奉公守法，陛下心中自有一杆秤，世人心中也有一杆秤，对此卑职无权评说。我现在只想问您一句话，您敢保证，二公子也能事事做到尽忠社稷、奉公守法吗？"

公孙弘沉默了，半晌才道："犬子过去是有些私行不检，不过本相已经严厉训斥过他了，他也已经改过自新了，你要挟不了本相。"

"是吗？"青芒冷然一笑，"可据我所知，二公子并未改过自新，而是一直在阳奉阴违。"

"你到底想说什么？！"公孙弘终于沉不住气，发出了一声怒喝。

"二公子府上豢养了不少门客，其实就是一帮江湖术士，为首那人姓刘名福，自称'紫阳真君'，丞相知道此人吧？"

"犬子早把那些术士都赶跑了！"

"其他人或许是赶走了，可遗憾的是，这个刘福，却一直藏在二公子府上。"

这个混账孽子，果然是阳奉阴违！

公孙弘心中咒骂，嘴上却道："即使如此，那又如何？犬子跟那个刘福是一块儿杀人放火了，还是起兵造反了，值得你如此阴阳怪气、咄咄逼人地要挟本相？"

青芒哈哈一笑："起兵造反倒是不至于，不过，他们在一块儿干的事，跟谋逆也差不多了。"

"住口！"公孙弘猛地一震，勃然大怒，"休要信口雌黄！你凭什么说他们谋逆了？"

青芒笑而不语，从怀中掏出一卷帛书，扔进了安车中："丞相自己看吧。"

公孙弘展开一看，帛书上赫然写着"自供状"三个字，再扫一眼落款，正是"刘福"二字。接着，帛书中的文字便一个接一个跳进了他的眼帘……公孙弘看着看着，先是怒不可遏，继而胆战心惊，看到最后，额头上已然沁满冷汗，脸色一片惨白。

"您都看见了，按刘福自述，他算过二公子的命盘，说他命宫中有真龙天子之相，一年后必升河东太守，三年后必可跻身九卿，五年后丞相之位非他莫属。刘福还说，到时候他开坛作法，必可令宫车晏驾，一旦幼主即位，二公子便是当之无愧的顾命大臣，天下尽在其手！只需辅政三年，他便可废黜幼主，登基称帝！"

青芒一口气说完，故意顿了顿，才接着道："如此种种，算不算大逆不道之言？丞相最熟悉大汉律法，您说，一旦卑职把这份自供状呈给陛下，陛下会如何处置？轻者，二公子一家是不是都会脑袋落地？重者，丞相三族会不会都有性命之忧？换言之，当年家父遭遇的灭门惨祸，会不会在丞相的身上重演？现在，您还敢说绝不跟我做交易吗？"

此刻，公孙弘虽然面无人色，但内心自然不肯轻易认输。

他沉默半晌后，才重重地哼了一声，道："就凭这么一份来历不明的自供状，你以为，陛下会相信吗？"

青芒一笑："反正刘福在我手上，陛下若不信这份供状，我就直接带刘福入宫，让他当着陛下的面供出一切。"

"即使如此，陛下就不会认为是你收买了刘福，蓄意诬陷犬子吗？"

"对，陛下是雄猜之主，疑心很重，这我也知道。所以，我也不敢保证陛下一定会相信刘福所言。但是，丞相就敢保证，陛下一定会对您和二公子深信不疑吗？二公子在河东干的那些事，可谓朝野皆知，想必陛下也早有耳闻。所以，倘若丞相决意要揭穿我的身份，我也别无他法，只能拼个鱼死网破。换言之，如果丞相愿意拿三族数百口人的性命，跟卑职一个人的脑袋对赌的话，我，愿意奉陪。"

公孙弘闻言，顿时双肩一塌，整个人都瘫软了下去。

他知道，青芒说的一点儿不假，对于"谋反"这种事情，天子向来是宁信其有、不信其无的。退一步说，就算天子仍然信任自己，不会诛灭自己三族，可次子公孙庆及其妻儿，却注定是难逃一死的。

很显然，这是一场毫无胜算的赌局。

许久，面如死灰的公孙弘才有气无力道："说吧，你想如何交易？"

"很简单，您把许三娘交给我，然后下一道密令，让所有知道我身世的人，全部守口如瓶；而我则让刘福永远消失，保证他再也不会来打扰您和二公子。"

公孙弘惨然一笑："现在知道你身世的人那么多，可不光是本相和张汤他们几个……"

"这就不是卑职要操心的事了。"青芒笑着打断他，"您贵为丞相，这点儿小事，想必不难办到。"

公孙弘万般无奈，只好苦笑了一下，道："秦尉丞，本相有一事不明，可否请你解惑？"

"丞相请讲。"

"张次公追查你的身世一事，你是如何事先得知的？"

闻听此言，青芒无声一笑，眼前立刻浮现出，从数日前到今天围绕此事所发生的一幕幕……

第十三章

绑架

民有三患：饥者不得食，寒者不得衣，劳者不得息。

——《墨子·非乐》

这场无比惊险的暗中博弈，是从小乞丐六喜跟踪张次公开始的。

那天，青芒和孙泉去抓卢协的同时，也让六喜和刘忠盯死了张次公。从张次公进入东市庄记杂货铺，一直到当晚带着掌柜庄文去了章台街的琼琚阁，六喜和刘忠一直都跟着。

张、庄二人进了琼琚阁后，刘忠立刻尾随而入，找到秦姝月，让她开了张次公隔壁的一个雅间，然后利用此前混迹青楼学会的窃听术，用一根竹管顶在房间隔板的缝隙上，便把张次公和庄文的一番"密语"全听入了耳中——包括张次公最后迫使庄文说出的青芒奶娘的事。

随后，刘忠又跟踪张次公到了张汤的私邸，然后又跟在二张后面到了雍门。此时城门已关，眼看二张叫开城门扬长而去，刘忠无法再跟，只好赶紧把情报传递给了孙泉。孙泉随即赶到西市的铁器工场外，用"夜鸟怪叫"的暗号联络上了青芒，告知了整件事情。

青芒惊愕之余，立刻判断出，二张半夜出雍门，必是去茂陵邑的丞相邸找公孙弘。

此事非同小可！一旦张次公顺着目前掌握的线索深挖下去，找到了什么确凿证据，或是直接找到了自己的奶娘，那后果绝对不堪设想！

所以，青芒的第一反应，就是叫上郦诺一块儿逃离长安，亡命天涯。然而，当冷静下来后，他还是决定留下。因为他还有两件重要的事情要做，一是阻止朝廷利用墨弩，二是寻求汉人与匈奴之间的和平，所以他现在还不能一走了之。

但是想要留下，前提必须是找到足以抗衡公孙弘和张次公的对策。

简言之，自己手中必须要有博弈的筹码！

由于意外找到了卢协，所以用他来对付张次公肯定是足够了。现在的问题是，要有什么样的筹码才足以跟公孙弘博弈？

青芒反复思索，最后灵光一闪，终于想起了公孙弘的次子、时任安邑县令的公孙庆。

此人劣迹斑斑，臭名昭著。之前青芒在丞相邸担任门尉时，便有意识地窃听并搜集了不少有关此人的情报，其中就包括公孙庆豢养术士刘福之事。

眼下，除了从此人身上寻找突破口外，别无他策！

主意已定，青芒立刻找到严助，以寻找孟通后人为名，拿到了皇帝手谕，然后以朝廷特使的名义赶到河东，用敲山震虎的手法诈出了刘福，并在樊开的配合下抓了此人。

随后，青芒授意樊开对刘福软硬兼施，终于迫使他招认了那些惊世骇俗的暗室密谋。

筹码到手，青芒立刻赶回了长安。

与此同时，孙泉和刘忠按照青芒事先拟定的计划，提前带人埋伏在了长安城南三十里处的树林中，目的就是偷袭张次公，迟滞其行动，为青芒争取时间……

尽管已经拼尽全力，整个计划也进展得十分顺利，可青芒还是晚到了一步，险些功亏一篑——如果不是李广在宫门前阻挠张汤，无意中帮了他一个大忙，等青芒赶到东司马门时，公孙弘等人很可能早就入宫了！

所幸，老天保佑，青芒还是在最后一刻反败为胜。

这些事情，青芒当然不可能告诉公孙弘，所以只淡淡一笑，道："丞相，请恕卑职无可奉告。"

公孙弘冷笑了一声，没再说什么，旋即命张汤把许三娘交给青芒。

张汤万万没料到，折腾了这么些日子，眼看着就要大功告成了，结果居然是这样！虽心中不忿，但终究不敢违抗命令，只好命人把许三娘的马车牵了过来，然后带着手下愤然离去。

一旁的陈谅见状，也赶紧带着墩子等人灰溜溜地走了。

公孙弘仰面朝天，一声长叹，随即命御者打道回府。

安车刚一启动，青芒喊了声"丞相且慢"，然后策马走了几步，隔着车帘道："丞相，有一件事差点儿忘了，卑职的祖传宝剑七星龙渊，还在您手上吧？丞相若能奉还，卑职将不胜感激。"

车内沉默了一会儿，然后传出公孙弘的一声冷哼："好说。不过你也别忘了，让刘福那个混蛋彻底消失！"

青芒一笑："放心，我答应的事，一定做到。"

公孙弘一行离去后，青芒才来到许三娘的马车前，翻身下马，在车门前站立了片刻，然后缓缓掀开了车帘。

车内的许三娘早已泪流满面，别过头去不敢看他。

尽管早已忘记了奶娘的模样，但是一看到眼前这个妇人，青芒心里还是油然而生一种久别重逢的喜悦和感伤。

"大娘……别来无恙。"

不知过了多久，青芒才尽量用一种平静的口吻说出了这句话。

许三娘闻言，更是泪如雨下，泣不成声："好孩子，你……你不怪我吗？"

青芒苦笑了一下："您对我有哺育之恩，如今还千里迢迢来长安看我，我高兴着呢，怎么会怪您？"

许三娘悬着的一颗心终于放了下来，这才破涕为笑。

"大娘，我会派人把您送到一个安全的地方。家中亲人，我也会悉数接来跟您团聚。等忙过这一阵，我再去看您，好吗？"

许三娘喜出望外，频频点头。

安抚了许三娘，青芒便示意一直等在暗处的朱能等人过来。

三人策马来到跟前，卢协低垂着头，一脸生无可恋之状。

"卢掾史，别那么丧气。"青芒笑了笑，"又不是要押你上刑场。"

卢协抬起头来："你不是要把我交给朝廷吗？"

"谁说的？"

卢协一怔。

"你今夜就离开长安，跟我的奶娘一道走，今后你们就做个邻居，互相也有个照应。另外，我会派人去淮南接你的家人。如今淮南王以为你死了，决不会再扣着他们。不出意外的话，你们很快便可团聚了。从今往后，放心过安生日子吧。"

卢协又惊又喜："敢问秦尉丞……为何要这么帮我？"

青芒淡淡一笑："我查过你，你为官清廉，体恤百姓，且平日乐善好施，没少救济贫困。这回参与刺杀行动，不过是受刘安的胁迫而已。所以，你不该死。"

卢协感激涕零，立刻跳下马来，纳头便拜："秦尉丞大恩大德，我卢协没齿难忘！"

"起来吧，此地不宜久留。"青芒说着，扭头对朱能和侯金道："把他们二位护送到孙泉那儿，命他明日一早出发，务必保证他们的安全。"

"是。"朱能和侯金同声道。

青芒回到西市铁器工场的时候，东方天空已经露出了鱼肚白。

他命人叫醒了严助，把几片竹简郑重其事地交给了他，上面记载着淬火剂的准确配比。青芒告诉严助，这是从孟通后人处取来的。实际上，这不过是他从自己那卷《天工要术》上拆下来的而已。

严助大喜过望，立刻命工匠老陈拿去配制，马上进行试验。

青芒交了差，便径直回到自己的房间，倒头便睡。

他太累了。

这几日的连续奔波和高度紧张，令他几乎不堪负荷。表面上看，他总是一副举重若轻、泰然自若之状，实则只有他自己知道，这些天的折腾已逼近了他身体和心力的极限。

青芒以为自己累到这样了，一定不会做梦，没想到还是做了。

梦里，天高云淡，阳光明媚，他和郦诺并辔驰骋在一片姹紫嫣红的花海中……

"……事情的经过就是这样。"

北军军营的马厩旁，墩子一五一十地跟霍去病禀报了昨夜发生的事情。

霍去病大为意外，一时蹙眉不语。

"对了，方才陈校尉还给弟兄们下了死令，说丞相刚刚吩咐下来，关于秦尉丞的事，大伙儿都得守口如瓶，否则军法处置。"墩子又道。

霍去病"嗯"了一声，拍拍他的肩："干得不错。"说完便径直走开了。

墩子忙道："霍骠姚，那您答应的事……"

"明日到我帐下报到。"霍去病头也不回道。

"多谢霍骠姚！"墩子高兴得蹦了起来。

霍去病快步绕过营房，刚一走进校场，迎面便有一骑飞奔而来。

"霍去病，你把仇芷若弄哪儿去了？"

夷安公主人未至，声先到。

霍去病翻了个白眼，扭头就走。

夷安公主疾驰到他跟前，缰绳一勒，拦住了他的去路。

"你聋了吗，没听见我问你话？"

霍去病抬起眼皮，懒洋洋道："仇芷若是你漪兰殿的人，又不是我的兵，你找我干吗？"

"还不都是因为你！"夷安公主一脸忧急，"自从昨天你私下跟她谈过话，她就不见了，昨晚一宿没回宫，我派人四处找都找不到。你老实告诉我，昨天到底跟她说什么了？"

霍去病一怔，想了想，仇芷若可能是在路上跟青芒错过了，这会儿定然已直奔河东而去，到了那儿找不到人，自然会回京。于是便不怎么担心，冷冷道："没什么，她可能只是出去办事，过两天就回来了。"

"你——你这人好没良心……"夷安公主本欲发飙，忽然想起仇芷若的叮嘱，便强行忍住，可如此一来变得好不习惯，一下都不知道该怎么说话了。"她一个女子，孤身一人，你难道就不怕出什么事吗？"

霍去病摇头苦笑："我说公主殿下，你就是一天到晚太闲了，才会想这么多。仇芷若自幼闯荡江湖，又不是你这样的金枝玉叶，她会自己照顾自己的，你就把心放肚子里吧。我还有事要办，恕不奉陪了。"说完也不等她答话，转身就走。

夷安公主本来便又气又急，再听他话里满是揶揄之意，心中越发委屈，想发泄又不敢发泄，一时忍不住，竟然"哇"的一下哭出声来。

霍去病一愣，赶紧止住脚步。

他生平最怕女人哭，这一下顿时慌了神。

身后的啜泣声越来越大，正在不远处操练的军士们纷纷扭过头来看。

霍去病万般无奈，只好硬着头皮走回来，压低嗓门儿道："殿下，求求你别哭了，这儿是北军，又不是你的漪兰殿。你这样哭哭啼啼，人家还以为是我欺负你了呢……"

"就是你欺负我了！"夷安公主抓住话柄，哭得更凶了，"人家就是没办法才来找你的，可你非但不帮忙，还话里话外挖苦人家，这不是欺负我是什么？"

霍去病心里连连叫苦，忙道："好好好，算我错了还不行吗？"

"什么叫'算'？明明就是你错了！"

"是是是，是我错了。"霍去病苦着脸连连打躬作揖，"我赔礼，我道歉，还望公主殿下大人不记小人过。"

夷安公主这才止住哽咽，抹了抹泪，嗫着嘴道："光道歉有什么用？"

霍去病一愣："那殿下还要怎样？"

"什么怎样？赶紧想办法把仇芷若找回来呀！"

霍去病想了想，只好道："好吧，请殿下先回宫，我去打听一下。"

一瓢冷水当头泼下，郦诺一个激灵醒了过来。

昨夜她在马车上已经迷迷糊糊醒了一次，可双眼被蒙住了，根本睁不开。她什么也看不见，只觉得马车颠簸得厉害，似乎是走在一条崎岖不平的山道上。由于脑子阵阵眩晕，加之马车不停晃荡，她很快便又昏睡了过去。

此刻，眼睛上蒙着的黑布已经被摘掉了，郦诺睁眼一看，发现自己躺在一个阴暗潮湿的山洞中，身体和四肢仍然被绳子捆得死死的，身旁不远处燃着一堆篝火。

荼蘼居次和朵颜就站在面前，正冷冷地看着她。

"还记得这儿吗？"荼蘼居次仍旧戴着黄金面具，狠厉的目光从面具后射了出来。

郦诺闻言，抬眼朝周遭看去，忽然浑身一震。

她认出来了，这分明便是不久前荼蘼居次被"烧死"的那座山洞！

刹那间，郦诺便明白了对方的用意，遂淡淡一笑："我很好奇，居次是如何死里逃生的？"

"正如你们汉人常说的，吉人自有天相。这山洞后面还有个出口，我就是从那儿逃生的，没想到吧？"

"既然居次大难不死，那当初被抬出去的那具尸体又是何人？"

"或许是之前逃难到此的灾民吧，年纪和身材都跟我差不多。当时就躺在洞里面，在一块大石头后面，病得快死了，唉，看上去也挺可怜的……"荼蘼居次叹了口气，"兴许，这便是上天的安排吧，让她替我去死，不然，我怎么有机会回来找你呢？"

"那居次这回抓我，是打算找我报仇吗？"

"你说呢？"

"虽然我知道你不会相信，但我还是想告诉你，那次火烧山洞不是我的主意，是我那个妹妹自作主张。对于你的遭遇，我深感抱歉……"

"抱歉？"荼蘼居次咯咯笑了起来，"那你打算如何表达你的歉意？是给我鞠个躬、磕个头吗？然后我是不是就该原谅你，放你回去？"

"事已至此，我自然不敢存此奢望。"郦诺从容一笑，"要杀要剐，悉听尊便。"

"到底是墨者，还算有点儿气概。"荼蘼居次冷哼一声，"不过，杀你剐你，好像都不太符合我的心意。"

郦诺神色一凛："你想怎样？"

荼蘼居次瞟了瞟篝火，阴阴道："你知道，火焰舔上皮肤的感觉像什么吗？"

郦诺不语，但心里却分明颤了一下。

"嗯……那感觉怎么说呢……"荼蘼居次歪着头认真想着，那眼神居然有几分孩子般的纯真，"就像是一万支绣花针一起扎你，又像是……一万只蚂蚁在你皮肤上爬。哎呀，算了算了，反正说什么都不像，待会儿你自己尝一尝滋味就知道了。"

闻听此言，郦诺顿觉毛骨悚然，一阵强烈的恐惧从心底升腾而起……

青芒大叫一声从床上坐起，全身大汗淋漓。

他做了一个噩梦。

梦里，他和郦诺徜徉在美丽的花海中，突然看见一团火焰从远处飞奔而来。转眼间，火焰便到目前。青芒无比惊骇地看见，那团火焰中居然包裹着一人一骑。

马上的人，赫然戴着一副黄金面具！

紧接着，那人猛然掀开面具，然后荼蘼的脸便露了出来。

令人难以置信的是，灼灼烈焰分明在她身上和脸上燃烧着，可她却从头到脚安然无恙，脸上的笑容依旧是那样明艳而妩媚。

然而，青芒刚这么一想，那张脸便立刻烧了起来，并且瞬间变成了一团焦黑的血肉。与此同时，荼蘼发出一声野兽般的低吼，然后右手一挥，一团火焰激射而出，郦诺霎时便被熊熊大火吞没了……

青芒坐在床上大口大口地喘气，一滴汗珠从他鼻尖落了下来。

一阵重重的拍门声猝然响起，把他吓了一跳。

"谁？"

外面的人不答，而是拍得更大声了。

青芒心头火起，披头散发地跳下床，冲过去一把将门拉开，还没开口，霍去病便蛮横地推开他，径直走进来，一屁股坐在了床榻上。

"你来干什么？"青芒没好气道。

霍去病阴沉地盯了他片刻，才道："我问你，你到底有几个身份？我到底是该叫你秦穆、阿檀那、青芒，还是该叫你……蒙奕？"

青芒一怔，旋即苦笑了一下，随手关上门，淡淡道："随你，爱叫什么叫什么。"

"你真以为我不敢告发你？"

"想告发，你就不会来了。"

霍去病瞪了他一眼，无奈道："你昨天从河东回来，路上都没碰见仇芷若吗？"

青芒脸色一变："她怎么了？出什么事了？"

霍去病又叹了口气："昨天我接到情报，知道张次公想利用你的身世对付你，就让仇芷若赶紧去河东找你。没想到你回来了，她却走了。夷安公主担心她，就让我来问问……"

"你小子就是在帮倒忙！"青芒一下子急了，赶紧手忙脚乱地束发穿衣，"好好干你自个儿的事不就得了，管这么多干吗？"

"你以为我愿意管你的破事？"霍去病也怒了，"我是怕你出了事，我也会被你连累，否则你小子就算死八百回又与我何干？！"

青芒知道他是出于好意帮自己，便不作声了，只顾埋头穿衣。

"你去哪儿？"霍去病见他没还嘴，口气也缓了下来。

"这还用问？"青芒白了他一眼，"当然是河东。"

霍去病差点儿脱口说"我跟你一块儿去"，可转念一想，人家是心心相印的一对，自己一个旁人跟着去凑什么热闹？这不又成了自作多情、多管闲事了吗？于是话到嘴边又咽了回去。

青芒刚把衣服穿好，敲门声又响了起来。他打开门，见是一名小吏，递给他一只小锦囊，说是一个小厮送来的，点名要交给秦尉丞。青芒心中顿时生出不祥的预感。

他打发走小吏，和霍去病对视了一眼，然后深吸了一口气，慢慢打开锦囊，竟然从里面取出了一颗又尖又长的狼牙。再看锦囊，却别无他物。

"这什么鬼东西？"霍去病大为纳闷。

青芒眉头紧锁，拿起那只空锦囊看着。

突然，他浑身一震，两眼发直。

"怎么了？"霍去病越发狐疑，"发现什么了？"

黑色缎面的锦囊上，绣着一朵洁白明艳的荼蘼花。奇怪的是，这朵花竟然一半绽放一半枯萎，看上去十分诡异。

青芒闭上眼睛，看见一幅幅画面从脑海中迅速闪过：

杜门大道上，一个戴黄金面具的身影在人群中一闪而逝；

漪兰殿郦诺寝室中，他警告郦诺要当心一个面具人；

东仓的一家酒肆前，一个身影策马疾驰而过，他追出去时，已然不见踪影；

东仓的街道上，他跟一驾马车擦肩而过，然后下意识地渺渺回眸，却又不知在看什么；

方才的梦里，荼蘼裹挟着一团巨大的火焰飞驰而来，并把一团火焰打在了郦诺身上；

此刻的这只锦囊上，这朵形状诡异又意味深长的荼蘼花；

一个多月前，渭水北山，一具焦黑的尸体从山洞里被抬了出来……

青芒猛地睁开眼睛，脸上露出难以置信的神色，喃喃道："不，不可能，这不可能……"

"什么不可能？你到底看出什么了？"霍去病一脸懵懂。

青芒不语，一把将锦囊揣进怀里，飞也似的冲出了门口。

霍去病一愣，赶紧追了出去。

长安城外，青芒策马在渭水沿岸的黄土道上疯狂奔驰。

霍去病在三丈开外紧追不舍。

在二人身后约莫十余丈外，另有一骑也一路紧随。青芒和霍去病只顾埋头疾驰，丝毫没有注意到后面的"尾巴"……

渭水北山，一个多月前失火的那个山洞内，隐隐有火光燃起，一缕缕黑烟慢慢从洞口飘了出来。

不远处的树林中，荼蘼居次站在一棵树下，正冷冷地看着这一幕。

她没戴面具。

一抹狞笑在她焦黑虬结的半边脸上缓缓绽开。

约莫一炷香后，当青芒凭着记忆一路驰上渭水北岸的这座山岭，又马不停蹄地穿过一片茂密的树林，终于气喘吁吁地赶到山洞前时，熊熊烈火早已将整个山洞吞没，浓浓黑烟不断从洞口吐出，在这片林间空地上肆意弥漫。

青芒目瞪口呆，整个人都僵住了。

此刻眼前的这一幕，与当初荼蘼"葬身火海"的那一幕，竟然如出一辙！

毫无疑问，荼蘼没死。她肯定是从那场大火中奇迹般地死里逃生了。然后，她绑架了郦诺，又刻意把她带进这个山洞，重新制造了一场大火，目的便是以牙还牙、报仇雪恨；而她故意给青芒送"口信"，让他再度来到这个地方，目的就是要让他知道她心中的仇恨，让他眼睁睁看着郦诺被烧死在里面却无能为力……

顷刻间，青芒明白了一切。

"郦诺——"

他发出一声撕心裂肺的吼叫，从马上跳下，试图朝洞口冲去，可没跑几步便被霍去病死死拽住了。

此刻霍去病终于知道，原来仇芷若的真名叫"郦诺"。

青芒狠狠甩开他，像疯了一样愤然四顾，声声怒吼："荼蘼，你给我出来！我知道你在这儿，你给我滚出来——"

霍去病不顾青芒的挣扎和抵抗，硬是一步步把他拖离了洞口。

青芒双眼圆睁，目眦欲裂，回头一拳打在了霍去病脸上，打得他连退数步。

霍去病捂了捂嘴，摊开手一看，居然满手是血。他往地上啐了口血水，冷然一笑："青芒，今天我不跟你计较，这一拳我暂且记下。你给我听好了，不管那个荼蘼居次死没死，也不管这火是不是她放的，总之仇芷……总之郦诺不一定就在这山洞里。你小子能不能给我冷静点儿，好好想想？"

青芒闻言，愣了一愣，旋即如梦初醒。

就在这时，一个身影从不远处的树林中朝他们走了过来。透过迷蒙的烟雾，青芒和霍去病同时看见，此人脸上戴着一副黄金面具！

青芒立刻大步迎了上去。

霍去病抬脚紧跟。

"郦诺在哪儿？！"青芒几乎是咆哮着问出了这句话。

荼蘼居次用一种极其复杂的目光盯着他，冷冷道："你都不想问问我为何活着回来吗？"

"你能活着回来，我很欣慰，可我不希望你回来杀人！"

"别人可以杀我，我为何不可杀人？"

"郦诺没有杀你。她既没有这么想过，也没有这么做过。"

"是吗？"荼蘼居次阴森森地笑了起来，猛然掀开面具，露出了那张令人毛骨悚然的脸。

青芒和霍去病一看，同时倒吸了一口冷气。

"阿檀那，你告诉我，如果不是因为她，我怎么会变成这副模样？"荼蘼居次那半张虬结的脸庞怪异地抽搐着。

青芒木立当场，无言以对。

气氛骤然凝固，只剩下死一般的寂静。

半晌，青芒才深吸了一口气，缓缓道："荼蘼，我知道，现在不管我说什么，你都已经听不进去了。我只想问你一句：事到如今，你究竟想怎么样？"

"我想怎么样，你还猜不出来吗？"

青芒不语，只定定地看着她。

荼蘼居次冷然一笑："也罢，那你听好了，我想以牙还牙、报仇雪恨；我想把郦诺送给我的东西，如数奉还；我想让她尝尝求生不得、求死不能的滋味；我更想让你亲眼看着她，在地狱的烈火中挣扎和哀号！然后你才能明白我的痛、我的恨，还有我全部的悲伤和绝望！"

说完，不等青芒答言，她便重新戴上面具，头也不回地走向了树林。

青芒立刻跟了过去。

霍去病紧随其后。

林中有一小片空地，空地中央垒着一堆一人来高的柴薪。柴堆上立着一根木桩，郦诺就被捆绑在木桩上，鬓发散乱。

她的头耷拉着，看上去依旧处于昏迷状态。

整座柴堆都被泼上了漆黑黏稠的石脂水，只要有一粒火星投进去，霎时就会变成一片火海。

此刻，朵颜就举着一支火把，站在柴堆旁。

当青芒跟着荼蘼居次走进树林，蓦然看见这一幕时，周身的热血瞬间冲上脑际，立刻朝柴堆扑了过去。

"站住！"朵颜发出一声厉叱，晃了一下手里的火把，"再往前一步，我就点火了！"

青芒硬生生刹住脚步，双目和脸颊皆因充血而涨红，嘴里不停地喘着粗气，就像一只受困的猛兽。

霍去病也是义愤填膺，却同样只能僵立一旁，不敢动弹。

荼蘼居次得意地扫了他们一眼，款款走到柴堆旁，从朵颜手里接过火把，猛地凑近柴堆。

"不要——"青芒发出一声狂吼。

火把在距离柴堆不到三寸的地方停住了。荼蘼居次咯咯一笑："这都还没伤到她半根毫毛呢，你就吓成这样？我真不敢想象待会儿你会号成什么样子！"

"荼蘼，是我害了你，所有的惩罚都该由我承受，你冲我来吧！"青芒沙哑着嗓子喊道，"不管是千刀万剐，还是五马分尸，我都任凭你处置！"

"没错，是你害了我，你才是罪魁祸首，所以我最恨的人就是你！"荼蘼居次的眼中燃烧着仇恨的火焰，"不过，我可不会冲着你去，那样就不好玩了。我想看的，就是你现在这副模样——这副万箭穿心、肝肠寸断，却又无能为力、无计可施的模样！这多好玩啊！只有这么好玩的事，才值得你回味一辈子，不是吗？"

郦诺就在这时幽幽醒转。

她环视了周遭一眼，然后目光便与青芒碰撞在了一起。

"你来了？"

一个凄美的笑容在她脸上缓缓绽开。

青芒凝望着她，眼泪终于忍不住夺眶而出。

"郦诺，给你个机会。"荼蘼居次用一种心花怒放的语气道，"你诚心诚意求求我，我就不急着点火，让你们好好道个别。"

郦诺转过头，淡淡地瞥了她一眼："荼蘼，还记得你我第一次见面的时候，我跟你说过什么话吗？"

荼蘼居次一怔。

"我跟你说过，我很可怜你。"郦诺笑了笑，"到了今天，我想对你说的，还是这句话。除此之外，你不值得我跟你多说一个字，更不用说求你了。我郦诺这辈子，从来不知道'求'字怎么写。"

荼蘼居次放肆大笑："郦诺，你就这么急着去死吗？就算你自己不怕死，可你总该顾及阿檀那的感受吧？他如此痛不欲生，你难道就一句遗言都没有，一点儿念想都不给他留吗？"

"我会活在他的心里，这就是我留给他最大的念想。"郦诺这话是对荼蘼居次说的，眼睛却看着青芒。

此刻的青芒已然泪流满面。

"阿檀那，"荼蘼居次把脸转向青芒，"看你们如此可怜，我忽然心生恻隐，要不然……你给我跪下，磕几个响头，然后自己用刀在脸上割三下：横的一刀，纵的一刀，斜的再一刀。倘若你真的想救她，就让我看看你的诚意，兴许，我会考虑把她放了。"

青芒闻言，不由得浑身一震。

"青芒，别听她的！"郦诺遽然色变，连忙喊道。

"喂，你小子别犯傻。"霍去病也在一旁低声道，"这匈奴婆娘已经疯了，别指望她跟你讲信用。"

可他话音刚落，青芒便已"哗"的一下撩开衣袍，单腿跪下，同时"唰"的一声拔刀出鞘。

"青芒，男儿膝下有黄金，你别让我看不起你！"郦诺再度焦急大喊。

可是，青芒却恍若未闻。

他的刀举了起来，横在了自己面前，锐利的刀锋寒光四射。霍去病想过来阻止，青芒冷冷一喝："别动，这是我自己的事！"

霍去病无奈，只能摇头苦笑。

荼蘼居次看着他，不禁发出得意的狂笑："阿檀那，我就知道，你不会让我失望。既然你如此痴情，那就赶紧动手吧，别犹豫了。让我看看，你是不是真的爱这个女人。"

青芒淡然一笑："放心吧，我会让你看见的。不过，能否请你把火把拿开一些，免得失了手？"

荼蘼居次一直是用右手举着火把，而且靠柴堆很近，闻言想了想，便把火把换到了左手，冷哼一声道："我知道你轻功好，不过隔得这么远，你再厉害也没有我的手快。所以，你最好别耍花样，否则我立刻点火！"

"我现在跪在地上，一起身的工夫你就可以出手了，我哪敢耍花样？"青芒苦笑了一下，"除非，我的脚够长，可以跨过这三四丈的距离，直接踢到你的手腕。"

"既然玩不出花样，那就别废话了！"茶蘼居次厉声道，"动手吧！"

青芒凝视着眼前的环首刀，看着自己的刀锋越逼越近，旋即出人意料地发出一声震耳欲聋的大喝。刹那间，一个身影猛然从茶蘼居次左后侧的一棵大树后蹿出，同时飞起一脚，踢向她举着火把的左手腕。

来人竟是夷安公主！

她的出现太过突然，茶蘼居次根本毫无防备。倘若她这一脚踢得够准、够狠，茶蘼居次手里的火把势必脱手飞出。

然而，就在她的脚尖即将踢到茶蘼居次的手腕上时，自己脚下一滑，失去重心，一屁股跌坐在了地上。幸好，她的脚尖保持着向上翘起的姿势，总算还是重重踢到了茶蘼居次的手腕。

只不过，方向错了——本来横着踢，现在变成竖着踢，所以火把立刻飞上了半空。

这一切都发生在电光石火的一瞬间。

茶蘼居次回过神来，顾不上理会身后的夷安公主，慌忙抬头去看空中的火把。

只见火把在空中划了一道弧线，然后直直向郦诺的头上落去。

茶蘼居次放心了。因为火把掉下来只需一眨眼的工夫，无须她再出手了，所以她便转身抽刀，狠狠向夷安公主砍去。

不过，就在夷安公主踢飞火把的刹那，青芒已经一跃而起，朝柴堆扑了过来。

在奔跑的过程中，青芒的眼睛一直死死盯着那支火把。

火把在他的瞳孔中飞上天空，缓缓达到最高点，然后快速下坠。

郦诺下意识地抬起头，看见空中的火把仿佛死神的利爪一样，朝自己的眼睛直直戳来……

第十四章

测试

夫尚贤者，政之本也。

——《墨子·尚贤》

一眨眼的工夫，火把便已落到距郦诺头顶不足三尺的地方。

而这一刹那，青芒离柴堆足足还有一丈多远。

说时迟那时快，青芒手中的长刀飞掷而出，在火把即将掉在郦诺头上的瞬间，分毫不差地将其击中并撞飞了出去。

与此同时，坐在地上的夷安已无从闪避，只好下意识地抽刀一挥，竟硬生生挡住了荼蘼这凌厉的一刀。可这一刀终究力大势沉，夷安只觉虎口一阵发麻，手中刀竟"当啷"落地。

此刻，霍去病的人和刀也已呼啸着来到荼蘼的背后。

朵颜持刀飞掠而来，"铿"的一声将霍去病的刀格挡了开去。

青芒冲上柴堆，因手中已无利刃，只好用手去解郦诺身上的绳索。

荼蘼见状，立刻扔下眼前的夷安，返身要冲向柴堆。

夷安来不及捡刀，情急之下伸手抓住了她的脚踝。

荼蘼大怒，挥刀准备去砍她的手臂。

危急时刻，青芒突然抬脚踢飞了柴堆上一根小臂粗的树干。树干飞来，重重打在了荼蘼的后脑勺上。荼蘼一个趔趄险些扑倒，赶紧把刀插在地上以稳住重心。

夷安趁势缩手，捡起地上的刀，慌忙从地上爬起，可两条腿却抖得不听使唤，没迈出几步便又瘫软在了地上。

趁这当口，霍去病已经一掌将朵颜击晕，摆脱了她的纠缠，旋即飞奔来救。此时，青芒也已解开了郦诺身上的绳索。

荼蘼见大势已去，便把所有怒火都集中到了夷安身上，挥刀朝她砍去。

瘫坐在地上的夷安早已乱了方寸，便尖叫着用双手握住刀柄，直直地指着对方。

"去死吧！"荼蘼一声厉叱，往前跨了一大步，手中刀高高挥起。

这一下，霍去病已援救不及，连夷安自己都绝望地闭上了眼睛……

"噗"的一声。

这是刀剑刺入皮肉的钝响。

青芒、郦诺、霍去病全睁大了眼睛，万般惊愕地愣在当场。

鲜血从荼蘼居次的胸口流淌而出，一滴接一滴地落在了泥地上。

现场一片死寂，只有"啪嗒啪嗒"的滴血声单调而执拗地响起。

"我……我死了吗？"闭着眼睛的夷安公主带着哭腔道。她只听见滴血的声音，却感觉不到身上哪儿疼痛，不免又惊又疑。

"你睁开眼睛不就知道了？"霍去病苦笑道，笑容中却不无庆幸与欣慰。

夷安公主犹犹豫豫地睁开一只眼，看见眼前的一幕，顿时吓得双目圆睁，"啊"的一声甩开刀柄，双手挂地不停往后退。

方才，荼蘼往前跨出一大步的时候，压根儿没注意到，脚下有一颗圆石，上面长满了青苔，所以她这一跨，恰好踩在了布满青苔的石头上！结果，还没等手中的刀挥起劈落，她便脚下一滑，整个人向前扑倒，结结实实地撞在了夷安公主的刀尖上。

由于这一扑力度太猛，所以夷安的刀不仅刺入了她的心口，还贯穿了她的身体，从后背穿透而出。

荼蘼的眼中充满了难以置信的神色，同时还夹杂着无尽的愤懑和不甘。

本来，她还斜斜地站立着，夷安一撒手，她终于身子一歪，倒在了地上，手中刀至此才"当啷"落地。

青芒迈着沉重的脚步走上前来，蹲在她身边，颤抖着伸出手，轻轻扶起她的头，慢慢掀开了那副黄金面具。

只见荼蘼居次的眼中已然噙满了泪水。

她惨然一笑，气若游丝道："终于……可以……回家了。"

青芒心中五味杂陈，眼睛也立刻模糊了。

"你是……为我……哭吗？"

青芒含泪点头。

"为什么……哭？我又……不是你……什么人。"

"你是！"青芒抹了一把眼睛，毫不犹豫道，"你是我的亲人。"

荼蘼居次欣然一笑，可旋即露出异常痛苦的表情："我……好痛。"

"睡吧。"青芒柔声道，"睡着了……就不痛了。"

"阿……檀那，能帮我做……做件事吗？"荼蘼居次拼尽最后的力气道。

"你说。"

"我想念……大漠……草原，请……送我……"说到这儿，一大口鲜血突然涌出，荼蘼居次双目圆睁，然后头一歪，彻底没有了声息。

"回家。"青芒强抑着心中的悲痛，替她把没说完的话补全了，决然道，"安心睡吧，我一定，送你回家。"

说完，青芒伸出手，轻轻帮她合上了双眼。

另一边，霍去病扶起了惊魂未定的夷安公主。她脸色苍白，不住颤抖，整个人几乎都趴在了霍去病身上，双手还紧紧环在他的腰上。霍去病虽觉尴尬，但此时也不便说什么，只能任她抱着。

郦诺走上前来，感激地看着夷安公主："多谢殿下，救了我一命。"

"我后悔死了！"夷安公主又委屈又气恼道，"早知道救你这么危险，还……还要杀人，我才不救你。"

"难为公主了。"郦诺苦笑了一下，"救命之恩，属下日后定当报答。"

夷安公主这才撇了撇嘴："那你记着啊，你欠我一条命，你得把身上的功夫全教给我，不许藏私。"

郦诺点点头："这是当然。"

"哎，公主殿下……"一直被夷安紧紧抱着的霍去病终于忍不住了，"我说，你现在没事了，能不能……把手松开？"

"你这人好没良心！"夷安公主嘟嘴道，"人家刚刚去鬼门关走了一遭，现在浑身上下都是软的，借你身子靠一靠怎么啦？"

霍去病无奈，只好赔笑道："行行行，你靠你靠。"

"对了殿下，"郦诺道，"您是怎么找到这来的？"

夷安公主得意一笑，瞥了霍去病一眼："一路跟着他上来的呗……"然后便把事情经过讲了一遍。

霍去病离开军营时，夷安公主便悄悄跟上了他，一直跟到了西市的铁器工场，随后便见青芒和霍去病一前一后从工场疾驰而出，不禁大为狐疑，立刻拍马紧跟，然后便一路跟到了这片树林中。

此处林木茂密，她的骑术又没霍去病那么好，所以跟到一半便跟丢了，而且还迷路了。她急得在林子里四处乱转，转着转着忽然听到隐隐的说话声，赶紧下马，蹑手蹑脚地来到了一棵大树后面。结果，夷安便看到了郦诺被捆绑在柴堆上的情景，顿时吓得目瞪口呆，同时更是满心焦急。

随后，她悄悄探出头去，目光恰好与青芒撞了个正着。

青芒暗暗给了她一个眼色。夷安公主会意，便在树后耐心等着。

她躲藏的这个地方就在荼蘼居次的左后侧，本来便离得很近，随后青芒又用计让荼蘼居次将火把从右手换到了左手，于是火把便离她更近了。

紧接着，她听见青芒说"除非我的脚够长，可以跨过这三四丈的距离，直接踢到你的手腕"，猛然意识到这是青芒在给她暗号，不由得既紧张又兴奋。

自从懂事以来，她便天天梦想着有朝一日能够行走江湖，做一些行侠仗义、扶危济困的事，如今终于有了这么一个机会，她岂能放过？何况她本来便担心郦诺，眼下她身陷绝境，自己岂能见死不救？所以，尽管一颗心怦怦乱跳，几乎都快从嗓子眼儿蹦出来了，可她终究还是鼓起了勇气。

所以，当青芒发出那一声震耳欲聋的大喝，夷安公主便义无反顾地冲了出去……

青芒抱着荼蘼居次的尸体，把她轻轻放在了柴堆上。

不远处，朵颜醒来，看见这一幕，顿时面如死灰。她迈着僵硬的脚步走上前来，看着一动不动的荼蘼居次，禁不住泪如雨下。

"朵颜，回家去吧。"青芒道，"你本来便是汉人，只是自小被匈奴所掳。虽然荼蘼待你不薄，但做她的侍女，终非你的本意。现在，你可以走了，你……自由了。"

朵颜木立良久，忽然苦笑了一下："敢问左都尉，时至今日，你还分得清，自己是汉人，还是匈奴人吗？"

青芒没料到她会突发此问，蓦然怔住了。

"和你一样，我也分不清了……"朵颜说完，转身朝树林走了过去，很快便消失在了茂密的林木中。

直到确认自己走了足够远，不会让任何人看见，朵颜才停住了脚步。

然后，她缓缓拔出佩刀，面朝天空，凄然一笑："居次，等等朵颜，让朵颜陪你，一起回家……"

说完，长刀便划过了她的脖颈。

朵颜颓然扑倒在厚厚的落叶堆上，安详地闭上了眼睛。

柴堆燃起了熊熊大火，荼蘼居次静静地躺在火焰中。

青芒和郦诺并肩站在一旁，火焰映红了他们肃穆的脸庞。

霍去病搀扶着夷安公主站在二人身后不远处。

"荼蘼的事，我很难过。"郦诺轻声道，"可事已至此，你要节哀。另外，谢谢你，来救我。"

在呼呼的火焰声和毕毕剥剥的燃烧声中，她的声音轻得几乎湮没不闻。

可青芒却听得异常清晰。

不是因为郦诺离得近，而是因为她的语气让他感觉陌生而疏远，所以分外"刺耳"。

"如果我没记错的话……"青芒微微苦笑道，"我救过你那么多次，这好像还是你头一回谢我。"

"什么事总有第一次。"

"可为什么是这一次？"

"不为什么。"

"你这么说，让我……很意外。"

"世事难料。总会有些事，让人意外，甚至让人……猝不及防。"

听见郦诺的语气越来越冷，而且分明有着弦外之音，青芒眉头微蹙，沉吟片刻，忽然明白了什么，苦涩一笑："我的身世，霍去病都……告诉你了？"

郦诺不语，显然是默认了。

青芒的心猛然揪紧，仿佛瞬间缩成了一团。

杀父之仇不共戴天！青芒很清楚，身为蒙安国之子，自己现在已经成了郦诺眼中的仇人。而这样的世仇，分明是一道无法跨越的天堑！他和她，往后余生，或许只能站在天堑的两端，满心纠结地遥望彼此，直到最后黯然转身，背对背各自走远……

青芒感觉自己的心阵阵绞痛，几乎难以自持。

许久，他才深长地吸了一口气，淡淡道："你们……先走吧，我还要捡拾……荼蘼的骨灰。"

此刻，在灼灼烈焰的焚烧下，荼蘼居次脸上的那副黄金面具已渐渐熔化，不复辨识。

"也好。你自己……多加保重。"郦诺黯然转身，头也不回地走开了。

经过霍去病和夷安公主身边时，她甚至连招呼都没打。

霍去病和夷安公主不由得面面相觑。

"他俩怎么啦？"夷安公主一脸困惑。

霍去病更是莫名其妙，只好道："这是他们自己的事，咱们……就别管那么多了。"

一听他把青芒和郦诺说成"他们"，而把他们两人说成"咱们"，仿佛就是在说两对情侣，夷安公主心中暗喜，便搂紧了霍去病的胳膊，道："也对，这事跟咱们无关，走吧，送我回宫。"

三人走进林中，可马匹的分配却成了问题，因为郦诺并无坐骑。

夷安公主却正中下怀，对郦诺道："你骑我的吧，我让霍去病送我。"

郦诺正想谦让，却见夷安公主频频给她使眼色，心中了然，便道："多谢殿下，那我就先走一步了。"旋即不再多言，骑上马疾驰而去。

霍去病别无他法，只好跟夷安公主同乘一骑。

夷安公主坐在后面，双手紧紧抱住了他的腰，把脸也贴在了他的后背上。霍去病有些窘迫，却也不便说什么。

"对了，"下山时，夷安公主忽然想起什么，道，"那个匈奴公主为什么把秦尉丞叫作阿檀那，还把仇芷若叫作郦诺？"

霍去病心中一惊，忙道："兴许……是他们的别名或小名吧。"

"郦诺"这个名字意味着什么，他现在还不清楚，但他预感这个名字背后一定隐藏着重大的秘密；而"阿檀那"这个名字所代表的身份则是铁板钉钉的"匈奴左都尉"，万一夷安公主在皇帝面前说漏嘴，后果岂堪设想？！

夷安公主闻言，皱了皱眉，半信半疑。

"殿下，今天发生的事情，你最好……不要讲出去，尤其是……别让陛下知道。"

"为什么？"

"呃……你想啊，你要是漏了口风，陛下一定会怪罪我带你出宫，还把你置于险境，对不对？那我还能活吗？"

夷安公主一听，觉得也有道理，便道："行，那我不说，我就把这事，当成咱俩的秘密，好吧？"

"对对，就是咱俩的秘密，谁都不许往外说。"霍去病如释重负。

夷安公主听他说得愈发亲密，心里顿时像灌了蜜一样甜，不由得把他抱得更紧了。

树林中，郦诺策马狂奔，一路上眼泪潸潸而下，仿佛决了堤的河水。

青芒独自站在林中的火堆旁，无尽的泪水同样爬满了他的脸。

群山寂寂，四野苍茫。

远处的长安城上空，渐渐凝聚了一团厚重的阴霾，预示着一场风雨即将来临……

一连多日，初春的细雨一直笼罩着长安。

自那日林间一别，青芒便再也没见过郦诺。主观上的原因自不待言，客观上的原因是最近铁器工场实在是太忙了！

随着最后期限的临近，皇帝每天都会派人前来监督工程进度，有时是吕安，有时是李广，有时是张汤，其中来得最勤的便是张汤。青芒和严助只能带着工匠们夜以继日地连轴转。连续熬了好几个通宵后，青芒整个人明显憔悴了许多。

为了向朝廷显示自己全力以赴的决心，青芒还特意把朱能和侯金调到了工场，让他们跟着自己忙前忙后。几天下来，朱能竟然瘦了一圈，连严助都看得大为感动，一再出言勖勉。

终于，众人的工夫没有白费，到了截止日的倒数第三天，一把完整的墨弩所需的大小配件悉数打造完成，并全部经过了合格测试。

接下来的最后环节，也是最重要的环节，便是进行整件组装及样机测试了。

而承担这项重任的人，毫无疑问非青芒莫属。

这天，张汤早早便前来工场"坐镇"，一方面是监督青芒，一方面也想成为第一个入宫向皇帝报喜奏捷的人。

此刻，一张长长的条案摆在了正堂中央，上面依序摆放着大大小小一百多个崭新的弩机零件。青芒站在条案的一头，张汤坐在另一头，严助、朱能、侯金及一众工匠全围在条案四周，所有人的目光都盯着青芒。

青芒的双目布满了血丝。

他静静地看着条案上的那些零件，片刻后，忽然环视众人，露齿一笑："诸位，你们都这么盯着我，让我压力甚大，不如各位暂且回房歇息，等我把东西装完了，大伙儿再来如何？"

众工匠闻言，顿时面面相觑。

严助苦笑了一下。这一个月下来，他早就了解了青芒的脾气，知道越是紧要关头，他越是喜欢开这种玩笑，所以也就见怪不怪了；加之今日张汤在此，似乎也轮不到自己出头，索性便默不作声。

张汤一听，脸色立马一沉："秦尉丞，都什么时候了，你还有心思开玩笑？"

"张廷尉认为卑职在开玩笑吗？"青芒眉毛一挑，"此事成败，关乎几十个人的性命，更关乎朝廷的北征大计，您若觉得卑职是在夸大其词，那不妨找个更能胜任的人来，卑职很愿意让贤。"

张汤冷冷一笑："秦尉丞，这个差事是陛下钦点你干的，别人可不敢越俎代庖。"

"既然张廷尉也知道这差事是陛下钦点的，那这活儿该怎么干，卑职是该照自己的规矩来，还是该听您张廷尉的指挥？"

张汤顿时语塞，只好把目光瞟向严助。

严助知道躲不过去了，便干咳了几声，堆起笑容道："秦尉丞，你的本事和能耐，朝野上下谁人不知，哪个不晓？今天这事除了你，还真没人干得了。正所谓能者多劳，还请秦尉丞以大局为重，多多担待。大事若成，我必在陛下面前替你请功！"说着连连拱手。

"严大夫这么说，秦某若再多言，倒显得矫情了。"秦穆笑了笑，"也罢，既然责无旁贷，那便放手一搏吧！"

说完，他便拉开架势，伸手抓过离他最近的两个机身配件，"啪嗒"一声扣在了一起。其动作之精准、明快和利落，不由得令众人眼前一亮……

淮南邸，后花园。

霏霏淫雨弥漫在天地之间。

刘陵独自坐在一座精致的八角亭中抚琴。琴声沉郁暗哑，似有万千心事凝结其中。

侍女汐芸打着一把油布伞，沿着一条碎石甬道快步走来。

"翁主，渔夫密报……"刚一进亭子，汐芸便按捺不住道。

刘陵恍若未闻，纤纤十指依旧在琴弦上来回拨动。

汐芸见状，只好等在一旁。

片刻后，一曲终了；余音袅袅，飞入雨幕之中。

"渔夫说什么了？"

刘陵淡淡问道，却没有回头。

"他说，墨弩成功在即，他已遵翁主之命，将弩机的整套制作技术以图文形式载入帛书。若无意外，他今明两日便可与翁主见面，将帛书献上。"

"整机测试可做过了？"

"他说，今日将由秦尉丞进行主测。"

"既然还没做，那说成功在即，是不是早了点儿？"

汐芸一怔："翁主是担心，秦尉丞会做什么手脚？"

"那倒也不至于。"刘陵站起身来，仰望亭子外的茫茫雨幕，"青芒这差事是刘彻钦点的，朝野上下多少双眼睛盯着他，他敢做手脚，岂不是找死？再说了，这回能在一个月的期限内造出墨弩，必是青芒之功，他若想做手脚，又何必把它造出来？"

"青芒有那么厉害吗？"汐芸撇了撇嘴，"奴婢可是听说，他这一个月，有近半时间都在外头跑，根本没在工场里头待着。"

刘陵冷哼一声："无知之见！墨弩这东西，若是肯花工夫就能搞出来，当初我父王密召了那么多能工巧匠，埋头苦干了好几年，又何至于徒劳无功？"

"这倒也是。"汐芸点点头，叹了口气，"当初青芒要是不走就好了，这样咱们早把墨弩造出来了。"

"瞧你那记性！"刘陵回头白了她一眼，"当初就是蒙安国要带走青芒，父王才逼他拿墨弩来换的，怎么可能既要墨弩，又留住青芒？"

"对对，奴婢把这茬给忘了。"汐芸吐了吐舌头。

刘陵回忆往事，沉声一叹："父王本以为，拿到那几十把墨弩，再召能工巧匠来研究一番，定能掌握其机理，继而批量打造，便能装备咱们自己的军队。没想到，这墨家的东西竟如此复杂！可惜啊……"

"翁主，这都是过去的事了，您也不必烦忧了。现在不正好吗？刘彻命青芒仿造墨弩，可他断然不会想到，结果反倒是替咱们做了嫁衣。"

刘陵思索片刻，沉声道："传令渔夫，无论今日测试是否成功，都要尽快把帛书弄出来。"

"是。"

只花了小半个时辰，青芒便将条案上那些大大小小的零件组装成了一把结结实实的墨弩。

众人不由得一片雀跃。

张汤也是一脸兴奋，当即起身，走到青芒身边，一把夺过连弩，翻来覆去端详了好一会儿，接着咔嚓咔嚓把箭匣来回装卸了几次，然后"哗"的一下拉起望山，转身面朝正堂门口。

距正堂大门数十步外，早有一面靶子立在了萧墙之下，正是为测试连弩所用。

张汤瞄准了靶子。

"张廷尉，"青芒淡淡道，"您适才还说，卑职这差事没人敢越俎代庖，怎么，现在就急着要抢卑职的活儿干了？"

张汤冷哼一声："不就是射箭吗？如此小事，本廷尉还干不了吗？"

青芒呵呵一笑，扬手做了个请的手势："廷尉既愿代劳，卑职自然乐观其成，您请！"

张汤面露得意之色，转头继续瞄准。严助忽然走上前来，道："廷尉，请恕在下直言，此事您还真不可代劳。"

"为何？"张汤明显不耐烦了。

"廷尉别忘了，这是一弩十矢的墨家连弩，必须连续将十支弩箭尽皆发射才算成功。万一中途卡壳，有可能是弩臂的问题，有可能是弩机的问题，也有可能是各部位之间那些勾连机件的问题。试问廷尉，万一待会儿试射出现状况，您能否根据卡壳声的细微差异，准确辨识出问题所在？"

张汤语塞，片刻后才冷然一笑："照严大夫这么说，只有秦尉丞才辨识得出来喽？"

"正是。"严助正色道，"这一个月来的数百上千次大小测试，已足以证明这一点。"

张汤无奈，只好把墨弩扔还给青芒，讪讪道："秦尉丞既然这么神，那就让本官开一回眼界吧。"

青芒淡淡一笑，往前两步，左手稳稳地抬起弩臂，右手的食指扣上悬刀，目光通过望山瞄准了数十步外的靶子。

众人不觉屏住了呼吸。

青芒的食指轻轻扣下，一支弩箭呼啸而出。

"啪"的一声，弩箭正中红色靶心。

众人发出一片欢呼。

紧接着，青芒拉起望山，稍一瞄准，又是一箭射出，再次正中靶心。众人欢欣鼓舞。然后，第三支、第四支、第五支、第六支接连射出，正当众人以为成功在望之际，墨弩却在青芒第七次扣下悬刀时，发出了一个轻微的咔嗒声。

弩箭没有射出。

卡壳了！

现场瞬间安静了下来。

未及褪去的笑容凝固在了众人脸上。

青芒眉头一皱，转过身来，不慌不忙地卸下箭匣，接着又卸下弩臂、弩机等，将整把墨弩"大卸八块"，放在了条案上，然后挑出其中部分组件，仔细倒腾了一番，最后又一一拼装回去，再度进行了试射。

结果与第一次如出一辙，咔嗒声响过，并无弩箭射出。

"怎么回事？！"张汤一脸惊愕。

所有人全面面相觑。

严助连忙上前，抢过墨弩，连续扣动悬刀，结果当然只有一连串的咔嗒声。

"秦尉丞！"张汤大声道，"本官问你话呢，到底怎么回事？"

"这不是被您不幸言中了吗？"青芒淡淡苦笑，"您想开眼界，结果它就卡壳了。"

"岂有此理！"张汤大为恼怒，"照你这意思，还是本官让它卡壳的不成？！"

青芒不答，从严助手里拿回墨弩，三下五除二把它彻底拆了。卸下来的大小零件登时堆满了条案。然后，他眯起眼睛，拿起这个瞧瞧，又拿起那个看看，接着把所有零件扒拉开，分成一大一小两堆，最后长叹一声，指着那堆小的对严助道："严大夫，我断定，问题就出在这堆零件上面。应该是精密度的问题，这里头尺寸越小的，越有可能出现偏差。"

严助定睛一看，顿时傻眼。

这堆零件足足有十几个，大的有拇指粗细，小的只有指甲盖一般，本来便是整个工程中最难搞定的部分，眼下离最后期限只剩下三天不到，就算不眠不休把这些零件重新打造一遍，也不敢保证不会再出问题。

"就不能把范围缩小一些？"严助万般无奈道。

青芒摇头："这已经是最小范围了。"

严助大为沮丧，愣了半晌，只好对张汤道："张廷尉，事已至此，只能劳您向陛下据实禀报了。此外，还得拜托您跟陛下求情，再宽限几日，我等就算不眠不休，也定将问题解决。"

张汤冷冷地瞥了青芒一眼，道："今日之事，本官自然要向陛下据实禀报。不过，陛下能不能再宽限你们几日，这可就不好说了，尔等自求多福吧。"说完，也不等严助回话，便带着手下拂袖而去。

严助愁眉紧锁，看着条案上那堆零件对青芒道："秦尉丞，依你看，咱们该从何处着手？"

青芒打了个长长的哈欠："不急，等我睡一觉再说。"

"什么？"严助傻眼了，"这都火烧眉毛了，你还……"

"严大夫，越是这种时候，越不能心急。"青芒打断他，气定神闲道，"你说，咱们这一个月以来，哪回出了问题，不是凭我养足了精神才解决的？所以说，事缓则圆，心急吃不了热豆腐。"

严助无语，唯有一脸苦笑。

淮南邸后门，汐芸领着一个头戴黑色斗篷的男子匆匆入内，然后迅速穿过后花园，经由一条回廊来到了刘陵的书房门口。

房门虚掩着。

汐芸敲了敲门："翁主，人到了。"

"进。"

汐芸轻轻把门推开，斗篷男子闪身而入。汐芸带上门，看了看四周，然后走开几步，站在门口望风。

房中，刘陵坐在书案前看书。

男子径直走到她面前，把斗篷掀开，张次公的脸露了出来。

"翁主，我……我来了。"张次公小心翼翼地露出诌媚的笑容。

"让你办的事，办得如何了？"刘陵头也不抬道。

"我跟了那家伙三天三夜，总算是让我逮着了。"张次公得意道，"昨日下午，他绕了大半个长安城，终于在清明门边上的一家酒肆，跟人接头了。"

张次公口中的"那家伙"，就是朝廷的大行丞。

之前，刘陵一直怀疑，程苍和薛晔二人当中，有一个是朝廷安插的细作，便派了几个手下去跟踪二人，无奈那些手下经验不足，跟了多日却一无所获，她只好命张次公去办。而张次公很聪明，不去盯程苍和薛晔，反而去盯大行丞，结果便让他逮着了。

"说。"刘陵抬起头来，目光森冷，"谁去接的头？"

"程苍。昨日他和大行丞足足密会了一个多时辰。"

"就他们两个？"

"就他们两个。"

"之后呢，大行丞又去了哪儿？"

"直接入宫了。"

刘陵恍然，森寒一笑。

青芒前脚刚回寝室，朱能和侯金后脚立马跟了进来。

"老大，这期限眼看就到了，你真睡得着啊？"朱能焦急道。

青芒不答，把自己往床榻上一扔，闭上了眼睛。

"老大，"侯金察言观色，"你是不是觉得，这墨弩的卡壳问题……不难解决？"

青芒闭着眼睛，懒洋洋道："墨弩根本就没问题。"

朱能和侯金都是一愣。

"老大，你这么说是何意？"朱能又惊又疑，"难不成……你是故意给墨弩做了手脚？"

"看来你也不笨嘛。"青芒呵呵一笑，从袖中掏出一颗黄豆大的东西，"啪"的一声扔在了床边的几案上。

朱能和侯金赶紧上前，定睛看去。

那是一颗铆钉。

淮南邸，前院。

身材微胖的薛晔有些气喘地跟在汐芸身后快步走着。

"汐芸姑娘……"薛晔习惯性地用一种略带谄媚的语气道，"翁主这么急着找我……究竟何事啊？"

"少废话，跟我走便是。"汐芸头也不回道。

薛晔"哦"了一声，片刻后，又道："对了，你今天可曾看见程邸长了？我这儿有事找他，怎么四处都找不着啊？"

汐芸闻言，突然止步，薛晔差点儿一头撞在她的背上。

"你身为邸丞，自己的顶头上司在哪儿居然来问我，那你这个邸丞是怎么当的？"

"我就是随口一问。"薛晔笑道，"汐芸姑娘何必把话说得这么重？"

"重吗？"汐芸眉毛一扬，"待会儿见了翁主，你才知道……什么叫重。"

薛晔闻言，不由得心头一颤。

第
十
五
章

中
计

食者，国之宝也；兵者，国之爪也；城者，所以自守也。

——《墨子·七患》

铁器工场的作坊里，严助正给老陈等六七个工匠安排任务，让他们把那些可能存在问题的零件拿去返工，一名书吏匆匆进来，禀报说外面有人找。

"不见不见。"严助不耐烦地挥挥手，"老子忙着呢，现在谁也不见。"

书吏瞥了老陈他们一眼，赶紧走到严助身旁，附在他耳边小声说了句什么。

严助顿时神色一凛，狐疑道："真是这么说的？"

书吏郑重点头。

严助蹙眉沉吟，暗自一叹，旋即叮嘱了老陈几句，便快步离开，来到了自己的值房。他关紧房门，绕到屏风后面，掏出一串钥匙，打开了一口大木箱，取出放在上面的一些杂物，然后小心翼翼地从最下面捧出了一只两尺来长、四寸来宽的狭长木匣……

"老大，你……你为啥要给墨弩做手脚啊？"

青芒寝室中，朱能大惑不解道。

"内史府夜宴那晚，墨弩的杀伤力有多么可怕，你难道忘了？"青芒终于睁开眼睛，看着头上的房梁，自语般道。

"可……可不就是因为这东西厉害，陛下才让你仿造的吗？"朱能越发纳闷，"有了这大杀器，咱再去跟匈奴人打，不就能灭了那帮狗娘养的吗？"

话音刚落，侯金突然掐了朱能一把。

朱能一声痛叫。

侯金拼命冲他使眼色。

朱能脑子一转，登时醒悟过来——青芒是半个匈奴人，所以他刚才那句"狗娘养的"等于把青芒也给骂进去了。

"老大，我……我可没骂你啊。"朱能一脸尴尬。

"我问你，"青芒斜眼看着他，"就算咱们装备了墨弩，打败了匈奴人，可谁敢保证，这个杀人利器不会落入别有用心的人手里？又有谁敢保证，不会有人拿着这东西来对抗朝廷、祸乱天下？假如真有这么一天，天下会死多少人？"

朱能一怔，说不出话。

"老大，我们明白你的意思了。"侯金忙道，"可问题是，你不把墨弩造出来，你和严大夫，还有工场里这么多人，全得死啊！"

青芒冷然一笑："我和大伙儿未必会死，至于严助嘛，若不是我拦着，他早就死在郦诺刀下了。"

侯金和朱能闻言，都是一脸愕然。

"老大的意思是……严助和郦姑娘有仇？"朱能问。

"当初抓捕墨家巨子郦宽的人，便是严助。"

"那这厮死有余辜！"朱能愤然道，"杀父之仇，不共戴天啊！"

"老大，那你打算怎么做？"侯金问。

"放一把火，把一切都烧干净。"青芒轻描淡写道。

朱能和侯金同时一惊。

"可是老大，这么干，你不也难逃罪责吗？"侯金忙道。

"失职之罪，在所难免。但我相信，罪不至死。"青芒从容道，"更何况，陛下如果对墨弩志在必得的话，便不会轻易杀我，也不会轻易杀工匠们。至于严助，只能看他自己的造化了。"

"倘若如此，陛下回头不也还会让你接着干吗？"朱能道，"这是躲得过初一，躲不过十五啊。"

"那你有更好的办法吗？"青芒苦笑，"自从北邙山坠崖失忆以来，我哪一天不是在刀尖上过活？你觉得我还能考虑'十五'的事吗？能活过初一，挺到初二，再看一眼初三的太阳，我就要感谢上苍了，还敢奢望什么？"

朱能语塞。

就在这时，青芒敏锐地听见，楼下后院传来了几下马蹄声。他立刻起身，把窗户打开一条缝，目光所及，见严助正从马厩里牵出一匹马来，同时四下张望，神色颇为警觉。

他的肩背上，斜挎着一个长条状的蓝布包裹。包裹棱角分明，里面似是什么硬物。

青芒眉头微蹙。

朱能和侯金也凑了过来。

"这老小子，都到这节骨眼儿上了，还有心思出门？"朱能嘟囔道。

青芒思忖了一下，立刻对侯金道："猴子，跟上他。我要知道他去了哪儿，跟谁见面。"

"是！"

淮南邸书房中，刘陵直直盯着眼前的薛晔，好半天不说话。

薛晔被盯得浑身发毛，白胖的脸颊颤了颤，勉强堆笑道："翁主，您召属下前来，不知有何吩咐？"

刘陵又沉默了片刻，才微然一笑，道："听说过'鸱鸮'这个名字吗？"

薛晔一怔："鸱鸮……不就是猫头鹰吗？"

"我说的是一个人。"刘陵又是一笑，笑容竟有些妩媚，"鸱鸮是他的代号。"

"代号？"薛晔越发懵懂，"属下……不太明白翁主的意思。"

"据我所知，御史大夫李蔡手下有不少精干的密探。"刘陵不理会他，自顾自道，"其中有两个，据称是他的爱将，一个代号蜉蝣，一个代号鸱鸮。蜉蝣便是杜周，此前一直安插在张汤身边，前不久才被召回御史府；而这个鸱鸮嘛……据说，就安插在本翁主身边，一直在向朝廷传递情报。你知道，他是谁吗？"

薛晔一脸惊愕："翁主，属下……属下对此一无所知啊！"

"你身为咱们淮南邸的邸丞，拿的是我刘陵的俸禄，竟然对朝廷安插的细作一无所知，你不觉得，自己太失职了吗？"

薛晔大惊失色，慌忙躬身："是是，翁主训斥的是，属下今日便与程邸长细细商议，一定全力彻查此事。"

"程苍？"刘陵呵呵一笑，"焉知这个鸱鸮，不在你和程苍二人当中呢？"

薛晔顿时脸色煞白，双膝一软，扑通跪地："翁主明鉴，属下是清白的啊！想当初，属下在茂陵任职，无端被墨者牵连下狱，皆是王爷和您为属下奔走，属下才得以逢凶化吉，并到翁主身边侍奉。您和王爷对属下有再造之恩，属下岂能做出背叛您和王爷之事？"

"这么说，你还没忘记，我对你有恩？"

"您对属下恩深似海，属下没齿难忘！"

"那若是让你抓到鸥鹁，你会怎么做？"

"属下定然把他带到翁主面前。"

"然后呢？"

"然后？"薛晔又蒙了，"然后……任凭翁主处置。"

"那要是把人交给你处置呢，你会怎么做？"

"我……"薛晔愕然片刻，咬着牙道，"属下会……会杀了他。"

"很好。"刘陵忽然拿出一把匕首，"当啷"一声扔到他面前，"动手吧。"

薛晔吓得魂飞魄散，一屁股跌坐在地："翁主，您……您还是怀疑我？"

刘陵站起身来，缓缓走到他面前，盯着他道："你是鸥鹁吗？"

薛晔拼命摇头，摇得脸颊上的肥肉一阵乱颤。

刘陵定定地看了他片刻，才咯咯笑了起来："谅你也不是！就你这没出息的样儿，想必李蔡也瞧不上你。"

薛晔哭丧着脸，又想赔笑，结果把表情搞得十分纠结。

"人家鸥鹁可比你硬气多了，本翁主审了他一上午，人家脸色都没变一下。"

薛晔满脸错愕："翁主已经……逮住鸥鹁了？"

"当然！"刘陵眉毛一扬，"就在屏风后面。把刀拿起来，做你该做的事吧。"

薛晔揩了一把额头上的冷汗，颤颤巍巍地抓起匕首，起身走到屏风后面，定睛一看，地上一个男子被五花大绑，嘴里塞着布，赤红的双目死死盯着他，表情十分狰狞。

"程苍！"

薛晔下意识地倒退了几步，手中的匕首差点儿掉落。

"怎么，让你杀个人就吓成这样？"刘陵冷冷道，"那本翁主日后怎么敢叫你办事？"

薛晔吭哧吭哧地喘了半天粗气，然后握紧了刀柄，猛地一下冲上去，仿佛用尽全身的力气，狠狠把刀捅进了程苍的心口……

西市的东北隅有一片面积不小的货栈区，平时除了附近商铺的伙计、力夫前来装卸货物外，通常没什么人出入，显得颇为冷清。

日上三竿之际，三名行商装扮的男子匆匆走了过来，其中一人披着斗篷。三人来到一处货栈外，见周遭阒寂无人，其中一人才上前敲响了大门。

敲门声清晰且带有某种特定节奏，显然是事先约定的暗号。

少顷，门后传出一个男子的声音："何人？"

"敢问渔夫，沧浪之水，清兮浊兮？"敲门男子道。

"清兮，可濯吾缨；浊兮，可濯吾足。"门内男子回应。

随后，大门"吱呀"一声打开，三人迅速走了进去。

"翁主，你来迟了。"

门内的"渔夫"对披着斗篷的男子道。

这个"渔夫"，正是严助！

对方掀开斗篷，竟是女扮男装的刘陵；另外两人是窦胜和另一名侍从。

"家里抓耗子，耽搁了一下。"刘陵淡淡一笑，"东西带来了吗？"

严助指了指肩背上的蓝布包裹，示意她进里面谈。

二人来到一个角落，周围堆满了大大小小的货箱。

"耗子逮着了？"严助问。

刘陵点头。

"是谁？"

"程苍。"

"是他？"严助眉头一蹙。

"怎么？"

"哦，没什么。"严助显然不愿在此事上浪费时间，匆忙道，"翁主，今日的测试并未成功，你干吗不再等等，这么急着拿帛书？"

"说实话，我怕夜长梦多。"刘陵道，"你把今日的测试经过说一下。"

严助简要地说了事情经过。刘陵沉吟片刻，冷然一笑："难道你就丝毫不怀疑，青芒做了什么手脚？"

严助一惊："翁主是怀疑，这小子是匈奴的细作？"

"细作倒不至于。"刘陵若有所思，"但我了解他，他这个人……很重情义。如果他真是汉匈混血的话，那他一定不肯造出墨弩去杀匈奴人。"

"可是，他要真想做手脚，早就做了，何必等到今天？"

"他若是之前动手脚，万一被你看出破绽，刘彻便会拿他问罪；但是到了今天，墨弩已基本成功，他也在你和刘彻面前做足了姿态，万一最后出什么事，主要责任便全在你这个一把手身上，而他却可以最大限度地逃脱干系。"

严助虽然听得心惊，但还是有些不以为然："我这个一把手若是被砍头，他这个二把手怕也逃不掉吧？"

刘陵又是冷冷一笑："你真是聪明一世，糊涂一时。你也不想想，在仿造墨弩这件事上，刘彻是更看重你，还是更看重他？说白了，刘彻之所以让你主管此事，只是为了让你监控他而已。倘若他从头到尾的表现都无可指摘，可最后事情却搞砸了，你说刘彻是会杀你，还是杀他？"

严助不禁倒吸了一口冷气："我还是小瞧这家伙了。"

"谁说不是呢？"

"那依翁主之见，现在该怎么做？"

刘陵略为思忖了一下，决然道："叫人放一把火，把所有东西全烧了，让刘彻什么都得不到。然后你马上离开长安，回淮南去。"

严助恨恨地叹了口气："我可以走，但是青芒这小子……绝不能留！"

"你想干什么？"刘陵神色一凛。

"翁主，恕我直言，虽然你跟他青梅竹马，但现在可不是儿女情长的时候。这小子知道的东西太多了，留着他，终究是个祸患！"

"此事我自有分寸，无须你来多言。"刘陵冷冷道，"把东西打开。"

严助无奈，只好解下蓝布包裹，搁在一旁的木箱上，然后取出那只狭长的木匣，打开匣盖，小心翼翼地捧出一卷厚厚的帛书。

紧接着，帛书徐徐展开，一幅幅工笔细描的墨弩分解图及其翔实完整的说明文字，便一一映入了刘陵的眼帘。

刘陵无声一笑。

"翁主，这可不是最终的定稿，墨弩卡壳的问题尚未解决呢……"严助提醒道。

"是吗？"刘陵笑着瞥了他一眼，"假如我的猜测是对的，青芒故意在今天的测试环节做了手脚，那么这一稿很可能就没有问题，问题全是青芒人为制造的。换句话说，我甚至有一种直觉，它……便已经是定稿了。"

严助苦笑了一下："翁主，这工巧之事，往往失之毫厘，谬以千里，可没你说的这么简单。"

"简不简单，就让事实来证明吧。"刘陵淡淡道。

窦胜斜挎着蓝布包裹，从货栈大门后探出半个身子，警觉地看了看，确定外面无人后，把门打开了一些。刘陵披着斗篷，和另一名侍从快步走了出来，然后三人便沿着巷道匆匆远去。

对面货栈的屋檐上，一个身影晃了一下，迅速跟上了他们。

此人便是侯金。

约莫一刻钟后，严助才从货栈出来，往另外一个方向疾步离开。由于走得太急，绕过一个转角时，竟然跟一个浑身脏兮兮的力夫撞了个满怀。

严助大怒，抬起一脚把他踹了出去。

力夫捂着肚子蜷缩在墙角，哼哼唧唧半天起不来。

严助嫌恶地拍了拍身上的衣服，往地上啐了口唾沫，旋即快步走远。

工场作坊里，炉火通红，热气弥漫，十几名工匠忙得热火朝天。

老陈趴在一张工作台上，眉头紧锁地盯着眼前的一大堆零件，不时拿起这个瞧瞧，又拿起那个看看。

这堆零件，便是被青芒判定为没有问题的那部分。

对于青芒的判断，老陈从没有怀疑过。但不知为什么，今天他总觉得，好像有什么地方不对劲。

他在零件堆里随手扒拉着。忽然，一颗黄豆大的铆钉进入了他的视线。

老陈用两根手指夹住铆钉，拿到眼前仔细看着。紧接着，他神色微变，立刻抓过旁边的一把铜尺，对着铆钉量了起来……

青芒闭目躺在床上，朱能在一旁烦躁不安地走来走去。

"我说，你就不能消停一点儿，让我睡个囫囵觉？"青芒忽然道。

"老大，也不知怎么搞的，我这心里老是七上八下的！"朱能道，"你到底有何计划，总得给我透个底吧？"

青芒睁开一只眼，瞄了他一下，又闭了回去："也没什么计划，先睡一觉，今晚拉上几位伙计，咱一块儿去喝大酒。"

"喝大酒？"朱能苦笑，"都这时候了，你喝得下去，我可喝不下去。"

"少废话，计划都跟你说了，赶紧回去睡觉！"青芒不耐烦道。

"啥？"朱能一怔，"出去喝酒就是你的计划？"

青芒不语。

朱能挠了挠头，想了半天，忽然眼睛一亮："老大，你是打算，拉上几个他们的人，一块儿去喝酒，让他们帮你做不在场证明，然后你再偷偷溜回来放火？"

青芒恍若未闻，片刻后才淡淡一笑："你这榆木脑袋，总算也有灵光的时候。"

朱能嘿嘿一笑："愚者千虑，必有一得嘛。"说着又想到什么，忙道："可是，你要是中途离席，别人不会起疑吗？"

"先把他们灌醉，我再回来办事。办完事，就把他们叫起来接着喝。"青芒胸有成竹道，"到时候一个个都喝断片了，谁还记得清我走没走？"

"对对，还是老大高明。"

"行了，滚回去睡觉，少在这儿啰里啰唆。"

"是。"

严助刚一迈进工场大门，便见老陈满脸急切地迎上前来。

"大夫，秦尉丞有问题！"老陈压低嗓门儿，迫不及待道。

严助一愣："怎么回事？"

"今早的测试，是他故意让墨弩卡壳的。"

严助眉头一皱——没想到，翁主的直觉居然是对的！

"你有证据吗？"

老陈看了看四周，把严助拉到一边，摊开手掌，掌中赫然正是那颗铆钉。

"这是上午那把墨弩上拆下来的，我刚才测量了一下，尺寸不对，分明是咱们十来天前淘汰下来的次品，可它却被秦尉丞装到了今早测试的墨弩上。"

"他娘的，果然是这小子搞的鬼！"严助抓过那颗铆钉，看了一眼，狠狠掷在了地上。

"这小子摆明了就是要把咱们大伙儿全害死。"老陈愤然道。

"除了这颗铆钉，其他零件都没问题吗？"

"我刚才又检查了好几遍，绝对没问题。"

"这么说，若是没有这小子捣鬼，咱们其实已经成功了？"

"没错。"老陈笃定道，"咱们自己再试射一次，我敢保证，这回一定成！"

严助闻言，若有所思。

"大夫，依我看，当务之急，您还是得赶紧入宫，向陛下禀明实情，然后把秦穆这家伙抓起来，免得他再搞破坏。"

严助"嗯"了一声，似乎想到了什么，嘴角掠过一丝狞笑："这样吧，你先把所有合格的零件归拢一下，送到我值房来。剩下的事，我自有安排。"

"是。"老陈赶紧转身，匆匆朝作坊走去。

"对了老陈……"严助又叫住他，"这件事，你没跟其他人说吧？"

"当然没有。"老陈道，"没有您的准许，小的可不敢多嘴多舌。"

"好，暂时不要向任何人透露，以免走漏消息。"严助满意一笑，"去吧。"

刘陵等三人在一条僻静的小巷中快步走着。

他们身后不远处的屋檐上，侯金猫着腰在屋脊上一路小跑，紧紧尾随。

片刻后，三人绕过一处拐角。

前面已无屋宅，且被一棵大树遮挡了视线，侯金只好从屋檐上纵身跃下，飞快绕过转角，可放眼看去，巷道里竟然空无一人。

侯金一愣，连忙转头四顾。

"兄弟，跟了这一路，挺辛苦吧？"随着话音，窦胜持刀在手，与另一人同时从树上跳下，一前一后堵住了侯金。

侯金冷笑，拔刀出鞘："你们主子呢？何必藏头缩尾不敢露面？叫他也出来，三个一块儿上呗。"

窦胜哈哈一笑："对付你这只瘦猴，我们兄弟俩足矣！"

侯金沉声一喝，挥刀扑了过去。

就在这时，树后突然闪出一人，正是刘陵。

她猛地掀开宽大的斗篷，右手上竟然握着一把通体乌黑的墨弩！只见她拉起望山，扣下悬刀，一支弩箭呼啸而出，正中侯金后背。

侯金一声闷哼，往前趔趄了几步，终于支撑不住，颓然栽倒在地。

刘陵径直走到他跟前，嫣然一笑："你跟了一路，不就是想看看我是谁吗？现在看清楚了吧？"

侯金虚弱地冷笑了一下，旋即眼前一黑，失去了知觉。

青芒被敲门声叫醒的时候，窗外的日头正高悬中天。

他料定是侯金回来了，赶紧下床，打开房门，却见门外站着严助手下的那名书吏。

"秦尉丞，严大夫让我来问您，养足了精神没有，可否前去值房叙话？"书吏恭谨道。

青芒打了个长长的哈欠："才刚大中午，你们就不能让我多睡一会儿？"

"抱歉秦尉丞，严大夫的意思是，有几个紧要的问题想请教您。谈完之后，您若还想睡，就回来接着歇息。"

青芒无奈，只好回房洗了把脸，然后跟着书吏来到了严助值房。

值房中却没有人。

书案上一只獬豸香炉青烟袅袅，一股异香扑鼻而来。

"严大夫呢？"青芒问。

"严大夫还在忙，他说马上就过来，请秦尉丞在此稍候。"书吏说完，便走了出去，并随手带上了房门。

青芒在书案边坐下，随手拿起案上的一册竹简，翻了翻，又扔了回去。

忽然，他嗅到了一种异样的味道，不是来自香炉，而是混在熏香中的一种近似于铁锈的味道。

这是铁器工场，空气中本来就充斥了铁锈味，按说不足为怪，可青芒还是闻出了其中的区别。

这不是铁锈味，更像是……血腥味！

青芒立刻起身，翕了翕鼻翼，然后拔刀出鞘，一个箭步蹿到了屏风后面——只见工匠老陈躺在一口木箱边上，木箱的盖子敞开着，里面竟然装着那些大大小小的墨弩零件。

老陈背朝着他，一动不动，也不知是死是活。

"老陈！"青芒握紧刀柄，一步一步缓缓走近。

可刚一走到老陈身边，未及俯身细看，他便感觉脚底踩到了什么东西。

还没等他反应过来，便听"啪"的一声，一个状似老鼠夹一样的机关突然从地板下面弹出，朝他的脚踝咬合过来。此时抬脚跳开已来不及，青芒下意识地把长刀往地上一插，生生格在了两块锯齿状的铁夹之间。

饶是他反应如此敏捷，铁夹还是咬合了一半，锋利的锯齿从两边嵌入了他的左脚脚踝，鲜血立刻透过鞋袜涌了出来。

青芒顿觉痛彻骨髓。

中计了！

他一边在心里大骂自己太过大意，一边握着长刀用力扳开铁夹，总算把脚抽了出来。

可是，刚一脱困，青芒便突然感到脑袋一阵眩晕。

糟了，这房中燃的并非普通熏香，而是迷香！

青芒扶着头，一瘸一拐、摇摇晃晃地走向后窗，想从那儿出去。可就在这时，窗外突然扔进来几只瓦罐，落地后砰然碎裂，一串串漆黑黏稠的液体四处飞溅，还有几滴飞到了青芒的衣摆上。

石脂水！

青芒大惊失色，用尽全力拼命后退。

若是平时，他最多两步便可以从这值房的任何一扇窗户飞跃而出。然而，此刻他的头却像灌了铅一样沉重，双脚则虚飘得支撑不住身体。

紧接着，后窗外又扔进来几支火把，把整个值房的后半部瞬间点燃。

所幸，此时青芒恰好退过了屏风。

大火轰然袭来，险些烧着他的眉毛，却的的确确烧着了他的衣摆。青芒顺势往后一倒，在地上滚了几圈，总算扑灭了身上的火。

可还没等他起身，从几扇洞开的前窗处，又同时扔进好几只瓦罐和数支火把。

"轰"的一下，整座值房刹那之间便被熊熊大火吞没了。

青芒艰难起身，好几次试图向门口走去，却屡屡被灼人的烈焰逼退。很快，浓浓的黑烟弥漫开来，不断从口鼻蹿入他的肺部。

青芒剧烈咳嗽了起来，只好又伏低身子，惶然四顾，焦急地寻找逃生的出口。

可是，周围除了熊熊火焰和浓浓烟雾，什么也看不见。

难道就这么完了？！

青芒在心中凄然一笑。

就在此刻，郦诺的脸恍惚闪现在他的眼前。

"你得答应我，决不在墨弩这件事上铤而走险。"郦诺说。

"刘彻是什么人你不知道吗？他派你督造墨弩，就是想看你会不会耍花招，但凡你有一丝可疑，他便绝不会放过你。总而言之一句话，你……必须给我好好活着！"郦诺又说。

那是在杜门大道酒肆旁的小巷中，郦诺眼眶泛红地对他说了这几句话。

青芒记得，自己当时对郦诺说的是："好，我答应你，一定好好活着。没有你的允许，我必不敢死。"

可是眼下，青芒却只能在心里对她说："对不起，郦诺，我食言了⋯⋯"

视线渐渐模糊，郦诺的脸在火光中忽明忽灭。

她好像哭了，晶莹的泪水顺着她的脸颊潸然而下。

青芒艰难地朝她爬了过去，伸出手，想要抹去她脸上的泪水。可一条火舌"呼"的一下蹿过来，立刻吞噬了她的脸。

奇怪的是，青芒的手指头竟然有一丝湿润的感觉。

我摸到了什么？

在最后一丝清醒的意识即将丧失之际，青芒用尽全力伸手抓了一下，竟然把一个什么东西抓到了面前。

这是一只木桶。

重要的是，木桶里居然还装着半桶水 ——半桶足以救命的水！

随着他的用力拉拽，桶里的水溅了出来，落在了他的脸上。

没有丝毫犹豫，青芒猛地撑起身子，一头扎进水里，咕噜咕噜地喝了起来。顷刻间，他的意识便清醒了许多，力气也随之恢复了一些。

青芒翻身坐起，用力撕开被烧出了几个破洞的衣服下摆，撕下一大块布片，然后伸进桶里蘸满水，捂住口鼻，一跃而起，朝值房门口冲了过去。

值房外，严助正指挥六七个杂役在装模作样地救火。书吏带着一队军士，把工匠们都拦在数丈开外，以安全为由不让他们靠近。

突然，随着"哗啦"一声巨响，青芒像一团大火球一样破门而出。

所有人都惊呆了，一时间愣在当场。

青芒冲到一名呆若木鸡的杂役面前，抢过他手上的水桶，朝自己当头浇下。

阵阵白烟飘起，身上的火焰当即熄灭。

紧接着，青芒"唰"的一声拔刀出鞘，径直朝严助冲了过来。

严助吓得连连后退，嘴里大喊："抓住他，他便是纵火之人！"书吏连忙带着军士上前阻拦。青芒飞腿横扫，把书吏和一名军士踹翻在地，然后长刀一挥，"铿铿"几声响过，又逼退了面前的几名军士。

他的气势有如一头下山的猛虎,虽然所有人都看得出他手下留情,不想伤任何人性命,但剩下的军士们还是被他的气势震慑住了,于是下意识地纷纷朝两边躲闪。

青芒的刀尖直逼严助而来。

严助吓得魂飞魄散,双脚一软,一屁股跌坐在了地上。

就在森寒的刀光距他的面门只剩下不到一尺之际,"嗖"的一声,一支冷箭破空而来,准确命中了青芒的右臂。

青芒一震,手中刀垂落了下去。

张汤带着大队人马突然出现,将青芒团团围住,起码有三十名弓箭手拉满了弓弦,锋利的箭镞齐刷刷对准了他。

严助慌忙从地上爬起来,躲到了张汤身边。

张汤目视着冲天而起的熊熊火焰,厉声道:"严助,这到底怎么回事?"

"秦穆在墨弩上做了手脚,被老陈发现了,他就杀了老陈灭口,还把值房给烧了!"严助气急败坏道,"张廷尉您可不知道啊,墨弩的所有合格零件,还有帛书,都在那里面呀,现在全让这小子一把火给烧了!我这心里头……就像是在滴血啊!"

"什么帛书?"张汤眉头一皱。

"就是记载了墨弩制造工艺的帛书啊!那可是大伙儿熬了一个月的心血啊!"

闻听此言,一旁的工匠们顿时群情激愤。

青芒苦笑。

事已至此,他就是浑身长嘴也说不清了,怪只怪自己太过大意,低估了严助。

"张廷尉,别听严助的一面之词。"青芒高声喊道,"他这是恶人先告状!老陈是被他杀的,值房这火也是他放的。若我所料不错,帛书也正是他自己监守自盗,十有八九是献给他真正的主子了。"

张汤和众人闻言,眼睛不由得都看向严助。

"秦穆,你血口喷人!我一直在外面忙活,这一点大伙儿都可以做证,而你是刚刚从值房里逃出来的,这里上百只眼睛也全看见了,你还敢狡辩!"严助暴跳如雷,又扭头对众工匠道,"弟兄们,这小子破坏墨弩、杀害老陈、焚毁帛书,想害死咱们所有人,你们说他该不该杀?"

众工匠本来便都是他的人,闻言更是同声附和,个个喊打喊杀。

"都给我闭嘴!"

张汤沉声一喝,众人这才慢慢安静了下来。

"严助，"张汤冷冷道，"即使如你所言，这一切都是秦穆干的，可你身为工场主管，也是罪责难逃，有什么话，跟本官回廷尉寺说吧。"然后便喝令手下："来人，把严助给我拿下！"

几名缇骑立刻上前，将严助死死按在了地上。

严助拼命喊冤，张汤不理他，转过脸盯着青芒："秦穆，立刻放下武器，束手就擒，否则本官一声令下，定将你当场射杀。"

青芒冷然一笑，环视了众弓手一眼，道："张廷尉，不瞒你说，我若拼死一搏，你这些手下，可不一定杀得了我。"

"是吗？那你就试试！"张汤说着，把右手高高抬起。

就在这时，几名缇骑押着衣衫不整、鬓发散乱的朱能走了过来。这家伙，显然是刚刚从床上被抓起来的。

张汤的一名副将拔刀出鞘，横在了朱能脖子上，然后挑衅地看着青芒。

"老大！"朱能梗着脖子大喊，"别管我，你快跑，我朱能这条命不值钱！"

青芒静默片刻，苦笑了一下，手一松，长刀"当啷"落地。

廷尉寺的缇骑们立刻一拥而上……

漪兰殿前，一片梅花树开得正艳。

夷安公主、郦诺和一群侍女正在树下嬉戏玩闹。夷安公主趁郦诺不备，把一个花环套在了她的头上，然后转身就跑。郦诺赶紧摘下来，抬脚去追，一旁的侍女们连忙过来阻拦。一时间，尖叫声和欢笑声此起彼伏……

霍去病就在这时大步朝这边走了过来。

他的神情异常凝重。

众人一看见他，嬉闹声顿时戛然而止。

霍去病径直走到夷安公主和郦诺面前，瞟了她们身后的侍女一眼。夷安公主会意，立刻屏退了众侍女。郦诺看着霍去病，似乎预感到了什么："出什么事了？"

霍去病定定地看了她片刻，才道："西市的铁器工场失火了，所有东西……全烧光了。张汤抓走了青芒。据说，他杀死了一名工匠，还纵火焚烧了严助的值房。"

郦诺浑身一震，木立当场。

夷安公主大为惊愕："这怎么可能？张汤是不是搞错了？"

"没有搞错。"霍去病沉声一叹，"他是被张汤当场抓获的，而且……所有证据都对他极为不利。"

夷安公主一脸忧急，转过头来，担心地看着郦诺。

郦诺面无表情，一动不动，手中的花环不知何时已经掉在了地上。

就在郦诺听闻此事的同时，刘陵和公孙弘也分别得到了这个消息。

刘陵听完汐芸的奏报，愣了一愣，突然把书案上的所有东西全部扫落在地。汐芸吓了一跳，然后听见她咬牙切齿地骂了一句："严助这混蛋，竟敢自作主张！"

而公孙弘听完老家丞的奏报后，先是一阵错愕，继而面露冷笑，旋即又眉头紧锁，似有满腹忧虑，可就是自始至终不发一言。

尽管老家丞在他身边侍奉了几十年，可还是猜不透他这"瞬息三变"的表情到底意味着什么……

第
十
六
章

死牢

缓贤忘士，而能以其国存者，未曾有也。

——《墨子·亲士》

夕阳西下，未央宫笼罩在一片橘黄色的光芒中。

温室殿。

刘彻端坐御榻，脸色阴沉，双目微闭。公孙弘坐在左首，眉头微蹙。张汤站在下面，正在陈述案情。

"……陛下，事情的经过就是这样。严助派人来向臣报案时，只说工匠陈三发现秦穆在墨弩上做了手脚，可等到臣赶过去时，大火已经烧起来了。据严助说，事发时陈三还在值房里面，而载有墨弩工艺的帛书及所有合格零件，也都被……付之一炬了。"

刘彻的胸膛一起一伏，显然在压抑怒火，半晌后，才沉声道："陈三为何会在严助的值房中？当时严助在哪儿？"

"回陛下，据严助称，是他命陈三将那些合格的墨弩零件送入值房的，以防再被秦穆破坏。不料，此举可能被秦穆发现了，所以秦穆便尾随陈三进入值房，悍然将其灭口，并实施纵火。事发时，严助在作坊那边，多名工匠可以做证。"

刘彻冷然一笑："若秦穆真是纵火之人，那他为何反倒把自己困在其中？世上有这么笨的纵火犯吗？"

"回陛下，臣也就此问过严助。他说，早在半个多月前，为了防止有人进入值房盗窃机密，他便与工匠陈三等人在值房中设置了一处简易机关，类似于捕鼠装置，秦穆应该是在杀害陈三之际触发了该机关，才被困于其中。"

"既已被困，那他又是如何逃脱的？"

"秦穆身手过人，此事朝野共知。据严助称，由于他设置的机关较为简易，所以秦穆要挣脱并非难事。"

"机关一事，除了严助供词外，还有何人可以做证？"

"其他多名工匠皆已做证，证词与严助供述完全一致。此外，秦穆左脚脚踝的两侧，皆出现了锯齿状铁夹咬合的伤口，与严助及诸工匠描述的机关形态，也基本吻合。"

刘彻沉吟了一下："秦穆自己有何说辞？"

"他自然口口声声说自己是被栽赃陷害的。"

"怎么个栽赃法？"

"秦穆称，他是被书吏赵言诱骗到值房中的，进去之后，才发现陈三已死，接着便被机关给困住了，然后有人从窗外投掷了多只装有石脂水的瓦罐，还投进了多支火把，这才引燃了值房。"

"那依你看，秦穆所言是否属实？"

"回陛下，秦穆的辩词，无法采信。"

"为何？"

"臣问过书吏赵言，他说当时一直在自己的值房中，寸步未曾离开。臣为此询问了另一名书吏及两名杂役，结果他们都证明，事发前后他们都与赵言在一起，足见其所言非虚。而相反的是，秦穆的辩词，则无一人可为其证明，仅是其自说自话，故无足采信。"

刘彻沉默了。

好一会儿，他才苦笑了一下，自语般道："如此看来，朕重用这个秦穆，算是彻底用错人了？！"

"陛下，"公孙弘忙道，"此事干系重大，臣以为不可仓促定论。臣斗胆建议，由陛下亲自提审秦穆和严助二人，让他们当廷对质，或更有助于查明真相。"

张汤闻言，大为诧异，忍不住盯着公孙弘。

公孙弘故意躲开了他的目光。

刘彻冷然一笑："丞相觉得，还有这个必要吗？方才张廷尉所言，难道还不足以说明真相？”

张汤一听，顿时心中窃喜，精神为之抖擞了一下——皇帝如此表态，显然是对他极大的信任和肯定。

“呃……老臣只是提个建议，该怎么做，自应由陛下圣裁。”

“没必要了！”刘彻一声长叹，“不管是秦穆还是严助，朕现在一眼也不想再看见他们。”

皇帝都把话说到这份儿上了，公孙弘自然不敢再说什么，只好陪着叹了口气。

“丞相，依你看，此二人当如何处置？”刘彻问。

公孙弘沉吟了一下，道：“严助虽无罪愆，然身为主官，难逃失察之责，当以渎职论处；至于秦穆嘛……破坏墨弩，杀人纵火，背叛朝廷，可谓罪大恶极，当……明正典刑，以儆效尤。”

“好，就照你说的办！”刘彻决然道，“张汤。”

“臣在。”

“传朕旨意，自即日起，将严助废为庶民，永不叙用。”

“臣遵旨。”

张汤朗声答言，然后等了等，见皇帝忽然没了下文，便趋前一步，道：“敢问陛下，那……秦穆当处以何刑？”

刘彻阴着脸静默片刻，从嘴里轻轻吐出了八个字：

“打入死牢，择日问斩。”

温室殿前，张汤快步走下殿前台阶。

公孙弘在后面紧追了几步，喊了声：“张廷尉，请留步。”

张汤面色一沉，又往前走了几步，才缓缓停下，却并不回头。

公孙弘走到他身后，淡淡一笑：“张廷尉是在怪本相，方才在殿上替秦穆说话吗？”

张汤冷哼一声，转过身来，敷衍地拱了拱手：“卑职岂敢怪丞相？要怪，也只能怪自己驽钝，未解丞相深意。”

“本相哪有什么深意？”公孙弘苦笑了一下，“只是……有苦衷罢了。”

张汤眉头一皱，等着他说下去。

“张廷尉应该还记得，半个月前，发生在东司马门的那一幕吧？”公孙弘缓缓道，“那天，老夫不仅放了秦穆，事后还命你和所有参与之人，全守口如瓶，不得泄露其身世之谜。为此，你一定非常困惑，且对老夫此举颇有微词吧？"

张汤微然冷笑："那丞相今日，是打算为卑职答疑解惑喽？"

公孙弘目视着西天的一抹残阳，忽然有些黯然神伤，接着便把次子公孙庆被青芒抓住把柄的事情和盘托出，最后凄然道："家门不幸，出此孽障，肆意妄为，授人以柄，我公孙弘夫复何言？唯求保住晚节而已！想必，张廷尉能够理解老夫的苦衷吧？"

张汤听完，半晌无语，想了想，才道："此事的确非同小可，卑职当然能理解，只是……如今秦穆死罪难逃，丞相不正好借机除此心腹大患吗？为何还要替他说话，让他与严助当廷对质？"

公孙弘苦笑："老夫何尝想替他说话？我只是想暂时稳住他，以防他狗急跳墙罢了。"

"丞相是担心，秦穆会把二公子之事抖出来？"

"假如你是秦穆，在此情形下，会不会拼个鱼死网破？"

张汤恍然，沉默半晌，才道："那……丞相的意思是？"

公孙弘深长地看着他："你不觉得，眼下的秦穆，随时可能狗急跳墙吗？"

张汤蓦然一惊："丞相的意思，是想让卑职……提前做掉他？"

公孙弘眼中寒芒一闪："事不宜迟，最好今晚就动手。"

张汤蹙眉沉吟："虽说这小子终究是要死，但未及行刑便死在我的牢房里……卑职该如何向陛下交代？"

公孙弘脸色一沉："张廷尉办案无数，不会连这点儿小事，也得让本相教你吧？"

"办案无数不假，但请恕卑职直言，这种案子……卑职可没办过。"

公孙弘盯着他，胸中怒意翻涌，可很快便压了下去，露出一个笑容："张廷尉，这些年来，你什么案子没办过？罗织罪名，株连无辜，刑讯逼供，草菅人命……这桩桩件件，别人不知，本相可是知道得一清二楚。"

张汤一震，良久说不出话来。

公孙弘又冷冷一笑："你好好想想，假如本相晚节不保，对你又有什么好处呢？"

张汤意识到自己终究还是要靠着这棵大树，只好堆起笑脸，躬身一揖："卑职方才心乱，一时出言唐突，还望丞相见谅！"

"好说，好说。"公孙弘笑容可掬地拍了拍他的肩，"本相老了，这朝廷啊，终究是你们这些晚生后辈的。顶多一两年内，本相就退了。到时候，必是李蔡接任相职。至于李蔡空出来的御史大夫之位嘛，有资格继任的人不少，其中自然也包括你张廷尉。但是，最终究竟花落谁家，眼下可不好说。所以，该怎么做，就看你自己的了。"

公孙弘说完，又深长地看了他一眼，随即扬长而去。

张汤愣怔片刻，才沉沉一叹，低低咒骂了一声。

入夜。廷尉寺大牢最靠里的一间牢房，光线昏暗，阴冷潮湿。

青芒戴着手铐脚镣，披头散发，靠墙坐在干草堆上，双目微闭，脸上烟熏火燎的痕迹犹在。

他一动不动，看上去就像一尊木雕。

然而，他的内心却丝毫不能平静。

值房的大火仿佛仍然在他眼前燃烧，那灼人的烈焰似乎依旧炙烤着他……

为什么突然之间就走到这一步了呢？

青芒当然知道自己被严助算计了，可他委实想不明白严助到底是什么人、为何要这么做。

如果说工匠陈三真的发现自己在墨弩上做了手脚，那严助正常的反应难道不应该是向天子禀报，告发此事吗？为何他反而要将陈三灭口，并且栽赃嫁祸给自己呢？更有甚者，他为何要将那些合格的墨弩零件放进值房，然后付之一炬呢？

他带着那么多工匠拼死拼活干了一个月，不就是为了造出墨弩，向皇帝邀功请赏吗？为什么到了大功告成的这一刻，反倒会这么做？

这完全不合常理！

青芒思前想后，觉得唯一合理的解释只能是——严助表面上是天子倚重的内臣，实则并非忠于朝廷之人，而是一个心怀不轨、别有图谋的内奸！

倘若如此，那一切便都说得通了。

正因严助心怀异图，所以他全力督造墨弩的真正动机，并不是为了朝廷，而是为了他背后的主子。很可能从一开始，严助和他背后的主子就已经计划好了，一旦墨弩仿造成功，他便将载有详细制作工艺的帛书盗出，然后将墨弩零件付之一炬，让朝廷什么都得不到，最后再找个替罪羊来背这个黑锅。

而不幸的是，这个替罪羊正是你——青芒！

青芒不由得在心中苦笑。

　　自己一门心思想要毁掉墨弩并嫁祸给严助，可谁能料到，严助一直以来的谋划竟然也跟自己如出一辙！

　　这真是充满了讽刺意味。

　　当然，自己的计划与严助还是有所区别的：自己是想把有关墨弩的一切全部毁掉，而严助则是一心要盗走帛书，同时毁掉墨弩。

　　青芒相信，今日上午严助偷偷带走的那个蓝布包裹里头，一定就装着帛书。

　　所以，现在最让青芒担忧的，其实并不是自己的安危，而是：严助背后的主子到底是谁？帛书又是落到了谁的手上？

　　如今，唯一有可能解开这个谜题的，也许只有侯金了。

　　可侯金眼下又在哪儿呢？

　　正当青芒苦思冥想、满腹忧虑之际，牢门上忽然响起了一阵丁零当啷的开锁声。接着，一名狱卒拎着一只食盒走了进来，取出六七碗热腾腾的饭菜，搁在地上，然后递了一副筷子过来，瓮声瓮气道："醒醒，开饭了。"

　　青芒睁开眼睛，接过筷子，笑了笑："真想不到，死牢里也有这么好的伙食。"

　　狱卒哼了一声："这可是我们廷尉特意吩咐的，你以为别人也有这待遇？做梦去吧！"

　　"哦？张廷尉为何对我另眼相待？"

　　"我们廷尉说了，毕竟跟你同僚一场，不忍心让你受罪。"

　　"是吗？真是荣幸，那就多谢张廷尉了。"青芒笑着端起一碗米饭，刚把饭扒到嘴边，忽然停住，然后把碗筷又放了下来。

　　"怎么不吃？"狱卒一愣。

　　青芒抬头看着他，淡淡一笑："这位小哥，你是打算一直站在这儿，看着我吃完吗？"

　　"你哪来那么多废话？"狱卒脸色一沉，"莫非老子站这儿还得你来批准？"

　　"话不是这么说。"青芒依旧保持着笑容，"而是你这么盯着我，我吃不下。"

　　"吃不下？"狱卒冷笑，"姓秦的，你以为你还是那个吆五喝六、牛皮烘烘的卫尉丞吗？给我睁大眼睛瞧瞧，这儿可是廷尉寺的死牢，是老子的地盘！你现在是犯人，少跟老子穷讲究，吃！"

　　"听着，"青芒盯着狱卒，脸上的笑容慢慢敛去，"不管这是谁的地盘，我吃不吃，都由我自己说了算，不归任何人管。听懂了吗？"

"他娘的，给你脸还不要脸了！"狱卒大怒，猛地挥起拳头，一步跨到他面前。

青芒纹丝不动，只用冷冽的目光直直盯着他。

狱卒高举着拳头，却迟迟不敢落下，因为这目光足以令他不寒而栗。

僵持了半晌，他才把手放了下来，悻悻道："看在我们廷尉的面子上，老子今天不跟你计较。给你一炷香时间，把东西都给我吃了，不吃老子全给你倒掉，让你做个饿死鬼！"边说边走了出去，然后把牢门咣当一锁，骂骂咧咧地走远了。

青芒低头，看着眼前这六七碗飘着香气的饭菜，若有所思。

直觉告诉他，方才那个狱卒的表现有点儿奇怪，所以，眼前这些香喷喷的饭菜，似乎也就值得怀疑了。

正寻思间，阴暗的角落里忽然传来一阵窸窸窣窣的响动。青芒扭头一看，一只瘦得皮包骨的老鼠正从洞里溜出来，一头钻进干草堆里，然后把鼻子伸了出来，一直往这边嗅。

青芒不禁一笑："你这耗子也是傻，哪儿不好安家，偏偏钻到这死牢里来？难怪把你瘦成这样。"

说完，青芒夹起一块羊肉，"啪"的一声扔到了老鼠跟前。

这老鼠兴许是饿坏了，抱着肉块儿就啃，没两下便吃光了，然后抬头定定地看着青芒。

青芒摇头笑笑，又给它扔了一块……

大牢值房，一名典狱正坐在案前书写文牍。给青芒送饭的那个狱卒灰溜溜地走了进来。

"怎么回来了？"典狱抬头，"我不是让你盯着他吗？"

"我是想盯来着……"狱卒吞吞吐吐道，"可……可那小子说，我在那儿他就不吃，我怕误了事，所以就……"

"笨蛋！"典狱一听就怒了，"是他听你的还是你听他的？他说不吃就不吃？"

"我也不想听他的啊！"狱卒苦着脸道，"可是老大，您是没瞧见呀，那姓秦的……"

"姓秦的怎么啦？他手铐脚镣都戴着，还能杀了你不成？"

"还真让您说着了，姓秦的那双眼睛……真的会杀人啊！"

典狱顿时哭笑不得："你就是个废物！去，多叫上几个兄弟，跟你一块儿去，他要是不肯吃，就把他的嘴给老子扒开……"

话音未落，四五个铠甲锃亮的北军军士突然闯了进来。

为首之人竟然是霍去病。

典狱一怔，连忙起身，堆起笑脸道："霍骠姚，是什么风把您给吹来了？"

"我奉旨来问秦穆几句话，他在哪儿？"霍去病开门见山道。

"奉旨？"典狱一愣，"可我没接到陛下旨意啊。"

"陛下的旨意是给我的。"

"那……敢问霍骠姚，可否出示陛下手谕？"

"没有手谕，只有口谕。"

"这……"典狱大为狐疑，"霍骠姚，您也知道，我们廷尉寺是有规矩的，您若没有陛下手谕，在下可不敢让您随便审问犯人。"

"怎么，"霍去病脸色一沉，"你是在怀疑我假传圣旨？"

"不不不，在下哪敢怀疑您呢？"典狱赔笑道，"只是，您这么做……好像有点儿不合规矩，要是张廷尉怪罪下来，我一个小小典狱如何担待得起？"

"你怕张汤怪罪，就不怕陛下怪罪？"霍去病眉毛一挑，"那我问你，你领的是张汤的俸禄还是朝廷的俸禄？"

典狱张口结舌，说不出话。

霍去病看着他，忽然露齿一笑："我只是奉旨行事，你若一定要拦我，那也无妨，我这就回去向陛下复命，就说，廷尉寺的典狱不让我见秦穆。"说完转身就走。

典狱吓得脸都青了，赶紧拉住他："霍骠姚留步，在下这就带您过去，这边请，这边请。"然后给了狱卒一个眼色，随即领着霍去病等人朝大牢内走去。

狱卒会意，连忙一溜儿小跑出了地牢大门。

牢房里，那只瘦老鼠已经一口气吃了五个肉块儿，却好像还是没吃饱，仍旧一个劲儿地盯着青芒。

青芒哑然失笑，只好又从碗里夹了一块。可还没等他扔过去，便见那老鼠突然歪倒在地，四肢不停地抽搐起来。

果不其然，这饭菜被下了毒！

"鼠兄，真是对不住了。"青芒一声长叹，"天下之大，何处不可安家，哪里不可觅食？你为何偏偏要把洞打在这死牢里，还来跟一个死囚讨食？"

老鼠又抽搐了几下，便僵住不动了。

青芒看着它，正自黯然，忽听一阵杂沓的脚步声传来，扭头一看，便见霍去病带着四五个军士大步走到了牢房门口。

霍去病面无表情地扫了他一眼，示意典狱把门打开。

典狱拿眼一瞧，青芒跟前的饭菜几乎没动，而旁边的干草堆上竟然躺着一只僵死的老鼠，顿时明白了怎么回事，心中暗暗咒骂，手上却不敢闲着，赶紧把牢门打开了。

"出去。"霍去病冷冷道。

"啥？"典狱一怔，"我……我为啥要出去？"

"因为我是代陛下向秦穆问话，接下来要讲的东西，属于朝廷机密。"霍去病一笑，"你想听是吧？那就别走，站这儿听。"

"不不不，我走我走，这就走。"典狱又下意识地瞥了青芒一眼，忙不迭地走了。

"终于有人来问我话了。"青芒微笑地看着霍去病，"我还以为，朝廷只会听信严助的一面之词。"

"你错了。"霍去病的表情冷若冰霜，"陛下根本没给我下过旨意，朝廷也没有任何人会来找你问话。"

青芒一怔："什么意思？"

霍去病定定地看了他片刻，缓缓道："一个时辰前，陛下听取了张汤关于案情的详细奏报，然后……他亲自下旨，给你和严助……都定谳了。"

青芒大为意外，眉头一皱："不可能！陛下行事，岂会如此颠顸草率？连说话的机会都不给我？"

"你说什么，颠顸草率？"霍去病脸色一变，"就凭你用这几个字辱骂陛下，就够把你的脑袋砍三回了，你信不信？"

"砍头无所谓，但我不能忍受不白之冤。"青芒直视着他，"你刚才说陛下给我和严助都定罪了，具体如何处置？"

"很简单，给严助是八个字，给你……也是八个字。"霍去病的口气听上去近乎冷漠，"严助的八个字是'废为庶民，永不叙用'，给你的八个字是——打入死牢，择日问斩。"

青芒一震，难以置信地看着他："择日问斩？"

"择日问斩。"

青芒愣了半晌，最后凄然一笑："既然如此，那你还来干什么？你不会是想来劫狱，救我出去的吧？"

"你值得我这么做吗？"霍去病怒目而视，但眼神却极为复杂，"好好的墨弩被你毁了，朝廷的北征大计被你耽误了，我现在杀你的心都有，怎么可能救你？"

"既然不想救我，那你何苦还要假传圣旨，来见我这个人人皆可诛之的死囚？"

"你以为我想见你？"霍去病重重地哼了一声。

青芒听他这句话好像没说完，似有弦外之音，不由得心生狐疑。就在此时，他眼角的余光落在了霍去病身后的一名军士身上。

此人个头偏矮、身材纤细，跟另外那几个人高马大的北军军士差别甚大。而且青芒也注意到了，自打刚才一进门，此人便故意站在了光线照不到的角落里，还把脸别到了一边。方才青芒只顾着跟霍去病说话，无暇理会此人，可现在定睛一看，一下子便认出她来了。

郦诺！

察觉到青芒的目光后，郦诺又偏了下身子，转过脸去，抬手在眼角上抹了抹。

青芒满心凄然，同时也不无欣慰——能在死前见她最后一面，自己也就没什么可遗憾的了。

"听着，你们最多只有一刻钟时间。"霍去病仍旧用一种冷漠的口吻道，"张汤马上就到了，我可不想节外生枝。"说完，便带着其他几名军士大步走出了牢房，沿着走廊一直走到三丈开外，才站定脚步，守在了那儿。

郦诺慢慢走到了青芒跟前。

青芒抬起脸来。

二人四目相对，久久无言。

"你没有遵守约定。"郦诺道。

青芒看着她，耳边再次响起她说过的那几句话：

"你得答应我，决不在墨弩这件事上铤而走险。"

"刘彻是什么人你不知道吗？他派你督造墨弩，就是想看你会不会耍花招，但凡你有一丝可疑，他便绝不会放过你。总而言之一句话，你……必须给我好好活着！"

此刻，青芒真的不知道自己该说什么。他笑了笑，尽量用一种云淡风轻的语气道："是的，对不起，我食言了。"

"说得这么轻松？"郦诺冷笑，"你就这么不把自己的命当回事？"

青芒苦涩一笑："谁能不爱惜自己的命呢？只是在这世上，很多事，不由我们自己掌控……"

"但你至少可以让自己不往火坑里跳！"郦诺打断他。

"难道我不是一直在火坑里吗？"青芒看着她，"从陛下指派我督造墨弩的那天起，我就已经没有选择了。倘若我把这个杀人利器造出来，固然可以保命邀宠，但我一辈子都会良心不安，那岂不是生不如死？现在墨弩毁了，我也就心安了，就算是死，我也无憾。"

"你虽死无憾，但是你想过活着的人吗？"郦诺脱口而出，泪光在眼里闪动。

青芒语塞。

郦诺一把抹掉眼中的泪水，想着什么，喃喃道："你去河东的前夜，来宫里找我。那天，我做了一个噩梦，你还记得吗？"

青芒一怔，想了想，道："你说你梦见，陛下要置我于死地……"

郦诺幽怨地看着他，然后慢慢说起了那个可怕的梦：

在梦中，青芒被皇帝打入了死牢，披枷戴锁，面容憔悴。她来探望他，发誓不惜一切代价也要把他救出来。青芒却很平静，劝她不必徒劳，又劝她好好活下去……

然后郦诺便又梦见，青芒被囚车押赴刑场，她一直在囚车后面追，却怎么追也追不上。

通往刑场的路仿佛没有尽头。郦诺泪流满面，一次次扑倒在尘埃中，又一次次地爬起来，直至最后精疲力竭，再也没能重新站起，只能眼睁睁地看着青芒从她的视线中消失……

"如今看来，你的梦还真灵验。"青芒自嘲一笑，"要不你今晚回去，再做一个好点儿的梦，比如梦见我被无罪开释什么的，说不定还能应验呢？"

"都这时候了，你还有心思开玩笑？"

"要不然呢？我该怎么做？求你救我出去吗？"

"不需要你求我，我还真的有这打算。"

青芒一惊："你别乱来啊，我知道你们墨家弟兄多，可这廷尉狱你们劫得动吗？那只能是白白送死！"

"我有说要劫狱吗？"

"那你想干什么？"

"我想请夷安公主帮忙，让她去跟刘彻求情……"

"你最好打消这个念头。"青芒打断她，"你这么做，非但救不了我，反倒会让陛下怀疑你。别忘了，你身上还背着墨者嫌疑呢。"

"我不管！行不行我总得试试。"郦诺决然道。

青芒看着她，忽然冷冷一笑："你这么做，就不怕对不起你死去的父亲？"

郦诺不由得一震："你说什么？"

青芒把目光挪开，露出一个玩世不恭的表情："我是蒙奕，蒙安国之子。令尊正是死在了家父手里，你不杀我报仇倒也罢了，还豁出性命来救我，你说令尊倘若九泉之下有知，该做何感想？"

"这……这是两码事。"

"怎么是两码事？"

郦诺紧咬着下唇，恨恨地盯着他，半晌才道："你我毕竟……朋友一场。我救你，是出于朋友的道义。之后，你是你，我是我，咱们……各走各道。"

"何必这么麻烦呢？"青芒眉毛一挑，"你我现在不就可以各走各道了吗？"

"你……"郦诺又气又急，不禁捏紧了拳头，恨不得给他一拳。

"想打我是吧？那就打呗。"青芒伸了伸脖子，侧过脸去，"赶紧打完赶紧走，要不然待会儿张汤来了，你连走都走不了，还把人家霍去病给连累了。我蒙奕贱命一条，死不足惜，何苦拉人家堂堂冠军侯来当垫背？"

月光如水，流泻在蒿街一家酒肆的屋檐上。

二楼的一个雅间里，刘陵站在窗前，举头望月，面色沉郁。

少顷，窦胜推门而入，禀道："翁主，人带到了。"

"让他进来。"

接着，严助走了进来，身上已是一袭百姓布衣。

"翁主。"严助微笑见礼。

刘陵没有回头，冷冷道："刘彻这么轻易就把你放了，你不觉得蹊跷吗？"

"我知道。"严助笑了笑，"刘彻怀疑我，所以想放长线钓大鱼。不过请翁主放心，方才来的路上，我和窦胜兜兜转转，绕了大半个长安城，早把尾巴甩掉了。"

刘陵哼了一声："你为何自作主张，对青芒下手？"

"翁主有所不知，我也是被逼无奈啊！"严助叹了口气，"陈三已经知道墨弩造成了，若不将他灭口，我如何跟刘彻交差？可他毕竟是个大活人，好端端死了，总得有人背锅吧？我想来想去，还有谁比青芒这小子更适合呢？我也是急中生智，才想出如此一石三鸟之计，既灭了陈三的口，又毁了那些墨弩零件，还顺带把青芒装进去。翁主，您说说，除此之外，还能有更好的办法吗？"

刘陵转过身来，冷然一笑："这么说，你想得还挺周到？我是不是该夸你干得漂亮？"

"翁主就不必取笑我了。"严助讪讪道，"我知道，翁主与青芒青梅竹马，自小感情深厚，如今他被打入死牢，您心里肯定不好受。可翁主是做大事的人，还是要以大局为重啊，切不可被这些儿女私情牵绊……"

"闭嘴。"刘陵往前走了两步，直直地盯着他，"你以为我刘陵心里就只有儿女私情吗？青芒知道我的底细，你现在把他逼到绝境，就不怕他鱼死网破，把知道的一切都捅出来？"

严助一惊："翁主有什么把柄落他手上了吗？"

刘陵想着什么，沉声一叹："现在说什么都没用了。我问你，你白天到货栈跟我见面，有没有被人撞见？"

严助眉头一皱："为何这么问？"

刘陵又是一声冷哼："你上午去货栈，后面跟了一条尾巴，那家伙之后又跟上了我，幸好……被我拿下了。"

"是什么人？"

"青芒的手下，侯金。"

"当真可恶！"严助又惊又怒。

"仔细想想，你今天离开货栈之时，有没有发现什么异常？"

严助蹙眉一想，眼前蓦然闪过上午被那个力夫撞到的一幕。刘陵注视着他："怎么，想到什么了？"

"哦……没有，没有任何异常。"

"你确定？"刘陵的目光中满是狐疑。

"当然确定。"严助故作轻松地一笑。

刘陵又看了他一会儿，才道："那好吧。你今晚在这儿将就一下，让窦胜保护你，明日一早，他送你出城，你直接回淮南。"

"让翁主费心了。"严助拱手。

牢房里，郦诺横眉怒目地瞪了青芒一会儿，忽然莞尔一笑："你怎么说，是你的事；我想怎么做，是我的事。我这就回去找公主，让她无论如何也要救下你这条贱命！"

青芒无奈。

这时，霍去病手下的一名军士匆匆走过来，抱拳道："二位，霍骠姚让我告诉你们，时间差不多了。"

郦诺叹了口气，深长地看了他一眼："我还是那句话，你……必须给我好好活着！你自己保重，我先走了。"说完，转身就走，走到牢门口，才忽然想起什么，从怀里掏出一只锦囊，扔到了青芒跟前。

青芒一愣："这什么？"

郦诺冷哼一声："你们卫尉寺那个厨娘让我给你的。"

"谁？"青芒一下子没反应过来。

"就是那个胖胖的厨娘，每回看见我都要冒酸水的那位！"

"潘娥？"青芒顿时哭笑不得，根本懒得去理会那只锦囊。

"怎么，不打开看看？"郦诺讪笑道，"说不定是人家写给你的情书呢？"

青芒苦笑了一下："要看你看吧，我没兴趣。"

"我可不敢看。人家潘厨娘特意交代了，不许偷看，而且务必要送到你本人手上，只能给你一个人看。"

青芒作闭目养神状，端坐不动。

"真的不看？"郦诺忽然有些好奇，很想知道那锦囊里到底是什么东西。

青芒仍旧不语。

"好，那我帮你看。"郦诺走回来，从地上捡起了锦囊。

"等等。"青芒像是想到什么，猛然睁开眼睛，"她有没有说，这锦囊是谁给她的？"

郦诺冷笑，把锦囊掷进他怀里："憋不住了吧？"

青芒没理会她的揶揄，赶紧解开锦囊，从里面拿出了一块白绢，然后满心诧异地展开一看，上面竟然画着四个图案，别的什么都没有。

第一个图案，是一个男子拿着一把刀在杀猪；剩下的三个图案都很简单，分别是一枚铜钱、一把刀、一座小山。

"这什么意思？"郦诺瞥了一眼，一脸懵懂，但她基本上可以确定，这个锦囊不大可能是潘娥的，而是别人让她转交的。

青芒也是丈二和尚摸不着头脑，蹙眉看了片刻，忽然眸光一闪："后面这三个图案，应该是一个人的名字。"

"名字？谁呀？"

"一文钱，一把刀。文和刀，你说是什么字？"

"是刘？"

青芒冷然一笑，指着那座山的图案："还有这，一座小山，'山'又可以称为什么？"

郦诺想了想，脱口而出道："山陵？两个字合起来，就是刘陵——淮南翁主刘陵？"

青芒笑而不语。

"可就算知道后面是刘陵，前面这个图案又是什么意思？说刘陵……杀猪吗？"

青芒眉头深锁，凝视着那个图，紧接着又是目光一亮："不是杀猪。这人手上的刀那么小，应该是……阉猪。"

郦诺忍不住好笑："就算是阉猪，和杀猪又有多大区别？"

青芒闭目沉吟，嘴里轻轻念叨着"阉猪"这两个字。

"喂，你们两个有完没完？"霍去病突然满面怒容地闯了进来，"张汤马上就到了，你们想死我可不想！"

青芒并未理会，嘴里仍旧念念有词。

郦诺赶紧拿过那块白绢，递给霍去病，然后简要地跟他解释了一下。刚说完，青芒便忽然睁眼，脱口而出道："严助！"

这两个字的发音跟"阉猪"太像了，所以郦诺和霍去病都没听懂，一脸茫然地看着他。

"我是说严助，中大夫严助！"青芒道，"画这画的人就是想通过谐音暗示我，严助和刘陵是一伙的！"

郦诺恍然，忙道："这么说，严助栽赃陷害你，背后的主谋便是刘陵？"

"这个现在还不好说。"青芒蹙眉道，"但有一点可以肯定，载有墨弩工艺的帛书，必是被严助窃走，然后交给了刘陵。"

霍去病晃了晃手上的白绢，冷然一笑："可即使如你所说，又能怎样？就凭这么个东西，跟黄毛小儿涂鸦差不多，能证明什么？难不成你就拿着这块白绢，去跟陛下禀报，说严助与刘陵暗中勾结？"说着便一脸不屑地把白绢扔回给了青芒。

"这当然证明不了什么。"青芒接住，揣进怀中，淡淡一笑，"可并不等于我就没有办法指证刘陵。"

"你有什么办法？"

青芒沉吟片刻，像是下定了什么决心，刚要开口，走廊上便传来张汤的大声呵斥："是何人如此大胆，竟敢擅闯廷尉狱！"

霍去病和郦诺闻言，不由得面面相觑。

郦诺赶紧侧了下身子，把头低了下去。

紧接着，张汤便带着几名侍从大步走到了牢门口。霍去病那几名手下都被粗暴地推到了一边，却也只能敢怒不敢言。

"原来是霍骠姚？"张汤眉毛一挑，"听下面的人说，你是奉旨前来审问秦穆的？"

"我问完了。"霍去病从容一笑，"现在把人犯还给你，告辞。"说完给郦诺使了个眼色，两人便一起朝门外走去。

"等等！"张汤叫住他们，然后走到郦诺身后，上下打量了一眼，冷冷道："你，转过身来。"

郦诺微微一惊，跟霍去病交换了一个眼色，下意识地把手按在了刀柄上。

"张廷尉，"霍去病脸色一沉，"你堂堂一位九卿，跟一个小军士耍什么官威？莫非你想把我们扣在这廷尉狱不成？"

"霍骠姚言重了。"张汤阴阴一笑，"我不过是觉得这位小兄弟有些面熟，想让他转个身，看一眼而已，你何至于如此紧张？"

"北军的人，你自然面熟，有什么好看的？"

"既然真是北军的人，看一眼又有何妨？除非……他是冒牌货。"

"张廷尉要是这么说话，可就没意思了。"霍去病也把手按上了刀柄。

"那霍骠姚觉得什么有意思？莫非是想动刀，再顺便把人犯劫走才有意思？"

闻听此言，两边的手下瞬间都有了拔刀的冲动。

突然，青芒发出了一阵朗声大笑，直笑得所有人都莫名其妙，一脸愕然……

第十七章

自首

尚同，为政之本而治之要也。

——《墨子·尚同》

嵩街酒肆的雅间中，刘陵离开后，窦胜便叫人送来了满满一个食案的酒菜，与严助开怀畅饮，推杯换盏，喝了个不亦乐乎。

此刻的严助心情大好。

因为，他不但成功完成了刘陵交给他的窃取帛书的任务，还顺带收拾了青芒，最后自己又能全身而退，这几乎是他在朝廷卧底多年干得最漂亮的一次，可谓其收官之杰作！

很快，严助便喝得醉眼迷离了。窦胜瞟了他一眼，笑了笑，起身走到他身边，拍拍他的脸颊："渔夫，喝够了吗？"

"没够……早着呢！"严助嘻嘻一笑，抓过酒杯一口灌了下去，结果灌得太猛，足有半杯酒洒在了衣领上，"老子今天……高兴，就想一醉……方——方休！"

"你已经醉了，可以休矣。"窦胜道。

"放屁！老子还……还能喝，你得陪——陪我再……"

一句话还没说完，一条细细的牛皮绳便从后面猛然勒住了他的脖子。

严助下意识地去抓绳子，同时双腿一蹬，"啪"的一声踢翻了食案。

"渔夫，别怪翁主，要怪，只能怪你自作聪明。"窦胜死死地勒着绳子，嘴里淡淡道。

严助双目凸出,一张原本就涨红的脸迅速变成了绛紫色。他死命用手去抠绳子,无奈细绳早已深深嵌入了他的皮肤中。

鲜血立刻从绳子边缘渗了出来。

"翁主说,让你酒足饭饱后,再送你上路,可以说很仁义了。按说,像你这样违抗翁主命令,本该身首异处的,哪还有全尸呢?"窦胜轻轻一笑,用一种推心置腹的语气道,"你可能会觉得,你罪不至死,可翁主让我告诉你,刘彻是不会放过你的。而且,你知道的事情太多了,你若不死,翁主、王爷,还有咱们淮南国,就都有危险。这么说,你听明白了吧?"

他说话时,严助的双腿一直在拼命踢踏。

等他说完,严助已经一动不动了。

死牢里,青芒大笑着,起身走到张汤面前,道:"张廷尉,大家同朝为臣,何必动刀动剑,伤了和气呢?我实话跟您说了吧,这位小军士,的确是假冒的,她其实是漪兰殿的仇少使。"

此言一出,所有人都愣住了。

郦诺猛然转身,又惊又怒地看着青芒。霍去病也是怒目而视。可青芒却不看他们。

张汤盯着郦诺,大声冷笑:"好你个仇芷若,竟敢假冒禁军擅闯我廷尉狱。来人!"

"在。"众侍卫齐声应答。

"把她拿下!"

"哎哎哎,少安毋躁,少安毋躁。"青芒忙道,"我说张廷尉,您也是五十好几的人了,怎么脾气还这么急呢?您得听我把话说完啊。"

"你想说什么?"张汤沉着脸道。

"仇少使之所以假冒禁军来找我,实在是不得已而为之,她是给我送情报来了。"

"什么情报?"张汤大为诧异。

青芒呵呵一笑:"事关重大,什么情报,我还真不便向您透露。不过我可以告诉您一点,这个情报,关乎陛下和朝廷的安危,您最好赶紧送我上殿,我必须面奏陛下。"

张汤嗤之以鼻:"秦穆,别忘了,你现在是一个死囚,有什么资格跟本官提要求,又有什么资格去见陛下?"

青芒又笑了笑："张廷尉，我有没有资格，一点儿都不重要。你完全可以赌一把嘛，万一我的情报真有价值，你不是也立了一功吗？就算没价值，陛下也不会怪罪你，对你又有什么损失呢？"

张汤冷冷一笑："你小子诡计多端，想要什么花样，别以为本官看不出来。我劝你，趁早死了这条心，给我老老实实在这待着，听候问斩！"

青芒叹了口气："真的不肯通融？"

"没得通融。"

"好吧。"青芒点点头，转身走到干草堆上，用两根指头捏起那只死耗子的尾巴，提到张汤面前晃了晃。

张汤顿时明白了什么，眼中闪过一丝不安。

青芒一笑，又提着死耗子走到霍去病跟前，道："霍骠姚，劳烦你跟陛下禀报一下，就说有人给我下毒，想在朝廷行刑之前害死我。"

霍去病和郦诺闻言，不禁大为讶异。霍去病扫了地上的饭菜一眼，迅速反应过来，大声对手下道："来人，把这些饭菜给我装起来，全部提走！"

"是。"一名军士立刻走过来，把那些饭菜一一装进食盒。

张汤紧张了起来："霍骠姚，你别听这小子胡说八道，他一个马上就要受刑的死囚，谁会给他下毒？"

霍去病冷哼一声："有没有下毒，让太医一验便知。"

"你……"张汤恼怒，可一时也没了主意。

青芒看着他，把死耗子扔到一边，笑道："张廷尉，看您如此为难，我真是于心不忍。要不这样，您现在即刻送我去见陛下，那今晚发生的这些事，什么仇少使假冒禁军啦，霍骠姚擅闯死牢啦，还有这饭菜下没下毒啦，咱就当它们通通没有发生过，谁也不许在陛下面前吐露半个字，您看如何？"

张汤无计可施，只好恨恨地说了一声"走"，旋即大步走出了牢房。

青芒粲然一笑，看着郦诺。

郦诺白了他一眼，把脸转开。

青芒尴尬地挠了挠鼻子，拖着手铐脚镣朝外走去。郦诺看着他的背影，终于不忍心，道："你到底想跟刘彻说什么？"

青芒停下脚步，神情凝重，然后回头看向郦诺，脸上瞬间又浮起笑容："放心吧，过了今夜，陛下一定会将我无罪开释，所以公主那边，你暂时可不必找她。"

郦诺半信半疑："你凭什么这么自信？"

青芒又是一笑，笑得云淡风轻："相信我。"说完慢慢走向牢门，经过霍去病身边时，忽然附在他耳旁说了一句话。

霍去病一惊："你说什么？"

"现在没时间跟你解释了。"青芒淡淡道，"照我说的去做吧。"

温室殿，青芒戴着手铐脚镣跪在下面；刘彻端坐御榻，目光如刀盯在了他的脸上。

偌大的殿堂中，只有他们君臣二人，吕安等侍从都被刘彻屏退到了外室。

许久，刘彻才冷冷道："秦穆，如果你今晚是来喊冤叫屈的，那你一个字都不必说，朕马上命人把你拖出去砍了。"

青芒苦笑了一下："陛下既已下旨定了臣的死罪，罪臣纵然真有冤情，也断不敢再违逆圣意，喊冤叫屈。"

"既如此，那你今夜所为何来？"

"回陛下，罪臣此来，一是自首，二是举报。"

"哦？"刘彻冷然一笑，"你杀人纵火一案已然真相大白，何须你来自首？"

"陛下明鉴，臣说的自首，非指此案而言。"

"那是指什么？"

"臣所说的自首……"青芒顿了顿，然后像是下了很大的决心，一字一顿道，"是想当面向陛下坦白臣的真实身份。"

闻听此言，刘彻显然有些意外，同时也生出了兴趣，眯了眯眼睛，道："真实身份？你的意思是……你不是秦穆？"

"陛下圣明。臣的确不是秦穆，臣的真名叫蒙奕，小名青芒；而臣的亲生父亲，正是数年前被朝廷处以极刑、满门抄斩的罪臣——蒙安国。"

刘彻的目光骤然一凛，不由得身子前趋："此言当真？"

青芒从容道："千真万确。"

刘彻十分惊诧地看了他片刻，忽然朗声一笑："既然你是罪臣蒙安国之子，那朕不是多了一个杀你的理由吗？"

"是的陛下，而且，臣还打算再给陛下一个理由。"

刘彻顿时面露困惑："蒙奕，朕只见过百般告饶、只求活命的死囚，却从未见过有人像你这样，一再往自己身上揽罪的，好像生怕朕不杀你似的。能告诉朕，这是为何吗？"

青芒淡然一笑："陛下，一个人只有一颗脑袋，砍一下是死，多砍几下也是死。臣既然已经难逃一死，又何惧多少死罪加身呢？大不了就是行刑之时，让刽子手多砍罪臣几下就是了。"

刘彻不禁莞尔，点点头："这个说法倒也有趣。那你说，还有一个杀你的理由是什么？"

"回陛下，臣自小便被家父蒙安国送人寄养，直到十五岁才离开，而养了臣十五年的人，便是淮南王——刘安。"

刘彻一震，不由自主地眯起了眼睛，用一种陌生的目光打量了青芒好一会儿，才道："蒙奕，你还真是让朕'惊喜'连连啊！朕若是不杀你，恐怕连上天都不会答应了。"

青芒苦笑："臣今夜上殿，便已决意一死了，只不过臣死之前，有一件关乎陛下和社稷安危的大事，必须向陛下禀明。"

"你方才说要举报，指的便是这个？"

"是。"

刘彻眉毛一挑："何事如此重大，竟关乎朕和社稷之安危？"

"敢问陛下，数月前发生在内史府生辰宴上的刺杀案，是否至今尚未查出主谋？"

"李蔡他们还在查。"刘彻淡淡道。

"臣今夜上殿，便是想禀报陛下，该案主谋，就是淮南翁主刘陵，而背后的元凶，不言自明，正是淮南王刘安。"

刘彻看着他，微然一笑："你是怎么知道的？"

"臣当面质问过刘陵，她起先矢口否认，最后终究还是承认了。此外……"

"你既然是刘安养子，想必与刘陵也是青梅竹马、情如兄妹吧？"刘彻忽然打断他，"如今为何罔顾刘安的养育之恩，且背弃这么多年的情分，跑到朕面前来告发他们？"

"回陛下，臣正是顾念这份养育之恩，才多次劝告刘陵悬崖勒马、改弦更张，怎奈她却执迷不悟、一意孤行，臣若不告发他们，'吴楚七国之乱'势必重演！若真有那么一天，不仅陛下和社稷将遭遇危难，天下万民亦必陷入战火离乱之中。若此，臣必死不瞑目！"

刘彻闻言，不自觉地又眯起眼睛，淡淡一笑："听你这么说，似乎对朕和朝廷还挺忠心的嘛，而且一心顾念着天下百姓，俨然是我大汉的耿耿忠臣啊！可是，朕就不明白了，你说你是蒙安国之子，可蒙安国是被朕满门抄斩的，你难道就不想找朕报仇吗？如果朕是你，朕一定会与刘安、刘陵联手来对付朝廷，可你为何反其道而行之呢？"

青芒再度苦笑，抬起头来："不瞒陛下，臣的确动过报仇之念，但臣最终还是打消了这个念头，理由只有一个——若无陛下，大汉天下必定分崩离析，臣岂能因一己私仇，而令山河破碎、社稷板荡？所以，同样是出于这个理由，臣断然不会与刘安、刘陵联手。"

刘彻目光如炬，定定地看着青芒，似乎要把他看穿。良久，才收回目光，换了个坐姿，道："你方才说，刘安、刘陵是行刺朕的元凶主谋，可有证据？朕总不能光听你一张嘴说，就拿他们问罪吧？"

"回陛下，臣当然有证据。"

"证据何在？"

"臣适才已委托霍骠姚去臣的值房中取了，想必此刻已然取来。"

"来人。"刘彻冲外面喊道。

吕安趋步入内："陛下。"

"霍去病到了吗？"

"回陛下，霍骠姚已在外殿等候。"

"让他进来。"

"遵旨。"吕安退了出去。少顷，霍去病手里拿着一卷帛书，大步走了进来，匆匆见礼后，直接把帛书呈给了刘彻。

刘彻展开一看，顿时眉头一皱："卢协？！"

"是的陛下。"青芒道，"这正是原内史府仓曹掾史卢协的亲笔供词，他供认了刺杀案的全部案情；此外，凡谋划及参与该案的所有人员，如刘陵、张次公、姚政等，均已记录在此，无一遗漏。"

"可这个卢协不是早就死了吗？你哪来的供词？"刘彻大惑不解。

"回陛下，案发当晚，卢协被张次公射了一箭，虽受重伤，但未致命，遂趁乱逃逸。后来，臣的眼线偶然得知他的藏身之处，臣便将其抓获，并让他写下了这份供词。"

"那卢协现在何处？"

"很遗憾，卢协写完供词当夜，趁看守不备再度逃窜，臣的手下在追捕过程中，不小心，将其误杀了……"

"误杀？"刘彻冷哼一声，"蒙奕，你没跟朕说实话吧？"

"臣不敢欺瞒陛下。"

"不敢欺瞒？"刘彻大笑了几声，"你自己摸着良心说，从入朝到今天，你干过的欺瞒朕的事情还少吗？就说你今晚讲的这些吧，哪一桩哪一件，不是你一直瞒着朕，到今天才吐露的？"

青芒赧然一笑："陛下恕罪，臣也有不得已的苦衷……"

"罢了！"刘彻大袖一挥，"朕不跟你计较这些。"然后转头对霍去病道："带上供词，去内史府，叫汲黯找出卢协平日写过的文牍，比对一下字迹。不管结果如何，即刻回来向朕禀报。"

"遵旨。"

霍去病接过帛书，快步退出，经过青芒身边时，狠狠地瞪了他一眼。

青芒报以淡淡一笑。

淮南邸书房中，刘陵在来回踱步，神情颇有些焦灼。窦胜和薛晔侍立左右，不时看看刘陵，不时又面面相觑。

忽然，汐芸推门而入："翁主，有消息了。"

"快说。"刘陵刹住脚步。

"青芒被带到了温室殿，可究竟去做什么，目前还打探不到。"

刘陵闻言，一下跌坐在榻上，黯然道："不必打探了，一切都在意料之中。"

"青芒他……真的会出卖您吗？"汐芸弱弱问道。

"我相信，按他的本意，是不想的。"刘陵无奈一笑，"可严助把他逼到这个地步，他岂能不拼个鱼死网破？"

"翁主，"薛晔趋前一步，紧张道，"事到如今，这淮南邸，咱们怕是待不住了……"

刘陵紧咬着下唇，思忖了一下，决然道："是该走了。汐芸，收拾一下。"

"是。"

汐芸转身刚要走，刘陵又叫住她："等等。别忘了，把那个东西带上。"汐芸会意："放心吧翁主。"旋即快步走了出去。

"窦胜，通知弟兄们，到书房来集合。"

"是。"窦胜领命而去。

"薛晔，你回值房，把所有重要的文牍、信函全部烧掉！"

"是。"

三人都走后，书房一下子安静了下来。刘陵环视着这个熟悉的房间，沉声一叹，然后从书案下面抓起一把墨弩，快步走出了书房……

刘彻闭着眼睛，轻揉着太阳穴，道："蒙奕，你方才说，刘陵执迷不悟、一意孤行，言下之意，是不是说她在刺杀案后，还有进一步行动？"

"陛下圣明，臣正是此意。"

"据你所知，是何行动？"

"回陛下，刘陵欲大规模打造墨弩，装备淮南国军队，与朝廷全面开战。"

刘彻倏然睁开眼睛："如果刺杀案真是刘陵所为，那他们不是早就拥有墨弩了吗？"

"以臣所见，他们手中充其量就那几十把而已，且多数已在刺杀行动中损毁或被我方缴获。如今刘陵手中，可能还剩下一些，但已无关大局。真正值得担心的，是刘陵已经全盘掌握了制造墨弩的技术。"

刘彻眸光凝聚，直射青芒："你凭什么作此判断？"

"因为臣敢断言，中大夫严助，正是刘陵安插在朝中的细作。从陛下命严助和臣督造墨弩的那天起，刘陵和严助便已计划将制造墨弩的技术窃为己有。而最后的事实也证明，他们的阴谋得逞了——严助不仅将载有墨弩工艺的帛书盗出，交给了刘陵，而且设计陷害臣，还将有关墨弩的一切付之一炬，让朝廷什么也得不到。此计阴狠毒辣，可谓一石三鸟。臣今夜上殿，非为自辩以求免死，而是恳请陛下立刻对刘陵和严助采取行动！"

刘彻看着青芒，意味深长地一笑："听你这番话，朕还真有些动容。可问题在于，你有什么证据能证明严助与刘陵勾结，并已将帛书交给了刘陵？倘若拿不出证据，朕还是有理由怀疑，你是在诬陷严助，目的仍然是为了自辩脱罪，以求免死。"

青芒想着揣在自己怀中的形同涂鸦的"证据"，不由得苦笑，无奈道："陛下所言甚是，臣的确拿不出证据。不过，要证明臣所言非虚，也不是没有办法。"

"什么办法？"

"陛下可以先杀了臣，再去抓刘陵和严助，审完他们之后，陛下自然就知道，臣之所言是真是假了。"

"先杀了你？"刘彻哼了一声，"你真的就这么不怕死？"

"臣当然怕死，但孔子有言：'志士仁人，无求生以害仁，有杀身以成仁。'臣虽不敢以'志士仁人'自命，却时常以之自勉。故义之所在，当死则死；杀身成仁，无怨无尤。"

"好一个'义之所在，当死则死；杀身成仁，无怨无尤'！"刘彻忽然发出一阵朗声大笑，笑声在偌大的宫殿中久久回荡。

片刻后，刘彻才转脸对着身后的屏风道："出来吧。"

话音一落，便见一个人从屏风后面慢慢走了出来，正是御史大夫李蔡！

青芒顿时一脸愕然，不知道皇帝葫芦里卖的什么药。

李蔡和刘彻相视一笑。

"李卿，给这小子解解惑吧。"刘彻道。

"臣遵旨。"李蔡躬身一揖，然后微笑地看着青芒："蒙尉丞，实不相瞒，在你上殿之前，严助与刘陵暗中勾结、盗取墨弩帛书一事，陛下和本官便已知晓了。"

青芒不由得大为惊诧。

紧接着，李蔡才缓缓道出了事情原委。

今日上午严助到货栈与刘陵接头时，躲在暗处监视的人并不止侯金一个。另外还有一人，便是乔装成力夫的杜周。他原本是跟踪刘陵到达货栈的，并不知与刘陵接头的人是谁。当刘陵离去后，杜周故意在巷道里与严助相撞，从而确认严助便是接头人。此外，杜周也注意到，刘陵等人离去时，身上多了一个蓝布包裹。

很显然，这个包裹正是严助交给刘陵的。

杜周随即将这些情况汇报给了李蔡。李蔡不敢耽搁，立刻入宫向刘彻作了禀报。

刘彻与李蔡稍加分析，很快便得出了一个结论——严助交给刘陵的那个包裹，很可能便是载有墨弩工艺的帛书。

听完李蔡的"揭秘"，青芒才恍然大悟，忙道："陛下，您既已知道一切，为何不赶紧下旨，逮捕刘陵、严助一党？"

刘彻笑而不答，少顷才道："等霍去病吧。"

约莫小半个时辰后，霍去病匆匆入内，躬身禀道："启禀陛下，经内史汲黯及多名书吏反复比对，确认那份供词上的笔迹，与卢协完全一致。"

刘彻冷然一笑："果然不出所料。"

青芒觉得这话似有深意，忙道："敢问陛下，您是不是早已料定，刘陵便是刺杀案的主谋？"

"这还用问吗？"刘彻哼了一声，"若连这一点都料不到，朕恐怕早就不坐在这张御榻上了。实话告诉你吧，朕之所以迟迟没动刘陵，甚至到现在都还按兵不动，一来是没有直接证据，二来则是朝廷尚未全盘掌握，朝中到底有多少人与刘陵暗通款曲。换言之，若仓促行动，固然可除掉刘陵及部分党羽，但恐怕很难将他们连根拔起、铲除殆尽！"

"陛下，能给罪臣一副笔墨吗？"青芒忽然道，眼中似乎含有笑意。

刘彻一怔，与李蔡对视了一眼。

"要笔墨何用？"刘彻其实已经隐隐猜到了什么。

"臣今夜上殿的目的之一，便是要向陛下呈交一份名单。若臣所料不错，这份名单里的人，应该便是陛下方才所言——与刘陵暗通款曲的朝中大臣。"

刘彻大喜过望，立刻命吕安取来笔墨绢帛，又命人解开了青芒的手铐脚镣。青芒走到书案前，提笔蘸墨，微一沉吟，便一口气在一面绢帛上写出了十三个人名。

刘彻迫不及待地拿过绢帛，迅速扫了一眼，然后看着青芒："这份名单，你是如何得到的？"

"回陛下，臣跟踪过刘陵数次，发现她与这些人过从甚密。后来，臣特意摸了一遍这些人的底，发现他们身上有三个共同点：其一，他们的官场履历，都或多或少、直接间接与淮南国有过交集；其二，他们之间往往互相联姻，且存在彼此提携子侄、亲族、门生的迹象；其三，他们拥有的明面上或私底下的财富，大多既非俸禄所得，亦非经商所获，显然来路不明。从这几点来看，臣足以怀疑，他们皆已被刘陵收买，且已结为一党，迟早会祸乱朝廷、危害社稷。"

刘彻闻言，忍不住笑了："你小子还真是个有心人。"

这已经是刘彻今晚第二次用"小子"来称呼青芒了，虽然用词有些不雅，但听上去却颇显亲昵，表明刘彻对他的态度已经有了微妙而重大的转变。

"李卿，"刘彻把绢帛递给李蔡，"蒙奕一个人，足以顶你们御史府十个密探了吧？"

李蔡接过，微然一笑："陛下所言甚是。若陛下能让蒙尉丞到御史府来，尽其所长，襄助于臣，臣将不胜感激。"

刘彻哈哈大笑："你李蔡倒是精明，看到人才就想搜刮。能人都到你们御史府去了，朕还干不干别的事？"

李蔡躬身一揖："陛下教训的是，都怪臣太贪心了。"

霍去病在一旁察言观色，意识到青芒基本上算是逃过一劫了，且很可能会受到皇帝重用，不禁如释重负，在心里长长地吁了一口气。

"闲言少叙。"刘彻又对李蔡道，"蒙奕的这份名单，与你掌握的情况相比，可有出入？"

"回陛下，此名单中至少有七人，与臣掌握的情况基本相符；其余六人，暂未进入臣的视线。不过照蒙尉丞方才所言，臣相信，此六人只是藏得较深而已，定然也有问题。"

"那这十三个人就交给你了，连同你之前锁定的那些，让汲黯配合你，今夜全部抓捕，一个不许漏网！"

"臣遵旨。"李蔡行礼告退，匆匆离去。

"去病。"

"臣在。"

"传朕旨意，由你会同郎中令李广、卫尉苏建，各率所部，即刻出发，将刘陵、张次公及其党羽悉数逮捕，若有违抗，格杀勿论！不过，刘陵本人，最好是抓活的。"

"臣遵旨。"霍去病领旨而去。

"陛下，"青芒忽然想到什么，忙道，"臣愿随霍骠姚他们一同前往，抓捕刘陵。"

刘彻瞟了他一眼，悠悠道："朕有说过你无罪了吗？别忘了，在朕赦免你之前，你还是一个死囚。"

青芒一怔。

"你说要去抓捕刘陵，恐怕只是一个借口，实则……别有所图吧？"

青芒心头一凛，连忙抱拳："陛下明鉴，臣对朝廷绝无二心！"

"你大体上还是忠于朝廷的，这一点朕倒不怀疑。"刘彻淡淡一笑，"只不过，朕总觉得，在你的忠心背后，似乎还藏着点儿别的心思。就比如说，你想参与霍去病他们的行动，表面上是说要抓捕刘陵，其实，你是想找到被严助盗走的那卷帛书，然后……毁了它！朕没说错吧？"

青芒不由得一震。

他万万没想到，皇帝竟然把他的心思全看穿了……

淮南邸后院的一间柴房里，侯金被绑在一根木桩上，垂着脑袋，浑身血迹斑斑。

刘陵手持墨弩走了进来，身后跟着两名侍从。

侯金闻声，抬起眼皮瞄了一下，又把头耷拉了下去。

刘陵走到他面前，用墨弩拍了拍他的脸颊："别装死，有话跟你说。"

"还有什么屁话可说？杀了我吧！"侯金瓮声瓮气道。

"听着，回答我一个问题，我兴许可以不杀你。"刘陵冷冷道，"那个叫仇芷若的女人，跟青芒是什么关系？"

自从郦诺入宫后，宫中早有眼线窥探到了青芒与郦诺之间非同寻常的关系，并且密报给了刘陵。所以，这个疑问已经在她心中盘桓许久了；同时困扰她的，还有对郦诺深深的嫉妒。

"哪个仇芷若？"侯金装糊涂。

"啪"的一声，刘陵举起墨弩狠狠砸在了侯金脸上。侯金登时鼻血直流。

"姓侯的，若不想受皮肉之苦，就给我好好说话！"刘陵狠狠道。

侯金斜眼看着她，忽然明白了什么，便道："哦，你说的是仇少使啊？这我倒是可以告诉你，她和我们老大心心相印，两情相悦。我们老大说了，这辈子非仇少使不娶，至于别的女人，他连看都不会多看一眼……"

刘陵"哗"的一下拉起望山，把墨弩顶在了侯金的脑门儿上。

侯金毫无惧色，怒目圆睁地与她对视着。

少顷，刘陵忽然把墨弩放了下来，嫣然一笑："侯金，我留你一条命，回去告诉青芒，总有一天，我会亲手杀了他这个忘恩负义的白眼儿狼，还有他那个心心相印的仇芷若！"

温室殿中，青芒意识到，既然自己的真实想法已被皇帝看穿，再隐瞒下去也没有意义了。何况今夜上殿之前，自己早已将生死置之度外，现在还有什么好避讳的？即使是死，自己也要把心里话全说出来。

思虑及此，他便跪地抱拳，朗声道："启禀陛下，臣不想看到墨弩这种杀人利器重现于世，所以陛下方才说得没错，臣的确是想毁掉帛书。"

刘彻冷然一笑："这么说，铁器工场的那把火，的确是你放的喽？"

"回陛下，火是严助放的。不过，请恕臣直言，那把火，就算严助没放，臣……也会放。因为臣不希望墨弩落入任何人之手。"

"这个'任何人'，也包括朕吗？"

青芒不语，显然是默认了。

刘彻眉毛一挑："你口口声声说你忠于朝廷，但此举分明是在违抗朕的旨意，且蓄意破坏朝廷的北征大计。对此，你做何解释？"

"回陛下，臣并非有意抗旨，亦非蓄意破坏北征大计，而是万不得已，因为臣有一个极大的顾虑。"

"什么顾虑？"

"即使我大汉军队装备了墨弩，打败了匈奴人，可这个杀人利器难保不会落入他人之手，万一有人以此对抗朝廷、祸乱天下，我大汉必将兵戈四起、生灵涂炭！所以臣宁可抗旨，也要毁掉墨弩，保我大汉国泰民安！"

刘彻看着他，似笑非笑："可要是没有墨弩这样的利器，朕如何打败匈奴人？若不能消除边患，如何保我大汉国泰民安？"

"回陛下，臣以为消除边患，非唯武力一途。正所谓'上兵伐谋，其次伐交，其次伐兵，其下攻城'，若能以计谋之，不战而屈人之兵，岂非善之善者也？"

刘彻冷哼一声："说得倒轻巧！朕何尝不想'不战而屈人之兵'？跟匈奴打了这么多年交道，你以为朕和满朝文武都只会'伐兵'，不会'伐谋'吗？可时至今日，朝野上下有谁能帮朕做到不战而屈人之兵？难不成，你觉得你能办到？"

青芒一怔，略为思忖了一下，决然道："若陛下不弃，臣愿以戴罪之身，跟随大军北上，招抚匈奴，以靖边患。"

刘彻眸光一闪，嘴角泛起一丝深长的笑意，定定地看着青芒。许久，那一丝浅笑竟像水面上的涟漪一样荡漾开来，化成了一脸明亮的笑容。

他站起身来，负手走到窗边，凝望着满天繁星，又过了片刻，才头也不回地缓缓道："蒙奕，实话告诉你吧，之前命你督造墨弩，只是朕对你的考验。如今看来，你果然没有让朕失望。招抚匈奴这件大事，朕筹谋已久，现在，总算可以交给你去办了。"

考验？！

青芒闻言，顿时大惑不解，忍不住抬起头来，茫然地看着皇帝的背影。

"你以为，朕让你督造墨弩，就是想用这个杀人利器征战四方、屠戮天下吗？"刘彻淡淡一笑，"倘若如此，朕就变成了暴君、屠夫，与夏桀商纣无异了，还配当这个大汉天子吗？"

青芒怔怔地听着，非但没弄明白，反而更加糊涂了。

"其实，朕心中所虑，与你方才所言，可以说如出一辙。"刘彻转过身来，接着道，"毋庸讳言，一开始，朕的确对墨弩动过心思。毕竟这武器如此厉害，一旦装备了军队，我大汉健儿便能如虎添翼，朕何愁不能消除边患、开疆拓土？到那时，不用说区区一个匈奴，扫平八荒四夷都不在话下。但是，正如你担心的那样，朕后来冷静一想，倘若此利器重现于世，普天之下对其心存觊觎的人必如过江之鲫——今日朕可以拥有它，明日别人也可以拥有它。假如真有那么一天，大汉天下必将永无宁日。思虑及此，朕便暗下决心要毁掉墨弩了……"

"既如此，陛下何故还要大张旗鼓地仿造墨弩？"青芒忍不住打断了皇帝。

刘彻无声一笑："朕的用意有三：首先，朕毕竟是一国之君，做事不能只考虑一方面，而要兼顾全局。比如朝中的武将们，尤其是像霍去病这些血气方刚的少壮派，自然一心想把墨弩造出来，以便在战场上大显神威。倘若朕不顾及他们的意愿，公然将墨弩销毁，势必会寒了将士们的心。所以，朕自然要大张旗鼓，表现出对墨弩志在必得的样子。倘若最后造不出来，大家无话可说；就算真造出来了，朕也另有对策。但无论如何，朕都不会用它装备军队。"

青芒恍然大悟。

"其次，朕早就知道，刘陵安插了一名细作在朕身边，代号'渔夫'，而严助便是朕的怀疑对象之一。不过，朕的怀疑只是出于直觉，没有什么证据。所以，朕才决定利用此次仿造墨弩之机，暗中考察他。如果真是刘陵的人，他必然会采取行动，也就必然会露出破绽。因此，严助今日所为，可以说并未出乎朕的意料。"

"这么说，陛下释放严助，其实是想麻痹刘陵，让她继续活动，以便挖出她的更多党羽？"

"是的。不过朕倒是没料到你手上有刘陵一党的名单，现在既然有了名单，严助这步棋也就没什么意义了。"

青芒点点头："形势走到这一步，臣推断，刘陵肯定也容不下严助了。"

"就让刘陵自己去收拾他吧。"刘彻冷哼一声，"省得脏了朕的手。"

"看来一切都在陛下的掌握之中。"青芒颇为感叹，"敢问陛下，您方才说了两个用意，那么第三个用意，就是为了考验臣吗？"

刘彻笑了笑："你的胆识和谋略，朕早有领教，所以朕知道，你是可以做大事的人。但与此同时，朕又隐隐感觉，你这个人身上藏着太多秘密，你的心思也远比一般人幽微难测，这就令朕不敢全盘信任你。因此，朕才决定让你去督造墨弩。朕相信，通过这件事，你隐藏的秘密也好，你真正的心思也罢，都将一一浮出水面。

而且，更重要的是，朕想知道你对墨弩的态度。假如你忠实执行朕的旨意，把墨弩造出来了，那你恰恰没有通过朕的考验；反之，你违抗了朕的旨意，不惜一切代价也要毁掉墨弩，才恰恰证明你的想法和朕完全一致。所以，朕才敢放心把招抚匈奴的大事交给你。"

至此，青芒才彻底释然，忍不住笑道："陛下的深谋远虑，实在是令臣叹为观止！"

"平身吧。"刘彻大袖一拂，用一种随意的口吻道，"坐下说话。"

坐着跟天子说话，这可是三公才有的待遇。青芒站起身来，不禁有些踌躇。

"不必拘礼了。"刘彻走回御榻坐下，"不瞒你说，朕其实最讨厌繁文缛节，现在这儿又没旁人，那些虚礼就免了吧。"

"谢陛下！"青芒这才坐到了一旁的榻上。

短短一个时辰间，自己便从一名待斩的死囚变成了天子的座上宾——如此变幻无常、上天入地般的人生际遇，不由得令青芒满心唏嘘。

第十八章

逃亡

先王之治天下也，必察迩来远。

——《墨子·修身》

淮南邸后院，汐芸带着几名侍女匆匆走在回廊上。

几个侍女身上都背着大大小小的包裹，汐芸身上则只有一个狭长的蓝布包裹。

忽然，一条黑影从旁边的花圃中跳了出来，一下拦住了去路，把她们都吓了一跳。

"薛晔，你是不是有病啊？想吓死人吗？"汐芸怒道。

薛晔嘿嘿一笑："汐芸姑娘别生气，我只是想帮忙，给你们搭个手而已。"

"用不着，干你自己的事去。"汐芸没好气道，"给我让开！"

"把包裹给我吧。"薛晔遽然沉下脸来，把手一伸，"这么重要的东西，还是我来拿比较安全。"

汐芸退了一步，警觉地看着他，蓦然发现他的腰间竟挂上了一把环首刀。

"你不是从不带刀吗？"

"这都什么时候了，岂能不带？"

"多谢你的好意，不过这东西，还是我自己拿吧。"汐芸下意识地抓紧了身上的包裹，冷冷道。

薛晔盯着她，目光骤然狠厉，瞬间像换了一个人。汐芸终于察觉不妙，转身想跑，薛晔的环首刀已然出鞘，锋利的刀尖径直刺入了她的后心。

那三四个侍女顿时发出一片尖叫，顷刻间作鸟兽散。

汐芸颓然倒地。

薛晔收刀入鞘，一把抢过那个蓝布包裹。

"你……是何人？"汐芸躺在血泊中，眼中满是惊愕与绝望。

薛晔看着她，微胖的脸上露出了一个与往常并无二致的温和的笑容。

然而，他一个字都没说。

汐芸至死也没有得到答案。

她的瞳孔渐渐扩散，里面倒映着薛晔扬长而去的背影……

十几名禁军合抱着一根粗大的圆木，一下一下地撞击着淮南邸紧闭的大门。

少顷，大门轰然撞开，霍去病带着大批禁军长驱直入。

邸内的书吏、仆佣等，个个吓得抱头鼠窜。有几名侍卫冲上来试图阻挡，转眼便被霍去病一一砍倒在地。

与此同时，李广也率领一队禁军从后门突入了淮南邸。

"蒙奕，明日一早，朕便会下旨昭告天下，宣布铁器工场的杀人纵火案系刘陵、严助一党所为，你是被陷害的，朕还你清白；此外，因揭发刘陵、严助一党有功，朕擢你为卫尉卿，秩俸中二千石。"

青芒本以为今夜最好的结果便是功过相抵，充其量就是无罪开释，不料竟然还能升迁，登时大出意料之外，赶紧起身要拜谢。刘彻却摆了摆手："行了行了，朕都说了，不必那么多虚礼。"

"谢陛下！"青芒躬身一揖，坐了回去。

"孔子有言：'远人不服，则修文德以来之。'下月初，朕将命你以大汉卫尉卿兼招抚使的身份，并授你便宜行事之权，与霍去病同率大军出征。切记，征战杀人是出于万不得已；修德来远，不战而屈人之兵，才是朕想要的。正所谓'止戈为武'是也！"

"臣遵旨。"青芒抱拳道，"请陛下放心，臣一定全力以赴，不辱使命！"

刘彻点点头："朕相信你。"

"对了陛下，"青芒想着什么，"有一事，臣不知当不当问。"

刘彻哈哈一笑："朕今夜都跟你推心置腹了，还有什么不当问？"

"臣是担心，若霍去病他们从淮南邸缴获了墨弩帛书，随后以此为由，重提制造墨弩一事，陛下当如何应对？"

刘彻看着他，露出一个神秘的笑容："这件事，朕早有安排，你不必多虑。"

淮南邸后院的回廊上，刘陵铁青着脸，帮死去的汐芸轻轻合上了双眼。

"……翁主，事情经过就是这样，杀汐芸姐的人，就是那个该死的薛晔。"身后一名侍女战战兢兢、心有余悸道。

此时，整座府邸内的喊杀声已经响成一片，窦胜带着多名侍卫守在刘陵身边，个个神情焦急。

"薛晔这个软骨头，竟敢临阵倒戈！"窦胜咬牙切齿道，"老子总有一天要把他的脑袋拧下来！"

刘陵缓缓起身，苦笑了一下："你真以为，薛晔是因为怕死才这么做的吗？"

窦胜一怔："那还能因为什么？"

"事情已经很明显了，姓薛的是朝廷的人，他……才是我们一直在找的'鸱鸮'！"

"什么？"窦胜大为惊愕，"那程苍他……"

"咱们杀错人了。"刘陵沉声一叹。

窦胜愤然，狠狠一拳砸在了旁边的廊柱上。

远处的喊杀声越来越近，侍卫们都紧张地看着窦胜和刘陵。

"翁主，咱们该走了，再不走就来不及了。"窦胜催促道。

刘陵最后又看了地上的汐芸一眼，才恨恨道："走！"

很快，刘陵、窦胜及一干侍卫疾步来到书房。刘陵径直走到西墙的一面书架前，把手伸到架上一堆竹简的后面，在某个地方按动了一下，然后整面书架便轰隆隆地向左移开，墙面上旋即露出一个三尺来高、一肩来宽的洞口。

两名掌灯的侍卫率先钻了进去，刘陵、窦胜等人紧随其后。

待众人鱼贯而入后，书架便又隆隆复归原位，看上去没有丝毫异样。

温室殿中，刘彻正与青芒说着话，吕安忽然入内禀报："启禀陛下，李大夫派人把东西送来了。"

刘彻闻言，对着青芒深长一笑，朗声道："快呈上来。"

少顷，吕安双手捧着一只狭长的木匣，趋步上前，把木匣小心翼翼地放在了御案上，然后退了出去。

青芒一眼便认出来了，这正是被严助盗走的那只木匣；而木匣中装的，无疑正是载有墨弩工艺的帛书！

"陛下是如何得到此物的？"青芒不禁又惊又喜。

刘彻矜持一笑："刘陵在朕身边安插了一个'渔夫'，朕岂能不礼尚往来，有所回敬？"

青芒恍然，心中越发佩服，由衷道："陛下圣明，臣佩服之至！"

刘彻不语，打开木匣，将帛书取出，在案上摊开，定定地看了片刻，然后苦笑了一下，拿起帛书，径直走到火盆旁边，毫不犹豫地把帛书扔了进去。

青芒不由得一惊，没料到皇帝会如此决绝。

火苗迅速舔上了帛书的一角。

刘彻拿起一把火钳拨弄着，直到火焰把整卷帛书全部吞噬，才停下手里的动作。

青芒拿眼望去，看着这卷凝聚了自己和众人期月心血的帛书一点点灰飞烟灭，心中颇为唏嘘，仿佛有些怅然若失，又有些如释重负。

"人人都说朕圣明……"刘彻背对着青芒，自语般道，"可是，朕不可能时时刻刻都圣明。当朕不圣明的时候，满朝文武，天下万民，又有几人敢对朕说呢？"

青芒听见皇帝的语气居然有些伤感，心中不明所以，便不敢接茬。

刘彻沉默了片刻，忽然转身，朝屏风后面走去，同时头也不回道："跟朕来，让你看样东西。"

青芒一怔，赶紧起身跟了过去。

刘彻兀自前行，径直来到宫室的西北角，拉开一道木门，里面居然是一个相对隐秘的小隔间。青芒跟进来一看，顿时愣住了。

眼前是一张高脚的长条案，案上摆放着十来个牌位，而其中一个牌位，上面赫然写着自己父亲的名字——蒙安国。

看着惊诧不已的青芒，刘彻苦笑了一下，道："朕自即位以来，有过许多不圣明的时刻；供奉在此的每一个牌位，便分别记录了一个这样的时刻。如你所见，你父亲的牌位也在这里。朕还记得，三年前，公孙弘和韦吉提交了一些你父亲与匈奴浑邪王暗中通信的证据，指控他勾结匈奴，出卖朝廷。由于当时，我朝与匈奴交战正酣，朕情急之下，便本着宁信其有、不信其无的态度，仓促做出了决断。但事后不久，朕便后悔了。因为朕也知道，公孙弘、韦吉二人与你父亲均有过节，此举不乏公报私仇的成分，而朕未及深入调查，便对你父亲施以极刑，显然过于武断和草率了；且量刑太重，有违上天好生之德。对于这两点过失，朕一直愧疚于心。然大错既已铸成，朕无如之何，只能立下这个牌位，一来聊寄哀思，二来常自警醒……"

说到这儿，刘彻已然声音哽咽、眼眶泛红。

此时，青芒的内心早已一片凌乱，只能黯然道："往事已矣，陛下……也不必过于自责。"

刘彻酸涩一笑，拍了拍他的臂膀："给你父亲上炷香吧。"说完便走了出去。

青芒点了三支香，插在香炉上，然后双膝跪地，久久凝望着父亲的牌位。

轻烟缭绕中，依稀可见一滴泪水从他的眼角悄然滑落。

霍去病和李广分别率部杀进淮南邸后，只遭遇了轻微的抵抗，便迅速占领了整座宅邸。手下军士逮捕了一干书吏、仆佣，随后搜遍各处，却始终不见刘陵踪影。

"外面都是咱们的人，这刘陵能往哪儿逃？"李广在正堂附近遇见霍去病，大为诧异道，"难道她会上天遁地不成？"

此时霍去病也已亲自带队搜索了好一会儿，仍旧一无所获，心中正自纳闷，闻言顿时眉头一紧，脱口道："上天办不到，遁地倒是有可能。"

李广一惊："你的意思是，这淮南邸下面挖有地道？"

"刘陵在此经营日久，挖一两条地道，想必也不是什么难事。"

"那就让弟兄们分头找，就算掘地三尺，也要把地道找出来！"

"此处距雍门不远，若真有地道，定是朝西面的雍门外挖的。"霍去病略一思忖，忙道，"这样吧郎中令，咱们分头行动，你在这儿找地道，我去雍门外堵她。"

"也好。"李广随即带队离开。

霍去病率部匆匆赶到大门外，刚一跃上马背，便见苏建带着一队南军从长街东边飞驰而至。

"怎么样苏卫尉，张次公抓到了吗？"霍去病忙问。

苏建这一路，负责抓捕张次公。

"让这小子逃了。"苏建苦笑，"我搜遍了他在长安的三处宅子，都没找着。你这边情况如何？"

霍去病同样报以苦笑，简要说明了一下情况，然后道："我去雍门外堵刘陵。为防止她半路改道从地上逃逸，还得劳烦苏卫尉，将淮南邸以西至雍门的所有路口全部封锁。"

"放心，交给我了。"苏建爽快道。

二人随即分头行动，霍去病率部直趋雍门。

青芒上完香，回到书房坐下，见皇帝一连打了几个哈欠，面露倦怠之色，而自己这一天折腾下来，也早已疲惫不堪，便顺势道："陛下，时辰不早了，您若无别的旨意，臣这就告退。"

"不急，朕还有最后一个问题想问你。"刘彻轻揉了几下眉心，强打着精神道。

有什么问题非得现在问，明早再问都等不及吗？

青芒心中咯噔了一下，忙恭谨道："请陛下明示。"

刘彻抬起眼皮，缓缓道："今夜，朕与你君臣二人开诚布公，几乎无话不谈，朕心甚慰。接下来这个问题，朕同样希望你能如实回答，不许有任何隐瞒。"

青芒一听，心念电转，当即约略猜到了皇帝想问的事，表面上却仍不动声色："臣遵旨。"

刘彻深长地看着他，一字一顿道："石渠阁失窃案，是否与你有关？"

果不其然，皇帝最关心的还是天机图！

倘若此事没有涉及郦诺，青芒很可能索性就承认了，可现在他却万万不能。毕竟郦诺的真实身份是墨者，一旦因天机图而暴露，后果将不堪设想！

"回陛下，臣与此案无关。"青芒从容道，"石渠阁失窃当晚，臣早早便就寝了，且一觉睡到了大天亮，自始至终都没有离开过寝室半步，还望陛下明察。"

刘彻淡淡一笑："关于这一点，严助当时倒是替你做了证明；此外，石渠阁书监田贵等人也已伏法。按说，此案早已尘埃落定，朕自然也是相信你的。只不过，朝中还是有人坚持认为，你跟此案……脱不了干系，所以朕才问你一问。"

"启禀陛下，臣今夜上殿，本已抱定必死之心，故而才将所有秘密和盘托出。假如石渠阁失窃案真是臣所为，臣又有什么理由不承认呢？"

刘彻不语，又定定地看了他好一会儿，才道："说的倒也是，兴许……是朝中那帮人多虑了。行了，你退下吧，回去好好歇息，过几日，朕再找你商议招抚匈奴之事。"

"臣遵旨。"

青芒暗暗松了一口气，旋即行礼告退。可是，直到走出温室殿很远，他感觉皇帝的目光似乎还牢牢盯在自己的背上。

那是一种深不可测的目光。

青芒知道，虽然经过这个九死一生的夜晚，自己从皇帝那儿获得了前所未有的信任和倚重，可在天机图这件事上，皇帝仍然对自己抱有相当程度的怀疑。

当然，通过今晚对皇帝全新的了解，青芒可以肯定，皇帝之所以对天机图志在必得，目的并不是想夺取杀人利器以屠戮天下，而是跟自己一样——不让它落入别有用心的人手里。换言之，青芒相信，皇帝真正的用意其实不是想占有天机图，而是毁掉它！

所以接下来，自己真正要做的事情，当然也就不再是阻止皇帝得到天机图，而是阻止郦诺利用天机图去对抗朝廷。

可是，自己能说服郦诺吗？

青芒在黑暗中苦笑了一下。

他没有信心。

暂且不说郦诺一直以来对皇帝怀有的仇恨和敌意，也不说她那倔强而执拗的性格，光是横亘在自己和郦诺之间的世仇，就足以令青芒手足无措了。

夜色深沉。青芒站在未央宫空旷阒寂的广场上，面朝夜空，一声长叹。

淮南邸的地道直通雍门以西一里外的牛耳庄，地道出口位于村庄最南端一处相对独立的宅院。院内有一座马厩，养着十几匹健硕的骏马。早在数年前，刘陵便派了两名心腹长年驻扎于此，护院兼养马，以备不时之需，如今果然派上了用场。

将近三更时分，刘陵、窦胜等人终于钻出了地道，随即在那两名心腹的接应下，策马离开村庄，片刻后便驰入了村子西南面一片茂密的冷杉树林中。

穿越这片树林，再往西走三十余里，便是"八水绕长安"之一的沣水，过了沣水一路往南，便可直达秦岭。

这是刘陵数年前便已精心设计好的逃亡路线。

眼下，一切都在按计划进行。进了这片树林，逃亡之路就等于走完了一半，顶多再过一个时辰，他们便可逃出生天了。

尽管暗杀刘彻、盗取帛书的计划接连失败，此刻又惶惶如丧家之犬奔走在逃亡路上，但刘陵并未十分沮丧。

因为在她看来，淮南国兵强马壮、有钱有粮，又与衡山王、胶东王等诸侯同声相应、同气相求，一旦联手，完全有实力跟朝廷打一场旷日持久的战争。而眼下，她在长安进行的这场暗战虽然以失败告终，但真正的较量还远远没有开场——最终鹿死谁手，尚在未定之天！

正自埋头沉吟，奔驰在前的窦胜忽然放慢了马速。刘陵赶紧勒住缰绳："怎么啦？"

窦胜环顾左右，一脸警觉道："有点儿不对劲……"

刘陵跟着四下张望了一圈，见周遭一片漆黑死寂，连个鬼影都没有，不禁皱眉道："一点儿动静都没有，哪儿不对劲了？"

"就是因为太安静了，才不正常。"

"怎么说？"刘陵越发困惑。

"这片林子这么大，定有很多夜鸟栖息，可咱们大队人马奔驰其中，却没有惊起半只鸟儿，翁主不觉得有问题吗？"

刘陵恍然一惊："你的意思是，在咱们之前已经有人进了林子，早把鸟儿都惊飞了？"

窦胜点头，刚要回答，不远处的树林中忽然传来一阵朗声大笑："翁主所料不错，这里的鸟儿早就被霍某吓跑了。"

霍去病！

刘陵又惊又怒，立刻抓过挂在马鞍边的墨弩，紧紧握在手中。窦胜等人也都不约而同地拔刀在手。

"刘陵，我劝你还是尽早投降，随我入宫向陛下请罪吧。"霍去病策马从一棵大树后走出，立在刘陵对面五丈开外，"兴许，陛下会念在宗室血亲的分儿上，饶你一命。倘若执迷不悟，顽抗到底，那我只能提你的人头入宫了。"

"想提我的人头，你可以自己过来拿呀。"刘陵咯咯一笑，"都说你霍去病勇冠三军，匈奴人光听你的名字就吓破胆了，今天就让本翁主见识见识，看你到底有多大能耐。"

霍去病冷笑，策马逐渐逼近："刘陵，这是你最后的机会，你可要想清楚了。"

与此同时，霍去病手下的数十名军士也策马从四面八方朝刘陵等人围了过来。

"没什么好想的，放马过来吧！"刘陵高声道，暗暗拉起墨弩的望山，手指扣上了悬刀。

霍去病摇了摇头，轻叹一声，继续朝她逼近。

刘陵狞笑了一下，等霍去病走到距她已不足三丈时，突然抬手，扣动悬刀，一支弩箭呼啸而出，直射霍去病面门。

霍去病早有防备，就在弩箭射出之际，整个人腾空而起，同时拔刀出鞘，雪亮的刀光在空中划出一道弧线，长虹贯日般朝刘陵的头顶当空劈落。

刘陵大惊失色，慌忙后退。一旁的窦胜立刻挥刀，飞身扑救，"铛"的一声，生生挡住了霍去病这势大力沉的一刀。

双方旋即杀成一团。

趁霍去病被窦胜缠住，两名侍卫连忙护着刘陵拼死突围。

在此短兵相接之际，连弩最容易发挥威力。刘陵一边策马前冲，一边频频射击，转眼便将七八名禁军射落马下。

三人迅速撕开包围圈，朝西边狂奔而去。

十几名禁军的弓骑兵在后面紧追不舍。

窦胜虽然武功不弱，但终究不是霍去病的对手。两人你来我往地厮杀了十几回合后，他便渐渐不支，接连被霍去病砍了几刀，身上血流如注。

饶是如此，他还是死缠着霍去病。为了尽量拖延时间，他甚至采取了同归于尽的战术，宁可放弃防守、门户大开，也招招直取霍去病要害。

霍去病看在眼里，不由得暗自感叹：此人也算得上是忠义之徒，只可惜跟错了主子。

本来霍去病还不想取他性命，但若不出杀招，一时半会儿还真摆脱不了他，遂把心一横，故意卖了一个破绽，待窦胜急攻过来时，突然身子一旋，灵巧地避开他的刀锋，同时反手把刀往背后一捅，刀尖便由下往上斜斜刺入了他的心脏。

窦胜猛地吐出了一大口鲜血。

霍去病把刀一抽，轻声一叹，旋即头也不回地大步离开，跳上坐骑，朝刘陵逃逸的方向疾驰而去。

窦胜颓然仆倒在地，嘴里轻轻地叫了一声"翁主"，便一动不动了。

刘陵策马在黑暗的冷杉树林中没命地狂奔。

她不知道自己跑了多久、跑了多远，只知道一路上有无数的箭矢从背后射来，"嗖嗖嗖"地从两边的耳际掠过。

起初她的身后两侧还有那两名侍卫紧紧相随，可跑了一段路之后，左后侧的马蹄声便消失了。刘陵知道这名侍卫一定是被如蝗箭矢射落马下了。接着又跑了一阵之后，右后侧的马蹄声也消失了，一阵强烈的无助之感瞬间攫住了她。

此时，坐骑的速度又忽然慢了下来。刘陵下意识地回过身，低头看去——借着从树梢间依稀漏下的月光，赫然可见马臀上插着三四支羽箭。

刘陵惨然一笑。

看来今晚非死在这儿不可了！

即将绝望之际，一个疑问蓦然跃入她的脑海：两名侍卫都是中箭落马，身下的坐骑也中了这么多支箭，为何唯独自己毫发无损呢？

很显然，这并非自己命大，而是这些追兵不敢把箭射到自己身上！

这分明意味着，刘彻给他们下了命令——要抓活的。

思虑及此，刘陵猛然精神一振，旋即勒住缰绳，掉转马头。后面那些追兵没料到她会突然止步转身，顿时纷纷勒住缰绳，与她隔着三四丈的距离对峙着。

刘陵冲他们冷冷一笑，倏然亮出墨弩，紧接着便用一连串娴熟利落的动作，一口气将这把墨弩中剩余的弩箭全部射了出去。

对方有数人相继发出哀号，栽落马下。剩下的弓骑兵慌忙散开，纷纷躲进两侧的树林中。趁着这个间隙，刘陵把墨弩一扔，立刻掉头，继续朝西边疾驰。

很快，她便冲出了这片树林。

几乎与此同时，她听见前方隐约传来了哗哗的流水声。

沣水到了！

沣水两岸，台原与河川相间，沟壑纵横，地形复杂，极易藏匿而难以搜寻。到了这儿，逃生的希望就大多了。刘陵心中庆幸，狠狠拍了一下马臀，准备冲上前面不远处一片两丈多高的土原——只要越过这片土原，后面的追兵便看不见她的踪影了。

然而她忘了，身下这匹骏马虽然强壮，但早已身中数箭，能坚持跑到这儿已近乎奇迹。所以，当马用尽最后的力气奔上土原时，便再也支撑不住，前腿一软，猛地跪倒在地。刘陵被前冲的惯性甩了出去，在原上滚了几滚，然后便掉进了一条宽约两尺、深七八尺的沟渠中。

刘陵灰头土脸，在沟中挣扎着站起来，双手却怎么也够不着头顶的沟沿。她试着跳跃了一下，右边的小腿竟是一阵钻心的剧痛，想是方才重重落地时把胫骨摔断了。

刘陵浑身无力地瘫坐在了沟底。

此时，外面传来了大队追兵杂沓的马蹄声，还有霍去病的喊声："刘陵肯定就藏在附近，她逃不掉了，所有人全部散开，沿河搜索！"

刘陵绝望了。

眼下的自己已是瓮中之鳖，不消片刻，追兵便会发现她。

"唰"的一声，刘陵抽出腰间的一把短剑，横在了自己颈上。

与其成为刘彻的阶下囚，饱尝屈辱而死，还不如现在就自我了断，死了痛快！

当冰凉的剑刃即将划开喉咙的一刹那，头上忽然传来一个声音："大业未成，翁主便要自寻短见吗？这可不是我认识的刘陵。"

这是一个无比熟悉的声音。这声音以前总是让刘陵有些厌烦，可此刻听来，却是那样的温暖和悦耳。

刘陵猛然抬头，看见张次公正蹲在沟边似笑非笑地看着她。

霎时，刘陵有了一种想哭的冲动。

"快上来吧。"张次公伸出手，"现在可不是哭的时候。"

刘陵收剑入鞘，伸出手。张次公一把将她拉了上来，接着便背起她飞快跑下了土原。然后，张次公在纵横交错的沟渠和土原之间健步如飞，不过片刻便来到了沣水岸边。

一匹健硕的骏马正静静地立在河滩处。

两人骑上马，沿着沣水东岸往南跑了几里路，张次公找到一处水流较为平缓的河段，旋即拍马驰入水中，向着对岸游去。

这匹马极善泅游，纵然载着两人依旧毫不吃力，很快便稳稳地渡过了中流。

刘陵趴在张次公的背上，双手紧紧抱着他，忽然发出了低声的啜泣。

"别害怕，陵儿。"张次公温言道，"不管到什么时候，我都会一直陪在你身边。还有，我发誓，总有一天，我要当着你的面，杀了青芒那个王八蛋！"

"你不能杀他。"刘陵不假思索道。

张次公一怔，苦笑道："都被他害到这步田地了，你还舍不得杀他？"

"你错了。"刘陵抹了抹脸上的泪水，眼底燃起一团仇恨的火焰，"我的意思是，我要亲手砍下他的脑袋！"

张次公恍然，哈哈一笑："好！等你砍下他的脑袋，我就拿它来当夜壶！"

黯淡的月光下，沣水泛动着粼粼波光。

当霍去病带着人马搜索到岸边的时候，张次公和刘陵早已渡过沣水，消失在了茫茫夜色之中……

郦诺几乎一夜未眠。

次日一早，她昏昏沉沉起床，刚洗漱完，夷安公主便兴冲冲地跑来告诉她，说青芒不仅被无罪开释，还被擢升为卫尉卿了。郦诺一听，一颗悬着的心才终于落地。

她暗自庆幸，同时却又百思不解：青芒是如何逃过一劫的？难道真的是凭那只锦囊里的几幅涂鸦？

郦诺很想去卫尉寺找他问个究竟，但又始终放不下心中的芥蒂——昨夜青芒身陷死牢，她当然无暇顾及其他，只一心牵挂他的安危；可现在他既已脱险，自己又主动去找他，岂不是让他觉得，自己已经不在乎横亘在二人之间的杀父之仇了？

就在郦诺百般纠结之际，青芒忽然穿着一身崭新的卫尉卿官服，神采奕奕、容光焕发地来到了漪兰殿，出现在了她的面前。

夷安公主跟青芒说笑了几句，便很识趣地带着侍女离开了。

"你来干什么？"郦诺冷冷道。

"我是来给你解惑的。"青芒粲然一笑，笑容就像窗外的阳光一样灿烂。"你难道不想知道，我是怎么从一个死囚变成卫尉卿的？"

"你如果是来显摆的，那请回吧，我没兴趣。"

"你没兴趣我也得说，毕竟昨晚你冒着那么大风险到死牢看我，这份情义我可是铭刻于心哪！"青芒说着，大大咧咧地在榻上坐下，"所以，我现在平安无事了，自然得来跟你知会一声，否则岂不是太不近人情了？"

"也罢，你想说就说吧，我洗耳恭听。"郦诺也在另一边的榻上坐了下来。

青芒看着她，又是一笑，然后便开始讲述他昨夜奇迹般的经历：从他向皇帝自首，坦白自己的身世讲起，再到举报刘陵和严助，然后又说到皇帝命他督造墨弩的真实动机……

郦诺听得万般惊愕、目瞪口呆，忍不住打断他："你说什么？刘彻的真实想法跟你一样，也想毁掉墨弩？"

青芒点点头："我也万万没想到，但事实就是如此，否则他怎么会赦免我的死罪？"

郦诺难以置信，蓦然想起夷安公主说的皇帝为了救一个牧童与熊肉搏的事情，心中越发惊疑困惑：难道，我真的误解刘彻了吗？他真的是一个体恤百姓、顾念苍生的皇帝？可他对付墨家的时候，为何又会那么严厉苛酷？

青芒仿佛看穿了她的心思，道："你是不是觉得，这与你印象中那个一意要铲除墨家的皇帝不一样？其实在我看来，陛下的本意也并非想把你们墨家赶尽杀绝……"

郦诺冷哼一声："那你说他的本意是什么？"

青芒略为思忖，道："如今天下，外有匈奴虎视眈眈，内有诸侯蠢蠢欲动，四方豪强又多横行不法。对此，身为大汉天子，为了天下的长治久安，势必采取雷霆手段。而你们墨家，徒众遍布天下，个个身怀利器，虽然多为仗义任侠、锄强扶弱之士，却也不乏好勇斗狠、以武犯禁之徒。朝廷一旦下手整肃，是很难厘清二者的；加之各级官吏为了邀功，更不肯费心去分青红皂白。是故错杀有之，株连有之，挟私报复者亦有之。如此一来，你们自然会觉得，皇帝和朝廷是一心想铲除你们……"

"我不否认你说的这些情况。"郦诺打断他，"可你别忘了，当初郭旗主便是刘彻亲自下旨诛杀的，难道郭解也是作奸犯科的该杀之人吗？"

"郭解当然不是这种人。"青芒道，"可陛下起初只是将他迁居茂陵，并无杀他之意。倘若不是他后来擅自逃亡，还有他的徒众出于报复杀害多人、完全无视大汉律法，陛下又何至于对他痛下杀手？"

郦诺语塞，半晌才道："无论如何，眼下我们墨家跟朝廷早已是水火不容了，你说这些又有何用？"

"不见得。在我看来，墨家同朝廷未必没有和解的办法。"

"和解？"郦诺大声冷笑，"怎么个和解法？"

"交易。"青芒直直地看着她，"跟朝廷做个交易。"

郦诺立刻猜到了他的意图，一脸警觉道："你不会是在打天机图的主意吧？"

"如果交出天机图，可以让朝廷与墨家化干戈为玉帛，可以保万千墨家弟兄的性命，那又有何不可？"

"你说得倒轻巧。"郦诺冷哼一声，"就算我愿意交，可你能保证刘彻一定会放过墨家吗？"

"我不能保证什么，但我相信他不是嗜血好杀之人。"青芒恳切道，"经过昨夜一番长谈，我至少可以肯定一点，如果可以用和平手段治理天下，他决不会滥用武力。"

郦诺想着什么，忽然淡淡一笑："或许……你看到的只是假象呢？"

青芒眉头一蹙："什么意思？"

"昨夜刘彻的表现如此异乎寻常，难道你就没有丝毫怀疑？"

青芒不解："怀疑什么？"

"兴许，他是想放长线钓大鱼，才在墨弩这件事上迷惑你呢？换言之，是因为墨弩被烧了，他才顺水推舟，假意放弃墨弩，其实是想利用你得到更大的东西，比如……天机图背后的秘密。"

青芒不由得一怔。

他蓦然发现，尽管郦诺的说法有些匪夷所思，却不能说完全没有道理。尤其是联想到昨夜谈到最后，皇帝又刻意提到了天机图，似乎就更能印证郦诺的这种说法了。

"照你这么说，这一切……都是他的权谋？"

郦诺眉毛一扬："难道没有这种可能？"

青芒苦笑了一下："不过，昨晚还有件事，似乎就不能这么解释了……"

"什么事？"

青芒把刘彻供奉蒙安国牌位的事说了，然后道："昨夜他根本不知道我上殿之后要说什么，更不知道我的身世，自然不可能提前安放牌位。有鉴于此，我还是宁可相信，他昨晚说的话……都是真的。"

郦诺闻言，虽然有些意外，但还是冷笑道："我就问你一句，昨夜你跟他谈了那么久，他不会一个字都没有提到天机图吧？"

青芒心里咯噔了一下，脸上却从容道："没有。"

"真的没有？"

"我何必骗你？"青芒笑了笑，"而且就算有，也不见得背后就一定有什么阴谋。"

郦诺冷哼一声，不答话。

两人沉默了片刻，青芒忽然道："说到天机图，我好几次险些为它丢了性命，却一直不知道它长什么模样，现在……可否让我一睹真容？"

郦诺看着他，半晌才淡淡道："晚了，我已经把它……转移到一个安全的地方了。"

青芒闻言，不由得哑然失笑。

他知道，郦诺现在已经不相信自己了。最主要的原因倒不在于一直横亘在他们之间的杀父之仇，而是经过昨夜这一番变故，她可能已经认定，自己要么是被皇帝"笼络"了，要么就是被"迷惑"了，总之不再是以前那个可以让她无条件信任的青芒了。

意识到此，青芒心中备感无奈。

"我还要陪公主练武，你自便吧。"郦诺倏然起身，连看都不看他一眼，便径直走了出去。

青芒愣怔半晌，最后也唯有苦笑而已。

此后数日，青芒奉命协助李广、苏建、汲黯等人全面搜捕刘陵在长安的余党，成功端掉了包括东市庄记杂货铺在内的十几个秘密据点，抓捕了数十人。

顺利完成任务后，汲黯邀请诸人聚宴庆贺，青芒等人都愉快地答应了，唯独李广婉拒，说还有任务在身，不便饮酒。汲黯问他什么任务，他只回了句"无可奉告"便扬长而去。汲黯颇为不悦，随后便在酒宴上跟青芒发牢骚，说李广、李蔡这哥儿俩都有些神秘莫测，与他们同朝为臣这么多年，而且他跟李蔡更是私交甚笃，可还是看不透他们。

青芒问他为何这么说，汲黯趁着酒劲，便附在他耳旁说，李广、李蔡这对堂兄弟私下见面也要避人耳目，明显不合常理。他出于好奇，便暗暗派人跟踪他们，发现这哥儿俩曾多次乔装出行，似在从事什么秘密活动。

说者无心，听者有意。青芒闻言，心中忽有所动，便装作不经意道："李大夫执掌御史府，主要职责便是纠察百官，很多事不能在明面上做，只能暗中处置，这有何奇？"

汲黯摇摇头，道："据我判断，他们不像是在做朝廷的事，倒像是在……干什么私活儿。"

私活儿？

堂堂三公之一的御史大夫李蔡，以及位居要津的郎中令李广，他们在一起能干什么私活儿？

青芒一边与汲黯等人推杯换盏，一边暗自思忖。

渐渐地，往日发生过的许多令他疑惑不解的事情，此刻又一幕一幕浮现在了他的脑海：

两个月前，皇帝密令罗姑比入朝指认他，可有人却事先给了他一个锦囊，向他泄露了这个绝密消息，才令他得以提前防范，转危为安；

一个月前，他和郦诺受困于石渠阁的密室之中，有人打开秘道救了他们，事后李蔡又在皇帝面前据理力争，把所有疑点都引向了书监田贵；

二十多日前，公孙弘、张次公准备入宫向皇帝揭露他的身世，却被李广堵在了东司马门外，他才得以及时赶到，从而化险为夷；

数日前，他身陷死牢，又有人通过潘娥给了他一个锦囊，暗示严助与刘陵勾结之事，才促使他下决心到皇帝面前自证清白；

此刻，汲黯无意中发的这通牢骚，就像是一条丝线，忽然把这些碎片全连缀在了一起。

青芒脑中灵光乍现，意识到所有的疑问都可以在一个共同的答案面前迎刃而解、涣然冰释！

他立刻起身，匆匆辞别汲黯、苏建等人，然后快马加鞭地赶到了御史府。

当书吏领着他走进李蔡的书房时，青芒看见李蔡面带笑容，毫无诧异之色，似乎早就料到他会来一样。

待书吏退出后，李蔡邀他入座，然后微笑地看着他，道："蒙尉卿这几日不是忙着抓捕刘陵余党吗，怎么有空来找本官？"

"李大夫，请恕下官直言，您好像知道下官要来，何故多此一问？"青芒开门见山道。

李蔡呵呵一笑："蒙尉卿都把本官说糊涂了，你凭什么说本官知道你要来？"

"因为下官的一举一动，早都在您的掌握之中了。"青芒看着他的眼睛，"就连下官的生与死，不也一直都是由您掌控的吗？那还有什么事情能瞒得过您呢，盘古先生？"

李蔡迎着他的目光，却不说话。

两人就这么定定地对视了片刻，然后才不约而同地笑了起来……

第
十
九
章

盘古

今求善者寡，不强说人，人莫之知也。

——《墨子·公孟》

"蒙尉卿是如何识破老夫身份的，可否说来听听？"

李蔡笑容可掬道。

"其实我早就该想到的，时至今日才如梦初醒，实属后知后觉。"青芒自嘲一笑，"至少有三个理由，让我相信您就是盘古。其一，两个月前，陛下密令罗姑比入朝指认我，然后就有人用锦囊给我泄露了消息，救了我一命。由于接罗姑比回京之事是您一手操办的，此事朝中鲜有人知，所以我当时便怀疑您了，但我委实想不通您有什么理由救我。直到今天，我才意识到，如果您是盘古，那么一切便都解释得通了。"

"怎么说？"

"正因为您是盘古，是墨家潜伏在朝中级别最高的暗桩，对于我曾多次帮助过郦诺和墨家的事情一清二楚，所以您才会在我危难之时出手相救。正所谓'投桃报李'是也。除此之外，还能有什么理由呢？"

李蔡淡淡一笑："接着说。"

"其二，石渠阁失窃当晚，我和郦诺受困于密室之中，千钧一发之际，竟有人打开了铜柜下面的秘道，救了我们；事后，当公孙弘、张汤，乃至陛下都怀疑我时，您却据理力争，把所有疑点都引向了书监田贵，并最终把罪名栽到了他的身上。如果您不是盘古，又有什么理由这么做呢？此外，我现在还可以认定，当时身在现场的郎中令，一定也是墨者，正是他奉您之命，派人打开了秘道。"

"就凭他是我的堂兄，且当时身在现场，你就认定他也是墨者？"李蔡反问。

"当然不止这两点。另外还有一事，更能证实我的判断。"

"何事？"

"这便是我要说的其三了。二十多天前，公孙弘、张次公等人欲入宫向陛下揭露我的身世，却被郎中令堵在了东司马门外。多亏他这一堵，我才得以及时赶到，从而化险为夷。据我所知，当时郎中令阻拦公孙弘的理由，是说出了石渠阁的案子后，为了加强宫禁安全，凡深夜入宫者，无论何人都要事先通报。但事后我稍微查了一下，却发现在那一晚之前，曾有数位朝臣深夜入宫奏事，却并未遭遇阻拦。由此足以证明，郎中令那晚故意阻拦公孙弘，其实是为了帮我。而假如他不是墨者，又怎么可能帮我呢？"

李蔡无声一笑，不置可否道："蒙尉卿真是心细如发啊！"

"先生过奖。"青芒又接着道，"郎中令之所以帮我，显然又是奉了您的命令。而您之所以能够提前给他下这个命令，显然是对张次公和我的行动，全部了如指掌。换言之，无论是张次公去汉中的目的，还是我去河东的用意，早都被您料中了。于此而言，您不愧是朝廷的御史大夫，更不愧是墨家的盘古。若说晚辈心细如发，那您可谓是洞明一切了！"

"哈哈！"李蔡终于笑出声来，"彼此彼此吧。之前你在明，老夫在暗，或许可以这么说；可到了今日，老夫在你面前不也变成透明的了吗？"

青芒也笑了笑："既然话说到这儿了，那晚辈便不揣浅陋，再多说一句。据我所知，盘古有一名副手，代号'后羿'。若我所料不错，您的堂兄、郎中令李广，应该便是这个'后羿'吧？"

李蔡将了将下颌短须，笑而不语，显然是默认了。

"先生，关于石渠阁下面那条秘道，晚辈有一个疑问，想要请教。"既然话都说开了，青芒索性便打破砂锅问到底。

"你说。"李蔡似乎不打算对他隐瞒什么。

"石渠阁乃宫禁重地，即使您和郎中令贵为公卿，也根本不可能在陛下和众臣的眼皮底下挖出那条秘道，所以我想请问，那秘道究竟是何人所挖？"

"你应该知道，这未央宫当年是何人所造吧？"

"当然知道，是大汉开国丞相萧何。"青芒不假思索道，"难道……萧何也是墨者？"

李蔡摇摇头："不是，是萧何身边之人，姓许名庶。许庶当年负责石渠阁的营建工程，奉当时的巨子之命，暗中挖了那条秘道。"

"目的何在？"

"为了在必要的情况下，获取朝廷的机密情报。"

"那敢问先生，您是否启用过秘道？"

"一次也没有。"

"为何？"青芒有些意外。

"风险太大。"李蔡一脸肃然，"没有任何情报，值得我去冒这个险。"

青芒若有所思，忽然道："就连巨子郦宽被捕的相关情报，也不值得您去冒险吗？"

李蔡一怔："你想说什么？"

"当年，奉陛下之命前去濮阳秘捕巨子的特使，便是严助。这是我从密室中顺手查出来的。可据我所知，当初右使倪长卿曾向您询问此事，您却说您无从追查。请恕晚辈直言，现在看来，您分明是不想查。敢问先生，这是为何？"

李蔡苦笑了一下，不答反问："你可知道，当初陛下为何要抓巨子？"

"这还用问吗？朝廷要打压墨家，凡是墨者都会抓，更何况巨子？"

"照你看来，朝廷抓巨子，就是想除掉他喽？"

"不然呢？"

"你错了。陛下的本意，并不是要抓巨子，更不是想除掉他，而是请他入朝……商议一件大事。"

"入朝商议？"青芒大为诧异，"商议什么？"

李蔡目光渺远，陷入了对往事的回忆，缓缓道："自先师墨子创立墨家，迄今已三百余年。早期之墨者，皆能秉承墨子'兼爱''非攻'之旨，任侠仗义，锄强扶弱，摩顶放踵以利天下。然与时推移，墨家徒众日增，遂至良莠不齐，鱼龙混杂。故今世之墨者，好勇斗狠、作奸犯科者比比皆是，跻身豪强、称霸一方者亦屡见不鲜。陛下欲平治天下，岂能不予以整肃？元朔年间，朝廷便对各地的游侠和豪强下手了，其中最广为人知者，莫过于郭解一案。尔后，朝廷与墨家之冲突遂愈演愈烈，一发而不可收拾。然纷争杀戮，既非陛下本心，亦违墨家之旨，故而陛下才想请巨子入朝，共商消弭纷争之法……"

"然而陛下却没有料到，巨子竟因此遭遇不测？"青芒忍不住插言道。

李蔡一声长叹："正所谓世事难料！当初迁郭解入茂陵，没人料到最后竟是那般结果。随后请巨子入朝，亦是如此 ——本欲消弭旧怨，怎奈反添新仇！对此，无论是陛下，还是朝野的有识之士，皆未尝不扼腕而长太息也！"

听到这儿，一个困扰青芒已久的问题再度涌现心头。他脱口道："当初巨子先是被严助所抓，随即又被家父劫走，之后竟不明不白死在狱中。敢问先生，可知此事内情？家父当时劫走巨子，真的是为了抢功吗？巨子后来遭遇不测，是否……与家父有关？"

李蔡看着他，淡淡苦笑："你父亲的表面身份，是朝廷的东郡太守，但你可知，他的真实身份为何？"

"刘陵告诉过我，说家父……其实是墨者。"

"她没有骗你。你父亲确实是墨者，代号'精卫'，是老夫的属下。他假意劫走巨子，其实是奉我之命，将巨子保护起来。"

精卫？！

青芒猛地一震，不由得万般惊愕。

他记得，郦诺跟他说过，精卫是墨家打入官府的又一暗桩，据说职位不低。巨子郦宽出事前，曾得到过精卫示警。可青芒万万没想到，这个"精卫"竟然就是自己的父亲蒙安国！

"先生，晚辈听糊涂了。"青芒震惊之余，不免大为困惑，"既然陛下本意不是要加害巨子，而是请他入朝，那先生为何还要命家父向巨子示警，后来还要出手'保护'巨子？这……这不是多此一举吗？"

李蔡又是一阵苦笑，道："贤侄有所不知。当初，陛下命严助前往濮阳秘捕巨子之时，我还不是御史大夫，未曾参预机要，自然无从得知陛下心意。当时，我只是探得陛下向濮阳派出密使的消息，便以为陛下要对巨子不利，遂密令精卫，也就是你父亲向巨子示警，并命他择机而动，不惜代价保护巨子。至于陛下打算与墨家和解的本意，则是我升任御史大夫后才得知的。"

青芒恍然，却还有疑问未解，忙道："敢问先生，既然家父是奉您之命保护巨子，那理应将其照顾周全才是，为何……为何竟会令巨子不明不白死于郡府狱中？当时究竟发生了什么，先生可知内情？"

"我当时惊闻噩耗，便严厉地责问了你父亲。据他讲，为了掩人耳目，他当时故意将巨子关进了东郡大牢的一间单人牢房中，并命典狱严加看守，未经允许，任何人不得接近巨子。那个典狱名叫戴武，也是墨者。你父亲本以为如此安排，必可保巨子万全，可万万没想到，事情坏就坏在这个戴武身上！当天夜里，巨子便被下毒了，等到你父亲发现时，巨子已然身亡，而那个戴武也早已逃之夭夭。后来，我和你父亲都曾暗中派人多方搜捕，却一直没抓到此人……"

"然后，家父便背上这个杀害墨家巨子的罪名了？"青芒苦笑，"连郦诸、仇景、倪长卿他们，也都把家父当成了墨家的仇人！您为何一直不对他们说明真相呢？"

李蔡黯然长叹："其因有二：首先，你父亲是与我单线联系的，按照墨家的规矩，我不能向任何人透露他的真实身份；其次，当时连巨子都遭人举报，可见墨家内部出了奸细，并且级别一定不低，所以我更不敢贸然泄露你父亲的身份。"

"即使此事不便透露，可您当上御史大夫后，便已得知陛下的本意是想与墨家和解，那您为何不将此事告知倪右使等人，以免朝廷与墨家的争斗愈演愈烈？"

"你以为我没说吗？"李蔡苦笑，"我说过不止一次！倪长卿、仇景、田君孺这些人都知道。可他们个个都认为我贪恋朝廷的荣华富贵，甚或怀疑我已经变节，所以几乎都不信我的话。再加上，陛下在所有公开场合，对墨家的态度又一向严厉，他们就更不信了。"

青芒无语，半晌才道："请问先生，家父生前，与淮南王刘安真的有私交吗？刘陵甚至说，家父与刘安暗中联手，企图颠覆社稷，可有此事？"

"你父亲与刘安确实私交甚笃，否则也不会在你刚出生不久，便把你交给刘安抚养。不过，他对朝廷一向忠心耿耿，这点我可以保证。刘陵所说，只是一派胡言，你不必听信！"

青芒一听，颇感欣慰，又问道："既如此，家父当时为何会将墨弩交给刘安？还有，似墨弩这等杀人利器，墨家一定保管甚严，又怎会落到家父手上？"

"那几十把墨弩，是之前执行一次特殊任务，巨子交予我，我再交给你父亲的。后来，刘安不知从何处刺探到了消息，便以你为质，要挟他交出墨弩。你父亲万般无奈，向我请示。我思前想后，最终还是决定让他交出墨弩，把你换回来，毕竟人命关天。此外，我也深知，墨弩绝难仿造，就算让刘安拿到那些弩机，他也无法大量制造，所以不足为虑。"

青芒闻言，不由得失笑道："如此说来，晚辈这条小命，还是先生救的？"

李蔡淡淡一笑，摆了摆手："无足挂齿，无足挂齿。"

"那家父当时将我换回后，为何又直接将我送到了匈奴？此中内情，先生可知？"

李蔡眉头一蹙："这些记忆，贤侄尚未恢复吗？"

青芒摇头苦笑："我只记得，我是十五岁去的大漠，家母是匈奴浑邪王之女，名伊霓娅。至于家父当时为何将我送往匈奴，以及有关家母的一切，我至今尚未忆起，仍是一片空白。"

李蔡叹了口气："这些是你父亲的家事，我也所知不详。我只知，你父亲早年曾在西北边塞担任武将，在一次与浑邪王部的交战中，受伤被俘。大约一年后，浑邪王部与匈奴其他部落爆发冲突，部众死伤甚多，你父亲便带着襁褓中的你逃了回来。之后为了避人耳目，不得已将你交予刘安抚养。至于当年在大漠经历了什么，你父亲从未提起，我也不便多问。"

青芒无奈。

看来，在记忆尚未恢复的情况下，要想解开自己的另一半身世之谜，只能是去大漠一探究竟了。

"贤侄，你今天问了老夫这么多问题，现在可否轮到老夫问你一问？"李蔡忽然道。

"先生请讲。"

"石渠阁案发当晚，你是拿走了天机图，只留下了青铜圆筒吧？"

青芒一笑："是。"

"那现在天机图在你手里喽？"

青芒摇头："天机图是墨家圣物，晚辈岂敢据为己有？那天到手之后，晚辈一眼未看，便把它交给郦诺了。毕竟郦诺现在是墨家的准巨子，此物自当由她保管。"

李蔡闻言，微微苦笑："道理虽是如此，可郦诺这丫头一心想为巨子报仇，视朝廷为不共戴天之敌，天机图交到她手中，只怕是祸非福啊！"

"敢问先生，那天机图究竟何物？其背后是否隐藏着比墨弩更为可怕的杀人利器？"

李蔡的表情忽然凝重起来，沉默了片刻，才道："此事老夫暂时不便多言，若有机会，你日后自然会知道。"

听他这么说，青芒也不便勉强。沉默少顷，李蔡一脸郑重道："贤侄，老夫有一事，想要拜托于你。"

"先生请讲。"

"务必设法，从郦诺处取回天机图，交予老夫。"

青芒眉头一蹙，苦笑道："这件事，晚辈恐怕难以胜任。不瞒先生，郦诺现在已经不信任晚辈了。那天晚辈说想看一眼天机图，都被她婉拒了，所以……"

"你就把老夫方才告诉你的一切，仔仔细细跟她说明白，兴许她能回心转意呢？"

青芒迟疑了一会儿，点点头："好吧，晚辈尽力而为。"

辞别李蔡后，青芒立刻赶回了未央宫。

今天与李蔡一席谈，驱散了心中的许多疑云，令他顿生豁然开朗之感。

最让他喜出望外的，便是弄清了父亲的真实身份，以及巨子遇害一事的真相。如此一来，他就不再是郦诺的杀父仇人之子了，横亘在他们之间的所谓"世仇"也不存在了。

虽然在对待朝廷的立场上两人仍有分歧，但至少在个人情感上，他们又可以恢复如初了。一想到此，青芒陡然觉得头顶的天光都亮了起来，周遭的景物也变得分外赏心悦目。

他回卫尉寺跟同僚们打了个招呼，便径直来到了漪兰殿。

还没走到殿门口，一名值守宦官眼尖，远远瞧见了他，赶紧迎上前来。青芒和他寒暄了几句，便道明来意。宦官道："蒙尉卿来得不巧，仇少使今儿一早便随公主殿下离京了。"

"离京？"青芒大为意外，"去哪儿了？"

"到甘泉宫游玩去了。"

甘泉宫位于长安西北两百多里外，由秦朝的林光宫修葺扩建而成，是一处著名的离宫。今上刘彻几乎每年夏天都会前往避暑，故也称"夏宫"。如今时节尚在早春，天气尚寒，可谁承想这位任性的大公主竟会在这时候跑去甘泉宫？

青芒顿时大失所望："那……内使可知，她们要去多久？"

"这可说不准。"宦官笑道，"您也知道，就公主殿下那性子，哪有个定数？若玩得兴起，一两个月都有可能；若是不乐意，三五天便回转了也说不准。"

青芒无奈，只好告辞离开。

本以为今日便可说清真相，与郦诺重归于好，不料天意竟是如此弄人。若像那个宦官说的，夷安公主要是玩得开心，一两个月才回来的话，到时候自己肯定早已奉旨奔赴战场了，势必与郦诺再次错过。

这可怎么办？

问题倒不在于青芒忍不了这几个月，而是这一错过，只怕便是永诀！

因为他这回是去打仗。

尽管皇帝给他的任务是招抚匈奴，无须正面迎敌，但并不等于他就能避开所有战场上的危险。换个角度来说，"招抚"有时候甚至比正面厮杀更危险！毕竟匈奴人不是那么容易被招抚的，更何况不入虎穴，焉得虎子？到时候很可能是要冒着九死一生的危险深入敌营去谈判和劝降的，谁敢保证一定能够安然而返？

为此，青芒早就做好了"马革裹尸"的思想准备。

可现在，他不仅没机会跟郦诺说清真相，甚至连最后一面都见不着，这让他如何安心？

站在漪兰殿附近的一处高台上，青芒仰首眺望西边的天空，看见一轮将坠未坠的夕阳把天际染得一片血红……

暮色渐渐涌上高台。在天边的残阳即将收起它最后的一缕光芒之际，青芒心中蓦然一动——甘泉宫距此虽有二三百里之遥，但骑上快马，一个晚上即可来回，自己何不赶过去再见郦诺一面？

思虑及此，青芒不再迟疑，立刻转身。

一个熟悉的身影就在此时步上高台，朝他迎面走了过来。

看着对方的表情，青芒心中忽然有了一丝不祥的预感。

"蒙尉卿跑到这儿躲清闲来了？让我一通好找啊！"霍去病走到他面前站定，面带讥诮地打量着他一身簇新的官服。

"霍骠姚找我何事？"青芒淡淡一笑。

"找你何事？"霍去病冷哼一声，"匈奴人都打到家门口来了，你还有闲情逸致在这儿观赏落日？"

青芒一震："是何处有战事？"

"西北。陇西郡到北地郡一线，皆有匈奴骑兵入寇。短短几天，便杀我官吏百姓三千多人，掳掠牛羊财物不计其数！"霍去病恨恨道。

西北？！

青芒的心蓦地一沉。

汉地的西北方便是河西走廊[1]。匈奴的浑邪王、休屠王两部一向盘踞在此。如今陇西、北地一线遭到入侵，不用问也知道是浑邪王和休屠王所为。而浑邪王，正是自己的外祖父，是自己在这世上最后的也是唯一的亲人！

青芒心中不由得一阵苦笑。

1　河西走廊，古称"河西""雍凉"等，为便于今天的读者理解，书中一律以"河西走廊"称之。

"陛下命你招抚匈奴，这回正好，你的外祖父来了。"霍去病揶揄道，"就看你有没有本事收服他了。不过我想提醒你，倘若你办不到，那就只好由我来收了。"

此"收"非彼"收"，一旦自己招抚不成，由霍去病出手，那自然是刀兵相见、铁血无情了。这么一想，青芒不禁备感压力。

"陛下是让你配合我。你只需做你该做的，别的你不必操心。"青芒冷冷道。

"哟，现在就给我摆官架子了？"霍去病眉毛一挑，"战场上瞬息万变，什么都可能发生，到时候，谁该配合谁可不好说。"

"战场上的事不用你教我。"青芒忽然凑近他，笑了笑，"别忘了，我可是匈奴左都尉阿檀那。我打过的仗，不比你少。"

"放心，我没忘。"霍去病冷然一笑，"漠南之战给过我那么大一份厚礼，我怎么会忘呢？不瞒你说，我还寻思着，利用这次机会还你一个人情呢。"

青芒呵呵一笑，拍了拍他的肩膀："霍骠姚这么说就见外了。咱们都是为朝廷尽忠，还谈什么人不人情呢？好了，闲言少叙。陛下有没有说，让我们何时出发？"

"今夜整装集合，明日一早开拔。"

"明日一早？！"

青芒一愣，一颗心顿时沉到了谷底。

"不然呢？"霍去病翻了个白眼，"莫非你想多延宕几日，好让你外祖父再杀我三千士民？"

青芒没有理会他的揶揄，不自觉地回过头去，遥望了一眼甘泉宫方向的天空。

此刻，残阳终于吐尽它最后的光芒，无力地坠入了地平线。

青芒在沉沉暮霭中凄然一笑。

元狩元年春，一月末，青芒与霍去病各率南军、北军一万精锐骑兵，合兵两万，从长安出发，昼夜行军，于五日后进抵陇西郡。

稍事休整，青芒和霍去病便各率一队亲兵，于当日午后离开郡城，潜入北面山林，准备抓几个匈奴的斥候，刺探敌军动向。

两人分头行动。霍去病带队搜索西侧山峰，青芒带着朱能、侯金及十余骑搜索东侧。

到了半山腰，树木渐密，山势越来越陡峭，坐骑难以前行，青芒遂留下两人看管马匹，然后命朱能等人分散开来，步行搜索。

在密林中约莫搜了一个多时辰，直到夕阳西下，始终一无所获。朱能开始发牢骚，一会儿说脚酸一会儿说肚饿。青芒见天色已晚，正准备下令收队，侯金突然气喘吁吁地跑过来，说右前方的山坳那儿发现了两个人，好像都穿着汉军铠甲，却鬼鬼祟祟的，不像是自己人。

"那肯定是乔装的匈奴斥候了！"朱能大喜。

青芒问侯金："有没有看清他们是往哪个方向走的？"

"看清了，正是郡城方向。"

"走！"青芒毫不迟疑，立刻带着众人往山坳处赶了过去。

此时太阳已经落山，周遭暮色四合，加之这里的森林本就遮天蔽日，所以视线极其模糊，顶多三尺开外便看不见人了。青芒等人慢慢摸下山坳，然后两人一组分开搜索。不一会儿，青芒刚要绕过一棵大树，便听见斜坡下传来窸窸窣窣的脚步声。他立刻藏身树后，悄悄探头，果然看见下面一高一矮两条黑影，正深一脚浅一脚地往南面的垭口走去。

他回头对朱能做了个前后包抄的手势。

朱能一脸紧张地点了点头。

两人随即分开。不料朱能刚走两步，脚下便被一条隆起的树根绊住，"啪"的一下摔了个狗啃泥。

青芒摇头苦笑。

那两条黑影听见动静，拔腿便跑。矮个儿的跑在前面，脚步踉跄，显得十分惊惶；高个儿的却颇为镇定，"唰"的一声拔刀在手，回身盯着这边，同时稳步后退。

只要搞定这个高个儿的，谅那个矮个儿的也跑不掉。

青芒抽刀，纵身一跃，借居高临下之势飞扑过去，长刀当空劈向高个儿黑影。

此人身手竟异常矫健，原地一个急旋便闪开了，同时挥刀反击。

两人转眼便过了五六招，对方居然不落下风，只是脚步略有些虚浮。青芒看在眼里，料定对方也是个高手，只是可能走了挺长的路，体力消耗太大，故而下盘明显不稳。

找到了这个弱点，青芒便开始猛攻对方下盘。对方不得不全力防守，步步退却。青芒瞅准时机，欺身上前，手中刀如长蛇吐信直奔对方面门，对方慌忙格挡。青芒中途却突然变招，刀光一闪变成拦腰横砍。对方大惊，赶紧翻转刀刃。

如此一来，动作便迟缓了。

青芒无声冷笑，左手闪电般伸出，如鹰爪般死死扣住对方手腕，猛地一扭。

对方吃痛，手中刀"当啷"落地。

青芒强扭着对方手腕，迫使其转身，然后从背后把刀架上了此人的脖子。

此时，朱能、侯金等人也已合力抓获了那个矮个子。那人哇哇大叫，声音远远传来，居然是个女的！

青芒一怔，赶紧喝问被他抓住的这个人："你们是何人？"

对方闻声，忽然浑身一震，旋即扭过头来。

郦诺。

此人居然是郦诺！

青芒顿时不敢相信自己的眼睛，整个人都呆住了。

"能不能把我放开？"郦诺淡淡苦笑。

青芒回过神来，赶紧松开了她。

这时朱能等人也把那人押了过来。青芒定睛一看，此人正是夷安公主，顿时哭笑不得，连忙命他们把人放开，同时上前见礼："卑职见过公主殿下。不知殿下驾到，多有得罪，还望殿下海涵。"

朱能、侯金等人这才认出此人是公主，不由得大惊失色，下意识地退了好几步，一个个俯首躬身，吓得大气都不敢出。

夷安公主也没想到会在此遇见他们，方才的惊惧全化成了委屈和愤怒，遂抬起脚来，把朱能和侯金一人一脚踹了出去。

"瞎了你们的狗眼，竟敢抓本公主！"夷安公主暴跳如雷，"看本公主回头怎么收拾你们！"

"殿下恕罪，我等是前来抓捕匈奴斥候的。"青芒赶紧解释，"此处山高林密、黑灯瞎火，我等怎么可能认得出公主殿下？况且我等也绝对想不到，殿下和仇少使竟然会出现在这个地方。"

"蒙尉卿言之有理，还请殿下息怒。"郦诺也帮着道，"这只是一场误会，不能怪他们。"

夷安公主这才重重地哼了一声，道："本公主饿了，赶紧给我弄些吃的来！"

"对对对，咱们赶紧护送公主回城，吃饭要紧啊！"朱能一骨碌从地上爬起来，满脸堆笑道。

"本公主都一天没吃东西了，等你们送我回城，我早饿死了！"夷安公主叉起腰，横眉怒目道，"我现在就想吃，赶紧去弄！若是把本公主饿出个好歹，你们一个个都得掉脑袋！"

朱能和侯金苦着脸面面相觑，然后都看向青芒。

"殿下……"郦诺刚想再劝，被青芒抬手止住了。

"弟兄们听着！"青芒笑了笑，大声对众手下道，"立刻执行公主懿旨，分头去砍柴、生火、抓野味。限你们一刻钟之内，把野味都给我烤熟了，让殿下吃到饱，否则军法从事！"

"是！"众人齐声道。

"这还差不多。"夷安公主得意一笑。

林间空地上，燃起了一大一小两堆篝火。

夷安公主和朱能、侯金等人围坐在大篝火旁，一边叉着烤熟的野味大快朵颐，一边喝着酒谈笑风生；而离众人稍远的那堆小篝火旁，只有青芒和郦诺两人。

青芒一边烤着野味，一边静静地看着郦诺。

郦诺手里拿着一只山鸡腿，低着头细嚼慢咽，忽然道："你自己不吃吗？"

"我不饿。"

"可你这么盯着我，让我怎么吃得下？"

青芒赧然一笑，把目光挪开："能跟我说说，你们为什么到这儿来吗？"

郦诺苦笑了一下："还不是公主想来？那天一听到匈奴犯边的消息，她就动了心思，然后又从刘彻那儿打听到，你和霍去病要来陇西，更是兴奋得跟个孩子似的，执意说要跟你们一块儿打匈奴，我怎么劝都不听。后来，便去跟刘彻软磨硬泡，说是要到甘泉宫游玩。刘彻拗不过她，只好派了一千禁军护送。可还没走到一半，她便甩掉了那帮禁军，拉着我直奔陇西来了。"

青芒摇头叹气，道："那你们怎么没有直接入城，反倒钻进这深山老林了？"

"路上遇见了一队匈奴骑兵，交了手，两匹马都被射杀了。我们一头蹿进大山，才摆脱了追兵。然后一整天都在这山里兜兜转转，压根儿找不到方向，所幸傍晚时分碰上了一个樵夫，才问清了郡城的方位。再后来，就被你们抓了……"

"你没受伤吧？"青芒关切道。

郦诺冷然一笑，转了转右手手腕："你问的是跟匈奴人交手，还是跟你？"

青芒尴尬地挠了挠头，柔声道："你的手……还疼吗？要不，我帮你揉揉？"

"不必了。"郦诺没好气道，"若不是累了一天，我哪能让你轻易得手？"

"那是当然！郦巨子武功高强，若是平日，只怕我都不是你的对手。"青芒赶紧赔笑道。

郦诺冷哼一声，把手里的鸡骨头一扔，拍了拍手："不必说这些言不由衷的话了，还是说说你自己的事吧。"

青芒一怔："我自己什么事？"

"刘彻不是命你招抚匈奴吗？"

"是啊，那又如何？"

"你不觉得这差事……无异于与虎谋皮吗？"

"倒也没那么可怕。"青芒一笑，"匈奴人也是人，他们也不是天生爱打仗。如若大汉能够优待他们，给他们一块水草丰美的土地，让他们安居乐业，繁衍生息，贤能之人还可以入朝为官，那他们何苦一定要与大汉为敌呢？"

"道理是如此，可事情要做起来，恐怕没这么简单。据我所知，此次入寇的浑邪王正是你外祖父。假如你只是劝他一人归降，事情或许还好办些。可问题是，他身边还有一个休屠王，各自麾下还有数万部众，他们会怎么看待你这个叛逃的原匈奴左都尉阿檀那？你之前在漠南之战中给匈奴造成那么大的损失，他们难道不想杀你吗？倘若如此，那你这次回来，说轻了叫作自取其辱，说重了，那不就是飞蛾扑火，自寻……"

郦诺一口气说到这，忽觉不妥，便生生把后面的两个字憋了回去。

"自寻死路。"青芒笑着把她没说出口的字补全了。

郦诺有些尴尬："我的意思是，此行凶多吉少，你不要掉以轻心。"

"放心吧，事情也不见得有你说的这么糟。"青芒故作轻松地笑了笑，"反正就是见机行事，走一步看一步呗。我相信，凭我青芒的胆识和谋略，加上一直都不算太差的运气，事情还是有可为的。"

见他一副举重若轻之状，郦诺心中稍安，但嘴上仍道："你就这么自信？"

"不自信该当如何？"青芒依旧笑道，"莫非要摆出一副风萧萧兮易水寒，壮士一去兮不复还的模样？"

"你爱摆什么模样是你自己的事，反正我管不着。"郦诺撇了撇嘴，故作冷漠道。

青芒看着她，忽然凑近了一些，道："你这次来陇西，除了拗不过公主之外，其实……也有你自己的想法吧？"

"我有什么想法？"郦诺装糊涂。

"当然是想来帮我喽，否则你怎么会替我想这么多？"

"别自作多情，我只是随口一说。"郦诺淡淡道。

"你承认也好，不承认也罢。"青芒笑，"反正……咱俩默契于心就够了。"

"谁跟你默契于心？"郦诺瞪眼。

青芒呵呵一笑，换了个话题："我这次离京之前，去见了一位十分重要的人物，你知道是谁吗？"

"你见谁跟我有什么关系？"

"当然有关系。我说了，此人十分重要，尤其是对你们墨家而言。"

郦诺闻言，这才认真起来："少跟我卖关子，究竟何人？"

青芒看着她，从嘴里轻轻吐出两个字："盘古。"

"什么？"郦诺大为惊愕，"你查出盘古了？"

青芒含笑点头。

"他是谁？"

"御史大夫，李蔡。"

"李蔡？！"郦诺睁大了眼睛，一脸难以置信的表情，"你是怎么查出来的？"

青芒简要地说了一遍事情经过，然后道："断定他就是盘古之后，我便直接去找他了。我问了他许多问题，也得知了许多出人意料的真相。"

"你都问他什么了？"郦诺迫不及待道。

青芒随即娓娓道来，把那天与李蔡的谈话从头到尾复述了一遍。

郦诺听得目瞪口呆，其中最令她惊愕与震撼的，莫过于蒙安国的真实身份，及其在她父亲郦宽遇害事件中真正扮演的角色。

"照你这么说，杀害我父亲的凶手，其实是……是那个该死的戴武？"郦诺半晌才道。

"没错。所以，我父亲，是清白的。"青芒看着她的眼睛，一字一顿道，"换句话说，咱俩之间，并不存在所谓的杀父之仇；恰恰相反，家父与令尊，都是顶天立地、铁骨铮铮的墨者，都是为墨家殉道的义士！"

郦诺迎着他的目光，刹那间百感交集。

她感觉此时的心境就像是疾风暴雨过后那碧蓝如洗的天空，又像是荒原上迷途的旅人在跋涉千里之后突然发现了一片绿洲……

惊讶、喜悦、激动、感慨，一时间全部向她袭来。

此刻，她多么想扑进青芒的怀抱，痛快淋漓地大哭一场，同时也大笑一场！

青芒目光温润地朝她伸出了一只手。

郦诺毫不犹豫地握住了它。

十指相扣、彼此交缠的瞬间，郦诺觉得所有的语言都已经变得苍白无力。经过这么多磨难和波折，此刻的他们，终于再度默契于心了……

"蒙奕，你小子什么意思？！"

一声怒喝突然在身后不远处响起，把两人都吓了一跳。

交缠的十指无奈地分开了。

霍去病从一旁的树林中大步走了过来，一脸不悦道："我在那边辛辛苦苦抓舌头，可你倒好，居然在这儿喝酒吃肉？！"

"瞧你这得意劲儿，想必是抓到了？"青芒回过头来。

"废话！我霍去病出手岂能落空？"霍去病得意地伸出两根指头，"我一口气抓了俩！"

"正巧，我这也抓了两个。"青芒淡淡一笑。

霍去病一怔，刚要问人在哪儿，便见郦诺慢慢回过头来，顿时愣在当场。这时，夷安公主也起身走了过来，手里还拿着一根兔腿，边走边啃。

霍去病看看这个，又看看那个，一脸震惊与错愕，半晌回不过神来。

"喂，傻了吗？"夷安公主走到他面前，嬉皮笑脸道，"见到本公主，连声招呼都不打，你还懂不懂规矩？"

霍去病又愣怔了片刻，才道："你们……你们怎么到这儿来了？"

"脚长在我们自己身上，想来就来了喽！"夷安公主学着男人大大咧咧的样子，拍了拍他的肩，"走吧，本公主肉也吃饱了，酒也喝够了，回郡城再说。"

"不是……"霍去病越发迷糊，"我没搞明白，你们到底是干吗来的？"

"废话，当然是打匈奴来了。"

霍去病哭笑不得："我说殿下，你能不能别害我？"

"你别好心当成驴肝肺！"夷安公主眼睛一瞪，"我是来帮你的，什么叫害你？"

霍去病苦笑不已，刚想再说什么，夷安公主突然把啃了一半的兔腿塞进他嘴里，拍了拍手："你抓获匈奴斥候有功，这肉是本公主赏你的，赶紧吃了，咱们回郡城！"

第二十章

匈奴

言足以迁行者，常之；不足以迁行者，勿常。

——《墨子·贵义》

霍去病跟青芒连夜审问了两名匈奴斥候，得到了一个重要情报：匈奴的一支前锋骑兵约三千人，就驻扎在西边一百余里外的黑风岭。

夷安公主一听，顿时兴奋得嗷嗷叫，连说："这送上门的肥肉，不吃白不吃。"郦诺也觉得，有必要给匈奴人一个下马威。青芒与霍去病商议了一下，一致认为的确应该杀一杀匈奴人的嚣张气焰，遂集合部队，于次日一早直奔黑风岭。

他们在匈奴大营附近埋伏了大半天，直到入夜时分才开始攻击。

青芒与霍去病各率所部，分别从东南、西北两个方向杀入匈奴营地。青芒和郦诺身先士卒、并驾齐驱，直取敌军大帐，斩杀了主将及十数名卫兵，旋即命朱能、侯金等人四处纵火。

三千匈奴骑兵从睡梦中惊醒时，已然身陷火海，顿时吓破了胆，遂仓皇向西北方向逃窜。不料还没跑出多远，便一头撞上了霍去病……

此次突袭大获全胜。汉军仅用了半个多时辰，便斩杀三百多人，俘虏了余下的两千多人，并缴获战马近三千匹，同时解救了被俘的汉地百姓六七百人。

夷安公主头一回上战场，便打了一场胜仗，颇觉与有荣焉，不禁高兴得手舞足蹈。

青芒和霍去病随即审问俘虏，得知浑邪王和休屠王风闻霍去病至，已于数日前率部撤退了。随后，二人回到大帐，与郦诺和夷安公主一同商议。霍去病摩拳擦掌，连说："这仗打得不过瘾，应该乘胜追击，直捣二王老巢。"夷安公主极力附和，郦诺也表示赞同，唯独青芒沉吟不语。

三人都看着他，问他有何想法。

青芒又思忖了片刻，才道："我不反对乘胜追击，不过，敌军主力这么快就后撤，我担心其中有诈。"

"他们肯定会沿途设伏、梯次阻击，这是可以预料的。"霍去病不假思索道，"可我们若因此便瑟缩不前，岂不是贻误战机？"

"我担心的，还不只是这一点……"青芒道。

"那你还担心什么？"夷安公主忍不住插言。

"从战场上主动后撤，情况有两种：一种是真的撤退，那就会像去病方才说的那样，沿途派小股部队设伏阻击，以掩护主力撤离；还有一种，则是佯装退却，实则诱敌深入，然后埋伏重兵，断其退路，最后包抄合围，予以歼灭。"

"你的意思，匈奴人这回采取的战术，正是后者？"郦诺忙问。

青芒点头："我甚至怀疑，他们此次犯边，真正的意图并不是烧杀掳掠，而是……"说着，把目光转向霍去病，"取我们这位大汉冠军侯的项上人头！"

郦诺和夷安公主闻言，同时一惊。

霍去病哈哈大笑："如今有哪个匈奴人不想取我人头？难道这样我就怕了吗？那我是不是该躲在长安不出来了？"

"我有说让你躲吗？"青芒笑了笑，"我的意思，是将计就计。"

"如何将计就计？"夷安公主不由得眼睛一亮。

青芒命人取来一张羊皮地图，在案上摊开，指着图上一条由东南向西北延伸的狭长通道，对夷安公主和郦诺介绍道："这条是河西走廊，南面是祁连山脉，北面是阿拉善高原。匈奴人就是沿着这条狭长的通道，从东南往西北方向退却的。不管他们是真撤退还是假撤退，都会在沿途设伏、层层布防。如果我们沿着这条常规的路线追击，势必每进一步，都要打一仗。即使我们能够所向披靡、连战连捷，可等我们打到敌人的老巢时，也已是疲敝之师、强弩之末了，而敌人主力则是养精蓄锐、以逸待劳。到时候，他们只要在焉支山一线重兵设伏，咱们就万分危险了。所以……"

"所以，"霍去病抢过话茬，指着地图上阿拉善高原以北的区域，斩钉截铁道，"我们不能走河西走廊，而要往北走，沿腾格里沙漠南缘进军，渡过狐奴水，迂回到焉支山后方，直插敌军老巢，打他们一个措手不及！"

夷安公主一听，不禁拍掌叫好："妙极妙极！这便是天降神兵了，定能把他们杀得哭爹喊娘！"

霍去病看着青芒："你也是打算这么走吧？"

青芒一笑："英雄所见略同。"

"可是，如此迂回，至少得有一千多里吧？"郦诺蹙眉道，"大军长途奔袭，本来便是兵行险着，况且是穿越沙漠，一路上植被稀少、水源缺乏，这么做……会不会太冒险了？"

"所以，你和公主必须留在郡城，不宜参加此次行动。"青芒顺势道。

"不行！"夷安公主眼睛一瞪，"凭什么你们男人可以冒险，我们女人就不能？"

青芒苦笑了一下，把眼睛看向霍去病。

霍去病叹了口气，苦着脸道："殿下，您是金枝玉叶，岂能跟着我们冒险？万一有个闪失，我跟蒙奕可都是要掉脑袋的。"

"我不管！反正我就要跟着你们，你们休想甩掉我！"

青芒无奈，只好又给了郦诺一个眼色。

"你不用给我眼色，我不会帮你们说话的。"郦诺冷冷道，"你们男人能征战沙场、建功立业，我们女人同样也能。所以，此次行动，我和公主都要参加。"

夷安公主高兴得跳了起来，一把抱住郦诺："师傅说得太对了！咱们也可以建功立业，当巾帼英雄！"

郦诺一笑，低声道："你一路上可得听我的，不可擅自行事。"

"行行行，我都听师傅的。"

青芒与霍去病面面相觑，都是一脸苦笑。

元狩元年二月初，青芒与霍去病率部从陇西北上，沿腾格里沙漠南缘西行，渡过狐奴水，而后又一路西进，克服了诸多艰难险阻，终于在二月中旬抵近了焉支山。

至此，他们已经深入浑邪王和休屠王辖境的腹地，由于不明敌情，不敢贸然推进，便把部队驻扎在了焉支山北面一百多里外的山林中。

稍事休整后，霍去病立刻派出多股斥候前往焉支山侦察。次日午后，各路斥候陆续回报，得知浑邪王和休屠王的主力正屯驻在焉支山南麓，总兵力约六万到八万。两座大营相距三十余里，既分开驻扎、不相统属，又互为犄角、彼此呼应。

青芒和霍去病有意避开了郦诺和夷安公主，躲进了一座小营帐中商议对策。

霍去病问青芒打算怎么做。青芒思忖了一下，道："既然浑邪王和休屠王分开扎营，那就好办了，我直接去会会浑邪王吧。"

霍去病眉头一蹙："一仗未打，手中毫无筹码，你便直接去劝降？"

"能不能劝另说，可既然到了他老人家的地盘，我这个做外孙的，总得去问个安吧？"青芒半开玩笑道。

霍去病哼了一声："你不是跟我说过，你对这个外祖父的记忆，至今尚未恢复吗？"

青芒叹了口气："是啊，很遗憾，怎么想都想不起来。"

"那你还敢直接去见他？你就不怕他一刀把你砍了？"

"我对他没有记忆，不等于他对我也没有。"青芒淡淡一笑，"无论他心里是怎么想的，我终究是他外孙，即使他不愿归附大汉，应该也不至于杀了我。"

"可对匈奴人来讲，你是十恶不赦的叛徒。若不是你，他们在漠南之战中也不会败得那么惨。假如我是浑邪王，我可不会顾念什么亲情。"

"话虽如此，但匈奴人也不是铁板一块。伊稚斜跟浑邪王、休屠王之间，向来互相猜忌。伊稚斜认为他们拥兵自保，进攻汉军不力，一直怀疑他们有二心；而二王则认为伊稚斜得位不正、独断专行，一直想吞并他们，故而早就对伊稚斜心怀怨望了。所以，我去见浑邪王，并非单纯想用亲情打动他，而是利用他跟伊稚斜之间的嫌隙，对他晓以利害，然后再动之以情。我想，我还是有把握说服他的。"

霍去病沉默了，好一会儿才道："我麾下有三百精锐，个个有以一敌百之勇，你带上他们……"

"不必了，人多反而容易暴露，我就带朱能、侯金他们几个就行了。"

霍去病叹了口气，也不强求，道："何时出发？"

"事不宜迟，待会儿就走。倘若顺利的话，我明日午时便可回来；万一太阳下山之前还没回来，那……那接下来的事，就靠你了。"

霍去病闻言，忽觉鼻子一酸，却没有表露出来，而是瞪眼道："你最好给我回来，否则的话，我会怀疑你降而复叛了，到时候我定会踏平匈奴大营，亲手抓你回来！"

青芒笑了笑："就冲你这话，我怕是爬也得爬回来，否则岂不是被你污了清白？"说完拍了拍霍去病的臂膀，转身就走。可刚走两步，忽然停了下来，头也不回道："还有件事……想拜托你。假如我没回来，希望……希望你能帮我照顾郦诺。"说完，也不等霍去病答话，便大步朝外走去，"呼"的一下掀开门帘。

突然，他怔住了。

郦诺就定定地站在帐外，一动不动地看着他。

霍去病见状，径直走过来，拍了拍青芒的肩膀，一言不发地走出了营帐。

"我跟你一起去。"郦诺看着他，决然道。

"你开什么玩笑？"

"我没开玩笑。"

"我是奉陛下旨意，不得已才去走这一遭，你跟我一起算怎么回事？"青芒笑着，努力让自己的表情显得轻松，甚至故意显得有些轻佻。"再说了，你跟我一起，我怎么向浑邪王介绍你？难不成要跟他说，这位姑娘是您未来的孙媳妇？"

"如果你觉得有必要的话，这么说我也不反对。"郦诺面无表情道。

青芒又是一怔，忙咧嘴笑道："喂，哪有女子像你这么不矜持的？我可还没向你求婚呢……"

"那你现在求，也来得及。"

青芒傻眼了，顿时说不出话来。

"怎么，你不愿意？"

"我……"青芒大为窘迫，"我怎么会不愿意呢？我求之不得呀！可这里毕竟是军营，我又没准备什么礼物，怕是……怕是不合礼数吧？"

"我都不嫌弃，你有什么好纠结的？"

青芒再度语塞，半晌后才挠了挠头，叹了口气："好吧，那就一道走，不过我可有言在先，你得一切行动听我指挥……"

"那你不求婚了？"郦诺打断他，直视着他的眼睛。

"当然要求，但……不是现在。"青芒迎着她的目光，一脸正色道，"我得找一个最合适的时机，用最周全的礼数，向你求婚。我不能允许自己有一丝一毫的草率和敷衍，也不能让你有一丝一毫的委屈和将就。因为，你值得最好的。"

郦诺闻言，心中一热，眼眶瞬间便湿润了……

军营马厩处，青芒、郦诺、朱能、侯金及六七个精干手下，全换上了匈奴斥候的服饰，正在给坐骑披挂马鞍辔头。

"此行你有几成把握？"郦诺忽然问青芒。

"说实话，最多五成。"青芒直言不讳道，"不过，就算劝降不成，我也有十成的把握全身而退。"

"你就这么自信？万一浑邪王不认你这个外孙呢？"

"就算不认，他也得让我走。"

"为什么？"

"因为……我手上有他的把柄。"青芒冲她眨了眨眼。

"什么把柄？"郦诺大为意外。

"我弄到了几封他当年写给我父亲的密信。假如他真的六亲不认，想杀我，我就告诉他，我事先已经安排好了，万一我遭遇不测，有人就会把那几封信送到单于伊稚斜手上。伊稚斜跟他原本便相互猜忌，一旦知道他的女婿是汉朝官员，那还得了？所以，浑邪王就算不认我这个外孙，就凭我手上的密信，他也决不敢杀我。"

郦诺恍然，一颗悬了多日的心终于放了下来，不禁笑道："没想到你这么狠。"

"这不叫狠，这叫有备无患。"青芒得意一笑，"似我这般聪明睿智之人，岂能打无准备之仗？"

郦诺撇撇嘴，做了一个起鸡皮疙瘩的表情，又问："你是从哪儿弄到那些信的？"

"这你就不必问了，我自然有我的手段。"青芒说着，忽然看着她身后的坐骑，面露惊恐之色："你那马鞍上是什么东西？"

郦诺一惊，慌忙转身去看。

青芒抬掌，在她后颈轻轻一击。郦诺眼前一黑，当即瘫软了下去。

青芒一把将她扶住，轻声一叹："对不起，郦诺，我不能让你去。如果我能回来，我一定信守承诺，向你求婚……"

一马当先驰出营门的时候，青芒的眼中已然泪光闪动。

他深知，此行九死一生，所以早就做好了一去不返的准备。就此而言，方才与郦诺一别，很可能便是永诀了。

"老大，"朱能没注意到他的表情，在后侧拍马紧跟，"你刚才说的密信的事，到底是真是假？"

青芒置若罔闻，挥动马鞭一下又一下地抽着马臀。

马吃痛，奋蹄飞奔，瞬间就跟身后众人拉开了一段距离。

"死猪头，你就是哪壶不开提哪壶！"侯金与朱能并驾齐驱，瞪眼道，"老大现在心情不好，你还问东问西。"

"可……可那些密信能决定咱们的生死啊！"朱能委屈道，"若真有的话，那还好；万一没有，那咱们这一趟可就凶多吉少了。"

"不是万一没有，是肯定没有。"

"你说啥？"朱能大惊失色，"你咋知道没有？"

"老大摆明了就是骗郦姑娘的，这么说只是让她安心而已，就你这猪头看不出来。"

"啊？！"朱能张大了嘴巴，一脸懊丧，"那咱们岂不是死定了？我老朱还没娶媳妇呢！"

"怕死你就滚回去呗。"侯金冷哼一声，"老大刚才不是说了吗？去不去都随个人自愿，绝不强迫。谁让你刚才自告奋勇硬要充英雄来着？"

"我……我哪儿怕死了？我是怕断了我们老朱家香火。"朱能又气又急道。

侯金懒得再搭理他，鞭子一挥，迅速跟上了青芒。

此刻，一滴滚圆的泪珠正溢出青芒的眼角，然后慢慢滑过他神情坚毅的脸庞，最后倏然落下，在荒凉而坚硬的大地上摔得粉碎。

郦诺醒过来时，看见夷安公主正坐在床边陪着她。

"蒙奕这家伙就是个大骗子！"夷安公主一边扶她下床，一边恨恨道，"你等着瞧，待这家伙明日回来，本公主定要好好收拾他，让他跟你赔礼道歉，再跪在你面前磕十八个响头！"

郦诺黯然不语，愣怔了半晌，随即支开了夷安公主，走出营帐，独自一人登上了军营最高处的一处山崖，然后就站在那儿眺望远处的焉支山，好长时间一动不动。

夷安公主悄悄跟到了崖下，正想爬上去，却被霍去病一把拉住了。

"让她一个人待会儿吧。"霍去病道。

夷安公主叹了口气，忽然想着什么，回头盯着霍去病，却不说话。

霍去病一怔："你盯着我干吗？"

"假如今天执行任务的是你，我想跟你一块儿去，你也会把我打晕吗？"

"你问这个有意思吗？莫名其妙！"霍去病躲避着她的目光。

"别躲，回答我！"

"根本没有的事，你让我怎么回答？"

"我是说假如。"

"营里还有事，我先走了。"霍去病赶紧转身，快步朝山下走去。

"你给我回来！回答我……"夷安公主气得跺脚，一边喊一边追了过去。

太阳渐渐西斜，未及落山便被一大片浓密的乌云一口吞噬了。

郦诺望着这个瞬间暗下来的世界，感觉自己的生命也在这一刻失去了光明。

不知不觉中，泪水已爬满了她的脸颊。远处那座连绵逶迤的焉支山，在她的眼中渐渐变得一片模糊……

从汉军大营到焉支山之间，是一片遍布砂砾、寸草不生的戈壁荒漠，方圆足有百里。

过了这片戈壁，便是林木茂盛、水草丰美的焉支山了。

浑邪王、休屠王所驻扎的南麓，地势平缓，绿草如茵，是一片风景秀丽、得天独厚的天然牧场。

日暮时分，青芒一行悄悄来到了浑邪王大营西边的山林之中。从山上向下望去，只见整座军营肃穆齐整，旌旗飘扬；营地四周建有一圈木墙，大约每隔百步便有一座三丈来高的望楼，楼上灯笼高悬；军营内外皆有一队队步骑来回巡逻，防备十分森严。

"老大，咱们怎么进去？"侯金低声问。

"你们不必进去了，就在这儿等我。"青芒不假思索道。

"什么？"朱能一惊，"这可不行，你一个人进去太危险了。"

"大伙儿都进去才危险，我一个人更隐蔽。"

"可是老大，咱们来之前不是都说好了吗？"侯金也赶紧劝阻，"大伙儿要同生死，共进退。你不能食言啊！"

其他几个手下也纷纷附和。

"都别说了。"青芒冷冷打断他们，"我顶多一个时辰就回来，如果超过一个半时辰还没动静，你们就赶紧撤。"

"我不同意。"朱能哼了一声，"你骗郦姑娘倒也罢了，怎么连弟兄们都骗？你这也太不仗义了！"

"我不是在跟你们商量。"青芒犀利的目光从众人脸上扫过，"这是命令！"

朱能和侯金都面露不服之色，却也不敢再说什么。

青芒拍了拍二人肩膀，然后环视了众人一眼，旋即转身，飞快朝山下奔去，转瞬便消失在了树林中。

"弟兄们听好了。"朱能瓮声瓮气道，"都给我睁大眼睛盯着下面，万一有何不测，立刻随我老朱冲杀下去，把老大救出来！"

"是！"侯金和众人压着嗓门儿同声应答。

匈奴大营的望楼和岗哨虽然密集，但在夜色的掩护下，青芒还是轻而易举地翻过了木墙，潜入了营中。

接着，他利用一座座大大小小的营帐藏身，时走时停，敏捷地避开了一队队巡逻兵；约莫一刻钟后，便摸到了营地中央的一座大帐边上。

帐外悬挂着一面黑白相间的狼头大纛，在夜风中猎猎飘动。

帐前站着八名身形魁梧的卫兵，四周还分布着十几个岗哨。

这里应该便是浑邪王的大帐无疑了！

可是，要想避开这些卫兵的眼目潜入大帐，绝对是不可能的。

就在青芒紧张地思索对策之时，忽见大帐的门帘一掀，一名将官模样的中年壮汉从里面走了出来。看装扮，应该是当户，但长相却看不清。

青芒眼睛一转，悄悄跟了上去。

这壮汉颇为警觉，一边走还一边观察四周。青芒一路尾随，始终跟他保持着不远不近的距离。少顷，壮汉在一座营帐后面停了下来。片刻后，一名百夫长匆匆走过来，恭敬见礼。两人耳语了一阵，然后百夫长像是奉了什么命令，立刻转身离去。

壮汉目送着那人远去，随即转过身来。

不远处一盏灯笼的微光斜斜射过来，恰好照在他的脸上。

青芒躲在暗处看着这张脸，目光隐隐一动。

壮汉抬脚离开，刚走了四五步，后心便被一把刀抵住了。

"贺勒多，别来无恙啊！"青芒淡淡道。

贺勒多一怔，慢慢转过身来，上下打量了青芒一眼，沉声道："你是何人？胆敢用刀指着本当户，你找死！"

青芒一笑，收刀入鞘："当户真是贵人多忘事，连我都不认得了。"

贺勒多定睛细看，终于认出了他，不禁大为惊愕："阿檀那？真的是你？！"

"如假包换。"

"你……你怎么会在这儿？"

"我阿檀那命如飘蓬，身不由己，风吹到哪儿便是哪儿。所以，不要问我为何离开，也不要问我何时回来。我无法回答你——除非我有一双比鹰还犀利的眼睛，能够看到风的方向。"青芒面带笑意，说出了这番有些奇怪的话。

然而，这些话对贺勒多来讲，却丝毫也不奇怪。

因为，这正是他多年以前说给青芒听的。

当时，年仅十五岁的青芒刚到匈奴不久，终日郁郁寡欢，几乎不跟任何人说话，却唯独跟这个贺勒多"叔叔"投缘，经常跟着他去骑马、射猎、登山、泅水。青芒因此开朗了许多。然而好景不长，不到一年，贺勒多便被单于调去了王庭。临行前，青芒含着泪问他为何离开、什么时候回来，贺勒多便苦笑着跟他说了上面那几句话。

方才认出贺勒多的一瞬间，这段往事忽然就在青芒的脑中苏醒了，所以他便顺口说出了这番话。

此时此刻，面对又惊又疑的贺勒多，或许没有任何回答比这几句话更能迅速拉近彼此距离，并且化解他的防范和戒备心理了。

果然，贺勒多闻言，眼眶蓦然一红，大步上前一下抱住了青芒。

青芒也觉得鼻子发酸，但眼下可不是叙旧的时候，便拍了拍他的后背，道："有劳当户，带我去见一下王爷，我有事要跟他老人家谈。"

贺勒多松开手，抹了抹眼角，然后定定地看了青芒一会儿，却终究没再问什么，只说了一个字："走。"

有贺勒多领路，加之青芒一身匈奴装扮，所以那些卫兵几乎连看都没看一眼，便让他们进了大帐。

帐内灯烛通明，一位须发皆白却仍精神矍铄的老者正在伏案写字。

"怎么又回来了？"浑邪王头也不抬道，"还有何事不清楚？"

"王爷，您看看谁来了。"贺勒多压抑着内心的激动，用略带颤抖的声音道。

浑邪王又埋头写了几个字，然后拿笔蘸了蘸墨水，这才抬眼一瞥。不料这一瞥之下，他整个人顿时僵住了，拿笔的手也停在了半空。

与此同时，青芒也目不转睛地凝视着眼前这个肤色黑红、脸膛方正的老人。

然而，令他感到遗憾和愧疚的是，方才一看清贺勒多的相貌时，与他相关的记忆便全恢复了，可现在面对着外祖父——自己在这世上最后的也是唯一的亲人——脑袋里却是一片空白。

青芒恨不得举起拳头往自己的脑袋上砸几下！

就这样尴尬地对视了片刻，"啪"的一声，浑邪王的毛笔失手掉在了雪白的帛书上，墨汁四溅。

"贺勒多，你把这个十恶不赦的叛徒带到本王面前，是何用意？！"浑邪王冷冷道。

贺勒多慌忙俯首，刚要答言，青芒便抢着道："请王爷不要责怪当户，是我胁迫他的。我有几句话想跟您说。您听完之后，如果还想抓我，再让当户把我绑起来也不迟。"

"本王凭什么要听你说？"浑邪王重重地哼了一声，"你这个人人得而诛之的叛徒，竟然还有脸来见我？本王现在就杀了你！"说着霍然起身，从旁边的刀架上抽出刀来，然后大步上前，刀光直逼青芒面门。

贺勒多慌忙阻拦，却被他一把推开了。

青芒毫无惧色，迎着刀尖挺身而上，迫使浑邪王不得不生生刹住了脚步。

"你小子当真不怕死？"

"小子我敢单独来见您，便早已把生死置之度外了。"青芒看着眼皮底下明晃晃的刀尖，淡淡一笑，"就算您真的杀了我，我也没有怨尤，因为我本来就不该来到这世上。我想，早在多年以前，您肯定就不止一次想杀了我吧？对您来说，我就是一个来路不明的孽种，一个玷污了您名誉的人，所以我早就该死了。结果我却多活了这么些年，其实早就赚了，就算今天死在您的刀下，又有何妨？"

浑邪王一震，拿刀的手不禁颤抖了起来。

"阿檀那，你说什么浑话呢？"贺勒多连忙呵斥，"再怎么说，你也是王爷的亲外孙，也是你娘身上掉下来的一块肉！你血管里流的，也是王爷的血，这是无论如何也割不断的！你自己想想，假如你娘还活着，听见你今日这番浑话，她该多么伤心！"

贺勒多貌似责备，其实就是与青芒一唱一和，话里话外都是在勾动浑邪王对女儿的思念，并且唤醒他内心深处的骨肉亲情。

果然，这位年过七旬的老王爷终于承受不住内心各种复杂情感的冲击，身子晃了一晃，手中刀险些脱落。贺勒多赶紧双手接过，把刀放回了刀架。

"贺勒多，你先出去。"浑邪王黯然道，"守在门口，不准任何人进来。"

"遵命。"贺勒多暗暗松了一口气，跟青芒交换了一个眼色，快步走了出去。

"有什么话，赶紧说。"浑邪王背过身去，仿佛再也不想多看他一眼，"说完了马上给我滚！趁我还没反悔。"

"谢王爷！那我就直说了。"青芒从容道，"我这次来，是奉了大汉皇帝之命，想劝您息兵罢战，并且脱离伊稚斜，向大汉投诚的。"

"哈哈，不出本王所料！"浑邪王大声冷笑，"你小子真是厚颜无耻！自己做了叛徒不算，还想拉本王下水？"

"您既然都料到了，说明您现在的处境并不太妙。据我所知，伊稚斜对您的猜忌和逼迫已非一日。若不是想利用您去对付汉军，他恐怕早就对您下手了。他之所以到现在还按兵不动，无非就是想让您和汉军鹬蚌相争，然后坐收渔翁之利。对此，我相信您比任何人都清楚，也比任何人都更为焦灼。所以，投奔大汉，至少是您摆脱困境的选项之一，不是吗？我就不信您丝毫没有考虑过。"

"哼，我跟大单于不管有何矛盾，都是自己人的事，轮不到你一个叛徒来指手画脚、挑拨离间。"

"自己人？"青芒冷然一笑，"没错，是自己人。可当初的於单太子，跟伊稚斜难道不是自己人？还有，伊稚斜上位后清除掉的那么多王公大臣，跟他不也都是自己人吗？可伊稚斜何曾因此就放下屠刀呢？您不会认为，到了您这儿，他就会大发慈悲、网开一面吧？"

浑邪王顿时语塞，苦笑了一下，转过身来："即使如你所言，那又如何？你一个毛头小子都不怕死，难道本王会畏惧他伊稚斜的屠刀吗？"

"我知道您不怕死，可您麾下的数万部众和族人呢？他们怎么办？一旦伊稚斜挥起屠刀，覆巢之下焉有完卵？我想，您最大的顾虑也是在此吧？"

浑邪王终于无言，半晌才沉沉一叹："就算鱼死网破，本王也不会去向汉帝摇尾乞怜的！"

"不是摇尾乞怜，是和平共处。陛下已经答应了，只要您带着部众和族人随我归汉，便会在河套地区给你们一块水草丰美的土地，让您和您的族人安居乐业，繁衍生息；另外，贤能者还可以入朝为官，一应待遇皆与汉人无异。"

浑邪王闻言，眼睛微微一眯："这是刘彻亲口对你说的？"

"圣旨就在我这儿，上面写得清清楚楚，回头您便能看到。"青芒笑了笑，"不瞒您说，小子我现在的身份是大汉招抚使，陛下授予我便宜行事之权。所以，在这件事上，我可以全权代表陛下；我所说的每一个字，陛下都会如实兑现。"

浑邪王听完，显然已经心有所动，但表面上仍冷冷道："本王跟汉军打了这么多年仗，这回又亲自带兵攻打了陇西和北地，刘彻真能捐弃前嫌、既往不咎？"

"要是想算旧账，陛下何必任命我这个招抚使呢？而您此次同休屠王联兵进攻汉地，定然也是受伊稚斜胁迫，不得已而为之。这点连我都看得出来，陛下又怎么会不知道？所以，您现在应该顾虑的不是这个，而是如何瞒过伊稚斜的耳目，并劝说休屠王一起投奔大汉。"

浑邪王回到榻上坐下，蹙眉沉吟，良久不语。

青芒知道兹事体大，不易决断，所以也不催促，只默默站在一旁等着。

许久，浑邪王才忽然道："小子，你从方才进来到现在，都还没开口叫过本王呢！难道去汉地这个所谓的礼仪之邦走了一趟，却反倒比原本更不懂礼数了吗？"

青芒一怔，支吾道："我刚才……不是叫了您一声'王爷'吗？"

浑邪王哼了一声："跟我老人家装傻是吧？"

青芒的确是在装傻。因为直到现在为止，他对这个"老人家"的记忆依然是一片空白。换言之，此刻的浑邪王对他而言无异于一个陌生人，让他如何把"外祖父"三个字叫出口？

"我……我还是暂且称呼您'老爷子'吧？"青芒嗫嚅道。

情急之下，他实在是不知道该怎么办了，只好先如此敷衍。不料，浑邪王却道："哼，你难道不是一直这么叫我的吗？从你爹托人把你送过来的那天起，你就没叫过我一声'外祖父'。"

青芒又是一怔："什么？我以前……也是叫您'老爷子'的？"

"你才去了汉地多久？怎么连这都忘了？"浑邪王有些狐疑道。

青芒苦笑了一下，正想解释，大帐外突然传来一阵杂沓的马蹄声。紧接着，贺勒多掀开门帘，快步走了进来，一脸紧张道："王爷，休屠王来了。"

浑邪王和青芒都有些意外，对视了一眼。

"老爷子，您看……是我直接跟他谈，还是您先跟他摸个底？"青芒问。

"我先探探他口风吧，这样稳妥些。"浑邪王不假思索道，然后命贺勒多护送青芒从后面离开，又约定明日此时再让贺勒多从大营北门接他入营，再议大计。

时间紧迫，青芒也不宜多说什么，匆匆鞠了一躬便要离开。

"等等。"浑邪王又叫住他，然后径直走过来，一把抱住了他。青芒先是一怔，旋即也张开双臂抱住了老人家的后背。

"你小子也是匈奴人，不能连咱们自己的礼仪都忘了。"浑邪王道，声音微微有些哽咽。

老人家其实是想抱抱他，又有些难为情，才借所谓的"礼仪"掩饰。青芒当然知道，遂感觉心头一热，瞬间便红了眼眶："老爷子教训的是，都怪小子不肖……"

"走吧！"浑邪王又紧紧抱了他一下，便忽然放开他，背过了身去。

青芒又深深地鞠了一躬，这才随贺勒多从大帐后面快步离开。

树林里一片漆黑。

青芒不敢点火，凭着记忆摸到了方才与朱能等人分手的地方，但转来转去找了好一会儿，四下里却静悄悄的，一个人都没有。

他大为狐疑，暗觉不妙。

一阵夜风吹来，青芒嗅到了什么，心中顿然一凛，立刻拔刀在手，向后急退。

他嗅到了一股淡淡的血腥味。

朱能等人很可能已经遭遇不测！

然而，尽管他反应敏捷，一切还是太迟了。就在他急退之际，周遭瞬间亮起了数十支火把，一队匈奴骑兵散成一个圆圈把他围在当中；同时有数十名弓箭手从树后涌出，一支支乌黑发亮的箭镞齐齐对准了他。

青芒无奈一笑，大声道："我是浑邪王的裨将，你们是哪一部分的？"

匈奴人个个面无表情，无人应答。

"都是自己人，何不放下武器，有话好好说？"青芒又道。

又是一阵沉默。片刻后，树林中才传出一阵笑声："哈哈哈哈，你是浑邪王的裨将，我还是汉朝的列侯呢！谁跟你是自己人？"

青芒眉头一蹙：这声音怎么如此耳熟？

摇曳的火光中，一名身着王爷服饰的匈奴人，骑着高头大马从黑暗中冒了出来。

青芒定睛一看，不由得哑然失笑。

赵信！

眼前之人，便是当初想从他和於单手中骗取天机图，后来阴谋落空，只好仓皇逃回匈奴的翕侯赵信，也就是阿胡儿。

据青芒所知，此人逃回匈奴王庭后，因向伊稚斜献上了不少汉朝的机密情报，立下大功，被封为自次王，地位仅次于单于伊稚斜，赫然成了匈奴的二号人物。

眼下赵信突然出现在此，说明伊稚斜很可能已经察觉了什么，所以派他来监视浑邪、休屠二王。如此一来，自己的招抚大计很可能要功亏一篑，而且"老爷子"怕也是危险了。

青芒心中紧张地思考着对策，脸上却从容一笑："原来是翕侯……哦，不对，现在应该称呼您'自次王'了！看来咱俩还真是有缘哪，走到哪儿都能碰上。"

"可不是吗？正所谓人生何处不相逢啊！"赵信得意扬扬地笑着，"阿檀那，你这次偷偷潜回来，想必是打算策反你外祖父浑邪王吧？怎么样，忙活了一晚上，是不是都谈妥了？"

"自次王是神算子吗？这都能让你猜到！不过你说反了，不是我来策反浑邪王，是他老人家策反的我，所以我回来了。"

"你蒙谁呢？"赵信冷笑，"你那几个手下都已经招了，你还敢跟我信口雌黄？"

青芒一震。

他知道朱能等人绝对不会出卖他，但眼下他们生死未卜，也着实令人忧心。

"我那几个兄弟在哪儿？"青芒沉声问道。

"杀了。"赵信眉毛一扬，"他们都招供了，留着还有什么用？"

青芒闻言，胸口不禁一阵绞痛。

尽管他并不完全相信赵信的话，可朱能他们终归也是凶多吉少。

"阿檀那，投降吧，随我回王庭去见单于。单于还是挺赏识你的，只要你能迷途知返，说不定还有将功赎罪的机会。"

青芒沉声一叹，把刀往地上一扔，双手往前一伸："也罢，既然都这样了，那就听王爷的吧。"

赵信没料到他会如此爽快，反而眉头一蹙，阴阴笑道："阿檀那，你这么轻易就投降了，怕是想使诈吧？"

"我说阿胡儿，你到底是有多怕我？"青芒哈哈大笑，"我都已经束手就擒了，你还在那儿疑神疑鬼。堂堂自次王如此胆怯畏葸，也不怕你手下弟兄们笑话？"

赵信一听，脸色颇为难看，随即示意手下上去绑人。

两名侍卫当即下马，拿着一捆绳子走到青芒面前。青芒突然大喝一声，把两人吓得退了好几步，连赵信都惊了一下。

青芒又是一阵大笑："跟你们闹着玩的，怎么吓成这样？"说着把双手又伸直了一些："赶紧绑上，别磨磨蹭蹭的。"

那两人对视了一眼，这才慢慢挨上来，小心翼翼地抖开了绳子。

就在这时，青芒闪电般出手，"唰"的一下抽出其中一人的佩刀，左手抓住他的同时右手一挥，瞬间便抹了另外一人的脖子。

"杀了他！"赵信又惊又怒，厉声大喝。

弓箭手立刻纷纷放箭。

青芒冷然一笑，一边抓着那名侍卫做挡箭牌，一边挥刀格挡。只见左侧射来的箭"嗖嗖"连声，全扎在了侍卫身上，而右侧射来的箭则无一例外都被青芒砍落在地。

弓手们来不及惊诧，连忙去搭第二支箭。青芒抓住这个间隙纵身飞起，持刀直逼赵信。

赵信大惊失色，慌忙拉起缰绳，拽着坐骑连连后退。他身边的多名侍卫赶紧策马挡在他前面。此时青芒已至，但见刀光闪过，便有两名侍卫被砍落马下。

四周的骑兵纷纷围了过来，与青芒杀成一团。那些弓兵怕伤着自己人，一个个愣在那儿不敢放箭。

"给我放箭！"赵信一边策马往树林里躲，一边声嘶力竭地大喊。

很显然，他不在乎手下这些骑兵的死活，只要能杀死青芒，他可以不惜代价。

"阿胡儿，你的弟兄们替你卖命，你却不管他们死活，做人岂能这么无耻？！"青芒一边从容厮杀，一边大声骂道。

那些骑兵当然也不是傻子，一听赵信下令放箭，又经青芒这么一挑拨，遂纷纷后退，都离他远远的。

青芒暗自一笑，就趁这当口纵身一跃，瞬间没入了一株大树浓密的树冠中。此时第二轮箭矢刚好射到，"嗖嗖嗖嗖"，从他的身边和耳畔纷纷掠过。

绝大多数箭矢都射空了，但其中一箭却在青芒跃上树冠的同时，"噗"的一声射入了他的右小腿。

青芒身形一晃，险些从树上跌落……

第二十一章

反制

《汤誓》曰："聿求元圣，与之戮力同心，以治天下。"

——《墨子·尚贤》

凭借过人的轻功和夜色的掩护，青芒终于逃出包围圈，一头遁入了莽莽苍苍的丛林中。

起先，他都是在离地至少三四丈高的大树之间跳跃飞奔，直到一口气跑出四五十丈外，后面追兵的鼓噪声渐远渐稀，才从树上跳了下来。

他忍痛拔出腿上的箭矢，接着撕下衣袍一角，匆匆包裹了伤口，然后大致估摸了一下方位，立刻朝西北方向跑去。

那是他来的方向。

他记得，来的时候曾路过一个小部落，看见那儿养着几十匹膘肥体壮的骏马。所以，他现在必须尽快赶到那儿，搞一匹马，才可能离开这片丛林，然后穿越焉支山北麓的漫漫戈壁，回到一百多里外的大营。

至于下一步该怎么办，青芒便有些茫然了。

赵信的突然出现，彻底打乱了他的计划。本来跟浑邪王他老人家已经达成了基本共识，只要再设法说服休屠王，大事便成了。可眼下形势突变，青芒基本上可以预见：浑邪王迫于赵信的压力，即使不打退堂鼓，暂时肯定也不敢有何动作；而出于同样的理由，休屠王更不可能在这时候轻举妄动。

如此一来，想要不战而屈人之兵、招抚二王及其部落，恐怕只能是奢望了。

怎么办？

难道，自己和浑邪王他老人家注定只能兵戎相见、骨肉相残？

青芒一边埋头思索，一边忍着腿上的疼痛在树林中艰难行进。

突然，他猛地刹住了脚步。

头顶的树枝上有某种异常的响动——那不是风吹树叶的沙沙声，而是脚踩在树枝上的轻微的嘎吱声。

可就在他止步的瞬间，四条黑影便从前、后、左、右的四棵大树上同时飞掠而下，手上竟然拉着一张大网，而青芒就位于网的中央！

青芒身手虽然敏捷，但终究猝不及防，加之腿上有伤，动作迟缓，所以刚往斜刺里冲出几步，便被那张大网一下子罩住了。

紧接着，旁边又杀出六七条黑影，连同方才那四人，总共十余把明晃晃的刀便同时逼住了他。

青芒凄然一笑。

看来自己终究是回不去了——今日与郦诺一别，果然便成永诀！

青芒随即被捆了个结结实实。接着，不远处有几支火把亮起，一名身材瘦高的匈奴将官从林中走出，在几名侍卫的簇拥下来到了青芒面前。

"莫拔孤？！"

当看清此人面孔后，青芒颇有些意外。

"还认得我？"莫拔孤一脸倨傲，淡淡地回了一句。

关于此人的记忆，青芒不知为何竟然没有丧失，故而一看见他便都想起来了。

青芒十五岁从汉地来到浑邪王部，三年后，因武艺出众被选拔到王庭，进入狼卫。这个莫拔孤便是与他同期入选的。此后，两人又同时成为太子於单的贴身侍从，时间一久，三人便成了形影不离的好兄弟。由于长年并肩作战、生死与共，青芒与莫拔孤之间更是有着过命的交情。后来，青芒步步擢升，官至左都尉，莫拔孤则被调到了右贤王部。两人虽然聚少离多，但深厚的友情却从未改变。直到漠南之战前，他们还聚过一次。可谁也没想到，两人再次见面，竟然是在这个地方，并且是以这种令人遗憾的方式……

"你怎么会在这里？"青芒大为好奇。

"这个问题，应该是我来问你吧？"莫拔孤冷哼一声。

"我嘛，说来话长……"青芒苦笑了一下。

"那就不必多说，随我去见自次王。"

青芒一怔："你是跟他一块儿来的？"

"我现在是自次王麾下的右都尉，你说我该不该来？"

青芒闻言，不禁再度苦笑，心想今日这运气可算是背到极点了，好像怎么逃都逃不出这个混蛋阿胡儿的手掌心。

"你把我交给他，我可就必死无疑了。"青芒道。

"像你这种背叛族人、卖主求荣之人，不是早就该死了吗？"莫拔孤冷冷道。

"卖主？敢问右都尉，你说的是哪个主？"青芒冷然一笑，"如果我没记错的话，当初你我曾一起在军臣单于和於单太子面前发誓，要用生命捍卫单于和太子。可后来，伊稚斜悍然篡位，还要杀於单太子。我遵守了自己的誓言，暗中护送太子逃离了王庭。试问，我这么做算是卖主吗？莫非我要违背誓言，割下太子首级献给伊稚斜，才不算卖主？"

莫拔孤闻言，表情顿时变得十分复杂，半晌才道："我说的不是这个，是漠南之战。"

"好，那咱们就来说说漠南之战。想必你也知道，早在战前，伊稚斜就已经怀疑我并且想除掉我了，只不过碍于荼藦居次，才迟迟没有动手。后来，他任命我为漠南之战的前锋，就是想借汉人之手杀我；同时，他又密令罗姑比等人见机行事，万一我没死于汉人之手，就设法把我除掉。你说，在那种情况下，我是该老老实实束手待毙呢，还是该将计就计，反戈一击？换成是你莫拔孤，你又会怎么做？"

莫拔孤一怔："你说的这些……都是真的？"

青芒坦然一笑："我阿檀那是什么人你最清楚，我会对自己的兄弟撒谎吗？"

莫拔孤眉头紧锁，片刻后才苦笑了一下，自语般道："看来咱们这位大单于，还真是对谁都不放心哪……"

此言分明藏有弦外之音。青芒一听，仿佛行走在黑暗中的人蓦然看见了一丝光亮，忙道："莫拔孤，咱俩当初都是於单太子的人，你觉得，伊稚斜会真正信任你吗？"

莫拔孤这才惊觉失言，忙咳了咳，脸色一沉："别以为你说这些，我便会放你走。什么兄弟也好，誓言也罢，那都是过去的事了。有道是识时务者为俊杰，如今我誓死效忠大单于，决不会听你蛊惑。念在过去的情分上，你死之后，我会厚葬你的。"

说完，也不等青芒回话，转身就走，然后头也不回地下令道："走，带他去见自次王。"

青芒心中一沉，大声道："莫拔孤，我不奢求你顾念兄弟之情放了我，只希望你考虑一下自己的处境。伊稚斜当初千方百计要除掉我，今天他就不会对你故伎重施吗？你冷静想想，当年於单太子的人，现在还剩下几个？伊稚斜把其他人都杀了，却唯独信任你一个，你觉得这可能吗？他之所以到现在还不杀你，只是想利用你对付浑邪王和休屠王而已。我敢断定，事成之后，他一定会命阿胡儿将你兔死狗烹！我今天死，总算还有你来厚葬我；等轮到你自己那天，恐怕你就将死无葬身之地了。"

青芒本以为把话说到这份儿上了，莫拔孤至少也会停下来考虑一下，没想到他却充耳不闻，径直往前走。

一阵绝望袭上心头。

方才那一丝希望的"光亮"彻底消隐，青芒感觉自己被无边的黑暗彻底吞噬了……

青芒被莫拔孤五花大绑地带到了赵信面前，然后又被送到了休屠王大营，关进了一座营帐内的铁笼子里。外面由赵信的人看守。

腿上的伤仍血流不止，殷红的血浸透了包扎的布片。青芒感觉浑身虚弱，靠在铁栅上昏昏沉沉便睡着了。

不知过了多久，营帐外一阵兵刃相交的声音惊醒了他。

青芒猛然睁开眼睛，凝神倾听外面的动静。

令人意外的是，厮杀很快就结束了，然后有人大步走了过来，"哗"的一下掀开了门帘。

贺勒多！

他竟然敢来劫狱！

青芒愣住了，满脸惊讶地看着他。

贺勒多用钥匙打开了铁笼，冲他笑了笑："小子，我冒死来救你，你就这副表情，一声'谢谢'都不说？"

"可是……你这样救得了我吗？"青芒回过神来，苦笑了一下。

"看守都杀了，笼子也打开了，除非你不想出来。"

青芒艰难起身，蹒跚着走出铁笼："你杀了阿胡儿的看守顶什么用？这大营里还有好几万休屠王的兵马，你都杀吗？"

"我杀他们干吗？要不是他们帮忙，我哪那么容易就杀进来救你？"

青芒一怔："你的意思……休屠王是咱们这边的？"

贺勒多笑而不答。

忽然，帐外响起一阵朗声大笑："本王不跟浑邪老哥一边，难道还跟那个混蛋阿胡儿一边不成？"随着话音，一个年约六旬、相貌威武的匈奴人大步走了进来。

虽然没认出来人，但青芒知道，此人便是休屠王了。

"王爷还真是让晚辈惊喜啊！"青芒如释重负，粲然一笑，"有您这句话，晚辈就放心了。只是……阿胡儿那边该怎么对付？"

"他这回只带了几百个亲兵，根本不足为虑。"休屠王声若洪钟，中气十足道，"伊稚斜以为本王和浑邪老哥决不敢造反，所以派这厮来，以为就能唬住我们，做他娘的美梦吧！老子早就想反了，只可惜浑邪老哥上了年纪，总是优柔寡断，下不了决心。现在好了，贤侄你带着汉人皇帝的圣旨来了，本王还等什么？此时不跟他伊稚斜分道扬镳，更待何时？"

"王爷明智果决，晚辈佩服之至！"青芒喜出望外，连忙抱拳，"不知阿胡儿现在何处？还有，王爷打算何时举义？"

"他现在就在浑邪老哥的大帐里，正胁迫浑邪老哥跟汉军决战呢。不过你放心，这儿是你家老爷子和本王的地盘，他不敢胡来。至于举义之事嘛，按说本王也想了很久了，随时可以动手，只不过……"休屠王欲言又止。

"王爷有何疑虑，但说无妨。"

休屠王笑了笑："那本王就直说了。此次和你一同前来的，还有冠军侯霍去病吧？"

"王爷还真是知己知彼啊。"青芒一笑，"没错，他也来了。不知王爷何出此问？"

"贤侄也知道，霍去病杀了咱们不少人，本王对此倒没什么芥蒂，打仗嘛，哪有不死人的？可是，本王手底下却有不少兄弟，对霍去病这个人……颇有些不放心。"

"敢问王爷，不放心什么？"

"弟兄们担心他……使诈。"

青芒眉头一蹙："王爷此言何意？"

"王爷的意思很简单。"贺勒多忽然接过话茬，"就是怕霍去病利用了你，让你来招降，然后等咱们都放松了戒备，他再把咱们一锅端了。"

青芒哈哈一笑："这就是弟兄们多虑了。请当户和王爷放心，我了解霍去病，他虽然作战勇猛，却绝非嗜血好杀之人。更何况，此次任务是大汉皇帝交予我的，霍去病只是配合我行动而已。没有我的同意，他无权做任何事。"

"话是这么说，但终究是兵不厌诈啊！"休屠王幽幽道，"万一霍去病真的动手，贤侄你怕是想拦也拦不住吧？"

"那依王爷之见，我该怎么做，才能让弟兄们放心？"

休屠王略微沉吟，道："要让大伙儿放心也不难。你今晚就回去，告诉霍去病，后天正午，咱们在葫芦峡见面。双方都不要带兵，只带几个亲随，然后大伙儿面对面，开诚布公地谈一谈。霍去病若是真有诚意，他一定敢随你前来；如果他找什么借口推托，那……投诚的事，可就得从长计议了。"

青芒蹙眉想了想，道："也好，那就按王爷说的办。"

"好！"休屠王大喜，"本王现在就派人护送你回去。"

"不必了，多谢王爷，只要给我一匹快马就行了。"

青芒单人独骑离开休屠王大营的时候，才发现东方天际已经露出了鱼肚白。

本以为方才在铁笼中只是打了一个盹儿，现在看来，自己至少睡了两个时辰。

从休屠王大营到汉军驻地，约有一百五六十里，若快马加鞭，顶多一个时辰就到了。不过，当青芒从焉支山北麓驰入那片方圆百里的戈壁时，才走了一刻钟左右，西北方向的天空便赫然出现了一道黑色的"城墙"。

当然，那不是城墙，而是一道沙墙，是沙尘暴的前锋！

青芒抬眼一瞥，顿时色变。

沙墙高耸入云，正以排山倒海之势朝这边快速推进。

此时要往回走已经来不及了，青芒只能拼命抽打马臀，硬着头皮往前疾驰。

很快，沙墙便遮蔽了半边天空。狂风裹挟着砂砾狠狠打在了青芒脸上，令他几乎睁不开眼睛。与此同时，四周的石子和沙土纷纷席卷而起，在半空中恣意狂舞。

身下的坐骑一下子受惊了，焦躁地喷着响鼻，四蹄胡乱踢踏着，就是不肯再往前走。

青芒死死拽着缰绳，挥动马鞭连连抽打，可结果却只能在原地一直转圈。

风暴越来越大，浓密的沙尘铺天盖地。转瞬之间，阳光和天空便一齐消失了，末日般的黑暗彻底笼罩了这片戈壁。

起初，被风暴卷起的石子还只有铜钱大小，而此刻打在青芒和坐骑身上的石头，已经有拳头一般大了。青芒只能尽量匍匐在马背上，双手紧紧地抱着马脖子。

就这样坚持了片刻，马终于承受不住，疯了一样冲了出去，然后前蹄一软，猛地跪倒在地，同时屁股高高撅起，一下就把青芒甩了出去。

青芒飞出去后却没有直接落地，而是被狂风吹得在空中翻转了好几圈，才重重摔落在地。巨大的力道震得他五脏六腑都快跳出来了，险些晕厥过去。等他好不容易爬起来，马早已消失得无影无踪。

青芒感到了绝望。

马在，或许还有一丝希望冲出去，可如今只剩下两条腿，就很难走出这场风暴了，随时可能葬身在这片戈壁之中。

此时，风暴丝毫没有减弱的迹象，几乎要把他整个人刮起来。青芒只能尽量伏低身子，贴地爬行。

天地一片晦暗，周遭咫尺莫辨。勉强爬出一段后，青芒好不容易摸到了一块大石头。石头下面有一处凹陷。他立刻爬了进去，耳旁呼啸的风声随即小了一些。

有了这个背风处，便不再有被大风刮跑之虞，或许就能熬过去。

青芒稍觉庆幸。

可是，刚这么一想，便有一大团沙子扑面而来，一下蒙住了他的头脸。

沙埋！

青芒心里猛地一颤。

在强烈的沙尘暴中，会有大片大片的沙子随风推移，遇到障碍物后便会降落下来，覆盖地面，其厚度从数寸到数尺不等。而他现在躲在这块大石之下，便是最容易形成沙埋的地方。

青芒瞬间反应过来，慌忙从石头下爬出。

就在这时，一颗拳头大的石子飞来，恰好击中他的太阳穴。青芒顿觉两眼一黑，渐渐失去了知觉。随后，一大片一大片的沙子陆续撞在大石上，然后纷纷飘落下来，一层一层地覆盖了青芒。

此情此景，仿佛死神就站在他身旁，正亲手为他堆起一座无碑的坟墓。

在彻底昏迷之前，青芒嘴里微弱地叫了一声"郦诺"，同时顽强地向着黑暗的天空伸出了一只手臂。

在疯狂地肆虐之后，风暴忽然就止息了。

当阳光穿过厚厚的阴霾重新照耀这片戈壁时，仍然有一些细沙在风中轻盈地飞舞和旋转。

它们围绕着一根弯曲的食指旋转，仿佛一群跳着死亡之舞的精灵……

就在戈壁上空赫然出现那片恐怖的沙墙之际，郦诺便不顾一切地策马冲出了军营。

没有人告诉她此刻的青芒正置身戈壁之中，也没有人告诉她青芒很快就会身陷绝境，可她还是毫不犹豫地迎着死亡的风暴疾驰而去。

她不需要任何人告诉她，因为她相信自己的直觉。

这是一种只属于女人……不，是只属于心有灵犀的恋人之间才有的直觉。它是如此强烈，以致足以让她抛开一切，甚至包括自己的生命。

霍去病和夷安公主是在稍晚的时候才发现郦诺失踪的。他们遥望了一眼戈壁上空，然后又对视了一眼，瞬间便猜到郦诺的去向了。

于是，他们没有做任何交流，便同时翻身上马，并辔冲出了大营。

此刻，他们之间心有灵犀的程度，似乎也丝毫不亚于郦诺和青芒……

狂暴的风沙在无情地埋葬青芒之时，也凶狠地袭击了郦诺。

粗粝的沙石不停地打在她的脸上，可她却丝毫不觉得疼痛。

所幸，她距离风暴中心要比青芒远得多，所以当她风驰电掣地冲进这片戈壁没多久，风暴便渐渐止息了，而天光也一点儿一点儿地亮了起来。

郦诺茫然四顾，一遍遍呼喊着青芒的名字。

直觉告诉她青芒就在这里，可她却看不见他的身影。

冥冥之中，像是有一股无形的力量牵引着，郦诺策马来到了那块大石头的边上。随着她声嘶力竭的呼喊，从层层覆盖的黄沙中顽强伸出的那根食指终于动了一下。然后，又动了一下。

万般焦灼的郦诺无意中一瞥，眼中立刻涌出惊喜的泪光。

她飞速拍马过来，翻身跳下，用双手刨开厚厚的黄沙，终于把形同"土人"的青芒从沙土中一把拽了出来。

紧接着，她从马鞍上取下一只鼓鼓囊囊的水袋，拔下木塞，先用半袋水冲洗青芒的头脸，又将剩下的水一口一口地灌进青芒的嘴里。少顷，青芒呛了一下，旋即在一阵剧烈的咳嗽中醒了过来。

一直噙在郦诺眼中的泪水，终于在这一刻潸然而下。

青芒躺在她的怀里，透过眼中迷蒙的水雾看出去，阳光下的郦诺被染上了一层五彩缤纷的光晕，美得没有一丝人间烟火的气息。

"你是下凡的天女吗？"青芒虚弱一笑。

"你说什么？"郦诺没听清。

"我说，你肯定是下凡的天女，不然怎么知道我在这儿？"

"不管你走到天涯海角，我都能找到你。"郦诺抹了抹眼睛，哼了一声，"所以，你永远别想甩掉我。"

青芒定定地看着她，心中涌起一股暖意，眼睛不觉又迷蒙了。

这次，是他自己的泪水打湿了眼睛。

青芒被救回军营后，因腿上的伤口感染，引发高烧，随即陷入了半昏迷状态。

霍去病连忙找来军医，为他处理了伤口，并开了药。郦诺把药熬了，一点儿一点儿地喂青芒喝下，然后便一直守在床榻旁。

直到次日凌晨，天色渐亮，青芒才悠悠醒转。

此时，郦诺却趴在床边沉沉地睡着了。

青芒伸出手指，轻抚着她的一缕鬓发。渐渐地，他的目光便湿润了。

郦诺，我答应你，等做完这些事，我一定向你求婚。然后，咱们一起离开长安，去过自由自在的日子。我可以陪你仗剑江湖、驰骋天下，也可以陪你归隐林泉、逍遥世外。咱们要一起生儿育女，白头偕老，做一对让世人艳羡的神仙眷侣。这一生，我不会再有任何别的念想和奢望。只要守在你身边，让你每天都能快乐，便是我这辈子最大的幸福……

他在心里说完这番话，便悄悄起身下床，把被子盖在了郦诺身上，然后走出了营帐。

郦诺迷迷糊糊睁开眼睛时，帐外已然日上三竿。

她看了一眼空空荡荡的床榻，猛然跳起来，三步并作两步地冲出了营帐。

郦诺像疯了一样在大营里四处寻找，却始终不见青芒的身影，然后她跑到军营中央的大帐外，刚要闯进去，夷安公主恰好掀开帘子走出来，两人差点儿撞个满怀。

"蒙奕呢？"郦诺抓着她的手，气喘吁吁道。

"走了，跟霍去病一块儿走的。"夷安公主若无其事道，眼中却含着神秘的笑意。

"什么时候走的？"

"就刚才，顶多一炷香工夫。"

"你怎么不叫醒我？"郦诺红着眼睛大声道，一脸埋怨之色。

"我这不是正要去叫你吗？"夷安公主忍着笑，"可巧，你自个儿就来了。"

"你现在叫我有什么用？"郦诺气冲冲道，说完才注意到夷安公主奇怪的表情，不禁眉头一蹙，"你们……是不是有什么事瞒着我？"

夷安公主神秘一笑，牵起她的手："走吧，进来说，将校们都在里头等着呢。"

郦诺大为不解，正待再问，夷安公主扭头就把她拉进了大帐……

葫芦峡位于焉支山的东侧，是两座山峰中的一个峡谷，谷口和腰部较为狭小，前后有两块宽阔的圆形谷地，总体形状像极了一个葫芦。

峡谷中泉水淙淙，林木茂盛，风景十分怡人。

正午时分，青芒和霍去病按照与休屠王的约定，带着一小队轻骑兵准时来到了此地。

霍去病环视周遭，忽然道："蒙奕，瞧你约的这地方，山高谷深，易进难出，若有人在此设伏，咱们可就插翅难飞了。"

青芒淡淡一笑："你是信不过休屠王，还是信不过我？"

话音刚落，附近树林中旋即传出休屠王中气十足的笑声："都说霍骠姚勇冠三军，英雄盖世，没想到也会如此小心谨慎。"

随着话音，浑邪王、休屠王、贺勒多带着一队侍卫从林中驰出。

"此人便是休屠王。"青芒小声对霍去病介绍道。

"休屠王是不是对'勇'有什么误解？"霍去病微然一笑，"既不小心也不谨慎的人，那能叫'勇者'吗？那只能叫'莽夫'！"

"哈哈哈，霍骠姚言之有理。那是本王唐突了，还望霍骠姚海涵。"休屠王抱拳道。

"好说。"霍去病也抱了抱拳，"王爷快人快语，甚是豪爽，霍某就喜欢跟豪爽之人打交道。"

"这么说，你我也算是意气相投，往后可以做朋友喽？"

"只要王爷诚心归汉，日后咱们有的是时间做朋友。"

"诚心诚心，本王自然是一百个诚心。"休屠王笑道，"那天我就跟阿檀那交底了，本王和浑邪王早就有心归汉，只是一直没找到合适的时机罢了。"

"霍骠姚，"浑邪王接言道，"休屠王所言不假。自从伊稚斜篡位以来，独断专行，诛杀异己，重用奸佞，残害忠良，我等早已心寒齿冷，去意已决。此番，招抚使和霍骠姚携圣旨皇命前来，于我等而言，不啻大旱之遇云霓耳！我和休屠王归附大汉之心，天地可鉴，日月可表。只不过，我等手下一些弟兄，久闻霍骠姚威名，心中不免忌惮，故而对招抚之事亦生疑惧。今日诚邀霍骠姚前来，便是希望以此坦诚相待之举，化解种种疑忌防范之心。此等苦衷，尚乞霍骠姚谅察。"

"王爷言重了。"霍去病道，"兹事体大，三思而行并不为过，坦诚相见更是理所应当。所以，霍某很乐意走这一趟，王爷切莫为此挂怀。"

"好！霍骠姚够义气，你这个朋友本王交定了！"休屠王扯着嗓子道，"此处离鄙营不远，霍骠姚既然都到这儿了，不知能否赏光，随本王回营把酒叙谈呢？我亲手酿造的马奶酒，那可是远近闻名啊，你可得好好尝一尝！"

一直没有说话的青芒闻言，眉头一蹙，忙道："王爷，喝酒的事还是另择时日吧，眼下阿胡儿尚在，此人阴险狡诈，咱们不可掉以轻心……"

"择日不如撞日！本王今天高兴，就想跟霍骠姚痛饮一番。至于阿胡儿那家伙，本王待会儿回去就把他砍了，正好挖了他的心肝来下酒！"休屠王说着，又哈哈大笑起来。

"休屠，"浑邪王有些意外地看着他，"咱们事先说好了，只是约霍骠姚见面，可没说要请人家回去喝酒。刚才阿檀那说得对，阿胡儿诡计多端，没那么好对付，咱们还是先把他收拾了，改日再宴请霍骠姚吧，以免节外生枝。"

"我说老哥，你也太把阿胡儿当回事了。"休屠王不以为然，"他就算有三头六臂，手底下不就那几百号人吗？你我麾下各有数万精锐，一人一口唾沫，还不得把他们淹死？依我看，咱们索性今日便举义吧，让霍骠姚和阿檀那随我们回营，一起杀了阿胡儿，大事不就成了？"

"举义不是儿戏，岂可仓促行之？"浑邪王注视着他，眼中已露出一丝怀疑，"休屠，我认识你几十年，从未见你行事如此轻率。你今日执意邀请霍骠姚回营，是不是……有什么别的打算？"

"老哥竟然怀疑我？"休屠王眉毛一挑，显然有些不悦。

"你一反常态，我难道不该怀疑？"浑邪王针锋相对。

气氛骤然紧张起来。青芒和霍去病对视了一眼，却都没有作声。

少顷，休屠王忽然发出一阵大笑："我就知道瞒不过老哥。也罢，既如此，那我就实话实说了，今日，不管是霍去病还是阿檀那，一个都别想走！"

话音未落，周遭树林中立刻涌出数百名骑兵，将众人团团包围。

青芒、霍去病、浑邪王、贺勒多及十余名亲兵，同时色变。

"你果然跟阿胡儿狼狈为奸！"浑邪王又惊又怒地瞪着休屠王。

"话别说得那么难听嘛。"休屠王呵呵一笑，"我休屠身为匈奴人，跟自次王联手对付汉人，应该叫同仇敌忾才对；只有像你这样背叛族人和大单于、私下与汉人勾结，才能叫狼狈为奸吧？"

浑邪王怒视了他片刻，旋即冷然一笑，叹了口气："休屠，我刚才那句话的重点，你没听清楚。"

休屠王眉头一皱，想起他方才用了"果然"二字，不由得一惊："你什么意思？"

浑邪王笑了笑，给了身旁的贺勒多一个眼色，然后对休屠王道："我跟你做了几十年兄弟，太了解你了。你这么轻易就答应随我归降汉廷，似乎不太正常，所以，我不可不防。"

他说话之际，贺勒多已经从怀里亮出了一个东西，高高地举了起来。

那是一把金质的长命锁，在阳光下晃来晃去，熠熠生辉。

休屠王一下子愣住了。

"认出来了吧？"浑邪王接着道，"这是你小儿子巴图的长命锁。巴图聪明可爱，我很喜欢他。想着多日不见，今儿一早，便让贺勒多去把他接了过来。你知道，巴图最喜欢我养的那几匹汗血宝马，所以一听说要来我这儿，高兴得又蹦又跳。这会儿，他想必正在骑马玩呢。"

形势突然逆转，刚从树林里涌出的那些休屠王的手下顿时面面相觑。

青芒和霍去病不由得相视一笑。

休屠王大怒："浑邪，你太卑鄙了！连孩子你都下得了手？"

"说到孩子，你应该想想，你我部落里总共有多少孩子？我们该怎么做，才能让他们平平安安地长大？"浑邪王神情凝重，苦笑了一下，"在如今的形势下，不管是伊稚斜对咱们下手，还是你我之间发生内讧，那些孩子的命运都将不堪设想。所以，我把巴图接到我那儿，并不是想害他，而只是防止你被伊稚斜利用、被阿胡儿蛊惑而已。倘若你能迷途知返，巴图定会安然无恙；还有你我部落里成千上万的孩子，也都会安然无恙。"

休屠王看着他，脸上的怒气倏然消失，接着竟咯咯笑了起来，还笑得前仰后合："浑邪老哥，你刚才说得没错，咱俩做了几十年的兄弟，彼此都太了解了。所以，当你在背后捅我一刀的时候，你就该想到，我肯定也会在背后防你一手。"

这回轮到浑邪王愕然了。

青芒和霍去病一听，也都一脸困惑——难道休屠王也在暗中绑了浑邪王的人？

刚这么一想，答案便已出现在他们眼前了——贺勒多突然把长命锁抛给了休屠王，然后拔刀出鞘，刀尖一下抵在了浑邪王的喉咙上。

"贺勒多，你疯了？！"青芒惊恐地大喊了一声。

形势再度反转，完全出人意料。霍去病及其手下，连同浑邪王的亲兵们都大为惊愕，纷纷拔刀在手，准备决一死战。

休屠王又一次发出狂笑："浑邪老哥，没想到吧？巴图现在还好端端地在我大帐里待着呢，贺勒多只是拿了长命锁来蒙你罢了。"

"贺勒多，本王一向待你不薄，你为何要背叛本王？"浑邪王冷然质问。

"你可以背叛匈奴和大单于，我为何不能背叛你？"贺勒多面无表情道。

"伊稚斜容不下我，我岂能束手待毙？"

"可大单于答应要把你的王位给我，我有什么理由不接受？"

这理由虽然简单粗暴，却也无可辩驳，浑邪王只能苦笑。

"王爷、当户，请二位冷静想想。"青芒愤然道，"伊稚斜今日会利用你们来剪除浑邪王，明日便会利用别人来剪除你们。说到底，你们都是他的棋子而已！就算他许诺给你们高官厚禄，你们就能一辈子高枕无忧、安享荣华富贵了吗？绝不可能！你们替他卖命，充其量只能换来一时的苟且偷安，最终还是躲不过他伊稚斜的屠刀。所以，我奉劝二位三思，现在回头还来得及……"

"不必再垂死挣扎了，阿檀那。"不远处忽然传来一个声音，打断了青芒。

紧接着，赵信在莫拔孤及一干亲兵的簇拥下，从树林里策马而出，脸上是一副得意扬扬的表情。

"都死到临头了，还在这儿蛊惑人心。"赵信大声冷笑，环视青芒等人，"你们听好了，全部给我下马，放下武器，束手就擒，我或许还能给你们留个全尸。"

青芒、霍去病、浑邪王及其手下全部怒目而视，一动不动。

"阿檀那，我数三下，如果你和霍去病还不下马就擒，那本王只能当着你的面，把你外祖父的脑袋砍下来了。"赵信阴阴笑着，"这样的情景实在残忍，连本王都不忍心看，所以，我劝你还是别让它发生。"

青芒看着赵信，忽然敛去怒容，淡淡一笑，对霍去病道："兄弟，听见了吗，人家让咱们下马就擒呢，下还是不下？"

"这事我可不好说话，毕竟你家老爷子在人家手上呢。"霍去病也笑了笑，"不如，你问问老爷子，看他老人家是何意见？"

"不必问，我家老爷子肯定不怕死。"

"那还有什么好说的？跟他们干呗，反正杀一个够本儿，杀两个有赚。"

看他俩居然镇定自若，还谈笑风生，赵信大为狐疑，却又摸不清他们葫芦里卖的什么药。

"阿檀那、霍骠姚，你们不必管我。"浑邪王大声道，"我活到这把年纪，早就活够了，死不足惜，你们赶快杀出去，别磨蹭了！"

"放心吧老爷子，孙儿我虽然不肖，但也不会让您死的。"青芒又是一笑，"吉人自有天相，今天咱们谁都不会死。"

"喂，阿檀那！"一直用刀逼着浑邪王的贺勒多不禁怒火中烧，厉声道，"老子一动手，你家老爷子可就脑袋落地了，你小子当我不存在吗？"

青芒呵呵一笑："说实话，像你这种见利忘义的小人，我还真没把你放在眼里，当你不存在又怎么着？你要是不爽就动手啊，还等什么？！"

贺勒多一怔，旋即勃然大怒，口中发出一声暴喝，手里的刀高高扬起。

浑邪王平静而无奈地闭上了眼睛。

就在此千钧一发之际，赵信突然颤抖地喊了一声："住手！"

贺勒多的刀顿时停在了浑邪王的头顶上。然后，所有人的目光全都齐刷刷地看向赵信。

这一看之下，在场众人无不傻眼——只见赵信脖子上竟然架着一把刀，而刀就握在策马立在他身边的莫拔孤手里。

这一幕实在来得太过突然，以致现场刹那间鸦雀无声。

"莫拔孤，"青芒的声音打破了这种怪异的宁静，"你小子是不是眼神不好？我都给你使了好几回眼色了，你看不见吗？"

"咱们事先说好了，要以明确的暗号为凭。"莫拔孤面无表情道，"你不喊动手，我哪敢随便动手？"

"我说你这人还真实在。"青芒气得翻了下白眼，"我家老爷子命悬一线，你还非得等我喊动手，凭眼色不足以行事吗？"

"那是你之前没说好，怨不得我。"

"你这人太迟钝，以后可不敢跟你一块儿玩这么危险的游戏了。"

"随你便，我又没求你。"

两人就这么你一言我一语，旁若无人地互相挤对。而在场众人除了霍去病外，无不是一头雾水。尤其是赵信，根本想不通他俩到底是怎么联手开始这场"危险的游戏"的……

前天夜里，莫拔孤在树林中抓住青芒后，表面上不顾青芒劝说，执意要把他交给赵信，其实内心却异常矛盾。

当他头也不回地走在林中时，他的耳旁却不断回响着青芒的话：

你冷静想想，当年於单太子的人，现在还剩下几个？

伊稚斜把其他人都杀了，却唯独信任你一个，你觉得这可能吗？

事实上，莫拔孤不是没想过这些，也不是没想过逃离王庭、摆脱伊稚斜，但又不知该往哪儿逃。他也曾动念，想投奔汉廷，又担心被汉人排挤，最终没有好下场；想逃进深山老林躲起来，又觉得一辈子就此埋没，终究不甘心。

就这么左思右想，始终举棋不定，故迁延至今。

可就在今夜，他意外地遇上了阿檀那——这个多年前一起出生入死的兄弟，内心的痛苦和焦虑便再度泛上心头了。此外，当年与阿檀那同生死、共患难的一幕幕，也不断浮现在他的眼前。

最后，莫拔孤止住了脚步，然后回头走到了青芒面前。

"我若随你投奔汉廷，你能保我的平安和前程吗？"

本已绝望的青芒抬起眼来，粲然一笑："能。"

"你凭什么担保？"

"凭大汉皇帝信任我，我也信任他。还有，凭我的良心，以及咱们这多年的兄弟情义。这些，你觉得还不够吗？"

莫拔孤静默了半晌，终于命手下解开了青芒身上的绳索，道："阿胡儿已经跟休屠王联手了，这次来，就是奉伊稚斜之命，打算除掉浑邪王，吞并他的部落。"

青芒一惊："即使老爷子被他们所害，可部落的人也没那么容易被他们收服吧？"

"光靠他们当然不行，所以休屠王事先收买了一个人。此人在浑邪部落里威望甚高，王爷若不在了，部落的人肯定听他的。"

青芒又是一惊："是谁？"

"贺勒多。"

青芒浑身一震:"不可能!你的消息可靠吗?"

莫拔孤冷然一笑:"我现在是阿胡儿身边的人,你说消息可不可靠?"

青芒眉头紧锁,深感事态严峻。

"还有,阿胡儿和休屠王打算做一个局,把你和霍去病、浑邪王一网打尽……"接着,莫拔孤便把赵信的整个计划告诉了青芒。

青芒听完,不由得一阵心惊。倘若不是在这儿遇见莫拔孤并成功策反了他,后果岂堪设想?!

"接下来该怎么做,我都听你的。"莫拔孤道。

青芒沉吟片刻,心中便有了一个将计就计的反制之策,随即附在莫拔孤耳边,一五一十地说了起来……

第二十二章

谜团

天下从事者，不可以无法仪。

——《墨子·法仪》

此刻，虽然形势已经彻底反转，但局面却仍僵持着。赵信和休屠王的手下似乎还没回过神来，全部愣在那儿，而贺勒多手里的刀也仍然指着浑邪王。

"贺勒多，"青芒鄙夷地看着他，"都这时候了，你还不把刀放下？"

"还有你们，都给我放下武器！"霍去病策马上前几步，指着赵信和休屠王的那些手下，厉声道，"现在投降，性命可保；若欲顽抗到底，休怪我霍去病翻脸无情！"

霍去病气势逼人。那些匈奴兵顿时面露惊恐，不少人甚至下意识地退了几步。

"阿檀那，"贺勒多苦笑了一下，"看这情形，是不是从前天夜里，我把你从笼子里放出来的时候，你就开始演戏了？"

"错，是从莫拔孤把我抓进休屠大营的那一刻起，好戏就开锣了。你们假意劫狱，目的就是要让我信任你和休屠，然后诱骗霍骠姚前来，以便把我、老爷子和霍骠姚一网打尽。既然你们如此煞费苦心，我就将计就计陪你们玩喽，否则岂不是让你们白费心血？"

"你小子还真是演戏的天才，从前天夜里一直到刚才，每个环节都演得滴水不漏啊！"

"过奖。"青芒冷然一笑，"你演技也不差嘛，前天在大营里，你红着眼睛拥抱我那一下，也让我感动了好一会儿啊！"

贺勒多看着青芒，眼眶忽然有些泛红，紧接着大喝一声，猛然又挥刀砍向浑邪王。说时迟那时快，霍去病手中的刀瞬间飞出，正中贺勒多的心脏。贺勒多口吐鲜血，栽落马下，转眼便一动不动了。

这一幕又是极为突然，让所有人都始料未及。

青芒和浑邪王同时在心中发出了一声长叹。

"阿檀那，咱们各退一步吧。"终于回过神来的休屠王忙道，"你把我和自次王放了，然后你带浑邪王和他的部众去投奔汉帝，咱们大路朝天，各走一边，你看如何？"

青芒呵呵一笑，却不答言，而是扭头对霍去病道："你觉得呢？"

霍去病冷哼一声，策马上前几步，从贺勒多身上拔出刀来，甩了甩上面的血，然后狠狠地盯着休屠王，从牙缝里蹦出了两个字："休想！"

青芒对休屠王做了一个遗憾的表情，道："你把游戏玩得太过火，惹恼了咱们霍骠姚，他不放过你，我也是爱莫能助。"

"霍去病，你别太嚣张！"休屠王恼羞成怒，"本王手底下还有数万精锐，大不了就跟你决一死战，老子还怕了你不成？！"说着"唰"的一声拔刀出鞘。

莫拔孤见状，手上微一使力，锋利的刀刃立刻在赵信的脖子上划了一道血口子。赵信慌忙大叫："休屠，你冷静一点儿，没看见本王脖子上有刀吗？"

"对不住了，阿胡儿，"休屠王冷冷地瞥了他一眼，"事到如今，你我只能自求多福了。"然后对身后和周围的一众手下大声下令："弟兄们，都给我上！"

众手下正想冲上来拼杀，突然，两侧山峰同时响起了悠长而嘹亮的号角声。

休屠王和手下全愣住了。

紧接着，数十面鲜艳的汉军军旗从两边的山林中竖了起来，在风中猎猎招展。与此同时，无数的汉军骑兵自山上飞驰而下，密集的马蹄声瞬间响彻整片山谷。

郦诺和夷安公主并驾齐驱地冲在队伍前列，英姿飒爽，意气风发。

青芒和霍去病相视一笑。

一切都在计划之中！

休屠王和数百个手下环视周遭，无不惊恐万状。

"投降吧，休屠。"青芒朗声道，"随我回去向大汉皇帝谢罪，兴许他可以饶你不死。"

"老弟，听阿檀那的，没必要白白送死。"浑邪王也沉声规劝道，"事已至此，你不替自己着想，也得替你手下的弟兄们想想，何必一条道走到黑呢？随我归降汉廷吧，我一定会在皇帝面前替你求情。"

休屠王面如死灰，沉默了一下，然后猛地抬起脸来，眼中射出绝望而狰狞的光芒，大喊道："老子生是匈奴的人，死是匈奴的鬼！想让老子投降，做梦去吧！"旋即策马挥刀朝离他最近的霍去病扑了过来。

身后十几名亲兵也挥刀紧随其后。

霍去病盯着来势汹汹的休屠王等人，却一动不动，嘴角掠过一丝轻蔑的笑意。

一直到休屠王的刀逼至目前，霍去病才从容挥刀格挡。

与此同时，青芒带着众手下迎战那十几名亲兵，而郦诺和夷安公主也率部与外围那些匈奴骑兵交上了手。

尽管休屠王使尽了全力，可远远不是霍去病的对手，不过十来个回合，便被霍去病一刀刺穿了胸膛，惨叫着跌落马下。

浑邪王见状，立刻喝令休屠王的部众罢手。但那些亲兵本就悍不畏死，现在一看主子被杀，越发急火攻心，遂拼杀得更狠了。

霍去病看着他们，脸上浮出几分敬佩之色，对浑邪王道："王爷，这些人都是视死如归的真汉子，您也不必劝了，我来成全他们吧。"说完便挥刀加入了战团。

浑邪王一脸无奈，连连叹气。

片刻之后，那十几名亲兵便一一被砍落马下，躺在了血泊中。外围的数百名骑兵约莫阵亡了一半，此刻见大势已去，剩下的人再也无心恋战，遂纷纷扔掉武器，下马投降。

休屠王仰面躺在地上，虽早已咽气，却仍怒目圆睁。浑邪王下马，走到他身边，沉声一叹，伸手帮他合上了双目。

青芒走过来，见浑邪王眼中似有泪光闪烁，便劝慰道："这是休屠自己选的路，谁也没办法。您……别太难过。"

浑邪王沉默片刻，抹了抹眼睛，道："他手底下还有数万精兵，如果他们知道自己的主子是被霍骠姚杀的，一定不会善罢甘休。你打算如何应对？"

青芒皱着眉头，沉吟不语。

此时，赵信及手下亲兵都已被莫拔孤捆得结结实实。青芒看着赵信，忽然心有所动，便示意莫拔孤把赵信带过来。

莫拔孤押着人走过来，瓮声瓮气道："这家伙还有用吗？没用我就把他砍了。"

赵信吓得腿都软了，"扑通"一下跪在青芒脚边，颤声道："阿檀那，你不能杀我，我还有用。你带我回长安吧，我会向陛下请罪，然后把匈奴的所有机密情报全部供出来，这对咱们大汉会有大用处啊！"

"咱们大汉？"青芒呵呵一笑，"你这株墙头草还真是精明！东风吹来你往西边倒，西风吹来你往东边倒，简直是左右逢源、无往不利啊！"

"有道是树挪死，人挪活嘛。"赵信一脸媚笑，"我……我这也是迫于无奈。"

"可你挪来挪去的次数会不会有点儿多了？"

"这次回到大汉，我绝对不会再挪了，我发誓！"

"你的誓言一文钱可以买好几斤，还指望有人信吗？"青芒冷笑，"这样吧，杀不杀你，让我再想想。现在有个问题，你得先老实回答。"

"你说。"

"我那十来个兄弟，至今下落不明，你到底把他们怎么样了？"

青芒一直挂念着朱能、侯金等人。

"他们……"赵信苦着脸，嗫嚅道，"那天夜里，他们拒不投降，所以，我就把他们都杀了，不过……为首那哥儿俩没死，只是受了伤……"

"他们在哪儿？"青芒顿时睁圆了眼。

"在……在马尾岭那边，有一座废弃的木屋。我想留着他们对付你，就没杀他们，让人先看押在那儿。"

"那地方我知道，离这儿不远。"莫拔孤插言道。

"那就有劳兄弟走一趟了。"青芒忙道。

"放心吧。"莫拔孤立刻骑上马，带着六七个手下疾驰而去。

"阿……阿檀那，你放过我吧。"赵信赶紧又苦苦哀求，"把我带回长安，对你也是功劳一件啊。"

青芒又思忖了一下，才道："看在你没杀我那两个兄弟的分儿上，我可以饶你不死。不过，我也懒得带你回长安了。待会儿帮我办件事，一切照我说的做，完事之后，你尽管自回王庭，还有你那些手下。"

赵信一愣，几乎不敢相信自己的耳朵："此言……此言当真？"

"当然，我阿檀那向来说话算话。"

浑邪王大惑不解，忙把青芒拉到一边，压低嗓门儿道："此人死有余辜，你怎么能答应放了他？"

青芒狡黠一笑："我只说放了他，又没保证让他活着。"

"什么意思？"浑邪王越发纳闷。

青芒又是一笑，低声附在他耳旁说了起来……

树林中，郦诺和夷安公主正在指挥军士们收拾战场、处置俘虏。青芒无声地走了过来。郦诺用眼角的余光瞥见了他，却故意不转身。一旁的夷安公主见状，冲青芒挤眉弄眼地笑了笑，然后便识趣地走开了。

青芒也不打搅郦诺，只站在背后静静地看着。

等她忙得差不多了，青芒才道："早上看你睡得沉，就没敢叫你，你不会……还在生我的气吧？"

"你觉得，我应该生你的气吗？"郦诺转过身来，淡淡道。

"好了好了，都是我不对，我跟你赔个不是。"青芒赔笑道，"等回了长安，我一定兑现承诺……"

"你要兑现什么承诺？"郦诺明知故问。

青芒一怔："我……我那天不是答应过你，要向你求婚吗？"

"听你这话的口气，好像是我逼你求婚似的。"

"不不不，是我主动求婚，是我自觉自愿、诚心诚意向你求婚的。"

"即使如此，我恐怕也不会答应你。"郦诺想着什么，把脸别了过去。

青芒又是一怔，少顷才道："可以告诉我，是为什么吗？"

"我这几日想了很多，我觉得，咱俩……终归不是一路人。"

"什么意思？"

郦诺苦笑了一下，神情有些伤感："你是皇帝倚重之人，此次又建立大功，回朝之后，加官晋爵更是不在话下。而我终究是江湖中人，无论长安也好，未央宫也罢，都不是我该待的地方。这趟回去，我肯定要走了。所以，你我注定只能各奔东西，又怎么可能在一起呢？"

青芒闻言，不禁哧哧笑了起来。

郦诺眉头一蹙："你笑什么？"

"我还以为是多大的事呢。"青芒摇头笑笑，"谁告诉你皇帝倚重我，我就要留在朝中为官？就算他要给我加官晋爵，也得我自己愿意吧？"

"你难道不愿意？"

"你看我像是贪图功名利禄之人吗？"

"我知道你不是那种人，可是……我怕你身不由己。"

"难道皇帝还会把刀架在我脖子上，逼我当官不成？"

"皇帝若真看中你的才干，这也不是没可能，正所谓'普天之下莫非王土，率土之滨莫非王臣'。"

"放心吧，今上不是那种暴虐之君。这次回去，我会当面跟他说清楚，如果真要论功行赏，就请他赏我一样天底下最宝贵的东西。"

"什么东西？"

"自由。"

"为了自由，你一生的前程都不要了？"

"你就是我的前程。"青芒目光炯炯地看着她，"只要有你，我别无所求。"

郦诺闻言，心里一阵温润。

浑邪王浑身血迹、披头散发，在几名亲兵的簇拥下驰入了休屠王大营。

见他一副狼狈之状，营中官兵们顿时大惊失色，纷纷围上前来，惊问何故。浑邪王做出一副怒不可遏的样子，气喘吁吁道："我们中了阿胡儿那混蛋的奸计了！他约我和你们王爷去葫芦峡见面，不料却设下伏兵，要置我们于死地。我们只好奋力突围。我好不容易拼杀了出来，可你们王爷他……"

"王爷他怎么了？"为首的将官又惊又怒。

"他被阿胡儿的人围着，恐怕……恐怕是凶多吉少啊！"

将官暴怒，立刻召集数百名精锐骑兵，上马直驱葫芦峡。

峡谷的树林中，赵信和十几名亲兵都被松了绑，骑在马上，但每个人都被四五个汉军骑兵围着，脖子上都架满了刀。

青芒和霍去病策马立在一旁，静静等着。

在他们不远处的地上，休屠王和十几个亲兵的尸体横陈一地，无主的马匹则在一旁悠闲地吃着青草。

片刻后，休屠王的大队人马风驰电掣地进入了峡谷。

青芒从树后探出头去，观察了一下，然后和霍去病相视一笑，接着两人同时拔刀，铿然有声地过起招来。

大队人马闻声，立刻朝这边冲了过来。

青芒一边拿着刀与霍去病相击，一边回头对赵信道："差不多了，照我刚才教你的，大声喊。"

赵信不情不愿，闷不作声。

青芒叹了口气，对霍去病道："这家伙看来是活腻了，要不你把他宰了算了。"

"不不不，我喊我喊。"赵信慌忙道，然后深吸了一口气，扯着嗓子大喊："休屠，你包藏祸心、图谋不轨，大单于命本王将你诛杀，你休得怪我！"

这声音喊过，那滚滚而来的马蹄声分明更近了。

"不错，中气还挺足。"青芒冲赵信一笑，"好了，事情已毕，我说话算话，放你走。不过，能不能逃出生天，就得看你自己的造化了。"

话音一落，汉军骑兵们立刻收刀入鞘，并给赵信等人让开了一条路。

赵信恨恨地瞪了青芒一眼，旋即带着亲兵们朝西北方向仓皇逃窜。

青芒、霍去病连忙带着部众藏了起来。

很快，休屠王的大队人马疾驰而至。几名将官跳下马来，抱着休屠王的尸体号啕大哭，其余大部人马则循着赵信的踪迹紧追而去。

"打个赌，我猜赵信他们跑不出三里路。"霍去病道。

"赌多少？"青芒眉毛一挑。

"一万钱。"

"跟你赌。"青芒一笑，"我赌他们连一里都跑不出。"

霍去病一怔，想了想："不赌了。"

"为何？"

"你可能是对的。"

青芒哈哈一笑："算你识相。"

结局果然不出青芒所料，赵信等人才刚跑出半里多路，便被休屠王的人马追上了。赵信慌忙大声解释，说休屠王是被霍去病杀的，可追兵们恨不得把他生吞活剥了，哪肯听他辩解，转眼就把他和手下亲兵全乱刀砍杀了。

当天，莫拔孤救回了朱能和侯金。两人虽然都受了伤，但伤势并不太严重。青芒大感欣慰，连忙安顿了二人，并命军医给他们治伤。

随后，青芒和浑邪王、莫拔孤进入休屠大营，对休屠王的手下将领们陈说大

势、晓以利害，并让莫拔孤出面做证，证明伊稚斜和阿胡儿确有阴谋，企图将浑
邪、休屠两个部落彻底吞并。最后，浑邪王力劝众人随他归汉，以保全部落。而在
葫芦峡被俘的那些匈奴军士，之前已被青芒说服，此时也都站在浑邪王一边，纷纷
表示愿随浑邪王归汉。

诸将领思虑再三，反复商议，终于也没找到更好的办法，只好点头同意。

次日，浑邪王带领两个部落的六七万部众及其眷属，一起跟着青芒踏上了通往
长安的漫漫归途。

整支队伍共计十几万人，浩浩荡荡，旌旗招展，前后绵延达数十里。

一路上，队伍昼行夜宿。每当日暮时分，营地里便会燃起无数篝火。青芒、郦
诺、霍去病、夷安公主、朱能、侯金六人，经常陪着浑邪王围坐在一起，听他老人
家讲述大半生的传奇经历。

当然，浑邪王总是会不时提起他最爱的女儿，也就是青芒的母亲伊霓娅。

通过老人家断断续续的讲述，连同脑海中残存的记忆碎片，青芒终于慢慢拼凑
出了自己的身世：

汉景帝年间，年轻的蒙安国在陇西郡担任校尉，在一次与浑邪部的交战中受伤被
俘，并被掳至焉支山，于浑邪王帐下为奴。后来，浑邪王的独生女伊霓娅生了急病，
匈奴的医师们均束手无策。而蒙安国早年曾随父学医，精通药理，熟知各种偏方，便
自告奋勇，愿为伊霓娅诊治。浑邪王正急得不知如何是好，立刻答应让他一试。

谁也没想到，蒙安国一出手，竟然真的就药到病除了。浑邪王大喜，随即解除
了他的奴隶身份，并擢其为千夫长。蒙安国与伊霓娅就此结下了不解之缘。此后，
两人开始暗中交往，慢慢产生了感情。等到浑邪王察觉，两人已经私定了终身。浑
邪王极力反对，决定驱逐蒙安国。伊霓娅痛苦万分，遂与蒙安国星夜私奔，从此一
去不返，音信杳无。浑邪王懊悔不已，多方派人查找，却始终一无所获。

为了保住颜面，浑邪王严密封锁了女儿随汉人私奔的消息，对外一律宣称：蒙
安国已逃归汉地；伊霓娅则是去探望远嫁异地的姑母，并且会陪姑母住一阵子。

由于消息封锁得极为成功，所以后来，几乎没有人知道伊霓娅到底是跟哪个男
人生下了阿檀那。也正因此，蒙安国才能保持"清白"，并在回到汉地后仍然得到
朝廷重用。

两年后，浑邪部与另一部落因历史积怨爆发激烈战斗，部众死伤惨重，浑邪王
本人也受了重伤。伊霓娅竟在此时只身归来，一边精心照料他，一边主动担起了部

落重建的大任。浑邪王甚感欣慰，向伊霓娅表达了歉疚之情，然后问及蒙安国下落。伊霓娅告诉他，蒙安国回汉地了，并且把他们刚出生不久的儿子也带走了。浑邪王惊问缘由，伊霓娅起先不说，后来才慢慢道出了事情原委：两人私奔后，找了一个偏僻的地方隐居，后来生下了一个男孩儿，一家三口倒也过了一段温馨甜蜜的日子。

然而，蒙安国终究是汉人，日子一长便思乡心切，遂多次要求伊霓娅随他回汉地。伊霓娅不同意，两人为此时常争吵，感情渐渐生出了裂痕。后来，伊霓娅得知部落遭难、父亲重伤的消息，急于要回焉支山；而蒙安国出于汉人的情感和男人的自尊，坚决不愿再回去过寄人篱下、仰人鼻息的生活。两人又是一番大吵，最后谁也说服不了谁。

让伊霓娅没料到的是，当天夜里，蒙安国便留下一封信，然后带上襁褓中的孩子不辞而别了……

从此，一晃十多年，伊霓娅再也没见过蒙安国和儿子阿檀那，并且再也未嫁。

在此期间，伊霓娅无时无刻不在思念他们父子。在打探到蒙安国的下落后，她一连写了多封密信，托人辗转交给蒙安国，强烈要求见儿子一面。然而，当时的蒙安国已经娶妻生子，且官位显赫，生怕再与匈奴有任何瓜葛，所以只回了一封措辞冷淡的信，拒绝了伊霓娅。

伊霓娅伤心欲绝，终日以泪洗面，渐渐思念成疾。

转机出现在了青芒十五岁这一年。因淮南王刘安觊觎墨弩，便以青芒为质迫使蒙安国进行交易。蒙安国万般无奈，在征求李蔡的意见后，拿几十把墨弩换回了青芒。但碍于青芒私生子的身份，蒙安国无从安置，加之心里一直对伊霓娅怀有愧疚，便暗中联系了她，最后将青芒送回了伊霓娅的身边。

随着儿子阿檀那的归来，原本缠绵病榻的伊霓娅仿佛换了一个人，久已黯淡失神的眼眸再次焕发出了年轻时的光芒。

可是，正值青春期的青芒却对这个突然冒出来的匈奴"母亲"十分抗拒，连同对外祖父浑邪王也不理不睬，甚至时常恶言相向。伊霓娅理解儿子的心情，便以不懈的包容、耐心和母爱，一点儿一点儿地融化了青芒心中的坚冰，并终于在青芒来到匈奴的整整一年后，才让他心甘情愿地喊了她一声"母亲"。

那一刻，伊霓娅止不住泪如雨下。

那一刻，就连总是躲在一旁偷偷观察她们母子的浑邪王也不禁老泪纵横。

后来，母子俩过了两年朝夕相伴、形影不离的日子。那无疑是伊霓娅一生中最幸福的时光，同时也是青芒最开心、最无忧无虑的时光。

然而好景不长，就在青芒过完十八岁生日的几天之后，伊霓娅便因旧疾复发倒在了病榻上。青芒日夜侍奉在侧，天天为母亲祈祷，却终究阻止不了死神的降临。数日后，伊霓娅便在已经长大成人的儿子的怀抱中安详地闭上了眼睛。

处理完母亲的后事，青芒仿佛一夜之间就又变回了那个目光冰冷、沉默寡言的少年。

浑邪王看在眼里，痛在心上，随后使尽浑身解数，甚至张罗着要给他娶亲，目的就是想让这个唯一的外孙重新开朗起来，可所有的努力最后却都徒劳无功。

终于有一天，王庭传来了选拔狼卫的消息，青芒遂告别浑邪王，从此离开了焉支山，并再也没有回来……

摇曳的火光下，围坐在篝火旁的六个人全流下了眼泪。

唯独青芒面若冰霜、一动不动。

众人一边抹着眼泪，一边偷眼看他，谁也不敢开口说话。坐在青芒旁边的郦诺，好几次想出言劝慰，可终究还是忍住了。

许久，浑邪王终于开口打破了难堪的沉默，柔声道："孩子，这都是过去的事了……"不料话音未落，青芒便霍然起身，然后一言不发地离开篝火，头也不回地走进了沉沉的夜色中。

在场众人你看看我，我看看你，都不知该做什么。

夷安公主忍不住扯了扯郦诺的袖子，低声道："喂，你不过去安慰一下？"

郦诺苦笑着摇了摇头："让他一个人待会儿吧，当着别人的面，他是哭不出来的。"

"这个别人也包括你吗？"

"当然。"

夷安公主皱了皱眉，然后又撇了撇嘴，忽然扭头，对另一旁的霍去病道："喂，你要是有了伤心事，也不敢当着我的面哭吗？"

霍去病哭笑不得，连忙站起身来，对众人道："我去巡查一下各处岗哨，诸位自便。"说着转身就走。

夷安公主大为不悦，立刻跳起来追了上去，边追边喊："喂，霍去病，你又摆什么臭架子？本公主问你话呢……"

繁星满天，黑暗的大地一片静阒。

青芒站在一面土坡上，面朝夜空，后背一直在轻微地颤抖着。

忽然，一颗流星划过天际，绽放出璀璨的光芒，旋即消隐于夜幕之中。

青芒的泪水终于溢出眼眶，潜然而下。

然后，他双膝一软，跪倒在地，后背剧烈地颤动着，压抑多时的哭声渐渐释放出来，久久回荡在这片广袤无垠的旷野上……

元狩元年三月初，这支庞大的队伍经过十来天的跋涉，终于来到了汉匈边境。

天似穹庐，笼盖四野，长城在远处的群山上蜿蜒伸展。

青芒策马立在一座高岗上，极目远眺，似乎在寻找什么。很快，地平线上一片姹紫嫣红的花海进入了他的视线。

"就地扎营！"青芒冲着山岗下的朱能和侯金大声下令。

"是。"二人同声应答。接着，侯金嘟囔了一句："日头还没落山呢，现在扎营是不是早了点儿？"朱能嘻嘻一笑："老大体恤我呢，知道我老朱走累了呗。"

郦诺策马立在一旁，听见了二人的对话。然后，她循着青芒的目光向远处望去，似乎隐隐猜到了青芒要在此处扎营的原因。

夕阳西下，大片大片的野花在徐徐晚风中自在摇曳。

青芒静静地站在花海之中，神情伤感。他的手上拿着一根铁锹，额头和鼻尖上都布满了细密的汗珠。

在他的面前，是一座刚刚堆起的新坟。

荼蘼居次的骨灰就埋在里面。

不知道这样伫立了多久，身后忽然响起一个声音："能长眠在如此美丽的地方，想必荼蘼一定可以安息了。"

这是郦诺的声音。

"但愿，她能喜欢这里。"青芒头也不回道。

郦诺走过来，与他并肩而立："一定会的。你这么用心才找到这个地方，她怎么会不喜欢呢？"

"若能如此，我也就心安了。"青芒在心里说。

"过两天就到陇西了，长安已然在望。"郦诺若有所思道，"你有没有想过，到时候，你这位凯旋回朝的大英雄，会成为天下皆知、朝野瞩目的人物？"

青芒眉头微蹙，分明听出弦外有音，却又不太明白她想说什么。

"那又如何？"

"那，你就真的很难自由了。"

"不会，我决不会被功名利禄羁绊。"青芒自信道，"咱们不是都说好了吗？一回京，交完差，我立马辞官……"

"我不是怕你改变主意，而是担心你在那种情况下辞官，会让皇帝尴尬，会让他觉得朝廷威信受损。倘若如此，就算他心里想让你走，面子上也过不去，这就等于是把你自己和皇帝一起逼入无可转圜的境地了。换言之，一旦你作为万众瞩目的大功臣回到长安，你的一举一动便不再是你个人的事了，而是关系到皇帝和朝廷的颜面与威信。试问到那时，你可以丝毫不顾皇帝的感受，说辞官就辞官吗？就算你能做到，可皇帝呢？他会不顾天子颜面和朝野舆情，若无其事地放你走吗？"

青芒闻言，顿时如梦初醒。

他不得不承认，郦诺的顾虑是有道理的。

"真没想到，你对君臣之道的领悟竟如此透彻。"青芒不由得感慨。

"我只是旁观者清而已，谈不上什么领悟。"郦诺淡淡道。

"那依你之见，该当如何？"青芒的确有些"当局者迷"，一时竟不知该如何应对。

郦诺想了想，不置可否道："天黑了，回营吧，我让你看样东西。"

"什么东西？"

郦诺看着他，嫣然一笑："你不是一直想看看天机图的真面目吗？"

在郦诺的营帐内，青芒终于目睹了天机图的真容：

一尺见方的羊皮卷上，画着一幅图，上面是九座大小和模样相仿的山峰；在九座山峰之间，别有一峰傲然耸立，峰顶一分为三，样貌甚为奇特；此外，图的最上方写着三个较大的字，下面还有一行小字。

不过，让青芒颇为尴尬的是，上面的所有字体全部古朴奇拙、笔画繁复，竟然大多都认不出来。

见他蹙眉不语，郦诺忙问："这些字，你也认不得吗？"

"这应该是先秦的六国文字，想必是墨子他老人家亲手所写。"青芒赧然一笑，"可惜，我只能大致看出几个简单的。"

"简单的我也看得出来。"郦诺指着最上面的三个字道,"比如这三个,前面两字应该就是'天机',只是后面这个字不好认。还有……"她又指了指下面那行小字其中的几个,"这是'九'字,这是'三'字,这是'上',这是'下'。"

青芒盯着那第三个大字,道:"我猜……这应该是个'城'字。"

"你是说,'城池'的'城'?"郦诺目光一亮,"那这三个字就是'天机城'?"

青芒点点头:"这上面画的九座山峰,应该就是田旗主临终前跟你提到的九嶷山了。所以,现在大致可以得出的结论是,在九嶷山的某个山峰中,隐藏着一座墨家的天机城;而咱们没看懂的这些文字,应该就是进入天机城的关键线索。"

"那怎么办?咱们连这些字都看不懂,还怎么进天机城?"

青芒抬眼看着她:"你真的想进去?"

"为何不进?这个谜团与我们墨家的命运关系甚巨,我身为墨家旗主,难道不该去一探究竟?"

"可是,这个谜团很危险,它已经害死了很多人。"

"这不正是我们应该把它弄明白的原因吗?否则那么多人岂不是都白死了?"

"你应该能想到,这天机城中极有可能藏着非常厉害的杀人武器。"

"我当然猜得到。《墨子》一书中,便记载过'连弩车''转射机'等非常厉害的武器,只是记载很简略,且从没有人见过实物而已。我想,天机城的秘密,定然与之相关。"

青芒直视着她的眼睛:"你进天机城的目的,是不是为了得到那些东西?"

郦诺苦笑了一下:"是,我不否认,这曾经是我的目的。"

"曾经?"青芒有些意外。

郦诺想着什么,沉默了片刻,才道:"这些日子,我想了很多,我觉得,你可能是对的。"

"你指什么?"

"我记得,你以前跟我说过,说你想利用皇帝给你的官职,尽你所能,让匈奴人和汉人化干戈为玉帛,让这世上的仇恨和杀戮少一些。我当时并不信你。可现在,你却说到做到了。所以我就在想,我是不是也可以像你这样,做点儿什么,让这世道变好一些……"

"你当然可以。"青芒不禁为她的悄然改变而喜出望外,"你现在是唯一一个身系墨家安危的人,也是唯一一个可以决定墨家命运的人。你可以选择仇恨,也可以选择宽恕；你可以选择杀戮，也可以选择和解；你可以选择快意恩仇，跟朝廷对抗到底，让血流得更多一些，也可以秉承墨子'兼爱''非攻'之旨，尽你所能，守护天下苍生——这些，都在你的一念之间！"

郦诺心中大震，久久地看着青芒。

"假如我爹还活着，你觉得……他会怎么做？"郦诺问。

"他一定会与朝廷和解，然后带着所有墨家弟兄一起，重新追随墨子的脚步。"

"何谓重新追随墨子的脚步？"

"就是摩顶放踵以利天下，做真正的墨者。"

郦诺沉吟了一会儿，道："我还有一个问题想问你。"

"你说。"

"你……真的相信皇帝吗？"

"我信。"青芒不假思索。

"假如他得到了天机图，进入了天机城，你认为，他会怎么做？"

"如果天机城中真的藏了什么杀人利器，皇帝决不会让它们重现于世。"

"所以呢？"

"所以，他一定会毁掉它们。"

郦诺若有所思地笑了笑："就是为了不让墨者拿它们来对抗朝廷？"

"准确地说，是不让任何别有用心之人，拿它们来屠戮天下。"

郦诺思忖着他的话，脑中又回想起夷安公主说过的关于皇帝的种种往事……良久，她心中残存的疑惑与不安终于渐渐消散。

"我知道该怎么做了。"

青芒心中甚慰，便道："你还没告诉我，我回京之后该如何应对呢。"

郦诺淡淡一笑："最好的应对之策，就是——不回京。"

"不回京？"青芒一怔。

"对啊，如果你根本不想要功名富贵，那为何一定要回京呢？只要你不回去，所有的问题不都迎刃而解了吗？"

犹如一语点醒梦中人，青芒不由得哑然失笑。

他仔细一想，自己的身世已经彻底弄清楚了，与外祖父浑邪王也已相认，同时还把他和族人都带回了汉地，既了却了自己的心愿，也完成了皇帝交给他的使命——至此，几乎想做的事情都做完了，唯独剩下最后一件事，就是弄清天机图及其背后那个"天机城"的谜团。所以,他的确没有必要非回长安不可。

"那依你的意思,咱们索性就从这儿直奔九嶷山,去天机城一探究竟了?"青芒道。

"为什么不呢?"郦诺欣然一笑,拿起天机图晃了晃,"现在的问题只是,上面这些字到底是什么意思?"

"要弄清楚也不难。"青芒道,"军中有一位老书吏,熟读古代典籍,这些字,他一定认得。"

"可这样一来,天机图的秘密不都让他知道了?"

"这好办。只要把字的顺序打乱,一个字一个字问,他便难解其意了。"

随后,青芒找到那位书吏,请他喝了顿酒,便把那些字都弄清楚了。

然而,即使一一识别了那些字,可按原顺序组合起来后,他却比之前更糊涂了——因为这完全是个不知所云的哑谜!

青芒匆匆回到郦诺帐中,把结果告诉了她。

"九嶷出水三分,玄武白虎青龙,泽上天下伏藏,谷雨霜降立冬。"青芒指着"天机城"下方那一行小字,一个一个慢慢念了出来。

郦诺一脸迷惑:"这……这都说的些什么呀?我怎么一句都听不懂?"

青芒叹了口气:"我也不懂。不过这也可以理解,像天机城这么重大的机密,墨子他老人家岂肯轻易让后人破解?自然是要煞费苦心地设计谜团了。"

"那怎么办?"郦诺不免沮丧,"如此云山雾罩的谜团,该怎么破解?"

"光坐在这儿想,肯定什么都想不出来,只能去了九嶷山再说。"

"也好,雷刚已经先过去了,他应该知道一些九嶷山的情况。那咱们何时动身?"

青芒沉吟片刻,决然道:"事不宜迟,今晚就走。"

月明星稀,四野苍茫。

青芒和郦诺一人一骑,在广袤无垠的天地之间并辔驰骋。

大风浩荡,吹动着他们的衣袍,令他们远远望去犹如一对展翅飞翔的鸟儿。

此时,尽管沉沉夜色仍旧包裹着他们,但在道路前方的东方的地平线上,却已隐隐露出了一丝曙光……

第二十三章　世仇

今天下之君子之欲为仁义者，则不可不察义之所从出。

——《墨子·天志》

次日一早拔营，众人才发现青芒和郦诺的帐中已然空无一人。

夷安公主最先发现郦诺不在帐中，便在附近找了一圈，没找到人，又去青芒那儿找，发现他也不在了，顿觉不妙，赶紧去告诉了霍去病。

霍去病也觉得不对劲，随即通知了浑邪王、朱能、侯金。大伙儿又分头找了一遍，仍旧不见二人踪影，这才意识到他们已经不辞而别了。

众人面面相觑，愕然良久。随后，夷安公主无意间在郦诺帐中发现了一封帛书。

这是青芒和郦诺留下的告别信。

在信中，二人以不无伤感的口吻与五个人一一表达了惜别之情，然后劝大伙儿不必挂念他们，并答应日后一定会回来看望大伙儿。最后，青芒委托霍去病回朝向皇帝复命，表示他向来不乐仕途，不喜功名，唯愿纵情山水，逍遥江湖，现既已奉旨完成"招抚匈奴"之使命，报效社稷之大事毕矣，故而不再回朝，请求皇帝宽宥谅解。

一封信看完，众人都怅然若失。

在一阵难挨的沉默后，霍去病猛地把帛书揉成一团，狠狠掷在了地上，然后大步走出了营帐，只头也不回地扔下两个字："拔营！"

帐中四人相顾无语，只能各自在心里发出一声凄恻的长叹。

　　九嶷山位于零陵郡的泠道县，从陇西郡到此足有三千余里。青芒和郦诺一路跋山涉水，晓行夜宿，仅用七八天便赶到了泠道县。

　　之前先一步离开长安的雷刚已在此等候数月。二人一进县城，找了家客栈落脚，郦诺便用事先约定的联络方法通知了雷刚。

　　日暮时分，雷刚匆匆赶到客栈，一见到郦诺，顿时激动得眼泛泪花。

　　郦诺慰勉了他几句，旋即问起九嶷山的情况。雷刚介绍说，九嶷山层峦叠嶂，深邃幽奇，共有舜源、娥皇、女英、杞林、石城、石楼、朱明、箫韶、桂林九座山峰。相传，舜帝当年巡狩至此，中途驾崩，葬于山间。娥皇、女英二妃千里迢迢前来寻觅，见九座山峰异岭同势、峰峰相仿，令人疑惑，最终未能得见。故而后人便将此山称为"九疑"，亦称"九嶷"。

　　郦诺和青芒闻言，对视了一眼。

　　怪不得天机图上会把九座山峰都画得差不多，原来是此山的山形本来如此。

　　"那你可曾听说，此山还有一个名称，叫'魔山'？"郦诺又问。

　　"确有此称，这也跟舜帝有关。"雷刚道，"相传当年有妖魔鬼怪在此作乱，为害百姓，舜帝愤然入山，斩妖伏魔，故此地在古时也称'伏魔山'，只是后来叫着叫着，便省却了一个字，只称'魔山'。"

　　郦诺和青芒恍然。

　　接着，青芒用眼色询问郦诺，郦诺微微颔首，青芒遂从怀中掏出天机图，展开在了雷刚面前。

　　雷刚一看之下，不由得一惊："这……这便是天机图？"

　　青芒点头："这上面的文字，我念给你听。你仔细听一下，看能否听出什么端倪。"然后便把那行文字念了出来。

　　雷刚听完，指着图上那座一分为三、样貌奇特的山峰，道："这个地方应该是三分石。所谓'九嶷出水三分'，说的必是三分石。"

　　"三分石？"青芒目光一亮，"那'出水'二字当作何解？"

　　"三分石是九嶷山的最高峰，据说有六百丈高。山上清泉喷涌，飞瀑如练，其中一脉便是潇水之源。想必'出水'二字便是指此吧。"

　　郦诺闻言，喜道："既然第一句就提到这三分石，说明天机城一定就藏在此处了。那后面三句呢，你还能想到什么吗？"

　　"后面这几句就难了。"雷刚皱眉思忖道，"第二句'玄武白虎青龙'，说的是上古四大神兽，可独缺朱雀，不知道暗示什么；第三句'泽上天下伏藏'，完全不知所云；第四句'谷雨霜降立冬'，字面上看，不过是三个普通的节气，背后到底有何深意，我是真不明白。"

郦诺叹了口气。

这些话说了等于没说，她只好看向青芒。

青芒想了想，道："明日一早，咱们进山，直接去三分石。我想，到了地方，应该能有启发。"

这些天来，他一路上不断揣摩这四句话，其实心里已经有了一些想法。只是这些想法必须到实地去印证，他暂时不想多说。

自从青芒和郦诺不辞而别后，霍去病的心情便复杂了起来。

一方面，是因二人的遽然离去而怅然若失；另一方面，则是对二人的去向起了疑心。他之前便一直在怀疑，张次公等人对郦诺的指控并非空穴来风——也就是说，郦诺的真实身份很可能是墨者。所以眼下，他不免担心青芒和郦诺这一走，会不会是去做什么不利于朝廷的事？

那天开拔之后，霍去病一路上满腹疑虑，连夷安公主跟他说话都心不在焉。傍晚扎营时，军中的那个老书吏忽然来见他，禀报了青芒咨询古文字的事。霍去病顿时来了精神，料定此事与青芒和郦诺的去向有关，忙命老书吏把那些字写了出来。随后，他立刻找来夷安公主、朱能、侯金和几名副将，一起研究那些零零散散的字。

大伙儿集思广益，没费多少工夫，便把其中一些字拼成了"玄武""青龙""谷雨""立冬"等词，但其余散字却再也拼凑不起来。而且，即使是已经拼出来的词，也根本看不出它们意味着什么。

正当众人一筹莫展之时，朱能忽然指着那个"嶷"字道："此字倒是与我家乡一座山的名字相同。"

霍去病目光一亮："你家乡何处？"

朱能答："零陵郡。"

霍去病略一思忖，顿时恍然："你是说九嶷山？！"

朱能点头。

"可是……"夷安公主疑惑道，"只有一个'嶷'字，连'九'都没有，便可断定是九嶷山吗？"

霍去病不假思索道："此字在别处很少用到，几乎是九嶷山的专名；此外，这里头之所以没有'九'字，是因为此字笔画简单，蒙奕定然识得，何必拿出来问人？"

夷安公主觉得有道理，便没再说什么。

"霍骠姚是怀疑，蒙尉卿和仇少使他们……去了九嶷山？"侯金问。

霍去病淡淡一笑，没有回答。

次日，队伍继续东行，进入了陇西地界。到了这里，浑邪王及其部众、族人便彻底安全了。霍去病遂以先行回朝复命为由，与浑邪王辞别，然后命几名副将继续护送他们，自己则带着夷安公主、朱能、侯金及少数亲兵即刻上路，风驰电掣地赶回了长安。

一回京，霍去病顾不上满身风尘，连夜入宫觐见了皇帝。

得知他们成功招降了浑邪王及休屠王遗部，刘彻顿时大喜过望。可是，当霍去病禀报了青芒不辞而别之事后，刘彻的笑容瞬间凝固在了脸上。

半晌，他才怅然一叹，道："这样也好。既然蒙奕不想为朕所用，那迟走不如早走。若是等到回京，朕给他论功行赏之后，他再说要走，那就朕也难堪、他也难堪了。"

"陛下所言甚是。"霍去病若有所思道，"只是蒙奕这一走，当真归隐山林、不问世事倒也罢了，臣是担心他……他……"

见他支支吾吾、欲言又止，刘彻忽然一笑，道："担心他什么？阿檀那都把自己的外祖父招降了，你还担心他会不利于朝廷吗？"

"阿檀那"三字一出，犹如一声晴天霹雳在霍去病的耳边訇然炸响。

他万万没想到，皇帝竟然早已知道了蒙奕的隐藏身份。而自己这么长时间以来一直替蒙奕隐瞒，便是赤裸裸的欺君啊！

"怎么，很意外吗？"刘彻饶有兴味地欣赏着他万般惊骇的表情，"你以为朕一直被你和阿檀那蒙在鼓里是吧？那你也太小瞧朕了。"

霍去病原本是站着回话，此刻再也站立不住，"扑通"一下双膝跪地，俯首道："陛下圣明！臣……臣欺瞒陛下，罪该万死！"

"罢了，朕也知道你有苦衷，并非有意欺君。"刘彻淡淡一笑，"若真要治你的罪，朕早就治了，何必等到今天？再说了，你和阿檀那招抚了浑邪王及其部族，有大功于朝，就算之前犯了什么过错，也足以将功折罪了。平身吧。"

"谢陛下！"霍去病微微颤抖地站了起来，"敢问陛下，是……是如何得知阿檀那身份的？"

"这有何难？"刘彻哼了一声，"阿檀那毕竟当过匈奴的左都尉，认识他的又不止罗姑比一人。虽然他来到汉地以后，把满脸的胡子都剃了，刻意变化了形貌，但多找几个人暗中认一认，还是不难识破的。"

霍去病恍然，停了一会儿，又道："启禀陛下，臣方才说担心，其实不光是担心蒙奕一人，还包括仇芷若……"

"你说的是郦诺吧？"刘彻眉毛一扬，似笑非笑。

霍去病又是一震，难以置信地看着皇帝。

"朝中干臣如张汤等人，一再指控她是墨者，你觉得朕会无动于衷，对她毫不怀疑吗？"刘彻眼中闪过犀利的光芒，"事实上，朕当初同意夷安拜郦诺为师，并让她以少使身份进入宫中，便是有意要近距离观察她。虽然郦诺十分谨慎，始终没露出任何破绽，但朕有的是耐心。所以，有一次，朕有意找夷安聊了聊她这位师傅，夷安一不留神便说漏了嘴——朕这才知道，原来她的真名叫郦诺。"

霍去病听得目瞪口呆，少顷才道："那……那陛下可查清她的真实身份了？"

"这还用说？"刘彻呵呵一笑，"有了'郦诺'这个名字，查起来便易如反掌了。你不妨猜一猜，这个郦诺究竟是何身份。"

"莫非她……真的是墨者？"

刘彻点头。

霍去病心中一声哀叹。

"她不仅是墨者，而且，还是很不一般的墨者。"

"陛下何意？"

"据朕所知，墨家巨子姓郦名宽，世居东郡濮阳，膝下仅有一女，自幼习武，身手过人，且生性果敢，颇有胆略，大有巾帼不让须眉之勇……"刘彻故意顿了顿，道："现在你该知道，此女究竟是谁了吧？"

霍去病闻言，不由得大惊失色。

郦诺竟然是墨家巨子的独生女，那皇帝岂能放过她？！纵然她和青芒一起逃到天涯海角，最终也逃不过朝廷的手掌心啊！

可是，刚这么一想，霍去病便又困惑了，忙问："既然陛下已知郦诺是墨者，为何……为何不抓她？"

"墨家徒众遍布天下，你抓得完吗？"刘彻苦笑了一下，"即使朕抓了郦诺，又能怎样？天下墨者就都会束手就擒了吗？恰恰相反，他们只会更激烈地对抗朝廷。如此，天下将永无宁日。所以，正如对付匈奴，征讨与招抚缺一不可一样，对付墨家，也不能全凭武力。"

"陛下的意思是……若墨家愿意改过自新，朝廷也可对他们网开一面？"

"没错，若墨家能够自我约束，切实奉守我大汉律法，朕未尝不可宽恕赦免之。"

霍去病心中大喜："陛下圣明！"

"郦宽三年前已经身故，朕估计，郦诺很可能会继任巨子，就算没有，她在墨家内部的地位应该也不低。所以，朕原本是打算开诚布公跟她谈一谈的，希望她能秉承墨家大义，以天下大局和苍生福祉为念，带领墨家徒众走上自新之途。没想到，她现在却跟着蒙奕那小子一块儿跑了，殊为憾事哪！"

霍去病忙道："陛下勿虑，臣知道他们去哪儿了。"接着便说了九嶷山的事。

"九嶷山？"刘彻眉头一蹙，若有所思，"看来，张汤的怀疑并没有错。"

霍去病一怔："陛下何意？"

"张汤一直怀疑，石渠阁一案是蒙奕所为，并坚持认为蒙奕已经盗走了天机图，留在石室中的只不过是个空壳。如今看来，张汤恐怕是对的。"

霍去病一惊："陛下是认为，这九嶷山跟天机图有关？"

"不然呢？"刘彻冷哼一声，"他们去九嶷山做什么？总不会是去游山玩水的吧？如果朕所料不错，那九嶷山中隐藏的秘密，一定非同小可！"

霍去病顿觉事态重大，忙问："那陛下打算如何应对？"

刘彻不语，沉吟良久后，忽然朝霍去病招了招手。霍去病快步走上前来。刘彻身子前倾，凑近他，低声说了起来。霍去病听着听着，脸上遽然露出无比惊讶的神色……

零陵郡，泠道县。

次日晨，青芒、郦诺、雷刚及十来个精干手下，策马出了县城南门，一头扎进了莽莽苍苍的九嶷山。约莫走了半个时辰，便来到了孤峰耸立、泉瀑奔涌的三分石下。

青芒抬眼望去，但见山巅上三石并峙，直冲霄汉；下有大小瀑布数十处，激流迸飞，云蒸霞蔚；整个山势雄奇险峻，气象峥嵘，景色异常壮美。

"你是不是有什么想法了？"郦诺策马立在一旁，斜眼看他。

青芒淡淡一笑："你怎么知道？"

"我昨晚就看出来了。"郦诺哼了一声，"你明明想到了什么，却故意不说。"

"不是不说，是尚属猜测，不敢卖弄。"

"行了行了，知道你为人低调，谦虚谨慎，有古君子之风。"郦诺娇嗔地白了他一眼，"那现在可以说了吧？"

旁边的雷刚等人闻言，赶紧都看向青芒。

青芒又是一笑："昨晚听雷兄提到，此处清泉喷涌，飞瀑如练，我就立刻联想到，'泽上天下伏藏'这句，很可能是在暗示某种卦象。"

"卦象？"郦诺不解，"怎么说？"

"在《易经》的六十四卦中，'泽'为兑卦，'天'为乾卦；泽上天下，就是兑上乾下，即为第四十三卦'夬卦'，又名'泽天夬'；按其卦象，泽为水，水在天上，从高空倾泻而下。大伙儿不妨想想，这样的意象是在暗指什么？"

"水从天上倾泻而下，不就是雨吗？"雷刚抢着道。

青芒摇摇头："除了雨，还有什么？"

郦诺蹙眉一想，脱口道："瀑布？"

"没错。泽上天下，便是暗指瀑布。现在，咱们把天机图上的第一和第三句谜语结合起来看，九嶷出水三分，泽上天下伏藏，其意思很可能便是——天机城就藏在九嶷山三分石的瀑布后面。"

"瀑布后面？"郦诺惊讶道，"你是说，瀑布后面是空的？"

"溶洞。"青芒自信道，"若我所料不错，在某道瀑布后面，一定藏着一座很大的溶洞。"

"没错没错。"雷刚大喜，"这九嶷山中的确有很多溶洞。"

"可这山上瀑布这么多，怎么找？"郦诺问。

"这就要说到第二句谜语了——玄武、白虎、青龙。"青芒答道，"古人以四兽配四方，玄武为北，白虎为西，青龙为东，朱雀为南。此句独缺朱雀，显然是在暗示南方。由此可见，咱们要找的瀑布，一定是在三分石的南面。"

郦诺和雷刚恍然，欣喜地对视了一眼。

"咱们现在位于何方？"郦诺问雷刚。

"西边。"雷刚用手一指，"南面在那边。"

"走！"青芒立刻掉转马头。忽然，他眼角的余光无意中瞥见，不远处的树林中有个黑影一闪即逝。

青芒不动声色，兀自策马前行。

郦诺、雷刚和众手下紧随其后，一起朝南面驰去。

后面的跟踪者是一名蒙面的黑衣人。

此人没有骑马，但身手异常矫健，一路尾随青芒等人，在树木和岩石间飞速穿行，如履平地。然而，当转过一处山角，此人却蓦然顿住了脚步，因为青芒等人竟凭空消失了。

周遭的山林一片阒寂，只有远处泉瀑奔流的哗哗声隐隐传来。

蒙面人大为困惑，在原地转了几圈，四顾茫然。

"敢问这位朋友，是在找人吗？"

青芒面带讥笑，背着双手从一株大树后走了出来。与此同时，郦诺、雷刚等人也纷纷现身，将此人团团围住。

蒙面人与青芒对视了一眼，然后看了看郦诺，接着竟一把扯下了蒙面巾。

众人一看之下，无不一脸惊愕。

眼前之人，竟是仇景！

雷刚和众手下立刻拔刀，纷纷上前逼住了他。仇景环视他们一眼，冷然一笑，对郦诺道："郦旗主，面对一个手无寸铁之人，你们有必要如此大动干戈吗？"

郦诺这才注意到，他身上果然没带兵器，便对雷刚道："雷子，你们先退下。"雷刚眼睛一瞪，大声道："旗主，你别听他的，这姓仇的诡计多端，身上肯定带着暗器呢！"

郦诺不言，只犀利地盯了他一眼。雷刚无奈，只好带着众手下一起退了开去。

"仇旗主，请问你为何在此？"郦诺冷冷道。

"这不重要。"仇景面无表情道，"我来是想告诉你们，赶紧离开这儿，此地不宜久留。"

"哦？"郦诺眉毛一扬，"为什么？"

"因为此地……很危险。"

"什么危险？"

"有人要杀你。"

郦诺不屑地哼了一声："谁要杀我？"

仇景叹了口气："你别问这么多了，总之，我是为你们好。"

"放屁！"雷刚忍不住嚷道，"姓仇的，你这个无耻小人，搞了那么多阴谋，害死咱们多少弟兄，我们都还没跟你算账呢，你竟然还敢来装好人？！"

仇景苦笑了一下："我知道，你们一直在误会我，仇某虽百口莫辩，但自忖问心无愧。"说着，把脸转向郦诺："郦旗主，仇某今日不求为自己洗清冤屈，可有些话还是得说明白。我知道你们此来，定然与天机图有关，因为关于九嶷山与咱们墨家的瓜葛，我也曾经从巨子那儿听闻一二。仇某虽不知天机图背后到底藏着什么秘密，但也知道此秘密干系甚大，一旦大白于天下，恐怕既非墨家之幸，亦非苍生之福。所以，仇某恳请你，就此罢手，不要去触碰这个秘密，更不要去揭开它……"

"凭什么？"雷刚又大声嚷嚷，"你叫我们别碰，不就是你自己想去碰吗？还把话说得那么好听，你他娘的蒙谁呢？！"

"雷兄，少安毋躁。"一直沉默的青芒终于开口，"他说什么是他的事，咱们听不听是咱们的事，可无论如何，你总得让人家说话嘛。"说完转向仇景，微笑道："仇旗主，你既然要把话说明白，那就索性摊开来说，何必如此半遮半掩、藏头露尾的呢？你刚才说有人要杀郦旗主，又让我们别碰天机图的秘密，听上去好像知道不少东西，可你又不说清楚，也难怪雷刚兄弟跟你嚷嚷。说实话，我听了心里也不舒服。"

仇景又苦笑了一下："秦尉丞，不是仇某故意想遮掩什么，实在是……有难言之苦衷，还望诸位见谅。反正仇某言尽于此，该怎么做，你们自己决定吧。"说着，忽然从怀中掏出一个用红绸包裹的东西，看着郦诺道："郦旗主，此物本来便是属于你的，现在……也该物归原主了。"

郦诺一怔，未及反应，仇景便把东西抛了过来。她连忙接住，狐疑地打开红绸，定睛一看，顿时又惊又喜。

这分明是当初被盗走的墨家的巨子令！

一旁的青芒和雷刚等人见状，也都十分意外。

"仇旗主，这……这令牌怎么会在你手上？"郦诺大为困惑。

"这还用问吗？"雷刚一脸鄙夷地抢着道，"巨子令本来便是他偷的！他现在不过是良心发现而已。"

郦诺当然不相信事情会这么简单，急切道："仇旗主，这到底是怎么回事，你就不能如实相告吗？"

仇景神情复杂，沉默半晌，才黯然道："雷子说得对，巨子令……是我偷的。我对不起巨子，对不起你，也对不起墨家的弟兄们……"

"不，我不信。"郦诺摇头。

忽然，一个可怕的念头从她心中一闪而过。虽然她万分不愿相信这个念头，但理智却告诉她，唯有这个原因，才能解释仇景今天为何会有这些怪异举动，也才能解释这么长时间以来发生在墨家内部的种种令人匪夷所思的事情。

正寻思间，仇景冲她和众人抱了抱拳："郦旗主、诸位兄弟，仇某一生忠于墨家，不期老来却晚节不保，如今已无颜忝列墨家门墙，只能自逐于江湖。从今往后，墨家的存亡兴废，只能拜托诸位了，请各自珍重，咱们……就此别过吧。"

一句话说完，他已眼眶泛红、声音哽咽，旋即转身就走。

"仇叔！"郦诺脱口而出，下意识地追了几步，"能不能告诉我，芷薇她……她现在在哪儿？"

仇景微微一震，停住了脚步，片刻后才用一种暗哑的嗓音道："她……不值得你挂念，你把她忘了吧。"

闻听此言，郦诺越发确认自己刚才的怀疑是对的，心中不禁一阵悲凉。

就在这时，周围的树林中突然响起一阵密集的拉紧弓弦的嘎吱声。

在场所有人同时一惊。

"小心！"

青芒刚发出一声大喊，数十支箭矢便尖啸着从四面八方破空而来。郦诺手里还拿着巨子令，仓促之间根本来不及拔刀。青芒一个箭步冲到她身边，瞬间挥刀挡掉了七八支来箭，但还是有一箭射中了郦诺的右臂。只听"当啷"一声，手中的巨子令掉落在地。

此时，雷刚及其手下也都猝不及防，当即有六七人被射中要害，倒地身亡。

在场众人，只有仇景一个没有遭到袭击，足见他跟那些偷袭者是一伙的！

雷刚勃然大怒，狂吼着挥刀扑了上去。仇景似乎对方才的一幕也非常惊骇，忙道："雷子，你听我解释。"雷刚哪里肯听，转眼就冲到了他面前。

然而，还没等他出手，树林中又射出了凌厉的一箭，"噗"的一声直接命中了他的后心。

雷刚一个趔趄，猛地喷出一口鲜血，然后睁着血红的双眼慢慢倒了下去。

仇景又惊又怒，环视着周遭的树林大吼："仇芷薇，你给我出来！你还想杀多少人才肯罢休？给老子滚出来！"

郦诺悲愤莫名，想冲过去看雷刚，可刚跑了两步，又是一箭破空而至，射在了她的脚边，显然是警告。

"爹，你的心太软了，这样怎么能成大事？！"

随着话音，仇芷薇手持长弓，一脸得意地从一棵树后走了出来。她身后紧跟着一名三角眼、鹰钩鼻的中年男子。与此同时，数十名身着青衣的弓箭手也从四周树林中鬼魅般地冒了出来。

事实果然不出郦诺所料，一切都是仇芷薇干的！

青芒似乎也早料到了，不由得沉声一叹。

"为什么是你？！"郦诺盯着仇芷薇，眼中交织着愤恨、伤感和困惑。

"为什么不能是我？"仇芷薇冷然一笑，"在你眼中，我永远都是那个拖着鼻涕跟在你屁股后面的黄毛丫头，对吧？从小到大，都只有你能支使别人、号令别人，而别人都不能也不敢跟你说半个'不'字，是不是？你天生就清高、尊贵、聪明能干，当然可以颐指气使；而别人天生就低贱、卑微、蠢笨无能，自然得任你摆布。你就是这么认为的，对不对？"

郦诺一震，蓦然回想起四个月前两人的一次闲聊。那回郦诺生病，仇芷薇照料她，两人聊起了小时候的往事。如今想起来，仇芷薇那天其实已经流露出了对她的不满和嫉妒，几乎每句话都弦外有音，而郦诺却只当她是开玩笑，并未放在心上。直到此刻，郦诺才恍然发现，原来仇芷薇对她的恨意居然有那么深，而且已经恨了她那么久！

"芷薇，我一直把你当妹妹，从没有轻视过你……"

郦诺知道现在说什么都没有意义了，但还是忍不住想要解释。

"那只是你自己认为的。"仇芷薇冷冷打断她，"你从来就没有在乎过我，又怎么会知道我的感受？从小到大，你都是一个高高在上的主子！与其说你把我当妹妹，还不如说你一直把我当下人、当奴婢！"

郦诺苦笑不已："这么说，所有事情全是你干的？你收买胡九、石荣、许虎、丁雄，指使他们纵火、盗走巨子令、杀害倪右使、嫁祸田旗主，然后杀人灭口，又企图从秋水山庄劫走天机图，最终还杀害了田旗主……所有这些，全是你的杰作？"

"没错！很意外吧？"仇芷薇得意一笑，走过来，从地上捡起巨子令，吹了吹上面的尘土，"你一直以为自己是最聪明的，总是把我当成幼稚、冲动、什么都不懂的傻丫头，可现在你总算知道，到底是谁傻了吧？像你这种自作聪明、其实没什么真本事的人，有什么资格当墨家巨子呢？这块令牌，你终究是拿不住的，还是让我来保管吧。"说完便把巨子令揣进了怀中。

"芷薇！"仇景沉声呵斥，"你如果还认我这个爹，就把巨子令还给郦旗主，它不属于你。"

"凭什么？！"仇芷薇厉声道，"这世道本来便是成王败寇，我凭本事拿到手的，它就属于我！"

看仇景好像知道一切，可跟仇芷薇的立场又全然相左，郦诺甚是困惑，忍不住问道："仇叔，芷薇干的那些事，你到底知不知情？"

"若是知情，我怎么可能由着她？"仇景苦笑，"我事先根本一无所知，直到上回从秋水山庄离开，她才把一切都告诉我的。我万万没想到，她竟然背着我干了那么多伤天害理的事……"

"郦诺，我也不怕你笑话，"仇芷薇讪讪一笑打断了他，"我爹一向是护着你的，有时候我都怀疑他是不是我亲爹。自从知道巨子令在我这儿之后，他就天天指着我的鼻子骂，这回又趁我不备，把东西偷出来给了你，胳膊肘完全是朝外拐的。你说说，像他这种一心帮着外人、压根儿不管女儿的爹，我到底是认，还是不认呢？"

"那就别认！"仇景气得脸色铁青、浑身哆嗦，"巨子令你到底还不还？再不还休怪老子跟你翻脸无情！"

"别呀爹！"仇芷薇竟然咯咯笑了起来，"我也就发两句牢骚，您怎么就当真了呢？说心里话，我千辛万苦拿到这个巨子令，可不是为了我自己，我是想拥戴您当巨子的。您若是不认我这个女儿，那可怎么办？难不成，这个巨子还得我自己来当？"

"你做梦！"仇景怒吼，"你若是执迷不悟，一条道走到黑，老子今天就把你宰了，权当从来没生过你这个女儿！"

"爹，我看您是老糊涂了吧？"仇芷薇一脸冷笑，"我之所以走上这条道，还不是您从小教育的结果？是谁从小就告诉我，咱们家跟他们郦家有不共戴天的世仇？又是谁告诉我，要苦练武功，学本事，日后才有机会报仇雪恨？后来是您自己打退堂鼓了，是您自己背弃了先人，现在又来怪我一条道走到黑？真的要怪，难道不该是怪您自己吗？"

仇景顿时语塞。

世仇？！

郦诺大为困惑——仇景和自己的父亲不是一直是生死弟兄吗？哪来的什么世仇？

闻听此言，青芒也是一脸错愕，不禁与郦诺面面相觑。

"她到底在说什么？"郦诺眉头紧锁，直视仇景。

仇景一声长叹，嘴唇动了动，却又说不出来。

仇芷薇冷哼一声："爹，事到如今，还有什么不能说的？全告诉她吧，别让她死了还做糊涂鬼。"

仇景又黯然片刻，才缓缓道："郦旗主，我祖上本不姓仇，而是姓后。我的先人，便是战国末年的齐国丞相后胜。他还有一个隐藏身份，是当时齐墨的首领……"接着，便开始述说当年齐墨、楚墨、秦墨三派的纷争，以及后胜、郦元、蒙恬三人在秦国攻齐之际所发生的种种恩怨纠葛。

郦诺和青芒听着听着，脸上不约而同地露出了万般惊愕、难以置信的表情。

他们万万没想到，世事竟会如此诡谲难料，又是这般离奇和巧合——作为百年前墨家三派首领的后人，他们如今竟然又阴差阳错地撞在了一起！

仇景接着道："……就这样，齐国终被秦国所灭。后来，被流放边地的齐王建得知，我的先人后胜是秦将蒙恬安插的间谍，就是他们里应外合才导致了齐国的覆灭，故怒不可遏，遂暗中召集了一帮旧臣，对后胜及家人进行了惨绝人寰的杀戮……"

"抱歉，仇旗主，我打断一下。"青芒忍不住插言道，"据我所知，齐国的野史有载，当年后胜阖家数十口人全部被杀，无一幸免。那，你又怎么可能是他的后人呢？"

仇景凄然一笑："世人都是这么认为的。殊不知，惨祸发生那天，后胜一个刚满周岁的孙儿被乳母抱出去玩了，才侥幸躲过一劫。当年这位遗孤，便是我的祖父。"

"可是，此事乃齐王建所为，跟我们郦家有何关系？"郦诺大为不解。

"后胜被蒙恬策反一事，知情者寥寥，你的先人郦元便是其中之一；此外，郦元曾威胁后胜，要将此事密报齐王；再有，郦元助齐不成，肯定对后胜怀恨在心。据此三点，我的祖父后来推断，当年将此消息泄露给齐王建之人，定是郦元。为牢记这一血海深仇，我的祖父遂改姓为'仇'，并留下遗愿，希望后人有朝一日能杀尽郦氏满门，以告慰先祖在天之灵。是故，我恪遵祖训，从小便将这些事告诉了芷薇……"

"可是，仇叔，"郦诺急切地打断他，"当年究竟是谁向齐王建透露了消息，你的祖父并无确凿证据，岂能草率断定我们郦家便是仇人？"

"没错。"仇景点了点头，"你说得对。我后来之所以放弃复仇，一来是与巨子有了深厚的兄弟之情，二来便是觉得此事并无确凿证据，有臆断之嫌。所以，我便劝芷薇把这些事忘了，她也答应了我。可没想到……"

"你认为先人臆断，我可不这么觉得。"仇芷薇冷笑着接过话茬，"百年世仇，你说放弃便放弃，在我看来，这分明就是惧怕郦宽。可是，你怕，我不怕。所以，该报的仇，我还是要报。"说完还故意挑衅地瞟了郦诺一眼。

郦诺看着她，忽然意识到了什么，心脏顿时怦怦狂跳起来，沉声道："当初向朝廷告密，出卖我爹的人，是不是你？"

仇芷薇笑盈盈地迎着她的目光："当然！除了我还能有谁？"

郦诺心中一阵绞痛。

青芒闻言，目光瞬间森寒起来，盯着仇芷薇道："这么说，当初郦巨子不明不白地在东郡大牢中遇害，也是你干的喽？"

仇芷薇呵呵一笑，瞥了一眼身边的鹰钩鼻男子，道："对了，忘了跟你们介绍了，这位兄弟姓戴名武，曾在东郡任职典狱，当初负责看押巨子的人，便是他。"

戴武扬了扬下巴，神色倨傲。

青芒和郦诺一听，顿时血往上冲。

原来，杀害郦宽、嫁祸蒙安国的凶手，便是此人！

几乎没有任何犹豫，"唰"的一声，青芒拔出了刀。郦诺咬牙拔掉了手臂上的箭，然后也抽刀在手，尽管伤口血流不止，她却毫不在意。

一旁的几个手下见状，立刻持刀与他们并肩而立。

与此同时，戴武和周围那些青衣人也纷纷拔刀出鞘。

"怎么，这就要动手了？"仇芷薇看着郦诺，咯咯一笑，"虽说你和秦穆都是武功过人，可你睁大眼睛瞧瞧，我今天带过来的，也都是青旗的高手。现在你又负了伤，真要开打，你们今日必死无疑。不如，我给你们指条活路，念在咱们姐妹一场的情分上，我可以不杀你们，只要……你们把天机图交出来。"

郦诺目光冰冷地直视着她，一字一顿道："仇芷薇，你多行不义、恶贯满盈，今日我若不杀你，天地不容！"

仇芷薇哈哈大笑："我的好姐姐，都到这个地步了，你怎么还这么自信呢？你是不是真以为，我仇芷薇只会三脚猫功夫？也罢，你想死，我就成全你。"接着扭头对戴武道："你跟弟兄们只管对付秦穆，今天就让我跟我的好姐姐单挑一回，也好让她死个瞑目。"

"仇芷薇！"此时的仇景也已拔刀在手，狠狠道，"你要动郦诺，除非你先把我杀了！"

仇芷薇叹了口气："爹，你还真是处处给我添乱哪！"然后对身后的手下道："弟兄们，帮我照看一下老爷子。"

"是！"十来个青衣人齐声应答，把仇景团团围住。

仇景勃然大怒，当即跟他们厮杀了起来。

郦诺一声厉叱，手中长刀划过一道弧线，直取仇芷薇；仇芷薇冷然一笑，挺身接招。

戴武与二十来个手下则一起围攻青芒等人。

一场混战就此展开……

第二十四章

三关

仁者之为天下度也，辟之无以异乎孝子之为亲度也。

——《墨子·节葬》

一跟仇芷薇交上手，郦诺才蓦然发现，她的功力竟然与自己相差无几！

可见，之前的她一直都在刻意伪装。

出于野心和仇恨，她竟然能够在这么多年的时间里深藏不露，把自身的性情、胆识、才干、武功尽数藏起，不露分毫——如此忍辱负重、费尽心机，真的令郦诺既感到震惊又唏嘘不已。

若在平时，仇芷薇的武功还是稍逊郦诺一筹，可现在郦诺右臂受伤，使不上力，所以反倒渐渐落了下风。

而青芒这边也是寡不敌众。正如仇芷薇所言，戴武和这些青旗的人个个都是高手，所以约莫一炷香后，雷刚那三四个手下便相继倒在了血泊中。

戴武手下虽然也死了几个，但总数仍有十多人，此刻全在围攻青芒。青芒眼见郦诺渐渐不支，一直想突围去帮她，却被戴武等人死死缠住，无法脱身。

相形之下，只有仇景这头的压力最小。毕竟这些青衣人都是他的属下，尽管现在投靠了仇芷薇，可仇景终究还是"老爷子"，这些人自然不敢造次；加上仇芷薇给他们的命令只是阻拦仇景，不是要杀他，这些人就更不敢下狠手了。所以，几十回合下来，这十来个青衣人便被仇景砍倒了一半。

此时，郦诺已被仇芷薇逼得步步退却，左肩和右肋各被划了一刀，虽然伤口不深，却也是血染衣袍。

"好姐姐，"仇芷薇一边全力进攻，一边狞笑道，"我劝你还是认输吧，乖乖把天机图交出来，或许……我可以饶你一命。"

"仇芷薇，"郦诺虽落于下风，但神色从容，"其实我很可怜你，因为我没想到，你竟然被仇恨、嫉妒和野心折磨了这么多年。今日，你若能悬崖勒马，放下屠刀，或许，看在你爹的面子和过去的情分上，我可以宽恕你。"

"哈哈哈哈！"仇芷薇一阵狂笑，"都死到临头了，还敢说这种大话，我算是服了你了！"说着攻势越发凌厉，招招直取郦诺要害。

郦诺一边奋力抵挡，一边步步后退，不料脚下竟被树根绊了一下，身子一晃，险些跌倒。"去死吧！"仇芷薇抓住时机，一声大喝，手中刀直直刺向她的心口。

千钧一发之际，一个身影突然从仇芷薇头上掠过，稳稳地挡在了郦诺身前。

此人便是仇景。

这一切都发生在瞬息之间。等仇芷薇惊觉，想要收回力道，刀尖却已顺着强大的惯性刺入了仇景的心脏。

"噗"的一声，长刀足足没入仇景的身体三寸有余。

"仇叔！"郦诺大惊失色，把刀一扔，从背后托住了身形摇晃的仇景。

仇芷薇则是如遭雷击，整个人瞬间僵住了。

"孽子！这下……你满意了吧？"仇景死死盯着自己的女儿，惨然一笑，鲜血顺着他的嘴角流了出来。

仇芷薇脸色煞白，抽搐般地撒开了拿刀的手，下意识地退了好几步。

"仇叔……"郦诺的眼泪夺眶而出。

"你……快走。"仇景忍着剧痛，断断续续道，"就算……没有令牌，你……也是巨子。我仇景……对不起你……和巨子，对不起……墨家，也只能如此……赎罪了。"

郦诺泪如雨下。

"爹……"仇芷薇终于回过神来，颤声道，"你……你这是何苦？"

"芷薇，爹最后……劝你一句，收手吧，不要一错……再错了。"

仇芷薇愣怔片刻，忽然摇了摇头，喃喃道："不，我没错。我不想一辈子屈居人下，我要凭自己的本事出人头地，我想光宗耀祖，为先人报仇雪恨！我……何错之有？"

"你……"仇景怒目圆睁，猛地喷出了一大口鲜血。

"芷薇！"郦诺带着哭腔喊道，"你爹都这样了，你就不能低个头、认个错吗？！"

"闭嘴！"仇芷薇双目赤红，声嘶力竭道，"都是因为你，才会弄成今天这样子！"

"孽障！孽障！"仇景怒吼着，一连吐出几口鲜血，然后再也站立不住，直直倒在了地上。

"仇叔……"郦诺泣不成声，双腿一软，跪在了他的身边。

仇景依旧圆睁着双眼，却已没有了呼吸。

仇芷薇猛然从一旁的青衣人那儿抢过一把刀，指着郦诺道："姓郦的，你就是一颗灾星，我爹是被你害死的！今天我非把你碎尸万段不可！"

郦诺恍若未闻，颤抖着伸出手去，帮仇景合上了双目。

此时，另一头的青芒已奋力砍杀了七八个青衣人，自己也多处挂彩，却仍被戴武等人围着。眼见仇景已死，郦诺再度落入危险之中，他不得不大声喊道："仇芷薇，你不是想要天机图吗？我给你！"说完狠狠一脚踹开了戴武，又挥刀逼退了面前的两名青衣人，旋即从怀中掏出天机图，高高举起。

仇芷薇回头看了看，咬牙切齿道："太迟了！天机图我要，你们俩的命，我也要！"

"只怕鱼和熊掌不可兼得。"青芒冷然一笑，"这天机图的秘密，若没有我，谁都破解不了。不信，你可以拿去瞧瞧。"

仇芷薇眉头一蹙，示意戴武把天机图拿过来，一看之下，果然一脸迷惑。

"没骗你吧？"青芒眉毛一挑，"这就是一页天书，唯我可解。所以，你若想进天机城，只能跟我合作。"

仇芷薇盯着他看了片刻，又低头看了一眼天机图，恨恨道："成交。"

青芒为郦诺包扎了伤口，然后把初步破解的秘密告诉了仇芷薇。仇芷薇命青芒交出佩刀，随即命戴武及手下押着二人，一同来到了三分石南面的山下。

七八道大大小小的瀑布高低错落地悬挂山间，水声訇訇，雾气蒸腾。

"你有什么打算？"郦诺低声问青芒，"难道就这样让天机城落入她手里？"

"天机城中定然密布机关，她岂能轻易得手？"青芒淡淡一笑，"待会儿，你注意看我眼色，咱们见机行事。"

"喂，姓秦的，你说的溶洞在哪儿？"仇芷薇仰头望着那么多瀑布，眉头紧锁。

"自然是要一个一个慢慢找喽。"青芒拉长了声调，"难道墨子他老人家还得给你挂一块匾出来不成？"

仇芷薇哼了一声，命戴武带人上山去找，然后对青芒道："你也上去。"

"他们那么多人，不差我一个吧？"

"少废话！"仇芷薇眼睛一瞪，"叫你上你就上！"

青芒笑了笑，与郦诺交换了一个眼色，这才不紧不慢地跟上了戴武等人。

山上瀑布虽多，但青芒判断溶洞一定藏在大瀑布后面。较大的瀑布共有三个，于是众人分成三路攀登了上去。

山势陡峭，岩壁湿滑，一般人很难攀登此山，更不用说要进入那些激流奔腾的瀑布了。好在，青芒、戴武及这帮青衣人都是轻功了得的高手，个个皆能在峭壁悬崖间纵横跳跃，即使不说如履平地，至少也是应付裕如。

当然，也有几个身手稍弱的，一不留神就从高高的崖壁上直直坠了下去。

当那几个人坠崖的惨叫声隐隐传到山下，郦诺注意到仇芷薇面无表情，始终无动于衷，心中不由得一阵悲叹。她以前完全没想到，仇恨、嫉妒和野心竟然会把一个人变得这样心如铁石，会把人之为人的种种纯良本性吞噬殆尽……

约莫找了一个时辰，日近中天之时，青芒终于在半山腰率先发现了溶洞所在。

众人先后穿过瀑布，果然看见了一座巨大的天然溶洞。洞口高约十丈，周遭怪石嶙峋、杂树丛生。如此大型的溶洞，十分罕见，倘若这座山上真的藏着一座天机城的话，那它最有可能在此洞中了。

仇芷薇命众人燃起火把，叫青芒和戴武等人打头，又命人把郦诺绑了，然后亲自押着她走在后面，一行人鱼贯而入。

溶洞异常深邃。让众人意想不到的是，里面的景观竟然千姿百态，令人目不暇接。

甫一入洞，便见洞顶垂下无数奇形怪状、气象峥嵘的钟乳石，地上则"生长"着一排排尖尖的石笋，抑或二者相接，形成"顶天立地"的巨大石柱；洞穴内的空间时大时小，大者似殿堂，小者如斗室；道路时而崎岖险峻、窄如羊肠，时而坦荡如砥、宽可走马；此外，洞中竟然还有许多暗河、水潭和瀑布；水中时见鱼儿自在畅游，头顶常有蝙蝠成群飞过；除了没有阳光，这儿仿佛也是一个动静相宜、生机盎然的世界。

不过，这里头也有令人心悸和恐怖的东西。

那就是白骨。

行进过程中，时不时就会有一两堆阴森的白骨扑入眼帘。从形状便不难判断，那里头既有飞禽走兽的，也有人的。

此洞实在太大，不仅迂回曲折，而且岔道纷纭，恍如一座巨大的迷宫。饶是青芒和戴武一路走来不断在石壁上刻下记号，可走着走着还是会经常绕回原地。

所以，白骨——尤其是人的白骨——就成了他们的路标。

他们根本不知道天机城到底位于何处，也就只好循着白骨走。因为会把命扔在这儿的人，八成也是冲着天机城来的，所以这些"先驱者"走过或倒下的地方，便最有可能接近天机城。

一行人在洞中走了约莫一个时辰，却还是没有到头的迹象。至于所谓的天机城，当然也还在乌有之乡。仇芷薇开始不耐烦了，嘴里骂骂咧咧，说青芒就是个骗子，还说百步之内要是再找不到，就杀了郦诺。

"何须等百步之后？"郦诺冷冷扫了她一眼，"你要么现在就杀了我，要么就闭嘴。就你这心浮气躁、器小量狭的样子，还想当墨家巨子，也不怕惹人笑话。"

"你……"仇芷薇恼羞成怒，"唰"的一声拔刀出鞘。

就在这时，队伍突然停住了。紧接着，前面传来一片低低的惊呼声，然后便是青芒的声音："仇芷薇，你过来，看看我到底是不是骗子。"

仇芷薇闻言，知道一定是有了非同寻常的发现，当即转怒为喜，收刀入鞘，拽着郦诺三步并作两步地跑了过去。

约莫只走了二十步，绕过一处逼仄的转角，眼前顿时豁然开朗。

这是一处中等规模的洞穴，像是一座大户人家的正堂。洞顶约三丈来高，布满了钟乳石——奇怪的是，这些钟乳石虽然大小不一，但形状都极为相似，上部呈椭圆形，很像蛇头，下面又尖又长，仿如蛇信；而众人脚下的地面，则异常平整，仔细看去，分明是由一方方大小相仿的六边形石块儿组成的，整体来看，像极了龟壳。

如此规整的地方，显然并非自然形成，而是人工打造！

最让人惊异和震骇的是，"正堂"最里侧的那面墙壁，竟然不是石头，而是一整面青铜浮雕，上面雕刻着一条大蛇和一只巨龟，二者相互缠绕，姿态灵动，栩栩如生。

"龟蛇合体，正是传说中的上古神兽玄武。"青芒轻轻抚摸着这面鬼斧神工的浮雕，缓缓道，"天机图上所说的玄武，想必便是指此了。也就是说，这面玄武浮雕，很可能便是天机城的'城门'。"

"可入口在哪儿？"仇芷薇一脸困惑，"这浮雕连一条缝儿都没有，如何进得去？"

"墨子是机关术的鼻祖，这天机城又是墨家重地，岂能不设机关？"青芒说着，退后了两步，仔细观察整面浮雕。

忽然，他的目光落在那只巨龟腹部的下方，约莫一人高的地方，雕刻着一块圆盘。他走近一看，圆盘中心刻着一轮喷吐着烈焰的太阳，呈半球状凸出，然后以太阳为圆心，由里向外分布着四个圆圈，每个圆圈上都刻着从"壹"到"玖"的九个数字，外加符号"〇"；各个圆圈之间的数字并未对齐，均处于杂乱的随机位置；每个数字都比一般浮雕凸出很多，明显是为了便于手指抓握。

"这四个圆圈上的数字应该都是可以转动的。"青芒若有所思道，"想必，这便是开启此门的密码锁了。"

"那你倒是开啊，还等什么？"仇芷薇迫不及待道。

青芒沉默片刻，忽然咧嘴一笑："抱歉，这密码只有一个人知道，可惜……这个人不是我。"

"你说什么？！"仇芷薇勃然大怒。

"别急，听我把话说完。"青芒面含笑意，朝站在另一头的郦诺努了努嘴，"这世上，唯一知道密码的人，便是她。"

"她怎么会知道密码？"仇芷薇半信半疑。

"倪长卿临终前告诉她的。"

仇芷薇蹙眉一想，没再说什么，当即命手下把郦诺押了过来。郦诺十分茫然地看着青芒，完全不知他葫芦里卖的什么药。

"郦诺，事到如今，咱们只有帮仇姑娘进入天机城，才有机会活命。"青芒一脸无奈地看着她，可眼中却闪过一丝不易为外人察觉的狡黠光芒，"所以……你就别赌气了，按你所知的密码，打开此门吧。"

郦诺虽然明知青芒是在用计，却懵然不知他到底在暗示什么，所以只能定定地看着他。

"别磨蹭了，快开吧。"仇芷薇一脸得意，"秦穆说得没错，你们现在只能帮我，没别的选择。"

"话是没错。"青芒又是一笑，"可你把她捆得结结实实，让她怎么开？"

仇芷薇冷哼一声："她说密码就行了，我来开。"

"仇姑娘，不是我吓你，有机关必有暗器，你亲自开，就不怕被暗器所伤？"

仇芷薇一想也对，便撇了撇嘴："那……就只能你来开了。"

"我？"青芒故作惊骇，"你这么多手下，怎么不让他们来？"

"不，就你了。"仇芷薇狞笑了一下，"你们俩情投意合、心心相印，配合起来不是更默契吗？"说完便快步退到了厅堂中央。

戴武等人见状，赶紧一个个跟了过去，全远离了浮雕，生怕真有什么暗器。

"好了，现在你们可以开了。"仇芷薇抱起双臂，得意地看着他们。

青芒佯装无奈，叹了口气，然后转身面对浮雕，冲郦诺眨了下眼，低声道："你随便说四个数字，说大声点儿。待会儿一看我按下，你马上趴地上，趴得越低越好。"

郦诺心领神会，便随口喊了一声"七"。

青芒随即把圆盘最外圈上的"柒"字旋到了最上方。

接着，郦诺又喊了一声"四"。

青芒把第二圈的"肆"字旋到了"柒"字的下方。

然后，郦诺又相继喊了"八"和"三"。青芒将相应数字分别旋转到位，给了郦诺一个眼色。郦诺暗暗颔首。青芒随即转过头去，冲仇芷薇等人咧嘴一笑："诸位，站好了别动，激动人心的时刻到了！"

话音未落，他的左掌便"啪"的一声拍在了圆盘中心的那轮太阳上。

郦诺立刻趴了下去，青芒紧随其后。

仇芷薇一怔，旋即反应过来，脸色大变，厉声喊道："趴下！"

然而，就这么一愣神的工夫，玄武浮雕上竟然露出了上百个铜钱大小的孔洞。紧接着，便有上百支箭矢发出一片刺耳的尖啸从孔洞中激射而出。

仇芷薇、戴武和身边四五个手下反应较快，迅速趴下，如蝗箭矢擦着他们的头皮飞了过去。可后面的十来个青衣人就没这么幸运了——他们的反应慢了一瞬，于是一个个都被射成了刺猬。

趁这当口，青芒解开了郦诺身上的绳索。

仇芷薇等人抱着头趴在地上，好一会儿，确认再无箭支射出，才心有余悸地陆续爬起来。仇芷薇死死地盯着青芒和郦诺："你们两个，今天死定了！"

青芒拉着郦诺站了起来，拍了拍身上的尘土，冷然一笑："仇芷薇，我奉劝你，带上你的人赶紧滚，不然，我怕你会死得很难看。"

"是吗？"仇芷薇重重地哼了一声，猛地拔刀出鞘，"那我倒要看看，你们两个赤手空拳，怎么让我死。"

戴武等人紧跟着拔刀在手，尽管都有些惊魂未定。

"芷薇，"郦诺面容沉静地看着她，"天作孽，犹可违；自作孽，不可活。你觉得，你害死的人还不够多吗？看在仇叔为你赎罪的分儿上，我可以宽恕你，宽恕你对墨家和我爹所做的一切。可如果你还是执迷不悟，那就谁也救不了你了。"

"少跟我来这套！我仇芷薇最讨厌别人跟我说教！"仇芷薇满面怒容，"连我爹都管不了我，你郦诺算老几，有什么资格教训我？更何况，你们两个的小命现在都在我手上，该求饶的应该是你不是我吧？"

"仇芷薇，你觉得我们俩没有兵器，所以你就赢定了是吗？"青芒呵呵一笑，忽然伸出右手晃了晃，"不瞒你说，我凭这只手，就足以对付你们。"

仇芷薇大声冷笑，对左右道："弟兄们，都给我上，杀了他们，我就封你们为墨家旗主。"

戴武等人一听，顿时精神抖擞，遂一步一步朝青芒和郦诺逼了过去。

仇芷薇稳步走在后面，不时抬眼瞄向玄武浮雕，显然怕它再发射箭矢。

青芒摇摇头，叹了口气："既然是你们自己找死，那就别怪我下手无情了。"

说这句话的同时，他已经把右手放在背后的圆盘上，随意旋转了一个数字。话音一落，他的手便再次拍了圆盘中心的太阳上。

仇芷薇等人慌忙又趴在了地上。

不过，这回整面玄武浮雕却悄无声息。

仇芷薇哈哈大笑，迅速起身。戴武等人也如释重负地爬了起来。就在这时，头顶和脚底突然同时响起一阵机械传动的声音。仇芷薇等人大惊失色，不得不再次趴回地上。

可这一次，他们失算了。

那四五个青衣人刚一趴下，便有无数尖刀从地上那些六边形石块儿的边沿缝隙中弹出，纷纷刺入他们的身体，几乎将他们每个人都刺成了血肉模糊的筛子。

一片惨叫声中，只有仇芷薇和戴武的反应最为敏捷。他们未及趴下便察觉不妙，遂瞬间跳起，虽然身体多处被尖刀割伤，鲜血淋漓，但总算捡了一条命。

二人各自跳到了一个六边形石块儿的中央，小心翼翼地与前后左右那些明晃晃的尖刀保持着距离。

两个人都吓得脸色煞白，再也不敢动弹。

然而他们忘了，刚才的机械传动声不只从脚下传来，头上也有！

此外，他们更没有注意到，在他们此刻所站位置的正上方，各有一个"蛇头"和一条"蛇信"对准着他们的天灵盖。准确地说，是这间"厅堂"中的每一个六边形石块儿上方，都对应着一条吐信的"蛇"。

所以，当仇芷薇和戴武刚刚在石块儿的中央站稳，还未来得及喘息，整个厅堂顶部的所有"蛇信"便同时射出了暗器。

让青芒和郦诺都意想不到的是——从那些"蛇信"中射出来的，竟然不是箭，而是一杆杆乌黑的长矛！

等到仇芷薇和戴武察觉，一切都已经来不及了。

一杆长矛从戴武的天灵盖刺入，直直穿透脖颈和五脏六腑，把他牢牢钉在了石块儿上。

仇芷薇则是刚往前倾了倾身，长矛便贯穿了她的后背和前胸，同样把她钉在了地上。

两人的不同是——戴武呈站立之态，当场毙命；仇芷薇则保持着半倾的姿势，且还有一口气在。

大口大口的鲜血从她嘴里不断涌出，转眼便在她脚前流了一大摊。

郦诺不忍见此惨状，赶紧背过身去。

青芒则闭上了眼睛，沉声一叹。

仇芷薇艰难地抬起眼皮，盯着郦诺的背影，惨然一笑，气若游丝道："郦诺，我……不服，咱们……下辈子，再决……胜负。"

说完，头重重往下一勾，彻底咽气了。

刹那间，泪水从郦诺眼中夺眶而出。

青芒把手放在她的背上，轻轻拍了拍："这是她自己选的路，谁也没办法。"

郦诺抹去脸上的泪水，黯然片刻，才道："接下来……怎么办？"

"听你的。"青芒柔声道，"看是要继续前行，一探天机城的奥秘，还是要离开此地，从此忘掉这一切，都听你的。"

郦诺思忖了一下，道："除非你能破解密码，否则如何前行？"

青芒微微一笑，却不说话。

郦诺注意到他的表情："莫非……你已经破解了？"

"我想是的。"青芒仰头看着眼前这面硕大的玄武浮雕，缓缓道，"天机图上的谜语，提到了'玄武白虎青龙'，玄武既已在此出现，且是进入天机城的第一关，那么很有可能，后面还有两关，即白虎关和青龙关。而谜语最后一句的'谷雨霜降立冬'，想必便是对应这三关的三个密码。起先我一直百思不解，不知道这三个节气到底意味着什么，直到方才看见此物……"

他指着面前那个圆盘及其中心的太阳，接着道："此处雕刻了一个太阳，想必不是偶然，而是某种暗示。那么它到底暗示什么呢？一个'日'，加上一个圆盘，忽然就让我想到了一个东西——日晷。再回头联系那三个节气，我就豁然开朗了。"

"日晷不是计时的吗？和节气有什么关系？"郦诺一脸困惑。

"日晷既能计时，也能划分节气。太阳投射在晷针上形成的阴影，其位置可表时辰，而其特定的长度，则可表节气。按前人的观测和计算，日影的长度在一年中的每天均有变化，所以对应于不同的长度，便可划分出二十四节气。如果我没记错的话，谷雨的长度应该是五尺三寸二分，霜降是九尺一寸六分，立冬则是一丈一寸二分……"

"你怎么会懂这些东西？"郦诺忍不住问。

"是以前在淮南国，无意中学的。淮南王刘安喜欢读书，曾召集诸子百家的门徒，编撰了一部包罗宏富的《淮南鸿烈》。那些人，天文地理无所不晓。我当时出于好奇，便跟他们学了一些。"

"可淮南国的那些记忆，你不是都忘了吗？"

青芒苦笑了一下："当初经历的事情，的确大部分都忘了，可我没想到，反而是这些貌似无用的杂学，居然记得挺牢。"

郦诺看着圆盘上那四个圆圈，还有圆圈上的数字，忽有所悟："照你刚才的意思，那么这四个圆圈，莫非便代表着丈、尺、寸、分？"

"没错。比如谷雨，是五尺三寸二分，那么……"青芒向前一步，把手放在了圆盘上，忽然扭头看着郦诺："你确定，我们要往前走吗？"

郦诺与他对视了片刻，决然道："走。"

青芒随即开始转动那几个圆圈："既然谷雨不足一丈，那么最外圈的应该便是〇；第二圈，是五；第三圈，是三；第四圈，是二。"说完，四个数字便都已旋转到位。最后，青芒把手放在太阳上方，又看了郦诺一眼，才用力按了下去。

随着一阵轰轰隆隆的声音响起，整面玄武浮雕竟然升了起来。

青芒和郦诺不无欣慰地对视了一眼。

浮雕升到齐腰处便戛然而止了。两人没有任何犹豫，从地上各自捡起一支火把，头一低便钻了进去。

过了"玄武门"，里面的洞穴跟之前走过的几乎毫无二致，让青芒和郦诺一度怀疑自己是不是又绕回去了。

不过，他们的疑虑很快便消除了——约莫走了一炷香左右，第二面浮雕赫然出现在了他们眼前。

就如青芒之前预料的那样，这一关正是"白虎"。

一只昂首挺胸、威风凛凛的老虎，仿佛随时会从浮雕上跳下来。与玄武门如出一辙，在老虎的腹部下方，同样有一个"日晷"状的圆盘。

按照青芒已经破解的密码，这一关对应的是"霜降"，九尺一寸六分，也就是要在"日晷"的四个圆圈上分别旋转"〇""玖""壹""陆"。

很快，"白虎门"便顺利打开了。青芒和郦诺继续前行，不多久便来到了天机城的第三关——"青龙"浮雕前。

这一关的密码"立冬"，对应的数字是一丈一寸二分，即"壹""〇""壹""贰"。当青芒在"日晷"上转完一个数字，刚把手放在第二个圆圈上，便突然眉头一皱，停了下来。

"怎么了？"郦诺不解。

青芒慢慢回过头去，看着身后黑黢黢的洞穴，轻声道："好像有动静。"

郦诺一惊："不会吧？"

青芒眉头紧锁，凝视着那一片深不可测的黑暗："我不会听错。"

"那你听见什么了？"

"脚步声。"

郦诺不由得睁大了眼睛："这儿还有其他人？"

话音刚落，黑暗中便传出"嗖"的一声，一支弩箭破空而来，射落了他手上的火把。还没等青芒反应过来，暗处便响起了一阵阴森的笑声。

青芒浑身一震。

这声音他太熟悉了！

可这家伙怎么会跟到这儿来？！

"蒙尉卿果然是耳聪目明，机警过人。"随着话音，一个黑影从暗处走了过来，正是张次公！

他的手上，提着一把通体乌黑的墨弩，腰间还绑着几个箭匣。

青芒苦笑了一下。

郦诺则万分惊诧。

"二位别来无恙啊。"张次公走到十步开外站定，一脸得意道，"没想到我会出现在这里吧？说起来，还是得感谢西市的铁锤李……哦对了，他现在不住西市了，是住在长安北郊孤鹜岭下的秋水山庄，可让我一番好找啊！"

青芒和郦诺不禁面面相觑。

难道铁锤李落入了他手里，并且叛变了，供出了天机城所在？

"不可能！"郦诺趋前一步，大声道，"就算铁锤李知道天机城和九嶷山的事，他也决不会告诉你！"

张次公呵呵一笑："算你说对了，这老头儿又臭又硬，死都没有开口。还有他那个徒弟铁柱，也跟他一样，都是死心眼儿。不过，铁锤李的徒弟那么多，总是有那么一两个聪明人的。"说完，朝身后瞟了一眼："兄弟，不必藏着了，过来跟你们郦旗主打声招呼吧。"

又一个身影从暗处走出。然后，一张麻脸渐渐进入了青芒和郦诺的视线。

来人竟然是铁锤李的大徒弟大川！

"郦旗主，久违了。"大川微微一笑，拱了拱手。

郦诺难以置信地看着他："你怎么会知道这个地方？"

"也是凑巧。几年前，樊左使跟我师父谈事，我无意中听到了一些。当时也没在意，可张将军一问，我便想起来了。"

郦诺冷然一笑："我一直以为老李的门下，都是铁骨铮铮的汉子，没想到，会出你这么一个软骨头！"

"话可不能这么说。"大川毫无愧色，"我跟了师父那么多年，只有吃苦受累的份儿，什么好处都没捞着，我又何苦跟到死呢？更何况，刘翁主和张将军开出的价码，实在让人不忍拒绝。"

大川话音刚落，不远处便有十几支火把相继亮起。接着，刘陵便在十几名黑衣人的簇拥下走了过来。她和这些黑衣人手上，全拿着墨弩。

刘陵面若冰霜，目光如刀射向了青芒。

在闪闪烁烁的火光下，青芒看见她瘦了很多，脸色青黄，眼眶凹陷，乍一看几乎都认不出来。

"蒙奕，你也看出陵儿消瘦了许多吧？这都要拜你所赐！"张次公冷冷道。

青芒在心里一声长叹。

他知道，在他出征匈奴的这段时间，朝廷一定对淮南王下手了，而刘安及其族人的下场也可想而知。所以，他可以想象刘陵的内心经历了什么。

"我父王死了,我母后死了,我的王兄也死了。"刘陵终于缓缓开口,声音冰冷而喑哑,"整个淮南国的上上下下,都被刘彻一锅端了!这就是你对我父王十五年养育之恩的报答吗,蒙奕?"

青芒苦涩一笑:"我曾经劝过你,不是吗?我告诉过你,不要跟朝廷对抗,因为'吴楚七国之乱'便是前车之鉴。我说,倘若你执迷不悟,一意孤行,最终只能是以卵击石,自取灭亡。可你听过我一个字吗?你和王爷口口声声为了天下百姓,其实不就是想让天下大乱,以便火中取栗、篡夺皇权吗?今天这个结果,没有人愿意看到,但它恰恰是你自己选的。"

"成王败寇,自古皆然。既然败了,我也没什么好说。"刘陵的语调居然十分平静,"我只想问你,出卖自己的养父,换取高官厚禄,你就不觉得可耻吗?"

"你错了。"青芒的神色同样沉静,"我所做的一切,都是出于良心,非为功名富贵,此其一;其二,王爷固然养了我十五年,但你敢说,他全然没有私心吗?与其说他视我为养子,不如说,他只是拿我当人质。当初我父亲要带我离开时,王爷不正是以我为质,要挟我父亲拿墨弩交换吗?假如我父亲当时拿不出墨弩,王爷又会怎么做?"

刘陵顿时语塞,半晌才冷哼一声:"也罢,既然话说到了这份儿上,那就不必多言了。我现在就送你下去,这些话,你当着他老人家的面去说吧。"

说完,刘陵端起墨弩,对准了青芒。

"且慢,陵儿,现在还不能杀他。"张次公忙道。

"怎么不能杀?"刘陵眼睛一瞪,"他刚才说的密码,你不都听见了吗?没有他,咱们照样可以打开这道门。"

青芒和郦诺闻言,不由得同时一惊。

很显然,方才他们在玄武浮雕前的对话,都已落入张次公等人耳中了。

"咱们是可以打开这道门,"张次公道,"可天知道里面还有没有别的机关?这小子擅长破解密码,暂时留着,说不定能派上用场。等咱们进了天机城,确定安全了,再杀也不迟。"

刘陵想了想,慢慢放下了手中的墨弩。

张次公给了大川一个眼色。大川当即带着四五个黑衣人走过来,把青芒和郦诺逼到了一边,手里的墨弩都对准了他们。

张次公径直走到青龙浮雕的圆盘前,看了一会儿,忽然歪过头问青芒:"对了,立冬对应的数字是一丈一尺二分，还是一丈一寸二分？"

青芒冷然一笑："你方才不都听见了吗？"

张次公蹙眉想了想，仍旧没把握，便回头对刘陵道："陵儿，你记得吗？"

刘陵一怔："好像是……一丈一寸二分。"

张次公又看向大川。

大川挠了挠头："我记得……应该是一丈一尺二分。"

"他娘的！"张次公不由得笑骂，"都被你们说糊涂了。"只好又把脸转向青芒，笑了笑："蒙奕，还是听你的吧，到底是一尺还是一寸？"

"你听我的，就不怕我告诉你错的答案？"青芒一脸讥诮。

"你会吗？"

"你说呢？"

"墨家的机关暗器如此凶猛，你敢告诉我错的，大伙儿可就同归于尽了。"

"我都被你们劫持了，又何惧同归于尽？"

张次公呵呵一笑："说吧，我听着看看。"

"那你听好了——寸。"

张次公直视着青芒，像是要看穿他的内心；青芒回应着他的目光，仍旧面含笑意。

"张将军，别听他的。"大川急道，"他说寸，那就一定是尺！"

张次公沉吟片刻，终于把手放在了第二圈的数字"壹"上。如果听青芒的，他应该把手放在"〇"上。

刘陵犀利的目光一直注视着青芒，忽然大声道："是寸，一定是寸，他没撒谎，我看得出来。"

张次公眉头一皱，看了看青芒。

青芒脸上笑意依然，压根儿看不出什么。

张次公犹豫不决，手在那两个数字上换来换去。刘陵哼了一声，大步上前，一把推开他，然后毫不犹豫地把"〇"转到了圆盘的正上方，接着又分别转动了"壹"和"贰"，最后"啪"的一声拍下了那个半球状的太阳。

没有任何暗器发射出来，只有一阵机械转动的隆隆声响起，青龙浮雕随即缓缓上升。

张次公长长地松了口气，瞟了青芒一眼："不是要同归于尽吗，你怎么还说实话了？"

"不急。"青芒淡淡道,"前面指不定还有更厉害的暗器,留着你们,可以替我和郦诺挡一挡。"

张次公呵呵一笑:"你倒也坦率。"

青芒也笑了笑:"彼此彼此。"

过了青龙门,虽然景致没有什么变化,但令所有人都始料未及的是,沿途竟然散落着数不胜数、或大或小的一堆堆白骨——尽管之前也见过,可绝不像此处这么多!

众人都有些不寒而栗。

从那些白骨的大小和形状看,显然不是人的尸骨,而是各种飞禽走兽,其中竟不乏老虎、熊等大型猛兽。

所有人都百思不解:前面明明有三道铜墙铁壁拦着,这些禽兽是怎么跑进来的?难道这天机城还有别的出入口?还有,就算是从其他入口进来的,可它们为什么要进到这里头来?外面山高水美、草木繁盛,到处可以觅食,为何偏偏跑进这暗无天日的洞穴里?另外,它们又是怎么死的?难道是互相残杀吗?这么多飞禽走兽死在此处,那前面会不会还有活的?尤其是活的会吃人的老虎和熊黑?

团团疑云从青芒和郦诺的心头生起,同时也弥漫在所有人的心间……

第二十五章

朱雀

今天下之士君子之欲为义者，则不可不顺天之意矣。

——《墨子·天志》

众人心怀忐忑地走了一里多路，耳边忽然传来一阵水流轰鸣的声响。循着声音没走多远，道路竟然被一道深渊阻断了，崖下是不知多深的汹涌奔流的暗河，断崖对面则是一道不知从何处倾泻而下的巨大瀑布。

所幸，深渊只有一丈多宽，以在场众人的身手，都可以轻松跨越。

张次公遂命大川前去探路。大川当即带着两个人跳过深渊，一头蹿进了瀑布之中，紧接着便喊话说，瀑布后面还有洞穴。

众人遂熄了火把，将其裹上油布，然后陆续越过深渊，进入了瀑布。

被瀑布一浇，所有人都成了落汤鸡。等他们擦去满头满脸的水，重新将火把点亮，眼前的一幕顿时令他们目瞪口呆——就在距他们六丈开外的地方，赫然又有一面浮雕挡住了去路。

此浮雕竟是朱雀！

这面朱雀浮雕与此前的玄武、白虎、青龙浮雕全然不同。之前那些浮雕皆由青铜打造，颜色黯淡古朴，且浑身铜锈斑斑，而眼前这面朱雀浮雕不知用了什么特殊材质，竟然通体都是火红色，且颜色异常鲜艳夺目。

就算它是由红铜打造，可世上哪有如此明艳绚丽的红铜？而且就算有，墨子建造的这座天机城距今少说也有三百多年了，这红铜也早该生锈了吧？

此外，虽然火光影影绰绰，但众人还是可以看见，这只朱雀的造型也异常逼真，除了眼睛闭着之外，鸟首、尖喙、利爪、双翅，无不形神毕肖，简直就是一只活物蹲在那儿，仿佛随时会睁开眼睛扑过来。

顷刻间，连同青芒在内，所有人都愣在了原地。

"喂，"刘陵扭头看着他，"你不是说天机城只有玄武、白虎、青龙三关吗？怎么又来了一关朱雀？"

青芒蹙眉不语，眼睛一直盯着朱雀浮雕。

"他一定早就知道，天机城不止三关，只是瞒着不说而已。我刚才不让你杀他，便是为此。"张次公自鸣得意地哼了一声，把脸转向青芒："蒙奕，少跟我耍花招，老实说，这一关是何密码？"

青芒又沉默了一会儿，才冷然一笑："别说我不知道密码，就算知道，把密码告诉你，你也过不了这关。"

"为何？"张次公眼睛一瞪。

"他说得没错。"刘陵忽然发现了什么，眉头一皱，"这朱雀门上面，根本没有解锁的圆盘，就算知道密码也无从下手。"

张次公本来没注意，闻言忙定睛一看，果然没错，顿时大为困惑，回头怒视青芒："你小子肯定知道什么，快说，这一关怎么过？"说着又抬起墨弩对准了郦诺，"你不说，我现在便杀了她！"

郦诺却毫无惧色，冷冷地瞟了他一眼："要杀便杀，少废话！我若皱一下眉头，便不算墨者。"

"张次公，你猴急什么？"青芒趋前一步，轻轻一拨，把他的墨弩推到了一边，"之前我也没料到还有朱雀一关，适才回想了一下，才意识到天机图中还暗含了一句密语……"

"什么密语？"

青芒张了张嘴，又忽然一笑："算了，说了你也不懂。我就直接告诉你过关的办法吧。这道朱雀门，其实无须密码，可以直接开启。"

"直接开启？！"张次公和刘陵对视了一眼，两人都半信半疑。

郦诺的眉头也微微一蹙。

天机图上根本没有关于这个"朱雀门"的只言片语，青芒为何说得如此笃定？

尽管郦诺不知道他想干什么，但她知道，他一定有他的用意。

"没错。"青芒接着道，"具体的做法，是要至少十名壮汉，分别去推它左右两边的翅膀，然后再有两个人，一左一右去按它的爪子；最后，还得有一个人跳上去，把朱雀的头从右往左扭转一圈，便能把门打开了。"

张次公和刘陵都听得一脸懵懂，大川等人也是面面相觑。

"你小子又想使诈吧？"张次公满腹狐疑，"闹这么大动静，这门里头定然又会飞出各种暗器，哼，别以为老子跟那个仇芷薇一样傻！"

青芒也冷哼一声："我就知道，你这种人本事不大，可疑心不小。也罢，我跟大川他们一块儿上，你若是没胆量，就留在这儿陪两位姑娘，没人强迫你。"说着把目光转向大川等人："诸位，是爷们儿的，就跟我一块儿上！"

谁都听得出来，他这是赤裸裸地在骂张次公"不是爷们儿"了。

郦诺故意"哧哧"笑出了声。

张次公脸上顿时一阵红一阵白，怒道："上就上，老子征战沙场多年，都死好几回了，还怕他个鸟！"然后指着郦诺对刘陵道："陵儿，你好好看着她，别让她跑了。"

刘陵冷然一笑，抬了抬手中的墨弩："让她跑一个试试。"

"放心，我还在这儿呢，她怎么舍得一个人跑？"青芒笑了笑，"除非那只朱雀活过来，把我给吃了。"

"当着这么多人的面打情骂俏，你也不嫌肉麻？"刘陵一脸鄙夷，实则难掩醋意。

"刘翁主何必反应这么大？"郦诺嫣然一笑，"他说得没错，我肯定不会扔下他一个人跑，你若是嫌肉麻、不爱听，可以把耳朵堵上啊。"

"说吧，没关系，尽情地说。"刘陵也故作轻松地笑了起来，"反正你们也快死了，再不说就没机会了。"

"喂，姓蒙的，你说朱雀活过来是什么意思？"张次公似乎察觉了什么，盯着青芒道。

"没什么，随口一说而已。"青芒淡淡道，"走吧，别废话了。"说完若有似无地瞥了郦诺一眼，便大步朝朱雀浮雕走了过去。

张次公眉头微蹙，带着大川等人紧随其后。

看着青芒一步步朝朱雀走去，郦诺的心顿时怦怦狂跳了起来。

因为她和青芒早已心有灵犀，刚才那句话的弦外之音她一下就听出来了——青芒说"朱雀活过来"，绝不是什么"打情骂俏"的肉麻话，而是在暗示她：那只朱雀很可能是活物，根本不是什么浮雕！

所以，青芒分明是想告诉她：一旦朱雀醒过来，就赶紧跑，不要管他。

而郦诺也借着跟刘陵互怼的机会回答了青芒：我肯定不会扔下你一个人跑！

最后，青芒对张次公说的那句"走吧，别废话了"，其实就是再度劝她。

如此隐秘的交流，旁人根本听不懂，只有他们两个人才能彼此懂得……

此时，青芒距离朱雀越来越近，约莫只剩下三丈了。郦诺死死地盯着那只朱雀，一颗心早已提到了嗓子眼儿。

可让她纳闷的是，朱雀始终纹丝不动。

如果它真是活的，那就足以说明：前面看见的那么多森森白骨，都是被它吃掉的飞禽走兽！倘若连老虎、熊罴这样的猛兽都能被它活活吃掉，那这只朱雀该有多么凶猛和可怕！

都说朱雀是上古四大神兽之一，但终究只是神话传说，郦诺委实无法想象它真的会存在于这个世间，而且就在自己的眼前。

会不会是青芒判断错了？那根本不是什么活的朱雀，只不过是一面雕工精湛、几近以假乱真的浮雕而已？

这时，青芒和张次公等人已经走到离朱雀一丈开外的地方，张次公忽然刹住了脚步。

众人跟着他停了下来。

"怎么，"青芒斜了他一眼，"不是战场上死过好几回了吗，到底还是怕了？"

张次公恍若未闻，将火把举高了一些，目不转睛地盯着朱雀，渐渐地，眼中浮出了一层惊惧之色，自语般道："他娘的，这只朱雀……不会真是活的吧？"

"张将军多虑了，"大川在一旁媚笑道，"都是传说而已，这世上哪有什么朱雀？若真有的话，我还真想开开眼呢！"

话音未落，朱雀的右眼忽然睁开了一条缝。

紧接着，两只眼睛同时睁开——那火红的双瞳中分明含着一丝诡谲而得意的神采，仿佛在告诉众人，它方才一直在假寐，目的就是为了诱使他们走到它跟前来。

刹那间，所有人的脸全因极度恐惧而变形，除了早有准备的青芒。

张次公等人仿佛一排石雕同时僵住，然后便听"呼"的一声，大川从一整排人中瞬间消失了。

在场众人中，唯有神志完全清醒的青芒看得最清楚——那是朱雀猛然伸出一只利爪，像老鹰捉小鸡一样把大川抓了过去。

在"呼"的一声之后，紧随着又是"嘶"的一声，朱雀用两只利爪把大川撕成了两半，然后很潇洒地朝两边抛了出去！

直到温热的鲜血飞溅到张次公脸上，他才瞬间清醒过来，歇斯底里地惊吼了一声，同时身子急退，墨弩抬起，"嗖"地一箭射出。此时其他黑衣人也纷纷扣下悬刀，十几支弩箭一齐射向朱雀。

朱雀挥起巨大的翅膀猛地一扫，一下扫落了大部分弩箭，不过还是有三四支分别射中了它的颈部和腹部。朱雀被激怒了，昂首发出一声刺耳的鸣叫，然后翅膀又是一挥，"呼"的一下把好几个黑衣人一块儿卷起，狠狠拍在了旁边的石壁上。

这些人惨叫着当场毙命。

趁着混乱，青芒从地上捡起一把墨弩背在身上，又捡了一支火把，转身飞速朝郦诺奔来。

这边的刘陵早已吓得魂飞魄散，愣在原地不知所措。旁边的郦诺虽然也吓得不轻，但毕竟早有心理准备，所以只愣了短短一瞬，便迅疾出手，夺下了刘陵手中的墨弩。

刘陵回过神来，顿时又惊又怒，一拳打向郦诺。

她只长于谋略，武功很是稀松，郦诺轻松挡开，飞起一脚把她踹了出去。

刘陵重重撞上石壁，然后又摔在了地上。

青芒刚好跑回来，遂毫不迟疑地朝她伸出了一只手。刘陵一怔，却把脸别到了一边。青芒无奈，扔下一句"快跑"，旋即拉起郦诺的手，两人迅速朝瀑布飞奔而去。

刘陵挣扎着爬起来，望着二人渐渐远去的背影，竟有些怅然若失。

此时张次公边打边退，终于狼狈不堪地撤了回来，也慌忙拉着刘陵朝瀑布跑去。

而那些黑衣人就没有这么幸运了。

在这只体形庞大、异常凶猛的朱雀面前，他们几乎就是待宰的羔羊。朱雀的爪子、翅膀、鸟喙都是武器，随便一抓、一拍、一啄，都足以对人造成不小的伤害。全凭着手上的墨弩，他们才能勉强抵挡一下，但也不过片刻之后，十几个人便无一例外地仆倒在了血泊中。

当然，朱雀浑身上下也中了十来支弩箭。

朱雀用它那火红的双眸愤怒地扫了地上的尸体一圈，然后展开翅膀抖擞了一下，"呱呱"怪叫了几声，朝瀑布方向飞了过来。

青芒和郦诺穿过瀑布后，手上的火把便被浇灭了。

眼前顿时一片漆黑。

所幸前面那道深渊并不宽，青芒紧紧抓着郦诺的手，先慢慢走到边缘，然后两人一起奋力一跃，终于越过了深渊。

此时，身后传来张次公和刘陵慌乱的脚步声，还有朱雀那越来越近的扇动翅膀的声音。青芒下意识地停住脚步，回头望去。

透过瀑布的水幕，可以隐约看见张次公一手举着火把、一手拉着刘陵，踉踉跄跄地朝这边跑来，身后紧跟着朱雀硕大无朋的身影。

青芒眉头一蹙，犹豫了起来。

就在这时，刘陵忽然被什么东西绊了下，趔趄倒地。张次公本想伸手去拉，却见朱雀越追越近，慌忙缩手，拔腿就跑。

青芒低低咒骂了一声，对郦诺道："你先到前面躲起来，等着我。"然后毫不犹豫地跳过深渊，一头冲进了瀑布。

郦诺万般焦急，却也无可奈何。

一进瀑布，青芒便稳稳地瞄准朱雀扣下了悬刀，弩箭"嗖"的一声掠过张次公和刘陵的头顶，不偏不倚地正中朱雀的右眼。朱雀发出一声凄厉的鸣叫，疼得在原地连连转圈。

趁此时机，青芒疾步朝刘陵冲了过来。

张次公向外跑，青芒朝里面冲，两人擦肩而过的瞬间，青芒忍不住一拳打在了他的脸颊上。张次公猝不及防，被重重打倒在地，火把也掉到了地上。

青芒一口气冲到刘陵身边，二话不说就把她扶了起来。

"你……为何还要救我？"刘陵虚弱道。

"少废话！先出去再说。"青芒拉起刘陵的双手，一下就把她背到了自己身上。

可刚转过身来，便见张次公正咬牙切齿地端着墨弩对准了他。

这一刻，身后不远处那只疯狂的朱雀已渐渐冷静了下来。它睁着一只血红的独眼盯着他们三人，似乎对他们这种自相残杀的行为颇感好奇，喉咙里"咕噜"了几声，然后重新抖擞了一下，朝他们扑了过来。

"张次公……你还算是个男人吗？"刘陵盯着张次公，一脸失望道。

张次公愈怒，又趋前一步，墨弩上的箭镞几乎顶在了青芒的额头上。

青芒冷然一笑："想动手就快点儿，否则谁都别想活。"

张次公紧扣在悬刀上的食指颤抖了一下。

朱雀离他们仅剩下三丈之遥，而且速度越来越快。

张次公突然掉转墨弩的方向，朝朱雀扣下了悬刀。

青芒立刻拔腿飞奔，张次公也转身就跑。

这一箭又命中朱雀颈部。朱雀发出一声痛苦的哀鸣，但速度却不降反增，渐渐追上了他们。就在三人一头冲进瀑布的一瞬间，朱雀的右翅"呼"的一下扫在了他们身上。

一股巨大的力量把三人都拍飞了起来。同时飞起的，还有无数颗大大小小的滚圆的水滴。他们就这样和水滴一起飞上了半空，然后又同时朝着漆黑的深渊坠落了下去。

就在青芒即将从崖边坠下之际，一只手猛然伸出，紧紧地抓住了他的左手。

这是郦诺的手。

她刚才并未离去，而是紧跟着青芒跳了回来，躲到了一堆岩石后，离青芒坠落的地方恰好不远，所以一个箭步冲过来便抓住了他。而郦诺的另一只手，则死死抓着崖边的一块岩石，否则早就被青芒坠落的力道带下去了。

青芒吊在半空中，眼睁睁地看着张次公和刘陵从身边坠了下去。

张次公直直掉下去的时候，发出了一声绝望的长嚎。

而刘陵是仰面朝天坠落的，恰好跟青芒四目相对。青芒发现她的脸上居然没有恐惧的表情，相反还十分平静。

在即将被黑暗吞噬之前，她甚至对着青芒微微笑了一下。

刹那间，青芒的眼前出现了一个五六岁的小女孩儿。她站在明媚的阳光下，对青芒露出了一个纯净而美丽的笑容……

小女孩儿的脸慢慢和刘陵的脸重叠在了一起。

然后，青芒看见刘陵在微笑中轻轻对他做了一个口型。与此同时，他的耳边蓦然响起了那个五六岁的小女孩儿奶声奶气的声音："青芒哥哥……"

泪水霎时涌出眼眶，顺着青芒的脸颊无声落下。

等他回过神来时，刘陵的脸不知已经消失多久了，耳边传来的却是郦诺焦急万分的声音："你发什么愣呢？赶紧上来啊！"

青芒振作了一下精神，用右手抓住崖壁上突出的岩石，正准备攀上去时，朱雀的那只独眼却突然出现在了郦诺的上方，那眼神居然有几分戏谑和得意。

与此同时，朱雀的一只利爪猛地踏上郦诺后背，又长又尖的爪子像利刃一样缓缓刺进了她的皮肉。

郦诺脸色骤变，虽然强忍着没有叫出声，但豆大的汗珠立刻沁满了额头。

这一吃痛，抓着岩石的左手顿时失了几分力气，瞬间滑脱，整个人往崖边出溜了一下。如此一来，青芒整个人又往下坠了至少一尺，右手便再也抓不到岩壁上的石头了。

朱雀的利爪更深地刺入了郦诺的后背。郦诺终于忍不住叫出了声，额头上的冷汗也顺着鼻尖滴落到了青芒脸上。

青芒在崖边晃荡着，心头掠过一阵绝望，仰头道："放手吧郦诺，你这样硬撑，咱俩都得死。"

话一说完，他才蓦然意识到，终南山铁索桥上的那一幕竟然在此时此地重演了。

只是这一次，他们的角色对调了过来。

"当初在终南山上，我也叫你……放手，可你……放了吗？"郦诺咬着牙关，断断续续道。

她知道，自己其实已经撑不了多久了。可她宁愿坚持到最后一刻，宁愿两个人一起坠落，也决不会在此时撒手。

青芒苦笑了一下："这回跟上次不一样。当初我强撑着，是为了等北冥先生来救，可眼下这个鬼地方，还有谁能来救咱们？听我说，你还有机会逃出去……"

"我不管！"郦诺带着哭腔大声喊道，"就算没人来救，我也决不放手！"

"谁说没人，我这不来了吗？"

黑暗中，对岸突然传来一个沉着而清朗的声音。

青芒和郦诺同时一怔，几乎都怀疑是自己出现了幻听。

话音一落，对岸倏然亮起了数十支火把。刹那间，突如其来的火光同时映入了朱雀的独眼之中。

它下意识地眯了一下，瞳孔因不适而急剧缩小。

就在这时，数十支箭矢发出一片尖啸激射而来，密密麻麻地扎在了它的身上。

朱雀晃了一下，后退了两步，脚爪终于离开了郦诺的后背。

虽然遍体鳞伤，但它的斗志却丝毫没有减弱。只见它艰难地昂起首来，试图发出鸣叫。可就在这一刻，一个矫健的身影加上一道雪亮的刀光一起从对岸飞了过来。

刀光在朱雀的独眼中一闪而过。

还没等它做出反应，又细又长的脖颈便被一把长刀拦腰斩断了。

朱雀的头往下一勾，与身体分离开来，滚落到了崖边，然后擦着青芒的肩膀坠下了深渊。紧接着，它庞大的身躯重重仆倒在了郦诺的身旁。

那个矫健的身影落地后，遽然转过身来。

摇曳的火光下，赫然是霍去病那张英气逼人的脸庞。

紧接着，朱能和侯金也忙不迭地跳了过来，七手八脚地把青芒拉了上来，又扶起了郦诺。青芒上来后，神情仍旧凄然，目光一直注视着崖下，显然还在为刘陵之死而哀伤。郦诺不想打搅他，便问霍去病道："你们怎么来了？"

霍去病哼了一声，背起双手，默不作声，神色还是如同以往那般倨傲。

"若我所料不错，应该是那个老书吏告的密。"青芒终于转过头来，淡淡道。

"多亏他告了密，否则你们现在还能张嘴说话吗？"霍去病没好气道。

青芒没说什么。

"可是，九嶷山这么大，你们是怎么找到这儿的？"郦诺还是颇为不解。

"三分石是九嶷山的最高峰，自然要先来这儿找。"霍去病道，"结果一到山底下，就撞见了那么多尸体，瀑布下面的水潭也死了好几个。就算是瞎子，也能闻着血腥味，一路找进这洞里来吧？"

"霍去病你废话真多！"夷安公主的声音忽然响起，"郦诺受伤了你没看见吗？还在那儿说个没完。"

郦诺没想到连公主都来了，赶紧转头看去，便见几名军士用几根粗大的树干在两边崖岸之间搭了座"桥"，然后保护着身穿甲胄的夷安公主小心翼翼地走了过来。她身后还跟着两名同样穿着甲胄的侍女。

"殿下怎么也来了？"郦诺颇为惊讶。

"你还说呢！"夷安公主白了她一眼，"你就那样不辞而别，也太不仗义了，本公主岂能不来找你问罪？"说着，便命两名侍女扶着郦诺，把她扶到一旁处理伤口去了。

霍去病盯着青芒，冷冷道："老实说吧，你从石渠阁盗取天机图，又凭着天机图找到这儿，究竟想干什么？这洞中到底藏着什么秘密？"

青芒苦笑了一下："多日不见，霍骠姚一来就把我当人犯审吗？"

"老大，"一旁的朱能插言道，"霍骠姚现在已经升为骠骑将军了。"

"是吗？"青芒抱了抱拳，"那就恭喜霍将军了。"

"少废话。"霍去病冷哼一声，"快说，你们来这儿到底想找什么？"

"说实话，我也不知道这洞里有什么，只能推测，这里应该藏着墨家的一些重器……"

"重器？"霍去病眉毛一挑，"想必都是些杀人利器吧？"

"应该是吧。"青芒淡淡道，"请问霍将军，此行是不是奉陛下旨意而来？"

"当然。"

"敢问陛下是何旨意？"

"两件事：一，查清天机图背后的秘密；二，找到你和郦诺，把你们二人带回去。"

"把我们带回去？"青芒苦笑，"我无意仕途，郦诺也不喜欢宫廷生活，我们二人，这一生只想逍遥江湖……"

"逍遥江湖？"霍去病一脸冷笑，"实话跟你说，陛下早就知道你和郦诺的真实身份了，只是引而不发而已！你想想，你一个前匈奴大将阿檀那，外加郦诺这个墨家巨子之女，两人背着朝廷跑到这九嶷山来，试图找到墨子留下的杀人利器……假如你是陛下，你能放心吗？"

青芒闻言，不由得大为惊骇。

他万万没想到，皇帝竟然早已知道了他和郦诺的真实身份。

"很意外吧？"霍去病欣赏着他的惊骇表情，促狭一笑，"说老实话，我那天听陛下一说，也吓出了一身冷汗……"接着，便把那天在殿上与皇帝的对话大致转述了一下。

青芒听完，不禁哑然失笑。

他一直以为自己聪明，很多事情都做得滴水不漏，足以瞒天过海，不料一切早已被洞若观火的皇帝看穿，且无不在其掌控之中！

此时，一旁的夷安公主也听到了他们的话，顿时吃了一惊，对郦诺道："原来你真是墨家的人，而且……你爹还是巨子？"

"怎么，殿下后悔拜我为师了？"

"我才不后悔。"夷安公主嘻嘻一笑，"你是巨子之女才好呢，日后我若跟着你一起闯荡江湖，那多有面子啊！"

"你没听霍将军说吗？"郦诺冷然一笑，"陛下命他抓我回去呢。我命都快不保了，还闯荡什么江湖？"

"对不起啊，都是我不小心说漏了嘴，才暴露了你的身份。"夷安公主歉然道，"不过你放心，我一定会劝父皇赦免你的。"

这时伤口已处理完毕，郦诺敷衍了夷安公主几句，便走过来，对霍去病道："敢问霍将军，陛下既然早就知道我是墨者，为何不抓我？"

"我也是这么问陛下的，结果大出我意料之外……"霍去病道，接着便把皇帝那天说的话原原本本告诉了她。"所以，陛下请你回京，不是为了抓你，而是想跟你开诚布公地谈谈，希望能够化解墨家与朝廷的纷争，更希望你能以苍生福祉和天下太平为念，带领墨家走上自新之途。"

郦诺听完，沉默了好一会儿，忽然问青芒："你觉得，咱们应该回京吗？"

"这取决于，你想让今后的墨家，走一条什么样的道路。"青芒答。

郦诺又沉吟了一下，随即对霍去病道："好，我跟你回去。"

霍去病大喜，与一旁的夷安公主相视一笑。

"我还有最后一个问题想问你。"青芒对霍去病道。

"说。"

"如果，我们今天可以彻底弄清这天机城的秘密，找到墨子留下的东西，那陛下的意思，是打算怎么做？"

这个问题至关重要，也是郦诺现在最关心的事，所以她立刻看向霍去病。

霍去病看了看青芒，又看了看郦诺，正色道："倘若墨子留下的东西果真是一些杀人利器，那陛下的旨意很明确——毁掉它们。"

青芒欣慰一笑，与郦诺对视了一眼。

"那你们呢，打算怎么做？"霍去病反问。

"我们的想法，跟陛下一样。"郦诺不假思索道。

霍去病看着她，眸光一闪，旋即点点头："很好。"

青芒看着他，忽然感觉，他那闪烁的眸光中似乎隐藏着一丝异样的东西……

青芒领着众人再次穿过了瀑布。

那些黑衣人的尸体横七竖八地躺在洞里，其状惨不忍睹。从旁边经过时，青芒、郦诺、霍去病和部分军士顺便把地上的墨弩和箭匣都捡了起来。然后，在幽深曲折的洞穴中又走了小半个时辰，眼前渐渐开阔了起来。众人加快脚步，没走多远，便见脚下出现了一排下行的石阶，踏步宽阔，阶面平整，显然是人工开凿。

看来，此处已然接近天机城的腹地了。

前面究竟有些什么？

无论是青芒、郦诺还是霍去病，众人无不满怀好奇。

顺着长长的阶梯拾级而下的时候，大伙儿都走得小心翼翼。毕竟前面出现了那么多可怕的机关，连"朱雀"这种传说中的上古神兽都出现了，谁知道接下来还会碰上什么恐怖的东西。

大约走了百十来级，石阶就到底了。令众人大惑不解的是：这里竟然是一处密闭的石室，周围都是石壁，根本没有任何通道或出口，连之前的那种浮雕门都没有。

"难道咱们走错路了？"夷安公主忍不住道。

"不可能。"郦诺道，"这些台阶都是人工开凿的，如果这条路是错的，那当初的建造者又何必花这个工夫？"

"郦诺说得对。"霍去病也道，"看来此处定有机关，只是隐藏起来了。"

说完，三个人互相看了看，便都把目光聚焦到了青芒身上。

青芒走到石室中央，高举火把，慢慢环视了一圈周围的石壁，然后他的目光便被某个东西吸引了。

他径直朝石阶正对面的一处石壁走了过去。

郦诺等人赶紧跟上了他。

青芒走到一面相对平坦的石壁前，停住脚步，蹙紧了眉头。

众人定睛一看，眼前竟是一幅壁画，画风质朴简洁，内容也很简单，不过是一女子坐在一架织布机前劳作，除此之外再无他物。

"看出什么了吗？"霍去病忙问。

青芒一脸茫然，摇了摇头。

众人见状，不由得都有些丧气。唯有郦诺似乎想到了什么，道："你还记得，当初跟铁锤李接头的那句暗语吗？"

青芒一怔，脱口道："维天有汉，鉴亦有光；天女机杼，银汉迢迢。"

"天女机杼，讲的便是织女。"郦诺又道，"那么这句暗语，同这壁画上的织女，会不会有什么关联？"

"有道理……"青芒蹙眉沉吟了起来。

此时，霍去病忽然低头看着地面，惊呼道："这地上也有画！"

方才众人只顾着观察周围，都没注意脚下，此时低头一看，果然看见地上铺着一块方方形青砖，其中一些刻着浅浅的浮雕图案。青芒数了一下，刻有图案的青砖共有十块：其中三块都刻着亭子——不是那种赏景用的一般凉亭，而是具有军事用途的瞭望亭；另外七块，分别刻着山林、沟渠、城门、丘陵、里巷、阡陌、山岗。这些有图案的砖和其他没图案的普通青砖混杂在一起，散乱地分布在地上，看上去毫无规则，令人完全摸不着头脑。

这些图案到底是什么意思？它们跟壁画有何关系？

青芒满心困惑，刚刚松开的眉头顿时又拧紧了。

众人则是面面相觑，一个个如堕五里雾中。唯有郦诺一直出神地盯着地面，若有所思。

"我的亲娘，这墨子也太会玩花样了吧？"朱能急得抓耳挠腮，"搞这么难，谁猜得透啊！"

"墨子当年到处帮弱国守城，若不是凭着出神入化的机变和工巧之术，如何抵挡强国入侵？"青芒颇有些感叹，"而眼下这天机城，则是墨家自己的重地，墨子自然要费尽心思设置重重机关，以阻挡那些心怀觊觎之人。"

说者无心，听者有意。青芒话音刚落，郦诺便抬起目光看着他，忽然道："我想起来了，《墨子》的书里面，好像有一段话，说的就是地上这些图案。"

青芒大喜："具体是怎么说的？"

郦诺闭上眼睛，在记忆中拼命搜索，片刻后倏然睁眼，用极快的语速道："有了！我记得是《墨子》最后一篇《杂守》里面写的：'诸外道可要塞以难寇，其甚害者为筑三亭，亭三隅，织女之，令能相救。诸距阜、山林、沟渎、丘陵、阡陌、郭门若闾术，可要塞及为微职，可以迹知往来者少多及所伏藏之处。'"

由于她念得太快，加之是从书中拾出一段，没有上下文可供理解，所以青芒和众人都听得莫名其妙，不知道她在念些什么。

郦诺忙解释道："墨子这段话是在讲守城之术的，就是青芒刚才说到'守城'提醒了我，让我一下子想了起来。这段话的大意是，凡城外各交通要道可筑起要塞来阻止敌人的，就在要害处筑起三座瞭望亭，三座亭子的位置和布局按织女三星，构成三角形，令其能相互救援。而后，在各高岗、山林、沟渠、丘陵、阡陌、城门及里巷要道处，可筑起要塞并竖立标志，这样便能根据敌人留下的踪迹，推算往来人数的多少及敌军埋伏的地方。"

众人尽皆恍然。

只是，即使知道了地上这些图案源自《墨子》的记载，可眼前这机关到底该如何破解，众人还是一头雾水。就连郦诺自己，一口气解释完之后也不知该说些什么了。于是，众人只好再一次把目光投向青芒。

青芒眉头紧锁，沉吟片刻，忽然走到石室中央几块空白的青砖上，拿脚踩了踩，其中一块青砖立刻显示出松动的迹象。青芒眸光一闪，马上命朱能和侯金把这块青砖撬了起来。

令众人惊诧不已的是：青砖一撬开，下面露出的并非黑色的泥土，而是一套看上去既复杂又精密的机械装置，内有铁质的齿轮、轨道、传动器件等等；并且，这套装置并不是孤立的，而是往前、后、左、右四个方向都延伸了出去——换言之，目前众人看到的，其实只是一套大装置的其中一小部分而已。

青芒一笑，对众人道："大家都看出来了吗？这间石室下面肯定是一套完整的传动装置，其作用就是让上面这些青砖可以挪动。换句话说，墨子想让我们玩的，其实是一个拼图游戏。"

霍去病恍然大悟："这么说，就是按《墨子·杂守》中所言的方位和顺序，将这十块刻有图案的青砖重新排列组合？"

青芒颔首："那三块刻有亭子的砖，就按'亭三隅，织女之'的方式，一前二后，呈三角形排列；另外那七块，就从石阶开始，按'距阜、山林、沟渎、丘陵、阡陌、郭门、阁术'的顺序直线排列。三角形在前，直线在后，最后呈现出的形状，应该就是一支箭。"

郦诺疑惑道："可是，倘若没有靶子，箭头该指向何方？"

青芒笑笑，指着那面壁画道："靶子就是它。你想，我与铁锤李接头的暗语，提到了天女，也就是织女；《墨子·杂守》中，又专门提到了织女三星；而咱们眼前的这幅壁画，画的又是一位织女。由此可见，最后排列出的箭头，定然是指向这面石壁。若我所料不错，这面石壁，应该便是进入天机城的最后一道门！"

至此，谜题终于完全解开。

众人遂不再迟疑，按青芒所言，利用已撬开的那块砖留下的空间，开始逐一挪动地上的这些青砖，玩起了墨子设计的这个"拼图游戏"。

约莫一刻钟后，十块刻有图案的青砖终于排成了一支硕大的箭矢——"箭头"就位于织女壁画下方，而"箭尾"则位于石阶下方。

当组成箭矢的最后一块青砖到位，整间石室立刻响起一阵巨大的机械转动声。与此同时，那面画着织女壁画的石壁开始缓缓下陷。

少顷，当整面石壁全部沉入地面，一个无比壮阔、令人震撼的景象顿时出现在了众人眼前——

隐藏在石壁后的，竟然是一个高约十丈、方圆二十余丈的异常宏大的空间，简直如同一座雄伟的大殿，其规模比起未央宫的前殿也有过之而无不及。整座"大殿"显然是由巨大的溶洞改造的:"殿顶"不再是岩石,而是一个圆形的青铜穹顶,上面雕刻着三个硕大的古文字,想必便是"天机城";文字后面的背景则是浩瀚银河及各种星图——青芒立刻联想到了暗语中的"银汉迢迢";"殿堂"的地面由大石铺成,修得极为平整;四周陈列着一排排青铜书柜,上面整整齐齐地码放着无数的竹简和帛书,观其气势,比之石渠阁似乎也不遑多让!

而青芒和众人一直以来最关切的那个问题的答案,也在此刻揭晓了:

"大殿"中央有一个一人高的方形平台,平台中央有一方黑色的大理石,石头上伫立着一尊三丈来高的墨子铜像;在铜像周围,则摆放着数十种形状各异、大小不一的装置和器具;虽然这些东西从来没见过,更叫不出名字,但青芒和众人都很清楚,它们无疑都是战场上的利器!

当这些器物一映入众人眼帘,青芒便注意到,霍去病眼中立刻闪现出异常兴奋的光芒,然后三步并作两步地冲到了平台上,瞧瞧这个,摸摸那个,眼中的光芒越来越灼热……

夷安公主跟着跑了上去,不停地问东问西。霍去病随口敷衍着,心思却全在那些器物上。

青芒看着他们,若有所思。

郦诺走了过来,看他怔怔出神,忙问:"怎么了?"

"你觉不觉得,霍去病……有些奇怪?"

郦诺一怔:"他是军人,见到这些厉害的武器,自然会激动一些,这也不足为怪吧?"

青芒淡淡一笑,没再说什么:"走吧,去看看那些书。"

两人走到一个书柜前。青芒将火把插在一旁的石壁上,信手拿起一卷泛黄的帛书,翻开一看,上面正是某种武器的设计图,旁边还附有详细的说明文字。

"看来,这天机城中秘藏的所有武器,其设计原理、组装方法和使用说明,全都以图籍和文字的形式,记录在这些书上了。"青芒一边翻看着,一边道,"我手上这卷,记录的是一种'连弩车',可同时发射一丈长的大弩箭六十支,小弩箭无数,须十个人配合操作;最为巧妙的是,大弩箭的箭尾用一种特制的软绳系住,射出后能用辘轳迅速卷起收回,然后重复发射。如此一来,弩箭就取之不尽、用之不竭了。"

郦诺也拿着一卷帛书在翻看着,脸上露出恍然之色:"我之前便猜测《墨子》一书记载的那些厉害武器就藏在此处,现在看来,果不其然。"

"一张小小的墨弩就令人心胆俱裂了，倘若这种连弩车流传于世，不知又会掀起怎样的血雨腥风！"青芒大为唏嘘，沉声一叹，"你那边又是什么厉害武器？"

"也是《墨子》一书有载的，转射机。只是《墨子》所载语焉不详，这里说得详细。"

"是不是更厉害了？"青芒苦笑问道。

"转射机通常置于城墙之上，小型机长约六尺，由两人操纵；大型机长达两丈，由八人操纵。"郦诺看着书道，"与连弩车不同的是，转射机不仅有杀伤力，且更具灵活性，可一边射箭，一边将机座旋转，以随时攻击不同方向之敌。"

青芒合上手里的帛书，扔回书柜，又拿起一卷，翻了开来，边看边道："这个叫藉车，以铁甲包裹，可投射炭火，同时发射无数的铁蒺藜。不难想象，这种东西上了战场，瞬间便是人间地狱。"青芒眼中掠过一丝莫名的悲怆，拿过郦诺手里的帛书，连同自己的一起扔回了书柜，"够了，窥一斑可知全豹，不必再看了……"

"这么多巧夺天工的好东西，不让人看，岂不可惜？"

身后忽然传来霍去病的声音。青芒和郦诺连忙转身，却见霍去病正背着双手站在面前，微笑着看着他们。

青芒心中掠过一丝不祥之感，淡淡道："东西是好，不过很可惜，遵照陛下旨意，咱们只能把这里的所有东西，全毁掉。"

"连你都觉得可惜，那咱索性……就不毁了呗？"

青芒心中一沉，脸上却露出微笑："若是不毁，岂不是抗旨？"

"这不叫抗旨。"霍去病冷冷道，"这叫作'将在外，君命有所不受'。"

"霍去病！"郦诺趋前一步，大声道，"咱们进来之前不是都说好了吗？你岂能出尔反尔？"

此时，夷安公主和朱能、侯金听见争吵声，想要过来，却被霍去病手下的军士拦住了。

青芒抬手示意郦诺冷静，对霍去病道："那你打算怎么做？"

"很简单，把这儿保护起来，然后我立刻上奏陛下，请他重新考虑对墨家天机城的处置办法。"

"你这么做，是代表你个人，还是代表卫青大将军和整个军方？"

霍去病哼了一声："这有区别吗？"

青芒神情凝重，一字一顿道："如果是后者，那你们这么做，便是逼宫。"

"不，这叫劝谏。"霍去病眉毛一挑，"我们这么做，并非出于一己私利，而是为了对付匈奴，为了守护大汉天下！"

"你们军方把事情想得太简单了！这些杀人利器一旦流传于世，非但不能守护天下，反而只会涂炭生灵、祸乱天下！"

"危言耸听！"霍去病不以为然道，"只要这些重器始终握于朝廷之手，便绝无遗患。"

"谁能保证它们能始终握于朝廷之手？"青芒苦笑，"连一张小小的墨弩都难以控制，险些助成诸侯造反了，更何况这些重器？！"

霍去病一怔，撇了撇嘴："不必多费口舌。总之，从现在起，这天机城归我管了，谁也别想轻举妄动。"

"如果我们非动不可呢？"郦诺怒视着他。

霍去病冷哼一声，抬手一招，一群军士立刻冲了过来，呈半月形围住了青芒和郦诺，手中的墨弩齐刷刷对着他们。

郦诺愈怒，也抬起墨弩对准了霍去病。

那边的夷安公主见状，大为惊愕，开口喊道："喂，你们疯了吗？到底出了什么事？"

与此同时，朱能和侯金也已拔刀与面前的军士们峙了起来。

青芒心中一声长叹，目光如电，射向霍去病："你我非得走到这一步吗？"

"道不同，不相为谋。"霍去病冷冷回应。

两人的目光瞬间绞杀在了一起。

就在这剑拔弩张、一触即发的时刻，一阵粗粝而诡异的"沙沙"声遽然响起，一下一下，由远及近，在整座空旷的"大殿"中回荡着。

所有人全露出了惊愕的神色，抬起头四处张望。

青芒凝神细听，旋即大惊失色——这分明是朱雀在行走时，足上的利爪划过石头的声音！

"大家小心！"青芒一声大喊，同时握紧了手中的墨弩。

喊声未落，一只通体火红的朱雀便从黑暗中倏然飞出。它发出一声刺耳的鸣叫，张开利爪，笔直地朝高台扑了过来。

它血红的双眸中，分明充满了强烈的仇恨和杀意！

令青芒和众人都万万没想到的是——这只朱雀的体形竟然比上一只更为庞大，看上去也更为凶悍……

第二十六章

毁灭

圣人之德，昭于天下，若天之高，若地之普。

——《墨子·尚贤》

朱雀猛扑下来，左边翅膀"呼"地一扫，把高台上的夷安公主、朱能、侯金及一干军士全打飞了出去。

众人飞上半空，又重重摔落在地，夷安公主登时晕厥，其他人非死即伤。朱能和侯金挣扎着爬起来，奋力把夷安公主拖到了旁边的角落里。

青芒和霍去病等人见状，纷纷对准朱雀扣下悬刀，十几支弩箭齐齐射出。朱雀张开右边翅膀，又是"呼"的一声，将大部分弩箭卷落，只有两三支扎在了它的翅膀上。朱雀用力一抖，那几支箭便掉了下来，未曾伤它丝毫。

很显然，这只朱雀的战斗力比上一只强大得多！

"大家散开！"青芒拉下望山，一声大喊，紧接着又是一箭射出，总算正中朱雀高昂的颈部。

霍去病、郦诺及众军士闻声，立刻分散开来，一边寻找障碍物躲避，一边从各个方向持续射击。

这一来，朱雀的攻击目标大为分散，防守也不再密不透风。

弩箭"嗖嗖"连声，来自四面八方，令其防不胜防。朱雀怒气冲天，嗷嗷鸣叫，在殿堂中疯狂地飞来跳去，虽然挥动翅膀左遮右挡，双足乱踢乱打，却还是频频中箭。转眼间，它的腹部和背部都已各中数箭。

当然，霍去病的手下军士也死伤了大半——要么是被翻倒的器物压住，要么直接被朱雀的利爪刺穿，抑或是被它的尖喙叼住，然后整个人被甩飞了出去！

青芒躲在一根石柱后面频频射击，弩箭迅即告罄。他冲出去从地上捡起一个箭匣，一边装卸一边大喊："大家移动攻击，别老待在一个地方！这只大鸟看来只有一身蛮力，脑子没上一只好使！"

众人闻言，再次转变战术，开始跑来跑去，移动攻击。

朱雀暴跳如雷，却越发顾此失彼，忙活了半天，只击杀了两名军士，身上却又中了好几箭。

忽然，它停了下来，一边呼呼地喘着粗气，一边用它那血红的眸子来回扫视，似乎在寻找什么。

很快，它的目光便锁定了一个地方。

那是一排书柜，青芒就躲在后面。

朱雀眸光一闪，不再管别人，径直朝书柜扑了过来。

青芒苦笑了一下。看来这只"大鸟"也没那么傻，居然也懂"擒贼擒王"的道理。

此时，朱雀已越来越近。青芒突然闪身而出，对着它的头部连连射击。直到弩机发出咔嗒声，他一共射出了五箭——其中两箭被它躲开了，另外两箭射中了它的额头，最后一箭竟然从它张开的嘴巴射入，扎在了它的舌头上。

箭匣已空，而朱雀也已逼到目前。

青芒把墨弩一扔，撒腿便跑。朱雀紧追不舍。青芒先是利用一排排书柜跟它捉迷藏，暴怒的朱雀便把沉重的铜柜一个个推倒，好几次险些砸中他。接着，青芒又跳上高台，借助雕像和那些器具跟它周旋，朱雀又把那些器物逐个掀翻。青芒苦笑不已，只好凭借强大的轻功在石柱和石壁间飞跃游走；朱雀仍紧咬不放，一路在后面狠命追打，打得大大小小的石块儿纷纷掉落……

在此期间，郦诺、霍去病等人为了帮青芒摆脱困境，纷纷现身射击朱雀。可是，朱雀却完全无视，只死死咬定青芒一人。直到所有人的箭全部射光，朱雀也已伤痕累累，但这场追逐游戏依然没有停止的迹象。

青芒渐渐体力不支，而朱雀则愈战愈勇。

终于，青芒还是被追上了。朱雀一个翅膀拍过来，便把他狠狠拍在了地上。青芒口吐鲜血，挣扎了几下没爬起来。朱雀得意地鸣叫了一声，抬起右足踏在青芒的胸前，利爪深深刺入了他的肩部，鲜血立刻涌出。

"鸟兄，看来是我错怪你了，你一点儿都不傻。"青芒笑着啐出一口血，"大不了我跟你道个歉嘛，何必发这么大火？"

朱雀盯着他，喉咙里咕噜一声，利爪更深地刺入了他的皮肉。青芒忍不住痛叫了一声。

此时，郦诺、霍去病及最后几名军士正从各个方向跑过来，准备营救。青芒听到脚步声，马上大喊："都别过来！大鸟就是想利用我吸引你们，你们一过来就中它的计了！"

话音刚落，朱雀便挥动右翅，掀飞了倒在一旁的一架转射机和一台连弩车。几名军士刚好跑过来，全被压在了机车下，当场身亡。

同时，朱雀扬起左足，把方才掉落在地上的一大堆石块儿踢得纷纷飞起。郦诺和霍去病正好在这个方向上，遂双双被石块儿砸中头部，相继晕厥倒地。

突然，斜刺里冲出一个身影，挥刀一下刺入了朱雀的右足。

此人正是侯金。

他这么做，显然一心只想救青芒脱困，而完全无视自身的安危。

朱雀吃痛，抽搐了一下，旋即猛然掉头，用它那又长又尖的喙狠狠向下一戳，竟直接戳入了侯金的天灵盖。

脑髓喷出，侯金都来不及哼一声，便直直倒在了青芒身旁。

他双目圆睁，朝青芒咧了下嘴，旋即断气。

"猴子——"青芒大吼，目眦欲裂。

就在这时，原本一直战战兢兢躲在附近的朱能终于忍无可忍，嘴里高喊："老子跟你拼了！"然后猛地冲了过来。

令人意外的是，他肥胖的身躯在愤怒的驱使下，不但健步如飞，而且竟然一下跳到了朱雀的背上。

他手握长刀，狠狠刺入了朱雀的后颈。

朱雀一声长嘶，背部猛地一抖。朱能被甩了下来，重重摔在地上。朱雀抬起左足，"扑哧"一声将利爪刺入了他的心脏。

"老大快跑——"朱能口吐鲜血，用尽最后的力气喊道。

青芒趁此时机，奋力从朱雀的右足下挣脱而出，然后迅速从地上捡起一把刀，嘶吼着朝朱雀的喉咙刺去……

如果这一刀刺中，朱雀定当毙命。

然而，就在此刻，一条长鞭突然飞来，"啪"的一声脆响，一下就把青芒手上的刀打飞了出去。青芒又惊又怒，扭头看去，只见一个白发披散、瘦骨嶙峋的身影正静静地站在暗处，仿如鬼魅。

朱雀发出一声得意的鸣叫，猛然抬起右足，如泰山压顶般朝青芒的头颅踩了下来。

此时青芒已避无可避，不由得绝望地闭上了眼睛……

忽然，又是一记清脆的鞭响在青芒的头顶上方响起，朱雀霎时发出了一声凄厉的哀鸣。

青芒诧异地睁开眼睛，便见朱雀的右足不停抽搐，显然这一鞭被抽得不轻。它血红的眸子一直盯着暗处的那个身影，仿佛既畏惧又不服。

"大玄，退下。"那人发出苍老而沙哑的声音。

大玄？

这只朱雀竟然还有名字？！

青芒哭笑不得。看这情形，这只朱雀似乎还是白发老者养的。

朱雀闻声，虽然不太情愿，但不敢违抗，还是乖乖地一瘸一拐地退进了暗处。

青芒立刻走到朱能身边，俯下身去，却见他早已没有了呼吸。青芒心头一痛，立刻红了眼眶。

"敢问阁下何人？为何擅闯我墨家禁地？"身后传来老者冷冷的声音。

青芒黯然良久，才强忍悲痛，起身道："在下是墨家的朋友，敢问先生是何人？"

"墨家的朋友？"老者慢慢从暗处走出，苍白的脸上挂着一丝冷笑，"是什么样的朋友，会不请自来？还明火执仗闯进别人家里，杀了别人养的神鸟，砸烂了别人家里珍藏多年的宝物呢？"

青芒苦笑，正待回答，郦诺忽然踉踉跄跄地走了过来，脱口道："樊左使？！"

老者一怔，连忙上前，一看到她，顿时大为惊愕。

樊左使？

青芒登时恍然——原来此人便是失踪已久的墨家左使樊仲子！

"您失踪了这么久，音信杳无，原来一直躲在这儿！"郦诺不无惊喜道。

樊仲子自嘲一笑："老夫再怎么躲，最终不也让你们找到这儿来了吗？"

"敢问左使，您当初是不是奉我爹之命故意失踪，目的便是为了保护天机图和这天机城？"

樊仲子叹了口气："事到如今，老夫也没什么可隐瞒的了。想当初，你们一帮年轻人，还有仇旗主、田旗主他们，都喊打喊杀，一心要跟朝廷决一死战，巨子说服不了你们，又怕墨子秘藏的这些重器落到你们手中，不得已才让我带着天机图离开。老夫多方辗转，殚精竭虑，把天机图看得比自己的命还重要，可万万没想到，最后还是把它给弄丢了……为防不测，只好守护在此。现在，老夫只想问你一句，到此意欲何为？"说完警惕地看着郦诺，又瞟了青芒一眼。

郦诺见状，连忙介绍了青芒的身份。

樊仲子一震，难以置信道："蒙安国之子？莫非……你便是在匈奴潜伏多年的那个内线？"

青芒点点头，抱拳道："晚辈蒙奕，见过樊左使。"

樊仲子怔怔地看着他，再度苦笑："怪不得你们能找到这儿来！当初，便是我委托令尊，请你在匈奴寻找共工和天机图的。"

青芒一怔，一直以来的困惑顿时又浮上心头，忙问："敢问左使，当初共工为何会带着天机图流落匈奴？"

樊仲子狐疑道："你都从他那儿把天机图取回来了，这些事还来问我？"

青芒连忙解释了自己失忆的事，郦诺也在一旁帮着证明。樊仲子又看了他一会儿，才缓缓道："共工是我的得力助手。当初，我俩带着天机图四处躲藏，辗转逃到了最北边的上谷郡，本以为那儿山高皇帝远，最为安全。不料，才刚到郡城外，便遭遇了一队烧杀掳掠的匈奴骑兵。我不忍看当地百姓遭难，便把天机图交给共工，命他躲藏起来，然后冲上去跟匈奴人厮杀。等我杀光了那些骑兵，回头一看，却见共工竟然被另一队匈奴兵掳了去……当时我已身负重伤，无力追赶，只能作罢。"

樊仲子一声长叹，顿了顿，接着道："巨子得知此事后，便命精卫，也就是令尊与我接头。令尊说，他在匈奴有内线，身居要职，应该有办法找到共工，取回天机图。我大喜过望，便把事情托付给了他。按计划，内线若是得手，应将天机图送到长安，交给我的另一助手铁锤李。可左等右等，后来却什么都没等到，而令尊又不幸罹难，线索便彻底断了……没想到，你这个'内线'，没把天机图交还给老夫，到头来却凭着它杀进天机城来了！"

说完，樊仲子脸上已满是讥诮之意。

青芒赧然道："左使见谅！并非晚辈有意藏着天机图不还，而是其间发生了太多意外，晚辈也很无奈……"

"算了。"樊仲子一摆手,"事已至此,多言无益。老夫只想知道,你们今日到此,究竟意欲何为?"

"左使。"郦诺正色道,"请恕我直言,我们千辛万苦来到这儿,目的只有一个,便是毁掉天机城,还有这里的一切!"

樊仲子浑身一震:"荒唐!这天机城是咱们墨家的圣地,这儿的所有东西都是墨子一生智慧和心血的结晶,也是咱们墨家世代相传、拼死守护的圣物,岂能毁掉?!"

"对,您说的都没错。"郦诺苦笑,"我相信,任何一个人见到这些巧夺天工的器物,都会赞叹不已,可是我也想说,总有一些人,会对它们垂涎三尺,会不择手段把它们占为己有。您今天还能站在这儿守护它们,可等到您百年之后呢?退一步说,纵然有墨者愿意一代一代守护下去,可您难道就没想过,为了这些东西,之前已经死了多少人、流了多少血,之后还会死多少人、流多少血?"

樊仲子闻言,原本便毫无血色的脸庞越发惨白,半晌才道:"话虽如此,但这天机城若是毁在我手上,你让我如何对得起墨子和历代巨子的在天之灵?"

"樊左使,"青芒接过话茬,"晚辈想请问,墨子他老人家一生践行'兼爱''非攻'的救世理想,摩顶放踵以利天下,所为何来?"

"无他,出于悲天悯人之心而已。"樊仲子道。

"对,悲天悯人,左使说得好!那我再请教左使,倘若墨子知道,他留下的这些智慧和心血的结晶,会勾起后人无尽的贪欲和野心,会引发后世无穷的纷争和杀戮,他老人家又会做何感想?就晚辈所知,墨子一向反对强国侵略弱国、强者侵凌弱者,所以晚辈猜测,他苦心孤诣发明这些武器,定然也是为了保护弱小。但假如他知道,这些武器最终会被别有用心之人拿去屠杀世人、祸乱天下,他会无动于衷吗?相反,晚辈认为,出于悲天悯人之心,他一定会亲手毁掉这些东西,就仿佛它们从来不曾存在一样。"

樊仲子黯然良久,长叹一声:"不瞒贤侄,你说的这些,老夫也都想过,只是……这个决心难下啊!"

"我们今天来,便是帮您下这个决心的。"郦诺朗声道,"左使可知,为了寻找和守护天机图,蒙奕他这些年都经历了什么?您可知他这一路走到今天,流过多少血、受过多少折磨,又闯过多少回鬼门关?"

"郦诺,"青芒连忙阻止,"那些事都不值一提……"

"不,我要说。"郦诺坚持道,"我要让左使知道,你一个墨家之外的人,是以怎样艰苦卓绝的努力，在坚守墨家的道义，在践行墨子'兼爱''非攻'、济世救人的理想！"

接着，郦诺便把青芒这些年来的遭遇，还有那些九死一生的经历，以及种种舍己救人的义举，一桩桩、一件件地说了出来，直听得樊仲子频频颔首，大为动容。

"贤侄侠胆仁心，高义薄云，令老夫钦佩之至！"樊仲子抱拳道，"你虽然不是墨者，但你的志向和行止，却足以让老夫和万千墨者崇敬和汗颜哪！"

"左使过誉了。"青芒淡淡一笑，"晚辈行事，只是出于良心、行所当行而已，远远没有您说的那么伟大。"

"不，在老夫看来，你才是真正的墨者。"樊仲子由衷道，"当今之世，有多少所谓的墨者，口说墨子之言，行的却是盗跖之事；即使打着济世救人的幌子，却终究难掩好勇斗狠的本性。就此而言，只有像贤侄这样，以生命践行墨子之道的人，才是墨家真正的英雄！"

青芒被夸得浑身不自在，正想谦虚几句，郦诺忽然道："樊左使，你夸他就夸他呗，干吗把我给数落进去了？"

樊仲子哈哈大笑："郦旗主过去的确有些好勇斗狠，不过听你方才那番话，足见你已改弦更张，老夫欣慰还来不及，又怎会数落你呢？"

郦诺欣然一笑："这么说，左使是同意了？"

樊仲子蓦然敛去笑容，垂首沉吟起来，神情逐渐凝重。青芒和郦诺会心地交换了一个眼色，然后静静等着。

好一会儿，樊仲子才低低地说了三个字："随我来。"旋即迈步朝高台走去。

青芒和郦诺虽然有些不解，却没再多问，随着樊仲子走上高台，径直来到了高大的墨子铜像前。青芒之前无暇细看，此时抵近端详，见铜像下的大理石基座约一人来高，上面的铜像足有四五人高：墨子穿着草鞋，拄着手杖，正大步前行，看上去风尘仆仆；他神情坚毅，目光渺远，仿佛远处有什么事物正等待着他去追寻和守护……

樊仲子站在铜像前，抬头仰望了片刻，忽然对青芒道："老夫最近身子骨不行了，手脚不太利索，能否劳烦贤侄上去一趟？"

青芒未及开口，郦诺便抢着问："您是说……到铜像上去？"

樊仲子点头，却不解释缘由，接着道："上去之后，站在铜像右手的手腕上，双手抓住手杖顶部的枝杈，左手往外推，右手向内拉，将手杖转动一圈，然后你再下来。"

郦诺大为不解。青芒却似乎猜到了什么，示意她不必再问，然后纵身一跃，攀上铜像，站在其右手腕处，依言将手杖转动了一圈。

做完这些，也没见铜像有什么动静，青芒心中纳闷，只好跳了下来。可脚刚一沾地，便见大理石基座的表面石板居然向两边移开，里面露出了一圈车轮状的东西。青芒定睛细看，这轮状物是铁质的，看上去却没多少锈迹，显然是经过了精心养护。轮子外围有一圈类似船舵一样的手柄，所以总体上看，这轮状物更像是一个船舵。

郦诺大为好奇，忙问："这是何物？"

樊仲子微然一笑，又对青芒道："跟方才一样的方向，再转一圈。"

青芒依言，抓着"船舵"外圈的手柄，用力将它转动了起来。

一圈转完，便听"大殿"的穹顶上忽然传来轰轰隆隆的声音。青芒和郦诺惊诧地抬起头来，只见穹顶微微震动着，从中间慢慢裂开了一道缝。外面立刻有光线透了进来。接着，那道缝隙越来越大，最后竟然打开到三丈来宽，才停了下来。

强烈的光亮倾泻而下，瞬间令青芒和郦诺都睁不开眼。两人连忙拿手去挡。

就在二人满心惊愕之际，樊仲子开口了："墨子当年修造这天机城，为防万一，便预留了这个秘密出口。若遭遇入侵，或有任何危急之情，皆可从此处逃生……"

"不对啊，左使，"郦诺大为困惑，"这穹顶这么高，根本没人上得去，如何逃生？"

樊仲子一笑："人自然是上不去，但鸟可以。"

青芒顿时恍然："您是说朱雀？"

樊仲子颔首，缓缓道："朱雀是天机城的守护者，也可充当守城之人的坐骑。墨子当年，总共驯化了数十只朱雀，不过一直藏在这山里，从来不为外人所知。所以世人都以为，所谓朱雀只是上古传说中的神兽而已，现实中并不存在。不过，当年墨子驯化朱雀时，有一次也曾起了玩兴，便给朱雀披上了一件涂有木纹的布衣，驾鸟出游。世人目睹之，皆盛赞墨子大巧，居然能以木制鸢，飞升天空。实则他们所见，只是经过伪装的朱雀罢了。后来，墨子深感此举有欺世盗名之嫌，颇为自责，便再也不这么做了，同时故意放出风声，说自己'为木鸢，三年而成，飞一日而败'。从此，世上便有了这个'墨子为木鸢'，却功亏一篑的故事。"

青芒和郦诺闻言，恍然大悟之余，却也忍不住哑然失笑。

"这么说，现在这天机城里还有许多朱雀了？"郦诺好奇心大起。

樊仲子神色一黯，摇了摇头："神兽毕竟是神兽，一经驯化，其繁衍生息之生命力便弱了。几百年来，朱雀一代比一代少，传到我手上时，便只剩大玄和小玄了，而今日又……"说到这儿，他顿时哽咽，说不下去了。

青芒和郦诺面面相觑，都是一脸歉疚之色。

"您是说，之前外面的那只……就是小玄？"郦诺弱弱问。

樊仲子点头："它是大玄的妻子。"

怪不得方才"大玄"会那么凶暴，原来是为它的"妻子"报仇！

青芒和郦诺忍不住望向角落里，看大玄正默默舔着满身的伤口，心里顿时大为不忍。

"对不起，左使，我们……"郦诺一下子红了眼眶。

樊仲子苦笑着摆摆手："说正事吧，人老了就爱唠叨。方才说到这穹顶的出口，只是天机城的秘密之一；至于另外一个秘密，便是你们二位最关心的了。"

"是何秘密？"郦诺忙问。

樊仲子定定地看着他们，一字一顿道："自毁装置。"

二人一听，果然都睁大了眼睛。

"将此天机舵再转一圈半，然后倒回去转半圈，自毁装置……便启动了。"樊仲子指着基座内部的那个轮状物道。

"那一旦启动……会发生什么？"青芒问。

"顷刻之间，天崩地裂，一切都将轰毁无遗，一切都将……彻底埋葬！"樊仲子神色凄然，上上下下地环视着这座"大殿"，似乎已然看见了它轰然坍塌、彻底毁灭的惨状。

青芒和郦诺也情不自禁地看着眼前的一切，心中都有些莫名酸楚。

"当初墨子修造这天机城，便已做了最坏的打算。"樊仲子接着道，"倘若有强敌入侵，守城者战至最后一刻，实在无力回天，便可启动自毁装置，然后乘上朱雀，从穹顶的出口撤离。"

此时眼睛已完全适应了光亮，青芒抬头从穹顶的开口望出去，只见穹顶之上竟然是一座壁立千仞、高耸入云的天井——就像是一个无比巨大的"圆筒"套在了穹顶的出口上；天井内壁由一个个大石块儿堆积而成，显然是经过了人工修凿；而天井的最顶端，才是整座天机城真正的出口，其边缘处栽种着一棵棵枝繁叶茂的大树；浓密的树冠彼此交错，将圆形出口巧妙地遮掩了大部分……

"咱们这个天机城所在，便是三分石中最高的一支山峰。"樊仲子道，"你现在看见的这个天井，便是把山峰内部掏空的结果。外面则是悬崖峭壁，常人难以攀登。所以，基本上没人能发现这个天机城的秘密出口。"

这项工程的宏伟与浩大，实在超乎想象！青芒不由得在心里感叹。

"知道天井内壁的那些大石块儿，是作何用处的吗？"樊仲子又道。

青芒茫然摇头。

"自毁装置一旦启动，只消半炷香工夫，那些大石头就会纷纷砸下来，以确保将天机城彻底埋葬。"

青芒悚然一惊，不知是想象到了那个画面的恐怖和惨烈，还是惊叹于墨子缜密的心思。

"你们想毁掉天机城，问过我了吗？"

霍去病的声音忽然响起。

三人连忙转过头去，但见霍去病扶着夷安公主一瘸一拐地走了过来。两人的身上和脸上都有血污，显然伤得不轻。

郦诺忙跑下高台，一把扶住了夷安公主。她状态很差，神志尚未恢复。郦诺刚把她扶过来，她便瘫软在了郦诺怀里。

青芒低声对樊仲子介绍了霍去病的身份。

"原来是冠军侯。"樊仲子面朝霍去病，淡淡一笑，"霍将军名闻天下，令人敬仰，只是方才那句话说得蹊跷，这天机城是墨家的，如何处置为何还要问你呢？"

霍去病冷哼一声："普天之下，莫非王土。这九嶷山是大汉的，这天机城当然也归朝廷管。"

"霍去病，"青芒忍不住道，"即使如你所言，可陛下给你的旨意，不也是毁掉天机城吗？"

"我适才已经说了，这天机城谁也不准动，待大将军上奏陛下后再做定夺。"

郦诺把夷安公主扶到一旁坐下，让她靠在一个半倾于地的铜柜上，然后径直走到霍去病面前，冷冷道："霍去病，瞧你现在这样，可能连我都打不过了，还有什么资格在这儿发号施令？"

"打不过你？"霍去病大声冷笑，拔刀出鞘，"来，你们三个一块儿上！"

青芒摇头苦笑。

郦诺迅速从地上抓起一把刀，摆开了架势。

就在这时，一个阴恻恻的声音忽然从一旁传来："真高兴看到你们自相残杀……"

四人同时一惊，循声望去，却见张次公从铜柜后面冒了出来，手里的墨弩一下顶在了夷安公主的额头上。此时的夷安公主仍旧处于半昏迷状态，只微弱地哼了一声。

一看到张次公的模样，在场四人无不倒吸了一口冷气。

只见他瞎了一只眼，半张脸也已皮开肉绽，肿胀变形；浑身上下湿漉漉的，且伤痕累累；鲜血不停地从各处伤口涌出，混着身上的水滴滴答答地淌在地上。

这副惨状，显然是方才坠下深渊时，与崖壁上的岩石发生强烈碰撞和摩擦所致。

可饶是如此，他竟然还活着！

"张次公，你居然还没死？！"郦诺忍不住惊呼。

"想让我死……没那么容易！"张次公口齿不清道，脸上的烂肉抽搐着，已然看不出是什么表情。"要死，大家也得一块儿死。"

"把公主放开，我来当你的人质。"郦诺道。

霍去病拦住郦诺，挺身上前："张次公，有种就别为难女人。"

张次公哼了一声："不着急，反正你们都得死，一个都跑不掉！"说着把脸转向高台，用死鱼般的独眼盯着青芒："蒙奕，你我斗了这么久，最后，你还是败给我了，对吧？你跟我抢女人，你输了，陵儿还是跟了我；你跟我玩命，可惜我命大，你玩不过我；就连这天机城，现在也属于我了，你认不认输？"

"张次公，你已经疯了！"郦诺怒喝，"快把公主放了，我们就饶你一条狗命！"

张次公充耳不闻，一直死盯着青芒。

青芒迎着他的目光，淡淡一笑："那你到底想怎样？"

"我想让你死！"

"行，没问题，不就是死吗？"青芒从容跳下高台，从地上捡起一把刀，横在自己脖子上，"我死，你放了公主。"

张次公猛地发出一阵狂笑，笑得脸上的烂肉一颤一颤的："老子话还没说完呢！我想让你死，还有她、他、他，你们全得死！"说着把郦诺、霍去病、樊仲子挨个指了一遍。

霍去病怒不可遏，握紧了手上的刀，悄悄往前挪了两步。

"啪"的一声，墨弩击发，一支弩箭射入了夷安公主的右臂。她发出一声痛叫，登时疼醒了过来。

所有人一惊，霍去病更是不敢再挪动丝毫。

"谁还敢动？"张次公扫了他们一眼，"老子这个箭匣是刚装的，里面还有足足九支弩箭。谁敢动一下，老子就射她一箭，直到把她射成刺猬，你们再抬回去还给刘彻。"

众人都焦急万分，却一时都无计可施。

"老头儿，把朱雀叫过来。"张次公忽然对樊仲子道。

樊仲子一愣。

"发什么愣？你叫不叫？"张次公大喊一声，用墨弩狠狠戳了一下夷安公主的额头。

夷安公主当即发出痛苦的呻吟。

樊仲子无奈一叹，只好把大玄叫到高台边，然后轻轻抚摸着它的头，低声说了几句。大玄喉咙里咕噜几声，好像听懂了他的话，乖乖走过来，在张次公面前伏下了身子，看上去十分温驯。

张次公大喜，拉起夷安公主，两人一起骑到了大玄的背上，抱住了它的脖颈。

"老头儿，让它别耍花样，先绕着铜像飞几圈，让我跟你们大伙儿好好告个别。"

樊仲子苦笑了一下，旋即仰起头，发出一串长短相间、高低起伏的啸声。大玄听懂了，立刻振翅起飞，然后缓缓地在铜像的四周盘旋。

张次公在半空中发出一阵狂笑："蒙奕，现在该你了，照那老头儿刚才说的，去转天机舵，老子要把你们全部埋葬！"

地上四人闻言，无不大惊失色。

"怎么，刚才不都一个个急着要替公主死吗，现在又都怕了？"张次公大声冷笑，突然再次扣动悬刀，又一支弩箭"噗"的一声射穿了夷安公主的右脚。

夷安公主发出一声惨叫。

地上四人顿时心急如焚。

"蒙奕，再不动手，老子现在就把她射成刺猬，你信不信？！"张次公大喊。

青芒眉头紧锁，沉吟片刻，旋即抬起目光，依次与郦诺、霍去病、樊仲子对视了一眼，然后纵身跳上高台，一步一步走到天机舵前，深吸了一口气，双手抓住手柄，猛地转了一圈半，然后又倒着转了半圈。

一阵轰轰隆隆的机械转动声立刻响起，摇撼着整个穹顶，继而慢慢传导上去，沿着壁立千仞的天井不断向上蔓延，终而渐远渐小，慢慢消失无声。

接着，整座天机城瞬间安静了下来，只剩下大玄在空中挥动翅膀的声音。

所有人都仰着头，屏住呼吸，既惊恐又纳闷地注视着头上的穹顶。

忽然，穹顶先是传出一个裂帛似的声响，紧接着又是一响……顷刻间，此起彼伏的裂帛声汇成了一片，逐渐变成了摧枯拉朽的梁木断裂声。与此同时，穹顶上的浩瀚银河与璀璨星图一块接着一块迸裂开来，仿佛整个宇宙都开启了毁灭的进程……

"哈哈哈哈……"张次公狂笑不止，"蒙奕，你们就在这儿等死吧，老子告辞了！"接着拍了拍大玄的颈部："乖，用力飞！咱们出去之后，我就把公主娶了，把你养起来，咱们仨一块儿过神仙日子！"

大玄睁着惊恐的双眼望着穹顶，慌乱地拍动翅膀高飞起来。

几乎就在同一瞬间，穹顶上的青铜碎片开始一块接一块地砸落下来。每一块碎片都比车轮还大，重逾千钧；砸到地面时，立刻碎石纷飞，烟尘大起。

天崩地裂的毁灭开始了！

就在这一刻，青芒纵身跃上了铜像，同时右手向后伸出，很默契地接住了樊仲子抛来的长鞭，然后迅速攀到铜像头顶，用尽全力双足一蹬，整个人朝着朱雀飞了过去，手中长鞭狠狠甩出……

"啪"的一声，长长的鞭梢像蛇一样准确地缠住了张次公的脖颈，并且"咻咻咻"地绕了好几圈。

半空中的青芒大喝一声，用力一拽，张次公便惨叫着掉了下来。

然后，青芒自己也无可挽回地直坠而下。

危急之际，霍去病一个箭步冲上高台，又借着栏杆奋力一蹬，也飞了上去，在半空中托了青芒一把，接着两人便同时落下，重重摔在了地上。

与此同时，大玄因慌乱而左摇右晃，夷安公主死死抱着它的脖颈连声惊叫，好几次险些掉落。郦诺一直跟着大玄跑，随时准备在下面接住她。樊仲子频频用啸声发出指令，怎奈大玄还是像无头苍蝇一样来回乱飞。

青芒和霍去病落地后，同时咯出了好几口鲜血。

两人挣扎着对视了一眼，看见对方的狼狈相，各自一笑，索性仰面朝天躺在地上。

"你傻不傻？"青芒喘着粗气道，"一个人摔就够了，你还来陪摔？"

霍去病啐了一口血："英雄都让你一个人做了，我不服。"

青芒哼了一声："在你霍去病面前，谁敢称英雄？"

"那个姓樊的都把你夸上天了，你何必谦虚？"

"难不成你是心生嫉妒，方才才要跟我们拼命？"

"拼你个头！吓唬你们罢了。"霍去病一笑，"其实刚刚你们说的话，我全听见了，不得不承认，你说得……有道理。"

"那你还叫嚣着一打三？终究是年轻气盛啊！"

"滚！你才大我几岁？少来教训我！"

此时，整座天机城已是山摇地动，大大小小的青铜碎片接连不断地砸下来，好几块就砸在了二人身边，可两人却都一脸安适，毫无惧色。

"喂，被砸到就成肉饼了，你也不躲躲？"青芒道。

"你都不躲，我躲什么？"霍去病撇撇嘴，"说得好像我比你怕死似的。"

话音未落，一块磨盘大小的青铜碎片便朝着二人的脑袋砸了下来。两人同时一闪，虽然躲了过去，但溅起的灰尘沙土却喷了他们一脸。

此时，大玄终于在樊仲子持续发出的啸声中稳住心神，缓缓降落到了地面。郦诺赶紧跑过去，扶住了惊魂失魄、几近晕厥的夷安公主。

"还让她下来干什么？"樊仲子跑过来，急切道，"赶紧的，你也上去，快走。"

"不，你先走。"郦诺道。

"你跟我争什么？"樊仲子眼睛一瞪，"你现在还不是巨子呢，我可是左使，你的上司！只有半炷香工夫，别磨蹭了，服从命令！"

郦诺语塞，眼睛一转，遂跑到青芒这边，对霍去病道："快，公主找你。"霍去病不敢磨蹭，赶紧跑了过去。

"你没事吧？"郦诺伸手，擦去了青芒嘴角的鲜血。

"死不了。"青芒一笑，顺势握住她的手，"这回出去，我马上娶你，决不食言！"

"都什么时候了，你还不正经！"郦诺白了他一眼。

"我怎么不正经了？来九巇山这一路上，咱俩早就琴瑟和鸣了，娶你不是顺理成章的事吗？"

郦诺蓦然忆起一路上那些两情缱绻、恩爱缠绵的情景，心头泛起阵阵甜蜜，一抹红云霎时飞上脸颊，浑然忘却身边已然天塌地陷。

突然，青芒一把抱起她转了一圈，然后双双扑倒在地。

一块又尖又长的青铜碎片，竟然直直插在了郦诺方才站立的地方。

郦诺顿时吓出了一身冷汗。

扑倒时，青芒无意间压在了郦诺身上，眉头一皱，赶紧起身。郦诺登时有些不悦，瞪着他道："咱俩已是实质上的夫妻了，你还躲什么？"

"我不是躲，我是怕压坏了咱儿子。"青芒一本正经道。

郦诺先是一怔，旋即反应过来，不禁一脸娇羞，起身捶了他一拳。

另一头，霍去病匆匆跑到夷安公主身边，见她双目紧闭，瘫在大玄身上，顿时大为紧张，忙抓着她的肩膀摇了摇："喂，你怎么样了？别吓我。"

夷安公主忽然抱住了他的腰，嘤嘤哭了起来："去病，我怕，我不想死……"

还能哭出来就没事。霍去病长长地松了口气，忙拍了拍她的后背："别怕别怕，有我在，你一定不会死。"

"都什么时候了，还在这儿卿卿我我？！"樊仲子喊了一声，然后大步上前，一把将霍去病推倒在大玄身上，紧跟着又在大玄颈部用力一拍："大玄，走！"

霍去病还没回过神来，便已被大玄载着飞离了地面。

他这才明白是怎么回事，冲着郦诺大喊："喂，郦诺，你这个骗子，居然敢耍我？！"

"少废话！赶紧上去，让大玄回头来接我们。"郦诺笑着喊了回去。

这时，青铜穹顶已经碎裂了大半，而天井内壁的大石块儿也已开始坠落，接连砸在穹顶上，带着青铜碎片一起纷纷掉下。

樊仲子拉着青芒和郦诺贴着石壁站着，道："时间还来得及，在彻底坍塌前，大玄足以再飞一趟，放心。"

青芒眉头一蹙："大玄可以一次载三个人吗？"

樊仲子一怔，旋即笑了笑："当然，它力气大着呢。"

此刻，三个人丝毫没有注意到，在离他们不远的地方，尚未咽气的张次公正在地上一点儿一点儿地爬着，身后的地上拖着一道长长的血迹。

而那把通体乌黑的墨弩，则静静地躺在他的前方……

很快，大玄便扑闪着翅膀飞了回来，降落在了三人面前。

樊仲子不由分说，马上将青芒和郦诺推了上去，然后抬手要去拍大玄的颈部。忽然，青芒抓住了他的手腕："你怎么不上来？"

樊仲子语塞，苦笑了一下："它伤得太重，三个人……它飞不起来。"

果不其然，此事早在青芒意料之中。

郦诺一惊："左使，那……那怎么办？"

"好办得很，你们走，我留下。"樊仲子从容一笑。

"不，我们不能丢下你。"青芒说着，脚一跨就要跳下来。樊仲子突然从地上抓起一把刀，横在脖子上，冷冷道："别动。"

青芒无奈，只好停下。

"我在墨子他老人家的铜像前发过誓，城在人在，城亡人亡！"樊仲子决然道，"我决不会抛下天机城独自逃生，这儿就是我樊仲子最好的归宿。在这世上，没有任何地方，比天机城更适合做我的长眠之所。所以，老夫恳请你们，满足我这个最后的心愿。"

青芒和郦诺相顾无言，泪水在他们的眼中拼命打转。

一串清澈而凄厉的啸声响了起来，大玄在熟悉的啸声中缓缓飞起。

石头和铜片如雨般倾泻而下。大玄镇定而娴熟地躲避着，越飞越高。突然，一支弩箭破空而来，穿透了樊仲子的啸声，射中了大玄的腹部。

啸声戛然而止，大玄发出一声哀鸣。

樊仲子循声望去，正好与张次公死鱼般的目光碰个正着。他发出一声怒吼，挥刀冲了过去。可就在这时，一块巨石轰然飞落，一下砸中了他。樊仲子颓然仆倒，双腿被死死压在了巨石下，瞬间晕厥过去。

"左使——"

青芒和郦诺目眦欲裂，同声大喊。

"嗖"的一声，又是一箭飞来，射中了大玄的胸部。

大玄痛苦地挣扎了一下，然后顽强地继续朝上空飞去。可是，速度明显比方才慢了。此时，下面又传来墨弩的望山拉动时的咔嚓声。青芒无奈地闭上眼睛，一直用手轻抚着大玄的颈部，喃喃道："坚持住，大玄，你是好样的……"

话音刚落，"嗖"的一声，大玄的身体又猛烈地颤动了一下。

"大玄，你要挺住啊！"后面的郦诺再也忍不住，哭了出来。

尽管一再中箭，可大玄似乎受到了他们的鼓励，精神又抖擞起来，发出一声悠长而悲壮的嘶鸣，挥动翅膀一下冲出了穹顶……

尾声

张次公又接连射出了三箭，每一箭都准确命中了大玄。

毕竟，它的体形那么庞大，尽管飞出了穹顶，可目标还是太明显了，是几乎不必瞄准便可射中的活靶子！

箭匣中好像还剩最后两箭。张次公仰头望着在天井中一直盘旋、忽高忽低的大玄，含混地咒骂了一声。

他不明白这只傻鸟为何这么能撑，中了那么多箭还不掉下来。

不过他坚信，只要把最后两箭射出去，这该死的大鸟绝对完蛋，而青芒和郦诺这两个死敌也一定会完蛋！

"咔嚓"一声，张次公再次拉起望山，把墨弩抬了起来。

突然，什么东西飞了过来。张次公下意识转过脸去。

"噗"的一声，一把长刀骤然刺入了他的脑袋，从颅后洞穿而出。

"他娘的！老子的运气，怎么每次都差了那么一点儿……"

在彻底丧失意识之前，张次公还不忘在心里骂了一句。

不远处的樊仲子咧嘴一笑，心想自己最后这一手，还是挺漂亮的，不愧是墨家的左使。

然后，他的头往下一勾，就再也没有动静了。

"轰"的一声巨响，烟尘漫天。

天机城的穹顶就在这时完全坍塌，终于把樊仲子、张次公、朱能、侯金等人的尸体，以及所有的一切全部埋葬……

大玄飞不起来了。

它伤得太重，振翅乏力。

每一次拼尽全力想要飞上去，却总是力不从心地掉下来。

最后，它只能在天井中上上下下、高低起伏地来回盘旋。

天井内壁的大小石块儿不断从上面直坠而下，密集如同雨点。大玄疲于奔命地躲避着，却还是被砸中了几次，身体在剧烈的震颤中左摇右晃。

青芒和郦诺都死死地抱着大玄的脖颈。

饶是如此，他们还是有好几回险些被甩下去。

青芒蹙紧了眉头，神情越来越凝重。他不知道大玄还能坚持多久，但他却知道，大玄载着他们两个人飞出天井的希望已经越来越渺茫了。

换言之，他和郦诺两个人中，能有一个飞出去，或许便是万幸了。

青芒这么想着，心里隐隐做出了一个决定。

这个决定很无情，也很残忍，无论是对青芒自己，还是对郦诺而言。

然而，他别无选择。

此时，天井上空不断传来霍去病和夷安公主万般焦急、声嘶力竭的呼唤。青芒抬起脸来，却发现眼前的世界已然一片模糊……

他多么想再看一眼郦诺，可他却不敢回过头去。

因为从眼眶不停涌出的泪水，会暴露他的内心，破坏他的计划。

石块儿呼呼地从身边坠下，似乎一次比一次更近！青芒感觉，这就像死神在张牙舞爪地提醒他——别再犹豫了，赶紧决断，一个人去死，总好过两个人一起死！

不，不是两个人，也有可能是三个……

青芒这么想着，嘴角忽然泛起一丝幸福的微笑。

这一生做不了父亲，终究是一种遗憾。不过，如果有一个小青芒，能陪伴郦诺去驰骋江湖、闯荡天下，去兑现自己许下的诺言，去帮助郦诺做一些利济苍生的事……那么，也就没什么遗憾了。

当然，就算小青芒做不了这么多，仅仅只是陪在郦诺身边，其实也够了。

做人不能太贪心。愿望可以美好，但无须太大。

"郦诺……"

青芒终于开口了。

"你叫我吗？"

郦诺大声问道。

死神的声音太喧嚣了，完全淹没了青芒用尽全部勇气叫出的两个字。

"好好活下去……"

说完最后这五个字，青芒感觉自己的心瞬间迸裂成了无数碎片，一如那个刻着浩瀚银河与璀璨星图的青铜穹顶。

"你说什么？"郦诺大声喊着，"我听不见……"

青芒就在这一刻松开了双手，身子一倾，从大玄的脖颈上滑了下去……

大玄似乎也吓了一跳，猛然回头，下意识地用它那又长又尖的喙叨了一下。

然而它什么都没有叨住。

青芒就像是一片轻轻的羽毛，从它身上无可挽回地坠了下去。

不过也正是青芒这一跳，骤然减轻了大玄的负担。它双翅一振，身体便腾空而起，终于摆脱了方才那不上不下、不死不活的窘境。大玄再度兴奋了起来，发出欢快的鸣叫，载着郦诺加速朝上空的出口飞去……

青芒跳下去的一刹那，天崩地裂的巨大轰鸣就从郦诺的耳中完全消失了。

在悲痛袭来之前，甚至在感到惊愕之前，她的所有感知霎时便已全部锁死。

世界成了一片死寂。

然而时间却没有就此定格。

一切的一切，只是变得很缓慢、很缓慢而已。

郦诺看见青芒仰面朝天，以飞翔的姿态缓缓坠落了下去。郦诺看见他的眼中泛着泪光，唇角泛着一抹微笑。郦诺甚至看见自己的灵魂瞬间脱离了躯壳，与青芒一起并肩飞翔，一起慢慢飞往一个辽阔、光明而宁静的地方……

"郦诺，对不起，我又食言了。我答应了要娶你，可是我没有做到。

"我老是食言，这真是一种不可救药的缺点。可是，我没有办法。老天每次都要给我出难题，迫使我做出选择，但不管我怎么选，好像总是错的……

"我不敢奢求你的原谅，也无权要求你不要悲伤。我只能祈求上苍，在你心碎的时候，不要让你的心碎得太狠，不要碎得像那宿命的青铜穹顶一样，一旦崩裂便不可收拾。

"我也不敢奢求让你忘了我，因为这样的愿望纯属自欺欺人。换成是我一个人留在世上继续生活，我也不可能把你忘了。所以，你可以记得我，可以想念我，只是不要太过伤心。天天以泪洗面的日子，谁也没法过，我不想看到你变成那个样子。更何况，如果我真的住在你的心里，那你一哭，我的天空不就大雨倾盆了吗？如果我真的住在你的心里，你太过伤心，我肯定也会感到疼痛。

"所以，你一定要照顾好自己、看护好自己的心，因为那儿正是我的居所。

"好了，大玄已经飞得那么高了，我可能也要落到终点了。

"别了，郦诺。

"这是我最后一次呼唤你的名字。

"但请你相信，这并非永世的诀别，只是今生短暂的错过……

"此刻，尽管黑暗已经笼罩了我，可你的脸庞依旧如此明媚。请相信，倘有来生，无论在哪一座城池，无论在哪一个路口，只要一看见你，我就会立刻把你认出来。一如那一天，在茂陵邑的街头，在秋日温柔的阳光下，明明是与你初见，我却感觉像久别重逢一样……"

郦诺是在大玄快要飞出天井的时候才哭出来的。

这时候，青芒已经湮没在巨石飞落所溅起的漫天尘埃中了。

直到这一刻，郦诺所有的感知才全部苏醒——仿佛要等泪水冲出眼眶，感知的闸门才能重新开启。然后，便有一种难以名状的疼痛刺入心脏、刺入骨髓，并瞬间蔓延她的全身，令她从头到脚的每一寸肌肤都感到了凌迟般的痛楚。

"青芒——"

郦诺终于发出了一声撕心裂肺的哭喊。然而，在山崩地裂的巨大轰鸣中，她的声音是那样微弱，微弱到近乎湮灭不闻。

眼看大玄马上就要飞出天井，绝望的郦诺突然被一个念头攫住了。

"你可以选择遽然放手，我为什么不可以选择随你而去？

"你可以把我一个人孤孤单单地留在世上，我为什么不可以在黄泉路上与你结伴同行？"

念头一起，郦诺便不再迟疑。

她做出了跟青芒一模一样的动作——松开双手，身子一倾，从大玄的脖颈上滑了下去。

不过，这次大玄却没有让她如愿以偿。

就在郦诺从它身上滑落的瞬间，大玄猛然扭头，一下就用它那又长又尖的喙叼住了她的衣领，紧接着又扑闪了几下翅膀，迅速飞出了井口。

大玄把郦诺安全地放在了井口边。在此等待已久的夷安公主立刻抱住了她。郦诺挣扎着要冲回天井，霍去病却死死挡在了她的面前。

疲倦已极的大玄静静伏在一旁的草丛中，睁着血红的双眸看着悲痛欲绝的郦诺。忽然，也不知它想到了什么，居然重新站了起来，抖擞了一下翅膀。

霍去病诧异地回过头去，然后便看见大玄昂起头颅，激越地鸣叫了一声，旋即纵身一跃，飞下了天井……

天机城完全坍塌了。

从天井内壁掉下的无数石块儿堆积在天井底部，看上去就像一座巨大的坟墓。

随着天崩地裂的轰鸣声渐渐止息，弥漫的烟尘也在慢慢消散。

大玄在"坟墓"上空盘旋着，不断发出一声声凄凉的哀鸣。它锐利的目光一直在乱石堆中来回扫视，像是在寻找什么。

不知过了多久，大玄终于发现一块巨石下面露出了一角衣袂。

它兴奋地鸣叫了一声，迅速从半空中俯冲而下……

很多年以后，大汉朝野仍旧在流传着一个墨家英雄的故事。

故事的主人公叫青芒。

让世人觉得好奇的是，据说从生到死，这个人从来没有加入过墨家，算不上是墨者，可不知为什么，那些传颂这个故事的人，却都异口同声地咬定他就是墨家的英雄，说他实至名归，当之无愧！

据说，江湖上还有一种传言，说青芒实际上没死，说他被一只叫大玄的朱雀给救了，还说他和墨家巨子郦诺结成了夫妻。二人举案齐眉，伉俪情深，不但勠力同心重振了墨家雄风，而且时常并辔驰骋于江湖之中，到处行侠仗义，扶危济困……

不过也有人说，这个传言与事实不符，那个被误认为是青芒的人，其实是他的儿子。准确地说，是他的遗腹子。只因长得英姿挺拔，气宇轩昂，酷似青芒，又继承了乃父侠胆仁心、高义薄云的品格，所以才会被错认。

当然，不管哪一种说法为真，其实都不重要。重要的是，无数后世的人都记住了青芒，并且一直被他的精神所感召，所以无论世道多么艰辛，人们总还是可以怀着希望，无畏地活下去。

如果说，青芒的故事中隐藏着什么墨家天机的话，也许，这便是最大的天机……